BECO DOS MORTOS

A marca FSC® é a garantia de que a madeira utilizada na fabricação do papel deste livro provém de florestas que foram gerenciadas de maneira ambientalmente correta, socialmente justa e economicamente viável, além de outras fontes de origem controlada.

IAN RANKIN
BECO DOS MORTOS

Tradução
Álvaro Hattnher

Companhia Das Letras

Copyright © 2004 by John Rebus Limited
Proibida a venda em Portugal.

Grafia atualizada segundo o Acordo Ortográfico da Língua Portuguesa de 1990, que entrou em vigor no Brasil em 2009.

Título original
Fleshmarket Close

Projeto gráfico
Alceu Chiesorin Nunes
Bruno Romão

Capa
Alceu Chiesorin Nunes

Foto de capa
Dave Curtis / Trevillion Images

Preparação
Ciça Caropreso

Revisão
Carmen T. S. Costa
Adriana Bairrada

Dados Internacionais de Catalogação na Publicação (CIP)
(Câmara Brasileira do Livro, SP, Brasil)

Rankin, Ian.
Beco dos mortos / Ian Rankin ; tradução Álvaro Hattnher. — 1ª ed. — São Paulo : Companhia das Letras, 2014.

Título original: Fleshmarket Close.
ISBN 978-85-359-2387-2

1. Ficção policial e de mistério (Literatura inglesa) I. Título.

14-00219	CDD-823.0872

Índice para catálogo sistemático:
1. Ficção policial e de mistério :
Literatura inglesa   823.0872

[2014]
Todos os direitos desta edição reservados à
EDITORA SCHWARCZ S.A.
Rua Bandeira Paulista, 702, cj. 32
04532-002 — São Paulo — SP
Telefone: (11) 3707-3500
Fax: (11) 3707-3501
www.companhiadasletras.com.br
www.blogdacompanhia.com.br

À memória de duas amigas, Fiona e Annie, com muita saudade

É para a Escócia que olhamos em busca de nossa ideia de civilização.
Voltaire

O clima de Edimburgo se apresenta de tal forma que os fracos sucumbem jovens... e os fortes os invejam.
Dr. Johnson a Boswell

Agradecimentos

Meus agradecimentos a Senay Boztas e a todos os jornalistas que me ajudaram na pesquisa sobre a questão dos requisitantes de asilo e a da imigração, e a Robina Qureshi, da Positive Action in Housing (PAIH), pelas informações sobre a difícil situação dos requisitantes de asilo em Glasgow e no centro de detenção de Dungavel.

O vilarejo de Banehall não existe, portanto, por favor, não se debrucem sobre mapas à procura dele. Vocês também não vão encontrar um centro de detenção chamado Whitemire em lugar nenhum de West Lothian, nem a região de Knoxland na periferia oeste de Edimburgo. Na verdade, roubei minha região fictícia do escritor Brian McCabe, meu amigo. Uma vez ele escreveu um pequeno conto esplêndido chamado "Knoxland".

Para mais informações sobre algumas questões abordadas neste livro, veja:

www.paih.org
www.closedungavelnow.com
www.scottishrefugeecouncil.org.uk
www.amnesty.org.uk/scotland

PRIMEIRO DIA
Segunda-feira

1.

"Eu não deveria estar aqui", disse o detetive John Rebus. Não que alguém estivesse ouvindo.

Knoxland era um conjunto habitacional situado no lado oeste de Edimburgo, fora da área de Rebus. Ele estava lá porque o pessoal da West End andava desfalcado. Também estava lá porque seus próprios chefes não sabiam o que fazer com ele. Era uma tarde de segunda-feira chuvosa, e até agora o dia só tinha feito anunciar que o resto da semana de trabalho seria péssimo.

A antiga delegacia de Rebus, seu paraíso nos últimos oito anos ou mais, fora reestruturada. Como resultado, ela não tinha mais um escritório do Departamento de Investigações Criminais, o que significava que Rebus e seus colegas detetives estavam à deriva, sendo enviados para outras delegacias. Ele acabou indo para Gayfield Square, perto de Leith Walk: um lugar tranquilo, segundo alguns. Gayfield Square ficava na periferia da elegante Cidade Nova, mas por trás de suas fachadas dos séculos XVIII e XIX qualquer coisa poderia estar acontecendo sem que alguém do lado de fora soubesse. Certamente parecia bem longe de Knoxland, mais do que a distância real de cinco quilômetros. Era outra cultura, outro país.

Knoxland tinha sido construído na década de 1960, aparentemente com papel machê e pau-de-balsa. Suas paredes eram tão finas que era possível ouvir os vizinhos cortando as unhas dos pés e sentir o cheiro do jantar deles no fogão. Manchas de umidade floresciam em suas paredes de concreto cinzento. Uma pichação havia transformado o lugar em "Hard Knox". Outra aconselhava os "pakis", imigrantes paquistaneses ou indianos, a ir embora com um sucinto "Saiam daqui", enquanto um rabisco que provavelmente fora feito havia apenas uma hora, ou pouco mais, dizia: "Um a menos".

As lojas que ainda existiam por lá tinham recorrido a grades metálicas nas janelas e portas, sem nem mesmo se preocupar em removê-las durante o horário de funcionamento. A própria área era contida, cercada por estradas de pista dupla que iam para norte e oeste. Os brilhantes empreiteiros tinham escavado passagens subterrâneas sob as estradas. Em seus projetos originais elas deviam ser áreas limpas e bem iluminadas onde os vizinhos paravam para falar sobre o tempo e sobre as cortinas novas na janela da casa de número 42. Na realidade, elas haviam se tornado áreas interditadas para todos, a não ser para imprudentes e suicidas, mesmo durante o dia. Rebus estava sempre vendo relatórios sobre roubos de bolsas e assaltos.

Foram, provavelmente, os mesmos empreiteiros brilhantes que tinham tido a ideia de batizar os diversos blocos de apartamentos com nomes de escritores escoceses, acrescidos da palavra "house", o que servia apenas para enfatizar que não tinham nada a ver com casas de verdade.

Barrie House.
Stevenson House.
Scott House.
Burns House.
Atingindo o céu com toda a sutileza de um dedo levantado.
Rebus olhou à sua volta em busca de um lugar onde jogar seu copo descartável com café ainda pela metade. Havia parado em uma padaria da Gorgie Road, sabendo que quanto mais se afastasse do centro da cidade, menor a probabilidade de encontrar algo remotamente potável. Não foi uma boa escolha: o

café, que estava escaldante em um primeiro momento, tornou-se rapidamente morno, o que só serviu para destacar a falta de qualquer coisa parecida com sabor. Não havia latas de lixo ali perto; na verdade, não havia latas de lixo em lugar nenhum. As calçadas e faixas de grama, no entanto, se esforçavam para receber contribuições de todos, e assim Rebus também acrescentou seu lixo ao mosaico, depois endireitou o corpo e enfiou as mãos bem fundo nos bolsos do casaco. Ele conseguia ver sua própria respiração no ar.

"Os jornais vão fazer uma festa com isso", resmungou alguém. Havia uma dúzia de figuras perambulando pela passarela coberta entre os dois blocos. O lugar cheirava levemente a urina, humana ou não. Muitos cães na vizinhança, um ou dois inclusive de coleira. Eles vinham farejar na entrada da passarela, até serem afugentados por um dos policiais uniformizados. Fitas para delimitar uma cena de crime bloqueavam ambos os lados da passagem. Crianças de bicicletas esticavam o pescoço para dar uma olhada. Fotógrafos da polícia recolhiam evidências, competindo por espaço com a equipe forense, vestida com macacões brancos, as cabeças cobertas. Uma van cinza e sem identificação estava estacionada ao lado dos carros de polícia na lamacenta área de recreação externa. O motorista se queixou a Rebus de que algumas crianças haviam exigido dinheiro dele para tomar conta do veículo.

"Malditos tubarões."

Logo mais esse motorista iria levar o corpo para o necrotério, onde a autópsia seria realizada. Mas eles já sabiam que se tratava de homicídio. Múltiplos ferimentos à faca, inclusive um na garganta. A trilha de sangue mostrava que a vítima havia sido atacada a uns três, três metros e meio passagem adentro. Ele provavelmente tentou fugir, rastejando em direção à luz, o agressor dando mais estocadas enquanto ele vacilava e caía.

"Nada nos bolsos, exceto alguns trocados", outro detetive estava dizendo. "Vamos torcer para que alguém saiba quem ele é..."

Rebus não sabia quem ele era, mas sabia o que ele era: um caso, uma estatística. Mais do que isso, era uma reportagem, e agora mesmo os jornalistas da cidade já a estariam farejando por toda parte, como uma matilha sentindo a presença de sua presa. Knoxland não era uma área popular. Tendia a atrair apenas os desesperados e aqueles sem nenhum tipo de opção. No passado, tinha sido usada como um local de despejo para inquilinos que a administração municipal achava difícil abrigar em outro lugar: os viciados e os desequilibrados. Mais recentemente, imigrantes tinham sido jogados em seus cantos mais úmidos, desagradáveis e menos acolhedores. Gente em busca de asilo, refugiados. Pessoas em quem ninguém queria pensar ou com quem ninguém queria ter que lidar. Olhando à sua volta, Rebus percebeu que os pobres coitados deviam se sentir como ratos em um labirinto. A diferença é que nos laboratórios havia poucos predadores, enquanto aqui, no mundo real, eles estavam em toda parte.

Eles andavam com facas. Iam de um lado para o outro à vontade. Mandavam nas ruas.

E agora tinham matado.

Outro carro se aproximou, uma figura emergiu dele. Rebus conhecia o rosto: Steve Holly, jornalista picareta de um tabloide de Glasgow. Afobado e muito acima do peso, o cabelo espetado cheio de gel. Antes de trancar o carro, Holly enfiou seu laptop debaixo do braço, pronto para levá-lo consigo. Sabia das coisas, esse Steve Holly. Ele acenou para Rebus.

"Tem alguma coisa pra mim?"

Rebus fez que não com a cabeça, e Holly começou a olhar ao redor em busca de fontes de informação mais adequadas. "Ouvi dizer que você tinha sido expulso de St. Leonard's", ele disse, como se quisesse puxar conversa, os olhos em todos os lugares, menos em Rebus. "Não me diga que eles despejaram você aqui!"

Rebus era inteligente o bastante para não responder à altura, mas Holly estava começando a se divertir. "Área de despejo

resume muito bem o que é este lugar. É a escola da vida, hein?"
Holly começou a acender um cigarro, e Rebus sabia que ele estava pensando na história que iria escrever mais tarde: sonhando com trocadilhos e frases de filosofia barata.

"Ouvi falar que é um asiático", disse o jornalista por fim, soprando a fumaça e oferecendo o maço a Rebus.

"Ainda não sabemos." Rebus foi obrigado a admitir: suas palavras custaram o preço de um cigarro. Holly acendeu para ele. "Pele mais escura... Poderia ser de qualquer lugar."

"De qualquer lugar menos da Escócia", disse Holly com um sorriso. "Mas pode ser um crime racial, tem que ser. Era só uma questão de tempo até *nós* termos um." Rebus sabia por que ele tinha enfatizado o "nós": estava se referindo a Edimburgo. Glasgow tinha tido um assassinato por motivo racial, alguém que pediu asilo e tentou viver sua vida em uma das áreas problemáticas da cidade. Morto a facadas, assim como a vítima ali na frente deles, que, depois de revistada, analisada e fotografada, estava agora sendo colocada em um saco para cadáveres. Houve silêncio durante o procedimento: um momentâneo sinal de respeito dos profissionais que, em seguida, iriam prosseguir em seu trabalho de encontrar o assassino. O saco foi colocado em cima de um carrinho, depois passou sob o cordão de isolamento e ao lado de Rebus e Holly.

"É você que está no comando?", Holly perguntou em voz baixa. Rebus fez que não com a cabeça novamente, observando o corpo ser posto dentro da van. "Me dá uma pista, então... Com quem eu falo?"

"Eu nem devia estar aqui", disse Rebus, virando-se a fim de voltar para a relativa segurança de seu carro.

Eu sou uma das que tiveram sorte, pensava a sargento-detetive Siobhan Clarke, e com isso ela queria dizer que pelo menos havia recebido uma mesa. John Rebus — superior a ela na hierarquia — não tinha sido tão afortunado. Não que sorte, boa ou má, tivesse alguma coisa a ver com isso. Ela sabia que Rebus via aquilo como um sinal do alto: não temos lugar para você, já é tempo de pensar em parar. Ele poderia estar recebendo pensão completa da polícia a esta altura — policiais mais jovens do que ele, com menos anos na força policial, estavam entregando os pontos e se preparando para a aposentadoria. Sabia exatamente qual era a mensagem que seus chefes queriam que ele recebesse. E Siobhan também sabia, tanto que lhe ofereceu sua própria mesa. Ele recusou, é claro, disse que não se importava de compartilhar qualquer outro espaço disponível, o que acabou significando uma mesa perto da copiadora, onde canecas, café e açúcar eram guardados. A chaleira ficava no parapeito de uma janela ao lado. Havia uma caixa de papel para a copiadora debaixo da mesa e uma cadeira com o encosto quebrado que rangia quando ele se sentava. Nada de telefone, nem mesmo uma tomada de parede para um. Nada de computador.

"Isso é temporário, claro", havia explicado o inspetor-chefe James Macrae. "Não é fácil abrir espaço para mais gente..."

Ao que Rebus tinha respondido com um sorriso e um encolher de ombros, Siobhan percebendo que ele não se atrevia a falar: era como Rebus administrava sua raiva. Guardar tudo para mais tarde. As mesmas questões de espaço explicavam por que a mesa dela ficava junto da dos detetives comuns. Havia um escritório separado para os sargentos-detetives, que o compartilhavam com o auxiliar administrativo, mas lá não havia espaço para Siobhan ou Rebus. O inspetor-detetive, entretanto, possuía um pequeno escritório entre os dois. Ah, aí estava o problema: Gayfield já tinha um ID, não havia necessidade de outro. Seu nome era Derek Starr, e ele era alto, loiro e bonito. O problema era que ele sabia disso. Certa vez, convidou Siobhan para almoçar em seu clube. Chamava-se The Hallion, era uma caminhada de cinco minutos até lá. Ela não teve coragem de perguntar quanto custava para se tornar sócio. E ele havia levado Rebus também.

"Porque ele pode", resumira Rebus. Starr estava em ascensão e queria que os dois recém-chegados soubessem disso.

A mesa de Siobhan era boa. Tinha um computador, que Rebus podia usar sempre que quisesse. E também um telefone. Do outro lado do corredor ficava a detetive Phyllida Hawes. Elas trabalharam juntas em alguns casos, embora estivessem em divisões diferentes. Siobhan era dez anos mais jovem que Hawes, mas estava acima dela na hierarquia. Até agora isso não fora problema, e Siobhan esperava que continuasse assim. Havia outro detetive na sala. Seu nome era Colin Tibbet: vinte e poucos anos, Siobhan achava, o que o tornava alguns anos mais jovem do que ela. Um belo sorriso que muitas vezes mostrava uma fila de dentes pequenos e arredondados. Hawes já havia acusado Siobhan de sentir alguma coisa por ele, expressando-se em termos engraçados, mas só isso.

"Não estou no negócio de sequestro de crianças", Siobhan respondera.

"Então você gosta é de homens mais maduros?", Hawes provocou, olhando na direção da copiadora.

"Não seja idiota", Siobhan disse, sabendo que ela se referia a Rebus. No final de um caso meses antes, Siobhan se viu nos braços de Rebus, sendo beijada por ele. Ninguém soube, e eles nunca conversaram sobre o que aconteceu. No entanto, aquilo pairava sobre os dois sempre que estavam a sós. Bem... pairava sobre *ela* com certeza; nunca se podia dizer nada a respeito de John Rebus.

Phyllida Hawes, agora, estava se dirigindo para a fotocopiadora, perguntando onde o inspetor-detetive Rebus tinha ido parar.

"Foi chamado", Siobhan respondeu. Era tudo o que ela sabia, mas o olhar de Hawes indicou que ela achava que Siobhan estava escondendo alguma coisa. Tibbet deu uma tossidinha.

"Um corpo foi encontrado em Knoxland. Acabou de aparecer no computador." Ele bateu na tela como se confirmando aquilo. "Tomara que não seja uma guerra de territórios."

Siobhan balançou a cabeça lentamente, concordando. Menos de um ano antes, uma quadrilha de traficantes tinha tentado se estabelecer à força na área, provocando uma série de esfaqueamentos, sequestros e represálias. Os recém-chegados eram da Irlanda do Norte, e havia rumores de que teriam conexões paramilitares. A maioria agora estava na cadeia.

"Não é problema nosso, é?", Hawes dizia. "Uma das poucas coisas que temos a nosso favor aqui... Não há ocorrências como as de Knoxland na vizinhança."

Isso era verdade. Gayfield Square cuidava principalmente de ocorrências do centro da cidade: ladrões e arruaceiros na Princes Street, bêbados de sábado à noite, arrombamentos na Cidade Nova.

"É meio como se fosse feriado para você, hein, Siobhan?", Hawes acrescentou com um sorriso.

"St. Leonard's teve seus bons dias", Siobhan foi forçada a concordar. Na época em que a mudança foi anunciada, dizia-se que ela acabaria indo para o QG. Ela não soube como o boato havia começado, mas após uma semana, ou algo assim, parecia bem real. No entanto, logo depois a superintendente Gill Templer pediu para falar com ela, e de repente ela estava indo para Gayfield Square. Tentou não sentir aquilo como um golpe, mas é o que havia sido. A própria Templer, por outro lado, *foi* parar no QG. Outros foram espalhados por lugares distantes como Balerno e East Lothian, alguns poucos optando pela aposentadoria. Apenas Siobhan e Rebus seriam transferidos para Gayfield Square.

"E justamente quando estávamos pegando o jeito do trabalho", reclamou Rebus, esvaziando o conteúdo das gavetas de sua mesa em uma caixa grande de papelão. "Ainda assim, veja o lado bom: vai poder dormir mais um pouco de manhã."

Era verdade, o apartamento dela ficava a cinco minutos de caminhada. Nada mais de dirigir horas pelo centro da cidade. Era uma das poucas coisas boas em que conseguia pensar... talvez a única. Eles tinham sido uma equipe em St. Leonard's, e o edifício estava em um estado muito melhor do que esse feioso onde ficavam agora. A sala do DIC era maior e mais clara, e aqui havia um... Siobhan inspirou profundamente pelo nariz. Bem, havia um *cheiro*. Não conseguia identificar o que era. Não era o odor corporal nem o pacote de sanduíches de queijo e picles que Tibbet trazia para o trabalho todos os dias. Parecia vir do próprio edifício. Certa manhã, sozinha na sala, chegou a aproximar o nariz das paredes e do piso, mas não parecia haver nenhuma fonte específica de cheiro. Houve até momentos em que ele desapareceu, apenas para reaparecer de maneira gradual. Os aquecedores? Um isolante? Ela havia desistido de tentar explicar aquilo, e não tinha dito nada a ninguém, nem mesmo a Rebus.

Seu telefone tocou e ela atendeu. "DIC", disse no bocal.

"Aqui é da recepção. Estou com um casal que gostaria de dar uma palavrinha com a sargento-detetive Clarke."

Siobhan franziu a testa. "Perguntaram especificamente por mim?"

"Isso mesmo."

"Como eles se chamam?" Pegou um bloco de notas e uma caneta.

"Sr. e sra. Jardine. Pediram para lhe dizer que são de Banehall."

Siobhan parou de escrever. Sabia quem eles eram. "Diga que já estou indo." Ela desligou e pegou sua jaqueta no encosto da cadeira.

"Mais um desertor?", disse Hawes. "Qualquer um iria pensar que a nossa companhia é indesejável, Col." Ela piscou para Tibbet.

"Tenho visitas", Siobhan explicou.

"Traga-os para cá", Hawes convidou, abrindo os braços. "Quanto mais gente, melhor."

"Vou ver", disse Siobhan. Quando ela saiu da sala, Hawes estava batendo com força no botão da copiadora outra vez, enquanto Tibbet lia alguma coisa na tela de seu computador, os lábios movendo-se silenciosamente. De jeito nenhum ela iria levar os Jardine para lá. Aquele cheiro de fundo, o mofo e a vista para o estacionamento... Os Jardine mereciam coisa melhor.

Eu também, ela não conseguiu deixar de pensar.

Fazia três anos que não os via. Eles não tinham envelhecido bem. John Jardine praticamente não tinha mais cabelo, e o pouco que restara estava salpicado de tons de cinza. Sua mulher, Alice, também mostrava um pouco de cinza no cabelo; ele estava preso atrás, fazendo seu rosto parecer grande e austero. Ela havia engordado um pouco, e dava a impressão de ter escolhido suas roupas ao acaso: saia longa de veludo marrom com meias azul-escuras e sapatos verdes; blusa xadrez e um casaco vermelho xadrez por cima. John Jardine havia se esforçado um pouco mais: terno, gravata e uma camisa que um dia tinha sido passada. Ele estendeu a mão para Siobhan.

"Sr. Jardine", disse ela. "Pelo que vejo, ainda tem os gatos." Ela tirou alguns pelos da lapela dele.

Ele deu uma risada curta e nervosa, afastando-se para o lado para que sua mulher se aproximasse e cumprimentasse Siobhan. Mas, em vez de cumprimentá-la, ela simplesmente segurou a mão de Siobhan nas suas. Seus olhos estavam avermelhados, e Siobhan sentiu que a mulher esperava que ela entendesse o que eles queriam dizer.

"Nos contaram que agora você é sargento", disse John Jardine.

"Sargento-detetive, isso mesmo." Siobhan ainda estava olhando nos olhos de Alice Jardine.

"Parabéns. Fomos primeiro até o seu antigo endereço, e eles nos disseram para vir aqui. Alguma coisa sobre o DIC estar sendo reestruturado..." Ele esfregava as mãos como se as estivesse lavando. Siobhan sabia que ele tinha quarenta e poucos anos, mas parecia dez anos mais velho, assim como sua mulher. Três anos atrás, Siobhan havia sugerido a eles uma terapia familiar. Se seguiram o conselho dela, não tinha funcionado. Eles ainda estavam em choque, ainda atordoados e confusos, e de luto.

"Nós perdemos uma filha", Alice Jardine disse em voz baixa, finalmente soltando a mão de Siobhan. "Não queremos perder outra... É por isso que precisamos da sua ajuda."

Siobhan olhou da mulher para o marido e vice-versa. Sabia que o sargento da recepção os observava; sabia também da pintura descascada das paredes, das pichações e dos cartazes de "Procura-se".

"Que tal um café?", disse com um sorriso. "Há um lugar bem ali na esquina."

E eles foram para lá. Um café que fazia as vezes de restaurante na hora do almoço. Um executivo sentado em uma das mesas ao lado da janela terminava uma refeição tardia enquanto falava em seu telefone celular e analisava uma papelada em sua maleta. Siobhan levou o casal até uma mesa não muito perto dos alto-falantes de parede. Era música instrumental, um fundo impessoal para preencher o silêncio. Parecia querer soar vagamente como música italiana. O garçom, no entanto, era cem por cento local.

"Alguma coisa pra comer?" Seu jeito de falar era monótono e anasalado, e havia uma mancha enorme de molho à bolonhesa na barriga de sua camisa branca de mangas curtas. Os braços eram grossos e exibiam tatuagens esmaecidas de cardos e cruzes de santo André.

"Só cafés", disse Siobhan. "A menos que...?" Olhou para o casal sentado à sua frente, mas os dois fizeram que não com a cabeça. O garçom dirigiu-se para a máquina de café expresso, apenas para ser desviado por um executivo que também queria algo e que, obviamente, merecia um tipo de atendimento para o qual um pedido de três cafés não era páreo. Bem, não que Siobhan estivesse com uma grande pressa de voltar à sua mesa, embora não tivesse certeza se iria se divertir muito com a conversa que viria.

"Então, como estão as coisas com vocês?", ela se sentiu levada a perguntar.

O casal se entreolhou antes de responder.

"Difíceis", disse o sr. Jardine. "As coisas têm sido... difíceis."

"É, eu sei bem disso."

Alice Jardine se inclinou sobre a mesa. "Não é Tracy. Quero dizer, ainda sentimos falta dela..." Abaixou os olhos. "Claro que sim. Mas é com Ishbel que estamos preocupados."

"Muito preocupados mesmo", acrescentou o marido.

"Porque ela foi embora, entende? E não sabemos por que nem para onde." A sra. Jardine explodiu em lágrimas. Siobhan olhou para o executivo, mas ele não prestava atenção em outra coisa que não sua própria existência. O garçom, no entanto, tinha parado ao lado da máquina de café expresso. Siobhan olhou furiosa para ele, esperando que entendesse a dica e se apressasse em lhes trazer o café. John Jardine tinha passado o braço em volta dos ombros de sua mulher, e foi isso que fez Siobhan voltar três anos, para uma cena quase idêntica: a casa com varanda no vilarejo de Banehall em West Lothian, e John Jardine confortando a esposa o melhor que podia. Era uma casa limpa e arrumada, um lugar de que seus proprietários podiam se orgulhar; eles tinham utilizado o sistema de primazia de aquisição para comprá-la do conselho municipal. Havia ali várias ruas com casas quase idênticas, mas podia-se dizer quais eram propriedade particular: portas e janelas novas, jardins aparados com cercas novas e portões de ferro forjado. Em determinado momento, Banehall havia prosperado com a mineração de carvão, mas fazia muito tempo que essa atividade tinha se encerrado, e com ela muito do espírito da cidade desapareceu. Ao passar de carro pela rua principal pela primeira vez, Siobhan tinha notado janelas cobertas por tábuas e placas de "Vende-se"; pessoas movendo-se lentamente sob o peso de sacolas, crianças perambulando em torno do memorial da guerra, brincando de dar chutes altos umas nas outras.

John Jardine trabalhava como motorista de entregas; Alice estava na linha de produção de uma fábrica de eletrônicos nos arredores de Livingston. Esforçando-se para conseguirem o sustento para si e duas filhas. Mas uma dessas filhas havia sido atacada certa noite em Edimburgo. Seu nome era Tracy. Ela estava bebendo e dançando com um grupo de amigos. No final da noite, eles se amontoaram em táxis para ir a uma festa. Tracy tinha ficado para trás e não conseguia se lembrar do endereço da festa enquanto esperava um táxi. Quando a bateria de seu celular acabou, ela voltou para dentro e pediu emprestado o telefone de um dos rapazes com quem havia dançado. Ele saiu com ela, começaram a andar juntos e ele lhe disse que a festa não era tão longe.

Começou a beijá-la, não aceitou um não como resposta. Deu tapas e murros nela, arrastou-a para um beco e a estuprou.

Tudo isso Siobhan já sabia quando fora até a casa em Banehall. Trabalhou no caso, conversou com a vítima e com os pais. Não tinha sido difícil encontrar o agressor: ele também era de Banehall, morava a apenas três ou quatro ruas dali, do outro lado da rua principal. Tracy o conhecia da escola. A defesa dele fora bem típica: tinha bebido muito, não conseguia se lembrar... e, de qualquer maneira, ela estava querendo. Estupro sempre era um processo difícil, mas, para alívio de Siobhan, Donald Cruikshank, conhecido por seus amigos como Donny, o rosto permanentemente marcado pelas unhas de sua vítima, fora considerado culpado e condenado a cinco anos.

Isso deveria ter encerrado o envolvimento de Siobhan com a família, só que algumas semanas depois do fim do julgamento chegou a notícia do suicídio de Tracy, sua vida terminando aos dezenove anos de idade. Uma overdose de comprimidos, encontrada em seu quarto por sua irmã, Ishbel, quatro anos mais nova do que ela.

Siobhan tinha visitado os pais, ciente de que nada que pudesse dizer mudaria alguma coisa, mas ainda assim sentindo a necessidade de dizer *alguma coisa*. Eles haviam sido abandonados não tanto pelo sistema, mas pela própria vida. A única coisa que Siobhan não tinha feito — a única coisa que precisou se esforçar para não fazer — fora visitar Cruikshank na cadeia. Ela queria que ele sentisse sua raiva. Lembrou-se da maneira pela qual Tracy havia apresentado as evidências durante o julgamento, sua voz desaparecendo à medida que balbuciava as frases; sem olhar para ninguém, quase envergonhada de estar ali, recusando-se a tocar as evidências nos sacos plásticos: o vestido e a calcinha rasgados. Enxugando lágrimas silenciosas. O juiz havia sido favorável, o réu tentando não parecer envergonhado, desempenhando o papel de autêntica vítima: ferido, um grande pedaço de gaze cobrindo uma das maçãs do rosto; balançando a cabeça em sinal de descrença, levantando os olhos para o céu.

E mais tarde, com o veredicto já apresentado, o júri tinha tido permissão para ouvir sobre suas condenações anteriores: duas por assalto, uma por tentativa de estupro. Donny Cruikshank tinha dezenove anos.

"O desgraçado tem a vida inteira pela frente", John Jardine dissera a Siobhan enquanto eles saíam do cemitério. Alice abraçava a filha sobrevivente. Ishbel chorava no ombro da mãe, Alice olhando para a frente, algo morrendo por trás de seus olhos...

Os cafés chegaram, trazendo Siobhan de volta ao presente. Ela esperou até que o garçom se afastasse para ir cuidar da conta do executivo.

"Então me contem o que aconteceu", disse.

John Jardine despejou um sachê de açúcar em sua xícara e começou a mexer. "Ishbel terminou a escola no ano passado. Queríamos que ela fosse para a faculdade, ter algum tipo de qualificação. Mas ela estava decidida a ser cabeleireira."

"É claro que a pessoa também precisa de uma qualificação para isso", sua mulher interrompeu. "Ela vai à faculdade em Livingston, em meio período."

Siobhan apenas concordou com a cabeça.

"Bem, ela ia antes de desaparecer", declarou John Jardine calmamente.

"Quando foi isso?"

"Hoje faz uma semana."

"Ela simplesmente sumiu?"

"Nós pensamos que ela tivesse ido trabalhar, como de costume — ela está no salão de beleza da Main Street. Mas eles telefonaram para saber se ela estava doente. Algumas roupas dela tinham desaparecido, o suficiente para encher uma mochila. Dinheiro, cartões, celular..."

"Tentamos ligar para ele inúmeras vezes", a esposa acrescentou, "mas está sempre desligado."

"Vocês falaram com mais alguém além de mim?", perguntou Siobhan, levando a xícara aos lábios.

"Com todo mundo de quem conseguimos nos lembrar — seus amigos, colegas de escola antigos, as meninas com quem ela trabalhava."

"Da faculdade?"

Alice Jardine assentiu. "Eles também não a viram."

"Fomos à delegacia de polícia em Livingston", disse John Jardine. Ele ainda estava mexendo o conteúdo de sua xícara, não mostrava nenhuma inclinação para beber. "Eles disseram que ela tem dezoito anos, por isso não está infringindo a lei. E como saiu com uma mochila, não foi sequestrada."

"Infelizmente isso é verdade." Havia mais coisas que Siobhan poderia ter acrescentado: que ela via pessoas fugindo o tempo todo e que, se morasse em Banehall, talvez também fugisse... "Não houve nenhuma briga em casa?"

O sr. Jardine fez que não com a cabeça. "Ela estava economizando para comprar um apartamento... Já tinha começado a fazer as listas de coisas que ia comprar para ele."

"Algum namorado?"

"Houve um até uns meses atrás. A separação foi..." O sr. Jardine não conseguia encontrar a palavra que estava procurando. "Eles continuaram amigos."

"Foi amigável?", sugeriu Siobhan. Ele sorriu e acenou com a cabeça: ela havia encontrado a palavra para ele.

"Nós apenas queremos saber o que está acontecendo", Alice Jardine disse.

"Claro que sim, e há pessoas que podem ajudar... agências que procuram pessoas que, como Ishbel, saíram de casa por algum motivo." Siobhan percebeu aquelas palavras saindo com facilidade: já as dissera muitas vezes para pais preocupados. Alice olhava para o marido.

"Diga a ela o que Susie lhe contou", disse.

Ele assentiu com a cabeça, finalmente depositando a colher de volta no pires. "Susie trabalha com Ishbel no salão. Ela disse que viu Ishbel entrar num carrão... Ela achou que poderia ser uma BMW ou algo assim."

"Quando foi isso?"

"Aconteceu algumas vezes... O carro estava sempre estacionado um pouco mais abaixo na rua. Um sujeito mais velho na direção." Fez uma pausa. "Bem, pelo menos da minha idade."

"Será que Susie perguntou a Ishbel quem ele era?"

O sr. Jardine assentiu com a cabeça. "Mas Ishbel não disse."

"Então talvez ela tenha ido ficar com esse amigo." Siobhan tinha terminado seu café e não quis outro.

"Mas por que não nos dizer?", perguntou Alice melancolicamente.

"Não sei se posso ajudá-los a responder isso."

"Susie mencionou outra coisa", disse John Jardine, baixando a voz ainda mais. "Ela disse que esse homem... ela nos disse que ele parecia um pouco estranho."

"Estranho?"

"O que ela realmente disse foi que parecia um cafetão." Ele olhou para Siobhan. "Como nos filmes e na TV: óculos escuros, jaqueta de couro... um carrão."

"Não sei bem se isso nos leva a algum lugar", disse Siobhan, imediatamente lamentando o uso do "nos", que a amarrava à causa deles.

"Ishbel é muito bonita", disse Alice. "Você sabe disso. Por que ela fugiria assim, sem nos dizer? Por que não nos contou sobre esse homem?" Balançou a cabeça devagar. "Não, não, tem que haver mais alguma coisa."

O silêncio caiu sobre a mesa por alguns instantes. O telefone do empresário estava tocando novamente enquanto o garçom abria a porta para ele. O garçom ainda fez uma pequena reverência: ou o homem era um cliente regular, ou uma boa gorjeta tinha mudado de mãos. Agora havia apenas três clientes no lugar, o que não era uma perspectiva das mais emocionantes.

"Não consigo ver nenhuma maneira de ajudá-los", disse Siobhan para os Jardine. "Vocês sabem que eu o faria se pudesse..."

John Jardine segurou a mão da esposa. "Você foi muito boa para nós, Siobhan. Compreensiva e tudo mais. Nós lhe agradecemos por isso naquela época, e Ishbel também... Por isso pensamos em você." Ele a fixou com olhos leitosos. "Nós já perdemos Tracy. Ishbel é tudo que nos resta."

"Vejam bem..." Siobhan respirou fundo. "Talvez eu possa pôr o nome dela em circulação, para ver se ela aparece em algum lugar."

O rosto dele suavizou-se. "Seria ótimo."

"Ótimo é um exagero, mas vou fazer o que puder." Ela viu que Alice Jardine estava prestes a pegar sua mão de novo, então começou a se levantar da mesa, olhando o relógio como se algum compromisso premente a aguardasse na delegacia. O garçom se aproximou, John Jardine insistiu em pagar. Quando eles finalmente saíram, o garçom havia sumido. Siobhan abriu a porta.

"Às vezes as pessoas só precisam de um pouco de tempo para si mesmas. Vocês têm certeza de que ela não estava com nenhum problema?"

Marido e mulher se entreolharam. Foi Alice quem falou. "Ele está livre, você sabe. Voltou para Banehall, um tremendo descarado. Talvez isso tenha algo a ver."

"Quem?"

"Cruikshank. Três anos, isso foi tudo que ele cumpriu. Eu o

vi um dia quando eu estava fazendo compras. Tive que ir para uma rua lateral vomitar."

"Falou com ele?"

"Eu nem cuspiria nele."

Siobhan olhou para John Jardine, mas ele estava balançando a cabeça.

"Eu o mataria", disse ele. "Se algum dia voltasse a encontrá-lo, eu teria que matá-lo."

"Cuidado para quem diz isso, sr. Jardine." Siobhan pensou por um momento. "Ishbel sabia? Sabia que ele estava livre, quero dizer."

"A cidade inteira sabia. E sabe como é: cabeleireiros são os primeiros a saber das fofocas."

Siobhan fez que sim com a cabeça lentamente. "Bem... como eu disse, vou dar alguns telefonemas. Uma foto de Ishbel pode ajudar."

A sra. Jardine remexeu na bolsa e tirou de lá uma folha de papel dobrada. Era uma foto estourada em papel A4, impressa a partir de um computador. Ishbel em um sofá, uma bebida na mão, as bochechas rosadas pelo álcool.

"Essa ao lado dela é a Susie do salão", disse Alice Jardine. "John tirou em uma festa que demos há três semanas. Era meu aniversário."

Siobhan assentiu com a cabeça. Ishbel tinha mudado desde a última vez em que a vira: deixara o cabelo crescer e o tingira de loiro. Estava mais maquiada também, e com um rigor em torno dos olhos, apesar do sorriso. Um leve indício de papada começando a aparecer. O cabelo repartido no meio. Levou um segundo para Siobhan perceber quem ela lembrava. Era Tracy: o cabelo loiro comprido, repartido no meio, o delineador azul.

Ela se parecia com a irmã morta.

"Obrigada", disse, colocando a foto no bolso. Siobhan perguntou se o número de telefone deles ainda era o mesmo. John Jardine assentiu. "Nós nos mudamos para uma rua muito próxima, nem foi preciso alterar o número."

Claro que haviam se mudado. Como poderiam continuar morando naquela casa, a casa onde Tracy havia tomado a overdose? Ishbel tinha quinze anos quando encontrou o corpo sem vida. A irmã que ela adorava, idolatrava. Seu modelo de vida.

"Eu entro em contato com vocês", disse Siobhan, virando as costas e se afastando.

2.

"E o que andou fazendo a tarde toda?", Siobhan perguntou, pondo a caneca de cerveja IPA diante de Rebus. Enquanto ela se sentava de frente para ele, Rebus soltou a fumaça do cigarro na direção do teto; aquela era sua ideia de concessão a qualquer acompanhante que não fumasse. Eles se encontravam na sala dos fundos do Oxford Bar, e todas as mesas estavam cheias de funcionários de escritório que tinham parado ali para se reabastecer antes de voltar para casa. Não fazia muito tempo que Siobhan tinha retornado ao escritório quando a mensagem de texto de Rebus apareceu em seu celular:

que tal uma bebida estou no ox

Ele finalmente tinha dominado o envio e o recebimento de mensagens, mas ainda faltava aprender a adicionar a pontuação.

E as letras maiúsculas.

"Estive fora, em Knoxland", respondeu ele.

"Col me disse que encontraram um corpo."

"Homicídio", Rebus afirmou. Tomou um gole grande, franzindo a testa para o copo estreito de soda com limão de Siobhan.

"Como é que você foi parar lá?", perguntou ela.

"Recebi um telefonema. Alguém do QG tinha alertado West End sobre eu ser um excedente em Gayfield Square."

Siobhan pousou o copo na mesa. "Eles não disseram isso, disseram...?"

"Você não precisa de uma lupa para ler nas entrelinhas, Shiv."

Siobhan já tinha desistido de tentar fazer as pessoas adotarem seu nome completo em vez daquela forma abreviada. Do mesmo modo, Phyllida Hawes era "Phyl" e Colin Tibbet, "Col". Aparentemente, as pessoas se referiam a Derek Starr às vezes como "Deek", mas ela nunca tinha ouvido. Mesmo o inspetor-chefe James Macrae pedia que o chamassem de "Jim", a menos que estivessem em alguma reunião formal. Mas John Rebus... Desde que o conhecia tinha sido "John": nada de Jock ou Johnny. Era como se as pessoas soubessem, apenas olhando para ele, que Rebus não era o tipo que tolerava um apelido. Apelidos faziam as pessoas parecerem fáceis, mais acessíveis, mais propensas a cooperar. Quando o inspetor-chefe Macrae dizia algo como "Shiv, você tem um minuto?", isso significava que ele ia pedir algum favor. Se mudava para "Siobhan, na minha sala, por favor", então ela não estava mais sob as graças dele: alguma coisa errada tinha acontecido.

"Um centavo pelo que você está pensando", disse Rebus. Ele já havia bebido quase tudo da caneca que ela acabara de comprar.

Ela balançou a cabeça. "Só pensando na vítima."

Rebus deu de ombros. "De aparência asiática ou qualquer que seja a expressão politicamente correta da semana." Ele apagou o cigarro. "Poderia ter sido mediterrâneo ou árabe... Na verdade não cheguei muito perto. Excedente de novo." Sacudiu o maço de cigarros. Estava vazio, ele o esmagou e terminou a cerveja. "Outro igual?", perguntou, levantando-se.

"Eu mal comecei este."

"Então deixe-o de lado e tome uma bebida de verdade. Você não tem que fazer mais nada esta noite, tem?"

"Isso não significa que eu queira passar a noite ajudando você a encher a cara." Ele aguentou firme, dando a ela um tempo para reconsiderar. "Está bem: um gim-tônica."

Rebus pareceu satisfeito com isso e saiu. Ela podia ouvir vozes vindo do bar, saudando a chegada dele lá. "O que está fazendo escondido lá em cima?", perguntou uma das vozes. Siobhan não conseguiu ouvir a resposta, mas mesmo assim sabia qual era. A parte da frente do bar era o domínio de Rebus, um lugar onde ele era admirado por seus companheiros de copo — todos homens. Mas aquela parte de sua vida devia permanecer separada de qualquer outra — Siobhan não tinha certeza do motivo, era apenas algo que ele não estava disposto a partilhar. A sala dos fundos era para reuniões e "convidados". Ela recostou-se e pensou nos Jardine, e se estava realmente disposta a se envolver na busca deles. Eles pertenciam a seu passado, e casos passados quase nunca reapareciam de maneira tão tangível. Era da natureza do trabalho deles que o investigador se envolvesse na vida das pessoas intimamente — mais intimamente do que muitos gostariam —, mas apenas por um breve período. Certa vez, Rebus deixou escapar para ela que se sentia rodeado por fantasmas: amizades e relacionamentos que não tinham ido para a frente, além de todas aquelas vítimas, cujas vidas terminaram antes que seu interesse por elas tivesse começado.

Isso pode fazer o diabo com você, Shiv...

Ela nunca esqueceu aquelas palavras; *in vino veritas* e tudo mais. Ouviu um celular tocando na sala da frente. Aquilo fez com que desse uma olhada em seu próprio aparelho, para ver se chegara alguma mensagem. Mas não havia sinal, algo que ela tinha esquecido sobre aquele lugar. O Oxford Bar ficava a apenas um minuto de caminhada das lojas do centro da cidade, mas por algum motivo nunca se conseguia sinal na sala dos fundos. O bar estava enfiado em uma ruela estreita, embaixo de escritórios e apartamentos. Grossas paredes de pedra, construídas para sobreviver aos séculos. Ela mudou a posição do aparelho de diferentes maneiras, porém a mensagem na tela continuou a apresentar seu desafiante "Sem sinal". Mas agora o próprio Rebus estava no vão da porta, sem as bebidas nas mãos. Em vez disso, agitava o celular na direção dela.

"Estão nos chamando", disse.

"Onde?"

Ele ignorou a pergunta. "Você está de carro?"

Ela assentiu com a cabeça.

"Então é melhor você dirigir. Ainda bem que não bebeu nada forte, hein?"

Ela pôs a jaqueta e pegou sua bolsa. Rebus estava comprando cigarros e balas de hortelã no balcão do bar. Ele jogou uma das balas dentro da boca.

"E então, vai ser uma viagem misteriosa ou o quê?", perguntou Siobhan.

Ele fez que não com a cabeça, mastigando a bala. "Fleshmarket Close", disse. "Alguns corpos que podem nos interessar." Ele abriu a porta para o mundo exterior. "Só não tão frescos quanto o de Knoxland..."

Fleshmarket Close era um beco estreito, apenas para pedestres, que ligava a High Street com a Cockburn Street. A entrada pela High Street era ladeada por um bar e uma loja de fotografia. Não havia vaga para estacionar, então Siobhan entrou na própria Cockburn Street e parou em frente às lojas. Eles atravessaram a rua e se dirigiram para o beco. Desse lado, a entrada ostentava um agenciador de apostas e, do outro, uma loja que vendia cristais e "apanhadores de sonhos"; a velha e a nova Edimburgo, pensou Rebus. O lado da Cockburn Street ficava a descoberto, enquanto a outra metade era protegida por cinco andares de supostos apartamentos, suas janelas escuras lançando olhares funestos para os acontecimentos lá de baixo.

Havia várias portas no beco. Uma delas levava aos apartamentos e outra, bem em frente da primeira, levava aos corpos. Rebus viu alguns dos mesmos rostos da cena do crime em Knoxland: o pessoal da polícia científica com seus macacões brancos e os fotógrafos da polícia. O vão da porta era estreito e baixo, e datava de algumas centenas de anos, quando os moradores tinham uma estatura bem menor. Rebus se abaixou para entrar, com Siobhan logo atrás. A iluminação, fornecida por uma única lâmpada de quarenta watts no teto, estava prestes a ser aumentada por uma lâmpada mais potente assim que conseguissem uma extensão para ligá-la à tomada mais próxima.

Rebus parou hesitante em um dos cantos, até que um dos peritos lhe disse que estava tudo bem.

"Os corpos estão aqui já há algum tempo; não tem como alterarmos nenhuma evidência."

Rebus assentiu com a cabeça e se aproximou do círculo fechado de macacões brancos. Havia um piso de concreto desgastado sob os pés deles. Uma picareta estava por perto. Ainda havia pó no ar, grudando no fundo da garganta de Rebus.

"O concreto estava sendo arrancado", alguém explicava. "Não parece que está aí há muito tempo, mas eles queriam abaixar o piso por algum motivo."

"Que lugar é este?", Rebus perguntou, olhando ao redor. Havia caixas de papelão, prateleiras cheias de mais caixas. Barris velhos e cartazes publicitários de cervejas e bebidas alcoólicas.

"Pertence ao pub do andar de cima. Eles têm usado para guardar coisas. A adega fica bem atrás daquela parede." A mão enluvada apontou para as prateleiras. Rebus podia ouvir as tábuas do assoalho rangendo acima deles e os sons abafados de um jukebox ou televisor. "Um pedreiro começou a quebrar o piso, e encontrou isso..."

Rebus se virou e olhou para baixo. Estava olhando para um crânio. Havia outros ossos também, e ele não teve dúvida de que formariam um esqueleto inteiro assim que o resto do concreto fosse removido.

"Pode ser que estejam aqui há um bom tempo", sugeriu o perito. "Alguém vai ter um trabalho dos diabos."

Rebus e Siobhan trocaram um olhar. No carro, ela havia

perguntado em voz alta por que o telefonema tinha ido para eles, e não para Hawes ou Tibbet. Rebus levantou uma sobrancelha, indicando que achava que agora ela havia obtido sua resposta.

"Um trabalho dos diabos", reiterou o perito.

"É por isso que estamos aqui", Rebus disse com tranquilidade, ganhando um sorriso irônico de Siobhan. Havia mais de um significado nas palavras dele. "Onde está o dono da picareta?"

"No andar de cima. Ele disse que um gole de conhaque poderia ajudar a reanimá-lo." O perito torceu o nariz, como se só agora tivesse percebido levemente o cheiro de menta no ar viciado.

"Então é melhor bater um papo com ele", Rebus disse.

"Pensei que fossem corpos, no plural", Siobhan comentou.

O perito indicou com a cabeça um saco de polietileno branco no chão, ao lado do concreto quebrado. Um de seus colegas levantou o plástico alguns centímetros. Siobhan respirou fundo. Havia outro esqueleto lá, muito pequeno. Ela deixou o ar escapar por entre os dentes.

"Era a única coisa que tínhamos para cobrir", desculpou-se o perito. Ele se referia ao saco plástico. Rebus também estava olhando para os restos minúsculos.

"Mãe e bebê?", sugeriu.

"Eu deixaria esse tipo de especulação para os profissionais", afirmou uma nova voz. Rebus virou-se e se viu apertando a mão do patologista, o dr. Curt. "Nossa, John, você ainda está por aqui? Ouvi dizer que iam te jogar pra escanteio."

"Eu sigo o seu exemplo, doutor. Quando você for, eu também vou."

"E o júbilo será prolongado e sincero. Boa noite para você, Siobhan." Curt inclinou a cabeça para a frente ligeiramente. Rebus não duvidava de que, se estivesse usando chapéu, o teria tirado na presença de uma senhora. Ele parecia pertencer a outra época, com seu terno escuro imaculado e borzeguins engraxados, camisa engomada e gravata listrada, esta provavelmente denotando a adesão a alguma instituição venerável de Edimburgo. Seu cabelo era grisalho, mas só o tornava ainda mais distinto. Era penteado para trás, a partir da testa, sem um único fio fora do lugar. Ele olhou para os esqueletos.

"O professor vai se esbaldar", murmurou. "Ele gosta muito desses pequenos enigmas." Endireitou o corpo, examinando o espaço em volta. "E a história dele é prova disso."

"Então o senhor acha que eles já estão aqui há algum tempo?", Siobhan cometeu o erro de perguntar. Os olhos de Curt brilharam.

"Com certeza estavam aqui antes do concreto ser colocado... Provavelmente não muito mais que isso. As pessoas não costumam derramar concreto fresco sobre corpos sem uma boa razão."

"Sim, claro." O rubor no rosto de Siobhan não teria sido visto se a lâmpada mais forte não tivesse iluminado o lugar de repente, lançando sombras enormes até as paredes e por todo o teto baixo.

"Assim é melhor", disse o perito.

Siobhan olhou para Rebus e viu-o esfregar o rosto, como se ela precisasse que lhe dissessem que seu rosto também tinha ficado vermelho.

"Talvez eu devesse chamar o professor para vir até aqui", Curt disse para si mesmo. "Acho que ele gostaria de vê-los in situ..."

Colocou a mão em um bolso interno para pegar o celular. "É uma pena perturbar o velhote quando ele está indo para a ópera, mas o dever chama, não é mesmo?" Ele piscou para Rebus, que respondeu com um sorriso.

"Sem dúvida, doutor."

O professor era o professor Sandy Gates, colega e chefe imediato de Curt. Os dois davam aulas de patologia na universidade, mas estavam constantemente de plantão nas cenas de crime.

"Ficou sabendo que tivemos um esfaqueamento em Knoxland?", Rebus perguntou, enquanto Curt apertava botões em seu telefone.

"Fiquei", Curt respondeu. "Provavelmente vamos dar uma olhada nele amanhã de manhã. Ainda não tenho certeza se os nossos clientes aqui têm tanta urgência." Olhou outra vez para o esqueleto adulto. O da criança tinha sido novamente coberto, dessa vez não com um saco plástico, mas com o próprio casaco de Siobhan, que ela havia colocado sobre os restos mortais com extremo cuidado.

"Preferia que você não tivesse feito isso", Curt murmurou, segurando o telefone no ouvido. "Agora vamos ter que ficar com o seu casaco para poder verificar todas as fibras que encontrarmos nele."

Rebus não aguentou ver Siobhan corar de novo e fez a ela um gesto em direção à porta. Enquanto os dois saíam, Curt podia ser ouvido conversando com o professor Gates.

"Você está na estica, de fraque e cartola, Sandy? Porque se não estiver — e mesmo que esteja — acho que posso ter uma diversão alternativa para você *ce soir*..."

Em vez de seguir na direção do pub, Siobhan foi para o lado contrário.

"Aonde você vai?", Rebus perguntou.

"Eu tenho um blusão no carro", explicou. Quando ela voltou, Rebus tinha acendido um cigarro.

"É bom ver um pouco de cor em suas bochechas", ele disse.

"Nossa, você percebeu isso sozinho, sem a ajuda de ninguém?" Ela fez um som exasperado e se encostou na parede ao lado dele, de braços cruzados. "Eu só queria que ele não fosse tão..."

"O quê?" Rebus examinava a ponta brilhante de seu cigarro.

"Eu não sei..." Ela olhou ao redor, como se à procura de inspiração. Alguns baderneiros estavam na rua, andando em zigue-zague até sua pousada. Turistas fotografavam uns aos outros do lado de fora do Starbucks, tendo a subida para o

Castelo como pano de fundo. O velho e o novo, Rebus pensou novamente.

"Parece apenas um jogo para ele", Siobhan disse por fim. "Não é bem isso o que quero dizer, mas vai ter que servir."

"Ele é um dos homens mais sérios que eu conheço", Rebus disse a ela. "É uma maneira de lidar com essas coisas, só isso. Todos nós fazemos isso, cada um de um jeito diferente, não fazemos?"

"Fazemos?" Ela olhou para ele. "Imagino que o seu jeito envolva grandes quantidades de nicotina e álcool."

"Não é bom mudar uma combinação vencedora."

"Mesmo se for uma combinação fatal?"

"Lembra da história daquele velho rei? O que tomava um pouco de veneno todos os dias para tornar-se imune?" Rebus soprou fumaça em direção ao céu noturno, escuro como uma contusão. "Pense nisso. E, enquanto você pensa, vou pagar uma bebida para algum trabalhador... e talvez uma para mim." Ele empurrou a porta do bar para abri-la, deixando-a balançar atrás dele depois que entrou. Siobhan ficou lá fora por alguns minutos antes de se juntar a ele.

"O tal do rei não acabou morrendo mesmo assim?", ela perguntou, enquanto eles atravessavam o interior do bar.

O local se chamava The Warlock e parecia equipado para atender turistas cansados de andar. Uma das paredes estava coberta por um mural com a história de Major Weir, que, no século XVII, havia confessado a prática de bruxaria, identificando sua própria irmã como cúmplice. Os dois tinham sido executados em Calton Hill.

"Encantador", foi o único comentário de Siobhan.

Rebus apontou para um caça-níqueis que estava sendo usado por um homem corpulento vestido com um macacão azul. Um copo de conhaque vazio estava em cima da máquina.

"Quer outro?", Rebus perguntou ao homem. O rosto que se virou para ele era tão fantasmagórico quanto o de Major Weir no mural, o cabelo espesso e escuro salpicado de gesso.

"A propósito, eu sou o inspetor-detetive Rebus. Espero que você possa responder a algumas perguntas. Essa é minha colega, a sargento-detetive Clarke. Agora, a sua bebida... conhaque, certo?"

O homem confirmou com a cabeça. "Tenho que levar uma van... Ela precisa voltar para o pátio."

"Nós arranjaremos alguém para dirigir para você, não se preocupe." Rebus virou-se para Siobhan. "O de sempre para mim e um conhaque grande para o senhor..."

"Evans. Joe Evans."

Siobhan saiu sem falar nada. "Está com sorte?", perguntou Rebus. Evans olhou para as quatro rodas implacáveis da máquina.

"Estou devendo três libras."

"Não é o seu dia, não é?"

O homem sorriu. "Levei o maior susto da minha vida. Primeiro pensei que eram romanos, ou algo assim. Ou talvez algum cemitério antigo."

"Você mudou de ideia?"

"Seja lá quem colocou o concreto devia saber que eles estavam lá."

"O senhor seria um bom detetive, sr. Evans." Rebus olhou em direção ao bar, onde Siobhan era servida. "Há quanto tempo estava trabalhando lá?"

"Começamos esta semana."

"Usando uma picareta em vez de uma britadeira?"

"É impossível usar britadeira em um espaço como aquele."

Rebus assentiu com a cabeça como se entendesse perfeitamente. "Ia fazer o trabalho sozinho?"

"Achei que só uma pessoa daria conta."

"Já tinha estado lá antes?"

Evans fez que não com a cabeça. Quase sem pensar, deslizou outra moeda para dentro da máquina, apertou o botão de início. Apareceu uma profusão de luzes e efeitos sonoros, mas nenhuma compensação financeira. Ele apertou o botão novamente.

"Alguma ideia de quem colocou o concreto?"

Outra negativa com a cabeça; outra moeda depositada na máquina. "Os proprietários devem ter um registro." Ele fez uma pausa. "Não estou querendo dizer registro criminal — alguma nota dizendo quem fez o trabalho, uma fatura ou algo assim."

"Bem pensado", disse Rebus. Siobhan voltou com as bebidas. Ela estava de novo com um copo de refrigerante e uma rodela de limão.

"Falei com o barman", ela disse. "É um pub vinculado." Significa que pertencia a uma das cervejarias. "O dono saiu para comprar umas coisas, mas já deve estar voltando."

"Ele sabe o que aconteceu?"

Ela assentiu com a cabeça. "O barman ligou para ele. Deve estar aqui em pouco tempo."

"Mais alguma coisa que queira nos contar, sr. Evans?"

"Só que vocês deveriam trazer o Esquadrão Antifraudes para cá. Esta máquina está me roubando descaradamente."

"Há alguns crimes que não temos força para impedir." Rebus pensou por um momento. "Alguma ideia sobre o motivo de o proprietário querer que o piso fosse retirado?"

"Ele mesmo vai lhe contar", disse Evans, esvaziando o copo. "Lá vem ele." O proprietário os tinha visto e caminhava em direção à máquina. Suas mãos estavam enterradas no fundo dos bolsos de um casaco de couro preto comprido. Uma blusa de gola em V creme deixava sua garganta exposta, exibindo um medalhão em uma corrente fina de ouro. Seu cabelo era curto, espetado com gel na frente. Usava óculos com lentes retangulares laranja.

"Tudo bem, Joe?", perguntou, apertando o braço de Evans.

"Vou levando, sr. Mangold. Esses dois são detetives."

"Eu sou o dono daqui. Meu nome é Ray Mangold." Rebus e Siobhan se apresentaram. "Até agora, estou um pouco no escuro, detetives. Esqueletos na adega — não chego a uma conclusão se é bom para os negócios ou não." Deu um sorriso, mostrando dentes muito brancos.

"Tenho certeza de que as vítimas ficariam comovidas com sua preocupação." Rebus não sabia bem por que havia investido contra o homem com tanta rapidez. Quem sabe fossem os óculos escuros. Não gostava quando não conseguia ver os olhos de alguém. Como se estivesse lendo seus pensamentos, Mangold tirou os óculos e começou a limpá-los com um lenço branco.

"Desculpe se pareci um pouco insensível, inspetor. Foi um pouco demais para mim."

"Tenho certeza que sim. Faz tempo que você é o proprietário daqui?"

"O primeiro aniversário está chegando." Ele estreitou os olhos.

"Você se lembra quando o piso foi colocado?"

Mangold pensou por um momento, depois assentiu. "Acho que estava acontecendo quando eu assumi."

"Onde você estava antes?"

"Eu tinha uma boate em Falkirk."

"Faliu, é?"

Mangold negou com a cabeça. "Fiquei cheio de tanta chateação: problemas com funcionários, gangues locais tentando destruir o lugar..."

"Responsabilidades demais?", sugeriu Rebus.

Mangold colocou os óculos novamente. "Acho que, no final das contas, se resume a isso. A propósito, os óculos não são apenas para fazer pose." Mais uma vez era como se ele pudesse ler os pensamentos de Rebus. "Minhas retinas são muito sensíveis, não aguento luzes brilhantes."

"É por isso que você teve uma boate em Falkirk?"

Mangold sorriu, mostrando mais dentes. Rebus considerou a possibilidade de arranjar óculos cor de laranja daquele tipo para si mesmo. Naquele instante, pensou, se você puder ler a minha mente, pergunte se eu gostaria de uma bebida.

Mas o barman o chamou, algum assunto que seu chefe precisava resolver. Evans olhou as horas e disse que estava de saída, se não houvesse mais perguntas. Rebus perguntou se ele precisava de um motorista, mas ele recusou.

"A sargento-detetive Clarke vai apenas pegar seus dados, para o caso de precisarmos entrar em contato." Enquanto Siobhan remexia no interior de sua bolsa à procura de um bloco de anotações, Rebus foi até Mangold, que estava inclinado sobre o balcão do bar, para que o barman não precisasse falar alto. Um grupo de quatro pessoas — turistas americanos, Rebus imaginou — achava-se de pé no meio da sala, cheios de sorrisos excessivamente amigáveis. Fora isso, o lugar estava morto. Antes que Rebus chegasse até ele, Mangold terminou a conversa: talvez tivesse olhos atrás da cabeça para combinar com a telepatia.

"Ainda não tínhamos terminado", foi tudo o que Rebus disse, apoiando os cotovelos no balcão.

"Pensei que tínhamos."

"Desculpe se dei essa impressão. Eu queria perguntar sobre a obra na adega. Para que é aquilo exatamente?"

"O plano é transformá-la em uma extensão deste lugar."

"Ela é bem pequena."

"Este é o ponto: oferecer às pessoas um gostinho de como eram os bares tradicionais de Edimburgo. Vai ficar confortável e acolhedor, umas poucas cadeiras macias... sem música nem nada, a iluminação mais fraca que pudermos obter. Cheguei a pensar em velas, mas a fiscalização municipal apagou a ideia." Ele sorriu da própria piada. "Disponível para aluguel; é como ter seu próprio apartamento de época no coração da Cidade Velha."

"Foi ideia sua ou da cervejaria?"

"Foi tudo ideia minha." Mangold quase fez uma mesura.

"E você contratou o sr. Evans?"

"Ele é um bom trabalhador. Já o usei antes."

"E sobre o piso de concreto? Alguma ideia sobre quem o colocou?"

"Como eu disse, já estava tudo lá antes de eu chegar."

"Mas o serviço foi terminado depois que você chegou; foi isso que você disse, não foi? O que significa que você deve ter algum documento por aí em algum lugar... uma fatura no mínimo?" Foi a vez de Rebus dar um sorriso. "Ou foi dinheiro na mão e nada de perguntas?"

Mangold se indignou. "Teve papelada, sim." Fez uma pausa. "Claro, talvez tenha sido jogada fora ou a cervejaria pode ter arquivado em algum lugar..."

"E quem era o responsável aqui antes de você assumir, sr. Mangold?"

"Não me lembro."

"Ele não lhe mostrou como funcionavam as coisas? Sempre pensei que houvesse um período de adaptação."

"Provavelmente houve... Só não consigo lembrar o nome dele."

"Tenho certeza de que você vai se lembrar, com um pouco de esforço." Rebus tirou um de seus cartões de visita do bolso do paletó. "E vai me ligar quando isso acontecer."

"Tudo bem." Mangold aceitou o cartão e fez uma cena, fingindo estudá-lo. Rebus viu que Evans estava saindo.

"Uma última coisa, sr. Mangold..."

"Pois não, detetive?"

Siobhan agora estava parada ao lado de Rebus. "Eu fiquei aqui pensando qual era o nome da sua boate."

"Da minha boate?"

"Aquela em Falkirk... a menos que você tivesse mais de uma."

"Ela se chamava Albatross. Como a música do Fleetwood Mac."

"Você não conhecia o poema na época?", Siobhan perguntou.

"Só conheci depois", Mangold respondeu entre os dentes.

Rebus agradeceu, mas não apertou a mão de Mangold. Lá fora, olhou para um lado e para o outro na rua, como se estivesse

45

decidindo onde iria tomar sua próxima bebida. "O poema?", perguntou.

"'Balada do velho marinheiro'. O marinheiro atira em um albatroz e atrai uma maldição para o barco."

Rebus assentiu lentamente com a cabeça. "Ele não deve ter lido."

"Acho que não..." A voz dela abaixou um tom. "O que achou dele?"

"Pensa que é muito importante."

"Será que ele estava tentando parecer um personagem de *Matrix* com aquele casaco?"

"Vai saber. Mas precisamos continuar em cima dele. Quero saber quem colocou aquele concreto e quando."

"Será que não é algum tipo de armação? Para conseguir publicidade para o bar?"

"Se é isso, foi tudo planejado com muita antecedência."

"Talvez o concreto não seja tão antigo quanto estão dizendo."

Rebus olhou para ela. "Andou lendo um bom suspense sobre teorias da conspiração ultimamente? A Família Real assassinando a princesa Di a sangue frio? A máfia e JFK...?"

"Elvis não morreu."

O rosto de Rebus estava apenas começando a se abrandar, quando ele ouviu uma algazarra vinda do Fleshmarket Close. Um policial uniformizado havia sido posicionado de maneira a evitar a passagem de transeuntes, mas ele conhecia Rebus e Siobhan e os deixou passar. Quando Rebus se aproximou da entrada da adega, uma figura irrompeu dali e deu um encontrão nele. Estava de terno e gravata-borboleta.

"Boa noite, professor Gates", disse Rebus assim que recuperou o fôlego. O patologista parou e fez uma careta. Era o tipo de olhar que poderia paralisar um estudante a dez metros de distância, mas Rebus era mais forte que isso.

"John..." Por fim, ele o reconheceu. "Você faz parte desta maldita farsa?"

"Vou fazer assim que você me disser o que é."

O corpo do dr. Curt entrou timidamente na passagem.

"Esse idiota", disse Gates parecendo furioso e indicando seu colega, "me fez perder o primeiro ato de *La Bohème* — e tudo por causa de uma maldita brincadeira de estudantes!"

Rebus olhou para Curt à espera de uma explicação.

"Eles são falsos?", perguntou Siobhan.

"São, sim", disse Gates, acalmando-se aos poucos. "Sem dúvida, o meu prezado amigo aqui vai lhes fornecer todos os detalhes... a menos que isso também se mostre além de sua capacidade. Agora, se me dão licença..." Ele marchou na direção do início da passagem, o policial uniformizado dando-lhe todo o espaço de que ele precisava. Curt fez um gesto para Rebus e Siobhan o acompanharem de volta à adega. Alguns peritos ainda estavam lá, tentando esconder o constrangimento.

"Se vamos procurar desculpas", Curt começou, "poderíamos mencionar a iluminação inicial inadequada. Ou o fato de estarmos lidando com esqueletos em vez de carne e sangue, que são potencialmente muito mais interessantes..."

"Como assim 'nós'?", provocou Rebus. "E então? Eles são de plástico ou o quê?" Agachou-se ao lado dos esqueletos. O casaco de Siobhan tinha sido deixado de lado pelo professor.

Rebus devolveu-o a ela.

"A criança é, sim. Plástico ou algum tipo de material sintético. Eu teria notado assim que tivesse posto a mão em qualquer parte dele."

"É claro que teria", disse Rebus. Ele viu que Siobhan tentava não demonstrar o menor traço de prazer pelo fracasso de Curt.

"O adulto, por outro lado, é um esqueleto de verdade", continuou Curt. "Mas, provavelmente, muito velho, e usado para fins didáticos." O patologista se agachou ao lado de Rebus, e Siobhan se juntou a eles.

"Como você sabe?"

"Buracos perfurados nos ossos... está vendo?"

"Não é fácil, mesmo com essa luz."

"De fato."

"E a finalidade dos buracos é...?"

"Deveria haver algum dispositivo de conexão, parafusos ou fios. Para juntar um osso ao seu vizinho." Ele levantou um fêmur e apontou para dois orifícios perfeitamente perfurados. "Você os encontra em exposição nos museus."

"Ou nas faculdades de medicina", sugeriu Siobhan.

"Isso mesmo, sargento-detetive Clarke. É uma arte desaparecida hoje em dia. Costumavam ser feitos por especialistas chamados de articuladores." Curt levantou-se, esfregando as mãos como se para se livrar de todos os vestígios de seu erro anterior. "Costumávamos usá-los muito com os alunos. Hoje em dia menos. Com certeza, não os de verdade. Esqueletos podem ser realistas sem ser de verdade."

"Como acaba de ser demonstrado", Rebus não conseguiu deixar de dizer. "Então onde isso nos deixa? Você acha que o professor está certo, que é algum tipo de brincadeira?"

"Se for isso, alguém teve uma quantidade insana de trabalho. Seria preciso muitas horas para remover todos os parafusos e pedaços de fio e coisas do tipo que houvesse."

"Alguém deu queixa de algum esqueleto desaparecido na universidade?", perguntou Siobhan.

Curt pareceu hesitar. "Não que eu saiba."

"Mas eles são um artigo especial, certo? Você simplesmente não entra em um supermercado Safeway e compra um."

"Suponho que seja isso mesmo... Faz tempo que não entro em um Safeway."

"Estranho demais, mesmo assim", Rebus resmungou, levantando-se. Siobhan, no entanto, ficou inclinada sobre o bebê.

"Isso é doentio", disse.

"Talvez você esteja certa, Shiv." Rebus virou-se para Curt. "Há uns cinco minutos, ela me perguntou se não seria um golpe publicitário."

Siobhan balançou a cabeça. "Mas, como você disse, é muito trabalho. Tem que haver mais alguma coisa." Ela segurava o casaco junto ao corpo, como se ninasse um bebê. "Há alguma chance de vocês examinarem o esqueleto adulto?" Ela olhou para Curt, que deu de ombros.

"Para procurar exatamente o quê?"

"Qualquer coisa que pudesse nos dar uma ideia de quem é, de onde veio... quantos anos tem."

"Com que finalidade?" Curt estreitou os olhos, mostrando-se intrigado.

Siobhan levantou-se. "Talvez o professor Gates não seja o único que gosta de um quebra-cabeça associado a alguma história."

"É melhor concordar, doutor", disse Rebus com um sorriso. "É a única maneira de se livrar dela."

Curt olhou para ele. "Ora, de quem é que isso me lembra?"

Rebus abriu os braços e encolheu os ombros.

SEGUNDO DIA
Terça-feira

3.

Por falta de coisa melhor para fazer, Rebus foi ao necrotério na manhã seguinte, onde a autópsia do cadáver ainda não identificado de Knoxland já estava em andamento. A galeria de observação era formada por três fileiras de bancos, separados da sala de autópsia por uma parede de vidro. O lugar deixava alguns visitantes enjoados. Talvez fosse a eficiência clínica de tudo: as mesas de aço inoxidável com seus sulcos de drenagem, os frascos e recipientes de amostra. Ou a forma pela qual toda a operação tanto se assemelhava aos procedimentos observados em qualquer açougue — o ato de trinchar e cortar filés executado por homens de aventais e botas de borracha. Um lembrete não só da mortalidade, mas também da engenharia animal do corpo, do espírito humano reduzido a um pedaço de carne em uma mesa de autópsia.

Havia dois outros espectadores presentes — um homem e uma mulher. Eles acenaram com a cabeça para Rebus, a mulher mudando um pouco de posição quando ele se sentou ao lado dela.

"Bom dia", disse ele, acenando através do vidro para onde Curt e Gates estavam trabalhando. As regras de corroboração exigiam dois patologistas presentes a todas as autópsias, prolongando um serviço que já estava além do ponto máximo de estresse.

"O que o traz aqui?", perguntou o homem. Seu nome era Hugh Davidson, conhecido por todos pelo apelido de "Shug". Ele era um dos inspetores-detetives da delegacia de polícia de West End em Torphichen Place.

"Aparentemente você, Shug. Algo a ver com uma escassez de policiais de alto escalão."

O rosto de Davidson se contorceu no que poderia ter sido um sorriso. "E você já arranjou uma escada, John?"

Rebus ignorou isso, preferindo focalizar a atenção na companheira de Davidson. "Faz tempo que não a vejo, Ellen." Ellen Wylie era sargento-detetive, Davidson, seu chefe. Ela estava com uma caixa-arquivo aberta no colo. Parecia nova e continha apenas algumas folhas de papel. Havia um número de caso escrito no alto da primeira página. Rebus sabia que em breve a caixa iria inchar até arrebentar de tão cheia de relatórios, fotografias, listas de escalas de pessoal. Era o Livro do Assassinato: a "bíblia" da futura investigação.

"Soube que você esteve em Knoxland ontem", Wylie disse, olhos fixos à frente como se assistindo a um filme que iria deixar de fazer sentido no momento em que ela parasse de prestar atenção. "Tendo uma boa e longa conversa com um representante do quarto poder."

"E para os nossos telespectadores que falam a língua inglesa isso quer dizer...?"

"Steve Holly", ela afirmou. "E no contexto da presente investigação a frase 'que falam a língua inglesa' poderia ser interpretada como racista."

"Isso porque tudo é racista ou sexista hoje em dia, querida." Rebus fez uma pausa esperando uma reação, mas ela não estava disposta a colaborar. "Pelo que sei, não estamos autorizados a dizer 'a coisa ficou preta' nem 'programa de índio'."

"Nem 'homens da lei'", Davidson acrescentou, inclinando-se para fazer contato visual com Rebus, que balançou a cabeça diante da loucura de tudo aquilo antes de se recostar para observar a cena através do vidro.

"E então, como está Gayfield Square?", Wylie perguntou.

"Prestes a mudar para um nome mais politicamente correto."

Isso arrancou uma risada de Davidson, alta o suficiente para que os rostos do outro lado do vidro se virassem para ele. Davidson levantou a mão pedindo desculpas, cobrindo a boca com a outra. Wylie rabiscou alguma coisa no Livro do Assassinato.

"Pelo jeito, você vai ser detido, Shug", comentou Rebus. "E então, como estão indo as coisas? Já tem alguma ideia de quem ele possa ser?"

Foi Wylie quem respondeu. "Algumas moedas nos bolsos... e um chaveiro."

"E ninguém apareceu para reclamar o corpo", Davidson acrescentou.

"E a investigação de porta em porta?"

"John, estamos falando de Knoxland. Isso significa que ninguém fala nada. É uma coisa tribal, passada de pai para filho. Seja lá o que tenha acontecido, você não entrega nada para a polícia."

"E a mídia?"

Davidson entregou a Rebus um tabloide dobrado. O assassinato não tinha aparecido na primeira página; a matéria assinada na página cinco era de Steve Holly: CHARADA NA MORTE DE ASILADO POLÍTICO. Enquanto Rebus percorria os parágrafos, Wylie se virou para ele.

"Eu me pergunto quem mencionou os requisitantes de asilo político."

"Eu não", Rebus respondeu. "O Holly simplesmente inventa essas coisas. 'Fontes próximas à investigação'." Ele bufou. "A quem de vocês ele está se referindo quando diz isso? Ou talvez esteja falando de vocês dois."

"Você não está fazendo amigos por aqui, John."

Rebus devolveu o jornal. "Quantas pessoas você tem trabalhando no caso?"

"Não o suficiente", admitiu Davidson.

"Você e Ellen?"

"E também o Charlie Reynolds."

"E, pelo jeito, você também", Wylie acrescentou.

"Não tenho certeza se gosto das chances."

"Estamos com uns uniformizados bem espertos trabalhando de porta em porta", disse Davidson na defensiva.

"Não tem problema então, caso resolvido." Rebus viu que a autópsia chegava ao fim. O corpo seria suturado por um dos assistentes. Curt fez um sinal indicando que se encontraria com os detetives no andar de baixo e depois desapareceu através de uma porta para trocar de roupa.

Os patologistas não tinham escritório próprio. Curt estava esperando em um corredor sombrio. Sons vinham da sala dos médicos: uma chaleira começando a ferver, um jogo de cartas atingindo uma espécie de clímax.

"O professor saiu correndo?", Rebus arriscou.

"Ele tem uma aula daqui a dez minutos."

"E então, o que tem para nós, doutor?", Ellen Wylie perguntou. Se algum dia ela teve qualquer tendência para conversa fiada, isso já tinha desaparecido havia muito tempo.

"Doze ferimentos separados no total, e é quase certo que da mesma lâmina. Talvez uma faca de cozinha, serrilhada, um centímetro de largura apenas. A penetração mais profunda tinha cinco centímetros." Fez uma pausa, como se para permitir as piadas indecentes que pudessem vir. Wylie limpou a garganta em alerta. "O golpe na garganta provavelmente foi o que o matou. Cortou a artéria carótida. Sangue nos pulmões sugere que ele pode ter se engasgado."

"Algum ferimento de defesa?", perguntou Davidson.

Curt assentiu com a cabeça. "Palmas das mãos, pontas dos dedos e pulsos. Seja lá quem foi o agressor, ou os agressores, ele lutou com eles."

"Mas você acha que foi apenas um agressor?"

"Apenas uma faca", Curt corrigiu Davidson. "Não é a mesma coisa."

"Horário da morte?", Wylie perguntou. Ela anotava o maior número de informações que conseguia.

"A temperatura corporal profunda foi medida na cena. Ele provavelmente morreu meia hora antes de vocês serem alertados."

"A propósito", perguntou Rebus, "quem nos alertou?"

"Telefonema anônimo às 13h50", Wylie respondeu.

"Em outras palavras, dez para as duas. Quem ligou era homem?"

Wylie fez que não com a cabeça. "Mulher, de um telefone público."

"E nós temos o número?"

Mais uma assertiva com a cabeça. "Além disso, a conversa foi gravada. Com o tempo, vamos encontrar quem ligou."

Curt olhou o relógio, querendo ir embora.

"Mais alguma coisa que possa nos dizer, doutor?", perguntou Davidson.

"A vítima parece que tinha boa saúde. Um pouco desnutrida, mas com bons dentes — ou não cresceu aqui, ou nunca sucumbiu à dieta escocesa. Uma amostra do conteúdo do estômago, do que sobrou nele, vai para o laboratório hoje. Sua última refeição parece ter sido frugal: principalmente arroz e legumes."

"Alguma ideia sobre a raça?"

"Não sou um especialista."

"Entendemos isso, mas mesmo assim..."

"Oriente Médio? Mediterrâneo...?" A voz de Curt foi sumindo.

"Bem, isso reduz as coisas", disse Rebus.

"Nenhuma tatuagem ou sinal característico?", perguntou Wylie, ainda escrevendo furiosamente.

"Nada." Curt fez uma pausa. "Tudo isso vai ser digitado para você, sargento-detetive Wylie."

"É só para ter algo com que trabalhar enquanto isso, senhor."

"Essa dedicação é rara nos dias de hoje." Curt ofereceu-lhe um sorriso. Não se encaixava bem em seu rosto magro. "Vocês sabem onde me encontrar se surgirem quaisquer outras perguntas..."

"Obrigado, doutor", disse Davidson. Curt virou-se para Rebus.

"John, posso dar uma palavrinha rápida com você...?" Seus olhos se encontraram com os de Davidson. "Assunto pessoal", explicou. Ele guiou Rebus pelo cotovelo em direção à porta mais distante, passando por ela e entrando na área principal do necrotério. Não havia ninguém por perto, pelo menos ninguém que tivesse batimentos cardíacos. Em frente a eles, uma parede de gavetas de metal; do lado oposto, a área de descarga, onde a frota de vans cinzentas iria despejar a interminável lista de mortos. O único som era o zumbido do ar-condicionado. Apesar disso, Curt olhou para a esquerda e para a direita, como se temesse que pudessem ser ouvidos.

"Sobre o pedido de Siobhan", disse.

"Sim?"

"Talvez você possa dizer a ela que estou disposto a concordar." O rosto de Curt aproximou-se do de Rebus. "Mas somente com a condição de que Gates nunca descubra."

"Acha que ele já tem muita munição para usar contra você?"

Um nervo se contraiu no olho esquerdo de Curt. "Tenho certeza de que ele já distorceu a história para qualquer um que a ouviu."

"Nós todos fomos enganados por esses ossos, doutor. Não foi só você."

Mas Curt parecia perdido. "Escute, apenas diga a Siobhan que tudo está sendo feito na surdina. Eu sou o único com quem ela deve falar sobre isso, entendeu?"

"Vai ser nosso segredo", Rebus assegurou-lhe, colocando uma das mãos no ombro dele. Curt olhou para a mão com desânimo.

"Por que você me lembra um dos consoladores de Jó?"

"Porque ouço o que você diz, doutor."

Curt olhou para ele. "Mas não entende uma palavra, estou certo?"

"Certo como sempre, doutor. Certo como sempre."

Siobhan percebeu que já fazia algum tempo que ela olhava para a tela de seu computador sem realmente ver o que estava escrito lá. Levantou-se e caminhou até a mesa com a chaleira, a mesa que Rebus deveria estar usando. O inspetor-chefe Macrae havia entrado na sala algumas vezes, em todas parecendo quase satisfeito por Rebus não estar ali. Derek Starr estava em seu escritório, discutindo um caso com alguém da promotoria.

"Quer um café, Col?", Siobhan perguntou.

"Não, obrigado", respondeu Tibbet. Ele passava a mão na garganta, os dedos persistindo em um local onde parecia haver um corte de lâmina de barbear. Seus olhos não se desviavam da tela do computador, e quando ele respondeu sua voz parecia ter vindo de outro mundo, como se ele mal estivesse conectado ao aqui e agora.

"Alguma coisa interessante?"

"Na verdade, não. Estou tentando descobrir se há alguma ligação entre a recente onda de furtos de lojas. Pensei que pudessem estar relacionados aos horários dos trens..."

"Como?"

Ele percebeu que tinha falado demais. Se você queria ter certeza de ficar com todas as glórias, precisava manter as informações consigo mesmo. Era a maldição da vida profissional de Siobhan. Policiais relutavam em compartilhar; qualquer tipo de cooperação vinha geralmente acompanhado de desconfiança. Tibbet tinha ignorado sua pergunta. Ela bateu a colher de café nos dentes.

"Deixe-me adivinhar", disse. "Essa onda provavelmente significa que existe uma ou mais gangues organizadas envolvidas...

O fato de você estar olhando os horários dos trens sugere que elas estão vindo de fora da cidade... Então os furtos não podem começar enquanto o trem não chegar, e vão parar assim que as gangues voltarem para casa." Ela fez que sim com a cabeça para si mesma. "Como estou me saindo?"

"O importante é *de onde* elas vêm", Tibbet disse, irritado.

"Newcastle?", sugeriu Siobhan. A linguagem corporal de Tibbet revelou que ela acertara em cheio e que vencera o jogo. A chaleira ferveu, e ela encheu a caneca, levando-a de volta para sua mesa.

"Newcastle", repetiu, sentando-se.

"Pelo menos eu estou fazendo algo construtivo, e não apenas navegando pela web."

"É isso o que você acha que eu estou fazendo?"

"É o que *parece* que você está fazendo."

"Bem, para sua informação eu estou trabalhando no caso de uma pessoa desaparecida... e acessando quaisquer sites que possam ajudar."

"Eu não me lembro de ter chegado nenhum caso de pessoa desaparecida."

Siobhan praguejou mentalmente: ela havia caído em sua própria armadilha, induzida a falar demais.

"Bem, assim mesmo estou trabalhando. E devo lembrá-lo de que eu sou o oficial de patente mais alta aqui."

"Está me dizendo para eu cuidar da minha própria vida?"

"É isso mesmo, detetive Tibbet, estou. E não se preocupe: o caso de Newcastle é seu e somente seu."

"Eu talvez precise conversar com o DIC lá embaixo, ver o que eles têm sobre as gangues locais."

Siobhan assentiu. "Faça o que for necessário, Col."

"Está bem, Shiv. Obrigado."

"E nunca mais me chame disso, ou vou arrancar sua cabeça."

"Todo mundo te chama de Shiv", Tibbet protestou.

"É verdade, mas você vai quebrar o padrão. Vai me chamar de Siobhan."

Tibbet ficou quieto por um momento, e Siobhan pensou que ele tivesse voltado a testar sua teoria sobre os horários dos trens. No entanto ele falou de novo.

"Você não gosta de ser chamada de Shiv... Mas nunca disse isso a ninguém. Interessante..."

Siobhan pensou em lhe perguntar o que ele quis dizer com aquilo, mas concluiu que iria apenas prolongar o conflito. De qualquer forma, achava que sabia; no que se referia a Tibbet, aquela informação fresca dava-lhe algum poder: uma bomba incendiária que ele poderia guardar para mais tarde. Não adiantava se preocupar com isso até o momento em que ela estourasse. Siobhan concentrou-se em sua tela e resolveu fazer uma nova busca. Estivera visitando sites mantidos por grupos que procuravam pessoas desaparecidas. Muitas vezes, essas pessoas não queriam ser encontradas por seus familiares diretos, mas ainda assim queriam que eles soubessem que elas estavam bem. Mensagens podiam ser trocadas, tendo os grupos como intermediários. Siobhan tinha um texto feito depois de três rascunhos e os tinha enviado aos diversos quadros de avisos dos sites.

Ishbel — Mamãe e papai sentem sua falta, e as meninas do salão de beleza também. Entre em contato para nos avisar que está tudo bem. Queremos que saiba que a amamos e sentimos sua falta.

Siobhan achou que seria suficiente. Não era nem impessoal demais nem freneticamente emotivo. Não insinuava que alguém de fora do círculo imediato de Ishbel estivesse fazendo buscas. E, se os Jardine tivessem mentido e *tivesse* acontecido algum atrito em casa, a menção às meninas do salão de beleza poderia fazer Ishbel se sentir culpada por ter descartado amigas como Susie. Siobhan tinha colocado a foto ao lado de seu teclado.

"Amigas suas?", Tibbet havia perguntado antes, parecendo interessado. Eram garotas bonitas, gostavam de diversão em festas ou em um pub. Para elas a vida era só risadas... Siobhan sabia que nunca poderia esperar entender o que as motivava, mas isso não a impediria de tentar. Enviou mais e-mails: para as delegacias de polícia desta vez. Conhecia detetives em Dundee e Glasgow, e avisou-os sobre Ishbel — deu apenas o nome e uma descrição geral, juntamente com uma nota dizendo que ela teria uma eterna dívida com eles caso pudessem ajudar. Quase na mesma hora, seu celular tocou. Era Liz Hetherington, seu contato em Dundee, uma sargento-detetive da polícia de Tayside.

"Faz tempo que não tenho notícias suas", disse Hetherington. "O que há de tão especial nessa?"

"Eu conheço a família", disse Siobhan. Não havia como manter a voz baixa o suficiente para Tibbet não ouvir, então se levantou de sua mesa e foi para o corredor. O cheiro ruim estava lá também, como se a delegacia estivesse apodrecendo de dentro para fora. "Eles moram em um vilarejo de West Lothian."

"Bem, vou fazer os detalhes circularem por aqui. O que faz você pensar que ela veio para estes lados?"

"Chame de um exercício de tentar qualquer coisa. Eu prometi aos pais dela que ia fazer o que estivesse ao meu alcance."

"Você não acha que ela pode ter entrado na vida?"

"O que te faz dizer isso?"

"Garota deixa vilarejo, ruma para as luzes fulgurantes... Você iria se surpreender."

"Ela é cabeleireira."

"Há bastante procura para esse tipo de atividade também", Hetherington admitiu. "Pode ser praticada em qualquer lugar, como rodar bolsinha."

"Curioso você dizer isso", comentou Siobhan. "Havia um cara que ela estava vendo. Uma de suas amigas disse que ele parecia um cafetão."

"Está vendo? Ela tem amigas com quem poderia se hospedar?"

"Ainda não cheguei até aí."

"Bem, se alguma delas morar por aqui, é só me dizer que eu faço uma visita."

"Obrigada, Liz."

"E venha nos visitar qualquer dia, Siobhan. Vou lhe mostrar que Dundee não é o gueto que vocês, sulistas, pensam que é."

"Qualquer fim de semana desses, Liz."

"Promete?"

"Prometo." Siobhan encerrou a conversa. Sim, ela iria até Dundee... quando essa opção fosse mais atraente do que um fim de semana no sofá com chocolate e filmes antigos lhe fazendo companhia; café da manhã na cama com um bom livro e o primeiro álbum de Goldfrapp no aparelho de som... Almoçar fora e depois, talvez, um filme no Dominion ou no Filmhouse, uma garrafa de vinho branco gelado esperando por ela em casa.

Ela se viu em pé ao lado de sua mesa. Tibbet olhava para ela.

"Preciso sair", ela disse.

Ele olhou para o relógio, como se estivesse prestes a anotar a hora de saída dela. "Tem ideia de quanto tempo vai ficar fora?"

"Algumas horas, se isso não for um problema para você, detetive Tibbet."

"Só para o caso de alguém perguntar", explicou, desconfiado.

"Certo", disse Siobhan, pegando sua jaqueta e a bolsa. "Tem café lá, se você quiser."

"Puxa, obrigado."

Ela saiu sem dizer uma palavra, caminhou até a rua e abriu a porta de seu Peugeot. Os carros na frente e atrás não haviam deixado muito espaço. Foram necessárias algumas boas manobras para arrancar o carro dali. Embora estivesse em uma zona residencial, notou que o carro da frente era um intruso e já tinha tomado uma multa de estacionamento. Ela parou o Peugeot e rabiscou as palavras POLÍCIA NOTIFICADA em uma página de seu caderno. Em seguida, saiu do carro e a colocou debaixo do limpador de para-brisas da BMW. Sentindo-se melhor, voltou para o Peugeot e partiu.

O trânsito estava agitado na cidade, e não havia nenhum caminho mais rápido para a M8. Ela batia os dedos no volante, cantarolando ao som de Jackie Leven: presente de aniversário dado por Rebus, que lhe dissera que Leven vinha da mesma parte do mundo que ele.

"E isso deveria ser algum tipo de recomendação?", ela havia retrucado. Gostou do disco, mas não conseguia se concentrar nas letras. Estava pensando nos esqueletos no Fleshmarket Close. Incomodava-a não conseguir elaborar uma explicação para eles; incomodava-a, também, ter colocado seu casaco tão cuidadosamente sobre um esqueleto falso...

Banehall ficava a meio caminho entre Livingston e Whitburn, ao norte da autoestrada. A via de acesso começava depois do vilarejo, com uma placa onde estava escrito "Serviços", com desenhos representando uma bomba de gasolina e um garfo e uma faca. Siobhan duvidou que muitos viajantes parassem ali se tivessem visto Banehall da estrada. O lugar parecia sombrio: filas de casas que remontavam ao início dos anos 1900, uma igreja com portas e janelas fechadas com tábuas de madeira e uma propriedade industrial abandonada, que não mostrava sinal de ter tido nenhuma importância em nenhum momento de sua existência. O posto de gasolina — que não funcionava mais, com ervas daninhas por toda parte — foi a primeira coisa pela qual ela passou depois da placa de "Bem-vindo a Banehall". Essa placa tinha sido modificada para que o texto se tornasse "indo a Bane". Os moradores locais, e não apenas os adolescentes, chamavam o lugar de "Bane", sem ironia.* Outra placa foi alterada de "Crianças — Atenção!" para "Crianças — tenção!". Ela riu disso, examinando os dois lados da rua para ver o salão de cabeleireiro. Havia tão poucos estabelecimentos comerciais funcionando que não representou muito problema o local se chamar apenas O Salão. Siobhan decidiu passar por ele de carro, seguindo até o fim da rua principal. Então retornou e refez o percurso, desta vez entrando em uma rua lateral que levava a um conjunto de casas.

Encontrou a casa dos Jardine com bastante facilidade, mas

---
* *Bane* pode significar "ruína", "destruição". (N. T.)

não havia ninguém lá. Nenhum sinal de vida nas janelas vizinhas. Alguns carros estacionados, um triciclo de criança sem uma das rodas traseiras. Muitas antenas parabólicas presas às paredes cheias de limo. Ela viu placas improvisadas em algumas janelas das salas: SIM PARA WHITEMIRE. Whitemire, ela sabia, era uma antiga prisão que ficava a poucos quilômetros de Banehall. Dois anos atrás, o lugar tinha sido transformado em um centro de imigração. Agora provavelmente era o maior empregador de Banehall... e ainda deveria se desenvolver mais. De volta à rua principal, o único pub do vilarejo tinha o nome de The Bane. Siobhan não passou por nenhum café, apenas por uma única loja que vendia peixe e batatas fritas. O viajante cansado, que esperava usar o garfo e a faca, se veria forçado a experimentar o pub, embora não houvesse nenhuma indicação de que haveria comida disponível. Siobhan estacionou junto ao meio-fio e atravessou a rua na direção do Salão. Ali também havia uma placa pró-Whitemire na janela.

Duas mulheres estavam sentadas bebendo café e fumando cigarros. Não havia clientes, e nenhuma das funcionárias parecia entusiasmada com a potencial chegada de uma. Siobhan mostrou sua identificação e se apresentou.

"Eu conheço você", disse a mais jovem. "Você é a policial que veio para o enterro da Tracy. Você estava abraçada com a Ishbel na igreja. Perguntei para a mãe dela depois."

"Você tem boa memória, Susie", Siobhan respondeu. Nenhuma delas tinha saído de seus lugares, e não havia onde Siobhan se sentar, a não ser uma das cadeiras de cabeleireira. Ela ficou em pé.

"Um café cairia bem, se vocês tiverem", disse, tentando parecer amigável.

A mulher mais velha demorou a se levantar. Siobhan notou que as unhas dela haviam sido decoradas com elaborados redemoinhos coloridos. "Acabou o leite", a mulher avisou.

"Eu tomo puro."

"Açúcar?"

"Não, obrigada."

A mulher arrastou os pés até um nicho na parte de trás do salão. "A propósito, eu sou Angie", ela disse a Siobhan. "Proprietária e cabeleireira das estrelas."

"É sobre Ishbel?", Susie perguntou.

Siobhan assentiu com a cabeça, sentando-se no espaço vago do banco almofadado. Susie imediatamente se levantou, como se em reação à proximidade de Siobhan, e apagou o cigarro em um cinzeiro, a fumaça de sua última tragada saindo agora de suas narinas. Caminhou até uma das outras cadeiras e sentou-se nela, balançando-a para a frente e para trás com os pés, verificando como estava seu cabelo no espelho. "Ela não deu notícias", afirmou.

"E você não tem ideia de aonde ela poderia ter ido?"

Um encolher de ombros. "A mãe e o pai dela estão desesperados, isso é tudo que eu sei."

"E o homem com quem você viu Ishbel?"

Outro encolher de ombros. Ela brincava com a franja. "Sujeito baixo, encorpado."

"Cabelo?"

"Não consigo me lembrar."

"Talvez fosse careca?"

"Acho que não."

"Roupas?"

"Jaqueta de couro... óculos de sol."

"Não é daqui?"

Fez que não com a cabeça. "Dirigia um carrão... devia correr bastante."

"Uma BMW? Mercedes?"

"Eu não entendo de carros."

"Era grande, pequeno... tinha capota?"

"Médio... com capota, mas podia ser um conversível."

Angie voltava com uma caneca. Entregou-a a Siobhan e sentou-se no lugar desocupado por Susie.

Siobhan agradeceu com um movimento de cabeça. "Quantos anos ele tinha, Susie?"

"Velho... quarenta ou cinquenta anos."

Angie bufou. "Velho pra você." Ela provavelmente tinha uns cinquenta anos, com um cabelo que parecia vinte anos mais jovem.

"Quando você lhe perguntou sobre ele, o que ela disse?"

"Só me disse pra calar a boca."

"Alguma ideia sobre como ela o conheceu?"

"Não."

"Que tipo de lugares ela frequenta?"

"Livingston... talvez Edimburgo ou Glasgow às vezes. Apenas pubs e boates."

"Ela saía com alguma outra pessoa além de você?"

Susie citou alguns nomes, que Siobhan anotou.

"Susie já falou com elas", Angie advertiu. "Elas não vão ajudar nada."

"Obrigada, de qualquer maneira." Siobhan encenou uma avaliação do salão. "É sempre tranquilo assim?"

"Nós temos poucas clientes no começo da semana. Mais perto do fim de semana o movimento aumenta bastante."

"Mas o fato de Ishbel não estar aqui não é um problema?"

"A gente está se virando."

"Isso me faz pensar..."

Angie apertou os olhos. "No quê?"

"Em por que você precisa de duas cabeleireiras."

Angie olhou para Susie. "O que mais eu poderia fazer?"

Siobhan achou que havia entendido. Angie tinha ficado com pena de Ishbel depois do suicídio. "Você consegue pensar em algum motivo que a faria sair de casa de maneira tão repentina?"

"Talvez ela tenha recebido uma oferta melhor... Um monte de gente sai de Bane e não volta mais."

"E o homem misterioso dela?"

Foi a vez de Angie encolher de ombros. "Boa sorte, se aquilo é o que ela quer."

Siobhan virou-se para Susie. "Você disse à mãe e ao pai de Ishbel que ele parecia um cafetão."

"Eu disse?" Ela parecia genuinamente surpresa. "Bem, talvez eu tenha dito. Os óculos escuros, a jaqueta... Como se tivesse saído de um filme." Seus olhos se arregalaram. "*Taxi Driver*!", exclamou. "O cafetão daquela... como é mesmo o nome? Eu vi na televisão uns meses atrás."

"E era com ele que o homem de Ishbel se parecia?"

"Não... mas ele estava usando um chapéu. É por isso que eu não consigo lembrar como era o cabelo dele!"

"Que tipo de chapéu?"

O entusiasmo de Susie diminuiu. "Não sei... apenas um chapéu."

"Boné de beisebol? Uma boina?"

Susie fez que não com a cabeça. "Tinha aba."

Siobhan olhou para Angie em busca de ajuda. "Desses modelos Fedora?", sugeriu Angie. "Homburg?"

"Eu nem sei como esses são", disse Susie.

"Algo que um gângster de filme antigo usaria?", continuou Angie.

Susie ficou pensativa. "Talvez", admitiu.

Siobhan escreveu o número de seu celular. "Excelente, Susie. Se você se lembrar de mais alguma coisa, ligue para mim, está bem?"

Susie assentiu. Como ela estava mais distante, Siobhan entregou a anotação para Angie. "A mesma coisa para você." Angie assentiu com a cabeça e dobrou o papel em dois.

A porta se abriu com um rangido e uma mulher idosa e encurvada entrou.

"Sra. Prentice", Angie gritou em saudação.

"Um pouco mais cedo do que combinamos, Angie querida. Você consegue me encaixar?"

Angie já estava em pé. "Para a senhora, tenho certeza de que posso virar minha agenda de cabeça para baixo." Susie cedeu a cadeira para que a sra. Prentice pudesse se sentar assim que se livrasse do casaco. Siobhan levantou-se também. "Uma última coisa, Susie", disse.

"O quê?"

Siobhan caminhou até o nicho, com Susie logo atrás. Siobhan baixou a voz. "Os Jardine me contaram que Donald Cruikshank saiu da prisão."

O rosto de Susie endureceu.

"Você o viu?", Siobhan perguntou.

"Uma ou duas vezes... aquele traste."

"Você falou com ele?"

"De jeito nenhum! A câmara municipal deu um lugar para ele, acredita nisso? Os pais não queriam nada com ele."

"Em algum momento Ishbel chegou a falar nele?"

"Só que ela sentia o mesmo que eu. Você acha que foi isso que fez ela ir embora?"

"O que você acha?"

"É *ele* que a gente deveria mandar embora da cidade", Susie disse entre os dentes.

Siobhan concordou com um movimento de cabeça. "Bem", disse, pondo a alça da bolsa no ombro, "lembre-se de me ligar se você se recordar de mais alguma coisa."

"Claro", disse Susie. Ela analisou o cabelo de Siobhan. "Quer que eu faça alguma coisa com ele para você?"

Involuntariamente, a mão direita de Siobhan foi para a cabeça. "O que há de errado com ele?"

"Eu não sei... Ele... ele faz você parecer mais velha do que provavelmente é."

"Talvez seja a aparência que eu esteja buscando", Siobhan respondeu na defensiva, indo para a porta.

"Um permanente e uma tintura?", Angie perguntava à sua cliente enquanto Siobhan saía. Ela parou por um momento, pensando no que fazer. Queria perguntar a Susie sobre o ex-namorado de Ishbel, aquele de quem ela ainda era amiga. Mas não quis voltar ao salão e resolveu que aquilo poderia esperar. Havia uma banca de jornal e revistas aberta. Pensou em comprar um chocolate, só que, em vez disso, decidiu dar uma olhada no pub. Assim teria algo para contar a Rebus, e talvez até ganhasse uns pontos extras com ele se o lugar fosse um dos poucos bares da Escócia pelos quais ele não passara pelo menos uma vez.

    Ela empurrou a porta de madeira escura e deu de cara com um linóleo vermelho deteriorado combinando com um papel de parede de arabescos. Uma revista de decoração chamaria aquilo de "kitsch" e iria se entusiasmar com seu *revival* do estilo anos 1970… Mas aquele ambiente era real, não uma reconstituição de época. Havia adornos de arreios nas paredes e, em uma delas, desenhos emoldurados de cães urinando em pé, como homens. Corridas de cavalos na TV e uma névoa de fumaça de cigarro entre ela e o bar. Três homens ergueram os olhos de seu jogo de dominó. Um deles se levantou e foi para trás do balcão.

    "O que eu posso te servir, anjo?"

    "Soda com suco de limão", disse ela, acomodando-se em uma banqueta do bar. Havia um cachecol dos Glasgow Rangers em cima do alvo de dardos, ao lado de uma mesa de bilhar com o tecido rasgado e remendado. E nada que justificasse a faca e o garfo na placa indicativa de saída da autoestrada.

    "Oitenta e cinco pence", disse o barman, colocando a bebida à sua frente. Àquela altura, ela sabia que dispunha de apenas uma jogada possível — *Ishbel Jardine já veio aqui?* —, mas não conseguia ver o que ganharia com isso. Por um lado, o bar seria alertado para o fato de ela ser uma policial. Por outro, duvidava que aqueles homens acrescentariam alguma coisa ao que ela já sabia, mesmo que conhecessem Ishbel. Ela levou o copo aos lábios, sabendo que havia muito suco ali. A bebida estava adocicada e pouco gasosa.

    "Tudo bem?", o barman disse. Era mais um desafio do que uma consulta.

    "Ótimo", respondeu ela.

Satisfeito, ele saiu de trás do balcão e retomou seu jogo. Em cima da mesa, havia um pote com moedas de dez e de vinte pence. Os homens com quem ele estava jogando pareciam aposentados. Eles batiam cada peça do dominó com força exagerada, batiam três vezes, se não tinham peças para encaixar. Já haviam perdido o interesse por ela. Siobhan procurou o banheiro feminino, viu-o à esquerda do alvo de dardos e entrou. Agora eles estavam pensando que ela só tinha entrado no pub para fazer xixi, o refrigerante comprado apenas por consideração. O banheiro era limpo, embora não houvesse um espelho acima da pia, substituído por inscrições variadas.

Sean é um tesão
A bunda do Kenny Reilly!!!
Vadias, uni-vos!
As coelhinhas de Bane dominam

Siobhan sorriu e entrou no único cubículo. A fechadura estava quebrada. Sentou-se, pronta para se divertir com mais escritos.

Donny Cruikshank — Tua hora vai chegar
Donny Pervertido
Fritem o filho da puta
Pau no Cruik
Que ele pague na mesma moeda, irmãs!!!
Deus abençoe Tracy Jardine

Havia mais, muito mais, e quase tudo em caligrafias diferentes. Caneta de ponta porosa preta ou dourada, esferográfica azul.

Siobhan concluiu que os três pontos de exclamação deviam ser da mesma pessoa que tinha escrito acima da pia. Quando entrou no pub, pensou em si mesma como um exemplo raro de cliente do sexo feminino; agora sabia que não era o caso. Ela se perguntou se algum daqueles escritos seria de Ishbel Jardine: uma comparação caligráfica diria. Remexeu em sua bolsa e se deu conta de que a câmera digital estava no porta-luvas do

Peugeot. Bem, tinha que ir buscá-la. Dane-se o que os jogadores de dominó fossem pensar.

Ao abrir a porta, notou que um novo cliente tinha chegado. Ele estava com os cotovelos apoiados no balcão do bar, a cabeça abaixada, os quadris balançando. A banqueta dela ficava imediatamente ao lado dele. Ele ouviu a porta do banheiro ranger e voltou-se para ela. Ela viu uma cabeça raspada, um rosto branco e queixudo, barba de dois dias por fazer.

Três linhas do lado direito do rosto — tecido de cicatriz.

Donny Cruikshank.

A última vez que o tinha visto fora em um tribunal em Edimburgo. Ele não a conhecia. Ela não havia testemunhado nem tivera a oportunidade de interrogá-lo. Ficou feliz por vê-lo tão acabado. O pouco tempo que ele passou na prisão tinha sido suficiente para tirar-lhe parte da juventude e vitalidade. Ela sabia que em todas as prisões havia uma hierarquia e que os condenados por crimes sexuais ficavam na parte inferior da pirâmide. A boca dele estava aberta em um sorriso frouxo, ignorando a caneca de cerveja que acabara de ser colocada à sua frente. O barman estava impassível, a mão estendida para receber o pagamento. Ficou claro para Siobhan que ele não gostava muito da presença de Cruikshank em seu pub. Um dos olhos de Cruikshank estava injetado, como se tivesse levado um soco e não houvesse melhorado.

"Tudo bem, querida?", ele disse em voz alta. Ela caminhou na direção dele.

"Não me chame assim", disse com frieza.

"Oooh! 'Não me chame assim'." A tentativa de imitação foi grotesca; só Cruikshank estava rindo. "Eu gosto de uma boneca com colhões."

"Se continuar falando assim, logo, logo você vai perder os seus."

Cruikshank não acreditou em seus ouvidos. Depois de um momento de surpresa, inclinou a cabeça para trás e uivou.

"Você já ouviu alguma falar desse jeito, Malky?"

"Para com isso, Donny", Malky, o barman, advertiu.

"Ou o quê? Vai me expulsar de novo?" Ele olhou em volta. "É, com certeza eu senti falta deste lugar." Seus olhos pararam em Siobhan, avaliando cada centímetro dela. "É claro que agora a frequência de gostosas melhorou muito…"

O encarceramento havia lhe corroído fisicamente, mas tinha lhe dado algo em troca, uma espécie de bravata e pose de sobra.

Siobhan sabia que, se ficasse, acabaria perdendo a cabeça. Sabia que era capaz de machucá-lo, mas também sabia que machucá-lo fisicamente não o prejudicaria de nenhuma outra forma. O que faria dele o vencedor, ao enfraquecê-la. Em vez disso, ela foi embora, tentando ignorar as palavras que ele lhe dizia pelas costas.

"Que rabo, hein, Malky? Volta, minha linda, que eu tenho um pacote surpresa aqui pra você!"

Lá fora, Siobhan seguiu para seu carro. A adrenalina estava alta, o coração batendo rapidamente. Sentou-se ao volante e tentou controlar a respiração. *Desgraçado*, ela pensava. *Desgraçado, desgraçado, desgraçado…* Olhou para o porta-luvas. Teria que voltar outra hora para tirar as fotos. Seu celular tocou e ela o tirou de dentro da bolsa. O número de Rebus estava na tela. Respirou fundo, não querendo que ele percebesse nada na voz dela.

"E aí, John?", perguntou.

"Siobhan? O que há com *você*?"

"Como assim?"

"Sua voz é de quem estava correndo a maratona."

"Só corri para o meu carro." Ela olhou para o céu azul-claro. "Está chovendo aqui."

"Chovendo? Onde diabos você está?"

"Banehall."

"E onde fica isso?"

"Em West Lothian, na saída da autoestrada antes de chegar a Whitburn."

"Eu sei, não tem um pub aí chamado The Bane?"
Sem querer, ela sorriu. "Esse é o lugar", disse ela.
"Por que você foi até aí?"
"É uma longa história. O que você está fazendo?"
"Nada que não possa ser colocado de lado diante da oferta de uma longa história. Você está voltando para a cidade?"
"Estou."
"Então você praticamente vai passar por Knoxland."
"É aí que vou encontrar você?"
"Não tem como errar — pusemos uma barreira em círculo para manter os nativos afastados."

Siobhan viu a porta do pub se abrir, Donny Cruikshank jogando xingamentos lá para dentro. Uma saudação só com o dedo médio levantado, seguida de uma saraivada de cuspe. Parece que Malky tinha se enchido dele. Siobhan deu a partida no carro.

"Vejo você em quarenta minutos mais ou menos."
"Traga munição, por favor. Dois maços de Benson Gold."
"Eu não mexo com cigarros, John."
"O último pedido de um moribundo, Shiv", Rebus implorou.

Vendo a mistura de raiva e desespero no rosto de Donny Cruikshank, Siobhan não pôde deixar de sorrir.

4.

A "barreira em círculo" de Rebus, na verdade, era apenas uma construção modular e portátil do tipo Portakabin de um só ambiente, instalada em um estacionamento junto aos prédios residenciais mais próximos. Era verde-escura do lado de fora, com uma grade de proteção na única janela e uma porta reforçada. Quando ele estacionou seu carro, o onipresente bando de crianças tinha pedido dinheiro para tomar conta do veículo. Ele apontou um dedo para elas.

"Se um passarinho fizer sujeira no meu para-brisa, vocês vão lambê-lo."

Agora ele estava na porta da Portakabin, fumando um cigarro. Ellen Wylie digitava em um laptop. Tinha que ser um laptop, para que pudessem desligá-lo no final do dia e levá-lo consigo. Era isso ou deixar um guarda-noturno na porta. Não havia como instalar uma linha telefônica, então eles estavam usando celulares. O detetive Charlie Reynolds, chamado pelas costas de "Bunda de Rato", se aproximava, vindo de um dos prédios. Ele tinha quarenta e tantos anos e era quase tão grande quanto alto. Havia jogado rúgbi uma época, inclusive uma temporada do torneio nacional na equipe da polícia. Em consequência, seu rosto era uma mistura de remendos malfeitos, cicatrizes de todos os tamanhos. O corte de cabelo não pareceria inadequado em um menino de rua dos anos 1920. Reynolds tinha fama de piadista, mas agora não estava sorrindo.

"Perda de tempo do cacete", resmungou.

"Ninguém está falando?", arriscou Rebus.

"Os que *estão* falando é que é o problema."

"Como assim?" Rebus decidiu oferecer um cigarro a Reynolds, que o grandalhão aceitou sem agradecer.

"Eles não falam inglês, né, porra! Tem umas cinquenta e sete malditas variantes de língua lá." Fez um gesto em direção aos prédios. "E o cheiro... Só Deus sabe o que eles andam cozinhando, mas eu não notei muitos gatos na vizinhança." Reynolds viu a expressão no rosto de Rebus. "Não me leve a mal, John, eu não sou racista. Mas a gente fica pensando..."

"No quê?"

"Toda essa coisa de asilo político. Quer dizer, digamos que você tivesse que sair da Escócia, certo? Você estivesse sendo torturado, uma coisa assim... Você iria para o país mais seguro e mais próximo do seu, certo? Você não ia gostar de ficar muito longe da sua terra. Mas esse pessoal..." Ele olhou para o agrupamento de prédios e em seguida sacudiu a cabeça. "Entende o que eu quero dizer, né?"

"Acho que sim, Charlie."

"Metade deles não está nem aí pra aprender a língua... Apenas pegam o dinheiro do governo, e muito obrigado." Reynolds concentrou-se em seu cigarro. Ele fumava com certa violência, os dentes mordendo o filtro, a boca tragando com força. "Pelo menos você pode se mandar para Gayfield sempre que quiser. Alguns de nós vamos ficar presos aqui enquanto isso durar."

"Para completar essa sua história triste, só falta a trilha sonora tocada ao violino, Charlie", disse Rebus. Outro carro estava se aproximando: Shug Davidson. Ele tinha ido a uma reunião para acertar o orçamento para a investigação e não parecia feliz com o resultado.

"Não vamos ter intérpretes, é isso?", lançou Rebus.

"Ah, nós podemos ter todos os intérpretes que quisermos", respondeu Davidson. "A questão é que não podemos pagá-los. Nosso estimado subchefe de polícia sugere que a gente procure por aqui, veja se o conselho municipal pode nos fornecer um ou dois sem custos."

"Mais essa agora", murmurou Reynolds.

"O que foi?", perguntou Davidson bruscamente.

"Nada, Shug, nada." Reynolds esmagou a bituca de seu cigarro como se estivesse disputando uma bola.

"O Charlie acha que os moradores daqui contam um pouco demais com a caridade oficial", Rebus explicou.

"Eu não falei isso."

"Às vezes eu consigo ler mentes. É de família, passou de pai para filho. Meu avô provavelmente passou para o meu pai…" Rebus apagou o próprio cigarro. "A propósito, ele era polonês, o meu avô. Nós somos uma nação bastarda, Charlie, acostume-se a isso." Rebus se afastou para cumprimentar outra pessoa que chegava: Siobhan Clarke. Ela passou alguns minutos estudando os arredores.

"Concreto era uma opção tão atraente na década de 1960", ela comentou. "Quanto aos murais…"

Rebus tinha deixado de reparar neles: FORA, PRETOS!… PAQUISTANESES SÃO MERDA… PODER BRANCO… Algum gozador havia tentado apagar o "der" e colocado um acento agudo no "o" para transformar a palavra em "pó". Rebus se perguntou quão fortes seriam os traficantes de drogas naquela área. Talvez outro motivo para o descontentamento geral: os imigrantes, provavelmente, não tinham dinheiro para comprar drogas, mesmo supondo que as quisessem. ESCÓCIA PARA OS ESCOCESES. Uma pichação de tamanho respeitável fora alterada de MALDITOS VICIADOS para MALDITOS PRETOS.

"Este lugar parece aconchegante", disse Siobhan. "Obrigada por me convidar."

"Você trouxe o convite?"

Ela entregou os maços de cigarros. Rebus beijou-os e colocou-os no bolso. Davidson e Reynolds tinham entrado na Portakabin.

"Você vai me contar aquela história?", perguntou ele.

"Você vai me acompanhar em uma turnê aqui?"

Rebus deu de ombros. "Por que não?" Eles começaram a caminhar. Havia quatro torres principais em Knoxland, cada uma com oito andares, situadas como que nos ângulos de um quadrado, de frente para a devastada área central. Havia corredores abertos em cada andar, e cada apartamento tinha uma varanda com vista para a pista dupla.

"Muitas antenas parabólicas", observou Siobhan. Rebus assentiu com a cabeça. Ficou pensando naquelas parabólicas, nas versões de mundo que elas transmitiam para cada sala e cada vida. Durante o dia, os anúncios seriam de indenizações para acidentes; à noite, de bebida alcoólica. Uma geração crescia acreditando que a vida podia ser comandada pelo controle remoto da TV.

Agora havia crianças andando de bicicleta em volta deles. Outros estavam reunidos perto de uma parede, compartilhando um cigarro e alguma coisa em uma garrafa de limonada que não parecia ser limonada. Eles usavam bonés de beisebol e tênis de corrida, uma moda de outra cultura que chegou até eles.

"Ele é muito velho pra você!", uma voz gritou, seguida por gargalhadas e pelos habituais sons de grunhidos de porco. "Eu sou jovem, mas sou bem-dotado, sua vagaba!", gritou a mesma voz.

Eles continuaram andando. Policiais uniformizados estavam parados nas duas extremidades da cena do crime, demonstrando enorme paciência com os moradores do local que lhes perguntavam por que eles não podiam usar a passagem.

"Só porque apagaram um china, cara..."

"Não foi um china... Falaram que foi um dos 'cabeças de toalha', um árabe..."

O tom das vozes se elevou. "Ei, cara, e por que eles podem passar e a gente não? É pura discriminação..."

Rebus mostrou o lugar a Siobhan. Não que houvesse muito

para ver. O chão ainda estava manchado de sangue, ainda havia um cheiro fraco de urina no local. Rabiscos cobriam cada centímetro das paredes.

"Quem quer que fosse, alguém está sentindo a falta dele", disse Rebus em voz baixa, observando um pequeno maço de flores no local. Só que não eram flores, apenas algumas folhas de capim selvagem e alguns dentes-de-leão. Colhidos em algum terreno baldio.

"Tentando nos dizer alguma coisa?", sugeriu Siobhan.

Rebus deu de ombros. "Talvez eles apenas não tivessem dinheiro para comprar flores... ou não soubessem como fazer isso."

"Há mesmo tantos imigrantes assim em Knoxland?"

Rebus negou com a cabeça. "Provavelmente não mais do que sessenta ou setenta."

"O que seria sessenta ou setenta a mais do que alguns anos atrás."

"Espero que você não esteja se transformando numa Bunda de Rato Reynolds."

"Só estou raciocinando do ponto de vista dos moradores. As pessoas não gostam de intrusos: imigrantes, viajantes, qualquer um que seja um pouco diferente... Até mesmo um sotaque inglês como o meu pode trazer encrenca."

"Isso é diferente. Existem muitas e boas razões históricas para os escoceses odiarem os ingleses."

"E vice-versa, obviamente."

Eles tinham saído pelo outro lado da passagem. Ali havia um agrupamento de prédios mais baixos, de quatro andares, juntamente com algumas fileiras de casas geminadas.

"As casas foram construídas para aposentados", Rebus explicou. "Alguma coisa a ver com mantê-los na comunidade."

"Sonho bom, como diria Thom Yorke."*

---

* Vocalista da banda Radiohead e um dos compositores da canção "Nice Dream". (N. T.)

Aquilo, sem dúvida, era Knoxland: um sonho bom. Havia muitos lugares parecidos em outras partes da cidade. Os arquitetos responsáveis deviam ter ficado bastante orgulhosos de seus desenhos em escala e modelos de papelão. Afinal, ninguém jamais se dispôs a projetar um gueto.

"Por que Knoxland?", Siobhan acabou perguntando. "Com certeza não ganhou esse nome por causa de Knox, o calvinista."

"Acho que não. Knox queria que a Escócia fosse uma nova Jerusalém. Duvido que Knoxland tenha as qualificações necessárias."

"Tudo o que sei sobre ele é que não queria estátuas em nenhuma igreja sua e que não se interessava por mulheres."

"Ele também não queria que as pessoas se divertissem. Havia cadeiras de tortura e julgamentos por bruxaria aguardando os culpados..." Rebus fez uma pausa. "Então, ele teve alguns pontos positivos."

Rebus não sabia para onde eles estavam caminhando. Siobhan parecia prestes a explodir de energia, como se precisasse ser aterrada de alguma forma. Ela se virou e foi andando na direção de um dos prédios mais altos.

"Vamos?", disse ela, tentando abrir a porta. Mas estava trancada.

"Uma melhoria recente", explicou Rebus. "As câmeras de segurança ao lado dos elevadores também. Para manter os vândalos longe."

"Câmeras?" Siobhan ficou olhando Rebus digitar um código de quatro dígitos no teclado da porta. Ele balançava a cabeça respondendo negativamente à pergunta dela.

"Acontece que elas nunca estão ligadas. O conselho municipal não conseguiu pagar o funcionário de segurança responsável por elas." Ele abriu a porta. Havia dois elevadores no hall de entrada. Ambos funcionando, então talvez o teclado na porta estivesse dando resultado.

"Último andar", disse Siobhan quando entraram no elevador da esquerda. Rebus apertou o botão e as portas se fecharam com um estremecimento.

"Agora, aquela história...", disse Rebus. Então ela contou a ele. Não demorou muito. No momento em que Siobhan terminou, eles estavam em um dos corredores, inclinando-se contra o parapeito baixo. O vento assobiava, soprando forte ao redor deles. Havia vistas para o norte e o leste, e vislumbres de Corstorphine Hill e Craiglockhart.

"Olha só todo esse espaço", disse ela. "Por que eles simplesmente não construíram casas para todos?"

"E arruinar o sentimento de comunidade?" Rebus girou o corpo em direção a Siobhan, para ela ver que ele estava lhe dedicando toda a atenção. Ele nem tinha um cigarro na mão.

"Você quer trazer Cruikshank para um interrogatório?", ele perguntou. "Eu poderia segurá-lo enquanto você lhe dava uns bons chutes."

"Policiamento à moda antiga, né?"

"Sempre achei a ideia animadora."

"Bem, não vai ser necessário: eu já lhe dei um corretivo... aqui." Ela apontou para a cabeça. "Mas obrigada pela oferta."

Rebus deu de ombros, voltando a olhar a paisagem. "Você sabe que ela vai aparecer se quiser?"

"Eu sei."

"Ela não se enquadra em pessoa desaparecida."

"E você nunca fez um favor para um amigo?"

"Nisso você tem razão", admitiu Rebus. "Só não espere resultado."

"Não se preocupe." Ela apontou para a torre na diagonal de onde eles estavam. "Está percebendo alguma coisa?"

"Nada que eu também não veria incendiado por uma cerveja."

"Quase nenhuma pichação. Quer dizer, comparando com os outros prédios."

Rebus olhou para baixo, em direção ao nível do solo. Verdade: as paredes lodosas daquele prédio estavam mais limpas do que as outras. "Aquele é o Stevenson House. Talvez alguém do conselho tenha boas lembranças da *Ilha do tesouro*. Na próxima vez que a gente levar uma multa por estacionar em local proibido, eles vão aplicar o dinheiro direto em produtos de limpeza." As portas do elevador atrás deles se abriram e dois policiais uniformizados surgiram, desanimados, carregando pranchetas.

"Pelo menos este é o último andar", resmungou um deles. Ele notou Rebus e Siobhan. "Vocês moram aqui?", perguntou, preparando-se para adicioná-los ao seu registro na prancheta.

Rebus chamou a atenção de Siobhan. "Devemos estar parecendo mais desesperados do que eu pensava." Então, para o policial: "Nós somos do DIC, filho".

O outro policial bufou pelo erro de seu parceiro. Ele já estava batendo na primeira porta. Rebus podia ouvir vozes cada vez mais altas aproximando-se do corredor. A porta foi aberta.

O homem já estava furioso. Sua esposa, atrás dele, tinha os punhos cerrados. Reconhecendo os policiais, o homem revirou os olhos. "Porra, é só o que me faltava."

"Se o senhor se acalmar..."

Rebus poderia ter dito ao jovem policial que aquela não era a maneira de lidar com nitroglicerina: você não dizia a ela o que ela era.

"Me acalmar? Para você é fácil dizer, seu idiota. É sobre aquele desgraçado que morreu, estou certo? As pessoas podem gritar por socorro aqui, com carros pegando fogo, viciados cambaleando por toda parte... E a gente só vê vocês quando um *deles* começa a choramingar. Acha justo isso?"

"Eles merecem tudo que está acontecendo com eles", disse a mulher com raiva. Ela estava usando calça de jogging cinza e uma blusa com capuz combinando. Não que parecesse o tipo esportivo: assim como os policiais à sua frente, ela vestia uma espécie de uniforme.

"Posso apenas lembrar vocês que alguém foi assassinado?" O sangue subiu ao rosto do policial. Eles o irritaram, e agora sabiam disso. Rebus decidiu entrar em cena.

"Inspetor-detetive Rebus", disse, mostrando sua identificação. "Nós temos um trabalho a fazer aqui e agradeceríamos a cooperação de vocês. É só isso."

"E o que *nós* ganhamos com isso?" A mulher agora estava ao lado do marido, os dois mais do que preenchendo o vão da porta. Era como se a discussão deles nem tivesse acontecido: os dois, agora, formavam um time, ombro a ombro contra o mundo.

"O sentimento de responsabilidade cívica", respondeu Rebus. "Fazer a sua parte para o conjunto habitacional... Ou talvez você não esteja preocupada com a ideia de que um assassino está andando por aqui como se fosse o dono do lugar."

"Quem quer que ele seja, não está atrás de nós, está?"

"Ele que mate quantos sujeitos daqueles ele quiser... Pode espantá-los daqui", concordou o marido.

"Não acredito que estou ouvindo isso", Siobhan murmurou. Talvez ela não quisesse ser ouvida, mas eles a ouviram mesmo assim.

"E quem é você, porra?", perguntou o homem.

"Ela é a porra da minha colega", Rebus retrucou. "Agora olhem para mim..." De repente ele pareceu maior, e os dois olharam para ele. "Nós fazemos isso da maneira mais fácil ou mais difícil — vocês escolhem."

O homem estava medindo Rebus. Por fim, relaxou os ombros um pouco. "Nós não sabemos de nada", disse. "Satisfeito?"

"Mas vocês não lamentam que um homem inocente tenha sido morto?"

A mulher bufou. "Do jeito que ele agia, é de estranhar que isso não tivesse acontecido antes..." Sua voz desapareceu aos poucos enquanto o olhar furioso do marido a atingia.

"Vaca burra", ele disse. "Agora vamos ficar aqui a noite toda." Mais uma vez ele olhou para Rebus.

"A escolha é sua", disse Rebus. "Ou na sua sala, ou lá na delegacia."

Marido e mulher decidiram em uníssono. "Na sala", disseram.

* * *

No fim, o lugar se encheu de gente. Os policiais tinham sido dispensados, mas foram instruídos a continuar a investigação porta a porta e manter a boca fechada sobre o que havia acontecido.

"O que provavelmente significa que toda a delegacia vai saber antes de a gente voltar", admitira Shug Davidson. Ele tinha assumido o interrogatório, Wylie e Reynolds nos papéis coadjuvantes. Rebus levara Davidson para um canto.

"Garanta que seja o Bunda de Rato a conversar com eles." Os olhos de Davidson procuraram uma explicação. "Vamos apenas dizer que eles podem se abrir com ele. Acho que os três compartilham algumas opiniões sociais e políticas. O Bunda de Rato vai diminuir a distância entre nós e eles."

Davidson concordou e até então estava funcionando. Reynolds concordava com quase tudo o que a dupla dizia.

"É uma espécie de conflito de culturas", ele corroborava. Ou: "Acho que todos nós entendemos o que vocês estão dizendo".

A sala era claustrofóbica. Rebus duvidava que as janelas já tivessem sido abertas alguma vez. Eram de vidro duplo, e uma condensação entre as folhas havia deixado trilhas que pareciam de lágrimas. Um aquecedor elétrico estava ligado. As lâmpadas que simulavam a brasa tinham queimado fazia muito tempo, deixando o cômodo com um aspecto ainda mais sombrio. Três itens de mobiliário entupiam o lugar: um sofá marrom enorme ladeado por imensas poltronas marrons. Foram nelas que marido e mulher se sentaram confortavelmente. Não lhes foi oferecido chá ou café, e quando Siobhan fez um gesto de beber em um copo, Rebus balançou a cabeça: não sabia que tipo de riscos à saúde eles estariam correndo. Na maior parte do interrogatório, ele se manteve perto da estante de parede, analisando o conteúdo das prateleiras. Fitas de vídeo: comédias românticas para a dama; stand-up obsceno e futebol para o cavalheiro. Alguns vídeos eram piratas, com capas que nem mesmo tentavam parecer originais. Havia livros de bolso também: biografias de atores e um volume sobre emagrecimento, que alegava ter "mudado cinco milhões de vidas". Cinco milhões: a população da Escócia mais ou menos. Rebus não viu nenhum sinal de que ele tivesse mudado alguma vida naquela sala.

O resumo era o seguinte: a vítima morava no apartamento ao lado. Não, eles nunca tinham falado com ele, a não ser para lhe dizer que calasse a boca. Por quê? Porque em algumas noites ele gritava com toda a força. A toda hora, ele estaria pisando o chão com força. Nenhum amigo ou familiar que eles conhecessem; nunca ninguém tinha ido visitá-lo, que eles tivessem visto ou ouvido.

"Veja bem, pelo barulho que fazia, ele poderia ter uma equipe de sapateado lá."

"Vizinhos podem ser um inferno", Reynolds concordou, sem uma pitada de ironia.

Não havia muito mais: o apartamento estava vago antes de ele chegar, e eles não sabiam muito bem quando isso tinha acontecido... Talvez cinco, seis meses atrás. Não, eles não sabiam o nome do vizinho nem se ele trabalhava. "Mas é batata que não; muitos deles são catadores."

Nesse instante, Rebus saiu para fumar. Era isso ou ele teria que perguntar: "E *você* faz exatamente o quê? Qual a *sua* colaboração para a soma dos esforços dos humanos?". Olhando tudo em torno do conjunto habitacional, pensou: não vi nenhuma dessas pessoas, as pessoas com quem todos estão tão zangados. Supôs que eles estivessem escondidos atrás das portas, escondidos do ódio que provocavam por tentar criar sua própria comunidade. Se conseguissem, o ódio se multiplicaria. Mas talvez, então, isso não importasse, porque, se eles conseguissem, talvez pudessem ir embora de Knoxland juntos. E então os outros moradores poderiam ser felizes de novo atrás de suas barricadas e com seus antolhos.

"É em momentos como esse que eu gostaria de fumar", disse Siobhan, juntando-se a ele.

"Nunca é tarde para começar." Ele enfiou a mão no bolso, como se fosse pegar o maço, ao que ela fez que não com a cabeça.

"Mas uma bebida seria bom."

"Aquela que você não tomou na noite passada?"

Ela assentiu com a cabeça. "Mas em casa... na banheira... talvez com algumas velas."

"Você acha que bebendo vai se livrar de gente assim?" Rebus apontou para o apartamento.

"Não se preocupe, eu sei que não posso."

"Tudo faz parte da rica tapeçaria da vida, Shiv."

"Não é bom saber disso?"

As portas do elevador se abriram. Mais policiais uniformizados, mas diferentes: coletes à prova de facadas e capacetes. Quatro deles, treinados para ser durões. Recrutados na divisão de Crimes Graves. Estes formavam o Esquadrão Antidrogas e traziam a ferramenta do seu ramo de atividade: a "chave", basicamente um cano de ferro que funcionava como um aríete. Sua função era colocá-los dentro das casas dos traficantes o mais rápido possível, antes que estes conseguissem jogar as evidências na privada e dar descarga.

"Um bom chute provavelmente faria o mesmo serviço", disse Rebus. O líder olhou para ele sem pestanejar.

"Qual porta?"

Rebus apontou. O homem virou-se para sua equipe e assentiu. Eles se aproximaram, posicionaram o cilindro e o usaram.

A madeira rachou e a porta se abriu.

"Acabei de me lembrar de uma coisa", disse Siobhan. "A vítima não tinha nenhuma chave consigo..."

Rebus verificou o batente da porta arrebentada e em seguida girou a maçaneta. "Não estava trancada", disse, confirmando a teoria dela. O barulho atraiu as pessoas para fora: não apenas os vizinhos, mas também Davidson e Wylie.

"Vamos dar uma olhada rápida", sugeriu Rebus. Davidson assentiu.

"Espera aí", disse Wylie. "Shiv nem faz parte disto."

"Esse é o espírito de equipe que estamos procurando em você, Ellen", retrucou imediatamente Rebus.

Davidson fez um sinal com a cabeça, avisando Wylie que a queria de volta no interrogatório. Eles desapareceram no interior do apartamento. Rebus virou-se para o líder da equipe, que acabava de sair do apartamento da vítima. Estava escuro lá dentro, mas a equipe tinha lanternas.

"Tudo limpo", disse o líder.

Rebus estendeu a mão no corredor e tentou o interruptor de luz: nada. "Se importa de me emprestar uma lanterna?" Ele podia ver que o líder se importava, e muito. "Eu trago de volta, prometo." Estendeu a mão.

"Alan, passa sua lanterna para ele", disse o líder rispidamente.

"Sim, senhor." A lanterna foi entregue.

"Amanhã de manhã", o líder instruiu.

"Devolvo logo cedo", Rebus assegurou. O líder olhou furioso para ele, então sinalizou para seus homens que o trabalho estava feito. Eles marcharam de volta para os elevadores. Logo que as portas se fecharam, Siobhan bufou.

"Eles são de verdade?"

Rebus experimentou a lanterna e achou-a satisfatória. "Não se esqueça da merda com a qual eles têm que lidar. Casas cheias de armas e seringas: quem você prefere que dê o primeiro passo?"

"Retiro o que eu disse", ela se desculpou.

Os dois entraram. O lugar não era apenas escuro; era frio. Na sala de estar, encontraram jornais velhos que pareciam ter sido pegos de latas de lixo, além de latas de alimentos e embalagens de leite vazias. Nada de móveis. A cozinha era minúscula, mas arrumada. Siobhan apontou para o alto de uma parede. Um medidor de consumo de luz que funcionava com moedas. Ela tirou uma moeda do bolso, colocou-a no aparelho e ligou-o. As luzes se acenderam.

"Melhor", disse Rebus, deixando a lanterna sobre a bancada. "Não que haja muito para ver."

"Acho que ele não cozinhava muito." Siobhan abriu os armários, revelando alguns pratos e tigelas, pacotes de arroz e temperos, duas xícaras de chá lascadas e uma latinha de folhas de chá pela metade. Havia um saco de açúcar na bancada ao lado da pia, com uma colher enfiada nele. Rebus olhou dentro da pia, viu lascas de cenoura. Arroz e legumes: a última refeição do morto.

No banheiro, parecia ter havido uma tentativa rudimentar de lavar roupas: camisas e cuecas sobre a borda da banheira, ao lado de um sabonete. Uma escova de dentes na pia, mas nenhum creme dental.

Com isso, sobrava apenas o quarto. Rebus acendeu a luz. Mais uma vez não havia móveis. Um saco de dormir estava aberto no chão. Da mesma forma como acontecera na sala, um carpete de cor parda parecia não querer desgrudar da sola do sapato de Rebus quando ele se aproximou do saco de dormir. Não havia cortinas, embora a janela ficasse a apenas uns vinte, vinte e cinco metros de outro prédio.

"Não há muito aqui para explicar o barulho que ele fazia", disse Rebus.

"Não tenho tanta certeza... Se eu tivesse que morar aqui, acho que provavelmente também iria acabar tendo um ataque histérico."

"Concordo." No lugar de uma cômoda, o homem tinha usado um saco plástico de lixo bem grande. Rebus esparramou seu conteúdo e viu roupas puídas, bem dobradas. "Isto deve ter sido uma doação", disse.

"Ou ter vindo de alguma instituição de caridade; há muitas trabalhando com asilados."

"Você acha que ele era um deles?"

"Bem, a gente pode dizer que ele não parece exatamente

alguém que se estabeleceu aqui. Eu diria que ele chegou com um mínimo de objetos pessoais."

Rebus pegou o saco de dormir e deu uma sacudida nele. Era de um tipo antigo: largo e fino. Meia dúzia de fotografias caíram dele. Rebus pegou-as do chão. Instantâneos, marcados nas bordas por um manuseio regular. Uma mulher e duas crianças pequenas.

"Esposa e filhos?", sugeriu Siobhan.

"Onde você acha que elas foram tiradas?"

"Na Escócia é que não."

O fundo das fotos atestava isso: paredes de gesso branco de um apartamento, janela com vista para os telhados de uma cidade. Rebus teve a impressão de um país quente, sem nuvens profundas no céu azul. As crianças pareciam surpresas; uma delas tinha um dedo na boca. A mulher e sua filha sorriam, abraçadas.

"Suponho que alguém vai reconhecê-los", disse Siobhan.

"Talvez não seja preciso", disse Rebus. "Este conjunto habitacional é administrado pelo conselho municipal, lembra?"

"Ou seja, o conselho deve saber quem ele era?"

Rebus assentiu. "A primeira coisa que precisamos fazer é pegar as impressões digitais deste lugar, para garantir que não estamos tirando conclusões precipitadas. Depois vai depender do conselho nos dar um nome."

"E isso de alguma maneira nos deixa mais próximos de descobrir o assassino?"

Rebus deu de ombros. "Quem fez isso voltou para casa coberto de sangue. Não haveria como atravessar Knoxland sem ser notado." Fez uma pausa. "O que não significa que alguém vai aparecer para falar."

"Ele até pode ser um assassino, mas será ele *o* assassino?", perguntou Siobhan.

"Ou isso, ou simplesmente estão com medo dele. Há muita gente durona em Knoxland."

"Então não avançamos nada."

Rebus ergueu uma das fotos. "O que você está vendo?", perguntou.

"Uma família."

Rebus fez que não com a cabeça. "Você está vendo uma viúva e duas crianças que nunca mais vão ver o pai. Eles são os únicos em quem devíamos estar pensando, e não em nós mesmos."

Siobhan concordou. "Acho que podemos fazer com que essas fotos venham a público."

"Eu estava pensando a mesma coisa. Acho que até sei o homem certo para isso."

"Steve Holly?"

"O jornal para o qual ele escreve pode ser um lixo, mas muita gente o lê." Rebus olhou em volta. "Já viu o suficiente?" Siobhan assentiu de novo. "Então, vamos contar ao Shug Davidson o que encontramos..."

Davidson ligou para a equipe de coleta de impressões digitais e Rebus o convenceu a deixá-lo ficar com uma das fotos, para que ela fosse repassada para a imprensa.

"Mal não vai fazer", reagiu Davidson de maneira pouco entusiástica. No entanto, ele se animou ao se dar conta de que o Conselho de Habitação teria um nome no contrato de locação.

"E a propósito", disse Rebus, "seja lá o que estiver no orçamento, é preciso acrescentar uma libra." Ele apontou para Siobhan. "Ela teve que colocar uma moeda no medidor de consumo de luz."

Davidson sorriu, enfiou a mão no bolso e tirou de lá algumas moedas. "Tome, Shiv. Compre uma bebida com o troco."

"E quanto a mim?", Rebus reclamou. "Isso é discriminação sexual ou o quê?"

"Você, John, está prestes a entregar uma exclusiva para o Steve Holly. Se isso não for motivo para ele lhe pagar algumas cervejas, deveriam expulsá-lo da profissão..."

Assim que Rebus saiu do conjunto habitacional, ele se lembrou de algo de repente. Ligou para o celular de Siobhan. Ela também estava voltando para a cidade.

"Eu provavelmente vou encontrar Holly no pub", disse ele. "Não quer se juntar a nós?"

"Por mais tentadora que seja essa oferta, tenho que ir para outro lugar. Mas obrigada por me convidar."

"Não foi por isso que eu liguei... Você não está pensando em voltar ao apartamento da vítima?"

"Não." Ela ficou em silêncio por um momento, depois se deu conta de algo. "Você prometeu que ia devolver a lanterna!"

"Que ficou em cima da bancada da cozinha."

"Telefone para Davidson ou Wylie."

Rebus torceu o nariz. "Ah, isso pode esperar. Afinal, o que pode acontecer com ela, em um apartamento vazio com a porta quebrada? Tenho certeza de que todos lá são honestos, almas tementes a Deus..."

"Você está até esperando que a lanterna vá dar uma voltinha, não é?" Ele quase podia ouvi-la sorrindo. "Só para ver o que eles vão fazer."

"O que você acha: um ataque de madrugada, entrando pelo meu corredor à procura de algo para substituí-la?"

"Existe um lado diabólico em você, Rebus."

"Claro que sim; não há razão para eu ser diferente das outras pessoas."

Ele encerrou o telefonema e dirigiu-se ao Oxford Bar, onde tomou lentamente uma caneca de Deuchar's, acompanhada do último rocambole de carne com beterraba que havia na prateleira. Harry, o barman, perguntou se ele sabia alguma coisa sobre o ritual satânico.

"Que ritual satânico?"

"O de Fleshmarket Close. Uma espécie de reunião de bruxas..."

"Porra, Harry, você acredita em todas as histórias que ouve aqui?"

Harry tentou não parecer desapontado. "Mas o bebê esqueleto..."

"Era falso... Foi plantado lá."

"Por que alguém faria isso?"

Rebus procurou uma resposta. "Talvez você esteja certo, Harry; pode ter sido o barman, vendendo sua alma ao diabo."

O canto da boca de Harry se contraiu. "Você acha que valeria a pena eu fazer um pacto com a minha alma?"

"De maneira nenhuma, nem no inferno", Rebus disse, levando a caneca à boca. Estava pensando em Siobhan: *tenho que ir para outro lugar*. Provavelmente ela planejava falar com o dr. Curt. Rebus pegou seu telefone, verificando se havia sinal suficiente para fazer uma ligação. Tinha o número do repórter na carteira. Holly atendeu imediatamente.

"Inspetor-detetive Rebus, que prazer inesperado..." O que significava que ele tinha um identificador de chamadas e estava com outras pessoas, deixando-as, fossem quem fossem, saber o tipo de pessoa que poderia ligar para ele de repente, querendo impressioná-las...

"Desculpe interrompê-lo quando você está em reunião com seu editor", disse Rebus. O telefone ficou em silêncio por alguns momentos, e Rebus permitiu-se um sorriso bem grande. Holly pareceu pedir licença, saindo da sala em que estava. Sua voz ficou bem baixa.

"Estou sendo vigiado, é isso?"

"Ah, claro, Steve, você está no mesmo nível que os repórteres do caso Watergate." Rebus fez uma pausa. "Foi apenas um palpite, só isso."

"É?" Holly não parecia convencido.

"Olha, eu tenho uma coisa para você, mas acho que pode esperar até você cuidar dessa paranoia."

"Opa, espera aí... O que é?"

"A vítima de Knoxland, encontramos uma foto que pertencia ao sujeito. Parece que ele tinha mulher e filhos."

"E você está dando isso para a imprensa?"

"No momento, você é o único a quem isso está sendo oferecido. Se quiser, é sua, para publicar tão logo a polícia técnica confirme que pertencia à vítima."

"Por que eu?"

"Quer saber a verdade? Porque uma exclusiva significa mais cobertura, mais estardalhaço, a esperança de uma primeira página..."

"Sem promessas", Holly disse rápido. "E quanto tempo depois os outros vão ficar sabendo?"

"Vinte e quatro horas."

O repórter pareceu refletir sobre aquilo. "Mais uma vez tenho que perguntar: por que eu?"

Não é você, Rebus quis dizer — é o seu jornal, ou, mais precisamente, os números de circulação dele. São *eles* que estão recebendo a foto, a história... Em vez disso, continuou em silêncio e ouviu Holly exalar ruidosamente.

"O.k., tudo bem. Estou em Glasgow: você pode mandar por motoboy para mim?"

"Vou deixar atrás do balcão do Ox; você pode vir pegá-la. A propósito, você também vai encontrar uma conta pra pagar."

"Claro."

"Até mais, então." Rebus desligou o telefone e se ocupou em acender um cigarro. Claro que Holly pegaria a foto, porque, se ele se recusasse e a concorrência não, teria que dar explicações a seu chefe.

"Outra?", Harry perguntava. Bem, o homem já estava com um copo reluzente na mão, pronto para começar a enchê-lo. Como Rebus poderia recusar sem ofendê-lo?

5.

"Com base em um exame superficial do esqueleto feminino, eu diria que é muito antigo."

"Superficial?"

O dr. Curt se remexeu na cadeira. Eles estavam no escritório dele na faculdade de medicina da universidade, enfiado em um pátio atrás do prédio chamado McEwan Hall. Ocasionalmente — em geral quando estavam juntos em um bar —, Rebus gostava de lembrar a Siobhan que muitos dos grandes edifícios de Edimburgo — sobretudo o Usher Hall e o McEwan Hall — tinham sido construídos por dinastias ligadas à fabricação de cerveja, e que isso não teria sido possível sem apreciadores como ele.

"Superficial?", ela repetiu diante do silêncio. Curt encenou uma arrumação de canetas em sua mesa.

"Bem, eu nem precisei de ajuda... É um tipo de esqueleto para ensino, Siobhan."

"Mas *é* verdadeiro?"

"Sim, muito. Em tempos menos escrupulosos do que o nosso, o ensino médico dependia de tais coisas."

"E hoje não mais?"

Ele negou com a cabeça. "As novas tecnologias têm substituído muitos métodos antigos." Ele soou quase melancólico.

"Então esse crânio não é real?" Ela quis dizer o crânio na

prateleira atrás dele, pousado sobre um feltro verde em uma caixa de madeira e vidro.

"Ah, esse é bem autêntico. Pertenceu ao anatomista dr. Robert Knox."

"Aquele que estava de conluio com os ladrões de corpos?"

Curt fez uma careta. "*Ele* não *os* ajudou; *eles* é que *o* destruíram."

"O.k., então esqueletos verdadeiros eram usados como material didático..." Siobhan viu que a mente de Curt estava preocupada com seu antecessor. "Há quanto tempo essa prática foi suspensa?"

"Provavelmente há cinco ou dez anos, mas mantivemos alguns... espécimes por mais tempo."

"E a nossa mulher misteriosa é um de seus espécimes?"

A boca de Curt se abriu, mas não saiu nada.

"Um simples sim ou não serve", pressionou Siobhan.

"Não posso lhe dar nem um nem outro... Simplesmente não tenho certeza."

"Bem, de que maneira eles foram descartados?"

"Escute, Siobhan..."

"O que o está incomodando, doutor?"

Ele olhou para ela e pareceu tomar uma decisão. Apoiou os braços sobre a mesa em frente, as mãos entrelaçadas. "Quatro anos atrás... você provavelmente não vai se lembrar... algumas partes de corpos foram encontradas na cidade."

"Partes de corpos?"

"Uma mão aqui, um pé lá... Quando analisados, descobriu-se que tinham sido preservados em formol."

Siobhan assentiu lentamente. "Eu me lembro de ter ouvido falar nisso."

"Acontece que eles tinham sido tirados de um dos laboratórios como parte de uma brincadeira. Não que alguém tenha sido pego, mas recebemos muita atenção desnecessária da imprensa, bem como reprimendas sérias de todos, do vice-prefeito para baixo."

"Não estou vendo a ligação."

Curt levantou a mão. "Depois de dois anos, uma peça desapareceu do corredor do escritório do professor Gates..."

"O esqueleto de uma mulher?"

Foi a vez de Curt assentir. "Sinto dizer, mas abafamos o caso. Foi um momento em que estávamos nos desfazendo de uma série de materiais didáticos antigos..." Ele olhou para ela antes de voltar à sua arrumação de canetas. "Naquela época, acho que jogamos fora alguns esqueletos de plástico."

"Inclusive um de uma criança?"

"Sim."

"Você me disse que não havia desaparecido nenhuma peça." Ele lhe dirigiu apenas um encolher de ombros. "Você mentiu para mim, doutor."

"*Mea culpa*, Siobhan."

Ela pensou por um momento, esfregou a ponta do nariz. "Ainda não tenho certeza se estou entendendo. Por que o esqueleto feminino foi mantido como peça de exposição?"

Curt remexeu-se novamente. "Porque um dos antecessores do professor Gates resolveu mantê-lo. Ela se chamava Mag Lennox. Já ouviu falar nela?" Siobhan fez que não com a cabeça. "Mag Lennox era considerada uma bruxa — isso há duzentos e cinquenta anos. Foi morta por cidadãos, que depois não quiseram que ela fosse enterrada — alguma coisa sobre ter medo de ela sair do caixão. Deixaram seu corpo apodrecer, e aqueles que tinham interesse podiam estudar seus restos à vontade, à procura de sinais do diabo, suponho. Alexander Monro por fim se apropriou do esqueleto e o doou à faculdade de medicina."

"Então, alguém o roubou e vocês mantiveram isso em segredo?"

Curt encolheu os ombros e inclinou a cabeça para trás, olhando para o teto.

"Alguma ideia sobre quem fez isso?", perguntou ela.

"Ah, tivemos muitas ideias... Estudantes de medicina são conhecidos por seu humor negro. Corria a história de que o esqueleto estava enfeitando a sala de alguma república. Conseguimos que alguém investigasse..." Ele olhou para ela. "Investigasse *secretamente*, entende..."

"Um detetive particular? Meu Deus, doutor." Ela balançou a cabeça, decepcionada com a escolha de ação dele.

"Nada foi encontrado. É claro que eles poderiam tê-lo simplesmente jogado fora..."

"Enterrando-o no Fleshmarket Close?"

Curt encolheu os ombros. Um homem tão reticente, um homem escrupuloso... Siobhan podia ver que aquela conversa lhe causava quase uma dor física. "Qual o nome deles?"

"Dois jovens, quase inseparáveis... Alfred McAteer e Alexis Cater. Acho que eles copiaram os personagens da série de TV *MASH*. Você conhece?"

Siobhan assentiu. "Eles ainda estudam aqui?"

"Estão lotados na enfermaria atualmente, que Deus nos ajude."

"Alexis Cater... Alguma relação?"

"Filho dele, ao que parece."

Os lábios de Siobhan formaram um "o". Gordon Cater era um dos poucos atores escoceses de sua geração a obter êxito em Hollywood. Personagens secundários, principalmente, mas em grandes sucessos de bilheteria. Em determinado momento, falou-se que ele tinha sido a primeira escolha para o papel de James Bond depois de Roger Moore, sendo derrotado depois por Timothy Dalton. Um tresloucado em sua época e um ator que a maioria das mulheres iria ver no cinema, por pior que fosse o filme.

"Acho que você é fã dele", Curt resmungou. "Tentamos manter em segredo que Alexis estudava aqui. Ele é filho do segundo ou do terceiro casamento de Gordon."

"E você acha que ele roubou Mag Lennox?"

"Ele estava entre os suspeitos. Entende por que não tornamos oficial a investigação?"

"Você quer dizer além do fato de que isso teria feito você e o professor parecerem mais uma vez irresponsáveis?" Siobhan sorriu diante do constrangimento de Curt. Como se irritado com as canetas, de repente Curt jogou-as em uma gaveta.

"Está canalizando sua agressividade, doutor?"

Curt olhou-a com frieza e suspirou. "E existe mais uma potencial mosca na sopa. Uma espécie de historiadora local... Parece que ela foi aos jornais dizendo achar que existe uma explicação sobrenatural para os esqueletos do Fleshmarket Close."

"Sobrenatural?"

"Durante escavações no Palácio de Holyrood um tempo atrás, alguns esqueletos foram descobertos... Havia teorias de que tinham sido sacrificados."

"Por quem? Maria, a Rainha dos Escoceses?"

"Seja como for, essa 'historiadora' está tentando ligá-los ao Fleshmarket Close... Pode ser pertinente o fato de, no passado, ela ter trabalhado em um desses passeios temáticos de fantasmas da High Street."

Siobhan já havia feito um deles. Várias empresas controlavam caminhadas pela área de Royal Mile e seus becos, misturando histórias sangrentas com momentos mais leves e efeitos especiais que não teriam feito feio em nenhum trem-fantasma de parque de diversões.

"Então, ela tem um motivo oculto?"

"Eu só posso especular." Curt olhou o relógio. "O jornal da noite talvez tenha publicado algumas bobagens dela."

"Você já lidou com ela antes?"

"Ela quis saber o que tinha acontecido com Mag Lennox. Dissemos que não era da conta dela. Ela tentou fazer os jornais se interessarem..." Curt acenou com a mão na frente dele, apagando a lembrança.

"Qual é o nome dela?"

"Judith Lennox... e sim, ela tem a pretensão de ser uma descendente."

Siobhan escreveu o nome abaixo dos de Alfred McAteer e

Alexis Cater. Depois de um momento, acrescentou mais um — Mag Lennox — e ligou-o a Judith Lennox com uma seta.

"Minha provação está chegando ao fim?", disse Curt, a voz arrastada.

"Acho que sim", disse Siobhan. Ela bateu a caneta nos dentes. "O que você vai fazer com o esqueleto da Mag?"

O patologista encolheu os ombros. "Parece que ela está em casa de novo, não é? Talvez a coloquemos de volta em sua caixa."

"Já contou ao professor?"

"Enviei-lhe um e-mail esta tarde."

"Um e-mail? Ele está a menos de vinte metros daqui, no mesmo corredor..."

"Ainda assim, foi isso o que eu fiz." Curt começou a se pôr de pé.

"Você tem medo dele, não tem?", provocou Siobhan.

Curt não contemplou essa observação com uma resposta. Segurou a porta aberta para ela, a cabeça ligeiramente baixa. Talvez fosse um gesto de educação à moda antiga, pensou Siobhan. O mais provável era que não quisesse olhar nos olhos dela.

O caminho para sua casa levou-a pela ponte George IV. Ela virou à direita no semáforo, decidindo-se por um breve desvio pela High Street. Havia cavaletes do lado de fora da catedral St. Giles, anunciando passeios com o tema fantasmas daquela noite. Eles ainda iriam demorar algumas horas para começar, mas os turistas já folheavam os prospectos. Mais adiante, fora da velha Tron Kirk, mais anúncios tentavam atrair as pessoas a experimentar "o passado mal-assombrado de Edimburgo". Siobhan estava mais preocupada com seu presente mal-assombrado. Olhou para o Fleshmarket Close: nenhum sinal de vida. Será que os guias turísticos não adorariam poder acrescentar o beco em seus itinerários? Na Broughton Street, ela estacionou junto ao meio-fio e entrou em uma loja, saindo com uma sacola de compras e a última edição do jornal da noite.

Seu apartamento ficava perto dali: não havia vagas de estacionamento na zona dos moradores, mas ela deixou o Peugeot em uma linha amarela, confiante de que o tiraria de lá antes que os policiais começassem o turno da manhã.

Seu apartamento ficava em um prédio de quatro andares. Teve sorte com os vizinhos: nada de festas que duravam a noite toda nem de aspirantes a bateristas de rock. Conhecia alguns rostos, mas não sabia seus nomes. Edimburgo não esperava que você tivesse nada além de uma relação superficial com seus vizinhos, a menos que houvesse algum problema comum a ser discutido, como um telhado vazando ou calhas rachadas. Pensou em Knoxland com suas paredes divisórias finas como papel, que deixavam todo mundo ouvir o que se dizia. Alguém no prédio tinha gatos: essa era sua única reclamação. Podia sentir o cheiro deles na escada. Mas, uma vez dentro de seu apartamento, o mundo exterior desaparecia.

Guardou a embalagem de sorvete no congelador, o leite na geladeira. Desembrulhou a refeição pronta e colocou-a no micro-ondas. Tinha baixo teor de calorias, o que expiaria um possível desejo de devorar chocolate com pedacinhos de menta em seguida. Havia uma garrafa de vinho no escorredor de pratos. Fechada novamente com a rolha, ao lado de alguns copos desencontrados. Pôs um pouco do vinho em um dos copos, experimentou-o e concluiu que não iria envenená-la. Sentou-se com o jornal, esperando o jantar ficar quente. Quase nunca cozinhava a partir do zero, não quando ia comer sozinha. Sentada à mesa, tinha consciência de que os quilinhos que ganhara recentemente lhe diziam para desabotoar a calça. A blusa também estava apertada sob os braços. Levantou-se da mesa e voltou minutos depois de chinelos e roupão. A comida estava pronta, então levou-a à sala de estar em uma bandeja, com o copo e o jornal.

Judith Lennox estava nas páginas internas. Havia uma foto dela na entrada do Fleshmarket Close, provavelmente tirada naquela tarde. Cabeça e ombros mostravam um cabelo escuro encaracolado e volumoso e um lenço brilhante. Siobhan não sabia que aparência ela pretendia ter, mas os lábios e os olhos diziam apenas uma coisa: presunçosa. Adorando a atenção da câmera e pronta para fazer qualquer pose que lhe pedissem. Ao lado havia outra foto, desta vez de Ray Mangold, de braços cruzados e com ares de proprietário, do lado de fora do Warlock.

Havia uma foto pequena do sítio arqueológico de Holyrood, onde os outros esqueletos foram descobertos. Alguém da agência governamental Historic Scotland foi entrevistado e zombou da sugestão de Lennox de que havia algo de ritualístico naquelas mortes ou na maneira como os corpos estavam dispostos. Mas isso aparecia apenas no último parágrafo, com o maior destaque sendo dado à alegação de Lennox de que, fossem os esqueletos do Fleshmarket Close reais ou não, era possível que tivessem sido colocados nas mesmas posições que aqueles de Holyrood, e que alguém tinha imitado os enterros anteriores. Siobhan bufou e continuou a comer. Folheou o resto do jornal, passando a maior parte do tempo na página de TV. Ficou claro para ela que não havia programas para mantê-la ocupada até a hora de ir para a cama, o que significava que a opção era música e um livro. Verificou o telefone apenas para notar que não recebera mensagens, pôs o celular para recarregar e trouxe um livro e um edredom do quarto. John Martyn no CD player: empréstimo de Rebus. Ela se perguntou como ele iria passar a noite: talvez no pub com Steve Holly ou então sozinho no pub. Bem, ela teria uma noite tranquila e estaria melhor de manhã. Decidiu ler dois capítulos antes de atacar o sorvete...

Quando acordou, seu telefone estava tocando. Ela tropeçou no sofá e atendeu.

"Alô?"

"Não te acordei, né?" Era Rebus.

"Que horas são?" Tentou focar a visão em seu relógio.

"Onze e meia. Desculpe se você já estava deitada..."

"Não estava. Então, onde é o incêndio?"

"Não é exatamente um incêndio; está mais para um chamuscado. O casal cuja filha foi embora..."
"O que têm eles?"
"Eles andaram perguntando por você."
Ela passou a mão no rosto. "Acho que não estou entendendo."
"Eles foram pegos em Leith."
"Presos, você quer dizer?"
"Incomodando algumas prostitutas. A mãe estava histérica... Levaram-na para a delegacia de Leith para garantir que ela ficasse bem."
"E como você sabe de tudo isso?"
"O pessoal de Leith me telefonou, procurando você."
Siobhan franziu a testa. "Você ainda está em Gayfield Square?"
"Aqui é bom quando não tem ninguém; posso ficar na mesa que eu quiser."
"Você tem que ir para casa em algum momento."
"Na verdade, eu estava indo quando o telefone tocou." Ele riu. "Você sabe o que Tibbet anda fazendo? O computador dele só tem horários de trem."
"Então o que você está fazendo é xeretar a vida da gente?"
"É a minha maneira de me familiarizar com novos ambientes, Shiv. Você quer que eu vá buscá-la, ou a encontro em Leith?"
"Pensei que você estivesse indo para casa."
"Isso parece bem mais divertido."
"Então encontro você em Leith."
Siobhan desligou o telefone e foi para o banheiro se vestir. O resto do sorvete de chocolate tinha derretido, e ela o colocou de volta no freezer.

A delegacia de Leith estava situada na Constitution Street. Um edifício de pedra tristonho, de aparência tão austera quanto seus arredores. Leith, outrora um próspero porto marítimo, com uma personalidade distinta dos traços da cidade, tinha visto tempos difíceis nas últimas décadas: declínio industrial, a cultura das drogas, prostituição. Algumas partes foram reconstruídas e outras, arrumadas. Recém-chegados foram aparecendo, e eles não queriam a velha e suja Leith. Siobhan pensou que seria uma pena se a reputação da área se perdesse; por outro lado, ela não precisava morar lá...

Durante anos, Leith teve uma "zona de tolerância" para as prostitutas. Não que a polícia fechasse completamente os olhos, mas não se esforçava para interferir. Isso, no entanto, havia chegado ao fim e as moças tinham se espalhado, o que gerou mais casos de violência contra elas. Algumas tentaram voltar para o lugar que frequentavam antes, enquanto outras rodavam pela Salamander Street ou iam da Leith Walk até o centro da cidade. Siobhan tinha uma ideia do que os Jardine andaram fazendo; mesmo assim, queria ouvir deles.

Rebus esperava por ela na recepção. Parecia cansado, mas ele sempre parecia cansado: bolsas escuras sob os olhos, cabelo despenteado. Ela sabia que ele usava o mesmo terno a semana toda e no sábado o mandava para a tinturaria. Ele estava conversando com o policial de plantão, mas parou quando a viu. O policial de plantão destrancou uma porta, que Rebus segurou aberta para ela.

"Eles não foram presos nem nada", ele frisou. "Só foram trazidos para um bate-papo. Estão aqui..." "Aqui" era a Sala de Interrogatório 1. Um espaço apertado, sem janelas, com uma mesa e duas cadeiras. John e Alice Jardine estavam sentados um em frente ao outro, os braços estendidos para poderem se dar as mãos. Havia duas canecas vazias sobre a mesa. Quando a porta se abriu, Alice ficou em pé de um salto, derrubando uma delas.

"Vocês não podem nos manter aqui a noite toda!" Ela parou de falar, de boca aberta, quando viu Siobhan. Seu rosto perdeu um pouco da tensão, enquanto o marido sorriu timidamente, colocando a caneca de pé outra vez.

"Desculpe-nos por fazê-la vir até aqui", disse John Jardine. "Pensamos que se mencionássemos seu nome eles talvez nos deixassem ir."

"Até onde eu sei, John, vocês não estão detidos. A propósito, este é o inspetor-detetive Rebus."

Eles se cumprimentaram com acenos de cabeça. Alice Jardine se sentou novamente. Siobhan estava ao lado da mesa, com os braços cruzados.

"Pelo que ouvi dizer, vocês andaram aterrorizando as moças honestas e trabalhadoras de Leith."

"Nós estávamos apenas fazendo perguntas", Alice protestou.

"Infelizmente, elas não ganham dinheiro batendo papo", Rebus informou ao casal.

"Fomos a Glasgow na noite passada", John Jardine disse, tranquilo. "Não tivemos problema nenhum..."

Siobhan e Rebus trocaram um olhar. "E tudo isso porque Susie disse que Ishbel andava encontrando um homem que parecia um cafetão?", Siobhan perguntou. "Vejam, vou lhes contar uma coisa. As meninas em Leith podem até ser viciadas em drogas, mas não são mais exploradas — não há cafetões como os que vocês veem nos filmes de Hollywood."

"Homens mais velhos", disse John Jardine, olhos fixos na mesa. "Eles se apossam de meninas como Ishbel e as exploram. A gente lê sobre isso o tempo todo."

"Então vocês estão lendo os jornais errados", Rebus informou.

"Foi ideia minha", Alice Jardine acrescentou. "Eu apenas pensei..."

"O que fez você perder as estribeiras?", perguntou Siobhan.

"Duas noites tentando fazer as prostitutas conversarem com a gente", explicou John Jardine. Mas Alice balançou a cabeça.

"É com a Siobhan que estamos falando", ela o repreendeu. Em seguida, para Siobhan: "A última mulher com quem conversamos... Ela disse que achava que Ishbel poderia estar... Eu quero me lembrar das palavras exatas dela...".

John Jardine ajudou-a. "No triângulo púbico", disse ele.

Sua mulher assentiu. "E quando lhe perguntei o que aquilo queria dizer, ela começou a rir... e nos disse para irmos para casa. Foi quando perdi a paciência."

"Um carro de polícia estava passando", o marido acrescentou com um encolher de ombros. "Eles nos trouxeram para cá. Sinto muito por estarmos sendo um incômodo, Siobhan."

"Vocês não são um incômodo", Siobhan assegurou-lhe, acreditando apenas parcialmente em suas próprias palavras.

Rebus tinha posto as mãos nos bolsos. "O triângulo púbico fica perto da Lothian Road: bares com dançarinas seminuas, sex shops..."

Siobhan lançou-lhe um olhar de advertência, mas era tarde demais.

"Talvez seja onde ela está então", Alice disse, a voz trêmula de emoção. Ela agarrou a borda da mesa, como se estivesse prestes a se levantar e ir embora.

"Espere um pouco." Siobhan ergueu uma das mãos. "Uma mulher lhe diz — provavelmente de brincadeira — que Ishbel *talvez* possa estar trabalhando como dançarina... e você já está pronta para ir verificar?"

"Por que não?", Alice perguntou.

Rebus deu-lhe a resposta: "Alguns desses lugares, sra. Jardine, nem sempre são administrados por indivíduos escrupulosos. Também é provável que eles não sejam nada pacientes com pessoas que aparecem bisbilhotando...".

John Jardine concordava com a cabeça.

"Poderia ajudar", Rebus acrescentou, "se a jovem estivesse se referindo a um estabelecimento específico..."

"Isso supondo que ela não estivesse apenas enrolando vocês", advertiu Siobhan.

"Só tem um jeito de descobrir", disse Rebus. Siobhan se virou para ele. "No seu carro ou no meu?"

Eles foram no dela, os Jardine no banco de trás. Não tinham ido muito longe quando John Jardine indicou o ponto em que a "jovem" estivera parada, do outro lado da rua, junto à parede de um armazém abandonado. Não havia sinal dela agora, apesar de uma de suas colegas estar andando pela calçada, ombros curvados contra o frio.

"Vamos esperar uns dez minutos", Rebus disse. "Não há muitos clientes esta noite. Com sorte, ela voltará logo."

Então Siobhan entrou na Seafield Road e seguiu por ela até a rotatória em Portobello, virando à direita na Inchview Terrace e à direita novamente na Craigentinny Avenue. Eram ruas residenciais tranquilas. As luzes da maioria dos sobrados estavam apagadas, seus proprietários já na cama.

"Gosto de dirigir a esta hora da noite", disse Rebus, puxando conversa.

O sr. Jardine pareceu concordar. "O lugar fica completamente diferente quando não há trânsito. Muito mais sossegado."

Rebus assentiu. "Além disso, é mais fácil de detectar os predadores..."

O banco traseiro ficou em silêncio depois disso, até que eles voltaram a Leith. "Lá está ela", disse John Jardine.

Magra, cabelo preto curto, a maior parte cobrindo seus olhos a cada rajada de vento. Usava botas na altura dos joelhos e uma minissaia preta com uma jaqueta jeans abotoada. Sem maquiagem, o rosto pálido. Mesmo à distância, hematomas eram visíveis em suas pernas.

"Conhece ela?", Siobhan perguntou.

Rebus fez que não com a cabeça. "Parece nova na cidade. Aquela outra...", acrescentou, apontando para a mulher por quem tinham passado antes, "as duas não estão nem a seis metros de distância uma da outra, mas não estão se falando."

Siobhan concordou. Por não terem nada, as prostitutas da cidade muitas vezes eram solidárias umas com as outras, mas não aqui. O que significava que a mulher mais velha sentia sua área invadida pela recém-chegada. Tendo passado por ela, Siobhan deu meia-volta e aproximou o carro do meio-fio. Rebus abriu a janela. A prostituta aproximou-se, cautelosa por causa do número de pessoas no carro.

"Nada de transa em grupo", disse. Em seguida, reconheceu os rostos no banco de trás. "Droga, vocês dois de novo!" Ela deu as costas e começou a se afastar. Rebus saiu do carro e agarrou seu braço, virando-a. Sua identificação estava aberta na outra mão.

"DIC", disse. "Qual é o seu nome?"

"Cheyanne." Ela levantou o queixo, tentando parecer mais durona do que era.

"E essa é a sua fala de apresentação, não é?", disse Rebus, não parecendo convencido. "Há quanto tempo você está na cidade?"

"Tempo suficiente."

"Esse sotaque é de Birmingham?"

"Não é da sua conta."

"Eu posso fazer com que seja da minha conta. Para começo de conversa, eu posso querer verificar sua idade verdadeira..."

"Eu tenho dezoito!"

Rebus continuou como se ela não tivesse falado. "Isso significa olhar sua certidão de nascimento, o que significaria falar com seus pais." Fez uma pausa. "Ou você pode nos ajudar. Essas pessoas perderam a filha." Ele acenou com a cabeça em direção ao carro e seus ocupantes. "Ela fugiu de casa."

"Boa sorte pra ela." Soando mal-humorada.

"Mas os pais *dela* estão preocupados... Talvez como você desejaria que os seus estivessem." Parou para deixá-la pensar sobre o que ele tinha dito, estudando-a sem parecer que o fazia: não havia sinais aparentes de uso recente de drogas, talvez porque ela ainda não tivesse dinheiro suficiente para uma dose. "Mas esta é a sua noite de sorte", ele continuou, "porque talvez você possa ajudá-los... supondo que você não os estivesse enrolando quando falou no triângulo púbico."

"Tudo que eu sei é que contrataram algumas meninas novas."

"Onde exatamente?"

"No Nook. Eu sei porque fui pedir trabalho lá... Disseram que eu era muito magra."

Rebus se virou para o banco de trás do carro. Os Jardine tinham abaixado o vidro da janela. "Vocês mostraram uma foto de Ishbel para a Cheyanne?" Alice Jardine fez que sim com a cabeça, e Rebus voltou-se para a garota, cuja atenção já estava em outro lugar. Ela olhava para a esquerda e para a direita, como se procurando potenciais clientes. A mulher mais adiante fingia ignorar tudo, a não ser a rua à sua frente.

"Você a reconheceu?", perguntou a Cheyanne.

"Quem?" Ainda sem olhar para ele.

"A garota da foto."

Ela balançou a cabeça rapidamente e em seguida teve que tirar o cabelo dos olhos.

"Essa sua carreira não é lá grande coisa, não é?", comentou Rebus.

"Por enquanto está me servindo." Ela tentou enfiar as mãos nos bolsos apertados de sua jaqueta.

"Existe mais alguma coisa que você possa nos dizer? Qualquer coisa que possa ajudar Ishbel?"

Cheyanne balançou a cabeça de novo, os olhos focados na rua em frente. "Só que... Me desculpem pelo que aconteceu antes. Não sei o que me fez rir... Acontece às vezes."

"Cuide-se", John Jardine gritou do banco de trás. Sua mulher segurava a fotografia de Ishbel para fora da janela.

"Se você a vir...", ela disse, as palavras sumindo.

Cheyanne fez que sim com a cabeça e até aceitou um dos cartões de Rebus. Ele voltou para o carro e fechou a porta. Siobhan deu sinal que ia sair e tirou o pé do freio.

"Onde vocês estacionaram?", ela perguntou aos Jardine.

Eles passaram o nome de uma rua na outra extremidade de Leith e ela precisou dar meia-volta de novo, passando por Cheyanne mais uma vez. A garota os ignorou. Mas a mulher mais adiante olhou para eles. Caminhava em direção a Cheyanne, pronta para perguntar o que tinha acontecido.

"Poderia ser o início de uma bela amizade", Rebus disse a si mesmo, cruzando os braços. Siobhan não estava escutando. Ela olhou no espelho retrovisor.

"Vocês não vão lá, entenderam?"

Ninguém respondeu.

"É melhor se eu e o inspetor-detetive Rebus intercedermos por vocês. Isto é, se o inspetor-detetive Rebus estiver disposto."

"Eu? Ir a um bar com dançarinas seminuas?" Rebus tentou fazer um beicinho. "Bem, se você realmente acha necessário, sargento-detetive Clarke..."

"Iremos amanhã então", disse Siobhan. "Um pouco *antes* de abrir." Só agora ela olhou para ele.

E sorriu.

TERCEIRO DIA
Quarta-feira

6.

O detetive Colin Tibbet chegou ao trabalho na manhã seguinte e viu que alguém tinha deixado uma locomotiva de brinquedo em seu mouse pad. O mouse fora desconectado e colocado em uma de suas gavetas... uma gaveta trancada, por sinal — trancada quando ele havia saído do trabalho na noite anterior e que precisava ser destrancada todas as manhãs... Porém, de alguma forma, seu mouse estava lá. Ele olhou para Siobhan Clarke e estava prestes a falar quando ela o silenciou com um gesto de cabeça.

"Seja o que for", disse, "pode esperar. Estou saindo."

E foi o que ela fez. Estava saindo do escritório do inspetor-detetive quando Tibbet chegou. Tibbet tinha ouvido as últimas palavras de Derek Starr: "Um dia ou dois, Siobhan, não mais do que isso...". Tibbet deduziu que tivesse algo a ver com o Fleshmarket Close, mas não conseguiu imaginar o quê. De uma coisa tinha certeza: Siobhan sabia que ele estudara os horários de trem. Isso a tornava a principal suspeita. Mas havia outras possibilidades: a própria Phyllida Hawes não estava descartada como possível autora da brincadeira. O mesmo poderia ser dito sobre os detetives Paddy Connolly e Tommy Daniels. Será que o inspetor-chefe Macrae havia decidido fazer uma brincadeira de colegial? E o homem que tomava café na pequena mesa dobrável no canto? Tibbet só conhecia Rebus pela reputação, e essa reputação era formidável. Hawes tinha dito para ele não ficar muito fascinado.

"Regra número um com Rebus", ela dissera, "você não empresta dinheiro a ele nem lhe compra bebidas."

"Não são duas regras?", ele perguntou.

"Não necessariamente... ambas estão sujeitas a acontecer em pubs."

Naquela manhã, Rebus parecia bastante inocente: olhos sonolentos e uma pequena área de barba grisalha na garganta que o barbeador não tinha encontrado. Usava gravata como alguns estudantes faziam — por condescendência. Todas as manhãs, parecia chegar ao trabalho assobiando um refrão irritante de alguma música antiga. No meio da manhã, teria parado de fazer isso, mas aí já era tarde demais: Tibbet também a estaria assobiando, incapaz de escapar do trecho viciante.

Rebus ouviu Tibbet assobiar os acordes iniciais de "Wichita Linesman" e tentou não sorrir. Seu trabalho ali estava feito. Levantou-se da mesa, tornando a vestir o paletó.

"Tenho que ir a um lugar", disse.

"Ah, é?"

"Que trem legal", Rebus comentou, balançando a cabeça em direção à locomotiva verde. "É seu hobby?"

"Presente de um sobrinho", mentiu Tibbet.

Rebus assentiu com a cabeça em silêncio, impressionado. O rosto de Tibbet não revelava nada. O rapaz pensava rápido e de maneira plausível: habilidades úteis para um detetive.

"Bem, vejo você mais tarde", Rebus disse.

"E se alguém quiser falar com você...?" Sondando para tentar conseguir um pouco mais de detalhes.

"Confie em mim, ninguém vai querer." Piscou para Tibbet e saiu do escritório.

O inspetor-chefe Macrae estava no corredor, segurando uma papelada e a caminho de uma reunião.

"Aonde você vai, John?"

"Caso Knoxland, senhor. Por alguma razão, parece que me tornei útil."

"Apesar dos seus esforços, tenho certeza."

"Sem dúvida."

"Pode ir, então, mas não se esqueça: você é *nosso*, não deles. Qualquer coisa que aconteça aqui, teremos você de volta em um minuto."

"Não vai conseguir me manter longe, senhor", disse Rebus, procurando nos bolsos a chave do carro e dirigindo-se para a saída.

Estava no estacionamento quando seu celular tocou. Era Shug Davidson.

"Viu o jornal hoje, John?"

"Alguma coisa que eu deveria saber?"

"Você pode querer ver o que o seu amigo Steve Holly disse sobre nós."

O rosto de Rebus se contraiu. "Daqui a pouco ligo para você", disse. Cinco minutos depois, estacionava na frente de um jornaleiro. Ficou no banco do motorista, lendo o jornal com atenção. Holly tinha publicado a foto, mas ela estava rodeada por um artigo sobre as práticas inescrupulosas de falsos requisitantes de asilo político. Havia uma menção a suspeitos de terrorismo que entraram na Grã-Bretanha como refugiados. Havia informações superficiais e sem provas sobre indivíduos parasitas e charlatães, juntamente com depoimentos de moradores de Knoxland. A mensagem ali era dupla: a Grã-Bretanha é um alvo fácil e não podemos permitir que essa situação continue.

No meio dela, a foto parecia nada mais do que uma decoração de vitrine.

Rebus ligou para Holly pelo celular, mas só encontrou o serviço de mensagens. Depois de uma série de palavrões criteriosamente escolhidos, desligou.

Foi de carro até o Conselho de Habitação em Waterloo Place, onde conseguiu falar com uma sra. Mackenzie. Era uma mulher pequena e agitada, na casa dos cinquenta. Shug Davidson já tinha enviado por fax seu pedido oficial de informações, mas ela ainda não estava satisfeita.

"É uma questão de privacidade", disse a Rebus. "Há todo tipo de regras e restrições hoje em dia." Ela o conduzia através de um escritório amplo com poucas divisórias.

"Acho que o falecido não vai reclamar, sra. Mackenzie, especialmente se pegarmos o assassino dele."

"Bem, mesmo assim..." Ela o fez entrar em um pequeno compartimento com paredes de vidro, que Rebus percebeu ser o escritório dela.

"E eu que pensei que as paredes em Knoxland eram finas." Ele bateu no vidro. Ela tirava vários papéis de cima de uma cadeira, gesticulando para ele se sentar. Então, espremeu-se para passar por trás da escrivaninha e sentou-se em sua própria cadeira, colocando óculos de meia lente para analisar a papelada.

Rebus percebeu que charme não ia funcionar com aquela mulher. Talvez fosse melhor assim, já que ele nunca tinha tirado notas altas nessas provas. Decidiu apelar para seu profissionalismo.

"Olhe, sra. Mackenzie, nós dois gostamos que qualquer trabalho que estejamos fazendo seja feito corretamente." Ela olhou para ele por cima dos óculos. "Meu trabalho hoje é uma investigação de assassinato. Não podemos começar a investigação da maneira correta até sabermos quem era a vítima. Uma identificação de digital chegou para nós hoje cedo: a vítima era, sem dúvida nenhuma, seu inquilino..."

"Veja bem, inspetor, o meu problema é exatamente esse. O pobre homem que morreu *não era* um dos meus inquilinos."

Rebus franziu a testa. "Eu não entendo." Ela entregou-lhe uma folha de papel.

"Esses são os detalhes do inquilino. Acredito que sua vítima era um asiático ou coisa assim. É provável que ele se chamasse Robert Baird?"

Rebus não tirava os olhos daquele nome. O número do apartamento era aquele... O da torre também. Robert Baird estava indicado como o inquilino.

"Ele deve ter se mudado."

Mackenzie sacudia a cabeça. "Esses registros estão atualizados. O último aluguel que recebemos foi na semana passada. Pago pelo sr. Baird."

"A senhora acha que ele sublocou?"

Um sorriso largo iluminou o rosto da sra. Mackenzie. "O que é estritamente proibido pelo contrato de locação", disse ela.

"Mas as pessoas fazem isso mesmo assim?"

"É claro que fazem. O ponto é que... decidi investigar por conta própria..." Ela parecia satisfeita consigo mesma. Rebus se inclinou para a frente na cadeira, mostrando-se bastante interessado.

"Por favor, me conte", pediu.

"Verifiquei em outras áreas habitacionais da cidade. Há vários Robert Baird na lista. Além disso, muitos com o sobrenome Baird e outros prenomes."

"Pode ser que alguns sejam verdadeiros", disse Rebus, fazendo o papel do advogado do diabo.

"E alguns não."

"A senhora acha que esse tal Baird andou solicitando moradias municipais em grande escala?"

Ela deu de ombros. "Há apenas uma maneira de ter certeza..."

O primeiro endereço que eles tentaram foi uma torre em Dumbiedykes, perto da antiga delegacia de Rebus. A mulher que atendeu à porta parecia africana. Havia crianças pequenas correndo atrás dela.

"Estamos procurando o sr. Baird", disse Mackenzie. A mulher apenas fez que não com a cabeça. Mackenzie repetiu o nome.

"O homem para quem você paga o aluguel", Rebus acrescentou. A mulher continuou negando com a cabeça, fechando a porta devagar, mas de maneira decidida.

"Acho que estamos chegando a algum lugar", disse Mackenzie. "Vamos."

Fora do carro, ela era rápida e eficiente, mas no banco do passageiro relaxou, perguntando a Rebus sobre seu trabalho, onde ele morava, se era casado.

"Separado", disse. "Há muito tempo. E você?"

Ela levantou a mão para mostrar o anel de casamento.

"Às vezes as mulheres só usam um desse para não serem incomodadas", disse ele.

Ela bufou. "E eu, que sempre pensei que tivesse uma mente desconfiada."

"Faz parte do nosso trabalho, acho."

Ela deu um suspiro. "Meu trabalho seria muito mais fácil sem eles."

"Imigrantes, você quer dizer?"

Ela assentiu com a cabeça. "Às vezes eu olho nos olhos deles e tenho uma ideia do que passaram para chegar até aqui." Fez uma pausa. "E tudo que posso oferecer a eles são lugares como Knoxland..."

"Melhor do que nada", disse Rebus.

"Espero que sim..."

A próxima parada foi um bloco de apartamentos em Leith. Os elevadores não estavam funcionando, então eles tiveram de subir quatro andares, Mackenzie à frente com seu sapato barulhento. Rebus levou um momento para recuperar o fôlego; em seguida, acenou para que ela soubesse que podia bater na porta. Um homem atendeu. Era moreno e com a barba por fazer, usava colete branco e calça de moletom. Estava passando os dedos pelo cabelo escuro e grosso.

"Quem são vocês, porra?", perguntou em inglês com um forte sotaque.

"Que belo professor de dicção você tem", Rebus disse, a voz

endurecida para igualar-se à do homem. O homem olhou para ele, sem entender.

Mackenzie voltou-se para Rebus. "Eslavo, talvez? Do Leste Europeu?"

Ela se virou para o homem. "De onde você é?"

"Vai se foder", ele respondeu. Parecia não haver malícia em sua fala: estava experimentando aquelas palavras para observar o efeito delas ou porque elas tinham funcionado para ele no passado.

"Robert Baird", Rebus disse. "Você o conhece?" Os olhos do homem se apertaram e Rebus repetiu o nome. "Você paga dinheiro para ele." Ele esfregou o polegar e o indicador um no outro, esperando que o homem pudesse entender. Em vez disso, ele ficou mais agitado.

"Sai daqui *agora*, porra!"

"Não estamos lhe pedindo dinheiro", Rebus tentou explicar. "Estamos procurando Robert Baird. Este é o apartamento dele." Rebus apontou para o interior.

"Senhorio", tentou Mackenzie, mas não adiantou. O rosto do homem estava contraído, suor começava a aparecer em sua testa.

"Não tem problema", Rebus disse, agitando as mãos, as palmas voltadas para o homem — na esperança de que ele entendesse aquele gesto. De repente, percebeu outra figura nas sombras do corredor. "Você fala inglês?", gritou.

O homem virou a cabeça, disse alguma coisa em tom gutural. E continuou caminhando em direção a eles, até Rebus poder ver que era um adolescente.

"Fala inglês?", repetiu.

"Pouco", o rapaz admitiu. Era magro e bonito, vestido com uma camisa de manga curta azul e jeans.

"Vocês são imigrantes?", Rebus perguntou.

"Aqui nosso país", afirmou o garoto na defensiva.

"Não se preocupe, filho, não somos da Imigração. Você paga para morar aqui, não é?"

"Pagamos."

"O homem para quem vocês dão o dinheiro, é com ele que a gente gostaria de falar."

O garoto traduziu um pouco para o pai. O pai olhou para Rebus e disse que não com a cabeça.

"Diga a seu pai", Rebus falou para o garoto, "que a visita do Serviço de Imigração pode ser arranjada, se ele preferir falar com eles."

Os olhos do garoto se arregalaram de medo. A tradução desta vez levou mais tempo. O homem olhou para Rebus novamente, dessa vez com uma espécie de triste resignação, como se acostumado a ser acuado pelas autoridades, mas ainda com esperança de ter um pouco de descanso.

Ele murmurou alguma coisa e o garoto voltou para o corredor. Regressou depois com um pedaço de papel dobrado.

"Ele vem para o dinheiro. Se temos problema, este..."

Rebus desdobrou o papel. O número de um celular e um nome: Gareth. Rebus mostrou o papel para Mackenzie.

"Gareth Baird é um dos nomes da lista", disse ela.

"Não pode haver tantos deles em Edimburgo. Há uma chance de ser o mesmo." Rebus pegou o papel de volta, perguntando-se que efeito teria um telefonema. Viu que o homem tentava lhe oferecer alguma coisa: um punhado de dinheiro.

"Ele está tentando nos subornar?", Rebus perguntou ao garoto. O filho balançou a cabeça.

"Ele não entende." Falou com o pai de novo.

O homem murmurou algo, então olhou para Rebus e imediatamente Rebus se lembrou do que Mackenzie tinha dito no carro. Era verdade: os olhos eram eloquentes de dor.

"Este dia", disse o garoto a Rebus. "Dinheiro... este dia."

Os olhos de Rebus se estreitaram. "Gareth está vindo aqui hoje para cobrar o aluguel?"

O filho verificou com seu pai e, em seguida, assentiu.

"A que horas?", Rebus perguntou.

Outra discussão. "Talvez agora... logo", o garoto traduziu.

Rebus virou-se para Mackenzie. "Posso chamar um carro para levá-la de volta ao seu escritório."

"Você vai esperar por ele?"

"Esse é o plano."

"Se ele está infringindo seu contrato de locação, eu deveria ficar aqui também."

"Pode ser uma longa espera... Vou mantê-la informada. A outra possibilidade é ficar comigo o dia todo." Ele deu de ombros, dizendo-lhe que a escolha era dela.

"Você me telefona?", perguntou ela.

Ele confirmou com a cabeça. "Enquanto isso, você pode dar uma olhada nesses outros endereços."

Ela viu sentido naquilo. "Tudo bem", disse.

Rebus pegou o celular. "Vou chamar uma viatura."

"E se isso assustá-lo?"

"Bem pensado... Um táxi então." Fez a chamada e ela desceu, deixando Rebus enfrentar pai e filho.

"Vou esperar por Gareth", disse. Em seguida, olhou para a sala. "Se importa se eu entrar?"

"Você é bem-vindo", disse o garoto. Rebus entrou.

O apartamento precisava ser decorado. Toalhas e tiras de pano tinham sido colocadas nos vãos das janelas para minimizar a entrada do vento. Mas havia móveis e o lugar estava arrumado. O aquecedor a gás da sala foi parcialmente ligado.

"Café?", perguntou o garoto.

"Por favor", disse Rebus. Ele apontou para o sofá, pedindo permissão para se sentar. O pai concordou e Rebus sentou-se. Em seguida, levantou-se novamente para observar algumas fotografias sobre a cornija. Três ou quatro gerações de uma família. Rebus virou-se para o pai, sorrindo e acenando. O rosto do homem suavizou-se um pouco. Não havia muito mais na sala para atrair a atenção de Rebus: nada de enfeites nem livros, nem TV ou aparelho de som. Havia um pequeno rádio portátil no chão, ao lado da cadeira do pai. Estava envolto em fita adesiva, ao que tudo indica para evitar que se desfizesse em pedaços.

Rebus não viu um cinzeiro, por isso manteve os cigarros no bolso. Quando o garoto voltou da cozinha, Rebus aceitou a pequena xícara dele. Não lhe foi oferecido leite. A bebida era espessa e negra, e quando Rebus tomou o primeiro gole não conseguiu saber se o choque que recebeu foi da cafeína ou do açúcar. Acenou com a cabeça para informar a seus anfitriões que estava bom. Eles o olhavam como se ele fosse uma peça em exposição. Decidiu perguntar o nome do garoto e um pouco da história da família. Mas nesse momento seu celular tocou. Murmurou algo parecido com um pedido de desculpas ao atender.

Era Siobhan.

"Alguma coisa muito perturbadora para relatar?", ela perguntou ao telefone. Estava sentada em uma espécie de sala de espera. Ela não imaginou mesmo que fosse conseguir ver os médicos de imediato, mas tinha previsto que iria aguardar em um escritório ou em uma antessala. Ali ela estava junto com os pacientes ambulatoriais e acompanhantes, crianças barulhentas e funcionários que ignoravam todos os forasteiros enquanto compravam lanches nas duas máquinas automáticas. Siobhan tinha passado um bom tempo examinando o conteúdo dessas máquinas. Uma delas ostentava uma gama limitada de sanduíches — triângulos de pão branco fino com recheio de alface, tomate, atum, presunto e queijo. A outra era mais popular: batatas fritas e chocolate. Havia uma máquina de bebidas também, mas com um aviso de "Quebrada".

Assim que a atração pelas máquinas desapareceu, leu as revistas que estavam na mesa de café — eram revistas femininas antigas, com as páginas mal se segurando juntas, sem falar daquelas em que as fotos e ofertas tinham sido arrancadas. Havia duas revistas em quadrinhos também, mas ela estava guardando essas para mais tarde. Então, começou a organizar seu celular, apagando mensagens de texto indesejadas e registros de chamadas. Em seguida, mandou mensagens para alguns amigos. E, por fim, não aguentou e ligou para Rebus.

"Não precisa resmungar", foi tudo o que ele disse. "O que você está fazendo?"

"Dando um tempo no hospital. E você?"

"Dando um tempo em Leith."

"Alguém poderia até pensar que você não gosta de Gayfield."

"Mas nós sabemos que quem pensa uma coisa dessas está errado, não é?"

Ela riu. Outro garoto havia entrado, e mal tinha idade suficiente para abrir a porta. Ficou na ponta dos pés para colocar moedas na máquina de chocolate, mas não conseguia decidir qual queria. Pressionou o nariz e as mãos no visor de vidro, hipnotizado.

"Ainda vamos nos encontrar mais tarde?", Siobhan perguntou.

"Se não formos, eu te aviso."

"Não me diga que você está esperando uma oferta melhor."

"Nunca se sabe. Você viu o jornaleco do Steve Holly esta manhã?"

"Só leio jornais de adultos. Ele publicou a fotografia?"

"Sim... e depois delirou escrevendo sobre os refugiados que pedem asilo político."

"Ah, que droga."

"Assim, se outro sujeito acabar no congelador, nós já sabemos de quem é a culpa."

A porta da sala de espera estava se abrindo novamente. Siobhan pensou que poderia ser a mãe da criança, mas era a mulher da recepção. Ela fez um sinal para Siobhan segui-la.

"John, mais tarde nos falamos."

"Foi você quem me telefonou, lembra?"

"Desculpe, mas parece que eu estou sendo requisitada."

"E de repente eu não estou mais? Até mais, Siobhan."

"Vejo você à tarde..."

Mas Rebus já tinha desligado. Siobhan seguiu a recepcionista primeiro por um corredor, depois por outro, a mulher andando rápido, de modo que não houve chance de conversa entre elas. Finalmente, apontou para uma porta. Siobhan acenou em agradecimento, bateu e entrou.

Era uma espécie de escritório: filas de prateleiras, uma secretária e um computador. Um médico de jaleco branco estava sentado girando na única cadeira que havia. O outro estava apoiado na mesa, com os braços esticados acima da cabeça. Ambos eram bonitões e sabiam disso.

"Eu sou a sargento-detetive Clarke", Siobhan disse, apertando a mão do primeiro.

"Alf McAteer", ele disse, roçando seus dedos nos dela. Ele se virou para o colega, que se levantava da cadeira. "Não é um sinal de que a gente está ficando velho?", comentou.

"O quê?"

"Quando as policiais começam a ficar mais arrebatadoras."

O outro estava sorrindo. Apertou a mão de Siobhan. "Sou Alexis Cater. Não se preocupe com ele, o efeito do Viagra está acabando."

"Está?" McAteer se fingiu de horrorizado. "Hora de conseguir outra receita então."

"Escute", Cater disse a Siobhan, "se é sobre a pornografia infantil no computador do Alf..."

A expressão no rosto de Siobhan era severa. Ele aproximou o rosto do dela.

"Brincadeira", disse.

"Bem", ela retrucou, "podemos levar os dois para a delegacia... confiscar seus computadores e softwares... Isso pode demorar alguns dias, é claro." Ela fez uma pausa. "A propósito, a polícia pode estar ficando mais bonita, mas também recebemos um detector de piadas ruins no nosso primeiro dia de trabalho..."

Eles olhavam para ela em pé, ombro a ombro, inclinados para trás na beirada da mesa.

"Bem feito para nós", Cater disse ao amigo.

"Com toda a certeza", McAteer concordou.

Eles eram altos e magros, ombros largos. Escolas particulares e rúgbi, Siobhan pensou. Esportes de inverno também, a julgar pelo bronzeado. McAteer era o mais moreno dos dois: sobrancelhas grossas que quase se encontravam no meio, cabelo preto rebelde, o rosto precisando que fizesse a barba. Cater era loiro como o pai, embora parecesse que havia tingido o cabelo. Um início de calvície já aparecia. Os mesmos olhos verdes do pai também, mas, fora isso, pouca semelhança. O charme fácil de Gordon Cater tinha sido substituído por algo muito menos cativante: a confiança absoluta de que Alexis sempre seria um vencedor na vida, não pelo que ele era ou pelas qualidades que pudesse ter, mas devido à sua linhagem.

McAteer se virou para o amigo. "Deve ser sobre aquelas imagens das nossas empregadas domésticas filipinas..."

Cater deu um tapa no ombro de McAteer, mantendo os olhos nos de Siobhan.

"*Estamos* curiosos", disse a ela.

"Fale só por você, querido", disse McAteer com um tom afetado. Naquele momento, Siobhan viu como a relação dos dois funcionava: McAteer se esforçando ao máximo, quase como um bobo da corte, carente da aprovação de Cater. Porque Cater tinha o poder: todo mundo gostaria de ser seu amigo. Ele era um ímã para todas as coisas que McAteer desejava, os convites e as garotas. Como se para reforçar isso, Cater olhou firme para o amigo e McAteer fez o gesto de passar um zíper na boca.

"O que podemos fazer por você?", Cater perguntou com educação quase exagerada. "Nós realmente só temos alguns minutos entre um paciente e outro..."

Era mais um movimento astuto: reforçar suas credenciais — eu sou filho de uma estrela, mas aqui meu trabalho é ajudar as pessoas, é salvar vidas. Sou uma necessidade, e não há nada que você possa fazer para mudar isso...

"Mag Lennox", disse Siobhan.

"Não faço ideia do que você está falando", Cater disse. Ele quebrou o contato visual para cruzar os pés.

"Sabe, sabe muito bem", Siobhan disse. "Vocês roubaram o esqueleto dela da escola de medicina."

"Roubamos?"

"E agora ela reapareceu... enterrada no Fleshmarket Close."

"Eu vi essa história", Cater disse, assentindo de leve com a cabeça. "Que descoberta mais horrível, não é? Achei que a reportagem dizia que tinha algo a ver com uma invocação do demônio."

Siobhan fez que não com a cabeça.

"Tem um monte de demônios nesta cidade, hein, Lex?", comentou McAteer.

Cater ignorou-o. "Então você acha que tiramos um esqueleto da faculdade de medicina e enterramos em uma adega?" Fez uma pausa. "Isso foi relatado à polícia na época...? Só que eu não me lembro de ter ouvido *essa história* em lugar nenhum. Com certeza a universidade teria alertado as autoridades competentes." McAteer concordava com a cabeça.

"Você sabe que isso não aconteceu", Siobhan disse com calma. "Eles ainda estavam em apuros por terem deixado você sair do laboratório de patologia com uma coleção de partes do corpo."

"Essas são acusações graves." Cater deu um sorriso. "O meu advogado deveria estar presente?"

"Tudo o que eu preciso saber é o que você fez com os esqueletos."

Ele olhou para ela, provavelmente o mesmo olhar que tinha abalado muitas mulheres jovens. Siobhan nem piscou. Ele fungou e respirou fundo.

"Qual é a gravidade criminal de enterrar uma peça de museu debaixo de um pub?" Tentou seduzi-la com outro sorriso, a cabeça tombando para o lado. "Vocês não deveriam estar perseguindo traficantes de drogas e estupradores?"

Ela se lembrou de Donny Cruikshank, o rosto marcado dele não significava nenhuma compensação por seu crime...

"Você não está em apuros", ela disse por fim. "Qualquer coisa que me contar vai ficar entre nós."

"Como uma conversa ao pé do ouvido?" McAteer não conseguiu se conter. Sua risada morreu diante de outro olhar de Cater.

"Isso quer dizer que estaríamos lhe fazendo um favor, detetive Clarke. Um favor que talvez necessite de uma retribuição."

McAteer sorriu com o comentário do amigo, mas se manteve em silêncio.

"Depende", disse Siobhan.

Cater se inclinou um pouco para ela. "Venha tomar um drinque comigo esta noite que eu conto."

"Conte agora."

Ele fez que não com a cabeça, sem tirar os olhos dela. "Hoje à noite."

McAteer pareceu decepcionado: talvez algum programa já combinado estivesse prestes a ser desmarcado.

"Acho que não", disse Siobhan.

Cater olhou para seu relógio de pulso. "Precisamos voltar para o ambulatório..." Ele estendeu a mão novamente. "Foi interessante conhecê-la. Aposto que teríamos muito que conversar..." Quando ela se manteve firme, recusando-se a apertar-lhe a mão, ele levantou uma sobrancelha. Era uma das mímicas favoritas do pai dele; ela tinha visto em meia dúzia de filmes. Um pouco confuso e decepcionado...

"Só um drinque", disse ela.

"E dois canudos", Cater acrescentou. A percepção de seus próprios poderes estava voltando: ela não tinha conseguido rejeitá-lo. Outra vitória para anotar no caderninho.

"Opal Lounge às oito?", ele sugeriu.

Ela não concordou. "Oxford Bar às sete e meia."

"Eu não... É novo?"

"Muito pelo contrário. Procure na lista telefônica." Ela abriu a porta para sair, mas parou como se tivesse acabado de pensar em algo. "E deixe o seu bobo da corte em casa." Acenou com a cabeça na direção de Alf McAteer.

Alexis Cater estava rindo enquanto ela saía.

7.

O homem chamado Gareth estava rindo ao celular quando a porta se abriu. Havia anéis de ouro em cada um de seus dedos, correntes penduradas no pescoço e nos pulsos. Não era alto, mas era corpulento. Rebus teve a impressão de que boa parte dele se compunha de gordura. Havia uma pança sobre a cintura. Estava ficando muito careca e tinha deixado crescer o cabelo que lhe restara, de modo que este se espalhava atrás do colarinho e além. Usava casaco de couro preto e camiseta preta, com jeans e tênis gastos. Já tinha a mão aberta e estendida para receber o dinheiro, e não esperava que outra mão o agarrasse e o puxasse para dentro do apartamento. Deixou cair o telefone, xingando, e finalmente percebeu Rebus.

"Quem diabos é você?"

"Boa tarde, Gareth. Desculpe-me se fui um pouco brusco... Três xícaras de café me deixam assim às vezes."

Gareth estava se recompondo, decidindo que ia se dar por vencido. Curvou-se para pegar seu telefone, mas Rebus pisou sobre o aparelho, balançando a cabeça.

"Mais tarde", disse, chutando o telefone para fora da porta e fechando-a.

"Que porra está acontecendo aqui?"

"Nós vamos bater um papo, é isso que vai acontecer."

"Pra mim você parece um meganha sujo."

"Você é um bom juiz de caráter." Rebus apontou o corredor e incentivou Gareth a entrar na sala pressionando a mão nas costas do jovem. Passando pelo pai e pelo filho na porta da cozinha, Rebus olhou para o garoto e recebeu um aceno de cabeça, o que significava que ele tinha pegado o homem certo. "Sente-se", Rebus ordenou. Gareth sentou-se no braço do sofá. Rebus postou-se à sua frente. "Este apartamento é seu?"

"Isso é da sua conta?"

"Só que o seu nome não está no contrato de locação."

"Não?" Gareth brincou com as correntes em torno do pulso esquerdo. Rebus se inclinou sobre ele, ficando bem na frente de seu rosto.

"Baird é o seu sobrenome verdadeiro?"

"É." Seu tom desafiava Rebus a chamá-lo de mentiroso. Então: "O que é tão engraçado?".

"É só um pequeno truque, Gareth. Veja, eu não sabia o seu sobrenome." Rebus parou e se endireitou. "Mas agora eu sei. O Robert é o quê? Seu irmão? Pai?"

"De quem você está falando?"

Rebus sorriu novamente. "Um pouco tarde para isso, Gareth."

Gareth pareceu concordar. Apontou um dedo na direção da cozinha. "Foram eles que nos dedurararam? Foram eles?"

Rebus fez que não com a cabeça e esperou até ter toda a atenção de Gareth. "Não, Gareth", disse. "Um morto fez isso..."

Em seguida, deixou o jovem imerso em pensamentos por uns cinco minutos, como uma sopa sendo requentada. Rebus fingiu que verificava mensagens de texto no celular. Abriu um novo maço de cigarros e deslizou um apagado entre os lábios.

"Pode me dar um?", Gareth perguntou.

"Sem dúvida... assim que você me disser: Robert é seu irmão ou seu pai? Suponho que seja seu pai, mas posso estar errado. A propósito, não consigo nem enumerar quantas acusações criminais existem contra você no momento. Sublocação é apenas o começo. Será que Robert declarou todos os seus rendimentos ilegais? Veja, quando o fiscal da receita federal puser as mãos em vocês, ele é pior do que um tigre-de-bengala. Confie em mim — eu vi os resultados." Fez uma pausa. "E também tem a exigência de dinheiro através de ameaças... É aí que você entra."

"Eu nunca fiz nada!"

"Não?"

"Nada disso... Eu apenas recolho o pagamento, e só." Um tom de súplica apareceu em sua voz. Rebus imaginou que Gareth tivesse sido um garoto lento e pesadão na escola — não teve amigos de verdade, apenas pessoas que o toleraram por causa de seu tamanho, usando isso quando a ocasião exigia.

"Não é em você que estou interessado", Rebus o tranquilizou. "Ou pelo menos não será assim que eu conseguir o endereço do seu pai; um endereço que vou conseguir de qualquer maneira. Estou apenas tentando evitar, para nós dois, todos os problemas que..."

Gareth olhou para cima, imaginando quem seria aquele "nós". Rebus encolheu os ombros como um pedido de desculpas.

"Veja, você vai comigo para a delegacia. Vamos mantê-lo sob custódia até eu conseguir o endereço... Então faço uma visita..."

"Ele mora em Porty", Gareth deixou escapar. Significava Portobello: em frente ao mar, no sudeste da cidade.

"E ele é o seu pai?"

Gareth assentiu.

"Está vendo?", disse Rebus. "Não foi tão ruim. Agora você vai levantar..."

"Para quê?"

"Porque você e eu vamos fazer uma visita para ele."

Gareth não gostou do que ouviu, Rebus percebeu, mas ele não ofereceu nenhuma resistência, não depois que Rebus o convenceu a se levantar. Rebus apertou a mão de seus anfitriões, agradeceu pelo café. O pai começou a oferecer notas para Gareth, mas Rebus balançou a cabeça.

"Não vai mais pagar aluguel", disse ele ao filho. "Não é mesmo, Gareth?"

Gareth olhou para eles rapidamente, mas não disse nada. Lá fora, o celular já havia sido levado. Rebus se lembrou da lanterna...

"Alguém embolsou meu celular", Gareth reclamou.

"Você vai ter que dar queixa dele", Rebus aconselhou. "Veja se o seguro cobre." Ele viu a expressão no rosto de Gareth. "Claro, supondo que já não fosse um celular roubado."

No térreo, o carro esportivo japonês de Gareth estava cercado por meia dúzia de crianças cujos pais haviam desistido de enviá-las para a escola.

"Quanto ele deu para vocês?", Rebus perguntou a elas.

"Dois pau." Duas libras.

"E por quanto tempo isso vale?"

Eles olharam sério para Rebus. "Não é parquímetro", disse um deles. "E a gente não multa." Os amigos dele riram.

Rebus assentiu e virou-se para Gareth. "Nós vamos no meu carro", disse. "Tomara que seu carro ainda esteja aqui quando você voltar..."

"E se não estiver?"

"Vamos para a delegacia fazer um boletim de ocorrência para o seguro... Supondo que você tenha um seguro."

"Sempre supondo", disse Gareth, resignado.

Não era um trajeto longo até Portobello. Eles pegaram a Seafield Road, nenhum sinal de troca de turno das prostitutas. Gareth orientou Rebus para entrar em uma rua lateral perto da avenida. "Precisamos estacionar aqui e ir andando até lá", explicou. Foi o que fizeram. O mar estava com cor de ardósia. Cães corriam atrás de gravetos arremessados por toda a praia. Rebus sentiu como se tivesse voltado no tempo: barracas de peixe com batatas fritas e fliperamas. Durante anos, quando era criança, seus pais levavam seu irmão e ele em excursões em grupo para St. Andrews no verão, ou para algum hotel barato em Blackpool. Desde essa época, qualquer cidade litorânea o fazia voltar àqueles dias.

"Você cresceu aqui?", perguntou a Gareth.

"Em um conjunto habitacional em Gorgie, foi lá que eu cresci."

"Você subiu na vida", Rebus disse.

Gareth apenas deu de ombros, abriu um portão. "É aqui."

Um caminho no meio de um jardim levava até a porta da frente de uma casa de quatro andares com fachada dupla e terraços. Rebus olhou por um momento. Todas as janelas tinham vista panorâmica para a praia.

"Ligeiramente distante do padrão de Gorgie", murmurou, seguindo Gareth. O jovem abriu a porta e gritou que havia chegado. O hall de entrada era curto e estreito, com portas e um lance de escadas. Gareth não se deu ao trabalho de olhar nenhum daqueles cômodos. Em vez disso, foi para o primeiro andar, com Rebus logo atrás.

Entraram na sala de visitas. Oito metros de comprimento, com uma janela que abria para fora e ia do chão ao teto. O local tinha sido decorado e mobiliado com bom gosto, mas em um estilo moderno demais: metais cromados, couro e arte abstrata. O formato da sala e suas dimensões não combinavam com nada disso. O lustre original e as cornijas permaneceram, oferecendo vislumbres do que devia ter sido o ambiente. Um telescópio de bronze estava diante da janela, apoiado em um tripé de madeira.

"Que porra é essa que você trouxe pra dentro de casa?"

Um homem estava sentado a uma mesa ao lado do telescópio. Usava óculos presos por um cordão ao redor do pescoço. Seu cabelo era cinza-prateado, o rosto perfeitamente barbeado, marcado mais pelas intempéries do que pela idade.

"Sr. Baird, sou o inspetor-detetive Rebus..."

"O que ele fez desta vez?" Baird fechou o jornal que estava lendo e olhou furioso para o filho. Havia resignação, e não raiva, em sua voz. Rebus pensou que as coisas não estavam funcionando como o esperado para Gareth na pequena empresa da família.

"Não é Gareth, sr. Baird... O assunto é com o senhor."

"Comigo?"

Rebus passeou pela sala. "O Conselho com certeza melhorou muito seu nível de locações hoje em dia."

"Do que você está falando?" A pergunta foi para Rebus, mas os olhos de Baird também pediam ao filho uma explicação.

"Ele estava esperando por mim, pai", Gareth desabafou. "Me fez deixar meu carro lá e tudo mais."

"Fraude é um negócio sério, sr. Baird", Rebus dizia. "Isso sempre me intrigou, mas os tribunais parecem odiar fraudes mais do que arrombamentos ou assaltos. Quero dizer, quem você estaria tentando enganar, afinal? Não é uma pessoa, não exatamente... Apenas essa grande bolha anônima chamada de 'o Conselho'." Rebus balançou a cabeça. "Mas eles ainda caem em cima de você como merda do céu."

Baird recostou-se na cadeira, os braços cruzados sobre o peito.

"Veja bem", Rebus acrescentou, "você não estava satisfeito com as pequenas coisas... Quantos apartamentos sublocou? Dez? Vinte? Envolveu toda a família na papelada, eu diria... Talvez também alguns tios e tias mortos."

"Você veio aqui me prender?"

Rebus fez que não com a cabeça. "Estou pronto para sair da sua vida na ponta dos pés assim que eu conseguir o que vim buscar."

Baird de repente pareceu interessado, vendo um homem com quem poderia fazer negócios. Mas não estava totalmente convencido.

"Gareth, tem mais alguém com ele?"

Gareth fez que não com a cabeça. "Estava esperando por mim no apartamento..."

"Ninguém lá fora? Nenhum motorista ou algo assim?"

Continuou negando com a cabeça. "Viemos no carro dele... só nos dois."

Baird avaliou aquilo. "Então, quanto é que isso vai me custar?"

"Respostas para algumas perguntas. Um dos seus inquilinos foi morto outro dia."

"Eu sempre disse para eles não se meterem em encrenca", Baird começou a argumentar, pronto para se defender contra qualquer implicação de que ele era um senhorio indiferente. Rebus estava em pé junto à janela, olhando para a praia e o passeio. Um casal de idosos caminhava de mãos dadas. Incomodava-o a ideia de que eles poderiam estar financiando os esquemas de um tubarão como Baird. Ou que talvez seus netos estivessem definhando em uma lista de espera para alugar um dos apartamentos do Conselho.

"Belo espírito público o seu", disse Rebus. "O que eu preciso saber é o nome dele e de onde veio."

Baird bufou. "Eu não pergunto de onde eles vêm; cometi esse erro uma vez e me arrependi amargamente. O que me interessa é que todos eles precisam de um teto. E se o Conselho não vai ajudar ou não pode ajudar... bem, eu vou."

"Por um preço."

"Um preço *justo*."

"Claro, você é muito generoso. Então, nunca soube o nome dele?"

"Usava Jim como primeiro nome."

"Jim? Foi ideia sua ou dele?"

"Minha."

"Como você o encontrou?"

"Os clientes têm uma maneira de *me* encontrar. Poderíamos chamar de boca a boca. Não aconteceria se eles não gostassem do que estão recebendo."

"Eles estão recebendo apartamentos do Conselho... e pagando a *você* valores muito mais altos pelo privilégio." Rebus esperou em vão que Baird dissesse alguma coisa; ele sabia o que os olhos do homem estavam dizendo — *Já desabafou?* "E você não tem ideia da nacionalidade dele? De onde ele era? Como chegou aqui...?" Baird negava com a cabeça.

"Gareth, vai buscar cerveja pra nós na geladeira." Gareth foi rápido atender ao pedido. Rebus não se deixou enganar pelo "nós"; sabia que não haveria bebida para ele.

"Então como você consegue se comunicar com todas essas pessoas se não sabe a língua delas?"

"Há maneiras de fazer isso. Alguns sinais e um pouco de mímica..." Gareth voltou com uma única lata, que entregou ao pai. "Gareth estudou francês na escola, achei que poderia ser útil para nós." O tom de sua voz caiu no final da frase, e Rebus supôs que, mais uma vez, Gareth tinha ficado aquém das expectativas.

"Embora Jim não precisasse de mímica", o rapaz acrescentou, interessado em contribuir para a conversa. "Ele falava um pouco de inglês. Não era tão bom quanto a amiga dele, veja bem..." O pai olhou furioso para ele, mas Rebus se intrometeu.

"Que amiga?", perguntou a Gareth.

"Uma mulher... mais ou menos da minha idade."

"Eles moravam juntos?"

"Jim morava sozinho. Tive a sensação de que ela era apenas uma conhecida dele."

"De lá mesmo?"

"Acho que sim..."

Mas agora Baird estava em pé. "Escute, você já conseguiu o que veio buscar."

"Consegui?"

"O.k., vou reformular — você conseguiu tudo o que já dissemos."

"Isso sou eu que decido, sr. Baird." Então, para o filho: "Como era a aparência dela, Gareth?".

Mas Gareth havia entendido a dica. "Não me lembro."

"O quê? Nem mesmo da cor da pele dela? Da idade você pareceu se lembrar."

"Era bem mais escura que Jim... Isso é tudo que eu sei."

"Mas ela falava inglês?"

Gareth tentou olhar para o pai em busca de orientação, mas Rebus fazia o máximo para bloquear sua linha de visão.

"Ela falava inglês e era amiga de Jim", Rebus insistiu. "E morava lá também... Me dê só um pouco mais."

"Isso é tudo."

Baird passou por Rebus e colocou um braço ao redor dos ombros do filho. "Você deixou o menino todo confuso", reclamou. "Se ele se lembrar de mais alguma coisa, vai contar para você."

"Tenho certeza que vai", disse Rebus.

"E você foi sincero quando disse que vai nos deixar em paz?"

"Em cada palavra, sr. Baird... Claro que o Conselho de Habitação pode ter uma opinião diferente sobre o assunto."

O rosto de Baird contorceu-se em um sorriso sarcástico.

"Eu sei o caminho, não precisam me acompanhar até a saída", disse Rebus.

No passeio, soprava um vento forte. Ele precisou de quatro tentativas para conseguir acender um cigarro. Ficou lá por um tempo, olhando para a janela da sala; em seguida, lembrou que não tinha almoçado. Havia vários pubs na High Street, então deixou o carro onde estava e fez uma curta caminhada até o mais próximo. Ligou para a sra. Mackenzie e contou-lhe sobre Baird, terminando a ligação assim que abriu a porta do pub. Pediu meia caneca de cerveja IPA para acompanhar um rolinho de salada de frango. Eles já tinham servido sopa e picadinho de carne com batata antes, pois o aroma permanecia no ambiente. Um dos clientes regulares pediu que o barman achasse o canal de corridas de cavalos. Indo de um canal a outro com o controle remoto, passou por um que fez Rebus parar de mastigar.

"Volta", ordenou, pedaços de alface voando de sua boca.

"Para qual?"

"Aí, esse aí." Era um programa de TV local, uma transmissão

externa de uma passeata que claramente estava acontecendo em Knoxland. Faixas e cartazes feitos às pressas:
NEGLIGENCIADOS
NÃO PODEMOS VIVER ASSIM
OS NASCIDOS AQUI TAMBÉM PRECISAM DE AJUDA...
O repórter estava entrevistando o casal que morava ao lado do apartamento da vítima. Rebus entendeu uma ou outra palavra e frase: *O Conselho tem a responsabilidade... opinião ignorada... área de despejo... sem nos consultar...* Era como se tivessem sido orientados sobre quais palavras de ordem usar. O repórter virou-se para um homem bem vestido de aparência asiática e óculos de armação prateada. O nome apareceu na tela como Mohammad Dirwan. Ele fazia parte de alguma coisa chamada Coletivo dos Novos Cidadãos de Glasgow.

"Tá cheio de doido por lá", comentou o barman.

"Eles podem enfiar quantos eles quiserem em Knoxland", comentou um cliente habitual. Rebus virou-se para ele.

"Quantos o quê?"

O homem deu de ombros. "Chame do que você quiser, refugiados ou vigaristas. Seja o que for, eu sei muito bem quem é que acaba pagando por eles."

"É isso mesmo, Matty", disse o barman. Em seguida, para Rebus: "Já viu o suficiente?".

"Mais do que o suficiente", disse Rebus, deixando o resto de sua bebida intocado enquanto se dirigia para a porta.

8.

Knoxland não tinha se acalmado muito quando Rebus chegou. Fotógrafos da imprensa estavam ocupados comparando imagens, reunidos em torno das telas de suas câmeras digitais. Um repórter de rádio foi entrevistar Ellen Wylie. Bunda de Rato Reynolds balançava a cabeça enquanto caminhava em um terreno baldio em direção a seu carro.

"O que está havendo, Charlie?", Rebus perguntou.

"O ar poderia ficar um pouco mais limpo se nós os deixássemos continuar com isso", Reynolds rosnou, se fechando em seu carro e pegando um pacote de batatas fritas já aberto.

Havia um amontoado de gente ao lado da Portakabin. Rebus reconheceu rostos das imagens de TV: os cartazes já mostravam sinais de desgaste. Dedos eram apontados enquanto uma discussão continuava entre os moradores e Mohammad Dirwan. De perto, Dirwan pareceu a Rebus um advogado: casaco de lã preto com aparência de novo, sapato engraxado, bigode grisalho. Ele gesticulava com as mãos, elevando a voz para competir com o barulho. Rebus olhou através da grade que protegia a janela da Portakabin. Como era de esperar, não havia ninguém. Olhou em volta e acabou seguindo pela passagem que levava ao outro lado da torre. Lembrou-se do pequeno ramalhete de flores na cena do crime. Elas estavam espalhadas agora, pisoteadas. Talvez a amiga de Jim as tivesse deixado lá...

Uma van de controle de trânsito estava parada sozinha em uma área isolada que normalmente devia ser usada como estacionamento pelos moradores. Não havia ninguém no banco da frente, então Rebus bateu nas portas traseiras. As janelas tinham insulfilme, mas ele sabia que podia ser visto de dentro. A porta se abriu e ele entrou.

"Bem-vindo à caixa de brinquedos", Shug Davidson disse, sentando-se novamente ao lado do operador de câmera. A parte de trás da van tinha sido ocupada com equipamentos de gravação e monitoramento. Quando havia qualquer desordem civil na cidade, a polícia gostava de registrar tudo. Era útil para identificar agitadores e para reunir dados de um processo, se necessário. Pelo monitor, parecia a Rebus que alguém estava filmando de um patamar no segundo ou terceiro andar. Imagens se aproximavam e distanciavam, e close-ups turvos de repente entravam em foco.

"Não que tenha acontecido qualquer tipo de violência até agora", Davidson murmurou. Em seguida, para o operador: "Volte um pouco... bem aí... Congele aí, por favor, Chris".

A imagem que Chris tentava ajustar estava um pouco tremida.

"Quem é que te preocupa, Shug?", perguntou Rebus.

"Perspicaz como sempre, John..." Davidson apontou para um dos vultos na parte de trás da manifestação. O homem usava um casaco verde-oliva, capuz na cabeça, de modo que apenas o queixo e os lábios eram visíveis. "Acho que ele estava aqui meses atrás... Tivemos uma gangue que veio de Belfast e tentou tomar conta da distribuição de drogas."

"Você os prendeu, não foi?"

"A maioria está em prisão preventiva. Alguns voltaram para casa."

"Então por que ele voltou?"

"Não tenho certeza."

"Já tentou perguntar a ele?"

"Desapareceu quando viu nossas câmeras."

"Nome?"

Davidson balançou a cabeça. "Vou ter que fazer um pouco de pesquisa..." Ele esfregou a testa. "E como foi seu dia até agora, John?"

Rebus lhe contou sobre Robert Baird.

Davidson assentiu. "Muito bom", disse, sem conseguir demonstrar nenhum tipo de entusiasmo.

"Eu sei que não nos leva muito longe..."

"Desculpe, John, só estou..." Davidson balançou a cabeça lentamente. "Precisamos que alguém nos diga algo útil. A arma tem que estar lá fora, o sangue na roupa do assassino. Alguém *sabe*."

"A amiga de Jim pode ter algumas ideias. Poderíamos trazer Gareth para cá, ver se ele consegue encontrá-la."

"É uma ideia", Davidson refletiu. "Enquanto isso, ficamos olhando Knoxland explodir..."

As imagens captadas pelas câmeras estavam rodando em quatro monitores diferentes. Em um deles, um grupo grande de jovens era visto bem atrás da multidão. Usavam cachecol sobre a boca, capuz cobrindo o rosto. Ao perceberem a presença do cinegrafista, eles se viraram de costas e mostraram o traseiro. Um deles pegou uma pedra e atirou, mas ela caiu bem antes.

"Está vendo?", Davidson disse. "Algo assim poderia acender o pavio..."

"Houve algum ataque real?"

"Só ataques verbais." Ele se inclinou para trás e espreguiçou. "Terminamos o porta a porta... Bem, com todos que falaram conosco." Fez uma pausa. "Melhor dizendo, com aqueles que *conseguiram* falar conosco. Este lugar é como a Torre de Babel... Ter uma equipe de intérpretes seria um bom começo." Seu estômago roncou e ele tentou disfarçar mudando de posição na cadeira que rangia.

"Hora do intervalo?", Rebus sugeriu. Davidson balançou a cabeça em negativa. "E esse tal de Dirwan?"

"É um advogado de Glasgow, andou trabalhando com alguns refugiados nas propriedades de lá."

"E o que o trouxe aqui?"

"Além da publicidade, talvez ele ache que pode atrair um grupo novo de clientes. Ele quer que a senhora prefeita venha a Knoxland para ver por si mesma, quer uma reunião entre políticos e a comunidade imigrante. Há um monte de coisas que ele quer."

"Por enquanto ele é uma minoria de um."

"Eu sei."

"Você fica contente de jogá-lo aos leões?"

Davidson olhou para ele. "Nós temos homens lá fora, John."

"A situação estava ficando bem quente."

"Está se oferecendo como guarda-costas?"

Rebus encolheu os ombros. "Eu faço o que você me diz para fazer, Shug. Esse show é seu..."

Davidson esfregou a testa novamente. "Desculpe, John, desculpe..."

"Faça uma pausa, Shug. Vá respirar um pouco de ar fresco, mais nada..." Rebus abriu a porta de trás.

"Ah, John, tem um recado para você. Os caras do Esquadrão Antidrogas querem a lanterna deles de volta. Disseram para eu lhe dizer que é urgente."

Rebus assentiu, saiu e fechou a porta novamente. Ele se dirigiu para o apartamento de Jim. A porta estava aberta, batendo. Nenhum sinal da lanterna na cozinha nem em nenhum outro lugar. A equipe forense havia estado lá, mas ele duvidou que tivessem ficado com ela. Assim que deixou o imóvel, viu Steve Holly saindo pela porta do apartamento ao lado, segurando o gravador na altura do ouvido para verificar se havia funcionado direito.

Nós somos muito moles, esse é o problema deste país...

"Acho que você concordaria com isso", disse Rebus, surpreendendo o repórter. Holly parou a fita e embolsou o gravador.

"Jornalismo objetivo, Rebus — dando os dois lados da moeda."

"Então você falou com alguns dos coitados que foram lançados para dentro desta cova de leões?"

Holly assentiu. Estava olhando por cima do parapeito, se perguntando se tudo o que deveria saber sobre aquilo andava acontecendo lá embaixo. "Eu mesmo consegui encontrar moradores que não se importam com todos esses recém-chegados — aposto que ficou surpreso com isso... Eu com certeza fiquei." Acendeu um cigarro, ofereceu um a Rebus.

"Acabei de fumar um", Rebus mentiu com um aceno de cabeça.

"Já apareceu algum resultado da foto que publicamos?"

"Talvez ninguém a tenha notado escondida lá... Deviam estar muito ocupados lendo sobre sonegadores, gente que vive dos benefícios do Estado e habitação preferencial."

"Tudo verdade", protestou Holly. "Eu não disse que estava me referindo a este lugar, mas acontece em alguns lugares."

"Se você fosse mais baixo, eu poderia usar sua cabeça para ajeitar uma bola de golfe e dar uma tacada."

"Até que é uma frase boa", Holly sorriu. "Talvez eu a use..." Seu celular tocou e ele atendeu, dando as costas a Rebus e afastando-se, como se o detetive já não existisse.

Rebus deduziu que aquela era a forma como alguém como Holly trabalhava. Vivendo para o momento, a atenção estendendo-se apenas até onde ia determinada história. Assim que ela fosse escrita, virava notícia de ontem, e outra coisa tinha de preencher o vácuo que ela havia deixado. Era difícil não comparar o processo com a maneira como alguns de seus próprios colegas trabalhavam: casos apagados da mente, novos casos aguardando, à espera de algo um pouco incomum ou interessante. Ele sabia que também havia bons jornalistas lá fora; nem todos eram como Steve Holly. Alguns deles não suportavam aquele homem.

Rebus seguiu Holly escada abaixo e voltou para a tempestade humana que estava diminuindo. Menos de uma dúzia de teimosos ficou para discutir suas queixas com o advogado, que estava reunido com alguns imigrantes. Isso serviu de material para uma nova série de fotos, e as câmeras trabalharam novamente, alguns imigrantes cobrindo o rosto com as mãos. Rebus ouviu um barulho atrás de si, alguém gritando: "Vá em frente, Howie!". Ele se virou e viu um jovem caminhando, determinado, para a multidão, seus amigos o incentivando a uma distância segura. O jovem não percebeu Rebus. Estava com o rosto coberto, as mãos enfiadas nos bolsos da frente da jaqueta. Seus passos se aceleravam quando passou pelo inspetor-detetive. Rebus podia ouvir sua respiração rouca, quase conseguia sentir o cheiro da adrenalina que exalava dele.

Rebus agarrou de súbito um dos braços e puxou-o para trás. O jovem se virou, as mãos emergindo dos bolsos. Algo caiu pulando no chão: uma pedra pequena. O jovem gritou de dor quando Rebus torceu-lhe o braço atrás das costas, forçando-o a ficar de joelhos. O barulho fez a multidão se virar, câmeras sendo disparadas, mas os olhos de Rebus mantinham-se na gangue, para ver se eles não iriam atacar em massa. Mas não. Em vez disso, estavam indo embora, sem nenhuma intenção de resgatar seu companheiro caído. Um homem estava entrando em uma BMW vermelha e acabada. Um homem com um casaco verde-oliva.

O jovem capturado praguejava e se queixava de dor. Rebus estava ciente da presença de policiais uniformizados em pé ao redor, um deles algemando o jovem. Quando Rebus endireitou o corpo, ficou cara a cara com Ellen Wylie.

"O que aconteceu?", perguntou ela.

"Ele estava com uma pedra no bolso... Ia atacar Dirwan."

"É mentira", o jovem disse, cuspindo. "Estão armando pra mim aqui!" O capuz tinha sido puxado de sua cabeça, o cachecol de sua boca. Rebus viu um crânio raspado, um rosto marcado pela acne. Um dente central faltando, a boca aberta sem acreditar na maneira como o curso dos acontecimentos tinha mudado. Rebus abaixou-se e pegou a pedra.

"Ainda está morna", disse.

"Levem-no para a delegacia", Wylie ordenou aos policiais uniformizados. Em seguida, para o jovem: "Alguma coisa afiada com você antes de revistarmos seus bolsos?".

"Não vou falar nada."

"Coloquem esse sujeito no carro, rapazes."

O jovem foi levado, câmeras seguindo-o enquanto ele voltava a reclamar. Rebus percebeu que o advogado estava em pé diante dele.

"Salvou a minha vida, senhor!" Ele segurou as mãos de Rebus.

"Não chega a tanto..."

Mas Dirwan se virou para a multidão. "Estão vendo? Vocês veem como o ódio passa de pai para filho? É como um veneno lento, poluindo o solo que deveria nos alimentar!" Tentou abraçar Rebus, mas encontrou resistência. Isso não pareceu incomodá-lo. "Você é um policial, certo?"

"Inspetor-detetive", admitiu Rebus.

"O nome dele é Rebus!", gritou uma voz. Rebus encarou um sorridente Steve Holly.

"Sr. Rebus, estou em dívida com o senhor até o fim da minha vida. Estamos *todos* em dívida com o senhor." Dirwan se referia ao grupo de imigrantes que estavam por perto, aparentemente sem saber o que tinha acontecido. E agora Shug Davidson chegava, perplexo com o espetáculo e acompanhado por um sorridente Bunda de Rato Reynolds.

"O centro das atenções como sempre, John", disse Reynolds.

"Qual é a história?", Davidson perguntou.

"Um garoto estava prestes a acertar o sr. Dirwan aqui", Rebus murmurou. "Então o impedi." Ele deu de ombros, como se para indicar que agora desejava não tê-lo feito. Um policial uniformizado, um dos que tinham levado o jovem, estava voltando.

"É melhor dar uma olhada nisto, senhor", disse a Davidson. O policial segurava um saco plástico de coleta de provas. Havia algo pequeno e angular dentro dele.

Uma faca de cozinha de quinze centímetros.

Rebus se viu no papel de babá de seu novo melhor amigo.

Eles estavam no escritório do DIC em Torphichen Place. O jovem estava sendo inquirido por Shug Davidson e Ellen Wylie em uma das salas de interrogatório. A faca tinha sido levada para o laboratório da polícia técnica em Howdenhall. Rebus tentava enviar uma mensagem de texto a Siobhan, para informá-la que teriam que remarcar o encontro. Ele sugeriu às seis da tarde.

Depois de dar seu depoimento, Mohammad Dirwan bebericava um chá preto com açúcar em uma das mesas, os olhos fixos em Rebus.

"Nunca dominei os meandros dessas novas tecnologias", afirmou.

"Eu também não", admitiu Rebus.

"E ainda assim, de certa forma, elas se tornaram um imperativo na nossa vida."

"Acho que sim."

"Você é um homem de poucas palavras, inspetor. Ou então eu o estou deixando nervoso."

"Estou apenas remarcando uma reunião, sr. Dirwan."

"Por favor..." O advogado levantou uma das mãos. "Já lhe disse para me chamar de Mo." Sorriu, mostrando uma fileira de dentes imaculados. "As pessoas me dizem que é nome de mulher; elas associam com a personagem da novela *EastEnders*. Sabe qual é?" Rebus fez que não com a cabeça. "Mas eu digo às pessoas: não se lembram do jogador de futebol Mo Johnston? Ele jogou no Rangers *e* no Celtic, tornando-se tanto herói como vilão — um truque que nem mesmo o melhor advogado imaginaria realizar."

Rebus conseguiu esboçar um sorriso. Rangers e Celtic: a equipe protestante e a católica. Pensou em uma coisa. "Diga-me, senhor..." Dirwan olhou bravo para ele. "Mo... Me diga, você já lidou com pessoas que pediram asilo político em Glasgow, certo?"

"Certo."

"Um dos manifestantes de hoje... Achamos que ele pode ser de Belfast."

"Isso não me surpreenderia. Nos conjuntos habitacionais de Glasgow acontece a mesma coisa. É um desdobramento dos problemas da Irlanda do Norte."

"Como assim?"

"Os imigrantes começaram a se deslocar para lugares como Belfast — eles veem oportunidades lá. Aquelas pessoas envolvidas em conflitos religiosos não estão muito interessadas nisso. Elas estão acostumadas a ver tudo apenas em termos de católicos versus protestantes... Talvez a chegada dessas novas religiões os assuste. Tem havido agressões físicas. Eu diria que é um instinto básico, essa necessidade de hostilizar o que não compreendemos." Ele levantou um dedo. "O que não quer dizer que eu aprove isso."

"Mas o que traria esses homens de Belfast para a Escócia?"

"Talvez eles desejem recrutar moradores escoceses insatisfeitos para sua causa." Ele deu de ombros. "A agitação pode ser um fim em si mesma para algumas pessoas."

"Isso é verdade." Rebus tinha visto por si próprio: a necessidade de fomentar problemas, de agitar as coisas por nenhuma outra razão do que uma sensação de poder.

O advogado terminou sua bebida. "Você acha que esse garoto é o assassino?"

"Pode ser."

"Todo mundo parece andar com uma faca neste país. Sabia que Glasgow é a cidade mais perigosa da Europa?"

"Ouvi dizer."

"Esfaqueamentos... Sempre esfaqueamentos." Dirwan

balançou a cabeça. "E mesmo assim as pessoas ainda lutam para vir para a Escócia."

"Os imigrantes, você quer dizer?"

"Seu primeiro-ministro diz que está preocupado com o declínio da população. Ele está certo. Precisamos de jovens para preencher os postos de trabalho, caso contrário, como poderemos amparar a população idosa? Também precisamos de pessoas experientes. No entanto, ao mesmo tempo, o governo torna tudo muito difícil para a imigração... e para aqueles que pedem asilo político." Balançou a cabeça de novo, desta vez lentamente, como se expressasse descrença. "Você conhece Whitemire?"

"O centro de detenção?"

"Um lugar terrível, inspetor. Não sou bem-vindo lá. Talvez você possa entender por quê."

"Você tem clientes em Whitemire?"

"Vários, todos com recursos de apelação. Antes o lugar era uma prisão, sabe, agora abriga famílias e indivíduos completamente apavorados... com um medo fora do normal... Pessoas que sabem que ser mandadas de volta à sua terra natal é uma sentença de morte."

"E elas são mantidas em Whitemire porque do contrário iriam ignorar o julgamento e fugir."

Dirwan olhou para Rebus e deu um sorriso irônico. "Claro, você faz parte do mesmo aparelho do Estado."

"O que isso quer dizer?", perguntou Rebus com indignação.

"Perdoe o meu cinismo... mas você acredita mesmo que devemos simplesmente mandar todos esses pretos desgraçados de volta para casa, não é? Que a Escócia seria uma utopia se não fossem os paquistaneses, os ciganos e os pretos?"

"Diabos..."

"Será que você tem amigos árabes ou africanos, inspetor? Você sai para beber com algum asiático? Ou eles são apenas rostos na sua banca de jornal...?"

"Não vou entrar nessa conversa", afirmou Rebus, jogando um copo de café vazio no lixo.

"Sem dúvida, é um assunto delicado... E, ainda assim, um com o qual tenho de lidar todos os dias. Acho que a Escócia foi complacente durante muitos anos: não temos espaço para o racismo, estamos ocupados demais com a intolerância! Mas, ora, esse não é o caso."

"Não sou racista."

"Eu estava apenas argumentando. Não se chateie."

"Eu não estou chateado."

"Desculpe... É difícil desligar." Dirwan encolheu os ombros. "Isso acaba vindo por causa do trabalho." Seus olhos corriam pela sala, como se procurassem uma mudança de assunto. "Você acha que o assassino será encontrado?"

"Vamos fazer o melhor que pudermos."

"Isso é bom. Tenho certeza de que todos vocês são pessoas dedicadas e profissionais."

Rebus pensou em Reynolds, mas não disse nada.

"E você sabe: se houver alguma coisa que eu possa fazer para ajudá-lo..."

Rebus assentiu, então pensou um pouco. "Na verdade..."

"O que é?"

"Bem, parece que a vítima tinha uma namorada... ou pelo menos uma conhecida. Seria bom se a encontrássemos."

"Ela mora em Knoxland?"

"Parece que sim. Ela tem a pele mais escura do que a da vítima, e provavelmente fala inglês melhor do que ele falava."

"Isso é tudo que você sabe?"

"É tudo que eu sei", confirmou Rebus.

"Posso perguntar por lá... Os recém-chegados não têm tanto medo de falar comigo." Fez uma pausa. "E obrigado por pedir a minha ajuda." Havia entusiasmo em seus olhos. "Pode ter certeza de que farei o que puder."

Os dois homens se viraram quando Reynolds entrou na sala

com um andar pesado, mastigando um biscoito amanteigado que deixava um rastro de farelo em sua camisa e gravata.

"Vamos entrar com uma acusação contra ele", disse, fazendo uma pausa de efeito. "Mas não de assassinato. O laboratório diz que não é a mesma faca."

"Que rápido", Rebus comentou.

"A autópsia afirma que foi uma lâmina serrilhada, e a lâmina dessa faca é lisa. Eles ainda vão fazer testes para ver se encontram traços de sangue, mas não é nada muito promissor." Reynolds olhou para Dirwan. "Podemos pegá-lo por tentativa de agressão e porte de arma branca."

"Assim é a justiça", disse o advogado com um suspiro.

"O que você quer que a gente faça? Corte as mãos dele?"

"Essa observação foi dirigida a mim?" O advogado tinha se levantado. "É difícil dizer quando a pessoa se recusa a olhar para mim."

"Estou olhando para você agora", retrucou Reynolds.

"E o que você vê?"

Rebus se intrometeu. "O que o detetive Reynolds vê ou não vê não vem ao caso."

"Se ele quiser, eu conto", disse Reynolds, pedaços de biscoito voando da boca. Rebus, no entanto, o conduzia até a porta. "Obrigado, detetive Reynolds." Só faltou empurrá-lo para o corredor. Reynolds lançou um último olhar furioso para o advogado, em seguida virou-se e saiu.

"Diga-me", Rebus perguntou a Dirwan, "você consegue fazer amigos ou só inimigos mesmo?"

"Eu julgo as pessoas segundo meus padrões."

"E um encontro de dois segundos é suficiente para você classificá-las?"

Dirwan pensou sobre isso. "Na verdade, sim, às vezes é."

"Então você já tem uma opinião sobre mim?" Rebus cruzou os braços.

"Na verdade, não, inspetor... Você está se mostrando difícil de definir."

"Mas todos os policiais são racistas?"

"*Todos nós* somos racistas, inspetor... até eu. O importante é como lidamos com esse fato horrível."

O telefone começou a tocar na mesa de Wylie. Rebus atendeu.

"DIC, inspetor-detetive Rebus falando."

"Ah, olá..." Uma voz feminina hesitante. "É você que está investigando esse assassinato? O do asilado político do conjunto habitacional?"

"Isso mesmo."

"No jornal desta manhã..."

"A fotografia?" Rebus sentou-se rapidamente, pegou papel e caneta.

"Acho que sei quem eles são... Quer dizer, eu *sei* quem eles são." Sua voz era tão frágil, Rebus temia que ela pudesse se assustar e desligar.

"Bem, estamos muito interessados em qualquer ajuda que puder nos dar, senhorita...?"

"O quê?"

"Eu preciso do seu nome."

"Por quê?"

"Porque as pessoas que ligam e não deixam o nome tendem a não ser levadas tão a sério."

"Mas eu..."

"Só vai ficar entre nós, eu garanto."

Houve silêncio por um momento. Então: "Eylot, Janet Eylot".

Rebus rabiscou o nome com letras maiúsculas.

"E posso perguntar como você conhece as pessoas da foto, srta. Eylot?"

"Bem... Eles estão aqui."

Rebus olhava para o advogado sem realmente vê-lo. "Onde é aqui?"

"Olhe... Talvez eu devesse ter pedido permissão antes."

Rebus sabia que estava perto de perdê-la. "O que fez foi

totalmente certo, srta. Eylot. Só preciso de mais alguns detalhes. Estamos ansiosos para pegar quem fez isso, mas praticamente ainda estamos no escuro, e você parece segurar a única luz que temos." Ele tentava falar com leveza, não podia se arriscar a assustá-la.

"O sobrenome deles é..." Rebus precisou se esforçar muito para não gritar-lhe palavras de incentivo. "Yurgii." Ele pediu que ela soletrasse e foi escrevendo à medida que ela o fazia.

"Parece do Leste Europeu."

"Eles são curdos da Turquia."

"Você trabalha com refugiados, srta. Eylot?"

"De certa maneira." Ela parecia um pouco mais confiante agora que lhe dera o nome. "Estou ligando de Whitemire, você conhece?"

Os olhos de Rebus incidiram sobre Dirwan. "Por coincidência, eu estava falando sobre isso agora há pouco. Imagino que você se refira ao centro de detenção, certo?"

"Na verdade somos um Centro de Remoção de Imigração."

"E a família na fotografia... Eles estão aí com você?"

"Estão, a mãe e dois filhos."

"E o marido?"

"Ele fugiu pouco antes da família ser apanhada e trazida para cá. Isso às vezes acontece."

"Tenho certeza que sim..." Rebus bateu a caneta no bloco de notas.

"Olha, você pode me dar um número de contato?"

"Bem..."

"Do trabalho ou de casa, o que for melhor para você."

"Eu não..."

"O que foi, srta. Eylot? Do que você tem medo?"

"Eu deveria primeiro ter falado com o meu chefe." Fez uma pausa. "Você vai vir aqui agora, não é?"

"Por que você não conversa com seu chefe?"

"Eu não sei."

"Seu emprego ficaria ameaçado se seu chefe soubesse?"

Ela pareceu refletir sobre isso. "Eles precisam saber que fui eu quem ligou para você?"

"Não, de modo algum", disse Rebus. "Mas mesmo assim eu gostaria de poder entrar em contato com você."

Ela concordou e lhe deu o número de seu celular. Rebus agradeceu e avisou que poderia precisar falar com ela novamente.

"De maneira confidencial", ele a tranquilizou, sem saber ao certo se seria realmente assim. Terminada a ligação, arrancou a folha do bloco.

"Ele tem família em Whitemire", Dirwan afirmou.

"Eu pediria que por enquanto você mantivesse isso em segredo."

O advogado encolheu os ombros. "Você salvou minha vida; é o mínimo que posso fazer. Gostaria que eu fosse com você?"

Rebus fez que não com a cabeça. A última coisa de que precisava era de Dirwan batendo boca com os guardas. Foi atrás de Shug Davidson, encontrou-o conversando com Ellen Wylie no corredor próximo à sala de interrogatório.

"O Reynolds contou a novidade?", Davidson perguntou.

Rebus assentiu. "Não era a mesma faca."

"De qualquer forma, vamos continuar dando uma canseira nesse idiota, pode ser que ele saiba de alguma coisa que possamos usar. Ele tem uma tatuagem nova no braço — mão vermelha e as letras FVU", referindo-se à Força Voluntária do Ulster.

"Isso não importa, Shug." Rebus ergueu a anotação. "A vítima estava fugindo de Whitemire. Sua família ainda está lá."

Davidson olhou para ele. "Alguém viu a foto?"

"Bingo. Hora de fazer uma visita, não é o que você diria? No seu carro ou no meu?"

Mas Davidson estava esfregando o queixo. "John..."

"O quê?"

"A mulher do... os filhos... eles não sabem que ele está morto, não é? Você acha mesmo que é a pessoa certa para o trabalho?"

"Eu posso ser um bom consolador."

"Tenho certeza que sim, mas Ellen vai com você. Pode ser, Ellen?"

Wylie assentiu com a cabeça e em seguida virou-se para Rebus. "No meu carro", disse.

9.

O carro dela era um Volvo S40 com pouco mais de três mil quilômetros rodados. Havia CDs no banco do passageiro, que Rebus examinou.

"Coloque algum que você goste", ela sugeriu.

"Primeiro preciso mandar uma mensagem para Siobhan", ele disse: sua desculpa para não ter de escolher entre Norah Jones, Beastie Boys e Mariah Carey. Levou vários minutos para enviar a mensagem *desculpe não consigo ir às seis talvez consiga às oito*. Depois, se perguntou por que não tinha simplesmente ligado para ela, supondo que teria levado a metade do tempo. Ela ligou de volta quase no mesmo instante.

"Você está de brincadeira comigo, é?"

"Estou a caminho de Whitemire."

"O centro de detenção?"

"Na verdade, fiquei sabendo, por uma fonte segura, que é um Centro de Remoção de Imigração. E que também é onde moram a mulher e os filhos da vítima."

Ela ficou em silêncio por um momento. "Bem, não posso às oito horas. Vou me encontrar com alguém para um drinque. Eu esperava que você pudesse ir também."

"Há uma boa chance de eu ir, se é o que você quer. Podemos seguir para o triângulo púbico depois."

"Quando a animação estiver começando, você quer dizer?"

"Apenas coincidência, Siobhan, só isso."

"Bem... Seja bacana com eles, hein?"

"Como assim?"

"Estou imaginando que você será um portador de más notícias em Whitemire."

"Por que ninguém acha que eu posso ser compassivo?" Wylie olhou para ele e sorriu. "Eu sei ser o policial carinhoso da nova era quando quero."

"Claro que consegue, John. Vejo você no Ox lá pelas oito."

Rebus guardou o telefone e concentrou-se na estrada à frente. Eles estavam a oeste de Edimburgo. Whitemire ficava entre Banehall e Bo'ness, a mais ou menos vinte e cinco quilômetros da cidade. Tinha sido uma prisão até o final da década de 1970, e Rebus só visitara o lugar em uma ocasião, logo depois que entrou para a polícia. Ele contou isso a Ellen Wylie.

"Foi antes do meu tempo", ela comentou.

"Eles fecharam o lugar logo em seguida. A única coisa que lembro é de alguém me mostrando onde eles realizavam os enforcamentos."

"Que encantador..." Wylie pisou no freio. Eles estavam em plena hora do rush, as pessoas que viajavam diariamente para trabalhar retornando a suas cidades e seus vilarejos. Não havia rotas inteligentes nem atalhos, e cada semáforo parecia estar contra eles.

"Eu não conseguiria fazer isso todos os dias", Rebus disse.

"Mas você moraria fora da cidade, no campo."

Ele olhou para ela. "Por quê?"

"Mais espaço, menos cocô de cachorro."

"Será que eles proibiram cães no campo?"

Ela sorriu novamente. "Além disso, pelo preço de um apartamento de dois quartos na Cidade Nova, você poderia ter uma dúzia de hectares e um salão de jogos com mesa de bilhar."

"Eu não jogo bilhar."

"Eu também não, mas poderia aprender." Ela fez uma pausa. "Então, qual é o plano para quando chegarmos lá?"

Rebus vinha pensando a respeito. "Talvez a gente precise de um tradutor."

"Eu não tinha pensado nisso."

"Talvez eles tenham um na equipe... Eles mesmos poderiam dar a notícia..."

"Ela vai ter que identificar o marido."

Rebus assentiu. "O tradutor pode dizer isso a ela também."

"Depois que formos embora?"

Rebus encolheu os ombros. "Fazemos as nossas perguntas, saímos de lá rápido."

Ela olhou para ele. "E as pessoas ainda dizem que você não consegue ser compassivo..."

Eles seguiram em silêncio depois disso, Rebus tentando encontrar um canal de notícias no rádio. Não havia nada sobre o tumulto em Knoxland. Ele esperava que continuasse assim. Por fim, surgiu uma placa indicando a direção para Whitemire.

"Acabei de pensar numa coisa", disse Wylie. "Não deveríamos ter avisado que estávamos vindo?"

"Um pouco tarde para isso." A estrada tornou-se uma pista única toda esburacada. Placas avisavam a eventuais invasores que eles seriam processados. A cerca de três metros e meio de altura ao longo do perímetro, fora reforçada por uma série de chapas metálicas verde-claras.

"Para que ninguém possa ver lá dentro", comentou Wylie.

"Ou aqui fora", Rebus acrescentou. Ele sabia que tinha havido manifestações contra o centro de detenção e deduziu que essa era a razão para aquele aparato recém-instalado.

"E o que diabos é aquilo?", Wylie perguntou. Uma figura solitária estava de pé no acostamento da estrada. Era uma mulher, bastante agasalhada contra o frio. Atrás dela havia uma barraca grande o suficiente apenas para uma pessoa e, ao lado, um fogareiro com fogo baixo e uma chaleira sobre ele. A mulher segurava uma vela, colocando a mão livre ao redor da chama bruxuleante. Rebus olhou para ela enquanto passavam. Ela manteve os olhos no chão em frente, a boca movendo-se ligeiramente. A quarenta e cinco metros dali ficava a guarita da entrada. Wylie parou o carro e buzinou, mas ninguém apareceu. Rebus saiu e se aproximou da cabine. Um guarda sentado atrás da janela mastigava um sanduíche.

"Boa noite", disse Rebus. O homem apertou um botão, sua voz saiu de um pequeno alto-falante.

"Tem hora marcada?"

"Eu não preciso ter." Rebus mostrou sua identificação. "Polícia."

O homem não pareceu impressionado. "Ponha na gaveta."

Rebus depositou o cartão na gaveta de metal e ficou observando enquanto o guarda o pegava e analisava. Um telefonema foi feito, sem que Rebus fosse capaz de ouvir qualquer coisa. Depois o guarda anotou os detalhes sobre Rebus e pressionou o botão novamente.

"Documentos do carro."

Rebus atendeu ao pedido, reparando que as últimas três letras eram WYL. Wylie tinha comprado uma placa personalizada.

"Alguma outra pessoa com você?", perguntou o guarda.

"A sargento-detetive Ellen Wylie."

O guarda pediu que soletrasse "Wylie" e anotou os detalhes também. Rebus olhou para a mulher à beira da estrada.

"Ela está sempre aqui?", perguntou.

O guarda assentiu com a cabeça.

"Ela tem família aí dentro ou algo assim?"

"É só doida", disse o guarda, devolvendo a identificação de Rebus. "Deixem o carro em uma das vagas para visitantes no estacionamento. Alguém irá encontrá-los lá."

Rebus agradeceu com um aceno de cabeça e retornou ao Volvo. A barreira se abriu automaticamente, mas o guarda teve que sair para destrancar os portões. Ele fez sinal para que entrassem, e Rebus apontou a direção do estacionamento para Wylie.

"Vi que você tem uma placa personalizada", ele comentou.

"E daí?"

"Pensei que fosse coisa de rapazes."

"Presente do meu namorado", ela admitiu. "O que mais eu ia fazer com isso?"

"E quem é o namorado?"

"Não é da sua conta", ela respondeu, lançando-lhe um olhar de assunto encerrado.

O estacionamento era separado do complexo principal por outra cerca. Havia uma obra em andamento, fundações sendo construídas.

"É bom ver pelo menos uma atividade em crescimento em West Lothian", Rebus murmurou.

Um guarda tinha saído do edifício principal. Ele abriu um portão no muro e perguntou se Wylie havia trancado o carro.

"E liguei o alarme", ela confirmou. "Muitos roubos de carros por aqui?"

Ele não entendeu a piada. "Temos algumas pessoas bem desesperadas aqui." Em seguida levou-os para a entrada principal. Um homem estava lá de pé, vestindo um terno, e não o uniforme cinza de um guarda. Ele acenou para o guarda, informando-o de que cuidaria dos visitantes. Rebus analisava o edifício de pedra e sem adornos, as janelas pequenas no alto. Havia anexos caiados bem mais novos à esquerda e à direita.

"Meu nome é Alan Traynor", dizia o homem. Apertou primeiro a mão de Rebus e depois a de Wylie. "Como posso ajudá-los?"

Rebus tirou do bolso uma cópia do jornal da manhã. Estava dobrado bem na fotografia.

"Acreditamos que estas pessoas estão aqui."

"Sério? E como chegou a essa conclusão?"

Rebus não respondeu. "O nome da família é Yurgii."

Traynor estudou a foto outra vez e em seguida balançou a cabeça lentamente. "É melhor virem comigo", disse.

Ele os conduziu para o interior da prisão. Aos olhos de

Rebus, era exatamente isso que aquele lugar era, apesar da denominação distorcida que lhe davam. Traynor estava explicando as medidas de segurança. Se eles fossem visitantes comuns, teriam sido fotografados e deixado suas impressões digitais; em seguida seriam revistados com detectores de metais. Os funcionários por quem eles passaram usavam uniformes azuis, correntes barulhentas com chaves ao lado do corpo. Como em uma prisão. Traynor tinha trinta e poucos anos. O terno azul-escuro poderia ter sido ajustado por um alfaiate para assentar em seu corpo magro. O cabelo escuro estava repartido no lado esquerdo, comprido o suficiente para que precisasse afastá-lo dos olhos de vez em quando. Ele contou que estava substituindo seu chefe, que havia tirado uma licença médica.

"Algo sério?"

"Estresse." Traynor deu de ombros, indicando que esse tipo de coisa era de esperar. Seguiram-no por algumas escadas e entraram em um pequeno escritório aberto. Uma jovem estava curvada sobre um computador.

"Trabalhando até tarde outra vez, Janet?", Traynor perguntou com um sorriso. Ela não respondeu, mas observou e esperou. Rebus, sem que Traynor percebesse, recompensou Janet Eylot com uma piscadela.

O escritório de Traynor era pequeno e funcional. Havia um conjunto de monitores do circuito interno de TV mostrando alternadamente imagens de diversos locais. "Infelizmente temos apenas uma cadeira", disse ele, entrando atrás de sua mesa.

"Estou bem em pé", Rebus disse-lhe, acenando para Wylie se sentar. Mas ela também decidiu ficar em pé. Traynor, tendo sentado em sua própria cadeira, agora precisava olhar para cima para falar com os detetives.

"Os Yurgii *estão* aqui?", Rebus perguntou, fingindo interesse nos monitores.

"Estão, sim."

"Mas o marido não?"

"Escapuliu..." Ele deu de ombros. "Não é problema nosso. Foi o Serviço de Imigração que errou."

"E você não faz parte do Serviço de Imigração?"

Traynor bufou. "Whitemire é administrado pela Cencrast Security, que por sua vez é uma subsidiária do banco ForeTrust."

"Setor privado, em outras palavras?"

"Exatamente."

"O ForeTrust é americano, não é?", Wylie acrescentou.

"Isso mesmo. Eles são donos de prisões particulares nos Estados Unidos."

"E aqui na Grã-Bretanha?"

Traynor admitiu que sim com uma inclinação de cabeça. "Agora, sobre os Yurgii..." Brincou com a pulseira de seu relógio, insinuando que tinha coisas melhores para fazer com seu tempo.

"Bem", Rebus começou, "eu lhe mostrei a foto no jornal, e você nem sequer piscou um olho... Não pareceu interessado no título nem na história." Ele fez uma pausa. "O que me dá a impressão de que você já sabe o que aconteceu." Rebus apoiou os dedos na escrivaninha e inclinou-se para baixo. "E isso me faz pensar por que não entrou em contato."

Os olhos de Traynor encontraram os de Rebus por um segundo, em seguida voltaram-se para os monitores do circuito interno. "Sabe o quanto falam mal de nós na imprensa, inspetor? Mais do que merecemos — muito mais. Pergunte às equipes de fiscalização: nós passamos por auditorias trimestralmente. Eles vão dizer a você que este lugar é humano e eficiente e que não poupamos esforços." Apontou para um monitor que mostrava um grupo de homens jogando cartas em torno de uma mesa. "Nós *sabemos* que eles são pessoas, e os tratamos como tal."

"Sr. Traynor, se eu quisesse um folheto sobre vocês, eu teria mandado alguém vir pegar um." Rebus inclinou-se ainda mais para que o jovem não escapasse de seu olhar. "Lendo nas entrelinhas corporativas, eu diria que você teve medo de que

Whitemire se tornasse parte da história. Por isso não fez nada... e isso, sr. Traynor, significa obstrução. Por quanto tempo acha que a Cencrast irá mantê-lo aqui depois de descobrir sua ficha suja?"

O rosto de Traynor começou a corar do pescoço para cima. "Você não pode provar que eu sabia de alguma coisa", ele vociferou.

"Mas posso tentar, não posso?" O sorriso de Rebus foi, talvez, o menos agradável que o jovem já havia recebido na vida. Rebus se endireitou e se virou para Wylie, dando a ela um tipo completamente diferente de sorriso antes de dirigir sua atenção novamente para Traynor.

"Agora, vamos voltar aos Yurgii, está bem?"
"O que você quer saber?"
"Tudo."
"Eu não sei a história de vida de todo mundo", disse Traynor na defensiva.

"Então queira consultar seu arquivo."

Traynor assentiu e se levantou, saindo para pedir a Janet Eylot os documentos relevantes.

"Bom trabalho", disse Wylie, quase murmurando.
"E muita diversão, além disso."

O rosto de Rebus endureceu de novo quando Traynor retornou. O jovem sentou-se e folheou alguns documentos. A história que contou era bastante simples na superfície. A família Yurgii era formada por turcos curdos. Eles chegaram primeiro à Alemanha, alegando que sofriam ameaças em seu próprio país. Membros da família haviam desaparecido. O pai disse que seu nome era Stef... Traynor precisou consultar essa informação.

"Eles não tinham nenhum documento, nada para provar que ele estava dizendo a verdade. Não parece um nome muito curdo, não é? Por outro lado... diz aqui que ele era jornalista..."

Sim, um jornalista, escrevendo críticas ao governo. Trabalhando sob pseudônimos diferentes na tentativa de manter sua família segura. Quando um tio e um primo desapareceram, deduziu-se que tinham sido presos e seriam torturados para fornecer detalhes sobre Stef.

"Ele disse ter vinte e nove anos... Poderia estar mentindo também, é claro."

Esposa, vinte e cinco anos; crianças, de seis e quatro. Eles disseram a autoridades alemãs que queriam viver no Reino Unido, e os alemães concordaram — quatro refugiados a menos com os quais se preocupar. No entanto, ao ouvir o caso da família, a Imigração em Glasgow decidiu que eles deveriam ser deportados: primeiro de volta para a Alemanha e de lá, provavelmente, para a Turquia.

"Deram algum motivo?", perguntou Rebus.

"Eles não provaram que não estavam imigrando por razões econômicas."

"Isso é difícil", disse Wylie, cruzando os braços. "É como provar que a pessoa não é uma feiticeira..."

"Essas questões são investigadas com bastante rigor", disse Traynor em tom defensivo.

"Há quanto tempo eles estão aqui?", Rebus perguntou.

"Sete meses."

"É muito tempo."

"A sra. Yurgii se recusa a sair."

"Ela pode fazer isso?"

"Ela tem um advogado trabalhando para ela."

"Por acaso seria Mo Dirwan?"

"Como você adivinhou?"

Rebus disse um palavrão mentalmente: se tivesse aceitado a oferta de Dirwan, *ele* iria dar a notícia à viúva.

"Será que a sra. Yurgii fala inglês?"

"Um pouco."

"Ela precisa ir a Edimburgo identificar o corpo. Será que ela vai entender isso?"

"Não tenho a menor ideia."

"Há alguém que poderia traduzir?"

Traynor negou com a cabeça.

"Os filhos ficam com ela?", Wylie perguntou.

"Ficam."

"O dia todo?" Ela o viu assentir com a cabeça. "Eles não vão à escola ou algo assim?"

"Um professor vem aqui."

"Quantas crianças exatamente?"

"Alguma coisa entre cinco e vinte, dependendo de quem estiver sendo mantido aqui."

"Todos de idades diferentes, de nacionalidades diferentes?"

"Nigerianos, russos, somalis..."

"E apenas um professor?"

Traynor sorriu. "Não engula o que a mídia diz, sargento-detetive. Sei que fomos chamados de 'Guantánamo da Escócia'... Manifestantes se reunindo ao redor do nosso perímetro de mãos dadas..." Fez uma pausa, de repente parecendo cansado. "Estamos apenas fazendo o processamento deles, só isso. Não somos monstros e isto aqui não é uma prisão. Esses novos edifícios que você viu quando entrou — unidades familiares especialmente construídas. Televisores e uma lanchonete, tênis de mesa e máquinas automáticas que vendem sanduíches e chocolates..."

"E quais dessas coisas não há em uma prisão?", Rebus perguntou.

"Se eles tivessem deixado o país quando lhes disseram para fazê-lo, não estariam aqui." Traynor bateu de leve na pasta de documentos. "Os altos funcionários tomaram sua decisão." Ele respirou profundamente. "Bom, acho que vocês querem ver a sra. Yurgii..."

"Só um minutinho", Rebus disse. "Antes, o que suas anotações dizem sobre a fuga de Stef?"

"Só que quando os policiais foram ao apartamento dos Yurgii..."

"Que ficava onde?"

"Em Sighthill, em Glasgow."

"Um lugar alegre."

"Melhor do que outros, inspetor... De qualquer forma, quando eles chegaram, o sr. Yurgii não estava em casa. De acordo com sua esposa, ele tinha ido embora na noite anterior."

"Ele ficou sabendo que vocês iam aparecer?"

"Não era segredo. O julgamento já havia sido realizado; o advogado passou-lhes as informações."

"Será que ele tinha algum meio de subsistência?"

Traynor deu de ombros. "Não, a menos que Dirwan ajudasse."

Bem, isso era algo que Rebus teria de perguntar ao advogado. "Ele não tentou entrar em contato com a família?"

"Não que eu saiba."

Rebus pensou por um momento, voltando-se para Wylie para ver se ela ainda tinha alguma dúvida. Quando a viu torcer a boca num sinal de nada mais, Rebus assentiu. "O.k., vamos ver a sra. Yurgii agora..."

O jantar tinha acabado e a lanchonete estava se esvaziando.

"Todo mundo come no mesmo horário", comentou Wylie.

Um guarda uniformizado discutia com uma mulher cuja cabeça estava coberta por um xale. Ela carregava uma criança no ombro. O guarda segurava um pedaço de fruta.

"Às vezes, eles levam comida para os quartos", Traynor explicou.

"E não é permitido?"

Ele fez que não com a cabeça. "Eu não os estou vendo por aqui... já devem ter terminado. Venham comigo..." Ele os levou por um corredor monitorado por uma das câmeras do circuito interno. O prédio podia ser limpo e novo, mas para a cabeça de Rebus aquilo era um complexo dentro de um complexo.

"Já houve algum suicídio aqui?", perguntou.

Traynor olhou para ele. "Uma ou duas tentativas. Uma greve de fome também. Faz parte..." Ele parou diante de uma porta aberta, gesticulando com a mão. Rebus olhou lá dentro. O quarto tinha cinco metros por quatro — não era pequeno, mas nele havia um beliche, uma cama de solteiro, um guarda-roupa e uma mesa. Duas crianças pequenas estavam sentadas à mesa, colorindo desenhos e cochichando. A mãe delas estava sentada na cama, olhando para o vazio, as mãos no colo.

"Sra. Yurgii?", Rebus disse, adentrando o quarto um pouco mais. Os desenhos eram de árvores e bolas de sol amarelo. O quarto não tinha janelas, ventilado apenas por um respiro no teto. A mulher olhou para ele com olhos inexpressivos.

"Sra. Yurgii, sou policial." Agora as crianças o olharam com interesse. "Esta é minha colega. Podemos conversar longe das crianças?"

Sem piscar, os olhos dela não deixaram os dele nem por um momento. As lágrimas começaram a escorrer pelo rosto, os lábios contraídos para segurar o choro. As crianças foram até ela, oferecendo conforto com seus braços. Pareceu algo que elas faziam regularmente. O menino teria seis ou sete anos. Olhou para os adultos intrusos com um rosto endurecido muito além de sua idade.

"Vocês vão embora, não fazem isso para nós."

"Eu preciso conversar com sua mãe", Rebus disse pausadamente.

"Não é permitido. Cai fora agora." Ele enunciou essas palavras com precisão e com um traço de sotaque local — pegou dos guardas, pensou Rebus.

"Eu realmente preciso conversar..."

"Eu sei de tudo", disse a sra. Yurgii de repente. "Ele... não..." Os olhos dela suplicaram a Rebus, mas tudo o que ele pôde fazer foi assentir com a cabeça. Ela abraçou os filhos. "Ele não", repetiu. A menina começou a chorar também, mas o menino não. Era como se soubesse que seu mundo tinha mudado mais uma vez, trazendo outro desafio.

"O que é isso?" A mulher que discutiu com o guarda estava em pé do lado de fora da porta.

"Você conhece a sra. Yurgii?", Rebus perguntou.

"Ela é minha amiga." A criança não estava mais no ombro da

mulher, mas havia deixado uma mancha seca de leite ou saliva lá. Ela se espremeu para entrar no quarto e se agachou na frente da viúva.

"O que aconteceu?", perguntou. Sua voz era profunda, categórica.

"Nós trouxemos más notícias", Rebus disse a ela.

"Que notícias?"

"É sobre o marido da sra. Yurgii", interrompeu Wylie.

"O que aconteceu?" Havia medo nos olhos dela agora, o início de uma percepção.

"Nada bom", confirmou Rebus. "O marido dela está morto."

"Morto?"

"Ele foi assassinado. Alguém precisa identificar o corpo. Você conhecia a família antes de vir para cá?"

Ela olhou para Rebus como se ele fosse estúpido. "Nenhum de nós conhecia os outros antes de chegarmos a este lugar." Ela cuspiu a palavra final como se fosse uma cartilagem.

"Você pode lhe dizer que ela precisa identificar o marido? Podemos enviar um carro para vir buscá-la amanhã de manhã..."

Traynor levantou uma das mãos. "Não há necessidade. Temos transporte..."

"Ah, é?", disse Wylie com ceticismo. "Com grades nas janelas?"

"A sra. Yurgii recebeu uma indicação de potencial fugitiva. Ela continua sob *minha* responsabilidade."

"Você vai levá-la para o necrotério na parte de trás de um furgão para transporte de presos?"

Ele olhou furioso para Wylie. "Guardas vão acompanhá-la."

"Tenho certeza de que a sociedade fica mais tranquila com isso."

Rebus pôs a mão no cotovelo de Wylie. Ela parecia prestes a acrescentar algo, mas virou-se e foi embora pelo corredor. Rebus deu de ombros.

"Dez da manhã?", perguntou. Traynor assentiu. Rebus lhe

deu o endereço do necrotério. "Há alguma possibilidade dessa amiga da sra. Yurgii ir com ela?"

"Não vejo por que não", admitiu Traynor.

"Obrigado", Rebus disse. Em seguida, foi atrás de Wylie, que estava no estacionamento. Ela caminhava de um lado para o outro, chutando pedras imaginárias, observada por um guarda que patrulhava o perímetro com uma lanterna, apesar do brilho da iluminação artificial. Rebus acendeu um cigarro.

"Está se sentindo melhor agora, Ellen?"

"Tem alguma coisa que faça a gente se sentir melhor?"

Rebus ergueu as duas mãos em sinal de rendição. "Não é só comigo que você está brava."

O som que saiu da boca de Wylie começou como um rosnado, mas terminou em um suspiro. "Este é o problema: com quem é que eu *estou* brava?"

"Com as pessoas que estão no comando?", Rebus sugeriu. "Essas que nunca vemos." Esperou para ver se ela iria concordar. "Eu tenho a seguinte teoria", ele continuou. "Passamos a maior parte do tempo perseguindo algo chamado 'submundo', mas é no *sobremundo* que deveríamos realmente ficar de olho."

Ela pensou sobre isso, assentindo com a cabeça de maneira quase imperceptível. Um guarda vinha andando na direção deles.

"Não pode fumar", gritou. Rebus apenas ficou olhando para ele. "Não é permitido."

Rebus deu outra tragada, estreitando os olhos. Wylie apontou para uma desbotada linha amarela no chão.

"O que é isso?" Tentando fazer com que a atenção do guarda se desviasse de Rebus.

"A zona de contenção", respondeu o guarda. "Os detentos não estão autorizados a atravessar."

"Por que não?"

Ele desviou o olhar para ela. "Eles podem tentar fugir."

"Você já deu uma olhada nesses portões ultimamente? A

altura da cerca te diz alguma coisa? Arame farpado e chapas metálicas...?" Ela avançava em direção a ele. O guarda começou a recuar. Rebus estendeu a mão e tocou no braço dela mais uma vez.

"Acho que devemos ir embora", disse, jogando a ponta do cigarro na biqueira polida da bota do guarda, o que produziu pequenas fagulhas no escuro da noite. Quando saíram do complexo, a mulher solitária os observava ao lado da fogueira.

10.

"Ora, este lugar é... rústico." Alexis Cater olhou para as paredes cor de nicotina da sala dos fundos do Oxford Bar.

"Fico feliz por você se dignar a aprová-lo."

Ele balançou um dedo. "Há um fogo em você; gosto disso. Já apaguei alguns incêndios na minha época, mas só depois de atiçá-los." Sorriu ao levar o copo aos lábios, agitando a cerveja na boca antes de engolir. "Veja, a cerveja não é ruim, e é muito barata. Preciso me lembrar de vir a este lugar. É aqui que você costuma vir?"

Ela fez que não com a cabeça, no mesmo instante em que Harry, o barman, apareceu para recolher os copos vazios. "Tudo bem aí, Shiv?", perguntou. Ela confirmou com a cabeça.

Cater sorriu. "Seu disfarce foi para o espaço, Shiv."

"Siobhan", ela o corrigiu.

"Vou lhe dizer uma coisa: eu te chamo de Siobhan se você me chamar de Lex."

"Você está tentando fazer um acordo com uma policial?"

Os olhos dele brilharam acima da borda do copo. "Difícil imaginar você de uniforme... mesmo assim o esforço vale a pena."

Ela escolhera sentar em um dos bancos, pensando que ele iria se sentar na cadeira à sua frente, mas ele deslizou para o banco ao lado dela e se aproximava centímetro a centímetro.

"Diga-me", disse ela, "alguma vez esse tipo de investida já funcionou?"

"Não tenho do que reclamar. Veja bem..." Ele olhou para o relógio. "Estamos aqui há mais de dez minutos e você ainda não me perguntou sobre meu pai — o que provavelmente é um recorde."

"Então, você está me dizendo que as mulheres o tratam bem por causa de quem você é?"

Ele fez uma careta. "Essa doeu."

"Você se lembra por que estamos tendo esta reunião?"

"Meu Deus, você faz a coisa parecer tão formal."

"Se você quiser ver o que é 'formal', podemos continuar conversando em Gayfield Square."

Ele levantou uma sobrancelha. "Seu apartamento?"

"Minha delegacia", ela corrigiu.

"Porra, que dureza."

"Eu estava pensando a mesma coisa."

"Preciso de um cigarro", Cater disse. "Você fuma?" Siobhan fez que não com a cabeça e ele olhou para outro lugar. Mais um cliente tinha chegado, pegando a mesa em frente à deles e espalhando sobre ela o jornal da tarde. Cater olhou para o maço de cigarros pousado ao lado do jornal. "Com licença", ele disse em voz alta. "Será que você poderia me arranjar um cigarro?"

"Não, não posso", disse o homem. "Preciso de cada um deles." E voltou para sua leitura. Cater virou-se para Siobhan.

"Clientela simpática."

Siobhan deu de ombros. Não ia contar a ele que havia uma máquina de venda de cigarros ao lado dos banheiros.

"O esqueleto", ela lembrou.

"O que tem?" Ele se inclinou para trás, como se desejasse estar em outro lugar.

"Você o pegou do lado de fora do escritório do professor Gates."

"E daí?"

"Eu gostaria de saber como ele foi acabar embaixo de um piso de concreto no Fleshmarket Close."

"Eu também", ele bufou. "Talvez eu pudesse vender a ideia ao meu pai para fazer uma minissérie."

"Depois que você o pegou...", Siobhan prosseguiu.

Ele rodou o copo, produzindo um novo colarinho no topo da caneca. "Você pensou que eu fosse fácil — uma bebida e você acha que eu vou entregar o ouro?"

"Tem razão..." Siobhan começou a se levantar.

"Pelo menos termine sua bebida", protestou ele.

"Não, obrigada."

Ele girou a cabeça para a esquerda e para a direita. "Está bem, já entendi..." Fez um gesto com o braço. "Sente-se e eu conto o que você quer saber." Ela hesitou e então puxou a cadeira à frente dele. Ele empurrou o copo na direção dela. "Meu Deus", disse ele, "você é uma verdadeira rainha do drama."

"Tenho certeza de que você também é." Ela levantou o copo com água tônica. Ao entrar no bar, Cater tinha pedido para ela um gim-tônica, mas ela conseguiu sinalizar para Harry não pôr o gim. Um copo só com tônica foi o que ela recebeu — razão pela qual a rodada tinha sido tão barata...

"Se eu contar, podemos pedir alguma coisa pra comer depois?" Ela olhou para ele. "Estou faminto", ele insistiu.

"Há um ótimo bar de peixe com batatas fritas na Broughton Street."

"Fica perto do seu apartamento? Poderíamos pedir para viagem e ir para lá..."

Dessa vez ela foi obrigada a sorrir. "Você não desiste, não é?"

"Não, a menos que eu tenha muita, *muita* certeza."

"Certeza de quê"

"De que a mulher não está interessada." Ele deu um enorme sorriso para ela. Nesse momento, atrás dela, o homem da mesa seguinte pigarreou ao virar mais uma página do jornal.

"Vamos ver", foi a resposta dela. E depois: "Então me conte sobre os ossos de Mag Lennox...".

Ele olhou para o teto, relembrando. "A velha e querida Mags..." Então se interrompeu. "Isto é extraoficial, não é?"

"Não se preocupe."

"Bem, você está certa, claro... nós decidimos pegar a Mags 'emprestada'. Fomos a uma festa e achamos que seria divertido se Mags fosse a convidada de honra. Copiei a ideia de uma festa de um estudante de veterinária: ele tirou escondido um cachorro morto do laboratório e o deixou sentado em sua banheira, aí toda vez que alguém precisava..."

"Já entendi."

Ele deu de ombros. "Foi a mesma coisa com Mags. Nós a sentamos em uma cadeira na cabeceira da mesa durante o jantar. Mais tarde, acho que até dançamos com ela. Foi apenas um pouco de humor, minha senhora. Planejávamos levá-la de volta depois..."

"Mas não fizeram isso."

"Bem, quando a gente acordou na manhã seguinte, ela tinha ido embora por vontade própria."

"Não acho que fosse possível."

"O.k., então, alguém saiu com ela."

"E com o bebê também. Vocês o pegaram quando o departamento o jogou fora?" Ele assentiu com a cabeça. "Chegaram a descobrir quem os levou?"

Ele fez que não com a cabeça. "Havia sete para jantar, mas depois disso a festa propriamente dita começou, e devia ter umas vinte, trinta pessoas lá. Poderia ter sido qualquer uma delas."

"Algum suspeito em potencial?"

Ele pensou naquilo. "Pippa Greenlaw levou um sujeito meio grosseirão. Acabou sendo um caso de uma noite só, depois nunca mais ouvimos falar nele."

"Ele tinha um nome?"

"Acho que sim." Ele olhou para ela. "Mas provavelmente não tão sexy quanto o seu."

"E quanto a Pippa? Ela também é médica?"

"Nossa, não. Trabalha em relações públicas. Pensando bem, foi assim que ela conheceu aquele namorado. Ele era jogador de futebol." Cater fez uma pausa. "Bem, ele queria ser jogador de futebol."

"Você tem o telefone dela?"

"Em algum lugar... talvez não esteja atualizado..." Ele se inclinou para a frente. "É claro que eu não tenho aqui comigo. Acho que isso significa que vamos precisar de outro encontro."

"O que isso significa é que você vai me ligar e me dizer o número." Ela entregou seu cartão. "Pode deixar recado na delegacia se eu não estiver."

O sorriso dele suavizou enquanto a estudava, virando a cabeça de um lado para o outro.

"O que foi?", perguntou ela.

"Só estou querendo saber quanto dessa representação de Dama do Gelo é apenas isso — uma representação. Em algum momento você sai da personagem?" Ele estendeu a mão sobre a mesa e segurou o pulso de Siobhan, levando-o aos lábios. Ela puxou o braço com força. Ele sentou-se novamente, parecendo satisfeito.

"Fogo e gelo", refletiu. "Uma boa combinação."

"Quer ver outra boa combinação?", perguntou o homem da mesa em frente, dobrando e fechando seu jornal. "Que tal um soco no rosto e um chute na bunda?"

"Porra, é o Sir Galahad!", disse Cater, rindo. "Desculpe, amigo, não há donzelas por aqui precisando dos seus serviços."

O homem estava em pé, no meio da sala apertada. Siobhan levantou-se, impedindo que visse Cater.

"Tudo bem, John", disse ela. Então, para Cater: "Acho melhor você ir embora".

"Você conhece esse primata?"

"É um dos meus colegas", confirmou Siobhan.

Rebus esticou o pescoço para encarar Cater. "É melhor você conseguir esse número de telefone para ela, meu chapa. E chega do seu papo furado."

Cater estava em pé. De propósito, terminou sua bebida bem

devagar. "Foi uma noite deliciosa, Siobhan... Deveríamos repeti-la em algum momento, com ou sem o show do macaco."

Harry, o barman, estava na porta. "O Aston lá fora é seu, amigo?"

A expressão no rosto de Cater suavizou. "Lindo carro, não?"

"Isso eu não sei, mas algum freguês confundiu o carro com um banheiro..."

Cater engasgou e desceu correndo os degraus em direção à saída. Harry deu uma piscadela e voltou para o bar. Siobhan e Rebus trocaram um olhar, depois um sorriso.

"Idiota bajulador", comentou Rebus.

"Talvez você também fosse assim se tivesse um pai como o dele."

"Um riquinho metido desde que nasceu, eu diria."

Rebus sentou-se à sua mesa, Siobhan virou a cadeira para ficar de frente para ele.

"Talvez seja apenas a representação *dele*."

"Como a sua 'Dama de Gelo'?"

"E o seu sr. Zangado."

Rebus piscou e levou o copo à boca. Ela já havia notado como ele abria a boca quando bebia — como se atacasse o líquido, mostrando os dentes. "Quer mais?", perguntou ela.

"Tentando adiar o momento da safadeza?", ele brincou. "Bem, por que não? Há de ser mais barato aqui do que lá."

Ela trouxe as bebidas. "Como foi em Whitemire?"

"Como era de esperar. Ellen Wylie adorou cada segundo." Ele descreveu a visita, que terminou com Wylie e o guarda. "Por que você acha que ela fez isso?"

"Uma sensibilidade inerente diante de injustiças?", sugeriu Siobhan. "Talvez ela descenda de imigrantes."

"Assim como eu, você quer dizer?"

"Parece que me lembro de você dizendo que veio da Polônia."

"Eu não: meu avô."

"Você provavelmente ainda tem família lá."

"Só Deus sabe."

"Bem, não se esqueça que eu sou uma imigrante também. Meus pais são ingleses... criados ao sul da fronteira."

"Mas você nasceu aqui."

"E fui levada novamente antes de tirar as fraldas."

"Ainda assim você é escocesa; pare de tentar escapar disso."

"Só estou dizendo..."

"Somos uma nação mestiça, sempre fomos. Colonizada pelos irlandeses, estuprada e saqueada pelos vikings. Quando eu era criança, todos os lugares para comer peixe com batatas fritas pareciam administrados por italianos. Meus colegas de classe tinham sobrenomes poloneses e russos..." Ele olhou para o copo. "Não me lembro de ninguém sendo esfaqueado por causa disso."

"Mas você cresceu em um vilarejo."

"E daí?"

"Daí que talvez Knoxland seja diferente, é só o que estou dizendo."

Ele concordou com a cabeça, terminou sua bebida. "Vamos", disse.

"Eu ainda tenho meio copo."

"Está perdendo a coragem, sargento-detetive Clarke?"

Ela reclamou, mas se levantou mesmo assim.

"Você já foi a um desses lugares?"

"Algumas vezes", ele admitiu. "Despedidas de solteiro."

Eles tinham estacionado o carro na Bread Street, em frente a um dos hotéis mais chiques da cidade. Rebus se perguntou o que os visitantes pensavam quando saíam de sua suíte e caíam no triângulo púbico. A área se estendia dos bares com shows da Tollcross e Lothian Road até a Lady Lawson Street. Bares anunciavam "os maiores peitos" da cidade, "dança em mesa VIP" e "ação ininterrupta". Havia apenas uma sex shop discreta, e nenhum sinal de que alguma das senhoritas que andavam pelas ruas de Leith tivesse se mudado para lá.

"Isso me faz pensar no passado", Rebus admitiu. "Você não estava aqui na década de 1970, estava? Dançarinas nos pubs na hora do almoço... um cinema pornô perto da universidade..."

"Fico feliz em ver você assim tão nostálgico", disse Siobhan com frieza.

O destino deles era um pub reformado que ficava do outro lado da rua, em frente a uma loja abandonada. Rebus conseguiu se lembrar de vários nomes anteriores: The Laurie Tavern, The Wheaten Inn, The Snakepit. Mas agora era o Nook. Um luminoso em sua janela escurecida proclamava o lugar como "a sua primeira transa na cidade" e oferecia "filiação imediata como membro 'ouro'". Dois seguranças protegiam a porta contra bêbados e clientes indesejáveis. Ambos estavam acima do peso e tinham a cabeça raspada. Vestiam ternos pretos idênticos e camisas pretas abertas no pescoço, e usavam fones de ouvido que os alertariam sobre qualquer problema lá dentro.

"Casmurro e Casburro", disse Siobhan em voz baixa.

Eles olhavam para ela e não para Rebus, uma vez que as mulheres não faziam parte do público-alvo do estabelecimento.

"Desculpe, nada de casais", alertou um deles.

"Oi, Bob", Rebus disse. "Há quanto tempo você saiu?"

O segurança levou um momento para reconhecê-lo. "Está com ótima aparência, sr. Rebus."

"Você também: deve estar usando o ginásio da prisão em Saughton." Rebus virou-se para Siobhan. "Deixe eu te apresentar Bob Dodds. Bob estava cumprindo pena de seis anos por agressão."

"Reduzida por recurso", acrescentou Dodds. "E o desgraçado mereceu."

"Ele tinha deixado a sua irmã... foi isso, não foi? Você foi pra cima dele com um taco de basebol e uma faca Stanley. E aqui está você agora, exuberante." Rebus sorriu. "E exercendo uma função útil para a sociedade."

"Você é policial?", perguntou o outro segurança, finalmente se dando conta.

"Eu também", disse Siobhan. "E isso significa que, casais ou não casais, vamos entrar."

"Vocês querem falar com o gerente?", Dodds perguntou.

"Essa é a ideia geral."

Dodds enfiou a mão no bolso do casaco e tirou de lá um walkie-talkie. "Porta para escritório."

Houve alguma estática, então uma resposta crepitou. "O que é agora, porra?"

"Dois policiais querem vê-lo."

"Eles estão atrás de grana ou o quê?"

Rebus tirou o walkie-talkie de Dodds. "Queremos apenas conversar discretamente. Mas se está nos oferecendo suborno, isso é algo que vamos ter que discutir na delegacia..."

"Foi brincadeira, porra. O Bob traz vocês até aqui."

Rebus devolveu o walkie-talkie. "Acho que isso nos torna membros 'ouro'", disse.

Depois da porta, havia uma divisória fina, construída para impedir que qualquer um visse o que acontecia ali antes de pagar a entrada. A recepção consistia de uma mulher de meia-idade com uma caixa registradora antiga. O carpete era vermelho e roxo, as paredes pretas, com filamentos minúsculos de iluminação cujo objetivo era tanto se parecer com um céu noturno quanto dissuadir os clientes de examinar em detalhes os preços e as quantidades. O bar era bem parecido com o que Rebus se lembrava dos dias em que se chamava Laurie Tavern. No entanto não havia chope, apenas uma variedade de cervejas engarrafadas, mais rentáveis. Um pequeno palco tinha sido construído no centro do salão, duas barras prateadas brilhantes se estendiam dele até o teto. Uma mulher jovem de pele escura dançava ao som de uma música instrumental extremamente alta, observada por talvez meia dúzia de homens. Siobhan notou que ela mantinha os olhos fechados o tempo todo, concentrada na música. Dois homens estavam sentados em um sofá próximo, enquanto outra mulher dançava de topless entre eles. Uma seta indicava o caminho para uma "cabine privada VIP", protegida do resto da sala por cortinas pretas. Três executivos de terno estavam sentados em bancos no balcão do bar, dividindo uma garrafa de champanhe.

"A coisa anima mais tarde", Dodds disse a Rebus. "O lugar enlouquece no fim de semana..." Ele os conduziu pelo salão e, parando diante de uma porta marcada com um "Particular", apertou alguns números no teclado na parede. Ele abriu a porta e fez um sinal para que entrassem.

Eles estavam em um corredor curto e estreito, com uma porta no final. Dodds bateu na porta e esperou.

"Entra, fazer o quê?", gritou a voz do lado de dentro. Rebus fez um sinal com a cabeça para dizer a Dodds que eles poderiam seguir sem ele dali em diante. Então girou a maçaneta.

O escritório não era muito maior do que um quarto de despejo, e o espaço que havia fora preenchido ao máximo. As prateleiras vergavam sob a papelada e as diversas peças de equipamentos descartados — havia de tudo, de uma bomba de cerveja desconectada até uma máquina de escrever elétrica de esfera. Revistas estavam empilhadas no chão de linóleo: principalmente revistas que falavam de comércio. A metade inferior de um bebedouro tornou-se um suporte para coleções de bolachas de cerveja plastificadas. Um cofre verde de aparência respeitável estava aberto, revelando caixas de canudinhos plásticos e pacotes de guardanapos de papel.

Havia uma pequena janela com grades atrás da mesa, e Rebus deduziu que ela forneceria um mínimo de luz natural durante o dia. O espaço de parede disponível estava cheio de recortes de jornais emoldurados: fotos tiradas por paparazzi de homens que saíam do Nook. Rebus reconheceu alguns jogadores de futebol cujas carreiras haviam terminado.

O homem sentado à mesa estava na casa dos trinta. Usava uma camiseta branca justa, que dava definição ao torso e aos braços musculosos. O rosto se mostrava bronzeado, o cabelo preto cortado rente. Não usava joias, além de um relógio de ouro com mais mostradores do que o necessário. Seus olhos azuis brilhavam, mesmo sob a luz fraca do ambiente. "Stuart Bullen", disse, estendendo a mão, sem se preocupar em ficar de pé.

Rebus apresentou-se, em seguida Siobhan. Apertos de mão concluídos, Bullen pediu desculpas pela falta de cadeiras.

"Não há espaço para elas", disse, encolhendo os ombros.

"Estamos bem de pé, sr. Bullen", assegurou Rebus.

"Como podem ver, o Nook não tem nada a esconder... o que torna a visita de vocês ainda mais intrigante."

"Seu sotaque não é daqui, sr. Bullen", Rebus comentou.

"Sou da Costa Oeste."

Rebus assentiu. "Parece que conheço o nome..."

A boca de Bullen se contraiu. "Para lhe evitar o esforço de ficar pensando muito, isso mesmo, meu pai era Rab Bullen."

"Um gângster de Glasgow", Rebus explicou a Siobhan.

"Um *empresário* respeitado", Bullen corrigiu.

"Que morreu quando alguém disparou contra ele à queima-roupa em frente à porta de sua própria casa", Rebus acrescentou. "Quando foi, cinco, seis anos atrás?"

"Se eu soubesse que vocês queriam falar sobre meu pai..." Bullen encarou Rebus com uma expressão dura.

"Não queremos", interrompeu Rebus.

"Estamos procurando uma garota, sr. Bullen", Siobhan disse. "Uma fugitiva chamada Ishbel Jardine." Ela entregou-lhe a fotografia. "Quem sabe o senhor a tenha visto?"

"E por que eu a teria visto?"

Siobhan deu de ombros. "Ela pode ter precisado de dinheiro. Soubemos que o senhor andou contratando dançarinas."

"Todas as boates da cidade estão contratando dançarinas." Foi a vez dele de dar de ombros. "Elas vêm e vão... Todas as minhas dançarinas são maiores de idade, vejam bem, e só estão aqui para dançar."

"Mesmo na cabine VIP?", Rebus perguntou.

"Estamos falando de donas de casa e estudantes... mulheres que precisam de um pouco de dinheiro fácil."

"O senhor poderia olhar a foto, por favor?", disse Siobhan. "Ela tem dezoito anos e seu nome é Ishbel."

"Nunca a vi na minha vida." Ele devolveu a foto. "Quem disse que eu estava contratando?"

"Foi a informação que recebemos", Rebus explicou.

"Vi você olhando para a minha pequena coleção." Bullen acenou para as fotos na parede. "Este é um lugar de classe, gostamos de pensar que estamos um pouco acima das outras boates da região. Isso significa que somos exigentes com as meninas que empregamos. Nossa tendência é não aceitar viciadas."

"Ninguém disse que ela era viciada. E duvido muito que este porão possa ser descrito como 'um lugar de classe'."

Bullen recostou-se na cadeira para examinar Rebus melhor. "Você não deve estar muito longe de se aposentar, inspetor. Estou ansioso pelo dia em que vou poder lidar apenas com policiais como sua colega." Sorriu na direção de Siobhan. "A perspectiva é muito mais agradável."

"Há quanto tempo você tem este lugar?", Rebus perguntou. Ele tirou o maço de cigarros do bolso.

"Não fume aqui", disse-lhe Bullen. "Risco de incêndio." Rebus hesitou e, em seguida, guardou o maço. Bullen acenou com a cabeça em agradecimento. "Respondendo à sua pergunta: quatro anos."

"O que o fez sair de Glasgow?"

"Bem, o assassinato do meu pai pode lhe dar uma pista."

"Eles nunca pegaram o assassino, não é?"

"Esse 'eles' não deveria ser 'nós'?"

"A polícia de Glasgow e a de Edimburgo são completamente diferentes."

"Quer dizer que vocês teriam tido mais sorte?"

"Sorte não tem nada a ver com isso."

"Bem, inspetor, se isso é tudo o que veio me dizer... Tenho certeza de que vocês têm outros estabelecimentos para visitar."

"Se importa se falarmos com as meninas?", Siobhan perguntou de repente.

"Para quê?"

"Só para mostrar-lhes a foto. Elas usam um camarim?"

Ele assentiu com a cabeça. "Atrás da cortina preta. Mas elas só vão para lá entre um turno e outro."

"Então vamos falar com elas onde nós as encontrarmos."

"Se você acha mesmo necessário...", disse Bullen rispidamente.

Ela se virou para sair, mas parou de súbito. Havia uma jaqueta de couro preta pendurada atrás da porta. Ela esfregou a gola entre os dedos. "Que carro você dirige?", perguntou abruptamente.

"O que você tem a ver com isso?"

"É uma pergunta bastante simples, mas se você quiser fazer isso da maneira mais difícil..." Ela olhou furiosa para ele.

Bullen soltou um suspiro. "Uma BMW X5."

"Parece esportivo."

Bullen bufou. "É um off-road, um 4×4. Parece um enorme tanque de guerra, isso sim."

Ela assentiu, indicando que entendia. "São carros que os homens compram quando sentem necessidade de compensar alguma coisa..." E, dizendo isso, ela saiu. Rebus sorriu para Bullen.

"Como você a classifica, agora, naquela sua 'perspectiva muito mais agradável'?"

"Eu conheço você", disse Bullen, sacudindo um dedo. "Você é o policial que Ger Cafferty mantém no bolso."

"É mesmo?"

"É o que todo mundo diz."

"Então não posso questionar isso, posso?"

Rebus virou as costas e foi atrás de Siobhan. Concluiu que fez bem em não aceitar a provocação daquele idiota. Big Ger Cafferty tinha sido por muitos anos o rei do submundo de

Edimburgo. Hoje levava uma vida mais tranquila — pelo menos na superfície. Mas, em se tratando de Cafferty, era sempre uma incógnita. De fato, Rebus o conhecia. Na verdade, Bullen tinha acabado de dar a Rebus uma ideia, porque se havia um homem que poderia saber o que diabos um delinquente de Glasgow como Stuart Bullen estava fazendo no outro lado do país, longe de seu covil natural, esse homem era Morris Gerald Cafferty.

Siobhan estava sentada em uma banqueta no bar; os executivos haviam passado para uma mesa. Rebus se juntou a ela, o que tranquilizou o barman: ele provavelmente nunca tinha servido uma mulher sozinha.

"Uma garrafa da sua melhor cerveja", disse Rebus. "E o que a senhorita aqui quiser."

"Uma coca diet", ela pediu ao barman. Ele trouxe as bebidas.

"Seis libras", disse ele.

"O sr. Bullen disse que seria por conta da casa", Rebus informou com uma piscadela. "Ele quer nos adoçar."

"Você já viu esta garota por aqui?", Siobhan perguntou, segurando a fotografia.

"Parece familiar... mas tem um monte de garotas que se parecem com essa."

"Qual é seu nome, filho?", Rebus perguntou.

O barman se irritou com o uso de "filho". Ele tinha vinte e poucos anos, atarracado, nervoso. Camiseta branca, talvez tentando imitar o estilo do chefe. Cabelo espetado com gel. Usava um fone de ouvido igual ao dos seguranças. Na outra orelha, havia dois brincos.

"Barney Grant."

"Trabalha aqui há muito tempo, Barney?"

"Alguns anos."

"Num lugar como este, esse tempo sem dúvida o qualifica como um veterano."

"Ninguém está aqui há mais tempo do que eu", Grant concordou.

"Aposto que você já viu algumas coisas."

Grant assentiu. "Mas o que eu não vi todo esse tempo é Stuart oferecendo alguma bebida de graça." Ele estendeu a mão. "Seis libras, por favor."

"Admiro sua persistência, filho." Rebus entregou o dinheiro. "De onde é o seu sotaque?"

"Australiano. E vou dizer uma coisa: tenho boa memória para rostos, e acho que conheço o seu."

"Eu estive aqui há alguns meses... Despedida de solteiro. Não fiquei muito tempo."

"Então, voltando a Ishbel Jardine", Siobhan insistiu, "você acha que talvez já a tenha visto?"

Grant olhou para a foto novamente. "Pode não ter sido aqui. Há muitas boates e pubs... Poderia ter sido em qualquer outro lugar." Ele levou o dinheiro ao caixa. Siobhan se virou para avaliar o que estava acontecendo no salão e quase desejou não ter feito isso. Uma das dançarinas levava um dos executivos para a cabine VIP. Outra, a que ela tinha visto antes concentrada na música, deslizava para cima e para baixo na barra prateada, sem a tanga.

"Meu Deus, isso é sórdido", ela comentou com Rebus. "O que diabos isso faz com vocês?"

"Deixa a carteira mais leve", respondeu ele.

Siobhan virou-se para Grant de novo. "Quanto elas cobram?"

"Dez libras por dança. Dura alguns minutos, e eles não podem tocar nelas."

"E na cabine VIP?"

"Isso eu não posso contar."

"Por que não?"

"Nunca entrei lá. Quer outra bebida?" Ele apontou para o copo de Siobhan, que tinha a mesma quantidade de gelo de quando ela se sentou no bar, mas sem refrigerante dentro.

"Truque do comércio", Rebus disse. "Quanto mais gelo, menos espaço há para a bebida real."

"Não, obrigada, estou bem assim", disse ela a Grant. "Você acha que algumas meninas falariam com a gente?"

"E por que fariam isso?"

"E se eu deixar a foto com você... você mostraria para elas?"

"Posso fazer isso."

"E o meu cartão." Ela o entregou com a fotografia. "Me telefone se houver alguma notícia."

"O.k." Ele colocou os dois itens sob o balcão do bar. Então, para Rebus: "E você? Quer mais um?".

"Não por esse preço, Barney. Mesmo assim, obrigado."

"Lembre-se", Siobhan disse, "ligue para mim." Ela deslizou do banco e se dirigiu para a saída. Rebus tinha parado para analisar outra sequência de fotos emolduradas — cópias dos recortes de jornais do escritório de Bullen. Bateu com o indicador em uma delas. Siobhan olhou mais de perto: Lex Cater e seu pai, o astro de cinema, os rostos tornados fantasmagoricamente brancos pelo flash do fotógrafo. Gordon Cater tinha levantado a mão diante do rosto, mas tarde demais. Seus olhos pareciam assombrados, porém seu filho estava sorrindo, feliz por ter sua imagem registrada para a posteridade.

"Olhe a legenda", Rebus disse a ela. Cada recorte vinha acompanhado de uma tarja onde se lia "exclusivo", e abaixo dos títulos estava o mesmo nome em negrito: Steve Holly.

"Engraçado como ele está sempre no lugar certo e na hora certa", disse Siobhan.

"É, com certeza", Rebus concordou.

Lá fora, ele fez uma pausa para acender um cigarro. Siobhan continuou andando, destravou o carro e entrou, sentando-se com as mãos agarradas ao volante. Rebus caminhou devagar, tragando profundamente. Havia ainda meio cigarro quando chegou ao Peugeot, mas ele o jogou na rua e entrou no lado do passageiro.

"Eu sei o que você está pensando", disse ele.

"Sabe?" Ela sinalizou para se afastar do meio-fio.

Rebus se virou para ela. "Há mais de um tipo de mercado de carne", afirmou. "Por que você perguntou sobre o carro dele?"

Siobhan pensou na resposta. "Porque ele parecia um cafetão", disse ela, as palavras de Rebus ecoando em sua mente: *Há mais de um tipo de mercado de carne...**

---

* Jogo de palavras com o local do crime, Fleshmarket Close, e *flesh market*, literalmente "mercado de carne", mas de carne humana ("flesh"). (N. T.)

QUARTO DIA
Quinta-feira

11.

Na manhã seguinte, Rebus tinha voltado a Knoxland. Algumas faixas e cartazes do dia anterior espalhavam-se pelo chão, suas palavras de ordem obscurecidas por pegadas. Rebus estava na Portakabin, bebendo um café que ele havia trazido e acabando de ler o jornal. O nome de Stef Yurgii havia sido revelado à mídia na noite anterior em uma coletiva para a imprensa. Ele foi mencionado apenas uma vez no tabloide de Steve Holly, enquanto Mo Dirwan conseguiu alguns parágrafos. Havia também uma série de fotos de Rebus: derrubando o rapaz no chão, sendo proclamado herói por um Dirwan de braços levantados, e observado por seguidores de Dirwan. A manchete — quase certo que obra do próprio Holly — era uma única palavra: PEDRA!

Rebus jogou o jornal no lixo, ciente de que havia toda a probabilidade de alguém pegá-lo novamente. Encontrou um copo de café frio pela metade e derramou o conteúdo sobre o jornal, sentindo-se melhor. Seu relógio dizia que eram nove e quinze. Um pouco antes, havia pedido que uma viatura fosse até Portobello. Pelos seus cálculos, ela chegaria a qualquer momento. A Portakabin estava quieta. O conselho dos sábios tinha decidido que era imprudente manter um computador em Knoxland, então todos os depoimentos da investigação porta a porta estavam sendo examinados em Torphichen. Caminhando até a janela, Rebus recolheu alguns cacos de vidro de uma pilha. Apesar da grade, a janela tinha sido quebrada com algum tipo de haste ou vara fina de metal. Alguma coisa pegajosa havia, então, sido pulverizada através da janela, manchando o chão e a área próxima à mesa. Para adicionar um toque final, a palavra SUJEIRA fora pichada com spray em cada espaço disponível no lado de fora. Rebus sabia que a janela seria consertada até o fim do dia. Na verdade, a Portakabin poderia até ser considerada um adicional. Eles recolhiam o que podiam, reuniam as evidências que estivessem disponíveis. Rebus sabia que Shug Davidson tinha uma estratégia central: envergonhar a comunidade até alguém apontar o dedo. Então, talvez as histórias de Holly não fossem algo tão ruim.

Bem, era agradável pensar assim, mas Rebus duvidava que houvesse muitas pessoas em Knoxland lendo sobre racismo e se indignando. No entanto, Davidson contava que apenas uma visse a luz; uma testemunha era tudo de que precisavam.

Um nome.

Havia o sangue; uma arma da qual se livrar; roupas para serem queimadas ou jogadas fora. Alguém sabia. Uma pessoa escondida em um daqueles blocos, com sorte, podia estar sentindo a culpa roer-lhe a alma.

Alguém sabia.

Rebus tinha ligado para Steve Holly logo cedo e perguntado como é que ele sempre parecia estar em frente ao Nook quando uma celebridade saía de lá cambaleando.

"Apenas um bom jornalismo investigativo. Mas você está falando de uma história antiga."

"Como assim?"

"Quando o lugar abriu, ele foi badalado durante meses. Essas fotos foram tiradas nessa época. Você vai lá com frequência?"

Rebus tinha desligado sem responder.

Agora ouvia um carro se aproximando, olhou através do

vidro rachado e o viu. Permitiu-se um pequeno sorriso enquanto terminava seu café.

Saiu para encontrar Gareth Baird acenando com a cabeça para dois policiais uniformizados que o tinham levado até lá.

"Bom dia, Gareth."

"Qual é a jogada?" Gareth cravou os punhos nos bolsos. "Assédio, é isso?"

"Nem um pouco. É que você é uma testemunha valiosa. Lembre-se, *você* é o único que conhece a aparência da amiga de Stef Yurgii."

"Porra, eu mal notei ela!"

"Mas foi ela que falou", Rebus disse calmamente. "E tenho um pressentimento de que você a reconheceria se a visse de novo."

"Você quer que eu faça um retrato falado, não é?"

"Isso fica para depois. Neste momento, você está indo fazer um reconhecimento com esses dois policiais."

"Um reconhecimento?"

"Porta a porta. Para lhe dar um gostinho do que é o trabalho da polícia."

"Quantas portas?" Gareth examinava os blocos de apartamentos.

"Todas."

Ele olhou para Rebus, olhos arregalados, como um moleque flagrado com a mais frágil das evidências.

"Quanto mais cedo começar..." Rebus bateu no ombro do jovem. Então, para os policiais: "Levem-no, rapazes".

Vendo Gareth marchar, de cabeça baixa, até o primeiro bloco, imprensado pelos dois policiais, Rebus sentiu uma ligeira satisfação. Era bom saber que o trabalho ainda podia oferecer alguns benefícios extras...

Mais dois carros estavam chegando: Davidson e Wylie em um, Reynolds em outro. Provavelmente tinham vindo de Torphichen em comboio. Davidson carregava consigo o jornal da manhã, aberto em PEDRA!

"Viu isso?", perguntou.

"Eu não me rebaixaria a tanto, Shug."

"Por que não?" Reynolds sorriu. "Você é o novo herói dos 'cabeças de toalha'."

O rosto de Davidson enrubesceu. "Mais um comentário desses, Charlie, e eu te denuncio. Fui claro?"

Reynolds endireitou as costas. "Foi um lapso da minha parte, senhor."

"Você tem lapsos demais. Não deixe acontecer novamente."

"Sim, senhor."

Davidson deixou o silêncio pairando no ar por um momento, e então achou que tinha sido convincente. "Há alguma coisa útil que você poderia fazer?"

Reynolds relaxou um pouco. "Tenho uma informação. Uma mulher em um dos apartamentos ofereceu um bule de chá e biscoitos."

"Ah, é?"

"Conheci ontem, senhor. Ela disse que não se importaria de nos fazer um bule quando quiséssemos."

Davidson assentiu. "Então vá buscar." Reynolds fez menção de sair. "Ah, e Charlie... O tempo está correndo; não fique muito confortável por lá..."

"Serei profissional, senhor, não se preocupe." Olhou Rebus de soslaio quando passou por ele.

Davidson voltou-se para Rebus. "Quem é que estava saindo daqui com os policiais uniformizados?"

Rebus acendeu um cigarro. "Gareth Baird. Ele vai ver se a amiga da vítima está se escondendo atrás de uma dessas portas."

"Uma agulha em um palheiro", Davidson comentou.

Rebus apenas deu de ombros. Ellen Wylie tinha desaparecido no interior da Portakabin. Somente agora Davidson estava percebendo a palavra pichada por toda parte. "Sujeira, é? Sempre pensei que as pessoas que nos chamam disso é que *são* isso." Puxou o cabelo para trás da testa, coçando o couro cabeludo. "Mais alguma coisa hoje?"

"A esposa da vítima vai identificar o corpo. Pensei em talvez participar." Ele fez uma pausa. "A menos que você queira ir."

"Ela é toda sua. Então não há nada esperando por você lá em Gayfield?"

"Nem mesmo uma mesa adequada."

"Eles estão esperando que você entenda a dica?"

Rebus assentiu. "Você acha que eu deveria?"

Davidson pareceu cético. "O que espera por você quando se aposentar?"

"Uma doença hepática, provavelmente. Já depositei a entrada…"

Davidson sorriu. "Bem, eu diria que ainda temos pouca gente, o que significa que estou feliz por você estar aqui." Rebus ia dizer algo — "Obrigado" talvez —, mas Davidson levantou um dedo. "Contanto que você não saia da linha, entendeu?"

"Totalmente, Shug."

Os dois homens se voltaram ao ouvir um berro repentino vindo de dois andares acima: "Bom dia para você, inspetor!". Era Mo Dirwan acenando para Rebus do corredor. Rebus acenou sem muito entusiasmo, mas depois se lembrou que tinha algumas perguntas para o advogado.

"Fique aí, já estou indo!", gritou.

"Estou no apartamento 202."

"Dirwan está trabalhando para a família Yurgii", Rebus lembrou a Davidson. "Tenho algumas coisas que preciso esclarecer com ele."

"Não vou impedi-lo." Davidson pôs a mão no ombro de Rebus. "Mas chega de fotos no jornal, hein?"

"Não se preocupe, Shug, não vai haver."

Rebus pegou o elevador para o segundo andar e caminhou até a porta 202. Olhando para baixo, viu Davidson ainda avaliando os danos na área externa da Portakabin. Não havia sinal de Reynolds com o chá prometido.

Como viu a porta entreaberta, Rebus entrou. O lugar estava acarpetado com o que pareciam ser retalhos de tapete. Havia uma vassoura apoiada na parede do vestíbulo. Um problema de encanamento deixara uma grande mancha marrom no teto creme.

"Aqui", Dirwan chamou. Ele estava sentado em um sofá na sala. Ali também viu as janelas congeladas pela condensação do ar. As duas barras do aquecedor elétrico brilhavam. Música étnica tocava suavemente em um gravador. Um casal de idosos estava em pé na frente do sofá.

"Sente-se comigo", disse Dirwan, batendo na almofada ao lado dele com uma das mãos, a outra segurando firme um pires com uma xícara. Rebus sentou-se, o casal se curvou ligeiramente ao ver seu sorriso de saudação. Foi só quando estava sentado que percebeu não haver outras cadeiras, portanto não havia alternativa para o casal a não ser ficar em pé ali. E isso não parecia incomodar o advogado.

"O sr. e a sra. Singh estão aqui há onze anos", ele dizia. "Mas não vão ficar por muito mais tempo."

"Sinto muito saber disso", observou Rebus.

Dirwan riu. "Eles não estão sendo deportados, inspetor: o filho deles tem se saído muito bem no mundo dos negócios. Casa grande em Barnton..."

"Cramond", o sr. Singh corrigiu, referindo-se a uma das melhores áreas da cidade.

"Casa grande em Cramond", o advogado continuou. "Os dois estão indo morar com ele."

"Em um apartamento separado", disse a sra. Singh, parecendo ter prazer nas palavras. "Gostaria de chá ou café?"

"Não, muito obrigado, já tomei", disse Rebus se desculpando. "Mas preciso dar uma palavra com o sr. Dirwan."

"Quer que saiamos?"

"Não, não... Vamos conversar lá fora." Rebus lançou um olhar significativo para Dirwan. O advogado entregou a xícara à sra. Singh.

"Diga a seu filho que lhe desejo tudo de melhor", ele gritou, sua voz parecendo desproporcionalmente mais inflamada que o necessário. O eco permaneceu na sala quando ele parou. Os Singh curvaram-se de novo e Rebus levantou-se.

Foram necessários apertos de mão antes de Rebus conseguir levar Dirwan ao corredor.

"Uma família adorável, sem dúvida", Dirwan disse depois que a porta se fechou. "Veja você, os imigrantes podem dar uma contribuição vital para a comunidade."

"Nunca duvidei disso. Você sabe que temos um nome para a vítima? Stef Yurgii."

Dirwan suspirou. "Só descobri hoje de manhã."

"Você não viu as fotos que colocamos nos tabloides?"

"Eu não leio a imprensa marrom."

"Mas você iria falar conosco para nos dizer que o conhecia?"

"Eu não o conhecia; conheço a esposa e os filhos."

"Não teve nenhum contato com ele? Ele não tentou mandar uma mensagem para a família?"

Dirwan fez que não com a cabeça. "Não através de mim. Eu não hesitaria em contar a você." Fixou os olhos em Rebus. "Você precisa confiar em mim, John."

"Apenas meus melhores amigos me chamam de John", Rebus avisou, "e confiança deve ser conquistada, sr. Dirwan." Fez uma pausa para que o outro refletisse sobre o que ele havia acabado de dizer. "Você não sabia que ele estava em Edimburgo?"

"Não."

"Mas está trabalhando no caso da esposa?"

O advogado concordou. "Não é certo, sabe: nós nos dizemos civilizados, mas não nos importamos em deixá-la apodrecer com os filhos em Whitemire. Você os viu?" Rebus assentiu. "Então você sabe: sem árvores, sem liberdade, o mínimo de educação e nutrição..."

"Mas nada a ver com esta investigação", Rebus sentiu necessidade de dizer.

"Meu Deus, não acredito no que ouvi! Você viu em primeira mão os problemas com o racismo neste país."

"Não parece que esteja prejudicando os Singh."

"Só porque eles sorriem, isso não significa nada." Parou de repente, começou a esfregar a nuca. "Eu não devia beber muito chá. Aquece o sangue, sabe?"

"Veja bem, aprecio o que está fazendo, conversando com todas essas pessoas..."

"No que diz respeito a isso, gostaria de saber o que descobri?"

"Claro."

"Andei batendo nas portas durante boa parte da noite de ontem e logo cedo hoje de manhã... Claro, nem todo mundo era relevante ou falou comigo."

"De qualquer maneira, obrigado por tentar."

Dirwan recebeu o agradecimento com um movimento de cabeça. "Você sabe que Stef Yurgii era jornalista no país dele?"

"Sim."

"Bem, as pessoas aqui, aquelas que tiveram contato com ele, não sabiam disso. No entanto, ele conseguia conhecer as pessoas, era bom em fazê-las falar; é da natureza de um jornalista, certo?"

Rebus concordou com a cabeça.

"Então", continuou o advogado, "Stef conversou com as pessoas sobre a vida delas, fez muitas perguntas sem revelar muito do seu próprio passado."

"Você acha que ele ia escrever sobre isso?"

"É uma possibilidade."

"E quanto à amiga dele?"

Dirwan balançou a cabeça. "Parece que ninguém sabe sobre ela. Claro que, com uma família em Whitemire, é possível que ele preferisse que a existência dela permanecesse em segredo."

Rebus assentiu novamente. "Mais alguma coisa?", perguntou.

"Por enquanto, não. Quer que eu continue perguntando?"

"Eu sei que é trabalhoso..."

"Pelo contrário! Estou desenvolvendo uma relação com este lugar e conhecendo pessoas que desejam formar uma coletividade."

"Como a de Glasgow?"

"Exatamente. As pessoas são mais fortes quando atuam juntas."

Rebus pensou naquilo. "Bem, boa sorte para você. E obrigado mais uma vez." Apertou a mão estendida, sem saber o quanto confiava em Dirwan. Afinal de contas, o homem era advogado; para além disso, tinha sua própria agenda.

Alguém vinha andando na direção deles. Rebus e Dirwan precisaram se mover para deixá-lo passar. Rebus reconheceu o jovem do dia anterior, o que estava com a pedra. O jovem olhou para os dois homens, inseguro sobre qual deles merecia mais o seu desprezo. Parou diante dos elevadores e apertou o botão.

"Ouvi dizer que você gosta de tatuagens", Rebus disse em voz alta. Ele acenou para Dirwan para indicar que a conversa deles tinha acabado. Em seguida, tentou se aproximar do jovem, que se afastou como se temesse alguma contaminação. Tal qual o rapaz, Rebus mantinha os olhos nas portas dos elevadores. Enquanto isso, Dirwan não obteve resposta no 203 e seguiu em frente para tentar o 204.

"O que você quer?", o jovem murmurou.

"Só estou passando o tempo. É o que os humanos fazem, sabe: comunicar-se uns com os outros."

"Foda-se."

"Outra coisa que fazemos: aceitar a opinião dos outros. Afinal, somos todos diferentes." Eles ouviram um som quando as portas do elevador esquerdo estremeceram e se abriram. Rebus fez menção de entrar, mas viu que o jovem ia ficar. Rebus agarrou-o pelo casaco, puxou-o para dentro e o segurou até que as portas se fechassem novamente. O jovem empurrou-o, tentou apertar o botão "Abrir Porta", mas era tarde demais. O elevador começava sua descida progressiva.

"Você gosta dos paramilitares?", Rebus continuou. "FUV, todas essas coisas?"

O jovem fechou bem a boca, os lábios sugados por trás dos dentes.

"Suponho que sirva como uma proteção", Rebus disse, como que para si mesmo. "Todo covarde precisa de algum tipo de escudo... Mais tarde essas tatuagens vão ficar encantadoras também, quando você estiver casado, com filhos... Vizinhos católicos e um chefe muçulmano..."

"É, tá bom, como se isso fosse mesmo acontecer."

"Um monte de coisa vai lhe acontecer que você não vai poder controlar, filho. Acredite em um veterano."

O elevador parou e as portas não se abriram tão rápido quanto o jovem gostaria, e ele começou a tentar abri-las, espremendo-se para sair. Rebus ficou olhando enquanto ele atravessava o parque infantil. Shug Davidson também estava observando da entrada da Portakabin.

"Confraternizando com os moradores?", perguntou.

"Alguns conselhos sobre estilo de vida", Rebus respondeu. "A propósito, qual é o nome dele?"

Davidson teve de pensar. "Howard Slowther... Chama a si mesmo de Howie."

"Idade?"

"Quase quinze. O pessoal da escola está atrás dele por cabular aulas. O jovem Howie está se perdendo em grande estilo." Davidson deu de ombros. "E não há porra nenhuma que a gente possa fazer sobre isso até ele fazer algo realmente estúpido."

"O que pode acontecer a qualquer momento", Rebus disse, olhos ainda na figura que se afastava depressa, seguindo-o enquanto descia a ladeira em direção ao viaduto.

"A qualquer momento", Davidson concordou. "Que horas você marcou no necrotério?"

"Às dez." Rebus olhou o relógio. "Está na hora de eu ir."

"Lembre-se: mantenha contato."

"Vou te enviar um cartão-postal, Shug: 'Queria que você estivesse aqui'."

12.

Siobhan não tinha nenhuma razão para pensar que o "cafetão" de Ishbel fosse Stuart Bullen: Bullen parecia muito jovem. Ele possuía uma jaqueta de couro, mas não um carro esportivo. Ela procurou uma foto de uma X5 na internet, e o carro era tudo, menos esportivo.

Por outro lado, ela fizera uma pergunta específica a Bullen: que carro ele dirigia? Talvez possuísse mais de um: a X5 para o dia a dia e outro que ficava na garagem, para noites e fins de semana. Valia a pena ir dar uma olhada? Deveria fazer outra visita ao Nook? Neste exato momento, ela achava que não.

Depois de ter se espremido em uma vaga na Cockburn Street, ela subia o Fleshmarket Close. Um casal de turistas de meia-idade estava olhando para a porta da adega. O homem tinha uma filmadora, a mulher um guia da cidade.

"Com licença", disse a mulher. Seu sotaque era das Midlands inglesas, talvez de Yorkshire. "Você sabe se aqui é onde os esqueletos foram encontrados?"

"É aqui mesmo", disse Siobhan.

"A guia da excursão nos falou sobre isso", explicou a mulher. "Ontem à noite."

"Um dos passeios de fantasmas?", Siobhan deduziu.

"Isso mesmo, querida. Ela nos disse que foi bruxaria."

"É mesmo?"

O marido já tinha começado a filmar a porta de madeira. Siobhan viu-se pedindo licença para passar. O pub ainda não estava aberto, mas ela contava que alguém estivesse lá, então bateu na porta com o pé. A metade inferior era sólida, porém a metade superior era toda feita de círculos de vidro verde, como as bases de garrafas de vinho. Observou uma sombra se movimentando por trás do vidro, o clique de uma chave sendo virada.

"Abrimos às onze."

"Sr. Mangold? Sargento-detetive Clarke... Lembra de mim?"

"Porra, o que é agora?"

"Alguma chance de eu entrar?"

"Estou em uma reunião."

"Não vai demorar muito..."

Mangold hesitou, então abriu a porta.

"Obrigada", disse Siobhan, entrando. "O que aconteceu com seu rosto?"

Ele tocou a contusão na maçã esquerda do rosto. O olho acima estava inchado. "Um pequeno desentendimento com um freguês", disse. "Um dos riscos deste trabalho."

Siobhan olhou para o barman. Ele estava transferindo gelo de um balde para outro, deu-lhe um aceno de saudação. Havia um cheiro de desinfetante e lustra-móveis. Um cigarro ardia em um cinzeiro sobre o balcão do bar, uma caneca de café ao lado. Havia uma papelada também: a correspondência da manhã, ao que parecia.

"Pelo jeito, você se livrou de uma boa", disse ela. O barman deu de ombros.

"Não foi no meu turno."

Ela percebeu mais duas canecas de café em uma mesa de canto, uma mulher segurando uma delas com as duas mãos. Havia uma pequena pilha de livros na frente dela. Siobhan conseguiu ver alguns títulos: *Lugares mal-assombrados de Edimburgo* e *Mistérios da cidade*.

"Seja rápida, está bem? Estou até aqui de coisas para fazer." Mangold parecia não ter pressa para apresentar a outra visitante, mas Siobhan ofereceu-lhe um sorriso de qualquer maneira, que a mulher retribuiu. Ela estava na casa dos quarenta anos, com cabelos escuros crespos amarrados atrás com um laço de veludo preto. Não havia tirado o casaco de lã afegão. Siobhan viu tornozelos nus e sandálias de couro por baixo. Mangold ficou de braços cruzados, pernas afastadas, no centro do salão.

"Você ficou de olhar sua papelada", Siobhan lembrou-o.

"Papelada?"

"Sobre a colocação do piso na adega."

"Não há horas suficientes no dia", Mangold reclamou.

"Mesmo assim, senhor..."

"Dois esqueletos falsos... qual é a urgência disso?" Ele ergueu os braços em súplica.

Siobhan percebeu que a mulher vinha na direção deles. "Você está interessada nos enterros?", ela perguntou com uma voz suave e sibilante.

"Isso mesmo", disse Siobhan. "Sou a sargento-detetive Clarke, e você é Judith Lennox." Lennox arregalou os olhos. "Eu a reconheci pela fotografia no jornal", explicou Siobhan.

Lennox pegou a mão de Siobhan, apertando-a com força. "Você é tão cheia de energia, srta. Clarke. É como eletricidade."

"E você está dando ao sr. Mangold aqui uma lição de história."

"Isso mesmo." Os olhos da mulher estavam arregalados novamente.

"Os títulos nas lombadas", explicou Siobhan, apontando para os livros. "Foram uma dica."

Lennox olhou para Mangold. "Estou ajudando Ray a montar seu novo bar temático... é muito emocionante."

"A adega?", Siobhan sugeriu.

"Ele quer ter uma ideia do contexto histórico."

Mangold tossiu para interromper. "Tenho certeza de que a

sargento Clarke tem coisas melhores para fazer com seu tempo...". Insinuando que também ele era um homem com coisas para fazer. Em seguida, para Siobhan: "Dei uma olhada rápida atrás de qualquer coisa que tivesse a ver com aquele serviço, mas não encontrei nada. Talvez tenha sido pago em dinheiro vivo. Tem muita gente aí fora que colocaria um piso daqueles sem fazer perguntas nem querer nada por escrito...".

"Nada por escrito?", repetiu Siobhan.

"Você estava aqui quando os esqueletos foram encontrados?", Judith Lennox perguntou.

Siobhan tentou ignorá-la, dirigindo sua atenção para Mangold. "Está tentando me dizer..."

"Era Mag Lennox, não era? Foi o esqueleto dela que vocês encontraram."

Siobhan encarou a mulher. "O que a faz dizer isso?"

Judith Lennox apertou bem os olhos, quase os fechando. "Tive uma premonição. Eu estava tentando organizar excursões pela faculdade de medicina... Eles não me deixaram. Não me deixaram sequer ver o esqueleto..." Os olhos dela brilhavam de entusiasmo. "Sabe, sou descendente dela."

"É mesmo?"

"Ela lançou uma maldição sobre este país e sobre qualquer um que fizesse qualquer tipo de maldade a ela." Lennox fez que sim com a cabeça para si mesma.

Siobhan pensou em Cater e McAteer: não havia muitos sinais de que qualquer maldição tivesse se abatido sobre eles. Pensou em dizer isso, mas se lembrou de sua promessa a Curt.

"Tudo que sei é que os esqueletos eram falsos", salientou Siobhan.

"É exatamente o que estou dizendo", replicou Mangold. "Então, por que você está tão interessada?"

"Seria bom termos uma explicação", Siobhan respondeu com tranquilidade. Lembrou-se da cena da adega, da forma como seu corpo tinha se contraído ao ver o bebê... colocando seu casaco suavemente sobre os ossos.

"Eles encontraram esqueletos em Holyrood", Lennox dizia. "*Aqueles* eram bem reais. E um conciliábulo em Gilmerton."

Siobhan sabia sobre o "conciliábulo": uma série de câmaras enterradas sob uma casa de apostas. Mas a última notícia que recebeu sobre isso era que tinha sido provado que elas pertenciam a um ferreiro. Siobhan achou que não seria um ponto de vista compartilhado pela historiadora.

"Isso é tudo que você pode me dizer?", perguntou a Mangold.

Ele abriu os braços novamente, pulseiras de ouro deslizando pelos pulsos.

"Nesse caso", disse Siobhan, "vou deixar vocês voltarem ao trabalho. Prazer em conhecê-la, srta. Lennox."

"Igualmente", disse a historiadora. Ela estendeu a mão para a frente com a palma aberta. Siobhan deu um passo para trás. Lennox fechara os olhos de novo, os cílios tremulando. "Faça uso dessa energia. Ela é renovável."

"Bom saber."

Lennox abriu os olhos, fixando-os em Siobhan. "Nós damos uma parte de nossa força vital para nossas crianças. *Elas* são a verdadeira renovação..."

O olhar que Mangold lançou a Siobhan expressava principalmente um pedido de desculpas, mas também era de autopiedade: ele ainda teria que passar um bom tempo com Judith Lennox...

Rebus nunca tinha visto crianças em um necrotério, e vê-las ali o desagradou. Aquele era um lugar para profissionais, para adultos, para viúvos. Era um lugar de verdades indesejáveis sobre o corpo humano. A antítese da infância.

No entanto, o que era a infância para as crianças Yurgii a não ser confusão e desespero?

Isso não impediu Rebus de encostar um dos guardas contra a parede. Não fisicamente, é claro, não com as mãos. Mas postando-se de propósito a uma proximidade intimidadora para o homem e depois avançando para a frente, até que o guarda se visse de costas para a parede da sala de espera.

"Vocês trouxeram as crianças para *cá*?", perguntou Rebus rispidamente.

O guarda era jovem; seu uniforme mal ajustado não oferecia proteção contra alguém como Rebus. "Elas não quiseram ficar", gaguejou. "Berraram e se agarraram a ela..." Rebus virou a cabeça para olhar onde a mãe estava sentada, abraçando as crianças, sem mostrar nenhum interesse na cena, e, por sua vez, sendo abraçada por sua amiga de lenço na cabeça, a mesma de Whitemire. O menino, no entanto, olhava para tudo atentamente. "O sr. Traynor achou melhor deixá-las vir."

"Elas poderiam ter ficado na van." Rebus a tinha visto lá fora: azul com barras nas janelas, uma grade reforçada entre os bancos dianteiros e os traseiros.

"Não sem a mãe..."

A porta estava abrindo, um segundo guarda entrando. Este era mais velho. Segurava uma prancheta. Atrás dele, vestido de branco, veio Bill Ness, que dirigia o necrotério. Ness estava na casa dos cinquenta anos, óculos no estilo Buddy Holly. Como sempre, mascava chiclete. Foi até a família e ofereceu o resto do pacotinho às crianças, cuja reação foi se aproximar ainda mais da mãe. Parada em pé na porta, estava Ellen Wylie. Tinha ido para testemunhar o processo de identificação. Ela não sabia que Rebus ia aparecer, e ele já havia dito que ela seria bem-vinda àquele trabalho.

"Tudo bem aqui?", o guarda mais velho perguntava a Rebus.

"Uma beleza", respondeu, dando alguns passos para trás.

"Sra. Yurgii", Ness dava as instruções, "estamos prontos quando a senhora estiver."

Ela assentiu com a cabeça e tentou ficar em pé, tendo de ser ajudada por sua amiga. Ela pôs uma mão na cabeça de cada filho.

"Eu fico aqui com eles, se a senhora quiser", Rebus disse. Ela olhou para ele e então sussurrou algo para as crianças, que a agarraram ainda mais.

"Sua mamãe vai estar do outro lado daquela porta", disse Ness, apontando. "Vamos demorar só um minuto..."

A sra. Yurgii se agachou na frente do filho e da filha, sussurrou mais algumas palavras para eles. Seus olhos brilhavam, com lágrimas. Então, colocou cada criança em uma cadeira, sorriu para elas e se afastou em direção à porta. Ness manteve-a aberta para ela. Ambos os guardas seguiram-na, o mais velho olhando furioso para Rebus, como se desse um aviso: *Fique de olho neles*. Rebus nem piscou.

Quando a porta se fechou, a menina correu em direção a ela, colocando as mãos contra sua superfície. Ela não disse nada e também não estava chorando. Seu irmão foi até ela, abraçou-a e levou-a de volta para onde estavam sentados. Rebus se agachou, apoiando as costas contra a parede oposta. Era um lugar desolado: sem cartazes, sem avisos, sem revistas. Nada para passar o tempo, porque ninguém passava o tempo ali. Normalmente você esperava apenas uma vez, um minuto era suficiente para o corpo ser movido da gaveta refrigerada para a sala de identificação. E depois você saía depressa, não querendo passar nem mais um minuto naquele lugar. Não havia sequer um relógio, pois, como Ness tinha dito uma vez a Rebus: "Acabou o tempo dos nossos clientes". Uma das inúmeras piadas que ajudavam ele e seus colegas a fazer o trabalho que faziam.

"A propósito, meu nome é John", disse Rebus às crianças. A menina estava paralisada na porta, mas o menino parecia entender.

"Polícia ruim", ele afirmou com convicção.

"Aqui não", Rebus disse. "Não neste país."

"Na Turquia, muito ruim."

Rebus assentiu para mostrar que entendia. "Mas não aqui", repetiu. "Aqui, polícia boa." O menino pareceu cético, e Rebus não o culpou. Afinal, o que ele sabia da polícia? Eles haviam acompanhado os funcionários da Imigração levando a família para a custódia. Os guardas de Whitemire provavelmente também se pareciam com policiais: qualquer um de uniforme era suspeito. Alguém em posição de autoridade.

Eles eram as pessoas que tinham feito sua mãe chorar, seu pai desaparecer.

"Você quer ficar aqui? Neste país?", Rebus perguntou. Esse conceito estava além da compreensão do menino. Ele piscou algumas vezes, até que ficou claro que não estava disposto a responder.

"De quais brinquedos você gosta?"
"Brinquedos?"
"De que coisas você brinca?"
"Eu brinco com a minha irmã."
"Você gosta de jogos, de ler livros?"

Novamente, a pergunta parecia irrespondível. Era como se Rebus estivesse interrogando-o sobre a história local ou as regras do rúgbi.

A porta se abriu. A sra. Yurgii chorava baixinho, apoiada por sua amiga, os funcionários atrás delas carrancudos, como convinha ao momento. Ellen Wylie acenou para Rebus para que ele soubesse que a identidade fora confirmada.

"Terminamos", declarou o guarda mais velho. As crianças foram se agarrar à mãe novamente. Os guardas começaram a manobrar os quatro para a porta oposta, a que levava de volta ao mundo exterior, a terra dos vivos.

O menino virou para trás apenas uma vez, como se para avaliar a reação de Rebus. Rebus tentou um sorriso que não foi retribuído.

Ness voltou para o centro do edifício, deixando apenas Rebus e Wylie na área de espera.

"Será que precisamos falar com ela?", perguntou Wylie.
"Por quê?"
"Para determinar quando foi a última vez em que ela ouviu falar no marido..."

Rebus deu de ombros. "Isso é com você, Ellen."
Ela olhou para ele. "Qual é o problema?"
Rebus balançou a cabeça lentamente.
"É difícil para as crianças", disse ela.
"Diga-me", ele perguntou, "quando você acha que foi a última vez em que a vida *não* foi difícil para essas crianças?"
Ela encolheu os ombros. "Ninguém pediu que viessem aqui."
"Imagino que seja verdade."
Ela ainda estava olhando para ele. "Mas não era isso o que você queria dizer, não é?", sugeriu.
"Só acho que elas merecem uma infância", ele disse. "Só isso."
Rebus saiu para fumar e observou Wylie ir embora em seu Volvo. Ele passeou pelo pequeno estacionamento, três vans sem identificação do necrotério paradas lá, aguardando a próxima chamada. No interior, os funcionários deviam estar jogando cartas e bebendo chá. Havia um jardim de infância do outro lado da rua, e Rebus pensou na curta distância que separava os dois lugares, em seguida esmagou o cigarro com o pé e entrou em seu carro. Foi na direção de Gayfield Square, mas passou reto pela delegacia. Ele conhecia uma loja de brinquedos: a Harburn Hobbies em Elm Row. Estacionou na frente da loja e entrou. Nem se deu ao trabalho de olhar os preços, apenas pegou algumas coisas: um trenzinho, alguns jogos de armar, uma casa de bonecas e uma boneca. O vendedor o ajudou a levar para o carro. Já ao volante, teve outra ideia e dirigiu-se a seu apartamento na Arden Street. No armário da sala, encontrou uma caixa cheia de anuários antigos e livros de história de quando sua filha era vinte anos mais nova. Por que estavam lá até agora? Talvez à espera dos netos que ainda não tinham chegado. Rebus colocou tudo no banco de trás ao lado dos outros brinquedos e foi para o lado oeste da cidade. O tráfego estava tranquilo, e em meia hora ele chegou à saída que levava a Whitemire. Havia um pouco de fumaça do fogareiro, mas a mulher

estava desmontando sua barraca, sem prestar atenção nele. Um guarda diferente dava plantão na guarita. Rebus precisou mostrar sua carteira de identidade, ir até o estacionamento e ser atendido por outro guarda, que relutou em ajudá-lo com os pacotes.

Não havia sinal de Traynor, mas não importava. Rebus e o guarda levaram os brinquedos para dentro.

"Eles vão ter de ser verificados", disse o guarda.

"Verificados?"

"As pessoas não podem trazer qualquer coisa para cá..."

"Você acha que há drogas escondidas dentro da boneca?"

"É um procedimento-padrão, inspetor." O guarda baixou a voz. "Nós dois sabemos que é completamente estúpido, mas ainda assim tem de ser feito."

Os homens trocaram um olhar. Rebus acabou concordando. "Mas eles *vão* chegar até as crianças?", perguntou.

"Até o final do dia, se depender de mim."

"Obrigado." Rebus apertou a mão do guarda e então olhou ao redor. "Como você aguenta ficar aqui?"

"Preferiria que houvesse pessoas diferentes de mim aqui? Deus sabe que já há um número suficiente delas..."

Rebus conseguiu esboçar um sorriso. "Tem razão." Agradeceu o homem novamente. O guarda deu de ombros.

Ao sair, Rebus notou que a barraca tinha desaparecido. Sua proprietária caminhava ao lado da estrada, uma mochila nas costas. Ele parou, abrindo a janela.

"Quer uma carona?", perguntou. "Estou indo para Edimburgo."

"Você esteve aqui ontem", ela disse. Ele confirmou com a cabeça. "Quem é você?"

"Eu sou um policial."

"O assassinato em Knoxland?", ela sugeriu. Rebus assentiu novamente. Ela olhou para a parte de trás do carro.

"Tem bastante espaço para a sua mochila", ele disse.

"Não é por isso que eu estava olhando."

"Não?"

"Queria saber o que aconteceu com a casa de bonecas. Eu vi uma casa de bonecas aí atrás, quando você passou por aqui."

"Então seus olhos com certeza a enganaram."

"Com certeza", disse ela. "Afinal, por que um policial levaria brinquedos para um centro de detenção?"

"Por quê, não é mesmo?", Rebus replicou, saindo do carro para ajudá-la a acomodar suas coisas.

Eles percorreram quase um quilômetro em silêncio, então Rebus perguntou se ela fumava.

"Não, mas se quiser vá em frente."

"Eu estou bem", Rebus mentiu. "Com que frequência você faz essa vigília?"

"Todas as vezes que eu posso."

"Sozinha?"

"Éramos mais no começo."

"Eu me lembro de ter visto na televisão."

"Alguns se juntam a mim quando podem: geralmente nos fins de semana."

"Porque eles trabalham?", sugeriu Rebus.

"Eu também trabalho, sabe? É só que eu faço malabarismos com meu tempo."

"Você trabalha no circo?"

Ela sorriu daquilo. "Eu sou artista." Fez uma pausa, aguardando uma reação. "E obrigada por não bufar."

"Por que eu iria bufar?"

"É o que a maioria das pessoas como você faz."

"Pessoas como eu?"

"Pessoas que veem alguém que é diferente delas como uma ameaça."

Rebus fez uma expressão exagerada de quem tinha entendido. "Então é assim que eu sou. Eu sempre quis saber..."

Ela sorriu outra vez. "Tudo bem, estou tirando conclusões precipitadas, mas não sem alguns motivos. Você vai ter que confiar em mim sobre isso." Ela se inclinou para a frente para acionar a alavanca do banco, fazendo-o deslizar ao máximo a fim de esticar os pés sobre o painel do carro. Rebus pensou que ela devia ter quarenta e poucos anos; cabelo castanho comprido em duas tranças, três brincos dourados de argola em cada orelha. O rosto era pálido e sardento, e seus dois dentes da frente ligeiramente apinhados, dando-lhe a aparência de uma estudante travessa.

"Eu confio em você", disse ele. "E também acredito que você não seja uma grande fã das nossas leis de asilo político."

"É porque elas fedem."

"Fedem a quê?"

Ela se virou para olhar para ele. "Para começar, fedem a hipocrisia", disse. "Neste país você pode comprar um passaporte se conhecer o político certo. Se você não conhece e se não gostamos da cor da sua pele ou das suas ideias políticas, então pode esquecer."

"Então você não acha que somos ingênuos?"

"Dá um tempo", disse ela com desdém, voltando a atenção para a paisagem.

"Só estou perguntando."

"Uma pergunta para a qual você acha que já sabe a resposta?"

"Sei que temos uma assistência social melhor que a de alguns países."

"É, sei. Por isso as pessoas pagam tudo o que economizaram a vida inteira para as quadrilhas as contrabandearem para além das fronteiras? Por isso é que elas sufocam nos cofres dos caminhões ou espremidas em contêineres de carga?"

"Não se esqueça do Eurostar. Elas não andam penduradas na parte de baixo dos vagões?"

"Não se *atreva* a me tratar com condescendência!"

"Só estou puxando assunto." Rebus concentrou-se em dirigir por alguns minutos. "Então, que tipo de arte você faz?"

Ela levou algum tempo para responder. "Retratos... De vez em quando uma paisagem..."

"Será que já ouvi falar de você?"

"Você não parece um colecionador."

"Eu tive um H. R. Giger na parede."

"Original?"

Rebus fez que não com a cabeça. "A capa de um LP — *Brain Salad Surgery*."

"Pelo menos você se lembra do nome do artista." Ela fungou, passando a mão no nariz. "O meu é Caro Quinn."

"Caro é de Caroline?" Ela assentiu com a cabeça. Rebus estendeu a mão direita desajeitadamente. "Meu nome é John Rebus."

Quinn tirou uma luva de lã cinza e eles se apertaram as mãos, o carro avançando devagar sobre a linha central da pista. Rebus logo corrigiu o rumo do carro.

"Promete nos levar a Edimburgo e nos fazer chegar inteiros?", perguntou a artista.

"Onde você quer ficar?"

"Você vai passar perto de Leith Walk?"

"Estou baseado em Gayfield."

"Perfeito... Eu desço na Pilrig Street, se não for problema."

"Por mim tudo bem." Ficaram em silêncio por alguns minutos, e por fim Quinn falou.

"Nem ovelhas poderiam ser deslocadas pela Europa do jeito que fizeram com algumas dessas famílias... Quase duas mil presas na Grã-Bretanha."

"Mas muitas conseguiram ficar, certo?"

"Não é o suficiente. A Holanda está se preparando para deportar vinte e seis *mil*."

"Parece muito. Quantos existem na Escócia?"

"Onze mil só em Glasgow."

Rebus assobiou.

"Isso remonta a uns bons anos atrás; recebemos mais exilados do que qualquer país do mundo."

"Pensei que ainda recebíamos."

"Os números estão caindo rapidamente."

"Porque o mundo é um lugar mais seguro?"

Ela olhou para Rebus e concluiu que ele estava sendo irônico. "As formas de controle estão ficando cada vez mais rígidas."

"A oferta de empregos não é tão boa assim", Rebus disse com um encolher de ombros.

"E isso deveria nos tornar menos compassivos?"

"Nunca encontrei muito espaço para a compaixão no meu trabalho."

"Por isso você foi para Whitemire com um carro cheio de brinquedos?"

"Meus amigos me chamam de Papai Noel..."

Rebus parou em fila dupla, como foi orientado, na frente de onde ela morava. "Suba por um minuto", disse Quinn.

"Para quê?"

"Uma coisa que eu gostaria que você visse."

Ele trancou o carro, esperando que o dono do Mini que ele estava bloqueando não se importasse. Quinn morava no último andar — pela experiência de Rebus, o refúgio habitual de inquilinos estudantes. Ela tinha outra explicação.

"Fico com dois andares", disse. "Há uma escada que leva para uma espécie de sótão." Ela abriu a porta, Rebus seguindo-a devagar, meio lance de escada atrás dela. Pensou tê-la ouvido dizer algo em voz alta — um nome talvez —, mas quando entrou no corredor viu que não havia ninguém lá. Quinn tinha encostado sua mochila na parede e o chamava até a escada íngreme e estreita que dava no beiral do edifício. Rebus respirou fundo algumas vezes e começou a subir novamente.

Havia apenas uma sala, iluminada pela luz natural que vinha de quatro grandes janelas basculantes. Telas estavam amontoadas contra as paredes, fotografias em preto e branco fixadas em cada centímetro disponível dos beirais.

"Tenho tendência a trabalhar baseada em fotos", disse Quinn. "Estas são as que eu queria que você visse." Eram close--ups de rostos, a câmera parecendo focar especificamente os olhos. Rebus viu desconfiança, medo, curiosidade, indulgência, bom humor. Cercado por tantos olhares, ele próprio sentiu-se em exposição, e disse isso à artista, que pareceu satisfeita.

"Na minha próxima exposição não quero nenhum pedacinho de parede descoberto, apenas fileiras de rostos pintados exigindo que lhes prestemos um pouco de atenção."

"Olhando para a gente até desviarmos o olhar." Rebus assentiu lentamente. Quinn também fazia que sim com a cabeça. "Então, onde você as tirou?"

"Em todos os lugares: Dundee, Glasgow, Knoxland."

"São todos imigrantes?"

Ela confirmou com a cabeça, estudando seu trabalho.

"Quando esteve em Knoxland?"

"Três ou quatro meses atrás. Fui expulsa depois de alguns dias..."

"Expulsa?"

Ela se virou para ele. "Bem, digamos que fizeram com que eu me sentisse indesejada."

"Por quem?"

"Os moradores... fanáticos... pessoas rancorosas."

Rebus olhava as fotos mais de perto. Não reconheceu ninguém.

"Alguns não querem ser fotografados, claro, e preciso respeitar isso."

"Você pergunta o nome deles?" Ele a viu fazendo sim com a cabeça. "Ninguém chamado Stef Yurgii?"

Ela começou a balançar a cabeça, em seguida ficou rígida, arregalando os olhos. "Você está me interrogando!"

"Só fazendo uma pergunta."

"Parecendo amigável, me dando carona..." Ela balançou a cabeça diante de sua própria estupidez. "Meu Deus, e pensar que te convidei para entrar."

"Estou tentando resolver um caso, Caro. E, se vale de alguma coisa, eu te dei carona por uma curiosidade natural... Não havia nenhum plano."

Ela olhou para ele. "Curiosidade natural do quê?" Cruzou os braços na defensiva.

"Não sei... Talvez eu quisesse saber por que você mantinha essas vigílias. Você não parecia o tipo que faz isso."

Os olhos dela se estreitaram. "O tipo?"

Ele deu de ombros. "Não tem cabelo desgrenhado nem jaqueta de combate, nenhum cachorro com cara de rato preso a uma guia de pano... e não tem muitos piercings, ao que parece." Ele tentava amenizar o clima e ficou aliviado ao ver os ombros dela relaxando. Quinn deu um terço de sorriso e descruzou os braços, colocando as mãos nos bolsos.

Houve um barulho no andar de baixo: um bebê chorando. "Seu?", perguntou Rebus.

"Atualmente não estou nem casada..." Ela se virou e começou a descer as escadas estreitas, Rebus demorando um pouco antes de segui-la, sentindo todos aqueles olhos sobre ele enquanto ia embora.

Uma das portas do corredor estava aberta. Ela conduzia a um pequeno quarto. Havia uma cama de solteiro lá, na qual estava sentada uma mulher de pele escura e olhos sonolentos, com um bebê mamando no peito.

"Ela está bem?", Quinn perguntava à jovem.

"O.k.", foi a resposta.

"Vou deixar você em paz então." Quinn começou a fechar a porta.

"Paz", disse a voz baixa lá dentro.

"Adivinha onde a encontrei?", a artista perguntou a Rebus.

"Na rua?"

Ela fez que não com a cabeça. "No Whitemire. Ela é enfermeira treinada, só que não tem permissão para trabalhar aqui. Em Whitemire há médicos, professores..." Ela sorriu ao ver a expressão no rosto dele. "Não se preocupe, eu não a tirei escondido de lá nem nada assim. Se você deixar um endereço e o dinheiro da fiança, pode libertar quantos quiser."

"Sério? Eu não sabia. Quanto custa?"

O sorriso dela aumentou. "Está pensando em ajudar alguém, inspetor?"

"Não... só fiquei curioso."

"Muitos já foram resgatados por pessoas como eu... Até mesmo um ou outro membro do Parlamento já fez isso." Ela se interrompeu. "É a sra. Yurgii, não é? Vi quando vocês a trouxeram de volta com os filhos. Aí, pouco tempo depois, você aparece com a casa de bonecas." Ela parou de novo. "Eles não vão estabelecer uma fiança para ela."

"Por que não?"

"Ela está classificada como 'risco de fuga'. Provavelmente porque o marido fez a mesma coisa."

"Só que agora ele está morto."

"Não tenho certeza se isso os fará mudar de ideia." Ela inclinou a cabeça, como se procurasse potencial nele para um futuro retrato. "Sabe de uma coisa? Talvez eu o *tenha* julgado rápido demais. Tem tempo para um café?"

Rebus fez de conta que examinava o relógio. "Tenho coisas a fazer", disse. O som de uma buzina de carro soou na rua. "Além disso, preciso acalmar o motorista de um Mini lá embaixo."

"Outra hora talvez."

"Claro." Ele entregou-lhe seu cartão. "Meu celular está no lado de trás."

Ela segurou o cartão na palma da mão, como se o estivesse pesando. "Obrigada pela carona", disse.

"Me avise quando a exposição for inaugurada."

"Você só vai precisar trazer duas coisas: seu talão de cheques..."

"E?"

"Sua consciência", disse ela, abrindo a porta para ele.

13.

Siobhan estava farta de esperar. Tinha ligado com antecedência para o hospital, e eles tentaram mandar uma mensagem para o dr. Cater, sem sucesso. Então ela pegou o carro e foi até lá mesmo assim, e perguntou por ele na recepção. Mais uma vez o chamaram pelo pager — novamente sem sucesso.

"Tenho certeza de que ele está aqui", tinha dito uma enfermeira que estava passando. "Eu o vi faz meia hora."

"Onde?", Siobhan havia perguntado.

Mas como a enfermeira não teve certeza e deu uma meia dúzia de sugestões, agora Siobhan vagava pelas enfermarias e pelos corredores, escutando nas portas, espiando através de frestas de divisórias, esperando do lado de fora de consultórios até que as consultas terminassem e ela visse que o médico não era Alexis Cater.

"Posso ajudá-la?" Ela ouvira essa pergunta uma dúzia de vezes ou mais. Toda vez, ela indagava sobre o paradeiro de Cater, sempre recebendo respostas conflitantes.

"Você pode correr, mas não se esconder", murmurou a si mesma enquanto entrava em um corredor por onde tinha passado havia menos de dez minutos. Parando diante de uma máquina de venda automática, selecionou uma latinha de Irn-Bru, bebericando enquanto continuava sua busca. Quando o celular tocou, não reconheceu o número na tela: era outro celular.

"Alô?", disse, entrando em outro corredor.

"Shiv? É você?"

Ela parou imediatamente. "É claro que sou eu; você não está ligando para o *meu* telefone?"

"Bem, se você vai reagir assim..."

"Espera, espera." Ela deu um suspiro ruidoso. "Andei tentando achar você."

Alexis Cater riu. "Ouvi rumores. Bom saber que sou tão popular..."

"Mas está despencando nas pesquisas enquanto nos falamos. Pensei que você fosse me ligar."

"Pensou, é?"

"Para me dar detalhes sobre a sua amiga Pippa", Siobhan respondeu, sem se preocupar em esconder sua exasperação. Ela levou a lata de bebida aos lábios.

"Isso vai estragar seus dentes", Cater advertiu.

"O que vai...?" Siobhan parou de repente, girando o corpo 180 graus. Ele estava olhando para ela através do painel de vidro de uma porta giratória no meio do corredor. Ela começou a andar a passos largos em direção a ele.

"Belos quadris", disse a voz dele.

"Há quanto tempo você está me seguindo?", ela perguntou pelo telefone.

"Não faz muito tempo." Ele abriu a porta, desligando o telefone apenas quando ela desligou o dela. Ele vestia um avental branco desabotoado, revelando uma camisa cinza e uma gravata verde-ervilha estreita.

"Talvez você tenha tempo para brincadeiras, mas eu não tenho."

"Então por que vir até aqui? Um simples telefonema seria suficiente."

"Você não atendia."

Ele fez beicinho com os lábios carnudos. "Tem certeza de que não estava morrendo de vontade de me ver?"

Ela estreitou os olhos. "Sua amiga Pippa", lembrou.

Ele fez que sim com a cabeça. "Que tal uma bebida depois do trabalho? E aí eu conto."

"Você vai me contar *agora*."

"Boa ideia — podemos tomar um drinque sem tratarmos de assuntos sérios." Ele enfiou as mãos nos bolsos. "Pippa trabalha para Bill Lindquist, conhece?"

"Não."

"Um cara quente em relações públicas. Estabelecido em Londres por algum tempo, mas passou a gostar de golfe e se apaixonou por Edimburgo. Ele jogou algumas partidas com o meu pai..." Ele viu que Siobhan não ficou impressionada com nada daquilo.

"Endereço de trabalho?"

"Está na lista telefônica como 'Lindquist RP'. Em algum lugar na Cidade Nova... talvez na India Street. Se eu fosse você, ligaria antes: um RP não é um RP se ele fica com a bunda na cadeira do escritório..."

"Obrigada pelo conselho."

"Bem, então... e o nosso drinque...?"

Siobhan assentiu. "Opal Lounge, nove horas?"

"Para mim está bom."

"Ótimo." Siobhan sorriu e começou a ir embora. Ele a chamou e ela se deteve.

"Você não tem nenhuma intenção de aparecer por lá, não é?"

"Vai ter que estar lá às nove para descobrir", ela disse, acenando enquanto se dirigia ao corredor. Seu celular tocou e ela atendeu. A voz de Cater.

"Você ainda tem quadris ótimos, Shiv. É uma pena não dar a eles um pouco de ar fresco e exercício..."

Siobhan foi direto para a India Street, ligando antes para se certificar de que Pippa Greenlaw estava lá. Ela não estava: tinha saído para atender alguns clientes na Lothian Road, mas deveria voltar em uma hora. Como Siobhan previra, o tráfego intenso no caminho de volta para a cidade faria com que ela chegasse à sede da Lindquist RP quase na mesma hora. O escritório ficava no porão de um grupo de casas em estilo georgiano, cujo acesso era feito por um conjunto sinuoso de degraus de pedra. Siobhan sabia que um grande número de propriedades na Cidade Nova havia sido transformado em escritórios, mas muitas agora voltavam a suas origens como casas particulares. Havia diversas placas de "À venda" ali e nas ruas vizinhas. Os edifícios da Cidade Nova mostravam-se incapazes de se adaptar às necessidades do novo século: o interior da maioria deles era tombado. Não se podia simplesmente abrir paredes para instalar sistemas de cabeamento novos ou reformar o espaço disponível, e também não se podia construir novas extensões. As formalidades e a burocracia do conselho municipal lá estavam para garantir que a afamada "elegância" da Cidade Nova fosse mantida, e quando o conselho municipal falhava, ainda havia muitos grupos de pressão locais para enfrentar...

Esse foi o tema da conversa entre Siobhan e a recepcionista, que se desculpava pelo evidente atraso de Pippa. Ela serviu café de máquina para Siobhan, ofereceu-lhe um de seus biscoitos, que tirou da gaveta de sua mesa, e as duas conversaram entre uma e outra ligação telefônica.

"O teto é maravilhoso, não é?", ela disse. Siobhan concordou, olhando para as cornijas ornamentadas. "Você deveria ver a lareira no escritório do sr. Lindquist." A recepcionista fechou os olhos em êxtase. "É absolutamente..."

"Maravilhosa?", sugeriu Siobhan. A recepcionista assentiu com a cabeça.

"Mais café?"

Siobhan recusou, pois ainda ia começar a beber a primeira xícara. A porta se abriu e uma cabeça masculina apareceu. "Pippa já voltou?"

"Ela deve estar presa no trânsito, Bill", a recepcionista se desculpou, ofegante. Lindquist olhou para Siobhan mas não disse nada, e depois desapareceu de novo em sua sala. A recepcionista sorriu para Siobhan e levantou as sobrancelhas ligeiramente, o gesto dizendo a Siobhan que ela também achava o sr. Lindquist maravilhoso. Talvez todos fossem maravilhosos em RP, Siobhan concluiu — todos e tudo.

A porta de entrada se abriu com alguma violência. "Idiotas... bando de idiotas sem cérebro." Uma jovem entrou a passos largos. Era magra e vestia um tailleur que salientava sua figura. Cabelos longos ruivos e batom vermelho-brilhante. Salto alto preto e meia preta: algo disse a Siobhan que definitivamente eram meias e não meia-calça. "Como diabos podemos ajudá-los se eles são medalha de ouro em idiotice? Responda essa, Sherlock!" Ela bateu a maleta em cima da mesa da recepção. "Deus é testemunha, Zara, que se Bill me mandar lá de novo vou pegar uma Uzi e toda a munição que couber nesta maleta." Bateu na pasta, só agora notando que os olhos de Zara estavam postos na fila de cadeiras perto da janela.

"Pippa", disse Zara, trêmula, "essa moça está esperando para falar com você..."

"Meu nome é Siobhan Clarke", disse Siobhan, dando um passo à frente. "Sou uma possível nova cliente..." Vendo o olhar de horror no rosto de Greenlaw, ela levantou uma das mãos. "Estou brincando."

Greenlaw revirou os olhos, aliviada. "Graças a Deus."

"Na verdade sou policial."

"Eu não estava falando sério sobre a Uzi..."

"Que bom — pelo que sei elas são conhecidas por emperrarem. Muito melhor com uma Heckler and Koch..."

Pippa Greenlaw sorriu. "Venha ao meu escritório que vou anotar isso."

Seu escritório era provavelmente o quarto de empregada original da casa de vários andares, estreito e não muito comprido, com uma janela gradeada com vista para uma área acanhada de estacionamento, onde Siobhan reconheceu uma Maserati e uma Porsche.

"Suponho que a Porsche é sua", disse.

"Claro que é; não é por causa dela que você está aqui?"

"O que a faz pensar isso?"

"Porque aquele maldito radar de velocidade perto do zoológico me pegou de novo na semana passada."

"Nada a ver comigo. Posso me sentar?"

Greenlaw franziu a testa, fazendo que sim com a cabeça ao mesmo tempo. Siobhan tirou alguns papéis de uma cadeira. "Quero lhe perguntar sobre uma das festas de Lex Cater", disse.

"Qual delas?"

"Uma há cerca de um ano. Aquela dos esqueletos."

"Bem... Eu ia dizer que ninguém nunca se lembra de *nada* das reuniõezinhas de Lex — não com a quantidade de bebida que consumimos —, mas dessa eu me lembro. Pelo menos, me lembro do esqueleto." Fez uma careta. "O desgraçado só me disse que era de verdade depois que o beijei."

"Você o beijou?"

"Estávamos brincando de jogo da verdade." Ela fez uma pausa. "Depois de uns dez copos de champanhe... Havia um bebê também." Ela estremeceu novamente. "Estou me lembrando agora."

"Lembra de quem mais estava lá?"

"O bando de sempre provavelmente. Por que isso tudo?"

"Os esqueletos desapareceram depois da festa."

"É mesmo?"

"Lex nunca contou?"

Pippa balançou a cabeça. Bem de perto, o rosto dela era coberto de sardas, que o bronzeado escondia apenas em parte. "Eu pensei que ele tivesse simplesmente se livrado deles."

"Você estava com um companheiro naquela noite."

"Nunca me faltam companheiros, querida."

A porta se abriu e a cabeça de Lindquist apareceu. "Pippa?", disse. "Na minha sala em cinco minutos?"

"Sem problema, Bill."

"E a reunião de hoje à tarde...?"

Greenlaw encolheu os ombros. "Perfeita, Bill, como você disse."

Ele sorriu e recuou de novo. Siobhan se perguntou se havia realmente um corpo preso àquela cabeça e ao pescoço; talvez o restante dele fosse composto de fios e metal. Ela esperou um momento antes de falar. "Ele deve ter ouvido você chegar. Ou a sala dele é à prova de som?"

"Bill só ouve boas notícias, essa é sua regra de ouro... Por que você está perguntando sobre a festa de Lex?"

"Os esqueletos reapareceram — em uma adega no Fleshmarket Close."

Os olhos de Greenlaw se arregalaram. "Eu ouvi no rádio!"

"O que você achou?"

"Que era golpe publicitário. Foi a minha primeira reação."

"Eles estavam escondidos sob um piso de concreto."

"Mas foram desenterrados outra vez."

"Ficaram lá quase o ano todo..."

"Evidência de planejamento...", disse Greenlaw com um tom de voz um tanto incerto. "Ainda não vejo o que isso tem a ver comigo." Ela se inclinou para a frente, os cotovelos sobre a mesa. Não havia nada em cima a não ser um laptop slim prateado: nenhuma impressora nem fios.

"Você foi acompanhada de alguém. Lex acha que essa pessoa pode ter levado os esqueletos."

O rosto todo de Greenlaw se contraiu. "Com quem eu estava?"

"Isso é o que eu esperava que você me dissesse. Lex tem a impressão de que ele era jogador de futebol."

"Jogador de futebol?"

"Foi assim que você o conheceu..."

Greenlaw ficou pensativa. "Acho que eu nunca... Não, espera, houve um cara." Ela inclinou a cabeça para trás, revelando um pescoço delgado. "Ele não era um jogador de futebol *de verdade*... Jogava em algum time amador. Meu Deus, como ele se chamava?" Triunfante, seus olhos encontraram os de Siobhan. "Barry."

"Barry?"

"Ou Gary... algo assim."

"Você deve conhecer um monte de homens."

"Não tantos, na verdade. Mas muitos descartáveis como esse Barry-ou-Gary."

"Ele tem sobrenome?"

"Provavelmente eu nunca soube."

"Onde você o conheceu?"

Greenlaw tentou se lembrar. "Tenho quase certeza que foi em um bar... Talvez uma festa ou algum lançamento para um cliente." Ela sorriu como se pedisse desculpas. "Foi um caso de uma noite só; ele era bonito o suficiente para ser meu par. Na verdade, acho que me lembro dele. Pensei que ele poderia chocar o Lex."

"Chocar como?"

"Você sabe... um pouco rude."

"E o quanto ele era rude?"

"Meu Deus, não estou querendo dizer que ele fizesse parte de uma gangue de motoqueiros nem nada. Ele era apenas um pouco mais..." Ela procurou a palavra certa. "Mais *proleta* do que as pessoas com quem eu normalmente teria uma ligação."

Ela deu de ombros de novo, como se pedindo desculpas, e recostou-se na cadeira, balançando-a levemente, dedos contraídos.

"Tem alguma ideia do lugar de onde ele veio? Onde morava? Como ganhava a vida?"

"Me lembro que ele tinha um apartamento em Corstorphine... Não que eu tenha visto. Ele era..." Fechou os olhos com força por um momento. "Não, não consigo me lembrar o que ele fazia. Mas esbanjava dinheiro."

"Como era a aparência dele?"

"Cabelos descoloridos com realces escuros. Magro, disposto

a mostrar sua barriga tanquinho... Muita energia na cama, mas sem finesse. Também não era superdotado."

"Isso provavelmente já é o suficiente para que eu comece a investigar."

As duas mulheres compartilharam um sorriso.

"Parece que foi há muito tempo", comentou Greenlaw.

"Você não o viu desde então?"

"Não."

"E você por acaso não tem o número do telefone dele?"

"Todo começo de ano, faço uma pira funerária com todos esses pedacinhos de papel... Você sabe quais — os números e as iniciais, pessoas para quem você nunca mais vai ligar, alguns que você não tem certeza sequer de ter chegado a conhecer. Todos esses horríveis e malditos hipócritas que agarram o seu traseiro na pista de dança ou escorregam a mão pelo seu peito em uma festa e imaginam que RP significa 'Realmente Piranha'..." Greenlaw soltou um gemido.

"Esta reunião de onde você acabou de voltar, Pippa... Por acaso havia alguma coisa para beber lá?"

"Só champanhe."

"E você voltou dirigindo para cá na Porsche?"

"Ai, meu Deus, você está planejando me submeter a um teste com bafômetro, policial?"

"Na verdade, estou discretamente impressionada: só percebi isso agora."

"O problema com o champanhe é que ele me deixa com muita sede." Ela examinou o relógio. "Quer ir comigo?"

"Zara ainda tem um pouco de café", respondeu Siobhan.

Greenlaw fez uma careta. "Preciso falar com Bill, mas depois disso meu dia de trabalho terminou."

"Sorte sua."

Greenlaw fez beicinho. "Que tal mais tarde?"

"Vou te contar um segredo: Lex vai estar no Opal Lounge às nove."

"É mesmo?"

"Tenho certeza de que ele lhe pagaria uma bebida."

"Mas isso fica a *horas* de distância", Greenlaw protestou.

"Aguente o tranco", Siobhan aconselhou, levantando-se. "E obrigada por falar comigo."

Estava pronta para sair quando Greenlaw gesticulou para ela se sentar novamente. Começou a remexer as gavetas, tirando de uma delas, por fim, um bloco de papel e uma caneta.

"Aquela arma de que você estava falando", disse ela, "qual era mesmo o nome...?"

Em Knoxland, a Portakabin estava sendo içada por uma grua para ser posta na traseira de um caminhão. Cabeças nas janelas, os moradores das torres assistiam à manobra. Mais pichações tinham sido feitas na Portakabin desde a última visita de Rebus, a janela fora quebrada ainda mais e alguém havia tentado incendiar a porta.

"E o telhado", Shug Davidson contou a Rebus. "Fluido de isqueiro, jornais e o pneu velho de um carro."

"Surpreendente."

"O quê?"

"Jornais... Você quer dizer então que alguém em Knoxland realmente *lê*?"

O sorriso de Davidson durou pouco. Ele cruzou os braços. "Às vezes me pergunto por que a gente se preocupa."

Enquanto ele falava, Gareth Baird saía do bloco de apartamentos mais próximo conduzido pelos mesmos dois policiais uniformizados. Os três pareciam entorpecidos de exaustão.

"Nada?", Davidson perguntou. Um dos policiais fez que não com a cabeça.

"Quarenta ou cinquenta apartamentos, e ninguém atendeu."

"Não volto lá de jeito nenhum!", Gareth reclamou.

"Se quisermos que você volte, você volta", avisou Rebus.

"Devemos deixá-lo em casa?", perguntou o policial.

Rebus fazia que não com a cabeça olhando firme para

Gareth. "Não tem nada errado com o ônibus. Passa um a cada meia hora."

As sobrancelhas de Gareth se arquearam em sinal de descrença. "Depois de tudo que eu fiz."

"Não, filho", Rebus o corrigiu, "*por causa* de tudo que você fez. Você está apenas começando a pagar por isso. O ponto de ônibus fica naquela direção, acho." Rebus apontou para a pista dupla. "Através da passagem subterrânea, se você for corajoso o suficiente."

Gareth olhou ao redor e não viu nenhum rosto compadecido. "Muito obrigado", murmurou e saiu pisando duro.

"De volta à delegacia, rapazes", disse Davidson aos policiais. "Pena que vocês não deram sorte hoje..."

Os policiais assentiram com a cabeça e foram para a viatura.

"Tem uma surpresinha agradável esperando por eles", Davidson disse a Rebus. "Alguém quebrou uma caixa inteira de ovos no para-brisa."

Rebus balançou a cabeça fingindo espanto. "Você quer dizer que alguém em Knoxland compra alimentos frescos?"

Dessa vez Davidson não sorriu. Estava procurando seu celular. Rebus reconheceu o toque do aparelho: "Scots Wha Hae".* Davidson deu de ombros. "Um dos meus filhos estava mexendo no aparelho ontem à noite... Esqueci de mudar." Atendeu a ligação. Rebus ficou escutando.

"Sou eu... Ah, sim, sr. Allan." Davidson revirou os olhos. "Sim, isso mesmo... Ah, é?" Davidson fixou o olhar em Rebus. "Interessante. Alguma chance de podermos conversar pessoalmente?" Olhou para o relógio. "Ainda hoje seria ideal... Estou livre agora, se você puder... Não, tenho certeza de que não vai demorar muito... Podemos estar lá em vinte minutos... Sim, tenho certeza. Obrigado, então. Até mais." Davidson encerrou a ligação e olhou para o aparelho.

"Sr. Allan?", perguntou Rebus.

---
* Canção patriótica escocesa. (N. T.)

"Rory Allan", disse Davidson, ainda distraído.

"Editor do *Scotsman*?"

"Uma das equipes de jornalismo dele acabou de lhe dizer que há mais ou menos uma semana recebeu um telefonema de um sujeito com sotaque estrangeiro que se identificou como Stef."

"Como o Stef de Stef Yurgii?"

"É o que parece... Disse que era repórter e que havia uma história que ele queria escrever."

"Sobre o quê?"

Davidson encolheu os ombros. "É por isso que vou me encontrar com Rory Allan."

"Precisa de companhia, garotão?", perguntou Rebus, dando seu sorriso mais persuasivo.

Davidson pensou por um momento. "Na verdade, deveria ser a Ellen..."

"Só que ela não está aqui."

"Mas eu poderia ligar para ela."

Rebus tentou parecer indignado. "Você está me rejeitando, Shug?"

Davidson ainda hesitou mais um pouco, em seguida pôs o celular no bolso outra vez. "Só se você se comportar bem", disse.

"Palavra de escoteiro." Rebus fez uma saudação.

"Que Deus me ajude", disse Davidson, como se já lamentasse sua fraqueza momentânea.

O diário de Edimburgo ficava em um edifício novo em frente à BBC na Holyrood Road. Havia uma boa vista dos guindastes que ainda dominavam o céu acima do emergente complexo do Parlamento escocês.

"Gostaria de saber se eles vão acabar com isso antes que o custo disso acabe *com a gente*", Davidson pensou em voz alta, entrando no edifício escocês. O segurança deixou-os passar pela catraca e os orientou a pegar o elevador para o primeiro andar, de onde poderiam olhar para baixo e ver os jornalistas que trabalhavam em um espaço aberto. No fundo havia uma parede envidraçada com vista para Salisbury Crags. Fumantes davam suas baforadas em uma varanda externa, fazendo Rebus saber que ele não conseguiria acender um cigarro dentro daquele lugar. Rory Allan veio até eles.

"Inspetor-detetive Davidson...", disse o jornalista, instintivamente se aproximando de Rebus.

"Na verdade, sou o inspetor-detetive Rebus. Só porque pareço o pai dele não significa que ele não seja o chefe."

"Culpado da acusação de discriminação com base em idade", disse Allan, apertando a mão de Rebus primeiro e depois a de Davidson. "Há uma sala de reunião desocupada... Vamos lá."

Entraram em uma sala comprida e estreita com uma longa mesa oval no centro.

"Está cheirando a nova", comentou Rebus sobre a mobília.

"Este lugar não é muito usado", explicou o editor. Rory Allan tinha seus trinta anos, com grandes entradas no cabelo prematuramente grisalho e óculos ao estilo de John Lennon. Ele havia deixado o paletó em seu escritório e usava camisa azul-clara com gravata de seda vermelha, mangas arregaçadas de maneira primorosa. "Sentem-se, por favor. Querem um café?"

"Estamos bem, obrigado, sr. Allan."

Allan acenou com a cabeça, satisfeito com a resposta. "Vamos ao que interessa então... Entendem que poderíamos ter publicado isso e que vocês ficariam sabendo tudo só depois, por si mesmos?"

Davidson inclinou um pouco a cabeça em sinal de reconhecimento. Alguém bateu na porta.

"Entra!", gritou Allan.

Uma versão menor do editor entrou: mesmo penteado, óculos semelhantes, mangas arregaçadas.

"Este é Danny Watling. Danny é um dos nossos repórteres. Pedi que se juntasse a nós para que ele mesmo lhes contasse." Allan fez um gesto para o jornalista se sentar.

"Não há muito que contar", Danny Watling disse, com uma voz tão baixa que Rebus, sentado do outro lado da mesa, precisou se esforçar para ouvi-lo. "Eu estava trabalhando na minha mesa... atendi um telefonema... o cara disse que era repórter e que tinha uma história que queria escrever."

Sentado, Shug Davidson pressionava os dedos na mesa. "Ele disse do que se tratava?"

Watling fez que não com a cabeça. "Ele foi cauteloso... e o inglês dele não era grande coisa. Era como se as palavras viessem de um dicionário."

"Ou ele as estava lendo?", interrompeu Rebus.

Watling pensou naquilo. "Talvez as estivesse lendo, sim."

Davidson não entendeu. "A namorada poderia ter escrito", explicou Rebus. "O inglês dela supostamente é melhor que o de Stef."

"Ele disse o nome dele?", Davidson perguntou ao repórter.

"Sim, Stef."

"O sobrenome não?"

"Não acho que ele queria que eu soubesse." Watling olhou para o editor. "A questão é que recebemos dezenas de trotes..."

"Danny talvez não o tenha levado tão a sério quanto poderia", comentou Allan, pegando um fio invisível em sua calça.

"Não, bem..." Watling corou no pescoço. "Eu disse que não costumávamos usar freelancers, mas que se ele quisesse contar a história a alguém poderíamos lhe dar parte do crédito."

"E o que ele achou disso?", Rebus perguntou.

"Ele pareceu não entender, o que me deixou um pouco mais desconfiado."

"Talvez ele não soubesse o significado de 'freelancer'", sugeriu Davidson.

"Ou talvez ele simplesmente não tivesse um equivalente em sua língua", Rebus argumentou.

Watling piscou algumas vezes. "Considerando o que sabemos agora", disse a Rebus, "acho que pode ser isso mesmo..."

"E ele não lhe deu nenhuma dica sobre que história era essa que ele tinha?"

"Não. Acho que primeiro ele queria um encontro cara a cara comigo."

"Uma oferta que você recusou?"

A postura de Watling enrijeceu. "Ah, não, eu concordei em vê-lo. Dez da noite em frente à Jenner."

"A loja de departamentos Jenner?", Davidson perguntou.

Watling assentiu. "Era o único lugar que ele conhecia... Sugeri alguns pubs, até esses bem conhecidos aonde só vão turistas, mas ele parecia não conhecer nada da cidade."

"Você pediu que *ele* sugerisse um local de encontro?"

"Eu disse que iria aonde ele quisesse, mas ele não conseguia pensar em um só lugar. Aí mencionei a Princes Street, lá ele conhecia, então decidi marcar no maior ponto de referência de lá."

"E ele não apareceu...", deduziu Rebus.

O repórter assentiu, balançando a cabeça bem devagar. "Provavelmente foi uma noite antes de ele morrer."

A sala ficou em silêncio por um momento. "Pode ser alguma coisa, mas também pode não ser nada", Davidson sentiu-se compelido a dizer.

"Mas pode dar a vocês um motivo", Rory Allan acrescentou.

"*Outro* motivo, você quer dizer", corrigiu Davidson. "Os jornais, inclusive o seu, sr. Allan, até agora se contentaram em classificar o crime como racial."

O editor deu de ombros. "Estou apenas especulando..."

Rebus olhava para o repórter. "Você tem anotações?", perguntou. Watling fez que sim, em seguida olhou para seu chefe, que lhe concedeu permissão com um aceno de cabeça. Watling entregou a Davidson uma única folha de papel dobrada, arrancada de um bloco pautado. Davidson levou apenas alguns segundos para digerir o conteúdo e deslizou a folha sobre a mesa para Rebus.

Steph... Leste Europeu???
Jorn. história
10 esta noite Jenner

"Não revela o que eu chamaria de uma nova dimensão", afirmou Rebus suavemente. "Ele não ligou de novo?"

"Não."

"Nem para outro repórter?" Negativa vigorosa com a cabeça. "E quando ele falou com você foi a primeira ligação que ele fez?" Aceno de cabeça. "Não lhe ocorreu conseguir o número do telefone dele ou rastrear de onde ele estava ligando?"

"Parecia um telefone público. Havia trânsito por perto."

Rebus pensou no ponto de ônibus perto de Knoxland... Havia um telefone público a uns quinze metros de lá, perto da estrada. "Nós sabemos de onde veio a chamada para o serviço de emergência?", perguntou a Davidson.

"De um telefone público perto do viaduto", confirmou Davidson.

"Talvez o mesmo?", Watling sugeriu.

"Dá quase uma reportagem", o editor de Watling brincou. "Telefone público que funciona encontrado em Knoxland."

Shug Davidson olhava para Rebus, que encolheu um dos ombros para indicar que não tinha mais perguntas. Os dois começaram a se levantar.

"Bem, obrigado por terem entrado em contato, sr. Allan, somos muito gratos."

"Sei que não é muito..."

"Ainda assim, é mais uma peça do quebra-cabeça."

"E como está progredindo esse quebra-cabeça, inspetor?"

"Eu diria que já terminamos o contorno e agora temos que preencher o meio."

"A parte mais difícil", disse Allan, a voz simpática. Houve apertos de mão de todos. Watling apressou-se a voltar para sua mesa. Allan acenou aos dois detetives quando as portas do elevador se fecharam. Na rua, Davidson apontou para um café do outro lado da rua.

"Por minha conta", disse.

Rebus estava acendendo um cigarro. "Tudo bem, me dê só um minuto para eu fumar..." Deu uma tragada e soltou a fumaça pelas narinas, pegou um fragmento solto de tabaco da língua. "Pois é, um quebra-cabeça, hein?"

"Um homem como Allan trabalha com clichês... Pensei em lhe dar um para se divertir mais tarde."

"O problema com os quebra-cabeças", Rebus comentou, "é que todos dependem de um número exato de peças."

"Isso é verdade, John."

"E quantas peças temos?"

"Para ser sincero, a metade está caída no chão, algumas talvez até estejam embaixo do sofá e da borda do tapete. Agora quer se apressar e fumar logo essa porcaria? Preciso de um café imediatamente."

"É terrível ver alguém tão viciado", Rebus disse, antes de dar uma tragada mais profunda no cigarro.

Cinco minutos depois, eles estavam sentados mexendo seus cafés, Davidson mastigando pedaços grudentos de bolo de cereja.

"A propósito", disse entre garfadas, "tenho algo para você." Bateu nos bolsos do paletó e tirou uma fita cassete. "É a gravação de uma chamada para o serviço de emergência."

"Obrigado."

"Fiz Gareth Baird ouvi-la."

"E era a namorada do Yurgii?"

"Ele não teve certeza. Como ele disse, não é exatamente uma tecnologia Dolby Pro Logic."

"Obrigado assim mesmo." Rebus embolsou a fita.

14.

A caminho de casa, ele pôs a fita para tocar em seu carro. Mexeu nos controles de graves e agudos, mas não conseguiu melhorar muito a qualidade. A voz de uma mulher desesperada, contraposta à calma profissional do atendente de emergência.

Morrendo... ele está morrendo... ah, meu Deus...
A senhora pode nos dar um endereço?
Knoxland... entre os edifícios... os edifícios altos... ele está calçada...
A senhora precisa de uma ambulância?
Morto... morto... Gritando e soluçando.
A polícia foi alertada. A senhora pode ficar aí até que eles cheguem, por favor? Senhora? Alô, senhora...?
O quê? O quê?
Pode me dizer seu nome, por favor?
Eles o mataram... ele disse... ah, meu Deus...
Vamos mandar uma ambulância. Esse é o único endereço que pode nos dar? Senhora? Alô, a senhora ainda está aí...?

Mas ela não estava. A linha tinha caído. Rebus se perguntou novamente se ela havia usado o mesmo telefone público que Stef, quando ele ligou para Danny Watling. Perguntou-se, também, que história exigiria uma conversa cara a cara... Stef Yurgii, com seus instintos jornalísticos, conversando com os imigrantes em Knoxland... relutante em ver sua história roubada por outros. Rebus rebobinou a fita.

Eles o mataram... ele disse...

Disse o quê? Avisou a ela que aquilo iria acontecer? Que a vida dele corria perigo?

Por causa de uma história?

Rebus deu sinal e parou no acostamento. Tocou a fita mais uma vez, inteira e com o volume alto. O chiado de fundo pareceu continuar lá mesmo depois de acabada a gravação. Sentiu como se estivesse em uma grande altitude, precisando equilibrar a pressão interna dos ouvidos.

Foi um crime racial, um crime de ódio. Feio mas simples, o assassino amargo e doentio, seu ato abrigando toda aquela raiva.

Bem, não era isso?

Crianças sem pai... guardas que sofreram lavagem cerebral com medo de brinquedos... pneus queimando em um telhado...

"O que diabos está acontecendo aqui?", ele se viu perguntando. O mundo girava, determinado a não tomar conhecimento de nada: carros aceleravam para chegar em casa; pedestres mantinham os olhos fixos apenas na calçada à frente, porque o que você não vê não pode prejudicá-lo. Um belo e admirável mundo à espera do novo parlamento. Um país que envelhecia e despachava seus talentos para os quatro cantos do mundo... e que igualmente recebia mal visitantes e migrantes.

"O que diabos...", sussurrou, as mãos estrangulando o volante. Notou um pub poucos metros adiante. Seu carro poderia ser multado, mas ele sempre podia arriscar.

Mas não... se quisesse uma bebida, teria ido para o Ox. Em vez disso estava indo para casa, como os demais trabalhadores. Um longo banho quente e talvez um ou dois goles de uma garrafa de uísque. Havia vários CDs que ainda não tinha ouvido, comprados no fim de semana anterior: Jackie Leven, Lou Reed, os Bluesbreakers de John Mayall... E ainda os que Siobhan lhe emprestara: Snow Patrol e Grant-Lee Phillips... Ele tinha prometido devolvê-los na semana passada.

Talvez pudesse telefonar para ela para ver se estava ocupada. Não precisavam ir beber: curry e cerveja na casa dele ou na dela, um pouco de música e bate-papo. As coisas tinham ficado um pouco estranhas depois que ele a envolveu nos braços e a beijou. Eles não chegaram a conversar sobre o que aconteceu; ele achava que ela simplesmente queria deixar aquilo para trás. Mas isso não significava que eles não pudessem sentar juntos para dividir um prato com curry.

Significava?

Provavelmente ela teria outros planos. Afinal, tinha amigos. E o que ele tinha? Todos esses anos na cidade, fazendo o trabalho que fazia, e o que o esperava em casa?

Fantasmas.

Vigílias diante da janela, olhando além de seu reflexo.

Pensou em Caro Quinn, cercada por pares de olhos... os próprios fantasmas dela. Ela o interessava em parte por representar um desafio: ele tinha seus próprios preconceitos, e ela os dela. Perguntou-se o quanto teriam em comum. Ela tinha o telefone dele, mas ele duvidava que ela fosse ligar. E se ele *fosse* beber, iria beber sozinho, tornando-se o que seu pai chamava de "rei da cevada" — homens endurecidos e amargos que bebiam no balcão de um bar, diante de uma fileira de garrafas, tomando a marca mais barata de uísque. Sem falar com ninguém, porque eles haviam se afastado da sociedade, do diálogo e do riso. Os reinos que governavam tinham populações de um habitante.

Por fim, ejetou a fita do aparelho. Shug a teria de volta. Ela não ia revelar segredos repentinos. Tudo que ela revelou foi que uma mulher havia se importado com Stef Yurgii.

Uma mulher que talvez soubesse por que ele tinha morrido.

Uma mulher que havia se escondido.

Então, por que se preocupar? Deixe o trabalho no escritório, John. Isto é tudo o que deveria ser para você: um emprego.

Os desgraçados que tinham encontrado um canto qualquer para ele em Gayfield Square não mereciam mais que isso. Balançou a cabeça, esfregou o couro cabeludo com as mãos, tentando limpar tudo de lá. Em seguida, deu sinal novamente e voltou ao fluxo de tráfego.

Ia para casa. O mundo que se lascasse.

"John Rebus?"

O homem era negro. E alto, musculoso. Assim que se aproximou, saindo das sombras, o que Rebus viu primeiro foi o branco de seus olhos.

O homem estava esperando na escada do prédio de Rebus, de pé junto à porta traseira, que levava a um pequeno jardim malcuidado. Era o lugar ideal para um assaltante, e foi por isso que Rebus ficou tenso, mesmo quando seu nome foi pronunciado.

"Você é o inspetor-detetive John Rebus?"

O homem negro tinha cabelo bem curto e vestia um terno de ótima aparência com uma camisa roxa aberta no pescoço. As orelhas eram pequenos triângulos, quase sem lóbulos. Estava de pé na frente de Rebus, e nenhum dos dois piscou quase por uns bons vinte segundos.

Rebus levava uma sacola na mão direita. Havia uma garrafa de uísque de vinte libras dentro dela, e ele se recusava a usá-la como arma, a menos que não houvesse outra saída. Por algum motivo, sua mente se lembrou de um antigo esquete do comediante Chic Murray: um homem cai com meia garrafa no bolso, sente uma mancha úmida e a toca: *Graças a Deus... é só sangue*.

"Quem diabos é você?"

"Desculpe se o assustei..."

"Quem disse que assustou?"

"Diga que você não está pensando em vir pra cima de mim com seja lá o que houver nessa sacola."

"Eu estaria mentindo. Quem é você e o que quer?"

"O.k. se eu mostrar minha identificação?" O homem hesitou com a mão a meio caminho do bolso interno do paletó.

"Anda logo."

Uma carteira saiu. O homem a abriu. Seu nome era Felix Storey. Era um agente da Imigração.

"Felix?", Rebus disse, erguendo uma sobrancelha.

"Significa feliz, foi o que me disseram."

"E é um gato de desenho animado..."

"Também, claro." Storey começou a fechar a carteira. "Alguma coisa pra beber nessa sacola?"

"Talvez."

"Estou vendo que é de uma loja de bebidas."

"Você é muito observador."

Storey quase sorriu. "É por isso que estou aqui."

"Como assim?"

"Porque você, inspetor, estava sendo observado ontem à noite, ao sair de um lugar chamado Nook."

"Era eu?"

"Tenho uma boa série de fotos que provam isso."

"E o que diabos isso tudo tem a ver com a Imigração?"

"Pelo preço de uma bebida, talvez eu possa lhe dizer..."

Rebus lutou com uma porção de perguntas, mas a sacola estava ficando pesada. Fez um aceno quase imperceptível e dirigiu-se à escada, seguido por Storey. Destrancou a porta e a abriu, empurrando com o pé, para o lado, a correspondência do dia, amontoando-a sobre a do dia anterior. Rebus foi para a cozinha apenas para pegar dois copos limpos e em seguida levou Storey para a sala.

"Bacana", disse Storey, balançando a cabeça enquanto examinava a sala. "Teto alto, janela de sacada. Todos os apartamentos por aqui são desse tamanho?"

"Alguns são maiores." Rebus tinha tirado a garrafa de uísque da caixa e estava abrindo a tampa. "Sente-se."

"Eu gosto de um bom gole de scotch."

"Por aqui a gente não chama assim."

"Como é que vocês chamam, então?"

"Uísque ou malte."

"Por que não scotch?"

"Acho que remonta ao tempo em que 'scotch' era uma palavra malvista."

"Um termo pejorativo?"

"Se essa é a palavra chique para ela..."

Storey sorriu, mostrando dentes brilhantes. "No meu trabalho, você tem que conhecer o jargão." Ele se levantou um pouco do sofá para aceitar um copo de Rebus. "Saúde, então."

"*Slainte.*"

"Isso é gaélico, não é?" Rebus assentiu. "Você fala gaélico, então?"

"Não."

Storey pareceu refletir sobre isso enquanto saboreava um gole de Lagavulin. Por fim, acenou com a cabeça, mostrando sua apreciação. "Puta merda, é forte, hein?"

"Quer água?"

O inglês fez que não com a cabeça.

"Seu sotaque", Rebus disse, "Londres, não é?"

"Isso mesmo: Tottenham."

"Eu estive em Tottenham uma vez."

"Jogo de futebol?"

"Assassinato... Corpo encontrado perto do canal..."

"Acho que me lembro. Eu era garoto na época."

"Obrigado por dizer isso." Rebus colocou um pouco mais em seu copo e então ofereceu a garrafa a Storey, que a pegou e se serviu. "Então você é de Londres e trabalha para a Imigração. E, por algum motivo, tem o Nook sob vigilância."

"Isso mesmo."

"Isso explica como você me localizou, mas não como você sabia quem eu era."

"Tivemos ajuda do DIC local. Não posso citar nomes, mas o policial reconheceu você e a sargento-detetive Clarke na hora."

"Que interessante."

"Como eu disse, não posso citar nomes..."

"E qual é o seu interesse no Nook?"

"Qual é o seu?"

"Perguntei primeiro... Mas vou arriscar um palpite: algumas meninas da boate são estrangeiras?"

"Tenho certeza que são."

Os olhos de Rebus se estreitaram ligeiramente por cima de seu copo. "Mas não é por causa delas que você está aqui."

"Antes que eu fale sobre isso, preciso realmente saber o que você fazia lá."

"Eu estava acompanhando a sargento-detetive Clarke, só isso. Ela tinha algumas perguntas para fazer ao proprietário."

"Que tipo de pergunta?"

"Uma adolescente desapareceu. Os pais estão preocupados que ela possa ter ido parar num lugar como o Nook." Rebus deu de ombros. "Só isso. A sargento-detetive Clarke conhece a família, então está se empenhando um pouco mais."

"Ela não quis ir ao Nook sozinha?"

"Não."

Storey ficou pensativo, analisando o interior do copo enquanto revirava seu conteúdo, fazendo disso uma cena. "Se importa se eu confirmar com ela?"

"Acha que estou mentindo?"

"Não necessariamente."

Rebus olhou furioso para ele, em seguida pegou seu celular e ligou para ela. "Siobhan? Você está fazendo alguma coisa?" Ele ouviu a resposta dela, os olhos ainda fixos em Storey. "Escute, estou com alguém aqui. Ele é da Imigração e quer saber o que estávamos fazendo no Nook. Estou passando para você..."

Storey pegou o aparelho. "Sargento-detetive Clarke? Meu nome é Felix Storey. Tenho certeza que o inspetor Rebus vai lhe passar os detalhes mais tarde, mas por ora poderia apenas confirmar por que vocês estavam no Nook?" Ele fez uma pausa, escutando. Depois: "Sim, foi exatamente o que o inspetor

Rebus disse. Obrigado por me contar. Desculpe se a incomodei..." Passou o telefone de volta para Rebus.

"Até mais, Shiv... Conversamos depois. Agora é a vez do sr. Storey." Rebus fechou o telefone com força.

"Não precisava ter feito isso", disse o oficial da Imigração.

"Foi o melhor para esclarecer as coisas..."

"O que eu quis dizer foi que você não precisava ter usado o celular; seu telefone fixo está logo ali." Ele acenou com a cabeça em direção à mesa de jantar. "Teria sido muito mais barato."

Rebus finalmente sorriu. Felix Storey deixou o copo sobre o tapete e endireitou o corpo, as mãos entrelaçadas.

"Nesse caso em que estou trabalhando, não posso arriscar."

"Por que não?"

"Porque um ou dois policiais corruptos podem entrar em cena..." Storey deixou o comentário pairando no ar. "Não que eu tenha alguma evidência. Mas é exatamente o tipo de coisa que pode acontecer. As pessoas com as quais eu lido não pensam duas vezes se for preciso comprar uma divisão inteira."

"Talvez haja mais policiais corruptos em Londres."

"Talvez."

"Se as dançarinas não são ilegais, o problema então deve ser Stuart Bullen", Rebus afirmou. O funcionário da Imigração assentiu lentamente. "E para alguém vir de Londres para cá... e ainda instalar um sistema de vigilância..."

Storey ainda assentia com a cabeça. "É um negócio grande", disse. "E pode vir a ser ainda maior." Mudou de posição no sofá. "Meus pais chegaram aqui na década de 1950: da Jamaica para Brixton, apenas dois entre muitos. Uma verdadeira migração, mas ofuscada pela situação que temos agora. Dezenas de milhares de pessoas por ano vêm para cá ilegalmente... muitas vezes pagando caro por esse privilégio. Os ilegais se tornaram um grande negócio, inspetor. A questão é que você nunca os vê até que algo saia errado." Fez uma pausa, dando uma brecha para Rebus fazer uma pergunta.

"De que forma Bullen está envolvido?"

"Achamos que ele possa estar no controle de toda a operação escocesa."

Rebus bufou. "Aquele bostinha?"

"Ele tem a quem puxar, inspetor."

"Chickory Tip", Rebus murmurou. Então, para responder ao olhar de estranhamento de Storey: "Era uma banda. Fizeram um grande sucesso com 'Son of My Father'... Foi muito tempo atrás. Desde quando vocês vêm vigiando o Nook?".

"Começamos na semana passada."

"A banca de jornal fechada?", Rebus arriscou. Ele estava se lembrando da loja do outro lado da rua da boate, com suas janelas caiadas. Storey confirmou com a cabeça. "Bem, depois de ter entrado no Nook, posso lhe dizer que não me parece que haja quartos cheios de imigrantes ilegais lá."

"Não estou sugerindo que ele as esconda lá..."

"E também não vi pilhas de passaportes falsos."

"Você foi até o escritório dele?"

"Ele não parecia esconder nada: o cofre estava aberto."

"Despistando você?", especulou Storey. "Quando ele soube por que você estava lá, notou alguma mudança nele? Ficou um pouco mais relaxado?"

"Nada que me indicasse que ele podia ter outras preocupações. O que exatamente você acha que ele faz?"

"Ele é um elo de uma cadeia. Esse é um dos problemas: não sabemos quantos elos existem nem que parte cada um representa."

"Pelo jeito, vocês não sabem porra nenhuma."

Storey decidiu não discutir. "Você já havia encontrado Bullen antes?"

"Eu nem sabia que ele estava em Edimburgo."

"Então, sabia quem ele era?"

"Conheci a família, sim. Não significa que eu tenha alguma relação afetiva com eles."

"Não estou acusando você de nada, inspetor."

"Você está me sondando, o que equivale à mesma coisa — e de uma forma não muito sutil, eu diria."

"Desculpe se parece assim..."

"*É* assim. E aqui estou eu, compartilhando meu uísque com você..." Rebus balançou a cabeça.

"Conheço sua reputação, inspetor. Nada que eu já ouvi me leva a acreditar que você seja cúmplice de Stuart Bullen."

"Talvez você não esteja falando com as pessoas certas." Rebus serviu-se de mais um pouco de uísque, sem oferecer a Storey. "O que você espera encontrar espionando o Nook? Além de policiais que recebem propina, claro..."

"Pessoas ligadas a ele... denúncias e algumas pistas novas."

"O que significa que as antigas não deram em nada? Quantas evidências sérias você tem?"

"O nome dele foi mencionado..."

Rebus esperou por algo mais, porém não havia mais nada. Deu um suspiro. "Uma denúncia anônima? Poderia ser qualquer concorrente dele, no triângulo púbico, tentando prejudicá-lo."

"A boate seria uma boa cobertura."

"Já entrou lá?"

"Ainda não."

"Porque você acha que iria chamar a atenção?"

"Você se refere à cor da minha pele?" Storey deu de ombros. "Talvez tenha a ver. Não há muitos rostos negros nas suas ruas, mas isso vai mudar. Se você escolhe vê-los ou não, essa é outra questão." Olhou ao redor da sala de novo. "Lugar bacana..."

"É, você já disse."

"Está aqui há muito tempo?"

"Apenas uns vinte e tantos anos."

"É muito tempo... Sou o primeiro negro que você convidou para entrar?"

Rebus pensou naquilo. "Provavelmente", admitiu.

"Nenhum chinês nem asiático?" Rebus preferiu não responder. "Tudo o que estou dizendo é..."

"Olha", Rebus interrompeu, "pra mim chega. Termine a sua

bebida e pode ir embora... E isso não sou eu sendo racista, mas apenas me sentindo muito irritado." Ele se levantou. Storey fez o mesmo, devolvendo o copo.

"É um bom uísque", disse. "Está vendo? Você me ensinou a não dizer 'scotch'." Enfiou a mão no bolso e tirou de lá seu cartão de visita. "Caso você sinta necessidade de entrar em contato."

Rebus pegou o cartão sem olhar para ele. "Em que hotel você está?"

"É perto de Haymarket, na Grosvenor Street."

"Eu conheço."

"Passe por lá uma noite dessas, eu lhe pago uma bebida."

Rebus disse apenas: "Eu o acompanho até a saída".

Foi o que ele fez, apagando as luzes ao voltar para a sala e ficando em pé ao lado da janela sem cortinas, olhando para a calçada. Storey logo apareceu. Em seguida, um carro surgiu, parou e ele entrou no banco de trás. Rebus não conseguiu ver o motorista nem a placa. Era um carro grande, talvez um Vauxhall. Ele virou à direita no fim da rua. Rebus caminhou até a mesa, pegou o telefone fixo, chamou um táxi. Então desceu a escada e foi esperar por ele lá fora. Quando o carro estava chegando, seu celular tocou: Siobhan.

"Já terminou com nosso convidado misterioso?", perguntou ela.

"Por enquanto."

"Que diabos foi isso?"

Ele explicou o melhor que pôde.

"E esse cretino arrogante acha que estamos no bolso do Bullen?", foi a primeira pergunta dela. Rebus deduziu que fosse retórica.

"Pode ser que ele queira falar com você."

"Não se preocupe, vou estar preparada para ele." Uma ambulância saiu de uma rua lateral, a sirene ligada. "Você está no carro", ela comentou.

"Táxi", ele corrigiu. "A última coisa de que eu preciso agora é de uma condenação por dirigir embriagado."

"Aonde você está indo?"

"Só até a cidade." O táxi tinha passado o cruzamento da Tollcross. "Falo com você amanhã."

"Divirta-se."

"Vou tentar."

Ele encerrou a ligação. O taxista os levava por trás da Earl Grey Street, usando muito bem o sistema de mão única. Eles iriam cruzar a Lothian Road na Morrison Street... Próxima parada: Bread Street. Rebus deu uma gorjeta e decidiu pedir um recibo. Tentaria lançar a corrida em seus gastos com o caso Yurgii.

"Não tenho certeza se gastos com boate são dedutíveis do imposto de renda, amigo", o taxista avisou.

"Eu pareço o tipo que faria isso?"

"Você quer uma resposta com que grau de honestidade?", perguntou o homem, raspando a marcha enquanto saía.

"É a última vez que você recebe uma gorjeta", murmurou Rebus, embolsando o recibo. Ainda não eram dez horas. Grupos de homens rondavam as ruas, à procura do próximo lugar onde beber. Seguranças protegiam a maioria das portas mal iluminadas: alguns usavam casacos compridos, outros jaquetas de couro. Rebus os via como clones debaixo daquelas roupas: não tanto por parecerem idênticos, era mais a maneira como via o mundo — dividido em dois grupos: ameaça e presa.

Rebus sabia que não poderia ficar em frente à loja fechada. Se um dos porteiros do Nook suspeitasse de alguma coisa, isso poderia significar o fim da operação de Storey. Então, atravessou a rua em direção à calçada do Nook e se postou a uns dez metros da entrada. Levou o celular ao ouvido, fazendo-se passar por um bêbado que conversava com outro.

"Sim, sou eu... Onde é que você está? Você deveria estar na Shakespeare... Não, eu estou na Bread..."

O que ele dizia não importava. Para quem viu ou ouviu, ele era apenas mais uma pessoa da noite embolando sons guturais como qualquer bêbado ali da região. Mas ele também examinava a loja. Não havia luz dentro, nenhum movimento ou sombra. Se a vigilância era feita vinte e quatro horas por dia, sete dias por semana, então era muito boa. Considerou que estariam filmando, mas não conseguiu descobrir como. Se tivessem retirado um pequeno quadrado branco da janela, do lado de fora qualquer um poderia ver lá dentro e acabaria percebendo o reflexo da lente. De qualquer maneira, não havia aberturas na janela. A porta estava coberta por uma grade de arame, uma persiana bloqueando completamente a visão. De novo, nenhum lugar por onde espiar. Mas espera aí... Acima da porta havia outra janela, menor, de uns noventa por sessenta centímetros, pintada de branco, exceto por um pequeno quadrado em um canto. Genial: ficava acima dos olhos de quem passasse na rua. Claro que significava que alguém da equipe de vigilância precisava ficar no topo de uma escada, ou algo assim, armado com a câmera. Estranho e desconfortável, mas perfeito.

Rebus terminou seu telefonema imaginário e se afastou do Nook, voltando para a Lothian Road. Nas noites de sábado, era melhor evitar o lugar. Mesmo agora, durante a semana, havia muita cantoria e pessoas chutando garrafas ao longo da calçada, correndo em meio ao trânsito. O riso agudo de festas só para mulheres, meninas de saia curta e tiara com luzes piscantes. Um rapaz estava vendendo essas tiaras e também varinhas de plástico iluminadas. Ele andava para cima e para baixo na rua, carregando um punhado de cada produto. Rebus olhou para ele, lembrando-se das palavras de Storey: *Se você escolhe vê-los ou não...* Um homem magro, jovem, pele escura. Rebus parou na frente dele.

"Quanto é?"

"Duas libras."

Rebus fingiu que procurava trocado nos bolsos. "De onde você é?" O homem não respondeu, com os olhos em todos os lugares, menos em Rebus. "Há quanto tempo está na Escócia?" Mas o homem foi se afastando. "Não vai me vender uma, então?" Era óbvio que não: o homem continuou andando. Rebus seguiu na direção oposta, para a outra ponta da Princes Street.

Um vendedor de flores estava saindo do pub Shakespeare, segurando em um dos braços pequenos ramalhetes de rosas.

"Quanto?", Rebus perguntou.

"Cinco libras." O vendedor mal tinha entrado na adolescência. Seu rosto era bem moreno, talvez do Oriente Médio. Mais uma vez, Rebus fingiu procurar dinheiro nos bolsos.

"De onde você é?"

O jovem fingiu não entender. "Cinco", repetiu.

"Seu chefe está aqui perto?", Rebus insistiu.

Os olhos do jovem correram para a esquerda e para a direita, à procura de ajuda.

"Quantos anos você tem, filho? Em que escola você estuda?"

"Não entendo."

"Não me venha com essa..."

"Quer rosa?"

"Eu só preciso encontrar o meu dinheiro... Um pouco tarde para você estar trabalhando, não é? Mamãe e papai sabem o que você está fazendo?"

Aquilo foi o bastante para o vendedor de rosas. Ele saiu correndo, deixando cair um dos maços, sem olhar para trás, sem parar. Rebus pegou as flores e as deu a um grupo de meninas que estava passando.

"Isso não é suficiente para eu transar com você", disse uma delas, "mas é o suficiente para você ganhar isto." Ela o beijou de leve no rosto. À medida que se afastaram, fazendo algazarra e batendo os saltos barulhentos na calçada, outro grupo gritou que ele era velho o bastante para ser avô delas.

Sou mesmo, pensou Rebus, e sentiu-se assim também...

Examinou os rostos por toda a Princes Street. Mais chineses do que ele esperava. Todos os mendigos tinham sotaque escocês e inglês. Rebus parou em um hotel. O barman o conhecia fazia quinze anos; não importava se Rebus precisava fazer a barba ou se não estava usando seu melhor terno nem sua camisa mais alinhada.

"O que vai ser, sr. Rebus?", perguntou, pondo um descanso de copo na frente dele. "Uísque?"

"Lagavulin", Rebus disse, sabendo que uma única dose ali lhe custaria o preço de um quarto da garrafa. A bebida foi colocada na frente dele, e o barman o conhecia o suficiente para não lhe oferecer gelo ou água.

"Ted", disse Rebus, "este lugar usa funcionários estrangeiros?"

Nenhuma pergunta jamais parecia perturbar Ted: a marca de um bom barman. Moveu as mandíbulas, refletindo sobre a resposta. Enquanto isso, Rebus estava se servindo da tigela de amendoins que tinha aparecido ao lado de sua bebida.

"Tivemos alguns australianos aqui no bar", disse Ted, começando a enxugar copos com um pano. "Fazendo uma excursão mundial... parando aqui por algumas semanas. Nunca os contratamos se não tiverem experiência."

"E em outro lugar? No restaurante, talvez?"

"Ah, sim, há de todos os tipos trabalhando como garçom. Ainda mais no setor de limpeza."

"Manutenção?"

"Camareiras."

Rebus assentiu com a cabeça diante daquele esclarecimento. "Olha, isto fica estritamente entre nós dois..." Ted se inclinou um pouco mais para ouvir. "Há alguma possibilidade de imigrantes ilegais estarem trabalhando aqui?"

Ted desconfiou daquela sugestão. "Todos regularizados, sr. Rebus, a administração não iria... não poderia..."

"Muito justo, Ted. Não quis sugerir o contrário."

Ted pareceu consolado com aquilo. "Veja bem", acrescentou, "não estou dizendo que outros estabelecimentos sejam tão exigentes... Escute, vou lhe contar uma história. O pub que eu frequento, costumo tomar um drinque lá toda sexta-feira à noite. Começou a aparecer um grupo por lá, não sei de onde eles são. Dois caras tocando violão... "Save All Your Kisses for Me", canções como essa. E um cara mais velho com um pandeiro na mão, usando-o para recolher dinheiro pelas mesas." Balançou a cabeça devagar. "Aposto cem contra um que eles são refugiados."

Rebus ergueu o copo. "É todo um outro mundo", disse. "Realmente nunca tinha pensado sobre isso."

"Parece que seu copo está vazio." Ted deu uma piscadela que enrugou seu rosto todo. "Por conta da casa, se me permite..."

O ar frio atingiu Rebus quando ele saiu do bar. Virar para a direita o levaria em direção de casa, mas em vez disso ele atravessou a rua e seguiu para a Leith Street, indo parar em Leith Walk, passando por supermercados asiáticos, estúdios de tatuagem, restaurantes de comida para viagem. Ele realmente não sabia aonde estava indo. No final de Leith Walk, Cheyanne poderia estar envolvida com suas atividades. John e Alice Jardine poderiam estar passando de carro, tentando ver a filha. Todos os tipos de apetite lá fora, no escuro. Tinha as mãos nos bolsos, o casaco abotoado contra o frio. Algumas motocicletas passaram com um estrondo, apenas para encontrar um semáforo vermelho logo adiante. Rebus decidiu atravessar a rua, mas o farol já ia abrir. Deu um passo para trás enquanto a moto mais à frente saiu com um rugido.

"Táxi, senhor?"

Rebus virou-se para a voz. Havia um homem de pé à porta de uma loja. Seu interior estava iluminado e, obviamente, ela se tornara um escritório de táxis. O homem parecia asiático. Rebus fez que não com a cabeça, mas depois mudou de ideia. O motorista levou-o até um Ford Escort estacionado caindo aos pedaços. Rebus deu-lhe o endereço, e o homem pegou um guia de ruas.

"Eu lhe indico o caminho", disse Rebus. O motorista concordou e ligou o motor.

"Foi desfrutar de algumas bebidas, senhor?" O sotaque era local.

"Algumas."

"Dia de folga amanhã, não é?"

"Não se eu puder evitar."

O homem riu, embora Rebus não conseguisse imaginar por quê. Voltaram pela Princes Street e seguiram pela Lothian Road, na direção de Morningside. Rebus pediu que o motorista parasse, disse que demoraria apenas um minuto. Entrou em uma loja de conveniência e saiu de lá com uma garrafa de água, balançando-a enquanto se acomodava no banco do passageiro para tomar quatro aspirinas.

"Boa ideia, senhor", o motorista concordou. "Atacar antes de ser atacado, não é? Sem ressaca pela manhã; sem desculpas para ligar dizendo que está doente."

Uns oitocentos metros adiante, Rebus disse ao motorista que eles iriam fazer um desvio. Rumaram para Marchmont e pararam em frente ao apartamento de Rebus. Ele entrou, abriu a porta de casa. Pegou uma pasta volumosa em uma gaveta da sala. Abriu, decidiu levar alguns recortes consigo. Desceu a escada e entrou no carro novamente.

Quando chegaram a Bruntsfield, Rebus pediu que ele entrasse à direita e depois à direita outra vez. Estavam em uma rua mal iluminada de subúrbio, com casas grandes e isoladas, a maioria escondida atrás de arbustos e cercas. Janelas às escuras ou fechadas, os moradores dormindo em segurança. Mas havia luzes acesas em uma delas, e foi ali que Rebus pediu que o motorista o deixasse. O portão se abriu com um ruído. Rebus encontrou a campainha e tocou. Não houve resposta. Deu alguns passos para trás e olhou para as janelas do andar superior. Estavam iluminadas, porém com cortinas. Havia janelas maiores ao nível do solo, de cada lado da varanda, mas ambas tinham sua veneziana de madeira firmemente fechada. Rebus pensou ouvir música vindo de algum lugar. Tentou enxergar pela caixa de correio, mas não viu nenhum movimento e por fim percebeu que a música vinha de detrás da casa. Havia um caminho lateral de cascalho e Rebus o percorreu, com luzes de segurança se acendendo à medida que ele passava. A música vinha do jardim. Estava escuro, exceto por um estranho brilho avermelhado. Rebus viu uma estrutura no meio do gramado, um deque de madeira que se estendia até uma estufa de plantas envidraçada. Vapor subia dessa estrutura. E música também, algo clássico. Rebus avançou na direção da Jacuzzi.

Era o que havia ali: uma Jacuzzi, aberta ao clima escocês. Sentado dentro dela, Morris Gerald Cafferty, conhecido como "Big Ger". Ele estava em um dos cantos, os braços estendidos ao longo da borda da banheira. Jatos d'água fluíam com força de cada lado dele. Rebus olhou ao redor, mas Cafferty estava sozinho. Havia algum tipo de luz na água, um filtro colorido lançando um brilho vermelho sobre tudo. A cabeça de Cafferty estava inclinada para trás, os olhos fechados, com uma expressão concentrada no rosto, e não de relaxamento.

Então ele abriu os olhos e olhou direto para Rebus. Suas pupilas eram pequenas e escuras, o rosto superalimentado. O cabelo grisalho e curto de Cafferty estava úmido. A metade superior do peito, visível acima da superfície da água, era coberta por um tapete mais escuro de pelos ondulados. Não pareceu surpreso ao ver alguém de pé na frente dele, mesmo àquela hora da noite.

"Você trouxe um calção?", perguntou. "Não que eu esteja usando..." Ele olhou para baixo.

"Soube que você mudou de casa", Rebus disse.

Cafferty virou-se para um painel de controle ao lado de sua mão esquerda e apertou um botão. A música desapareceu. "CD player", explicou. "Os autofalantes são por dentro." Bateu na banheira com o nó dos dedos. Pressionando outro botão, o motor parou e a água ficou calma.

"Show de luzes também", comentou Rebus.

"Qualquer cor que você quiser." Cafferty apertou outro botão, mudando a água de vermelho para verde, de verde para azul, depois para branco e de volta para vermelho.

"Vermelho combina com você", Rebus afirmou.

"A aparência de Mefistófeles?", Cafferty riu. "Eu adoro ficar aqui fora a esta hora da noite. Está ouvindo o vento nas árvores,

Rebus? Elas estão aqui há mais tempo do que qualquer um de nós, essas árvores. O mesmo em relação a essas casas. E elas ainda estarão aqui quando nós não estivermos mais."

"Acho que você ficou aí dentro tempo demais, Cafferty. Seu cérebro está ficando todo enrugado."

"Estou ficando velho, Rebus, só isso... E você também."

"Velho demais para se preocupar com um guarda-costas? Acha que já enterrou todos os seus inimigos?"

"O Joe vai dormir às nove, mas ele nunca está muito longe." Uma pausa de dois segundos. "Não é, Joe?"

"É, sr. Cafferty."

Rebus se virou para onde o guarda-costas estava em pé. Descalço, vestido às pressas de cueca e camiseta.

"O Joe dorme no quarto em cima da garagem", Cafferty explicou. "Pode ir agora, Joe. Tenho certeza de que estou seguro com o inspetor."

Joe olhou carrancudo para Rebus e voltou pelo outro lado do gramado.

"A área aqui é bem agradável", Cafferty dizia em tom informal. "Não há muito que se possa chamar de crime..."

"Tenho certeza de que você está se esforçando para mudar isso."

"Estou fora do jogo, Rebus, do mesmo jeito que você também vai estar muito em breve."

"Ah, é?" Rebus ergueu os recortes que tinha trazido de casa. Fotos de Cafferty publicadas nos tabloides. Todas tiradas no ano anterior; em todas ele aparecia com bandidos conhecidos de lugares tão distantes como Manchester, Birmingham, Londres.

"Você anda me vigiando ou algo assim?", perguntou Cafferty.

"Talvez."

"Não sei se fico lisonjeado..." Cafferty se levantou. "Me passa aquele roupão, por favor?"

Rebus não hesitou em atendê-lo. Cafferty saltou da borda da banheira para o deque de madeira, vestindo o roupão branco de algodão e calçando chinelos de dedo. "Me ajuda a colocar a cobertura", disse Cafferty. "Depois vamos entrar e você vai me dizer o que diabos quer de mim."

Mais uma vez, Rebus o atendeu.

Certa época, Big Ger Cafferty tinha controlado praticamente todas as atividades criminosas de Edimburgo, de drogas e saunas a golpes empresariais. No entanto, desde a última temporada na prisão ele vinha mantendo a cabeça baixa. Não que Rebus acreditasse naquela besteira sobre aposentadoria: pessoas como Cafferty jamais se aposentavam. Na cabeça de Rebus, Cafferty tinha apenas se tornado mais esperto com a idade — e mais sábio em relação aos possíveis meios que a polícia usaria para investigá-lo.

Ele tinha agora cerca de sessenta anos, e havia conhecido a maioria dos bandidos famosos surgidos depois dos anos 1960. Histórias contavam que ele tinha trabalhado com os Kray e Richardson em Londres, bem como com alguns dos criminosos mais conhecidos de Glasgow. Inquéritos anteriores tentaram ligá-lo a traficantes de drogas da Holanda e de escravas brancas da Europa Oriental. Não resultaram em quase nada. Às vezes, por falta de recursos ou de provas convincentes que levassem o promotor público a instaurar um processo. Às vezes, porque as testemunhas desapareciam da face da terra.

Seguindo Cafferty pela estufa, e de lá para a cozinha com piso de pedra calcária, Rebus olhou para suas costas e seus ombros largos, perguntando-se, não pela primeira vez, quantas execuções aquele homem tinha encomendado, quantas vidas havia arruinado.

"Chá ou algo mais forte?", perguntou Cafferty, arrastando os chinelos pelo chão.

"Chá está bem."

"Porra, o assunto deve ser sério..." Cafferty deu um sorrisinho consigo mesmo enquanto colocava a chaleira no fogo e três saquinhos de chá no bule. "Acho melhor eu pôr uma roupa", disse. "Vamos, vou lhe mostrar a sala de estar."

Era uma das salas da frente, com uma janela grande se abrindo para a varanda e uma lareira de mármore. Uma variedade de telas nas paredes. Rebus não entendia muito de arte, mas as molduras pareciam caras. Cafferty tinha ido para o andar superior, o que deu a Rebus a chance de olhar tudo, embora não houvesse muita coisa que atraísse sua atenção: não havia livros, aparelho de som, mesa... nem mesmo enfeites em cima da lareira. Apenas um sofá e poltronas, um enorme tapete oriental, e os quadros. Não era um ambiente para se passar muito tempo. Talvez Cafferty fizesse reuniões lá, querendo impressionar com sua coleção. Rebus pôs os dedos sobre o mármore, na esperança inútil de que ele se mostrasse falso.

"Aqui está", disse Cafferty, levando duas xícaras para a sala. Rebus pegou uma.

"Com leite e sem açúcar", Cafferty informou. Rebus assentiu. "Por que está sorrindo?"

Rebus apontou o canto do teto acima da porta, onde uma pequena caixa branca emitia uma luz vermelha piscante. "Você tem um alarme contra roubos", explicou.

"E daí?"

"Daí que... é engraçado."

"Não acha que tem gente que pode querer entrar aqui? Lá fora não tem nenhuma placa no muro dizendo quem eu sou..."

"Acho que não mesmo", disse Rebus, tentando ser agradável.

Cafferty tinha vestido uma calça de moletom e um suéter cinza com decote em V. Parecia bronzeado e descontraído; Rebus se perguntou se haveria uma espreguiçadeira em algum lugar na propriedade. "Sente-se", disse Cafferty.

Rebus sentou-se. "Estou interessado em alguém", começou. "E acho que você pode conhecê-lo: Stuart Bullen."

Cafferty torceu o lábio superior. "O Pequeno Stu", disse. "Eu conhecia melhor o pai dele."

"Não duvido. Mas o que você sabe sobre as atividades recentes do filho?"

"Ele tem sido um menino travesso, é?"

"Não tenho certeza." Rebus bebeu um gole de chá. "Você sabe que ele está em Edimburgo?"

Cafferty assentiu lentamente. "Dirige um clube de strip, não é?"

"Exatamente."

"E como se isso já não fosse um trabalho duro o bastante, agora ele ainda tem você no pé dele?"

Rebus balançou a cabeça. "Tudo se resume a uma garota que fugiu de casa; os pais acham que ela pode estar trabalhando para Bullen."

"E está?"

"Não que eu saiba."

"Mas você foi ver o Pequeno Stu e ele o irritou?"

"Eu só saí de lá com algumas perguntas..."

"Por exemplo?"

"Por exemplo, o que ele está fazendo em Edimburgo?"

Cafferty sorriu. "Você está me dizendo que não conhece nenhum durão da Costa Oeste que se mudou para o Leste?"

"Conheço alguns."

"Eles vêm para cá porque em Glasgow não podem andar dez metros sem alguém ir para cima deles. É a cultura, Rebus." Cafferty deu de ombros de maneira teatral.

"Você está dizendo que ele quer recomeçar aqui?"

"Por lá ele é o filho de Rab Bullen, sempre será."

"O que significa que alguém em algum lugar pode ter posto a cabeça dele a prêmio?"

"Ele não está correndo de medo, se é isso que você está pensando."

"Como você sabe?"

"Porque Stu não é desse tipo. Ele quer provar que é capaz... sair da sombra de seu velho... sabe como é."

"E administrar uma boate de dançarinas vai lhe dar isso?"

"Quem sabe?" Cafferty observou a superfície de sua bebida. "Por outro lado, talvez ele tenha outros planos."

"Por exemplo?"

"Não o conheço bem o suficiente para responder. Sou um velho, Rebus: as pessoas já não me contam tantas coisas como antigamente. E mesmo se eu soubesse de algo... por que diabos iria me dar ao trabalho de contar a você?"

"Porque você guarda um ressentimento dele." Rebus pôs sua caneca pela metade no piso de madeira envernizado. "O Rab Bullen não te sacaneou uma vez?"

"Coisas de um passado bem distante, Rebus, coisas de um passado bem distante."

"Então, até onde você sabe, o filho está limpo?"

"Não seja burro — ninguém está *limpo*. Você tem olhado à sua volta ultimamente? Não que haja muito para ver lá de Gayfield Square. Ainda dá para sentir o cheiro de esgoto nos corredores?" Cafferty sorriu do silêncio de Rebus. "*Algumas* pessoas ainda me contam coisas... só de vez em quando."

"Que pessoas?"

O sorriso de Cafferty se alargou. "'Conheça o teu inimigo', é o que dizem, não é? Eu arriscaria dizer que é por isso que você mantém todos esses recortes de jornal sobre mim."

"Com certeza não é pela sua aparência de pop star."

A boca de Cafferty se abriu em um enorme bocejo. "A banheira sempre faz isso comigo", disse, como se estivesse se desculpando, e cravou os olhos em Rebus. "Outra coisa que fiquei sabendo é que você está trabalhando no caso do esfaqueamento em Knoxland. O pobre-diabo levou... o quê? Doze? Quinze facadas? O que os senhores Curt e Gates acham disso?"

"O que você quer dizer?"

"A mim me parece um frenesi... alguém fora de controle."

"Ou apenas muito, muito zangado", Rebus rebateu.

"No fim é a mesma coisa. Tudo o que estou dizendo é que alguém pode ter pegado gosto pela coisa."

Os olhos de Rebus se estreitaram. "Você sabe de alguma coisa, não é?"

"Eu não, Rebus... Estou feliz só de ficar aqui e envelhecer."

"Ou de ir para a Inglaterra se encontrar com seus amigos desprezíveis."

"Que falem de mim... que falem de mim..."

"A vítima de Knoxland, Cafferty... O que é que você não está me dizendo?"

"Acha que eu vou sentar aqui e fazer o trabalho para você?" Cafferty balançou a cabeça devagar, em seguida apoiou-se nos braços da poltrona e começou a se levantar. "Mas agora é hora de dormir. Da próxima vez que vier, traga aquela simpática detetive Clarke e diga-lhe para trazer o biquíni. Na verdade, se a mandar, você pode até ficar em casa." Cafferty riu mais e mais alto do que o comentário merecia enquanto conduzia Rebus em direção à porta da frente.

"Knoxland", Rebus disse.

"O que tem?"

"Bem, já que você tocou no assunto... Lembra que há alguns meses os irlandeses tentaram entrar à força na área de drogas de lá?" Cafferty fez um gesto evasivo. "Pode ser que eles tenham voltado... Será que você já sabe alguma coisa sobre isso?"

"Drogas são para fracassados, Rebus."

"Que frase original."

"Talvez eu ache que você não merece nenhuma das minhas melhores frases." Cafferty segurou a porta da frente aberta. "Diga-me, Rebus... Todas essas histórias sobre mim, você as mantém em um álbum de recortes com pequenos corações grudados nelas?"

"Na verdade, adagas."

"Quando eles fizerem você se aposentar, é isso que vai estar à sua espera... mais alguns anos com seu álbum de recortes. Não é um grande legado, é?"

"E o que exatamente você está deixando para trás, Cafferty? Algum hospital recebeu seu nome?"

"Com a quantidade de dinheiro que dou para a caridade, seria bem possível."

"Todo esse dinheiro manchado de culpa não muda quem você é."

"Nem precisa. Uma coisa que você tem que perceber é que estou feliz com a minha sorte." Fez uma pausa. "Ao contrário de alguns que eu poderia citar."

Cafferty ria baixinho quando fechou a porta diante de Rebus.

QUINTO DIA
Sexta-feira

15.

A primeira vez que Siobhan ouviu foi pelo noticiário da manhã.

Müsli com leite desnatado, café, suco multivitaminas. Ela sempre comia à mesa da cozinha, de roupão. Assim, se derramasse qualquer coisa, não precisaria se preocupar. Depois um banho e se vestir. Seu cabelo levava apenas alguns minutos para secar, motivo pelo qual o mantinha curto. A rádio Scotland geralmente servia apenas como som de fundo, um murmúrio de vozes para preencher o silêncio. Só que então ela ouviu a palavra "Banehall" e aumentou o volume. Perdeu a parte principal, mas o estúdio chamava uma repórter externa:

"*Bem, Catriona, a polícia de Livingston está na cena do crime neste exato momento. Estamos sendo mantidos atrás do cordão de isolamento, é claro, mas uma equipe da polícia técnica, de macacões brancos e máscaras, está entrando na casa com terraço. É uma propriedade do município, talvez dois ou três quartos, paredes cinza e todas as janelas com cortina. O jardim da frente está muito alto, e uma pequena multidão de curiosos se reuniu aqui. Consegui falar com alguns vizinhos, e parece que a vítima era conhecida da polícia. Ainda não sabemos se isso tem alguma relação com o caso...*"

"*Colin, já revelaram a identidade da vítima?*"

"Nada oficial, Catriona. Posso lhe dizer que era um homem de vinte e dois anos, daqui mesmo, e que sua morte parece ter sido bastante brutal. Novamente, porém, precisaremos aguardar a coletiva de imprensa para ter uma descrição mais detalhada. Os policiais que estão aqui dizem que será daqui a duas ou três horas."

"Obrigada, Colin... Mais detalhes sobre essa história no nosso noticiário da hora do almoço. Enquanto isso, um grupo de parlamentares da região da Escócia Central está pedindo o fechamento do centro de detenção Whitemire, situado perto de Banehall..."

Siobhan tirou o celular do carregador, mas não conseguia lembrar o número da delegacia de Livingston. E quem ela conhecia lá afinal? Apenas o detetive Davie Hynds, que estava lá fazia menos de quinze dias: outra vítima das mudanças em St. Leonard's. Foi ao banheiro e olhou seu rosto e cabelo no espelho. Um punhado de água e um pente molhado iriam servir naquele momento. Não tinha tempo para mais nada. Decidida, correu para o quarto e abriu as portas do guarda-roupa.

Menos de uma hora depois, estava em Banehall. Passou pela antiga casa dos Jardine. Eles tinham se mudado para não ficar tão perto do estuprador de Tracy. Donny Cruikshank, cuja idade Siobhan calculou em torno de vinte e dois...

Havia algumas vans da polícia estacionadas na rua ao lado. A multidão tinha aumentado. Um sujeito com um microfone colhia a opinião das pessoas — ela achou que era o mesmo repórter de rádio a quem ouvira. A casa no centro das atenções era ladeada por outras duas. As três portas estavam abertas. Viu Steve Holly desaparecer na casa da direita. Sem dúvida, algum dinheiro tinha mudado de mãos e Holly havia obtido acesso ao jardim dos fundos, onde poderia ter uma visão melhor das coisas. Siobhan parou em fila dupla e se aproximou do policial uniformizado em pé ao lado da fita azul e branca. Mostrou sua identificação e ele levantou a fita para que ela passasse por baixo.

"O corpo foi identificado?", perguntou ela.

"Provavelmente é o cara que morava aí", disse ele.

"O patologista já examinou?"

"Ainda não."

Ela assentiu com a cabeça e seguiu em frente, abrindo o portão, percorrendo o caminho até o interior sombrio. Respirou fundo algumas vezes, expirando bem devagar; precisava parecer natural quando entrasse na casa, precisava ser profissional. O corredor de entrada era estreito. No andar de baixo, parecia haver apenas uma sala de estar apertada e uma cozinha igualmente pequena. Uma porta na cozinha levava ao quintal. As escadas para o único outro andar eram íngremes: quatro portas ali, todas abertas. Uma delas era a de um armário de corredor, cheio de caixas de papelão, edredons e lençóis. Através de outra, viu parte de um banheiro rosa-claro. Em seguida, dois quartos: um de solteiro, sem uso. Restava o maior, que se via da fachada da casa. Ali era onde toda a atividade estava: investigadores de cena do crime, fotógrafos, um clínico geral conversando com um detetive. O detetive reparou nela.

"Posso ajudar?"

"Sargento-detetive Clarke", disse, mostrando sua identificação. Até agora, só tinha olhado o corpo de relance, mas ele estava lá, sem dúvida: não havia como confundi-lo. Sangue ensopando o tapete marrom-claro. O rosto retorcido, a boca flácida e entreaberta, como se em um esforço para sugar uma golfada final de vida. A cabeça raspada com crostas de sangue. O pessoal da polícia técnica passava detectores nas paredes, procurando manchas que lhes dariam um padrão, o padrão que, por sua vez, forneceria pistas sobre a ferocidade e a natureza da agressão.

O detetive devolveu a identificação dela. "Você está bem longe de casa, detetive Clarke. Sou o inspetor-detetive Young, encarregado desta investigação... e não me lembro de ter pedido alguma ajuda da cidade grande."

Ela arriscou um sorriso cativante. O inspetor-detetive Young fazia jus ao significado de seu nome em inglês: jovem, de qualquer forma mais jovem do que ela, e já acima dela na hierarquia.

Um rosto vigoroso em um corpo ainda mais vigoroso. Provavelmente jogava rúgbi, talvez tivesse vindo da zona rural. Era ruivo, tinha cílios mais claros e alguns vasos sanguíneos estourados nos dois lados do nariz. Se alguém tivesse dito a Siobhan que ele havia saído da escola fazia pouco tempo, com certeza ela teria acreditado.

"Eu só pensei..." Ela hesitou, tentando encontrar a combinação certa de palavras. Olhando ao redor, notou as fotos coladas às paredes: pornô soft, loiras de bocas e pernas abertas.

"Pensou o quê, sargento-detetive Clarke?"

"Que eu poderia ajudar."

"Bem, foi um pensamento muito amável, mas acho que podemos controlar as coisas por aqui, se não se importar."

"A questão é que..." E agora ela olhou o cadáver. Sentiu como se seu estômago tivesse sido substituído por um saco de pancadas, embora seu rosto mostrasse apenas interesse profissional. "Eu sei quem ele é. Sei um pouco sobre ele."

"Bem, nós também sabemos quem ele é, por isso mais uma vez obrigado..."

Claro que eles o conheciam. Com sua reputação e seu rosto marcado. Donny Cruikshank, sem vida no chão de seu quarto.

"Mas eu sei de coisas que você não sabe", ela insistiu.

Os olhos de Young se estreitaram, e ela soube que estava no caso.

"Muito mais pornô aqui", dizia um dos agentes da polícia técnica. Ele se referia à sala: no chão ao lado da TV, pilhas de DVDs e vídeos piratas. Havia também um computador, com outro policial sentado diante dele, ocupado com o mouse. Ele tinha um monte de disquetes e CD-ROMs para olhar.

"Não esqueçam que isto é trabalho", Young lembrou a eles. Concluiu que o quarto tinha gente demais e levou Siobhan à cozinha.

"A propósito, meu nome é Les", disse, suavizando o tom agora que ela possuía algo a lhe oferecer.

"Siobhan", disse ela.

"Então..." Ele se encostou em uma bancada, de braços cruzados. "Como você conheceu Donald Cruikshank?"

"Ele era um estuprador condenado, e eu trabalhei nesse caso. A vítima cometeu suicídio. Ela morava aqui nas redondezas... os pais ainda moram. Eles vieram me procurar alguns dias atrás porque sua outra filha fugiu."

"Ah, é?"

"Eles me disseram que falaram com alguém em Livingston sobre isso..." Siobhan tentou não parecer crítica.

"Alguma razão para pensar...?"

"O quê?"

Young encolheu os ombros. "Que isto tenha a ver com... Quer dizer, que de alguma forma possa ter alguma ligação?"

"É o que estou imaginando. Por isso decidi vir para cá."

"Se você pudesse escrever um relatório..."

Siobhan assentiu. "Vou fazer isso hoje."

"Obrigado", Young afastou-se da bancada da cozinha e estava pronto para voltar lá para cima. Mas parou na porta. "Está ocupada em Edimburgo?"

"Na verdade, não."

"Quem é seu chefe?"

"O inspetor-chefe Macrae."

"Talvez eu pudesse ter uma palavrinha com ele... ver se nos empresta você por alguns dias." Fez uma pausa. "Claro, desde que você concorde."

"Sou toda sua", disse Siobhan. Podia jurar que ele estava corando quando ela saiu da cozinha.

Siobhan voltava para a sala quando quase bateu de frente com uma pessoa que havia chegado: o dr. Curt.

"Você circula um bocado, sargento-detetive Clarke", disse ele. Olhou para a esquerda e para a direita a fim de se certificar de que ninguém estava escutando. "Algum progresso no Fleshmarket Close?"

"Um pouco. Topei com Judith Lennox."

Curt estremeceu diante do nome. "Você contou a ela?"

"Claro que não... Seu segredo está seguro comigo. Algum plano para voltar a exibir Mag Lennox?"

"Acho que sim." Ele mudou de lado para que um perito passasse. "Bem, acho melhor eu..." Apontou para a escada.

"Não se preocupe, ele não vai a lugar nenhum."

Curt olhou para ela. "Desculpe, Siobhan, mas essa observação diz muito sobre você."

"Como o quê?"

"Você tem passado muito tempo com John Rebus..." O patologista começou a subir a escada, carregando sua maleta médica de couro preto. Siobhan ouvia os joelhos dele estalando a cada degrau.

"Qual é o interesse, sargento-detetive Clarke?", alguém lá fora gritou. Ela olhou para o cordão e viu Steve Holly acenando para ela com seu bloco de anotações. "Um pouco fora do comum, não é?"

Ela murmurou alguma coisa baixinho e percorreu o caminho, abrindo o portão novamente, abaixando-se sob o cordão de isolamento. Holly grudou em Siobhan enquanto ela andava até seu carro.

"Você trabalhou no caso, não é?", dizia. "O caso de estupro, eu quero dizer. Lembro de ter tentado perguntar a você..."

"Cai fora, Holly."

"Olha, não vou publicar seu nome nem nada assim..." Ele estava na frente dela agora, andando de costas para fazer contato visual. "Mas você deve estar pensando o mesmo que eu... o mesmo que muitos de nós..."

"E o que é?", ela não conseguiu deixar de perguntar.

"Belo destino para um lixo ruim. Quer dizer, quem fez isso, a pessoa merece uma medalha."

"Nunca vi ninguém descer tão baixo quanto você."

"Seu companheiro Rebus diz a mesma coisa."

"Grandes mentes pensam da mesma forma."

"Vamos lá, você precisa…" Parou de falar quando se chocou contra o carro dela, perdeu o equilíbrio e caiu na rua. Siobhan entrou e ligou o motor antes que ele se pusesse em pé novamente. Quando Siobhan saiu de ré, Holly estava se limpando. Ele tentou pegar sua esferográfica, mas notou que ela a esmagara sob as rodas do carro.

Ela não foi longe, só até o cruzamento com a Main Street, e dali passou para o outro lado. Encontrou a casa dos Jardine com facilidade. Ambos estavam em casa e a levaram para dentro.

"Vocês já souberam?", ela perguntou.

Eles assentiram, não parecendo nem satisfeitos nem insatisfeitos.

"Quem poderia ter feito isso?", a sra. Jardine perguntou.

"Praticamente qualquer um", respondeu o marido. Seus olhos estavam em Siobhan. "Ninguém em Banehall o queria de volta, nem mesmo sua família."

O que explicava por que Cruikshank morava sozinho.

"Teve alguma notícia?", perguntou Alice Jardine, tentando pressionar as mãos de Siobhan entre as dela. Era como se já tivesse apagado o assassinato de sua mente.

"Nós fomos à boate", Siobhan contou. "Ninguém parecia saber nada sobre Ishbel. Nenhuma notícia dela ainda?"

"Você seria a primeira pessoa a quem contaríamos", assegurou John Jardine. "Mas estamos esquecendo nossa educação — aceita uma xícara de chá?"

"Eu realmente não tenho tempo." Siobhan fez uma pausa. "Mas existe uma coisa que eu queria…"

"O quê?"

"Uma amostra da caligrafia de Ishbel."

Alice Jardine arregalou os olhos. "Para quê?"

"Não é nada na verdade… Poderá vir a ser útil mais tarde."

"Vou ver o que consigo encontrar", disse John Jardine.

Subiu a escada, deixando as duas mulheres sozinhas. Siobhan tinha enfiado as mãos nos bolsos, a salvo de Alice.

"Você não acredita que vamos encontrá-la, não é?"

"Ela se deixará encontrar... quando estiver pronta", disse Siobhan.

"Não acha que alguma coisa aconteceu com ela?"

"Você acha?"

"Eu me sinto culpada por pensar o pior", disse Alice Jardine, esfregando as mãos, como se estivesse limpando alguma sujeira.

"Você sabe que vamos querer interrogar vocês?", falou baixinho Siobhan. "Haverá perguntas sobre Cruikshank... sobre como ele morreu."

"Acho que sim."

"Vai haver perguntas sobre Ishbel também."

"Meu Deus, eles não podem estar pensando...?" A voz da mulher tinha se elevado.

"É apenas uma coisa que deve ser feita."

"E será você quem vai fazer as perguntas, Siobhan?"

Siobhan fez que não com a cabeça. "Sou muito próxima de vocês. Talvez seja um homem chamado Young. Ele parece o.k."

"Bem, se você diz..."

Seu marido estava voltando. "Não há muita coisa, para ser sincero", disse, entregando uma agenda de endereços. Havia nomes e números de telefone, a maioria escrita com caneta hidrográfica verde. Na segunda capa, Ishbel tinha anotado seu nome e endereço.

"Talvez sirva", disse Siobhan. "Devolvo quando eu terminar."

Alice Jardine tinha agarrado o cotovelo do marido. "Siobhan disse que a polícia vai querer conversar conosco sobre..." Não teve coragem de dizer o nome. "Sobre *ele*."

"Vai?" O sr. Jardine virou-se para Siobhan.

"É rotina", disse ela. "Traçar um perfil da vítima..."

"Claro, entendo." No entanto, parecia inseguro. "Mas eles

não podem... eles não vão pensar que Ishbel teve alguma coisa a ver com isso, vão?"

"Não seja estúpido, John!", disse a esposa entre os dentes. "Ishbel não faria uma coisa dessas!"

Talvez não, Siobhan pensou, mas Ishbel não seria o único membro da família considerado suspeito...

O chá foi oferecido outra vez e polidamente recusado. Ela conseguiu deixar a porta da casa, escapando para o carro. Assim que saiu, olhou pelo espelho retrovisor e viu Steve Holly caminhando pela calçada, verificando o número das casas. Por um momento, pensou em voltar e lhe fazer uma advertência. Mas esse tipo de coisa só iria despertar a curiosidade dele. Qualquer que fosse a atitude do jornalista, e quaisquer que fossem as perguntas que fizesse aos Jardine, eles teriam de sobreviver sem a ajuda dela.

Siobhan entrou na Main Street e parou na frente do salão. Lá dentro, o lugar cheirava a permanente e laquê. Duas clientes embaixo de secadores. Tinham revistas abertas no colo, mas estavam ocupadas conversando, as vozes se fazendo ouvir acima do ruído das máquinas.

"... e boa sorte para eles, é o que eu digo."

"Não foi nenhuma grande perda, isso é certo..."

"É a sargento Clarke, não é?" A pergunta veio de Angie. Ela falou ainda mais alto que suas clientes, e elas perceberam o aviso, caindo em silêncio, olhos em Siobhan.

"O que podemos fazer por você?", perguntou Angie.

"Quero falar com Susie." Siobhan sorriu para a jovem assistente.

"Por quê? O que foi que eu fiz?", Susie protestou. Estava levando uma xícara de cappuccino instantâneo para uma das mulheres no secador.

"Nada", Siobhan tranquilizou-a. "A não ser, claro, que tenha assassinado Donny Cruikshank."

As quatro mulheres olharam horrorizadas. Siobhan levantou as mãos. "Brincadeira besta", disse.

"Suspeitos não faltam", Angie admitiu, acendendo um cigarro. Hoje suas unhas estavam pintadas de azul, com pequenos pontos amarelos, como estrelas no céu.

"Você se importaria de enumerar seus favoritos?", Siobhan perguntou, tentando não dar muita importância à pergunta.

"Olhe ao redor, querida." Angie soprou a fumaça na direção do teto. Susie estava levando outra bebida para os secadores — um copo de água dessa vez.

"Uma coisa é pensar em acabar com alguém", disse.

Angie assentiu. "É como se um anjo nos ouvisse e decidisse de uma vez por todas fazer a coisa certa."

"Um anjo vingador?", Siobhan arriscou.

"Leia a Bíblia, meu amor: eles não eram só feitos de penas e auréolas." As mulheres nos secadores compartilharam um sorriso ao ouvir aquilo. "Você espera que a gente ajude você a pôr quem fez isso atrás das grades? Você vai precisar de uma paciência de Jó."

"Parece que você conhece a Bíblia, o que significa que também sabe que assassinato é um pecado contra Deus."

"Depende do seu Deus, suponho." Angie deu um passo na direção de Siobhan. "Você é amiga dos Jardine; eu sei, eles me disseram. Então, vamos lá, me diga com sinceridade..."

"Dizer o quê?"

"Diga que não está feliz por saber que o desgraçado está morto."

"Não estou." Ela permaneceu firme diante do olhar da cabeleireira.

"Então você não é um anjo, é uma santa." Angie foi verificar como estava indo o cabelo das mulheres. Siobhan aproveitou a oportunidade para conversar com Susie.

"Eu realmente preciso de mais alguns dados seus."

"Dados meus?"

"Suas estatísticas vitais, Susie", Angie disse, e as duas clientes riram com ela.

Siobhan conseguiu sorrir. "Só seu nome completo e endereço, talvez número de telefone. Caso eu precise escrever um relatório."

"Ah, certo..." Susie parecia afobada. Foi até a gaveta, encontrou um bloco de anotações, começou a escrever. Arrancou a folha e a entregou a Siobhan. Tinha escrito com letras maiúsculas, o que não preocupou Siobhan: a maioria das pichações no banheiro feminino do Bane estava assim.

"Obrigada, Susie", disse, enfiando o papel no bolso, junto com a agenda de endereços de Ishbel.

Havia menos clientes no Bane do que em sua visita anterior. Eles se afastaram um pouco para o lado para deixar-lhe algum espaço no balcão do bar. O barman a reconheceu, acenou com a cabeça, o que poderia ter sido um cumprimento ou um pedido de desculpas pelo comportamento de Cruikshank da última vez.

Ela pediu uma bebida suave.

"Por conta da casa", disse ele.

"Sei, sei", disse um dos clientes que estavam bebendo, "Malky está tentando algumas preliminares para variar."

Siobhan ignorou isso. "Não costumo aceitar bebidas antes de me identificar como detetive." Ela levantou sua identificação profissional como prova.

"Boa escolha, Malky", disse um homem. "É sobre o jovem Donny?" Siobhan virou-se para o homem que tinha falado. Estava na casa dos sessenta, um boné sobre uma calva brilhante. Segurava um cachimbo em uma das mãos. Havia um cachorro deitado a seus pés, dormindo pesadamente.

"Isso mesmo", ela admitiu.

"O rapaz era um maldito idiota, todos nós sabemos... mas não merecia morrer por causa disso."

"Não?"

O homem sacudiu a cabeça. "Hoje em dia as garotas não demoram nem um segundo para sair gritando que foram estupradas." Ergueu a mão para impedir o protesto do barman. "Não, Malky, só estou dizendo... dê um pouco de bebida a uma menina, e ela vai estar em apuros. Olhe como elas se vestem quando desfilam para cima e para baixo na Main Street. Há cinquenta anos, as mulheres se cobriam um pouco... e você não lia sobre ataques indecentes todos os dias nos jornais."

"Lá vem", alguém gritou.

"As coisas mudaram..." O homem quase apreciou os gemidos em volta dele. Siobhan percebeu que aquela era uma performance costumeira, sem roteiro, mas confiável. Olhou para Malky, porém ele balançou a cabeça para ela, como se dizendo que não valia a pena ela defender seu ponto de vista. O velhote iria adorar se isso acontecesse. Então, ela pediu licença e se dirigiu ao banheiro. Dentro do cubículo, sentou-se, pôs o livro de endereços de Ishbel e a anotação de Susie no colo, comparando as letras com as mensagens na parede. Nada de novo fora acrescentado desde sua última visita. Tinha certeza de que "Donny Pervertido" havia sido escrito por Susie e "Pau no Cruik" por Ishbel. Mas havia outras mãos atuando. Pensou em Angie, e até mesmo nas mulheres sob os secadores.

Que ele pague na mesma moeda...
Tua hora vai chegar...

Nem Ishbel nem Susie tinham escrito isso, mas alguém o fizera.

A solidariedade do salão de cabeleireiro.

Uma cidade cheia de suspeitos...

Folheando a agenda de endereços, notou que, na letra C, havia um endereço que parecia familiar — Barlinnie. Ala E, que era onde ficavam os criminosos sexuais. Escrito com a letra de Ishbel, na letra C de Cruikshank. Siobhan olhou o resto da agenda, mas não encontrou nada mais digno de nota.

Ainda assim, aquilo significaria que Ishbel tinha escrito para Cruikshank? Será que havia laços entre eles que Siobhan desconhecia? Duvidou que os pais dela soubessem — ficariam horrorizados com a ideia. Voltou ao balcão do bar, ergueu a bebida, fixou os olhos nos de Malky, o barman.

"Os pais de Donny Cruikshank ainda moram nas redondezas?"

"O pai dele vem aqui", um dos clientes disse. "É um bom homem, Eck Cruikshank. Quase morreu quando Donny foi preso..."

"Mas Donny não morava com ele", Siobhan acrescentou.

"Não desde que saiu da prisão", disse o cliente.

"A mãe não o quis em casa", Malky se intrometeu. Em pouco tempo, o bar inteiro estava falando sobre os Cruikshank, esquecendo que havia uma detetive entre eles.

"É, o Donny era um terror..."

"Namorou a minha menina por alguns meses, não fazia mal a uma mosca..."

"O pai dele trabalha em uma ferramentaria em Falkirk..."

"Não merecia o fim que teve..."

"Ninguém merece..."

Siobhan ficou lá bebericando seu drink, fazendo um comentário ocasional ou uma pergunta. Quando seu copo ficou vazio, dois clientes se ofereceram para comprar outro, mas ela balançou a cabeça.

"Minha vez", disse, colocando a mão na bolsa à procura do dinheiro.

"Moça nenhuma vai me comprar bebida", um homem tentou protestar. Mas acabou por permitir que outro copo de cerveja fosse colocado na frente dele. Siobhan começou a guardar seus trocados.

"E depois que ele saiu da prisão?", perguntou como quem não quer nada. "Andou se encontrando com velhos companheiros?"

Os homens ficaram em silêncio, e ela percebeu que não tinha conseguido disfarçar o suficiente. Ela deu um sorriso. "Outra pessoa vai aparecer, vocês sabem, não sabem? Fazendo exatamente as mesmas perguntas..."

"O que não significa que a gente precise responder", Malky disse com firmeza. "Conversa fiada e nada mais..."

Os clientes concordaram.

"É uma investigação de assassinato", Siobhan lembrou. Agora a sensação no pub era de frieza, toda a boa vontade congelara.

"Pode ser, mas não somos informantes."

"Não estou pedindo que sejam."

Um dos homens devolveu sua caneca de cerveja a Malky. "Eu pago a minha", disse. O homem ao lado dele fez o mesmo.

A porta se abriu e dois policiais uniformizados entraram. Um deles segurava uma prancheta.

"Já souberam da fatalidade?", perguntou. Fatalidade: um eufemismo simpático, mas também acurado. Não seria assassinato até o patologista dar seu veredicto. Siobhan decidiu ir embora. O policial com a prancheta disse que precisaria anotar informações sobre ela. Ela mostrou sua identificação.

Lá fora, uma buzina de carro soou. Era Les Young. Ele parou e acenou para ela, abrindo a janela enquanto Siobhan se aproximava.

"A detetive da cidade grande resolveu o caso?", perguntou ele.

Ela ignorou isso e lhe contou sobre sua ida aos Jardine, ao salão e ao Bane.

"Então não é que você tem um problema com bebida?", ele perguntou, o olhar indo dela até a porta do bar. Como Siobhan não respondeu, ele pareceu concluir que o momento de provocação tinha passado. "Bom trabalho", disse. "Talvez consigamos alguém para analisar a caligrafia, ver quem mais Donny Cruikshank poderia ter considerado inimigo."

"Ele tem alguns defensores também", Siobhan comentou. "Homens que pensam que, de qualquer forma, ele não deveria ter sido preso."

"Talvez eles estejam certos..." Young viu a expressão no rosto dela. "Não estou dizendo que ele era inocente. É só que...

quando um estuprador vai para a cadeia, eles acabam isolados para sua própria segurança."

"E as únicas pessoas com quem se misturam são outros estupradores?", deduziu Siobhan. "Você acha que um deles pode ter matado Cruikshank?"

Young deu de ombros. "Você viu a quantidade de pornografia que ele possuía — coisas pirateadas, CD-ROMs..."

"E daí?"

"Daí que o computador dele não tinha capacidade para produzir essas coisas. Não possuía o software certo nem o processador. Ele deve ter conseguido esse material em outro lugar."

"Pelo correio? Em sex shops?"

"Possivelmente..." Young mordeu o lábio inferior.

Siobhan hesitou antes de falar. "Há mais uma coisa."

"O quê?"

"A agenda de endereços de Ishbel Jardine — parece que ela escrevia para Cruikshank quando ele estava na prisão."

"Eu sei."

"Sabe?"

"Encontrei as cartas dela em uma gaveta no quarto de Cruikshank."

"O que elas dizem?"

Young estendeu a mão até o banco do passageiro. "Dê uma olhada, se quiser." Duas folhas de papel, com um envelope para cada uma, envoltas em sacos de polietileno para coleta de provas. Ishbel escrevera em letras maiúsculas nervosas.

QUANDO VOCÊ ESTUPROU A MINHA IRMÃ, VOCÊ PODERIA MUITO BEM TER ME MATADO TAMBÉM...

MINHA VIDA ACABOU, E VOCÊ É O CULPADO...

"Dá para entender por que de repente ficamos ansiosos para falar com ela", comentou Young.

Siobhan limitou-se a assentir com a cabeça. Ela achou que compreendia por que Ishbel havia escrito as cartas — a necessidade de levar Cruikshank a se sentir culpado. Mas por que ele as guardou? Para se regozijar? Será que a raiva dela alimentou alguma coisa dentro dele? "Como o censor da prisão deixou passar essas cartas?", questionou.

"Eu me perguntei a mesma coisa..."

Ela olhou para ele. "Você ligou para Barlinnie?"

"Falei com o censor", confirmou Young. "Ele as deixou passar porque acreditou que poderiam fazer Cruikshank enfrentar sua culpa."

"E isso aconteceu?"

Young deu de ombros.

"Será que Cruikshank respondeu às cartas dela?"

"O censor diz que não."

"E ainda assim ele guardou as cartas..."

"Talvez tivesse planejado provocá-la por causa das cartas." Young fez uma pausa. "Talvez ela levasse provocações muito a sério..."

"Eu não a vejo como uma assassina", afirmou Siobhan.

"O problema é que nós *não a vemos* de jeito nenhum. Encontrá-la vai ser sua prioridade, Siobhan."

"Sim, senhor."

"Enquanto isso, estamos montando uma sala de investigação."

"Onde?"

"Parece que podemos usar um espaço na biblioteca." Ele apontou com a cabeça na direção da rua. "Ao lado da escola primária. Pode nos ajudar nisso, se quiser."

"Primeiro precisamos informar meu chefe."

"Entre aqui." Young pegou seu celular. "Vou contar que roubamos você dele."

16.

Rebus e Ellen Wylie estavam de volta a Whitemire.

Uma intérprete havia sido trazida da comunidade curda de Glasgow. Era uma mulher pequena e agitada com sotaque da Costa Oeste que usava bastante ouro e camadas de roupas brilhantes. Aos olhos de Rebus, parecia uma daquelas cartomantes que leem a palma da mão em parques de diversões. Em vez disso, estava sentada a uma das mesas da lanchonete com a sra. Yurgii, os dois detetives e Alan Traynor. Rebus disse a Traynor que eles ficariam bem sozinhos, mas ele insistiu em estar presente, sentado um pouco à parte do grupo, de braços cruzados. Havia funcionários na lanchonete — pessoal de limpeza e cozinheiros. Panelas de vez em quando batiam ruidosamente contra superfícies de metal, sobressaltando a sra. Yurgii toda vez que isso acontecia. Alguém cuidava de seus filhos, que estavam no quarto. Ela tinha um lenço consigo, que enrolava em torno dos dedos da mão direita.

Foi Ellen Wylie que tinha encontrado a intérprete, e foi Wylie que fez as perguntas.

"Ela nunca recebeu notícias do marido? Nunca tentou entrar em contato com ele?"

A pergunta era traduzida na sequência e, depois, a resposta era passada para o inglês.

"E como ela poderia? Ela não sabia onde ele estava."

"Os internos estão autorizados a dar telefonemas para fora", Traynor esclareceu. "Há um telefone público... Eles podem usá-lo quando quiser."

"Se tiverem dinheiro", disse a intérprete bruscamente.

"Ele nunca tentou entrar em contato com ela?", insistiu Wylie.

"É possível que ele tenha recebido notícias por aqueles que estão fora", respondeu a intérprete, sem fazer a pergunta para a viúva.

"Como assim?"

"Posso partir do princípio de que as pessoas *saem* mesmo deste lugar?" Novamente olhou furiosa para Traynor.

"A maioria é enviada para casa", ele respondeu.

"Para desaparecer", ela retrucou.

"De fato", Rebus interrompeu, "algumas pessoas saem depois de pagar uma fiança, não é, sr. Traynor?"

"Isso mesmo. Se alguém se responsabiliza pela tutela..."

"Dessa maneira Stef Yurgii pode ter recebido notícias da família — através de pessoas que ele conheceu quando esteve aqui."

Traynor parecia cético.

"Você tem uma lista?", Rebus perguntou.

"Uma lista?"

"Das pessoas que saíram por pagamento de fiança."

"Claro que sim."

"E o endereço onde estão morando agora?" Traynor assentiu. "Então seria fácil dizer quantos estão em Edimburgo e talvez até mesmo em Knoxland?"

"Acho que você não entende o sistema, inspetor. Quantas pessoas em Knoxland você acha que abrigariam alguém que esteja pedindo asilo político? Admito que não conheço o lugar, mas pelo que vi nos jornais..."

"Tem razão", concordou Rebus. "Mesmo assim, acha que pode conseguir esses registros para mim?"

"Eles são confidenciais."

"Eu não preciso ver todos. Apenas os das pessoas que moram em Edimburgo."

"E apenas os curdos?", Traynor acrescentou.

"Creio que sim."

"Bem, acho que é possível." O tom de voz de Traynor ainda era pouco entusiasmado.

"Será que você pode fazer isso agora, enquanto estamos conversando com a sra. Yurgii?"

"Faço mais tarde."

"Ou alguém da sua equipe...?"

"Mais tarde, inspetor." Traynor firmou a voz. A sra. Yurgii estava falando. A intérprete assentiu quando ela acabou.

"Stef não podia ir para casa. Iam matá-lo. Ele era um jornalista de direitos humanos." Ela franziu o cenho. "Acho que é isso." Verificou com a viúva, acenou com a cabeça novamente. "Isso mesmo, ele trabalhava em histórias sobre corrupção estatal, sobre campanhas contra o povo curdo. Ela me disse que ele foi um herói, e eu acredito nela..."

A intérprete recostou-se na cadeira, como se os desafiasse a duvidar dela.

Ellen Wylie inclinou-se para a frente. "Havia alguém lá fora... alguém que ele conhecia? Alguém a quem poderia ter recorrido?"

A pergunta foi feita e respondida.

"Stef não conhecia ninguém na Escócia. A família não queria sair de Sighthill. Eles estavam começando a ser felizes lá. As crianças fizeram amigos... Eles encontraram vagas em uma escola. Mas depois foram jogados em uma van — uma van da polícia — e trazidos para este lugar no meio da noite. Estavam aterrorizados."

Wylie tocou no antebraço da intérprete. "Não sei qual é a melhor forma de dizer isso... talvez você possa me ajudar." Fez uma pausa. "Nós estamos bastante seguros de que Stef tinha pelo menos uma 'amiga' lá fora."

A intérprete demorou um pouco para entender. "Você quer dizer uma mulher?"

Wylie fez que sim com a cabeça lentamente. "Precisamos encontrá-la."

"Como a viúva poderia nos ajudar nisso?"

"Eu não sei bem..."

"Pergunte a ela", Rebus disse, "que línguas o marido falava."

A intérprete olhou para ele enquanto fez a pergunta. Então: "Ele falava um pouco de inglês e um pouco de francês. O francês dele era melhor do que o inglês".

Wylie também olhava para ele. "A namorada fala francês?"

"É uma possibilidade. Há falantes de francês aqui, sr. Traynor?"

"De vez em quando."

"De onde eles vêm?"

"Da África principalmente."

"Você acha que algum deles poderia ter saído com pagamento de fiança?"

"Posso supor que você gostaria que eu verificasse?"

"Se não for muito problema." Os lábios de Rebus formaram um quase sorriso. Traynor apenas suspirou. A tradutora estava falando novamente. A sra. Yurgii respondeu irrompendo em lágrimas, enterrando o rosto em seu lenço.

"O que você disse a ela?", perguntou Wylie.

"Eu perguntei se o marido era fiel."

A sra. Yurgii lamentou alguma coisa. A tradutora passou um braço ao redor dela.

"E agora temos a resposta", disse.

"Que é...?"

"Até a morte", disse a tradutora.

O silêncio foi quebrado por uma explosão no walkie-talkie de Traynor. Ele aproximou o aparelho do ouvido. "Pode falar", disse. Em seguida, depois de escutar: "Ah, merda... já estou indo".

Saiu sem dizer uma palavra. Rebus e Wylie trocaram um olhar, e Rebus se levantou, disposto a segui-lo.

Não foi difícil manter alguma distância: Traynor estava apressado, não exatamente correndo, mas quase. Passou por um corredor e depois, à esquerda, por outro, até que no final dele abriu uma porta, que o levou a um corredor menor, que por sua vez terminava em uma saída de incêndio. Havia três salinhas — celas de isolamento. Dentro de uma delas, alguém batia na porta trancada. Batendo, chutando e gritando em uma língua que Rebus não reconheceu. Mas não foi isso que interessou a Traynor. Ele entrou em outra sala, a porta mantida aberta por um guarda. Havia outros guardas lá dentro, agachados em torno de um homem de bruços quase esquelético, apenas de cuecas. Suas roupas tinham sido retiradas para formar um laço improvisado. O laço ainda estava amarrado bem firme em torno de sua garganta, a cabeça roxa e a língua inchada saindo pela boca.

"Porra, era a cada dez minutos", Traynor dizia com raiva.

"Nós *verificamos* a cada dez minutos", um guarda disse, enfático.

"Aposto que sim..." Traynor olhou para cima, viu Rebus de pé na porta. "Tirem-no daqui!", rugiu.

O guarda mais próximo avançou para empurrar Rebus de volta para o corredor. Rebus ergueu as duas mãos.

"Calma, amigo, estou indo." Ele recuava, o guarda indo atrás. "Vigília para suicidas, hein? Parece que o vizinho dele vai ser o próximo, a julgar pelo tumulto que está fazendo..."

O guarda não disse nada. Só fechou a porta atrás de Rebus e ficou ali, olhando pelo painel de vidro. Rebus levantou as mãos novamente, em seguida se virou e foi embora. Algo lhe dizia que os pedidos que fizera a Traynor tinham perdido algumas posições na lista de prioridades do homem...

A sessão na lanchonete estava terminando, Wylie apertando a mão da intérprete, que então levou a viúva na direção da unidade familiar.

"E aí", Wylie perguntou a Rebus, "onde era o incêndio?"

"Incêndio, não, mas algum pobre-diabo se matou."

"Puta merda..."

"Vamos sair daqui." Ele começou a andar à frente dela em direção à saída.

"Como ele fez isso?"

"Transformou suas roupas em uma espécie de torniquete. Ele não podia se enforcar: não havia nada no alto onde pudesse se pendurar..."

"Puta merda", ela repetiu. Quando eles estavam lá fora, no ar fresco, Rebus acendeu um cigarro. Wylie destrancou seu Volvo. "Não estamos chegando a lugar nenhum com isso, não é?"

"Nunca pareceu que ia ser fácil, Ellen. A namorada é a chave."

"A menos que tenha sido ela a assassina", sugeriu Wylie.

Rebus balançou a cabeça. "Ouça o telefonema dela... ela *sabe* por que isso aconteceu e que o 'porquê' leva ao 'quem'."

"Isso é um pouco metafísico, vindo de você."

Ele deu de ombros, jogou o toco do cigarro no chão. "Sou um homem da Renascença, Ellen."

"Ah, é? Acho que você nem consegue soletrar essa palavra, senhor homem da Renascença."

Assim que saíram do complexo, ele olhou para o local onde Caro Quinn acampava. Quando chegaram, ela não estava lá, mas estava agora, em pé no acostamento, bebendo de uma garrafa térmica. Rebus pediu que Wylie parasse o carro.

"Só um minuto", ele disse, saindo.

"O que você...?" Ele fechou a porta na cara da pergunta dela. Quinn sorriu quando o reconheceu.

"Olá!"

"Escute", ele disse, "você conhece pessoas simpáticas na mídia? Quero dizer, simpáticas ao que você está tentando realizar aqui?"

Os olhos dela se estreitaram. "Uma ou duas."

"Bem, você poderia soprar no ouvido delas um furo: um dos

reclusos acaba de cometer suicídio." Assim que acabou de dizer essas palavras, soube que tinha cometido um erro. Poderia ter contado de outra forma, John, disse a si mesmo quando os olhos de Caro Quinn se encheram de lágrimas.

"Desculpe", disse. Podia ver Wylie observando a cena pelo espelho retrovisor. "Só pensei que você poderia fazer alguma coisa com essa informação... Haverá um inquérito... quanto maior o interesse da imprensa, pior para Whitemire..."

Ela assentiu com a cabeça. "Sim, eu entendo. Obrigado por me contar." As lágrimas escorriam por seu rosto. Wylie tocou a buzina. "Sua amiga está esperando", disse Quinn.

"Você vai ficar bem?"

"Eu vou ficar bem." Ela esfregou o rosto com as costas da mão livre. A outra ainda segurava um copo, embora ela não percebesse que a maior parte do chá estava escorrendo para o chão.

"Tem certeza?"

Ela assentiu de novo. "É que... é... uma coisa tão *selvagem*."

"Eu sei", ele disse. "Olhe... Você tem um telefone?" Ela fez que sim com a cabeça. "Você tem meu número, certo? Posso ficar com o seu?" Ela falou e ele o anotou.

"É melhor você ir", disse ela.

Rebus concordou, voltando para o carro. Ele acenou antes de sentar no banco do passageiro.

"Buzinei sem querer", Wylie mentiu. "Então você a conhece?"

"Um pouco", ele admitiu. "Ela é uma artista — pinta retratos."

"Então é verdade..." Wylie engatou a primeira. "Você é *realmente* um homem da Renascença."

"Com 'sc' e 'ç', certo?"

"Certo", ela disse. Rebus posicionou o espelho retrovisor para que pudesse ver Caro Quinn ir se afastando à medida que o carro acelerava.

"Como você a conhece?"

"Eu só a conheço, está bem?"

"Desculpe pela pergunta. Seus amigos sempre irrompem em lágrimas quando você fala com eles?"

Rebus olhou sério para ela e eles seguiram em silêncio por alguns momentos.

"Quer ir até Banehall?", Wylie acabou perguntando.

"Por quê?"

"Eu não sei. Só para dar uma olhada." Eles tinham conversado sobre o assassinato na ida.

"O que vamos ver?"

"A Tropa F em ação."

Tropa F porque Livingston era a "Divisão F" da Polícia de Lothian e Borders, e em Edimburgo poucas pessoas os consideravam realmente importantes. Rebus foi forçado a dar um sorriso.

"Por que não?", disse.

"Então está decidido."

O celular de Rebus tocou. Ele se perguntou se poderia ser Caro Quinn, pensou que talvez devesse ter ficado lá um pouco mais, feito companhia a ela. Mas era Siobhan.

"Acabei de falar ao telefone com Gayfield", disse ela.

"Ah, é?"

"O inspetor-chefe Macrae está achando que abandonamos o emprego."

"Qual é a sua desculpa?"

"Eu estou em Banehall."

"Engraçado, estaremos aí em dois minutos..."

"Nós?"

"Eu e Ellen. Fomos a Whitemire. Você ainda está procurando aquela menina?"

"Houve alguns desdobramentos... Já soube que encontraram um corpo?"

"Pensei que fosse um cara."

"É o cara que estuprou a irmã dela."

"Entendo como isso muda as coisas. Então agora você está ajudando a Tropa F nas investigações?"

"De certa maneira."

Rebus bufou. "Jim Macrae deve estar pensando que não gostamos de alguma coisa em Gayfield."

"Ele não está muito satisfeito... E me disse para lhe dar outro recado."

"Ah, é?"

"Sobre outra pessoa que está perdidamente apaixonada por você..."

Rebus pensou por um momento. "Será que aquele pobre idiota ainda está atrás de mim por causa da lanterna?"

"Ele está falando em fazer uma queixa oficial."

"Que saco... Eu compro uma nova para ele."

"Parece que é um instrumento de especialista — custa mais de cem libras."

"Dá para comprar um lustre com isso!"

"Não atire na mensageira, John."

O carro estava passando pela placa com o nome da cidade: BANEHALL tinha se tornado BANEHELL.*

"Bastante criativo", murmurou Wylie. Então: "Pergunte onde ela está".

"Ellen quer saber onde você está", Rebus disse ao telefone.

"Há uma sala na biblioteca... estamos usando como base."

"Boa ideia: a Tropa F pode ver se encontra alguma obra de referência para ajudar. *Meu grande livro de assassinatos*, talvez..."

Wylie sorriu ao ouvir isso, mas o tom de voz de Siobhan não era de quem estava se divertindo. "John, não venha com essa postura para cá..."

"É só um pouco de diversão, Shiv. Vejo você logo mais."

Rebus disse a Wylie para onde eles deviam ir. O pequeno estacionamento da biblioteca já estava lotado. Policiais uniformizados levavam computadores para a construção pré-fabricada e térrea. Rebus segurou a porta aberta para um deles e entrou

---

* *Hell* significa inferno em inglês. (N. T.)

em seguida, Wylie esperando do lado de fora, enquanto verificava se havia mensagens em seu celular. A sala reservada para a investigação tinha apenas cinco por quatro metros. Duas mesas dobráveis haviam sido retiradas de algum lugar, junto com algumas cadeiras.

"Não temos espaço para tudo isso", Siobhan dizia a um dos policiais uniformizados, quando ele se agachou para depositar uma tela enorme de computador a seus pés.

"Ordens", disse ele, respirando com dificuldade.

"Posso ajudar?" Essa pergunta foi dirigida a Rebus por um jovem de terno.

"Inspetor-detetive Rebus", ele disse.

Siobhan se adiantou. "John, este é o inspetor-detetive Young. Ele está encarregado do caso."

Os dois homens trocaram um aperto de mãos. "Pode me chamar de Les", disse Young. Ele já estava perdendo o interesse pelo novo visitante: precisava preparar uma sala de investigações.

"Lester Young?", perguntou Rebus. "Como o músico de jazz?"

"Leslie, na verdade — como a cidade em Fife."

"Bem, boa sorte, Leslie", disse Rebus. Caminhou de volta para a biblioteca, seguido por Siobhan. Uns poucos aposentados liam jornais e revistas, sentados em uma grande mesa circular. No canto das crianças, uma mãe aparentemente cochilava em um pufe enquanto seu filho pequeno, chupeta na boca, puxava os livros das prateleiras e os empilhava no tapete. Rebus se viu na seção de história.

"Les, hein?", disse em voz baixa.

"Ele é um bom rapaz", Siobhan sussurrou de volta.

"Você é rápida para avaliar o caráter de uma pessoa." Rebus pegou um livro da prateleira. Parecia dizer que os escoceses tinham inventado o mundo moderno. Olhou em volta para ter certeza de que não estavam na seção de ficção. "Então, o que está acontecendo com a Ishbel Jardine?", perguntou.

"Eu não sei. Esse é um dos motivos de eu estar por aqui."

"Os pais dela sabem do assassinato?"

"Sabem."

"Então hoje à noite tem festa..."

"Eu fui vê-los... Eles não estavam comemorando."

"E algum deles estava coberto de sangue?"

"Não."

Rebus devolveu o volume à prateleira. A criança deu um gritinho quando a torre de livros caiu. "E os esqueletos?"

"Um beco sem saída, como você diria. Alexis Cater diz que o principal suspeito era um cara que foi a uma festa com uma amiga de Cater. Só que a amiga mal o conhecia, nem sequer tinha certeza do nome dele. Barry ou Gary, acho que ela disse."

"Então é isso? Os ossos podem descansar em paz?"

Siobhan deu de ombros. "E você? Teve sorte com o esfaqueamento?"

"As investigações continuam..."

"... disse hoje um porta-voz da polícia. Você está atrapalhado?"

"Eu não iria tão longe. Mas uma pausa seria legal."

"Não é o que você está fazendo aqui? Uma pausa?"

"Não estava me referindo a esse tipo de pausa..." Olhou em volta. "Você acha que a Tropa F dá conta disso?"

"Suspeitos não faltam."

"Acho que não. Como ele foi morto?"

"Levou golpes de algo não muito diferente de um martelo."

"Onde?"

"Na cabeça."

"Eu quis dizer em que lugar da casa."

"No quarto dele."

"Então deve ter sido alguém que ele conhecia."

"Eu diria que sim."

"Você acha que Ishbel teria força suficiente para matar alguém com um martelo?"

"Não acho que foi ela."

"Quem sabe você tenha a chance de perguntar a ela?" Rebus

deu-lhe um tapinha no braço. "Mas com a Tropa F no caso, talvez você tenha que trabalhar um pouquinho mais…"

Lá fora, Wylie terminava uma ligação. "Alguma coisa que valha a pena ver lá dentro?", perguntou. Rebus balançou a cabeça. "Voltar à base, então", ela conjecturou.

"Com apenas mais um desvio no caminho", Rebus informou.

"Então para onde?"

"Para a universidade."

17.

Eles deixaram o carro em um estacionamento pago na George Square e caminharam pelos jardins, saindo na frente da biblioteca da universidade. A maior parte dos prédios tinha sido construída na década de 1960, e Rebus os odiava: blocos de concreto cor de areia substituindo as casas originais do século XVIII da praça. Fileiras de degraus traiçoeiros e um notório efeito túnel de vento que poderia derrubar os incautos no dia errado. Os estudantes circulavam entre os edifícios abraçando livros e pastas na frente do corpo. Alguns estavam parados, conversando em grupos.

"Malditos estudantes", foi o resumo de Wylie sobre a situação.

"Você também não fez faculdade, Ellen?", Rebus perguntou.

"É por esse motivo que tenho o direito de dizer isso."

Um vendedor da revista *Big Issue* estava ao lado do teatro da George Square. Rebus se aproximou dele.

"Tudo bem, Jimmy?"

"Vamos indo, sr. Rebus."

"Vai sobreviver a mais um inverno?"

"É isso ou morrer tentando."

Rebus deu-lhe algumas moedas, mas se recusou a pegar

uma das revistas. "Alguma coisa que eu deva saber?", perguntou, baixando um pouco o tom da voz.

Jimmy pareceu pensativo. Usava um boné de beisebol desgastado sobre o cabelo grisalho comprido e desgrenhado. Um casaco de lã verde descia-lhe quase até os joelhos. Havia um border collie — ou uma versão dele — dormindo a seus pés. "Nada de mais", disse por fim, a voz enrouquecida pelos vícios habituais.

"Certeza?"

"O senhor sabe que eu fico de olhos e ouvidos abertos..." Jimmy fez uma pausa. "O preço da *blaw* está caindo, se é que isso serve para alguma coisa."

Blaw: maconha. Rebus sorriu. "Infelizmente não estou no mercado. O preço das minhas drogas favoritas parece que sempre aumenta."

Jimmy riu alto, fazendo o cão abrir um olho. "Sim, cigarros e bebida, sr. Rebus, as drogas mais perniciosas que o homem já conheceu!"

"Se cuida", disse Rebus, afastando-se. E em seguida, para Wylie: "Este é o prédio que queremos". Abriu a porta para ela.

"Já esteve aqui antes, então?"

"Há um departamento de linguística — nós já o usamos para testes de voz." Um funcionário com um uniforme cinzento estava sentado em uma cabine de vidro que funcionava como recepção.

"Dra. Maybury", Rebus disse.

"Sala 212."

"Obrigado."

Rebus levou Wylie aos elevadores. "Você conhece todo mundo em Edimburgo?", perguntou Wylie.

Ele olhou para ela. "Era desse jeito que as coisas eram feitas, Ellen." Conduziu-a até o elevador e apertou o botão para o segundo andar. Bateu na porta do 212, mas não havia ninguém. Uma janela de vidro fosco ao lado da porta não mostrava nenhum movimento lá dentro. Rebus tentou a sala seguinte e o informaram de que encontraria Maybury no laboratório de idiomas no porão.

O laboratório de idiomas ficava no final de um corredor, atrás de portas duplas. Quatro estudantes sentados em uma fileira de cabines, incapazes de ver uns aos outros. Eles usavam fones de ouvido e falavam em microfones, repetindo um conjunto aparentemente aleatório de palavras:
Pão
Mãe
Pensar
Apropriadamente
Lago
Alegoria
Entretenimento
Interessante
Impressionante

Eles levantaram os olhos quando Rebus e Wylie entraram. Uma mulher estava de frente para eles, sentada atrás de uma mesa grande ligada ao que parecia ser uma central telefônica, a qual, por sua vez, se ligava a um gravador enorme. Ela fez um som de impaciência e desligou o gravador.

"O que é?", perguntou rispidamente.

"Dra. Maybury, nós já nos conhecemos. Sou o detetive John Rebus."

"Sim, acho que me lembro: telefonemas ameaçadores... Você estava tentando identificar o sotaque."

Rebus assentiu e apresentou Wylie. "Desculpe interrompê-la. Queria saber se pode nos conceder alguns minutos."

"Vou acabar daqui a pouco." Maybury olhou o relógio. "Por que não vão até o meu escritório e esperam por mim? Há uma cafeteira lá e outras coisas."

"Uma cafeteira e outras coisas parece ótimo."

Ela procurou a chave no bolso. No momento em que eles se viraram para sair, ela já estava dizendo aos estudantes que se preparassem para o próximo conjunto de palavras.

"O que acha que ela estava fazendo?", Wylie perguntou enquanto o elevador os levava de volta ao segundo andar.

"Só Deus sabe."

"Bem, suponho que isso os mantenha fora das ruas..."

A sala da dra. Maybury era uma confusão de livros e papéis, vídeos e fitas de áudio. O computador em sua mesa estava camuflado por mais papelada. Uma mesa que deveria ser usada para reuniões de orientação estava cheia de livros emprestados da biblioteca. Wylie encontrou a cafeteira elétrica e a ligou. Rebus foi ao banheiro, onde pegou o celular e ligou para Caro Quinn.

"Você está bem?", perguntou ele.

"Estou bem", ela assegurou. "Liguei para um repórter do *Evening News*. A história talvez apareça na última edição desta noite."

"O que está acontecendo?"

"Um monte de idas e vindas..." Ela parou de falar. "É outro interrogatório?"

"Desculpe se dei essa impressão."

Ela fez uma pausa. "Quer aparecer mais tarde? No apartamento, digo."

"Para quê?"

"Assim a minha equipe de anarcossindicalistas altamente treinados pode iniciar o processo de doutrinação."

"Eles gostam de um desafio então?"

Ela conseguiu dar uma risada curta. "Ainda estou interessada em saber o que faz você vibrar."

"Além do celular, você quer dizer? Melhor ter cuidado, Caro. Eu sou o inimigo, afinal de contas."

"Não dizem que é melhor conhecer nosso inimigo?"

"Engraçado, alguém me disse isso não há muito tempo..." Fez uma pausa. "Eu poderia pagar um jantar."

"Reforçando dessa forma a hegemonia masculina?"

"Não faço ideia do que isso significa, mas provavelmente sou culpado."

"Isso significa que vamos dividir a conta", ela lhe disse. "Venha ao meu apartamento às oito horas."

"Até mais então." Rebus terminou a ligação e quase ao mesmo tempo lhe ocorreu como ela iria voltar para casa. Ele não se lembrou de perguntar. Será que pegaria uma carona em Whitemire? Começou a teclar o número dela de novo, mas parou. Ela não era criança. Estava naquela vigília havia meses. Conseguiria voltar para casa sem a ajuda dele. Além disso, ela só iria acusá-lo de reforçar a hegemonia masculina.

Rebus voltou ao gabinete de Maybury e aceitou a xícara de café que Wylie lhe ofereceu. Eles se sentaram em lados opostos da mesa.

"Você nunca foi estudante, John?", perguntou ela.

"Nunca me importei com isso", ele respondeu. "Além do mais, eu era um preguiçoso na escola."

"Eu odiava a escola", disse Wylie. "Eu nunca parecia saber o que dizer. Sentei-me em salas muito parecidas com esta, ano após ano, mantendo a boca fechada para que ninguém percebesse o quanto eu era obtusa."

"E quanto exatamente você era obtusa?"

Wylie sorriu. "Acontece que os outros estudantes pensavam que eu nunca falava nada porque já sabia tudo."

A porta se abriu e a dra. Maybury entrou, se espremendo por trás da cadeira de Wylie. Murmurou um pedido de desculpas e alcançou a segurança de sua mesa. Era alta e magra e parecia constrangida. Seu cabelo era uma massa de ondas escuras e espessas puxada para trás em algo parecido com um rabo de cavalo. Usava óculos antiquados, como se eles pudessem disfarçar a beleza clássica de seu rosto.

"Posso lhe pegar um café, dra. Maybury?", perguntou Wylie.

"Estou me afogando em papéis", disse Maybury. Então soltou outro pedido de desculpas, agradecendo a Wylie pela presteza.

Rebus lembrou-se desses aspectos sobre Maybury: ela se

perturbava facilmente e sempre se desculpava mais do que era necessário.

"Desculpe", ela disse mais uma vez, sem nenhuma razão aparente, enquanto tirava algumas pilhas de papéis de sua frente.

"Que atividade estava ocorrendo lá embaixo?", Wylie perguntou.

"Aquelas listas?" Maybury contraiu a boca. "Estou fazendo uma pesquisa sobre elisão silábica..."

Wylie levantou a mão, como um aluno na sala de aula. "Eu e você sabemos o que isso significa, doutora, mas pode explicar ao inspetor-detetive Rebus?"

"Acho que, quando vocês entraram, a palavra em que eu estava interessada era 'apropriadamente'. As pessoas começaram a pronunciá-la sem a parte do meio — isso é que é elisão silábica."

Rebus se conteve para não perguntar qual era a finalidade daquela pesquisa. Em vez disso, bateu a ponta dos dedos na superfície da mesa. "Temos uma fita que gostaríamos que a senhora ouvisse", disse.

"Outra ligação anônima?"

"De certa forma... Era uma ligação para o serviço de emergência. Precisamos determinar a nacionalidade da pessoa."

Maybury empurrou os óculos para o alto da encosta íngreme de seu nariz e estendeu a mão, a palma para cima. Rebus levantou da cadeira e entregou-lhe a fita. Ela a colocou em um toca-fitas no chão ao lado dela e apertou a tecla "play".

"Talvez a senhora ache um pouco aflitivo", Rebus avisou. Ela acenou com a cabeça, ouviu a mensagem até o fim.

"Sotaques regionais são a minha área de pesquisa, inspetor", disse ela após alguns minutos de silêncio. "Regiões do Reino Unido. Essa mulher não é nativa."

"Bem, ela é nativa de algum lugar."

"Mas não daqui."

"Então não pode nos ajudar? Nem mesmo um palpite?"

Maybury pôs o dedo no queixo. "Africana, talvez afro-caribenha."

"Ela provavelmente fala um pouco de francês", Rebus acrescentou. "Pode até ser sua primeira língua."

"Um dos meus colegas no departamento de francês talvez possa dizer com mais certeza... Espere um minuto." Quando ela sorriu, toda a sala pareceu se iluminar. "Há uma aluna de pós-graduação... ela trabalhou um pouco com as influências francesas na África... Será que...?"

"Vamos agradecer qualquer coisa que a senhora puder nos dar", disse Rebus.

"Posso ficar com a fita?"

Rebus concordou. "Há uma certa *urgência*..."

"É que não tenho certeza de onde ela está."

"Não poderia ligar para a casa dela?", Wylie perguntou.

Maybury olhou para ela. "Acho que ela está em algum lugar no sudoeste da França."

"Isso pode ser um problema", comentou Rebus.

"Não necessariamente. Se eu conseguir entrar em contato com ela, ponho a fita para ela ouvir pelo telefone."

Foi a vez de Rebus sorrir.

"Elisão silábica", Rebus disse, deixando as palavras pairando no ar.

Eles voltaram a Torphichen Place. A delegacia estava tranquila, o esquadrão de Knoxland se perguntando o que diabos fariam a seguir. Quando um caso não era resolvido nas primeiras setenta e duas horas, as pessoas começavam a ter a impressão de que tudo corria mais lento. O ímpeto e a adrenalina iniciais já tinham desaparecido fazia muito tempo; a investigação de casa em casa e os interrogatórios haviam começado e acabado; tudo conspirando para desgastar tanto a motivação quanto a dedicação. Rebus tinha casos que não haviam sido resolvidos vinte anos depois do fato. Eles o atormentavam porque não conseguia aceitar as horas que passara trabalhando neles sem chegar a nenhum resultado, sabendo o tempo todo que ele estava a um telefonema — a um nome — de encontrar uma solução. Os culpados podiam ter sido interrogados e liberados, ou ignorados. Uma pista podia estar no meio das páginas mofadas de cada caso no arquivo... E você jamais iria encontrá-la.

"Elisão silábica", Wylie concordou, balançando a cabeça. "É bom saber que esse assunto está sendo pesquisado."

"E 'apopriadamente'." Rebus bufou. "Já estudou geografia, Ellen?"

"Na escola. Você acha mais importante do que linguística?"

"Eu só estava pensando em Whitemire... nas pessoas de diversas nacionalidades que há lá — Angola, Namíbia, Albânia. Eu não saberia localizar os países delas em um mapa."

"Eu também não."

"No entanto, metade dessas pessoas provavelmente é mais bem-educada do que as que tomam conta delas."

"Aonde você quer chegar?"

Ele olhou para ela. "Desde quando uma conversa precisa chegar a algum lugar?"

Ela deu um suspiro longo e balançou a cabeça.

"Viram isto?", Shug Davidson perguntou. Estava de pé na frente deles, segurando uma cópia da edição vespertina do jornal diário. A manchete da primeira página era ENFORCAMENTO EM WHITEMIRE.

"Nada como ser direto", disse Rebus, pegando o jornal de Davidson e começando a ler.

"Recebi um telefonema de Rory Allan pedindo um comentário para a edição do *Scotsman* de amanhã. Ele está planejando uma matéria de página dupla sobre o problema todo — de Whitemire a Knoxland e todos os locais entre os dois."

"Isso deve jogar lenha na fogueira", disse Rebus. A história em si era fraca. Caro Quinn fazia um comentário sobre a desumanidade do centro de detenção. Havia um parágrafo sobre Knoxland e fotos antigas dos primeiros protestos em

Whitemire. O rosto de Caro tinha sido circulado. Ela estava entre os muitos que empunhavam cartazes e gritavam com os funcionários que chegavam para trabalhar no dia de inauguração do centro.

"Sua amiga de novo", comentou Wylie, lendo sobre o ombro dele.

"Que amiga?", Davidson perguntou, desconfiado.

"Não é nada, senhor", disse Wylie rapidamente. "É só a mulher que está fazendo vigília na frente dos portões."

Rebus chegara ao fim da história, que o remeteu a um comentário em outra parte da publicação. Virou as páginas e examinou o editorial: *inquérito necessário... hora de os políticos pararem de fechar os olhos... situação intolerável para todos os envolvidos... acúmulo de casos... recursos... futuro de Whitemire fica em suspenso depois desta última tragédia...*

"Se importa se eu ficar com isto?", perguntou, sabendo que Caro poderia gostar de ver o jornal.

"Trinta e cinco pence", disse Davidson, a mão estendida.

"Posso comprar um novo por esse preço!"

"Mas este está valorizado, John, e só teve um dono, muito cuidadoso por sinal." A mão ainda estava estendida. Rebus pagou, pensando que ainda era mais barato do que uma caixa de chocolates. Não que achasse que Caro Quinn gostasse de doces... Mas lá estava ele fazendo um pré-julgamento dela novamente. Seu trabalho tinha lhe ensinado preconceito no nível mais básico de "nós e eles". Agora queria ver o que havia do outro lado.

Por enquanto só tinha lhe custado trinta e cinco pence.

Siobhan estava de volta ao Bane. Dessa vez, com um fotógrafo da polícia e Les Young.

"Uma bebida cairia muito bem", ele dissera com um suspiro, depois de constatar que três dos quatro computadores na sala de investigações tinham problemas de software e que nenhum se conectaria efetivamente ao sistema de telefonia da biblioteca. Pediu meio copo de cerveja Eighty-Shilling.

"Soda com gelo e limão para a senhora?", Malky sugeriu. Siobhan assentiu. O fotógrafo estava sentado em uma mesa ao lado dos banheiros, encaixando uma lente em sua câmera. Um dos clientes se aproximou e lhe perguntou quanto queria por ela.

"Fica na sua, Arthur", Malky disse em voz alta. "Eles são policiais."

Siobhan tomou um gole, enquanto Young entregava o dinheiro. Ela olhou para Malky quando ele pôs o troco de Young no balcão. "Não é o que eu chamaria de uma reação típica", disse ela.

"O quê?", perguntou Les Young, limpando a linha fina de espuma do lábio superior.

"Bem, o Malky aqui sabe que somos do DIC. E nós temos um homem ali ajustando uma câmera... E Malky não perguntou por quê."

O barman deu de ombros. "Não me incomoda o que você faz", murmurou, virando-se para limpar uma das torneiras de cerveja.

O fotógrafo parecia quase pronto. "Sargento-detetive Clarke", disse, "talvez você deva ir primeiro pra ver se não há ninguém lá."

Siobhan sorriu. "Quantas mulheres você acha que vêm aqui?"

"Mesmo assim..."

Siobhan voltou-se para Malky. "Tem alguém no banheiro feminino?"

Malky deu de ombros de novo. Siobhan virou-se para Young. "Está vendo? Ele nem está surpreso por tirarmos fotos no banheiro..." Então ela foi até a porta e a abriu. "Tudo certo", disse ao fotógrafo. Mas em seguida, ao olhar dentro do cubículo, viu que mudanças tinham sido feitas. As pichações haviam desaparecido, cobertas por um pincel atômico preto, o que as tornou quase ilegíveis. Siobhan bufou com força e disse ao fotógrafo para fazer o melhor que pudesse. Ela voltou depressa ao bar. "Bom trabalho, Malky", disse com frieza.

"O que foi?", perguntou Les Young.

"Esse Malky é muito esperto. Ele me viu ir ao banheiro nas duas vezes em que estive aqui e ficou pensando por que eu estaria tão interessada. Então decidiu cobrir as mensagens da melhor maneira possível."

Malky não disse nada, mas levantou o queixo um pouco, como se para mostrar que não se sentia culpado.

"Você não quer nos dar nenhuma pista, não é, Malky? Você está pensando: Banehall está bem sem Donny Cruikshank, boa sorte a quem fez aquilo. Estou certa?"

"Eu não vou dizer nada."

"Você não precisa... Ainda há tinta nos seus dedos."

Malky olhou para as manchas pretas.

"O fato é que", Siobhan continuou, "na primeira vez que estive aqui você e Cruikshank tiveram um desentendimento."

"Eu estava defendendo você", retrucou Malky.

Siobhan assentiu. "Mas depois que eu saí você o colocou para fora. Os ânimos estavam meio exaltados entre vocês." Ela apoiou os cotovelos no balcão e ficou na ponta dos pés, esticando-se na direção dele. "Talvez a gente precise levá-lo para um interrogatório adequado... O que você me diz, inspetor-detetive Young?"

"Para mim parece uma boa ideia." Ele pousou seu copo vazio. "Você pode ser nosso primeiro suspeito oficial, Malky."

"Vai se ferrar."

"Ou...", Siobhan fez uma pausa, "você pode nos contar quem escreveu aquelas coisas. Sei que algumas são de Ishbel e Susie, mas de quem mais?"

"Desculpe, mas não frequento o banheiro feminino."

"Talvez não, mas você sabia das pichações." Siobhan voltou a sorrir. "Então você deve ir lá às vezes... talvez quando o bar fecha?"

"Está rolando um pouquinho de perversão aí, Malky?", provocou Young. "Por isso você não se dava bem com Cruikshank... muito parecidos, não é?"

Malky apontou o dedo na direção do rosto de Young. "Você está falando merda!"

"Parece-me", disse Young, ignorando a proximidade do dedo indicador de Malky em seu olho esquerdo, "que estamos falando coisas razoáveis. Em casos como este, um telefonema às vezes é tudo que se precisa fazer..." Ele endireitou o corpo. "Pode vir conosco agora mesmo ou precisa de um minuto para fechar o bar?"

"Vocês estão se divertindo."

"Isso mesmo, Malky", disse Siobhan. "Você pode ver isso em nosso rosto, não pode?"

Malky olhou de um para outro. Os dois tinham o rosto rígido, sério.

"Estou supondo que você apenas trabalha aqui", continuou Young. "É melhor telefonar para o proprietário e dizer que está sendo levado para interrogatório."

Malky deixou o dedo indicador recuar, a mão caindo ao lado do corpo. "Ah, que é isso...", resmungou, na esperança de fazê-los mudar de ideia.

"Posso apenas lembrar a você", Siobhan comentou, "que interferir no curso de uma investigação de assassinato é algo totalmente inaceitável... Os juízes costumam pular no pescoço de quem faz isso."

"Porra, tudo o que eu..." Mas ele fechou a boca com força. Young suspirou e pegou seu celular, teclando um número.

"Pode mandar alguns policiais uniformizados para o Bane? Um suspeito para ser detido..."

"Tudo bem, tudo bem", Malky disse, erguendo as mãos em um gesto de paz. "Vamos sentar e conversar. Nada que não possamos fazer aqui, hein?" Young fechou seu telefone com um estalo.

"Isso nós vamos decidir depois de ouvir o que você tem a

dizer", Siobhan informou ao barman. Ele olhou ao redor, para ver se nenhum cliente precisava de mais bebidas, em seguida serviu-se de um uísque. Abriu a portinhola de acesso ao interior do bar e saiu, indicando com a cabeça a mesa onde estava a bolsa da câmera fotográfica.

O fotógrafo estava acabando de sair da área dos banheiros.

"Fiz o que pude", afirmou.

"Obrigado, Billy", disse Les Young. "Mande as fotos para mim até o final do dia."

"Vou ver o que posso fazer."

"Câmera digital, Billy... Vai levar uns cinco minutos para você imprimir algumas cópias pra mim."

"Depende." Billy arrumou sua bolsa, colocou-a no ombro. Acenou, despedindo-se de todos, e se encaminhou para a porta. Young sentou-se com os braços cruzados, profissional. Malky tinha tomado sua bebida de um gole só.

"Tracy era muito querida", ele começou.

"Tracy Jardine", Siobhan disse para que Young entendesse. "A garota que Cruikshank estuprou."

Malky assentiu lentamente. "Ela nunca mais foi a mesma depois... Quando ela se matou, isso não me surpreendeu."

"E depois Cruikshank voltou para casa", disse Siobhan.

"Cheio de atrevimento, como se fosse dono do lugar. Achou que todo mundo deveria ter medo dele porque ficou um tempo na prisão. Vai se foder..." Malky examinou seu copo vazio. "Alguém quer outro?"

Eles fizeram que não com a cabeça, então ele voltou para trás do balcão e se serviu de mais uma dose. "Este é o meu último, hoje", disse a si mesmo.

"Teve um pouco de problema com bebida no passado?", Young perguntou, parecendo simpático.

"Eu costumava beber muito", Malky admitiu. "Agora estou bem."

"É bom ouvir isso."

"Malky", Siobhan disse, "sei que Ishbel e Susie escreveram algumas coisas no banheiro, mas quem mais?"

Malky respirou fundo. "Acho que uma amiga delas chamada Janine Harrison. Ela era mais amiga de Tracy, para ser sincero, mas depois que Tracy morreu começou a andar por aí com Ishbel e Susie." Ele se inclinou para trás, olhando para o copo como se desejando aumentar seu conteúdo. "Ela trabalha em Whitemire."

"Fazendo o quê?"

"Ela é um dos guardas." Fez uma pausa. "Vocês ouviram falar do que aconteceu? Alguém se enforcou. Porra, se fecharem aquele lugar..."

"O que tem?"

"Banehall foi construída em cima de minas de carvão. Só que não há mais carvão. Whitemire é o único empregador por aqui. Metade do pessoal que você vê — os que têm carros novos e antenas parabólicas — tem alguma relação com Whitemire."

"O.k., então essa é Janine Harrison. Mais alguém?"

"Tem uma amiga de Susie. Ela é tranquila, até que a bebida bate..."

"Nome?"

"Janet Eylot."

"E ela também trabalha em Whitemire?"

Ele confirmou com a cabeça. "Acho que é uma das secretárias."

"Elas moram por aqui, a Janine e a Janet?"

Ele confirmou com a cabeça novamente.

"Bem", disse Siobhan depois de anotar os nomes, "não sei, inspetor-detetive Young..." Ela olhou para Les Young. "O que você acha? Ainda precisamos levar Malky para interrogatório?"

"Neste exato momento, não, sargento-detetive Clarke. Mas precisamos do sobrenome dele e de um endereço para contato."

Malky ficou feliz em fornecer o que lhe pediram.

18.

Eles foram para Whitemire no carro de Siobhan. Young admirou o interior do veículo.

"É bem esportivo, não?"

"E isso é bom ou ruim?"

"Bom, provavelmente..."

Uma tenda tinha sido armada ao lado da estrada de acesso e seu proprietário estava sendo entrevistado por uma equipe de TV, os repórteres ouvindo, à espera de frases que pudessem ser citadas. O guarda no portão disse a eles que lá dentro havia "um circo ainda maior".

"Não se preocupe", Siobhan assegurou-lhe, "nós trouxemos nossas malhas de balé."

Outro guarda uniformizado estava no estacionamento para recebê-los. Ele os cumprimentou com frieza.

"Sei que hoje não é o melhor dos dias", disse Young em tom consolador, "mas estamos trabalhando em uma investigação de assassinato, então vocês podem entender que isso não podia esperar."

"Quem vocês precisam ver?"

"Dois membros da equipe: Janine Harrison e Janet Eylot."

"Janet já foi para casa", disse o guarda. "Ela estava um

pouco chateada com a notícia..." Ele viu Siobhan levantar uma sobrancelha. "A notícia do suicídio", ele esclareceu.

"E Janine Harrison?", perguntou ela.

"Janine trabalha na ala das famílias... Acho que ela está de plantão até as sete."

"Vamos conversar com ela então", disse Siobhan. "E se você pudesse nos dar o endereço de Janet..."

Lá dentro, os corredores e as áreas públicas estavam vazios. Siobhan supôs que os internos estivessem sendo mantidos presos em algum lugar até tudo se acalmar. Teve vislumbres de reuniões atrás de portas apenas entreabertas: homens de terno com olhares tristes no rosto; mulheres com blusas brancas e óculos de meia-lua, pérolas ao redor do pescoço.

Alta burocracia.

O guarda levou-os a um escritório amplo e telefonou para a guarda Harrison. Enquanto esperavam, um homem passou por eles e depois voltou para perguntar ao guarda o que estava acontecendo.

"Polícia, sr. Traynor. Sobre um assassinato em Banehall."

"Você disse a eles que nenhum de nossos clientes desapareceu?" Ele parecia profundamente irritado com as últimas notícias.

"É só uma verificação de fatos, senhor", Siobhan se adiantou. "Estamos conversando com todos que conheciam a vítima..."

Isso pareceu satisfazê-lo. Ele soltou um grunhido e se afastou.

"O chefão?", arriscou Siobhan.

"Segundo no comando", o guarda confirmou. "Não teve um dia muito bom hoje."

O guarda saiu da sala quando Janine Harrison apareceu. Ela deveria ter uns vinte e poucos anos, cabelo escuro e curto. Não era alta, mas tinha algum músculo por baixo do uniforme. O palpite de Siobhan era que ela frequentava academia, talvez fizesse artes marciais ou algo assim.

"Sente-se, por favor", Young pediu, enquanto apresentava Siobhan e a si próprio.

Ela permaneceu em pé, as mãos atrás das costas. "Do que se trata?"

"É sobre a morte suspeita de Donny Cruikshank", Siobhan disse.

"Alguém o pegou; o que há de suspeito nisso?"

"Você não era uma admiradora dele?"

"Um homem que estupra uma adolescente bêbada? Não, você não pode me chamar de admiradora."

"O pub local", comentou Siobhan, "as pichações no banheiro feminino..."

"O que é que tem isso?"

"Você deu sua contribuição pessoal."

"Será?" Ela pareceu pensativa. "Acho que eu poderia ter feito... solidariedade feminina e tudo mais." Lançou um olhar para Siobhan. "Ele estuprou uma menina, espancou-a. E agora vocês estão tendo todo esse trabalho para pegar alguém que se livrou dele?" Ela sacudiu a cabeça lentamente.

"Ninguém merece ser assassinado, Janine."

"Não?" Harrison parecia em dúvida.

"Então, qual você escreveu? 'Tua hora vai chegar' talvez? Ou que tal 'Que ele pague na mesma moeda'?"

"Sinceramente não me lembro."

"Podemos pedir uma amostra da sua escrita para análise", interrompeu Les Young.

Ela deu de ombros. "Não tenho nada a esconder."

"Quando foi a última vez que viu Cruikshank?"

"Cerca de uma semana atrás, no Bane. Jogando sinuca sozinho, porque ninguém queria jogar com ele."

"Estou surpreso que ele bebesse lá, se era tão odiado assim."

"Ele gostava."

"Do pub?"

Harrison fez que não com a cabeça. "De toda a atenção que

despertava. Não parecia se incomodar com o tipo de atenção, desde que ele estivesse no centro..."

Do pouco que Siobhan tinha visto de Cruikshank, ela concordava com aquilo. "Você era amiga de Tracy, não era?"

Harrison balançou um dedo. "Agora sei quem você é. Você andava por aqui com a mãe e o pai de Tracy, foi ao funeral."

"Na verdade não a conheci."

"Mas você viu pelo que ela passou." Mais uma vez o tom era acusador.

"Sim, eu vi", Siobhan disse calmamente.

"Nós somos policiais, Janine", Young interrompeu. "É o nosso *trabalho*."

"Tudo bem... Então vão e façam o trabalho de vocês. Só não esperem muita ajuda." Ela tirou os braços de detrás das costas e cruzou-os sobre o peito, criando uma imagem de rígida determinação.

"Se há algo que possa nos dizer", Young insistiu, "é melhor ouvirmos de você mesma."

"Então ouça o seguinte: eu não o matei, mas estou feliz que ele esteja morto." Fez uma pausa. "E se eu o *tivesse* matado, estaria gritando para todo mundo ouvir."

Alguns segundos de silêncio se seguiram, então Siobhan perguntou: "Você conhece Janet Eylot bem?".

"Eu conheço a Janet. Ela trabalha aqui... Você está sentado na cadeira dela." Ela acenou com a cabeça na direção de Young.

"E socialmente?"

Harrison assentiu.

"Vocês saíam para beber?", perguntou Siobhan.

"Às vezes."

"Ela estava com você no Bane na última vez que você viu Cruikshank?"

"Provavelmente."

"Não se lembra?"

"Não, não me lembro."

"Ouvi dizer que ela fica um pouco alterada quando bebe."

"Você já a viu? Ela tem um metro e meio de altura de salto alto."

"Você está dizendo que ela não teria atacado Cruikshank?"

"Estou dizendo que ela não teria conseguido."

"Por outro lado, *você* está em muito boa forma, Janine."

Harrison deu um sorriso glacial. "Você não é meu tipo."

Siobhan fez uma pausa. "Tem alguma ideia do que pode ter acontecido com Ishbel Jardine?"

Harrison ficou momentaneamente desconcertada com a mudança de assunto. "Não", disse por fim.

"Ela nunca falou em fugir de casa?"

"Nunca."

"Mas deve ter falado sobre Cruikshank."

"Deve ter falado."

"Pode explicar melhor?"

Harrison fez que não com a cabeça. "É isso o que vocês fazem quando estão empacados? Colocam a culpa em alguém que não está por perto para se defender?" Ela fixou os olhos em Siobhan. "Bela amiga você é." Young começou a dizer alguma coisa, mas ela o interrompeu. "É o seu trabalho, eu sei... Apenas um trabalho... como trabalhar neste lugar... Alguém que está sob a nossa responsabilidade morre, todos nós sentimos isso."

"Tenho certeza que sim", disse Young.

"Por falar nisso, preciso fazer algumas verificações antes de bater o ponto... Já terminamos?"

Young olhou para Siobhan, que tinha uma última pergunta. "Você sabia que Ishbel escreveu para Cruikshank quando ele estava na prisão?"

"Não."

"Isso é uma surpresa para você?"

"É, acho que sim."

"Talvez você não a conhecesse tão bem quanto acha que conhecia." Siobhan fez uma pausa. "Obrigada por falar conosco."

"Sim, muito obrigado", Young acrescentou. Então, quando

ela começou a sair: "Nós vamos entrar em contato com você sobre aquela amostra da sua caligrafia...".

Depois que ela se foi, Young recostou-se na cadeira, as mãos cruzadas atrás da cabeça. "Se não fosse tão politicamente incorreto, eu diria que ela é um pé no saco."

"Talvez por causa do emprego que ela tem."

O guarda que os levou até ali apareceu de repente na porta, como se estivesse por perto esperando.

"Ela é legal, depois que você a conhece", disse. "Aqui está o endereço de Janet Eylot." Quando Siobhan pegou o papel, viu que ele a estava examinando. "E a propósito... só para constar, você é *exatamente* o tipo da Janine..."

Janet Eylot morava em um bangalô recém-construído nos arredores de Banehall. Por enquanto, a vista da janela de sua cozinha eram campos.

"Não vai durar", disse ela. "Os empreiteiros já estão de olho."

"Aproveite enquanto pode, hein?", sugeriu Young, aceitando a xícara de chá. Os três sentaram-se ao redor de uma mesinha quadrada. Havia duas crianças pequenas em casa, anestesiadas por um video game ruidoso.

"Eu limito a apenas uma hora", explicou Eylot. "E só depois que a lição de casa está feita." Alguma coisa na maneira como ela disse isso indicou a Siobhan que Eylot era mãe solteira. Um gato saltou sobre a mesa, Eylot empurrou-o dali com o braço. "Eu já te falei, droga!", ela gritou, enquanto o gato recuava para o corredor. Então pôs a mão no rosto. "Me desculpem..."

"Nós sabemos que você está chateada, Janet", disse Siobhan suavemente. "Você conhecia o homem que se enforcou?"

Eylot fez que não com a cabeça. "Mas ele estava a menos de cinquenta metros de onde eu ficava sentada. Isso só faz você pensar em todas as coisas horríveis que podem estar acontecendo ao seu redor, e você não sabe nada sobre elas."

"Entendo o que você quer dizer", disse Young.

Ela olhou para ele. "Bem, no seu trabalho... você vê coisas o tempo todo."

"Como o corpo de Donny Cruikshank", completou Siobhan. Ela havia reparado no gargalo de uma garrafa de vinho vazia, saliente por baixo da tampa do lixo da cozinha; um único copo de vinho no escorredor de louças. Imaginou quanto Janet Eylot beberia em uma noite.

"Ele é a razão de estarmos aqui", Young disse a Eylot. "Estamos investigando o estilo de vida dele, as pessoas que poderiam tê-lo conhecido, talvez até mesmo que alimentassem algum rancor contra ele."

"E o que isso tem a ver comigo?"

"Você não o conhecia?"

"Quem iria querer?"

"Só pensamos... depois do que você escreveu sobre ele na parede do Bane..."

"Eu não fui a única!", Eylot disse rispidamente.

"Nós sabemos disso." O tom de voz de Siobhan tinha abaixado ainda mais. "Não estamos acusando ninguém, Janet. Apenas estamos tentando entender o que aconteceu."

"Esse é todo o agradecimento que eu recebo", Eylot disse, balançando a cabeça. "Típico pra cacete..."

"O que você quer dizer?"

"Aquele sujeito que estava pedindo asilo político... o que foi esfaqueado. Fui eu que telefonei para vocês. Senão vocês nunca iriam saber quem ele era. E é essa a retribuição que eu ganho."

"Foi você que nos deu o nome de Stef Yurgii?"

"Isso mesmo, e se o meu chefe ficar sabendo estou ferrada. Dois dos seus foram a Whitemire: um sujeito grandalhão e uma mulher mais jovem..."

"O inspetor-detetive Rebus e a sargento-detetive Wylie?"

"Não sei os nomes. Eu mantive a cabeça abaixada." Fez uma pausa. "Mas, em vez de resolver o assassinato daquele pobre sujeito, vocês preferem se concentrar em um tranqueira como o Cruikshank."

"Todo mundo é igual perante a lei", afirmou Young. Ela o olhou com tanta força que ele corou e tentou disfarçar levando a caneca aos lábios.

"Estão vendo?", disse ela em tom acusador. "Vocês falam as coisas, mas sabem que é tudo merda."

"Tudo o que o detetive Young quis dizer", Siobhan interrompeu, "é que temos de ser objetivos."

"Mas isso também não é verdade, é?" Eylot pôs-se de pé, as pernas da cadeira arranhando o chão. Ela abriu a porta da geladeira, percebeu o que tinha feito e bateu a porta, fechando-a novamente. Três garrafas de vinho gelando na prateleira do meio.

"Janet", Siobhan disse, "é Whitemire o problema? Você não gosta de trabalhar lá?"

"Eu odeio."

"Então saia."

Eylot riu asperamente. "E onde eu vou achar outro emprego? Tenho dois filhos, preciso cuidar deles..." Ela tornou a se sentar, contemplando a vista dos campos. "Whitemire é o que eu tenho."

Whitemire, dois filhos e uma geladeira...

"O que foi que você escreveu na parede do banheiro, Janet?", Siobhan perguntou com calma.

Havia lágrimas súbitas nos olhos de Eylot. Ela tentou piscar para segurá-las. "Alguma coisa sobre ele pagar", respondeu, a voz trêmula.

"Pagar na mesma moeda?", Siobhan completou. A mulher assentiu com a cabeça, as lágrimas escorrendo pelos dois lados do rosto.

Eles não ficaram muito mais tempo. Ambos se viram enchendo os pulmões de ar fresco quando saíram.

"Você tem filhos, Les?", Siobhan perguntou.

Ele fez que não com a cabeça. "Mas fui casado. Durou um ano, nos separamos há onze meses. E você?"

"Nunca nem cheguei perto."

"Mas ela está se aguentando, não é?" Ele arriscou uma olhada para a casa.

"Acho que ainda não precisamos telefonar para os serviços sociais." Ela fez uma pausa. "Para onde vamos agora?"

"Voltar para a base." Ele olhou o relógio. "Quase hora de encerrar o expediente. Eu pago as bebidas, se você estiver interessada."

"Contanto que você não queira ir ao Bane."

Ele deu um sorriso. "Na verdade, estou indo a Edimburgo."

"Pensei que você morasse em Livingston."

"Eu moro, mas faço parte de um clube de bridge..."

"Bridge?" Ela não conseguiu conter um sorriso.

Ele deu de ombros. "Comecei a jogar há anos na faculdade."

"Bridge", ela repetiu.

"O que há de errado nisso?" Ele tentou uma risada, mas ainda assim ela soou defensiva.

"Nada de errado. Só estou tentando imaginar você com smoking e gravata-borboleta..."

"Não é assim."

"Então vamos nos encontrar para uma bebida na cidade e você me conta sobre isso. No The Dome, na George Street... seis e meia?"

"Combinado. Seis e meia", disse ele.

Maybury foi ótima: ela ligou para Rebus às cinco e quinze. Ele anotou o horário para adicioná-lo às anotações do caso... Uma das grandes canções do The Who, ele pensou. "Out of My Brain on the Five Fifteen"...

"Eu pus a fita para ela ouvir", Maybury estava dizendo.

"Você não perdeu tempo."

"Achei o número do celular dela. É extraordinário como eles funcionam em qualquer lugar hoje em dia."

"Ela está na França, então?"

"Sim, em Bergerac."

"E o que ela disse?"

"Bem, a qualidade do som não estava das melhores..."

"Obrigado por tentar."

"E a conexão falhava o tempo todo."

"É mesmo?"

"Mas depois de eu ter tocado a fita para ela algumas vezes, ela disse Senegal. Ela não tem cem por cento de certeza, mas é seu melhor palpite."

"Senegal?"

"É na África de língua francesa."

"O.k., bem... obrigado."

"Boa sorte, inspetor."

Rebus desligou o telefone, encontrou Wylie trabalhando em seu computador. Ela estava digitando o relatório das atividades do dia, para ser adicionado ao Livro do Assassinato.

"Senegal", ele disse.

"Onde é isso?"

Rebus suspirou. "Na África, claro. De língua francesa."

Ela estreitou os olhos. "Maybury acabou de lhe dizer isso, não foi?"

"Ó mulher de pouca fé."

"De pouca fé, mas de muitos recursos." Ela fechou seu documento, se conectou à internet e digitou "Senegal" em um mecanismo de busca. Rebus puxou uma cadeira ao lado dela.

"Bem aqui", disse Wylie, apontando para um mapa da África na tela. O Senegal ficava na costa noroeste do continente, espremido pela Mauritânia ao norte e pelo Mali a leste.

"É pequeno", Rebus comentou.

Wylie clicou em um ícone e uma página de referência se abriu.

"Tem pouco mais de 196 mil quilômetros quadrados", disse ela. "Acho que dá uns três quartos do tamanho da Grã-Bretanha. Capital: Dacar."

"Como no rali Paris-Dacar?"

"Acho que sim. População: seis milhões e meio."

"Menos um..."

"Ela tem certeza de que a voz era do Senegal?"

"Acho que estamos falando da melhor possibilidade."

O dedo de Wylie correu para baixo na lista de estatísticas. "Nenhum sinal aqui de que o país está em crise nem nada."

"Como assim?"

Wylie encolheu os ombros. "Talvez ela não tenha pedido asilo político... talvez ela nem mesmo esteja aqui em uma situação ilegal."

Rebus concordou, disse que conhecia alguém que poderia saber isso, e ligou para Caro Quinn.

"Está ligando para cancelar?", ela conjecturou.

"Longe disso, até comprei um presente para você." Para mostrar a Wylie, ele bateu no bolso do casaco, de onde se projetava o jornal dobrado. "Só queria saber se você pode me dar algumas informações sobre o Senegal."

"O país da África?"

"Esse mesmo." Ele olhou a tela. "De maioria muçulmana e exportador de amendoim."

Ele ouviu a risada dela. "O que você quer saber?"

"Você conhece algum refugiado de lá? Talvez em Whitemire?"

"Acho que não... O Conselho de Refugiados pode ajudar."

"Boa ideia." Mas assim que disse isso Rebus teve uma ideia completamente diferente. Se havia um lugar para se descobrir isso, esse lugar era a Imigração.

"Até mais tarde", ele disse, encerrando a ligação.

Wylie tinha os braços cruzados, um sorriso no rosto. "Sua amiga que fica do lado de fora de Whitemire?", ela deduziu.

"O nome dela é Caro Quinn."

"E você vai se encontrar com ela mais tarde."

"E daí?" Rebus contraiu os ombros.

"Então, o que ela conseguiu lhe dizer sobre o Senegal?"

"Apenas que ela acha que não há nenhum senegalês em

Whitemire. Ela diz que devemos falar com o Conselho de Refugiados."

"E Mo Dirwan? Ele parece o tipo que pode saber."

Rebus assentiu. "Por que não liga para ele?"

Wylie apontou para si mesma. "Eu? É por você que ele parece ter adoração."

Rebus fez uma careta. "Dá um tempo, Ellen."

"Mas eu esqueci... Você tem um encontro hoje à noite. Provavelmente vai querer passar em casa para dar um trato no visual."

"Se eu ficar sabendo que você andou espalhando isso..."

Ela levantou as duas mãos fingindo se render. "Comigo seu segredo está seguro, Don Juan. Agora vá embora daqui... Vejo você depois do fim de semana."

Rebus olhou para ela, mas ela agitou as mãos, enxotando-o. Ele tinha dado três passos em direção à porta quando Wylie gritou o nome dele. Rebus virou a cabeça para ela.

"Aceite uma dica de quem sabe das coisas." Ela apontou para o jornal no bolso dele. "Embrulhar um presente sempre impressiona..."

19.

Naquela noite, renovado por um banho e de barba feita, Rebus chegou ao apartamento de Caro Quinn. Ele olhou em volta, mas não havia sinal da mãe com o filho.

"Ayisha foi visitar os amigos", explicou Quinn.

"Amigos?"

"Ela tem permissão para ter amigos, John." Quinn estava se abaixando para prender um sapato preto de salto baixo no pé esquerdo.

"Eu não quis dizer nada", comentou ele na defensiva.

Ela se endireitou. "Sim, você quis, mas não se preocupe. Eu contei que Ayisha era enfermeira em sua terra natal?"

"Contou."

"Ela queria um trabalho aqui, fazendo a mesma coisa... mas quem pede asilo político não tem autorização para trabalhar. Ainda assim, ela fez amizade com algumas enfermeiras. Uma delas está fazendo uma reunião."

"Eu trouxe uma coisa para o bebê", disse Rebus, tirando um chocalho do bolso. Quinn foi até ele, pegou o chocalho e o balançou. Olhou para ele e sorriu.

"Vou deixar no quarto dela."

Ao ficar sozinho, Rebus percebeu que estava suando, a camisa agarrada às costas. Pensou em tirar o paletó, mas temia que a mancha ficasse visível. A culpa era do paletó: cem por cento lã, muito quente para usar dentro de casa. Ele se imaginou jantando, gotas de suor caindo na sopa...

"Você ainda não me disse como sou uma boa dona de casa", observou Quinn, voltando para a sala. Ela ainda calçava apenas um sapato. Seus pés estavam cobertos por meias pretas, que desapareciam sob uma saia preta na altura do joelho. A blusa era cor de mostarda, com um decote amplo que se estendia quase até os ombros.

"Você está linda", disse ele.

"Obrigada." Ela calçou o outro pé do sapato.

"Eu tenho um presente para você também." Ele entregou o jornal.

"E eu aqui pensando que você o tinha trazido para o caso de se cansar da minha companhia." Em seguida ela viu que ele havia amarrado uma fita vermelha ao redor do jornal e dado um laço. "Belo toque", acrescentou ela, removendo-o.

"Você acha que o suicídio vai fazer alguma diferença?"

Ela pareceu refletir sobre aquilo, batendo o jornal contra a palma da mão esquerda. "Provavelmente não", ela por fim admitiu. "No que diz respeito ao governo, eles precisam ser mantidos em algum lugar. Pode muito bem ser Whitemire."

"O jornal fala sobre uma 'crise'."

"Só porque a palavra 'crise' soa como notícia." Ela abriu o jornal na página com sua fotografia. "Esse círculo em volta da minha cabeça me faz parecer um alvo."

Rebus estreitou os olhos. "Por que está dizendo isso?"

"John, eu tenho sido uma radical toda a minha vida. Submarinos nucleares em Faslane, a usina nuclear de Torness, Greenham Common...* pense em um lugar, eu estive lá. Meu telefone está grampeado neste exato momento? Não sei dizer. Será que foi grampeado no passado? Tenho quase certeza de que sim."

---

* Protesto de mulheres contra a instalação de mísseis nucleares na base de Greenham Common, em Berkshire, Inglaterra. (N. T.)

Rebus olhou para o aparelho. "Você se importaria se eu...?" Sem esperar pela resposta, ele pegou o fone e escutou. Então apertou e soltou o botão e desligou novamente. Olhou para ela e balançou a cabeça, voltando o fone ao gancho.

"Acha que conseguiria me dizer?", ela perguntou.

Ele deu de ombros. "Talvez."

"Acha que estou exagerando, não é?"

"Você tem um motivo."

"Aposto que você já grampeou telefones... durante a greve dos mineiros, talvez?"

"Quem é que está fazendo interrogatório agora?"

"É porque somos inimigos, lembra?"

"Somos?"

"A maior parte do seu pessoal iria me ver desse jeito, com ou sem a jaqueta de combate."

"Eu não sou como a maioria do meu pessoal."

"Isso é verdade. Caso contrário eu jamais teria deixado você passar da porta."

"E por que você deixou? Foi para me mostrar as fotos, certo?"

Ela por fim concordou. "Eu queria que você os visse como seres humanos, e não como problemas." Ela tirou um fiapo da frente da saia, respirou fundo para indicar uma mudança de assunto. "Então, que lugar vamos agraciar com a nossa presença esta noite?"

"Há um bom restaurante italiano em Leith Walk." Ele fez uma pausa. "Você provavelmente é vegetariana, acertei?"

"Meu Deus, como você é cheio de suposições! Só que, por coincidência, desta vez você acertou. Mas um restaurante italiano é bom: muita massa e pizza."

"Então vamos ao italiano."

Ela deu um passo em direção a ele. "Sabe, você provavelmente não meteria tanto os pés pelas mãos se conseguisse relaxar."

"Esse é o máximo de relaxamento que eu consigo sem o demônio do álcool."

Ela deu o braço para ele. "Então vamos encontrar seus demônios, John..."

"... e depois foram os três curdos, você deve ter visto no noticiário, eles costuraram suas bocas em sinal de protesto, e outro requisitante de asilo costurou os olhos... os *olhos*, John... A maioria dessas pessoas está desesperada, a maioria não fala inglês, e eles estão fugindo dos lugares mais perigosos do mundo — Iraque, Somália, Afeganistão... Há alguns anos, eles tinham uma boa chance de receber autorização para ficar, mas as restrições agora são impeditivas... Alguns recorrem a medidas desesperadas, rasgando sua identificação, pensando que assim não poderão ser mandados de volta para casa, só que, em vez disso, são enviados para a prisão ou acabam nas ruas... E agora temos políticos alegando que o país já está muito diversificado... e eu... bem, eu sinto que tem de haver *alguma coisa* que a gente possa fazer a esse respeito."

Por fim, ela fez uma pausa para respirar, pegando o copo em que Rebus tinha acabado de servir mais vinho. Embora carnes vermelhas e de aves estivessem fora do cardápio de Caro Quinn, o álcool parecia não estar. Ela havia comido apenas metade de sua pizza de cogumelos. Rebus, depois de devorar seu *calzone*, se continha para não pegar uma das fatias que ela havia deixado.

"Eu tinha a impressão", disse ele, "de que a Grã-Bretanha recebia mais refugiados do que qualquer outro lugar."

"É verdade", ela admitiu.

"Ainda mais do que os Estados Unidos?"

Ela assentiu com a taça de vinho nos lábios. "Mas o importante é o número de pessoas que conseguem permissão para ficar. O número de refugiados no mundo todo dobra a cada cinco anos, John. Glasgow tem mais pedidos de asilo do que qualquer outra cidade da Grã-Bretanha — mais do que o País de Gales e a Irlanda juntos —, e sabe o que acontece?"

"Mais racismo?", deduziu Rebus.

"Mais racismo. A perseguição racial está aumentando; ataques raciais estão crescendo cinquenta por cento a cada ano." Ela balançou a cabeça, movimentando seus longos brincos de prata.

Rebus verificou a garrafa. Restava apenas um quarto. A primeira garrafa que tomaram tinha sido um Valpolicella; esta era um Chianti.

"Estou falando muito?", ela perguntou de repente.

"De maneira nenhuma."

Os cotovelos dela estavam sobre a mesa. Caro Quinn apoiou o queixo nas mãos. "Fale um pouco de *você*, John. O que o fez entrar para a polícia?"

"Um senso de dever", ele respondeu. "Por querer ajudar meus semelhantes, os seres humanos." Ela olhou para Rebus e ele sorriu. "Estou brincando", disse ele. "Eu só queria um emprego. Fiquei no Exército alguns anos... talvez eu ainda tivesse uma queda por uniformes."

Ela estreitou os olhos. "Eu não consigo imaginar você como um guardinha de uniforme nas ruas... Então o que exatamente o atrai nesse trabalho?"

Rebus foi salvo de responder pela chegada do garçom. Por ser sexta-feira à noite, o restaurante estava bastante movimentado. A mesa deles era a menor ali, situada em um canto escuro entre o bar e a porta da cozinha.

"Estava bom?", perguntou o garçom.

"Estava ótimo, Marco, mas acho que terminamos."

"Sobremesa para a senhorita?", Marco sugeriu. Ele era pequeno e redondo e não perdera o sotaque italiano, apesar de estar na Escócia havia quase quarenta anos. Caro Quinn o tinha enchido de perguntas sobre suas raízes no momento que entraram no restaurante, e só mais tarde percebeu que Rebus conhecia Marco fazia muito tempo.

"Desculpe se pareci estar interrogando Marco", ela disse.

Rebus apenas deu de ombros e disse que ela poderia ser uma boa detetive.

Ela agora fazia não com a cabeça, enquanto Marco desfiava uma lista de sobremesas, cada uma das quais, aparentemente, uma especialidade da casa.

"Só café", disse ela. "Um café expresso duplo."

"O mesmo para mim. Obrigado, Marco."

"E um licor, sr. Rebus?"

"Só o café, obrigado."

"Nem mesmo para a senhorita?"

Caro Quinn se inclinou para a frente. "Marco", disse ela, "não importa quão bêbada eu fique, não há nenhuma possibilidade de eu dormir com o sr. Rebus, por isso não precisa tentar ajudar, o.k.?"

Marco apenas encolheu os ombros e ergueu as mãos, como se desculpando, em seguida virou-se bruscamente em direção ao bar e gritou o pedido de dois cafés.

"Fui um pouco dura com ele?", Quinn perguntou a Rebus.

"Um pouco."

Ela se inclinou para trás novamente. "Ele sempre o ajuda nas suas seduções?"

"Você pode achar difícil de entender, Caro, mas sedução nunca passou pela minha cabeça."

Ela olhou para ele. "Por que não? O que há de errado comigo?"

Ele riu. "Não há nada de errado com você. Eu só estava tentando ser..." Ele procurou a palavra certa. "Cavalheiresco", ele conseguiu dizer.

Ela pareceu pensar sobre aquilo, então deu de ombros e afastou o copo com a mão. "Eu não devia beber tanto."

"Nós ainda nem terminamos a garrafa."

"Obrigada, acho que já bebi o suficiente. Tenho a sensação de que só fiquei discursando... Provavelmente não é o que você tinha planejado para uma noite de sexta-feira."

"Você me esclareceu algumas coisas... Eu não me importei de ouvir."

"Sério?"

"Sério." Ele poderia ter acrescentado que, em parte, aquilo se devia ao fato de ele preferir ouvi-la a ter que falar sobre si mesmo.

"E como vai o trabalho?", ele perguntou.

"Vai bem... quando tenho tempo de me dedicar a ele." Ela o examinou. "Talvez eu devesse pintar um retrato seu."

"Você quer assustar as criancinhas, é?"

"Não... mas há alguma coisa em você." Ela inclinou a cabeça. "É difícil ver o que está acontecendo por trás dos seus olhos. A maioria das pessoas tenta esconder que é cínica e calculista... com você, isso é o que aparece na superfície."

"Mas eu tenho um centro suave e romântico?"

"Não tenho certeza se eu chegaria a tanto."

Os dois se recostaram em suas cadeiras quando os cafés chegaram. Rebus começou a desembrulhar seu biscoito de Amaretto.

"Fique com o meu também, se quiser", disse Quinn, pondo-se de pé. "Preciso fazer uma visitinha..." Rebus ergueu-se um centímetro de sua cadeira, do jeito que tinha visto os atores de filmes antigos fazerem. Ela pareceu perceber que aquilo era novo no repertório dele e deu outro sorriso. "Que cavalheiro..."

Assim que ela se afastou, ele procurou seu celular nos bolsos e o ligou para ver se havia mensagens. Havia duas: ambas de Siobhan. Ele ligou para ela, ouviu um ruído no fundo.

"Sou eu", disse ele.

"Espere um pouco..." A voz dela estava entrecortada. Ele ouviu uma porta se abrindo e depois sendo fechada de novo, silenciando as vozes de fundo.

"Você está no Ox?", ele arriscou.

"Isso mesmo. Eu estava no Dome com Les Young, mas ele tinha outro compromisso, então vim para cá. E você?"

"Jantando fora."

"Sozinho?"

"Não."

"Alguém que eu conheça?"

"O nome dela é Caro Quinn. É uma artista."

"A mulher da cruzada solitária de Whitemire?"

Os olhos de Rebus se estreitaram. "Isso mesmo."

"Eu também leio jornais, sabia? Como ela é?"

"Ela é bacana." Seus olhos se ergueram e viram Quinn voltando para a mesa. "Olha, é melhor eu desligar..."

"Espere um pouco. Eu liguei porque... bem, na verdade, por duas razões..." A voz foi abafada pelo barulho de um veículo que passou perto dela. "... e eu queria saber se você tinha ouvido falar."

"Desculpe, não deu para escutar. Ouvido falar do quê?"

"Mo Dirwan."

"O que tem ele?"

"Foi espancado. Aconteceu por volta das seis."

"Em Knoxland?"

"Onde mais?"

"Como ele está?" Os olhos de Rebus estavam sobre Quinn. Ela brincava com a colher de café, fingindo não ouvir.

"Está bem, acho. Cortes e contusões."

"Ele está no hospital?"

"Está se recuperando em casa."

"Ainda não sabemos quem fez isso?"

"Estou deduzindo que foram racistas."

"Quis dizer alguém em particular."

"É sexta à noite, John."

"E daí?"

"Daí que isso vai ter que esperar até segunda-feira."

"Tudo bem." Ele pensou por um instante. "E qual foi a outra razão para me ligar? Você disse que havia duas."

"Janet Eylot."

"Já ouvi esse nome."

"Ela trabalha em Whitemire. Disse que deu a você o nome de Stef Yurgii."

"Deu, sim. Por quê?"

"Só queria ver se ela estava falando a verdade."

"Eu disse que ela não iria ficar em apuros."

"E não vai." Siobhan fez uma pausa. "Pelo menos não agora. Alguma chance de vermos você no Ox?"

"Talvez eu dê uma passada aí mais tarde."

As sobrancelhas de Quinn se ergueram ao ouvir aquilo. Rebus desligou e guardou o telefone de volta no bolso.

"Namorada?", brincou ela.

"Colega."

"E onde é que você talvez vá dar uma passada?"

"É só um lugar onde a gente bebe às vezes."

"Um bar sem nome?"

"É o Oxford." Ele pegou sua xícara. "Alguém levou uma surra esta noite, um advogado chamado Mo Dirwan."

"Eu o conheço."

Rebus assentiu. "Achei que sim."

"Ele costuma visitar Whitemire com frequência. Gosta de parar e conversar comigo, desabafar." Ela pareceu se perder em pensamentos por um momento. "Ele está bem?"

"Parece que sim."

"Ele me chama de sua 'Dama das Vigílias'"… Ela parou de falar. "O que foi?"

"Nada." Rebus pôs a xícara no pires.

"Você não pode ser o salvador dele em tempo integral."

"Não é isso…"

"O que é então?"

"Ele foi atacado em Knoxland."

"E daí?"

"Eu é que pedi para ele ficar por ali, batendo de porta em porta."

"E isso transforma você em culpado? Se eu bem conheço Mo Dirwan, ele vai se recuperar e ficar mais forte e mais contestador do que nunca."

"Você provavelmente está certa."

Ela bebeu mais um pouco de café. "Você deveria ir ao seu pub. Quem sabe seja o único lugar onde você consiga relaxar."

Rebus fez um sinal para Marco, pedindo a conta. "Primeiro vou levar você para casa", ele disse a Quinn. "Tenho que manter a farsa de ser um cavalheiro."

"Acho que você não entendeu, John… eu vou com você." Ele olhou para ela. "A menos que você não queira."

"Não é isso."

"O que é então?"

"Apenas não tenho certeza de que é o seu tipo de lugar."

"Mas é o seu, e é por isso que estou curiosa."

"Você acha que a minha escolha de bar vai dizer algo sobre mim?"

"Pode ser." Ela estreitou os olhos. "É disso que você tem medo?"

"Quem disse que eu tenho medo?"

"Dá para ver nos seus olhos."

"Talvez eu esteja só preocupado com Mo Dirwan." Fez uma pausa. "Lembra que você disse que foi expulsa de Knoxland?" O gesto de assentimento dela foi exagerado, por causa do vinho. "Talvez sejam os mesmos caras."

"O que significa que eu tive sorte de sair de lá só com um aviso?"

"Há alguma chance de você se lembrar da aparência deles?"

"Bonés de beisebol e blusões com capuz." O encolher de ombros dela foi igualmente exagerado. "Foi só o que eu vi."

"E os sotaques?"

Ela bateu a mão na toalha da mesa. "Que tal desligar por hoje, hein? Apenas até o fim da noite."

Rebus ergueu as mãos em sinal de rendição. "Como posso recusar?"

"Você não pode", ela respondeu, enquanto Marco chegava com a conta.

Rebus tentou esconder o aborrecimento. Não só porque Siobhan estava no balcão da frente, onde ele normalmente ficava, mas porque ela parecia ter tomado conta do lugar, cercada por uma multidão de homens que ouviam suas histórias. Assim que Rebus abriu a porta, uma explosão de risos acompanhou o fim de outra história.

Caro Quinn seguiu hesitante. Havia provavelmente apenas uma dúzia de corpos no balcão, mas naquele espaço apertado aquilo era uma multidão. Ela abanou o rosto com a mão, em consequência ou do calor ou da fumaça de cigarro. Rebus percebeu que não tinha acendido nenhum por quase duas horas; achava que conseguiria ficar mais trinta ou quarenta minutos sem fumar...

No máximo.

"A volta do filho pródigo!", gritou um dos frequentadores, batendo no ombro de Rebus. "O que você vai tomar, John?"

"Não, obrigado, Sandy", Rebus disse. "Eu pago esses." Então, para Quinn: "O que vai ser?".

"Só um suco de laranja." Durante a curta viagem de táxi, ela pareceu cochilar por um momento, a cabeça encostada no ombro de Rebus. Ele manteve o corpo rígido, não querendo incomodá-la, mas um buraco a fizera endireitar o corpo novamente.

"Um suco de laranja e uma caneca de IPA", Rebus disse a Harry, o barman. O círculo de admiradores de Siobhan tinha se rompido apenas o suficiente para dar espaço aos recém-chegados. Apresentações foram feitas, apertos de mão. Rebus pagou as bebidas, observando que Siobhan parecia estar no gim-tônica.

Harry estava mexendo no controle remoto da TV, passando por vários canais de esportes até chegar ao canal de notícias escocês. Havia uma imagem de Mo Dirwan atrás do apresentador, uma foto de meio corpo, mostrando-o com um sorriso enorme. O apresentador tornou-se apenas uma voz e a foto deu lugar a um vídeo de Dirwan do lado de fora do que parecia ser sua casa. Tinha um olho roxo e alguns arranhões, um bandeide cor-de-rosa colocado desajeitadamente no queixo. Ele ergueu a mão para mostrar que estava enfaixada.

"Isso é Knoxland", comentou um dos clientes.

"Você está dizendo que é uma zona interditada?", Quinn perguntou como quem não queria nada.

"Estou dizendo que não se vai lá se o seu rosto não se encaixa."

Rebus viu Quinn começando a ficar indignada. Ele tocou seu cotovelo. "Como está sua bebida?"

"Está tudo bem." Ela olhou para ele e pareceu entender seu gesto. Assentiu apenas o suficiente para que ele soubesse que ela não iria falar nada... não daquela vez.

Vinte minutos depois, Rebus havia cedido e estava fumando. Olhou para onde Siobhan e Quinn estavam conversando e ouviu a pergunta de Caro:

"Então, como é trabalhar com ele?"

Rebus pediu licença ao deixar uma discussão a três sobre o Parlamento e espremeu-se entre dois clientes para chegar até as mulheres.

"Será que eu deveria ter trazido um gorro para esquentar as orelhas?", ele perguntou.

"O quê?" Quinn pareceu genuinamente perplexa.

"Ele está querendo dizer que as orelhas dele estão queimando", explicou Siobhan.

Quinn riu. "Eu só estava tentando descobrir um pouco mais sobre você." Ela se virou para Siobhan. "Ele não vai me dizer nada."

"Não se preocupe: conheço todos os segredinhos sujos do John..."

Como acontecia em uma boa noite no Ox, as conversas começavam e terminavam, as pessoas participando de duas discussões ao mesmo tempo, reunindo-se e se separando de novo depois de alguns minutos. Havia piadas ruins e trocadilhos piores, e Caro Quinn foi se aborrecendo: "Parece que ninguém leva nada mais a sério". Alguém concordou que era uma cultura de simplificações, mas Rebus sussurrou no ouvido dela o que sentia ser a verdade:

"Nunca somos mais sérios do que quando parecemos estar brincando..."

E mais tarde, com a sala dos fundos lotada de mesas com clientes barulhentos, na fila do bar para pedir mais bebidas Rebus notou que tanto Siobhan quanto Caro tinham sumido. Franziu a testa com ar de estranheza para um dos clientes habituais, que inclinou a cabeça na direção do banheiro das mulheres. Rebus assentiu e pagou as bebidas. Ia tomar mais uma dose de uísque e depois pararia de beber naquela noite. Uma dose de Laphroaig e um terceiro... não, um quarto cigarro... e mais nada. Assim que Caro voltasse, perguntaria se ela queria dividir um táxi. Vozes alteradas podiam ser ouvidas no alto da escada que levava ao banheiro. Não exatamente uma briga, mas quase. As pessoas começaram a interromper a conversa para apreciar a discussão.

"Tudo que estou dizendo é que aquelas pessoas precisam de um emprego como qualquer outra!"

"E você não acha que os guardas dos campos de concentração também diziam a mesma coisa?"

"Meu Deus, você não pode comparar as duas coisas!"

"Por que não? As duas são moralmente repugnantes..."

Rebus deixou de lado as bebidas e começou a abrir caminho através da multidão. Agora ele tinha reconhecido as vozes: Caro e Siobhan.

"Só estou tentando dizer que existe um argumento econômico", Siobhan explicou em voz alta o suficiente para que todo o bar a ouvisse. "Porque, quer você goste ou não goste, Whitemire é a única opção de trabalho para quem mora em Banehall!"

Caro Quinn ergueu os olhos para o céu. "Eu não acredito no que estou ouvindo."

"Você ia ter que ouvir isso em algum momento. Não é todo mundo aqui fora, no mundo real, que pode se *dar ao luxo* de manter uma postura moral elevada. Há mães solteiras trabalhando em Whitemire. De que maneira a vida *delas* vai ficar mais fácil se você conseguir o que quer?"

Rebus chegou ao topo da escada. As duas mulheres estavam a centímetros de distância uma da outra, Siobhan um pouco mais alta, Caro Quinn na ponta dos pés para encarar melhor sua oponente.

"Opa", disse Rebus, tentando um sorriso conciliador. "Acho que dá para ouvir a bebida falando mais alto."

"Não me trate com condescendência!", Quinn resmungou. Então, para Siobhan: "E quanto a Guantánamo? Pelo jeito você não vê nada de errado em trancafiar pessoas sem seus direitos humanos mais básicos".

"Ouça só o que você está dizendo, Caro... sua argumentação não tem nenhum sentido! Eu estou falando especificamente de Whitemire..."

Rebus olhou para Siobhan e viu a violência de toda uma semana de trabalho se agitando dentro dela; viu a necessidade de ela liberar toda a pressão que havia sentido. E supôs que o mesmo acontecia com Caro. Aquela discussão poderia ter ocorrido em qualquer momento, sobre qualquer assunto.

Ele deveria ter percebido isso antes; decidiu tentar novamente.

"Senhoritas..."

Agora as duas olharam furiosas para ele.

"Caro", disse ele, "seu táxi está lá fora."

O olhar de raiva dela se transformou em um franzir de sobrancelhas. Caro Quinn tentava se lembrar de ter pedido um táxi. Rebus encarou Siobhan, sabia que ela podia perceber que ele estava mentindo. Viu os ombros dela relaxando.

"Podemos retomar isso em outra ocasião", ele continuou, tentando persuadir Caro. "Mas acho que por esta noite devemos encerrar nossas atividades..."

De alguma forma, ele conseguiu fazer Caro descer a escada e atravessar a multidão, gesticulando para Harry uma chamada telefônica. O barman assentiu com a cabeça para Rebus: um táxi ia ser pedido.

"A gente se vê depois, Caro", gritou um dos frequentadores.

"Cuidado com ele", avisou outro, colocando o dedo no peito de Rebus.

"Obrigado, Gordon", Rebus disse, afastando a mão com um tapa.

Lá fora, ela se sentou no meio-fio, os pés na rua, a cabeça entre as mãos.

"Você está bem?", Rebus perguntou.

"Acho que me descontrolei um pouco lá dentro." Tirou as mãos do rosto, respirou o ar da noite. "Não estou bêbada nem nada. É que simplesmente não acredito que alguém possa defender a existência daquele lugar!" Ela se virou na direção da porta do bar, como se considerando voltar à briga. "Quero dizer... me diga que você não pensa assim." Seus olhos estavam sobre ele. Rebus balançou a cabeça.

"Siobhan gosta de brincar de advogado do diabo", explicou, agachando-se ao lado dela.

Foi a vez de Caro balançar a cabeça. "Não é nada disso, não mesmo... Ela de fato acreditava no que estava dizendo. Ela vê *pontos positivos* em Whitemire." Caro olhou para ele querendo sondar sua reação a essas palavras, palavras que ele achou terem sido ditas literalmente por Siobhan em sua argumentação.

"É que ela tem passado algum tempo em Banehall", Rebus continuou a explicar. "Não há muita oferta de empregos naqueles lados..."

"E isso justifica aquele empreendimento horroroso?"

Rebus balançou a cabeça outra vez. "Não tenho certeza se alguma coisa justifica Whitemire", disse.

Ela pegou as mãos dele e apertou. Ele achou ver um início de lágrima nos olhos dela. Ficaram sentados em silêncio por alguns minutos, grupos de farristas passando por eles dos dois lados da rua, olhando sem dizer nada. Ele se lembrou do tempo em que também havia alimentado ideais. Eles tinham sido arrancados de Rebus bem cedo: entrou para o Exército com dezesseis anos. Bem, não foram exatamente arrancados, mas substituídos por outros valores, a maioria menos concretos, menos apaixonados. A essa altura da vida, estava quase acostumado com a ideia. Diante de alguém como Mo Dirwan, sua primeira reação era procurar ali o vigarista, o hipócrita, o ego oportunista. E diante de alguém como Caro Quinn...?

A princípio, achou que ela fosse a típica consciência da classe média mimada. Todo aquele sofrimento liberal disponível, bem mais palatável do que a realidade. Mas era preciso mais do que isso para levar alguém a Whitemire dia após dia, sendo submetido à zombaria dos funcionários, recebendo a ingratidão dos internos. Era preciso uma grande dose de coragem.

Naquele exato momento, ele via o preço que ela pagava. Caro havia encostado a cabeça em seu ombro de novo. Seus olhos ainda estavam abertos, observando o prédio do outro lado da rua estreita. Era uma barbearia como as de antigamente, com seu pequeno poste listrado de vermelho e branco do lado de fora. Vermelho e branco significando sangue e ataduras, Rebus pensou, embora não conseguisse lembrar por quê. Agora o som de um motor a diesel se aproximava deles, o táxi banhando os dois com seus faróis.

"O táxi chegou", Rebus disse, ajudando Caro a se levantar.

"Ainda não me lembro de ter chamado um", ela comentou.

"É porque você não chamou", ele disse com um sorriso, segurando a porta para ela.

Ela disse que "café" significava apenas isso, que não era um eufemismo. Ele fez que sim com a cabeça, querendo vê-la a salvo dentro de casa. Então pensou em voltar a pé para casa, a fim de queimar parte do álcool depositada em seu organismo.

A porta do quarto de Ayisha estava fechada. Passaram por ela na ponta dos pés e foram para a sala. A cozinha ficava atrás de outra porta. Enquanto Caro enchia a chaleira, ele deu uma olhada nos discos dela — só vinil, nenhum CD. Havia álbuns que ele não via fazia muito tempo: Steppenwolf, Santana, Mahavishnu Orchestra... Caro voltou com um cartão.

"Estava em cima da mesa", disse, entregando a ele. Era um agradecimento pelo chocalho. "Tudo bem descafeinado? É isso ou chá de hortelã..."

"Descafeinado está ótimo."

Ela fez chá para si mesma, o aroma dominando a pequena cozinha quadrada. "Gosto da noite", disse ela, olhando pela janela. "Às vezes trabalho algumas horas..."

"Eu também."

Ela abriu um sorriso sonolento e sentou-se na cadeira em frente à dele, soprando a superfície de sua xícara. "Não sei o que concluir sobre você, John. Com a maioria das pessoas, meio minuto depois de conhecê-las, sabemos se elas estão ou não na mesma sintonia que a gente."

"E aí? Eu sou FM ou AM?"

"Não sei." Eles falavam em voz baixa para não acordar a mãe e a criança. Caro tentou sufocar um bocejo.

"Você deveria ir dormir um pouco", Rebus disse.

Ela assentiu com a cabeça. "Termine o café primeiro."

Mas ele fez que não com a cabeça, colocando a caneca no chão de tábuas e se levantando. "Já é tarde."

"Desculpe se eu..."

"O quê?"

Ela encolheu os ombros. "Siobhan é sua amiga... o Oxford é o seu pub..."

"Ambos podem aguentar o tranco", assegurou ele.

"Eu deveria ter deixado você ir sozinho. Eu não estava no clima."

"Você vai a Whitemire neste fim de semana?"

Ela deu de ombros. "Isso vai depender do meu estado de espírito."

"Bem, se ficar entediada, me ligue."

Ela também já estava de pé. Aproximou-se dele e ficou na ponta dos pés para lhe dar um beijo na bochecha esquerda. Quando ela se afastou, seus olhos se arregalaram de repente e ela colocou uma das mãos na boca.

"O que foi?", Rebus perguntou.
"Acabei de me lembrar... Eu deixei você pagar o jantar!"
Ele sorriu e se dirigiu para a porta.

Ele voltou pela Leith Walk, checando o celular para ver se Siobhan tinha deixado uma mensagem. Não tinha. Era meia-noite. Calculou que levaria meia hora para chegar em casa. Haveria muitos bêbados na South Bridge e na Clerk Street, alimentando-se das sobras das lojas de peixe e fritas, e então talvez indo para os bares de Cowgate que ficavam abertos até as duas da manhã. Havia algumas grades na South Bridge, e você podia ficar ali, olhando para Cowgate lá embaixo, como se estivesse em um zoológico. Naquela hora da noite, o tráfego de veículos era proibido na rua — muita gente bebia e caía, podendo ser atingida pelos carros. Ele sabia que provavelmente ainda poderia conseguir uma bebida no Royal Oak, mas o lugar estaria lotado. Não, iria para casa, e no passo mais acelerado que conseguisse: para transpirar a ressaca do dia seguinte. Ele se perguntou se Siobhan tinha voltado para casa. Poderia ligar para ela, tentar esclarecer as coisas. Mas se ela estivesse bêbada... Melhor esperar até de manhã.

Tudo estaria melhor de manhã: ruas lavadas com mangueira, lixeiras esvaziadas, cacos de vidro varridos. Toda a desagradável energia noturna enterrada por algumas horas. Ao cruzar a Princes Street, Rebus viu uma briga no meio da North Bridge, os táxis desacelerando e desviando de dois jovens. Eles seguravam um ao outro pela parte de trás da gola da camisa, de modo que só se via o alto da cabeça deles. Tentavam atingir um ao outro com mãos e pés. Nenhum sinal de armas. Era uma dança da qual Rebus conhecia todos os passos. Continuou andando, passando pela garota cujo afeto os dois disputavam.

"Marty!", ela gritava. "Paul! Parem com essa idiotice, porra!"
Claro que ela falava por falar. Seus olhos brilhavam diante

daquele espetáculo — e tudo por causa *dela*! Amigos tentavam confortá-la, abraçando-a, querendo estar no centro do drama.

Mais adiante, alguém estava cantando uma música sobre ser sexy demais. Uma viatura passou em meio a vaias e gestos ofensivos. Alguém chutou uma garrafa para a rua, provocando aplausos quando ela explodiu sob uma das rodas. A viatura não pareceu se importar.

Uma jovem surgiu de repente no caminho de Rebus, o cabelo caindo em cachos sujos, olhos famintos enquanto lhe pedia primeiro dinheiro, depois um cigarro e, por fim, perguntava se ele queria fazer "algo gostoso". A frase soou curiosamente antiquada. Ele se perguntou se ela havia aprendido em um livro ou em um filme.

"Vá para casa antes que eu prenda você", disse ele.

"Casa?", ela disse com ar afetado, como se aquilo fosse algum conceito novo e estranho. Ela parecia inglesa. Rebus apenas balançou a cabeça e seguiu em frente. Ele cortou pela Buccleuch Street. As coisas estavam mais quietas ali, e mais silenciosas ainda quando cruzou a extensão do parque Meadows, cujo nome, que significava "prados" em inglês, lembrava uma época em que boa parte daquela região era de terras cultivadas. Quando entrou na Arden Street, olhou para as janelas dos edifícios. Não havia sinais de festas estudantis, nada para mantê-lo acordado. Ouviu as portas de um carro serem abertas atrás de si, girou o corpo na expectativa de ter de enfrentar Felix Storey. Mas os dois homens eram brancos, vestidos de preto de cima a baixo. Demorou um pouco para reconhecê-los.

"Vocês devem estar brincando", disse ele.

"Você nos deve uma lanterna", disse o líder. Seu colega era mais jovem e carrancudo. Rebus o reconheceu como Alan, o homem de quem pegara emprestada a lanterna.

"Ela foi roubada", Rebus disse com um encolher de ombros.

"É um equipamento caro", rebateu o líder. "E você prometeu devolvê-la."

"Não me diga que você nunca perdeu alguma coisa." Mas o

rosto do homem disse a Rebus que ele não seria conquistado por nenhum argumento, por nenhum apelo a seu espírito de camaradagem. O Esquadrão Antidrogas via-se como uma força da natureza, independente de outros policiais. Rebus ergueu as mãos em sinal de rendição. "Eu posso fazer um cheque."

"Não queremos um cheque. Queremos uma lanterna idêntica àquela que nós lhe demos." O líder estendeu um pedaço de papel, que Rebus pegou. "Essa é a marca e o número do modelo."

"Amanhã eu dou um pulo na Argos..."

O líder balançava a cabeça. "Você se acha um bom detetive? Prove isso descobrindo onde a nossa lanterna está."

"Na Argos ou na Dixons — eu informo a vocês o que descobrir."

O líder deu um passo para a frente, queixo empinado. "Se quiser que a gente pare de pegar no seu pé, encontre *essa* lanterna." Ele apontou um dedo para o pedaço de papel. Então, satisfeito por ter dito o que queria, girou o corpo e se dirigiu para o carro, seguido por seu jovem colega.

"Cuide dele, Alan", Rebus gritou. "Um pouquinho de amor, carinho e atenção, e ele vai ficar ótimo."

Acenou para o carro, subiu os degraus para seu apartamento e abriu a porta. O assoalho rangeu sob seus pés, como numa queixa. Rebus ligou o aparelho de som: um CD de Dick Gaughan, bem baixinho. Em seguida, desabou sobre sua poltrona favorita, buscando um cigarro nos bolsos. Tragou e fechou os olhos. O mundo parecia estar se inclinando, levando-o junto. A mão livre agarrou o braço da poltrona, os pés firmemente pressionados no chão. Quando o telefone tocou, sabia que era Siobhan. Estendeu a mão e pegou o fone.

"Então você está em casa", disse a voz.

"Onde esperava que eu estivesse?"

"Preciso mesmo responder?"

"Você tem uma mentezinha suja." Em seguida: "Não é para mim que você deve pedir desculpas".

"Pedir desculpas?" O tom de voz dela subiu. "Por que, em nome de Deus, eu haveria de pedir desculpas?"

"Você bebeu um pouco demais."

"Isso não tem nada a ver." Ela parecia terrivelmente sóbria.

"Se você acha..."

"Admito que não consigo entender a atração..."

"Tem certeza que quer conversar sobre isso?"

"Ela vai ser anotada e usada como evidência?"

"É difícil retirar o que se diz, quando se diz em voz alta."

"Ao contrário de você, John, eu nunca fui boa em reprimir as coisas."

Rebus tinha visto uma caneca no tapete. Café frio, pela metade. Tomou um gole. "Então não aprova minha escolha de companhia..."

"Não cabe a mim decidir com quem você sai."

"Muito generoso de sua parte."

"Mas vocês dois parecem tão... *diferentes*."

"E isso é ruim?"

Ela suspirou alto, o som retumbando como estática pela linha. "Olha, só estou tentando dizer... Nós não somos apenas dois colegas de trabalho, não é? Somos mais do que isso; somos... amigos."

Rebus sorriu consigo mesmo, sorriu da pausa que ela fez antes de "amigos". Será que ela pensou em "companheiros" e depois descartou a palavra por seu outro significado, mais constrangedor?

"E como minha amiga", disse ele, "você não quer que eu tome uma decisão ruim?"

Ela ficou em silêncio por um momento, tempo suficiente para Rebus tomar o resto do conteúdo da caneca. "Por que você está *tão* interessado nela, afinal?", perguntou Siobhan.

"Talvez porque ela *seja* diferente."

"Porque ela defende um conjunto de ideais confusos?"

"Você não a conhece bem o bastante para afirmar isso."

"Acho que conheço o tipo."

Rebus fechou os olhos, esfregou a parte de cima do nariz, pensando: isso é bem o que eu diria antes desse caso aparecer. "Voltamos a pisar em gelo fino, Shiv. Por que não dorme um pouco? Amanhã ligo para você."

"Você acha que eu vou mudar de ideia, não é?"

"Isso é com você."

"Posso lhe garantir que não vou."

"É uma prerrogativa sua. Nos falamos amanhã."

Siobhan fez uma pausa tão longa que Rebus temeu que ela já tivesse desligado. Mas então: "O que você está ouvindo?".

"Dick Gaughan."

"Ele parece irritado com alguma coisa."

"É só o estilo dele." Rebus tirou do bolso o pedaço de papel com os detalhes da lanterna.

"Um traço escocês talvez?"

"Talvez."

"Boa noite, então, John."

"Antes de desligar... se você não telefonou para pedir desculpas, então por que me ligou?"

"Eu não queria que a gente ficasse de mal."

"E estamos de mal?"

"Espero que não."

"Então você não quis apenas conferir se eu estava seguramente enfiado na minha solidão?"

"Vou ignorar isso."

"Boa noite, Shiv. Durma bem."

Ele desligou o telefone, repousou a cabeça no encosto da poltrona e fechou os olhos novamente.

Companheiros, não... apenas amigos.

SEXTO E SÉTIMO DIAS
Sábado/ Domingo

20.

No sábado de manhã, a primeira coisa que ele fez foi ligar para Siobhan. Quando a secretária eletrônica atendeu, ele deixou uma breve mensagem: "Aqui é o John, mantendo a promessa da noite passada... Falo com você em breve". Em seguida, tentou o celular e também foi forçado a deixar uma mensagem.

Depois do café da manhã, ele procurou no armário do corredor e nas caixas debaixo de sua cama, e saiu com poeira e teias de aranha grudadas no corpo, abraçado a pacotes de fotografias. Sabia que não possuía muitas fotos de família — sua ex-mulher tinha levado a maioria. Mas ele conseguiu ficar com algumas que ela não se sentiu no direito de reivindicar: de familiares dele, de sua mãe e seu pai, tios e tias. Ainda assim, não havia muitas. Pensou que ou seu irmão estava com a maioria, ou elas tinham se perdido ao longo do tempo. Anos atrás, sua filha Sammy gostava de brincar com elas, olhando-as por muito tempo, correndo os dedos pelas bordas estriadas, tocando os rostos sépia, as poses de estúdio. Ela gostava de perguntar quem eram aquelas pessoas, Rebus olhava na parte de trás das fotos, na esperança de encontrar pistas escritas a lápis, e então dava de ombros.

Seu avô — pai de seu pai — tinha chegado à Escócia vindo da Polônia. Rebus não sabia por que ele emigrara. Como fora antes da ascensão do fascismo, só podia imaginar que havia sido por razões econômicas. Ele era jovem e solteiro, e se casou com uma mulher de Fife mais ou menos um ano depois. Rebus não conhecia muitos detalhes sobre esse período da história de sua família. Achava que nunca havia perguntado nada a seu pai. Se havia, não sabia se o pai não quis responder ou se simplesmente não conhecia a história. Pode ter havido coisas das quais seu avô não quis se lembrar, compartilhar e muito menos discutir.

Rebus segurou uma foto. Achava que era seu avô: um homem de meia-idade, cabelo preto penteado rente ao crânio, um sorriso estranho no rosto. Estava vestido com roupa de domingo. Era uma fotografia feita em estúdio, mostrando um fundo pintado com campos de feno e céu claro. No verso estava impresso o endereço do fotógrafo em Dunfermline. Rebus desvirou a foto. Procurava algo de si mesmo no avô — a maneira como os músculos da face trabalhavam ou a postura quando em repouso. Mas o homem era um estranho para ele. Toda a história de sua família era uma coleção de perguntas feitas tarde demais: fotos sem identificação, nenhum indício de ano ou de proveniência. Bocas sorridentes, indistintas, rostos atormentados de trabalhadores e suas famílias. Rebus pensou no que havia restado da própria família: sua filha Sammy; o irmão Michael. Ele telefonava para os dois com pouca frequência, normalmente depois de uns drinques a mais. Talvez ligasse para eles mais tarde, certificando-se primeiro de que não tivesse bebido.

"Não sei nada sobre você", disse ao homem da fotografia. "Nem tenho cem por cento de certeza de que você é quem eu penso que é..." Perguntou-se se teria algum parente na Polônia. Poderia haver aldeias inteiras deles, um clã de primos que não falavam inglês, mas que mesmo assim teriam prazer em vê-lo. Talvez o avô de Rebus não tivesse sido o único a ir embora. A família poderia muito bem ter se espalhado pelos Estados Unidos, pelo Canadá ou pelo leste da Austrália. Alguns poderiam ter sido assassinados pelos nazistas ou colaborado com essa causa. Histórias não contadas cruzavam a vida de Rebus...

Pensou novamente nos refugiados e naqueles que pediam asilo, os que migravam por motivos econômicos. A desconfiança e o ressentimento que traziam consigo, a maneira como as tribos temiam tudo que era novo, tudo que estava fora dos limites restritos da aldeia. Talvez isso explicasse a reação de Siobhan a Caro Quinn; Caro não fazia parte da turma. Multiplique essa desconfiança e você tem uma situação como a de Knoxland.

Rebus não culpava Knoxland: o conjunto habitacional era um sintoma, mais do que qualquer outra coisa. Percebeu que não ia vislumbrar nada naquelas fotografias antigas, que acabavam representando sua própria falta de raízes. Além disso, tinha uma viagem para fazer.

Glasgow nunca fora seu lugar favorito. Parecia repleta de concreto e arranha-céus. Ele se perdia lá e sempre tinha dificuldade em encontrar pontos de referência pelos quais se orientar. Algumas áreas da cidade davam a impressão de que iriam engolir toda a Edimburgo. As pessoas eram diferentes também; não sabia dizer exatamente no quê, se no sotaque ou na mentalidade. Mas o lugar o deixava desconfortável.

Mesmo com um guia de ruas, conseguiu fazer uma conversão aparentemente equivocada tão logo saiu da autoestrada. Tinha pegado a saída errada, mas percebeu que não estava muito longe da prisão Barlinnie, reencontrando aos poucos o caminho em direção ao centro da cidade, através do tráfego congestionado de sábado. A névoa fina não ajudava em nada, pois tinha se transformado em chuva, obscurecendo nomes de ruas e sinais de trânsito. Mo Dirwan tinha dito que Glasgow era a capital dos assassinatos da Europa; Rebus se perguntou se o trânsito teria algo a ver com aquilo.

Dirwan morava em Calton, entre a Necrópole e Glasgow Green. Era uma região bastante agradável, com muitas áreas verdes e árvores antigas. Rebus encontrou a casa, mas não onde estacionar nas proximidades. Deu uma volta e acabou tendo que andar uns noventa metros do carro até a porta da frente. Era uma construção sólida de pedras vermelhas, com um pequeno jardim. A porta era nova: um painel de vidro jateado com formas de diamantes. Rebus tocou a campainha e esperou, descobrindo em seguida que Mo não estava em casa. Sua mulher, no entanto, sabia quem Rebus era e tentou convencê-lo a entrar.

"Eu realmente só vim ver se ele está bem", Rebus argumentou.

"O senhor precisa esperar por ele. Se ele souber que o deixei ir embora..."

Rebus olhou para o punho dela que o segurava com força pelo braço. "Não parece que você esteja me deixando ir embora."

Ela o soltou, sorrindo constrangida. Devia ser dez ou quinze anos mais jovem que o marido, com ondas brilhantes de cabelos negros emoldurando seu rosto e pescoço. A maquiagem tinha sido aplicada generosamente, mas com muito cuidado, escurecendo seus olhos e tingindo a boca de carmesim. "Desculpe", disse ela a Rebus.

"Não se desculpe, é bom se sentir querido. Mo vai voltar logo?"

"Não tenho certeza. Ele tinha que ir a Rutherglen. Houve alguns problemas recentemente."

"Ah, é?"

"Nada de grave, é o que esperamos, apenas gangues de jovens brigando entre si." Ela encolheu os ombros. "Tenho certeza de que os asiáticos são tão culpados quanto os outros."

"Então o que Mo está fazendo lá?"

"Participando de uma reunião de moradores."

"Você sabe onde ela está sendo realizada?"

"Eu tenho o endereço." Ela apontou para dentro de casa e Rebus assentiu com a cabeça para indicar que ela fosse buscá-lo. Ela saiu sem deixar nenhum rastro de perfume. Ele ficou um passo dentro da casa, abrigando-se da chuva. Ainda era uma garoa fina e persistente. Havia uma palavra escocesa para esse tipo de chuva — "smirr". Ele se perguntou se outras culturas teriam vocabulários semelhantes. Quando ela voltou e lhe entregou o pedaço de papel, os dedos deles se roçaram e Rebus sentiu uma descarga elétrica momentânea.

"Estática", explicou ela, balançando a cabeça em direção ao carpete do corredor. "Eu vivo dizendo ao Mo que precisamos trocar por outro que não provoque isso."

Rebus assentiu, agradeceu e voltou correndo para o carro. Procurou em seu guia de ruas o endereço que ela lhe dera. Parecia um trajeto de uns quinze minutos, a maior parte no sentido sul pela Dalmarnock Road. Parkhead não era longe, mas o Celtic não estava jogando em casa hoje, o que significava menos chance de Rebus encontrar esse caminho impedido ou desviado. A chuva, no entanto, forçava as pessoas que tinham ido às compras e os viajantes a ficar em seus veículos. Ignorando o guia de ruas por alguns instantes, ele se deu conta de que tinha entrado em outra rua errada e estava indo para Cambuslang. Encostando o carro no meio-fio, pronto para esperar até que pudesse fazer um retorno, surpreendeu-se quando as portas traseiras foram abertas e dois homens entraram cambaleando.

"Bom dia", um deles disse. Ele cheirava a cerveja e cigarro. Seu cabelo era uma confusão de cachos encharcados, que ele sacudiu para tentar secar do jeito que um cachorro faria.

"Que porra é essa?", Rebus perguntou, a voz se elevando. Ele se virou no assento, para que os dois homens vissem a expressão de seu rosto.

"Este não é o nosso táxi?", indagou o outro homem. Seu nariz parecia um morango, hálito azedo e dentes escuros por rum envelhecido.

"Com toda a certeza, não!", Rebus gritou.

"Desculpe, amigo, desculpe... é um grande mal-entendido."

"É, não tivemos intenção de ofendê-lo", o colega acrescentou. Rebus olhou pela janela do lado do passageiro, viu o pub de onde eles tinham acabado de correr. Blocos de cimento e uma porta sólida — sem janelas. Eles estavam se preparando para sair do carro.

"Por acaso os senhores não estão indo para Wardlawhill?", Rebus perguntou, a voz repentinamente mais calma.

"Nós costumamos ir a pé, mas com essa chuva..."

Rebus assentiu. "Vou dizer uma coisa, então... e se eu deixá-los no centro comunitário de lá?"

Os homens se entreolharam e um deles falou: "E quanto você pretende cobrar?".

Rebus fez um gesto com a mão para espantar a desconfiança. "Só estou brincando de Bom Samaritano."

"Você vai tentar nos converter ou algo assim?" Os olhos do primeiro homem tinham se reduzido a fendas.

Rebus riu. "Não se preocupe, eu não quero 'mostrar o caminho' a vocês nem nada assim." Fez uma pausa. "Na verdade, muito pelo contrário."

"Hein?"

"Eu quero que *vocês me* mostrem o caminho."

Ao fim do trajeto curto e sinuoso por entre a área residencial, os três já estavam se tratando pelo primeiro nome, Rebus perguntando se seus passageiros nunca tinham pensado em participar da reunião de moradores.

"Melhor não aparecer muito, essa sempre foi a minha filosofia", foi o que ele ouviu.

A chuva havia diminuído quando pararam na frente do prédio de apenas um andar. Como o pub, à primeira vista o lugar também parecia não ter janelas. No entanto, elas estavam escondidas no alto da elevação frontal, quase no beiral. Rebus apertou as mãos de seus guias.

"Trazer você até aqui foi uma coisa, mas...", eles disseram com uma risada. Rebus assentiu e sorriu. Ele também se perguntava se conseguiria encontrar o caminho de volta para Edimburgo. Nenhum dos passageiros havia lhe perguntado por que alguém de fora estaria interessado em uma reunião de moradores. Rebus atribuiu isso àquela filosofia de vida deles:

não aparecer muito. Se você não fizesse perguntas, ninguém poderia acusá-lo de meter o nariz onde não era chamado. De certa forma, era um bom conselho, mas ele nunca tinha vivido, nem jamais viveria, desse jeito.

Pessoas se acotovelavam ao redor das portas principais de entrada do edifício. Depois de se despedir de seus passageiros, Rebus estacionou o mais próximo que pôde das portas, preocupado ao pensar que a reunião talvez já tivesse terminado e ele, perdido Mo Dirwan. Mas quando se aproximou viu que não. Um homem branco de meia-idade, de terno, gravata e paletó preto, lhe estendia um folheto. A cabeça raspada do homem reluzia com as gotas de chuva. Seu rosto era pálido e pastoso, o pescoço composto de rolos de gordura.

"Partido Nacional Britânico", disse, no que pareceu a Rebus um sotaque londrino. "Vamos tornar as ruas da Grã-Bretanha seguras novamente." A frente do folheto mostrava a foto de uma idosa apavorada vendo um grupo indistinto de jovens negros correr em direção a ela.

"Todas as fotos posadas", deduziu Rebus, amassando o folheto umedecido com uma das mãos. Os outros homens por ali mantinham-se no fundo, mas flanqueando o homem de terno; eram consideravelmente mais jovens e mal-arrumados, vestindo o que quase se tornara um estilo plebe chique: tênis de corrida, calças e blusões de moletom, bonés de beisebol abaixados sobre a testa. Os blusões eram fechados com zíper até bem em cima, de modo que a metade inferior de cada rosto desaparecia dentro da gola. Isso significava que seria difícil identificá-los por meio de fotografias.

"Tudo o que queremos são direitos justos para o povo britânico." A palavra "britânico" saiu quase como um latido. "A Grã-Bretanha para os britânicos — me diga o que há de errado com isso."

Rebus deixou cair o folheto e chutou-o para o lado. "Tenho a sensação de que a definição de vocês pode ser um pouco mais restrita que a da maioria."

"Você nunca vai saber, a menos que nos dê uma chance." A mandíbula do homem se projetava para a frente. Puxa, pensou Rebus, e esse é ele tentando ser legal... Era como assistir um gorila tentando pela primeira vez fazer um arranjo floral. Ele ouvia uma mistura de palmas e vaias lá dentro.

"Parece animado", disse Rebus, abrindo as portas.

Viu uma área de recepção e outro conjunto de portas duplas conduzindo ao salão principal. Não havia um palco propriamente dito, mas alguém tinha fornecido um sistema de som, o que significava que quem segurasse o microfone levava vantagem. Mas parte da plateia pensava diferente. Alguns homens estavam em pé, tentando calar os adversários, os dedos esfaqueando o ar. As mulheres, também em pé, gritavam com igual entusiasmo. A maioria das fileiras de cadeiras estava cheia. Rebus viu que as cadeiras estavam de frente para uma mesa de cavalete atrás da qual havia cinco figuras de aparência tristonha. Deduziu que essa mesa era composta de notáveis locais. Mo Dirwan não estava entre eles, mas Rebus acabou vendo-o. Em pé na fila da frente, agitava os braços como se simulasse um voo, mas, na verdade, gesticulava para o público se acalmar. Sua mão ainda estava enfaixada, o bandeide cor-de-rosa ainda cobrindo-lhe o queixo.

Um dos notáveis, no entanto, se cansou daquilo. Jogou alguns papéis em uma antiga bolsa escolar, pendurou-a no ombro e marchou em direção à saída. Mais vaias irromperam. Rebus não soube se era por ele ter se acovardado ou por ter sido forçado a se retirar.

"Você é um idiota, McCluskey", alguém gritou. Aquilo não esclarecia as coisas para Rebus. Mas agora outros seguiam seu líder. Uma mulher pequena e roliça na mesa assumiu o microfone, porém suas boas maneiras inatas e seu tom razoável de voz jamais iriam restaurar a ordem. Rebus viu que o público era uma verdadeira mistura: não se tratava de rostos brancos de um lado da sala e negros do outro. A faixa etária também era heterogênea. Uma mulher tinha vindo com seu bebê no carrinho. Outra agitava sua bengala freneticamente no ar, obrigando aqueles que estavam perto dela a se abaixar. Meia dúzia de policiais uniformizados haviam tentado passar despercebidos no fundo, mas agora um deles falava em seu walkie-talkie, certamente pedindo reforços. Alguns garotos tinham decidido transformar os policiais no foco de suas queixas. Os dois grupos estavam separados por apenas uns nove metros, e essa distância ia diminuindo mais e mais à medida que o tempo passava.

Rebus via que Mo Dirwan não sabia o que fazer. Havia um olhar de consternação em seu rosto, como se estivesse se dando conta de que ele era um ser humano e não um super-homem. Aquela situação estava além até mesmo de seu controle, porque seus poderes dependiam da boa vontade dos outros para ouvir seus argumentos, e ninguém ali ia ouvir nada. Ocorreu a Rebus que nem Martin Luther King seria notado se estivesse ali com um megafone. Um jovem parecia totalmente desnorteado com tudo aquilo. Seus olhos pousaram em Rebus por um momento. Era asiático, mas usava as mesmas roupas que os garotos brancos. Tinha um brinco de argola em uma orelha. Seu lábio inferior estava inchado e coberto de um sangue já velho, e Rebus viu que ele se mantinha em pé de maneira meio desajeitada, como se tentasse não se apoiar na perna esquerda. Aquela perna estava doendo. Será que essa era a razão para a expressão em seu rosto? Será que ele fora a última vítima, a que levara à convocação daquela reunião? Ele parecia com medo... com medo de que um único ato pudesse provocar reações desproporcionalmente maiores.

Rebus teria tentado descobrir se aquilo era verdade se soubesse como, mas as portas se abriram de repente e mais policiais uniformizados entraram. Havia um rosto mais velho entre eles: com mais adornos prateados na lapela e no quepe do que qualquer um dos outros. Prateado também no cabelo que surgia abaixo do boné.

"Um pouco de ordem aqui!", gritou, marchando com confiança para a frente do salão e do microfone, o qual pegou sem cerimônia da mulher, que agora resmungava.

"Um pouco de ordem, por favor, gente!", a voz ecoando pelos alto-falantes. "Vamos tentar acalmar as coisas." Ele olhou para uma das pessoas sentadas à mesa. "Acho melhor suspender a reunião por ora." O homem para quem ele havia olhado assentiu de maneira pouco perceptível. Talvez fosse o vereador local, Rebus supôs, certamente alguém por quem o policial precisava fingir respeito.

Mas só havia um homem no comando agora.

Quando uma mão bateu no ombro de Rebus, ele vacilou, mas era um sorridente Mo Dirwan, que de alguma forma o tinha visto e foi até ele sem ser notado.

"Meu grande amigo, o que em nome de Deus o traz aqui a esta hora?"

De perto, Rebus viu que os ferimentos de Dirwan não eram mais graves do que aqueles que alguém teria em uma briga entre bêbados no fim de semana: apenas uns poucos cortes e arranhões. De repente ele se perguntou se o bandeide e a mão enfaixada não seriam apenas para impressionar.

"Queria ver como você estava."

"Rá!" Dirwan bateu no ombro de Rebus novamente. O fato de ele usar a mão enfaixada para fazer isso reforçou as suspeitas de Rebus. "Será que você estava sentindo um pouco de culpa?"

"Também quero saber como isso aconteceu."

"Caramba, é simples — eu fui agredido. Não leu os jornais hoje de manhã? Qualquer um que você escolher; eu estava em todos eles."

Rebus não teve dúvida de que jornais estariam espalhados no chão da sala de Dirwan...

Mas agora a atenção do advogado foi desviada pelo fato de todo mundo estar sendo retirado do salão. Ele se espremeu entre a multidão até encontrar o policial mais velho, cuja mão apertou e com quem trocou algumas palavras. Em seguida, foi até o vereador, cuja expressão dizia a Rebus que mais um sábado ingrato e desperdiçado como aquele e ele renunciaria. Dirwan tinha palavras fortes para aquele homem, mas, quando tentou segurar o braço do vereador, foi rechaçado com uma força que provavelmente vinha se acumulando durante toda a reunião. Dirwan, no entanto, apenas levantou o dedo, em seguida deu um tapinha no ombro do homem e foi até Rebus de novo.

"Diabos, que confusão!"

"Já vi piores."

Dirwan olhou para ele. "Por que tenho a sensação de que você diria isso em qualquer circunstância?"

"Porque é verdade", Rebus respondeu. "Então... posso falar com você agora?"

"Sobre o quê?"

Mas Rebus não disse nada. Em vez disso, foi sua vez de bater com a mão no ombro de Dirwan, mantendo-a ali enquanto conduzia o advogado para fora do prédio. Uma briga estava acontecendo, um dos asseclas do homem do Partido Nacional tinha chegado às vias de fato com um jovem asiático. Dirwan parecia pronto para intervir, mas Rebus o deteve, e os homens de uniforme interferiram. O homem do partido estava em pé em uma rampa gramada do outro lado da rua, a mão erguida no que parecia ser uma saudação nazista. Para Rebus, ele parecia ridículo, o que não queria dizer que não fosse perigoso.

"Vamos para a minha casa?", Dirwan sugeriu.

"Meu carro", Rebus disse, balançando a cabeça. Eles entraram, mas ainda havia muita coisa acontecendo ao redor deles. Rebus deu a partida, pensando em estacionar em uma das ruas laterais, mais adequada para falarem sem interrupções. Quando passaram pelo homem do partido, Rebus pisou um pouco mais no acelerador e levou o carro para perto do meio-fio, jogando muita água no homem, para a alegria de Mo Dirwan.

Rebus estacionou em um espaço apertado, desligou o motor e se virou para o advogado.

"Então, o que aconteceu?", perguntou.

Dirwan encolheu os ombros. "Vai ser rápido contar... Eu estava fazendo o que você pediu, interrogando todos os recém-chegados a Knoxland que falassem comigo..."

"Alguns se recusaram?"

"Nem todo mundo confia em um estranho, John, nem mesmo quando ele tem a mesma cor de pele."

Rebus assentiu, concordando com aquilo. "Onde você estava quando eles o atacaram?"

"Esperando o elevador no Stevenson House. Eles vieram por trás, talvez quatro ou cinco, os rostos escondidos."

"Disseram alguma coisa?"

"Um deles disse... bem no final." Dirwan olhou para ele parecendo desconfortável, e Rebus se lembrou de que estava lidando com uma vítima de agressão. Não importava quão pequenos fossem os ferimentos, era improvável que aquilo fosse o tipo de coisa de que o advogado se lembraria com prazer.

"Olha", disse Rebus, "eu deveria ter dito logo no início: sinto muito que isso tenha acontecido."

"Não foi culpa sua, John. Eu deveria ter me preparado melhor."

"Eu estou supondo que foi um ataque direcionado mesmo a você. Acertei?"

Dirwan assentiu lentamente. "A pessoa que falou, ele me disse para sair de Knoxland. Disse que, se eu não fizer isso, vou morrer. Ele segurava uma faca encostada no meu rosto enquanto falava."

"Que tipo de faca?"

"Não sei bem... Você está pensando na arma do crime?"

"Acho que sim." E, ele poderia ter acrescentado, a faca encontrada com Howie Slowther. "Não reconheceu nenhum deles?"

"Passei a maior parte do tempo no chão. Punhos e sapatos foram as únicas coisas que eu vi."

"E o sujeito que falou? Ele parecia alguém de lá?"

"Ou o quê?"

"Não sei... irlandês, quem sabe?"

"Acho difícil distinguir o irlandês do escocês às vezes." Dirwan deu de ombros como se pedisse desculpas. "Chocante, eu sei, para alguém que já está há alguns anos aqui..."

O celular de Rebus tocou em um de seus bolsos. Ele o tirou e olhou para a tela. Era Caro Quinn. "Preciso atender", informou a Dirwan, abrindo a porta do carro. Deu alguns passos ao longo da calçada e segurou o aparelho no ouvido.

"Alô?", disse.

"Como pôde fazer isso comigo?"

"O quê?"

"Me deixar beber daquele jeito", ela disse, com um gemido.

"Curtindo uma dor de cabeça, não é?"

"Eu nunca mais vou tomar nem um gole de álcool."

"Excelente proposta... E se discutíssemos o assunto no jantar?"

"Esta noite eu não posso, John. Vou ao Filmhouse com um companheiro."

"Amanhã, então?"

Ela pareceu pensar nisso. "Preciso trabalhar neste fim de semana... e graças à noite passada já estou perdendo o dia de hoje."

"Você não consegue trabalhar de ressaca?"

"Você consegue?"

"Eu já transformei isso em uma forma de arte, Caro."

"Olha, vamos ver como as coisas correm amanhã... Vou tentar ligar para você."

"É o melhor que eu posso esperar?"

"É pegar ou largar, amigão."

"Então vou pegar." Rebus se virou e começou a voltar para o carro. "Até mais, Caro."

"Até mais, John."

Vou ao Filmhouse com um companheiro... Um companheiro, não um "amigo". Rebus sentou ao volante. "Desculpe."

"Negócios ou prazer?", perguntou Mo Dirwan.

Rebus não respondeu; tinha sua própria pergunta. "Você conhece Caro Quinn, não é?"

Dirwan franziu a testa, tentando se lembrar do nome. "A Nossa Senhora das Vigílias?", ele arriscou. Rebus assentiu. "Conheço, é uma figura."

"Uma mulher de princípios."

"Meu Deus, se é. Ela ofereceu um quarto em sua casa para uma requisitante de asilo político. Sabia disso?"

"Sabia."

Os olhos do advogado se arregalaram. "Era com ela que você estava falando agora?"

"Era."

"Você sabe que ela também foi expulsa de Knoxland?"

"Ela me contou."

"Nós seguimos uma linha em comum, ela e eu..." Dirwan o observou. "Talvez você também faça parte dessa linha, John."

"Eu?" Rebus ligou o motor. "O mais provável é que eu seja um desses nós que você encontra de vez em quando."

Dirwan riu. "Tenho certeza de que você pensa sobre si mesmo dessa forma."

"Posso te dar uma carona para casa?"

"Se não for problema."

Rebus fez que não com a cabeça. "Na verdade, pode me ajudar a pegar a estrada."

"Então, a sua oferta mascarava um motivo?"

"É, acho que você pode colocar as coisas dessa forma."

"E, se eu aceitar, você me permite lhe oferecer alguma hospitalidade?"

"Eu realmente preciso voltar..."

"Estou sendo esnobado."

"Não é isso..."

"Pois é exatamente o que parece."

"Poxa, Mo..." Rebus suspirou alto. "Tudo bem, então. Uma breve xícara de café."

"Minha mulher vai insistir para você comer alguma coisa."

"Um biscoito então."

"E talvez um pedaço de bolo."

"Só um biscoito."

"Ela vai preparar um pouco mais... você vai ver."

"Tudo bem... então bolo. Café e bolo."

O rosto do advogado se abriu em um sorriso. "Você é inexperiente em barganhar, John. Se eu estivesse vendendo tapetes, seu cartão de crédito agora estaria estourando o limite."

"O que o faz pensar que ele já não estourou?"

Além do mais, Rebus poderia ter acrescentado, ele estava *mesmo* com fome...

21.

Em uma manhã de domingo clara e de ventos fortes, Rebus caminhou até a parte mais baixa da Marchmont Road e atravessou o parque Meadows. Os times já estavam se reunindo para os jogos de futebol previamente combinados. Algumas equipes usavam uniformes semelhantes aos dos profissionais. Outras eram mais maltrapilhas, com calções de algodão e tênis no lugar de shorts e chuteiras. Cones de tráfego eram os favoritos para substituir as traves, e as linhas de demarcação do campo eram invisíveis para todos, menos para os jogadores.

Mais adiante, um jogo de frisbee tinha um cachorro ofegante sendo feito de bobinho, enquanto em um dos bancos um casal tentava desesperadamente virar as páginas dos jornais de domingo, cada rajada de vento ameaçando transformar os muitos suplementos em pipas no ar.

Rebus havia tido uma noite tranquila em casa, mas só depois que um passeio pela Lothian Road revelara que os filmes exibidos no Filmhouse não eram do tipo que ele gostava. Ele fizera uma pequena aposta consigo mesmo para ver se adivinhava a qual dos filmes Caro tinha ido assistir. Também se perguntou que desculpa teria dado caso a tivesse encontrado no saguão do cinema...

Não há nada que eu goste mais do que uma boa saga familiar húngara...

Em casa havia devorado seu pedido de comida indiana (os dedos ainda impregnados do cheiro dela mesmo depois do banho da manhã) e uma sessão dupla com vídeos que ele já tinha visto: *Rock 'n' Roll Circus* e *Fuga à meia-noite*. Se ele sorriu durante todo o filme com De Niro, o desempenho de Yoko Ono no primeiro vídeo o fez gritar de tanto rir.

Apenas quatro garrafas de IPA acompanharam a refeição, portanto ele acordou cedo e lúcido, o café da manhã composto de meio pão indiano e uma caneca de chá. Agora a hora do almoço se aproximava, e Rebus estava caminhando. Os tapumes que cercavam o antigo Hospital Público não faziam nada para ocultar o trabalho de construção lá dentro. A última notícia que ele tinha ouvido sobre o lugar dizia que iria se transformar em uma combinação de lojas e apartamentos residenciais. Ele se perguntou quem pagaria para morar em uma ala reformada de tratamento de pacientes com câncer. Será que o lugar era assombrado por um século de angústias? Talvez eles acabassem criando passeios mal-assombrados, da mesma forma que fizeram com lugares como Mary King's Close, que se dizia habitado pelos espíritos de vítimas da praga, ou Greyfriars Kirkyard, onde membros de um pacto presbiteriano haviam perecido.

Muitas vezes ele pensara em se mudar de Marchmont; chegara até a sondar um advogado sobre um preço de venda adequado para seu imóvel. Duzentos mil, haviam lhe dito... com certeza não o suficiente para comprar nem a metade da ala do hospital, mas com aquela quantia no bolso ele poderia largar o trabalho com uma pensão integral e fazer algumas viagens.

O problema era que nenhum lugar o atraía. O mais provável é que ele acabasse gastando todo o dinheiro. Será que era esse medo que o mantinha na ativa? O trabalho era toda a sua vida; ao longo dos anos, deixou que o trabalho colocasse de lado tudo mais: família, amigos, passatempos.

Por isso estava trabalhando agora.

Ele caminhou até a Chalmers Street, passando pela escola nova, e atravessou a rua na frente da faculdade de artes, descendo a Lady Lawson Street. Rebus não sabia quem tinha sido Lady Lawson, mas duvidava que ela ficasse bem impressionada pela rua nomeada em sua homenagem — e provavelmente menos ainda com o amontoado de pubs e boates nas redondezas. Rebus estava de volta ao triângulo púbico. Não que estivesse acontecendo muita coisa por lá. Devia fazer apenas sete, oito horas que alguns lugares tinham fechado. As pessoas estariam dormindo para espantar os excessos do sábado: dançarinas com o melhor salário da semana, proprietários como Stuart Bullen sonhando com seu próximo carro luxuoso; empresários pensando em como iriam explicar à esposa a fatura do cartão de crédito...

A rua tinha sido limpa, os neons desligados. Sinos de igreja à distância. Apenas mais um domingo.

Uma barra de metal presa por um cadeado pesado mantinha as portas do Nook trancadas. Rebus parou com as mãos nos bolsos, olhando a fachada da loja vazia do outro lado da rua. Se não houvesse resposta, estava preparado para caminhar mais um quilômetro e meio até Haymarket, para fazer uma visita a Felix Storey em seu hotel. Duvidou que eles já estivessem trabalhando tão cedo. Onde quer que Stuart Bullen estivesse, no Nook ele não estava. Assim mesmo, Rebus atravessou a rua e bateu com os dedos na janela da loja. Esperou, olhando para a esquerda e para a direita. Não havia ninguém na vizinhança, nem trânsito, não havia cabeças em nenhuma janela acima do nível da rua. Bateu de novo e então notou uma van verde-escura. Ela estava estacionada junto ao meio-fio, uns quinze metros adiante. Rebus caminhou em direção a ela. Quem quer que tivesse sido o dono original do veículo, seu nome fora coberto pela nova pintura, o contorno das letras ainda quase visível. Não havia ninguém à vista no interior da van. As janelas traseiras tinham sido pintadas. Rebus se lembrou da van de vigilância em Knoxland, com Shug Davidson escondido lá dentro.

Tornou a olhar para cima e para baixo na rua, em seguida bateu com o punho na porta traseira da van, colocando o rosto em uma das janelas antes de ir embora. Rebus não olhou para trás, mas fez uma pausa, como se examinasse os pequenos anúncios na vitrine de uma loja de revistas e jornais.

"Está tentando pôr nossa operação em risco?", Felix Storey perguntou. Rebus se virou. Storey estava parado com as mãos nos bolsos. Usava calça de combate verde e camiseta verde-oliva.

"Belo disfarce", comentou Rebus. "Você deve ser muito dedicado."

"O que você quer dizer?"

"Trabalhando num domingo... O Nook não abre antes das duas."

"Não significa que não haja ninguém lá."

"Não, mas a trava na porta dá uma boa pista disso..."

Storey tirou as mãos dos bolsos e cruzou os braços. "O que você quer?"

"Na verdade, estou precisando de um favor."

"E você não podia simplesmente deixar uma mensagem no hotel?"

Rebus deu de ombros. "Não é o meu estilo, Felix." Ele deu uma olhada na roupa do homem da Imigração novamente. "Com quem você quer se parecer vestindo essa roupa? Guerrilheiro urbano, algo assim?"

"Um frequentador de boate de folga", respondeu Storey.

Rebus bufou. "Ainda assim... a van não é má ideia. Eu ousaria dizer que a loja é muito arriscada durante o dia, as pessoas podem ver alguém sentado no alto de uma escada." Rebus olhou para a esquerda e para a direita. "Pena a rua estar tão calma: você está chamando a atenção como um elefante em um parque infantil."

Storey olhou furioso para ele. "E você batendo nas portas da van? Era para parecer natural, era?"

Rebus deu de ombros novamente. "Consegui chamar a sua atenção."

"Conseguiu mesmo. Então vá em frente e peça o seu favor."

"Vamos tratar disso tomando um café." Rebus gesticulou com a cabeça. "Há um lugar a menos de dois minutos a pé." Storey pensou um momento, olhando para a van. "Estou supondo que você tem alguém que tome conta das coisas para você", Rebus disse.

"Eu só preciso ir lá falar com eles..."

"Então vai."

Storey apontou para a rua. "Vai na frente que eu te alcanço."

Rebus concordou. Ele se virou e começou a andar, e quando se virou outra vez viu que Storey estava olhando por cima do ombro enquanto caminhava até a van.

"O que você quer que eu peça?", gritou Rebus.

"Um café americano", gritou de volta o homem da Imigração. Então, quando Rebus virou o rosto para o outro lado, Storey abriu as portas da van depressa e saltou para dentro, fechando-as logo em seguida.

"Ele quer um favor", disse para a pessoa lá dentro.

"O que será?"

"Eu vou com ele para descobrir. Você vai ficar bem?"

"Morrendo de tédio, mas vou sobreviver."

"Vou demorar uns dez minutos, no máximo..." Storey se interrompeu quando a porta do veículo foi escancarada de repente.

A cabeça de Rebus apareceu.

"E aí, Phyl", disse ele com um sorriso. "Quer que a gente te traga alguma coisa?"

Rebus se sentiu melhor depois que soube. Desde que fora vigiado ao ir ao Nook, perguntou-se quem seria a fonte de Storey. Tinha que ser alguém que o conhecesse; e que conhecesse Siobhan também.

"Então Phyllida Hawes está trabalhando com você", disse enquanto os dois homens se sentavam com suas canecas. O café ficava na esquina da Lothian Road. Os dois só conseguiram uma mesa porque um casal estava saindo quando eles chegaram. Pessoas estavam imersas em leitura: jornais e livros. Uma mulher segurava um bebê de colo enquanto bebericava de sua caneca. Storey ocupou-se em abrir o sanduíche que tinha comprado.

"Não é da sua conta", ele rosnou, esforçando-se para manter a voz baixa, não querendo ser ouvido. Rebus tentava identificar a música de fundo: estilo década de 1960, estilo da Califórnia. Duvidava muito que fosse original; muitas bandas lá fora tentavam soar como as do passado.

"Não é da minha conta", Rebus concordou.

Storey tomou um gole da caneca, retraindo-se ao sentir a bebida quase escaldante. Deu uma mordida no sanduíche gelado para aliviar o choque.

"Fez algum progresso?", perguntou Rebus.

"Algum", Storey respondeu com a boca cheia de alface.

"Mas nada que queira compartilhar comigo?" Rebus soprou toda a superfície de sua caneca: aquilo já acontecera com ele, sabia que o conteúdo estava superquente.

"O que você acha?"

"Fico pensando que toda essa operação de vocês deve estar custando uma fortuna. Se eu estivesse gastando tanto dinheiro assim em uma operação de vigilância, estaria preocupado em obter resultados."

"Eu pareço preocupado?"

"É isso que me interessa. Alguém em algum lugar ou está desesperado atrás de uma prova de culpa ou assustadoramente confiante de que vai conseguir uma." Storey estava pronto para retrucar, mas Rebus levantou a mão. "Eu sei, eu sei... não é da minha conta."

"E é assim que vai continuar."

"Palavra de escoteiro." Rebus levantou três dedos imitando

a saudação do escotismo. "O que me leva ao favor que quero pedir…"

"Um favor que eu não estou disposto a fazer."

"Nem mesmo em um espírito de cooperação interdepartamental?"

Storey fingiu interesse apenas em seu sanduíche, cujas migalhas estava limpando da calça com a mão.

"A propósito, você fica bem nessa calça de combate", elogiou Rebus. Finalmente, o comentário produziu um breve sorriso.

"Peça o seu favor", disse o homem da Imigração.

"O assassinato em que estou trabalhando… aquele em Knoxland."

"O que tem ele?"

"Parece que havia uma namorada, e fiquei sabendo que ela é do Senegal."

"E daí?"

"Daí que eu gostaria de encontrá-la."

"Você tem um nome?"

Rebus fez que não com a cabeça. "Nem sei se ela está aqui legalmente." Ele fez uma pausa. "Aí é que achei que você poderia ajudar."

"Como?"

"O Serviço de Imigração deve saber quantos senegaleses há no Reino Unido. Se eles estão aqui legalmente, você vai saber quantos vivem na Escócia…"

"Eu acho, inspetor, que você deve estar nos confundindo com um Estado fascista."

"Está me dizendo que vocês não mantêm um cadastro?"

"Ah, sim, temos um cadastro, mas só dos imigrantes registrados. Não há dados sobre os ilegais, nem mesmo sobre os refugiados."

"A questão é: se ela está aqui ilegalmente, é provável que tente encontrar outras pessoas do seu país. Eles estariam mais propensos a ajudá-la, e esses você deve ter no cadastro."

"Sim, posso ver isso, mas mesmo assim..."

"Você tem coisas melhores com que ocupar seu tempo?"

Storey tomou um gole cauteloso de sua bebida e limpou a espuma do lábio superior com as costas da mão. "Nem sei se a informação existe, não de uma forma que você ache útil."

"Eu me contento com qualquer coisa."

"Você acha que essa namorada está envolvida no assassinato?"

"Acho que ela está se escondendo por medo."

"Porque sabe de alguma coisa?"

"Só vou descobrir isso quando puder perguntar a ela."

O homem da Imigração ficou em silêncio, fazendo círculos leitosos na mesa com a parte inferior de sua caneca. Rebus aguardou, olhando o mundo pela janela. As pessoas rumavam para a Princes Street, talvez pensando em fazer compras. Uma fila tinha se formado junto ao balcão, as pessoas procurando uma mesa para compartilhar. Havia uma cadeira livre entre Rebus e Storey que ele esperava que ninguém pedisse para usar: a recusa muitas vezes poderia ofender...

"Posso autorizar uma busca inicial no banco de dados", Storey disse por fim.

"Seria ótimo."

"Não estou prometendo nada, veja bem."

Rebus assentiu, para indicar que entendia.

"Já tentou os estudantes?", acrescentou Storey.

"Os estudantes?"

"Os estudantes estrangeiros. Pode ser que haja algum do Senegal."

"É uma ideia", disse Rebus.

"Fico feliz por ser útil." Os dois continuaram sentados em silêncio até as bebidas terminarem. Depois Rebus disse que voltaria até a van com Storey. Ele perguntou como Stuart Bullen havia aparecido pela primeira vez no radar da Imigração.

"Pensei que já tivesse lhe contado."

"Minha memória não é mais o que era", disse Rebus, se desculpando.

"Foi um aviso — anônimo. É assim que muitas vezes começa: eles querem ficar anônimos até conseguirmos algum resultado. Depois, querem ser pagos."

"E que aviso foi esse?"

"Apenas dizia que Bullen estava sujo. Tráfico de pessoas."

"E você pôs toda essa operação em andamento com base em um único telefonema?"

"Esse mesmo informante, ele já havia nos dado uma dica boa antes: uma carga de imigrantes ilegais entrando em Dover no cofre de um caminhão."

"Pensei que hoje em dia vocês tivessem um equipamento de alta tecnologia nos portos."

Storey confirmou com a cabeça. "Nós temos. Sensores que captam o calor dos corpos... detectores eletrônicos..."

"Então vocês teriam pegado esses ilegais de qualquer maneira?"

"Talvez sim, talvez não." Storey parou e encarou Rebus. "O que exatamente está insinuando, inspetor?"

"Absolutamente nada. O que você *acha* que eu estou insinuando?"

"Absolutamente nada", Storey repetiu. Mas seus olhos mostraram a mentira de suas palavras.

Naquela noite, Rebus sentou-se ao lado da janela de seu apartamento com o telefone na mão, dizendo a si mesmo que ainda havia tempo para Caro ligar. Ele tinha percorrido sua coleção de discos, selecionando álbuns que não tocava fazia anos: Montrose, Blue Oyster Cult, Rush, Alex Harvey... Nenhum deles durou mais do que duas faixas até chegar "Goat's Head Soup". Era um ensopado de sons, ideias remexidas na panela, com apenas metade dos ingredientes melhorando o sabor. Ainda assim, era melhor — mais melancólico — do que ele se lembrava. Ian Stewart tocava em algumas faixas. Pobre Stu, que crescera não muito longe de Rebus em Fife e fora originalmente um membro dos Stones até que o empresário decidiu que ele não tinha a imagem certa, e a banda o manteve por perto para sessões de gravação e turnês.

Stu continuava por lá, embora seu rosto não se encaixasse.

Rebus entendia isso.

OITAVO DIA
Segunda-feira

22.

Segunda-feira de manhã, biblioteca de Banehall. Copos de café, rosquinhas açucaradas trazidas de uma padaria. Les Young vestia um paletó cinza de três botões, camisa branca, gravata azul-escura. Havia um leve odor de graxa de sapato. Sua equipe estava sentada atrás das mesas e em cima delas; alguns esfregavam o rosto, exaustos, outros tomavam café amargo como se fosse um elixir. Havia cartazes com fotos de autores infantis nas paredes: Michael Morpurgo; Francesca Simon; Eoin Colfer. Outro cartaz mostrava um herói dos desenhos animados chamado Capitão Cueca, e por alguma razão esse havia se tornado o apelido de Young — Siobhan tinha ouvido uma conversa sobre isso. Ela não achava que ele se sentiria lisonjeado.

Tendo ficado sem uma única calça que pudesse vestir, Siobhan usava saia e meia-calça — um traje raro para ela. A saia ia até os joelhos, mas ela a puxava o tempo todo, na esperança de que pudesse magicamente torná-la alguns centímetros mais longa. Siobhan não sabia se suas pernas eram "boas" ou "ruins"; só não gostava da ideia de as pessoas ficarem examinando-as, talvez até julgando-a por elas. Além disso, sabia que, antes do final do dia, a meia-calça teria desfiado. Como precaução, colocou outra na bolsa.

Lavar roupas não tinha feito parte de seu fim de semana. No sábado fora de carro até Dundee, passar o dia com Liz Hetherington, as duas trocando histórias de trabalho, sentadas em um bar de vinhos, depois indo a um restaurante, ao cinema e a alguns pubs, Siobhan dormindo no sofá de Liz, e então voltando para casa à tarde, ainda grogue.

Ela agora estava em sua terceira xícara de café.

Um dos motivos que a levaram a Dundee foi escapar de Edimburgo e da possibilidade de se encontrar por acaso com Rebus ou ser encurralada por ele. Ela não tinha bebido tanto na noite de sexta-feira; não lamentava a atitude que tomou nem a competição de gritos que se seguiu. Fora uma discussão sobre política em um bar, só isso. Mesmo assim, duvidava que Rebus tivesse esquecido, e ela sabia de que lado ele ficaria. Tinha consciência, também, de que Whitemire estava a menos de dois quilômetros de distância, e que provavelmente Caro Quinn estaria de volta lá em seu papel de sentinela, lutando para se tornar a consciência do lugar.

Na noite de domingo, ela percorreu o centro da cidade, subindo a Cockburn Street, passando pelo Fleshmarket Close. Na High Street, um grupo de turistas estava reunido em torno de sua guia, e Siobhan reconheceu-a pelo cabelo e pela voz — Judith Lennox.

"... na época de Knox, é claro, as regras eram muito rigorosas. Você poderia ser punido por depenar uma galinha no sabá. Nada de dança, teatro ou jogo. Adultério recebia sentença de morte, enquanto crimes menores podiam ser punidos com a utilização da máscara da infâmia. Era um capacete com cadeado que forçava a entrada de uma barra de metal na boca de mentirosos e blasfemos... No final do passeio, haverá uma chance para vocês desfrutarem de uma bebida no Warlock, uma pousada tradicional que comemora o fim terrível do Major Weir..."

Siobhan se perguntou se Lennox estava sendo paga por seus comentários qualificados.

"... e para concluir", Les Young dizia agora, "traumatismo é o que estamos vendo. Alguns bons golpes, fraturando o crânio e causando sangramento no cérebro. É quase certo que a morte foi instantânea..." Ele lia as anotações da autópsia. "E, de acordo com o patologista, as marcas circulares indicam que algo como um martelo comum foi usado... o tipo de ferramenta provavelmente encontrado em qualquer loja de ferragens, diâmetro de 2,9 centímetros."

"E quanto à força do golpe, senhor?", perguntou um dos membros da equipe.

Young deu um sorriso irônico. "As anotações são um pouco limitadas, mas lendo nas entrelinhas acho que podemos afirmar com segurança que estamos lidando com um agressor do sexo masculino... e é mais provável que seja destro do que canhoto. O padrão das marcas leva a crer que a vítima foi atingida por trás." Young caminhou até onde uma divisória tinha se tornado um quadro de avisos improvisado, com fotos da cena do crime presas a ela. "Mais tarde a autópsia vai nos mandar fotos em close-up." Ele apontava para uma foto do quarto de Cruikshank, a cabeça envolta em um capacete de sangue. "Foi a parte posterior do crânio que sofreu mais danos... o que é difícil de fazer se você estiver na frente da pessoa que está atacando."

"E aconteceu mesmo no quarto?", perguntou alguém. "Ele não foi movido depois?"

"Ele morreu onde caiu, até onde podemos dizer." Young olhou ao redor da sala. "Mais alguma pergunta?" Não houve nenhuma. "Certo, então..." Ele se virou para uma lista de escala de serviço do dia e começou a atribuição de tarefas. O foco parecia estar na coleção de pornografia de Cruikshank, sua proveniência e quem poderia ter se aproveitado dela. Policiais foram enviados a Barlinnie para perguntar aos guardas sobre quaisquer amigos que Cruikshank tivesse feito enquanto cumpria sua pena. Siobhan sabia que criminosos sexuais eram mantidos em uma ala separada dos demais presos. Isso impedia que fossem atacados diariamente, mas também significava que eles tendiam a fazer amizade uns com os outros, o que só piorava as coisas quando eram soltos: um criminoso solitário pode ser apresentado a toda uma rede de pessoas de espírito semelhante, completando um círculo que levava a novas transgressões e atritos futuros com a lei.

"Siobhan?" Ela focou os olhos em Young, percebendo que ele falava com ela.

"Sim?" Ela olhou para baixo, viu sua xícara vazia de novo e desejou intensamente que estivesse cheia.

"Você conseguiu falar com o namorado de Ishbel Jardine?"

"Você quer dizer o ex dela?" Siobhan limpou a garganta. "Não, ainda não."

"Não acha que ele poderia saber alguma coisa?"

"Eles se separaram amigavelmente."

"Mesmo assim..."

Siobhan sentiu seu rosto ficar vermelho. Sim, ela estivera muito ocupada em outro lugar, concentrando seus esforços em Donny Cruikshank.

"Ele estava na minha lista", foi tudo que conseguiu pensar em dizer.

"Bem, gostaria de vê-lo agora?" Young olhou para o relógio. "Eu devo falar com ele assim que terminar aqui."

Siobhan concordou com a cabeça. Sentia todos os olhos voltados para ela, sabia que também havia sorrisos mal disfarçados na sala. No imaginário da equipe, ela e Young já tinham uma relação, o inspetor-detetive apaixonado por aquela intrusa.

O Capitão Cueca tinha uma parceira agora.

"Roy Brinkley é o nome dele", Young disse a ela. "Tudo que sei é que namorou Ishbel por sete ou oito meses e depois, meses atrás, se separaram." Eles estavam sozinhos na sala de investigação, os outros já tinham ido cuidar de suas atribuições.

"Você o vê como suspeito?"

"Há uma ligação lá sobre a qual precisamos lhe perguntar. Cruikshank cumpre pena por atacar Tracy Jardine... Tracy se mata e a irmã foge de casa..." Young deu de ombros, os braços cruzados.

"Mas ele era o namorado de Ishbel, não de Tracy... se alguém ia partir para cima de Cruikshank, o mais provável é que fosse um dos namorados de Tracy, e não um de Ishbel..." Siobhan parou de falar, fixando os olhos em Young. "Então... Roy Brinkley não é o suspeito, certo? Você está se perguntando é o que ele sabe sobre o desaparecimento de Ishbel... Você acha que *ela* fez isso!"

"Não me lembro de ter dito isso."

"Mas é o que está pensando. Não acabei de ouvir você dizer que os golpes foram dados por um homem?"

"E vai continuar me ouvindo dizer isso."

Siobhan assentiu lentamente. "Porque você não quer que ela saiba. Você está com medo de ela se tornar ainda mais invisível." Siobhan fez uma pausa. "Você acha que ela está perto, não é?"

"Não tenho nenhuma prova disso."

"Você passou o fim de semana todo assim? Pensando nisso?"

"Na verdade, me ocorreu na sexta-feira à noite." Ele descruzou os braços, começou a andar em direção à porta, Siobhan logo atrás.

"Enquanto jogava bridge?"

Young assentiu. "Não foi justo com o meu parceiro; não ganhamos nenhuma partida."

Eles saíram da sala de investigação e agora estavam na biblioteca principal. Siobhan lembrou-lhe que ele não tinha trancado a porta.

"Não é necessário", disse Young, dando um meio sorriso.

"Pensei que estávamos indo falar com Roy Brinkley."

Young apenas balançou a cabeça enquanto passava pelo balcão da recepção, onde o primeiro lote de devoluções da manhã estava sendo escaneado por um bibliotecário. Siobhan tinha dado mais alguns passos antes de perceber que Young havia parado. Ele estava em frente ao bibliotecário.

"Roy Brinkley?", disse. O jovem olhou para cima.

"Isso mesmo."

"Podemos conversar um pouco?" Young fez um gesto na direção da sala de investigação.

"Por quê? Qual é o problema?"

"Nada com que se preocupar, Roy. Só precisamos de algumas informações..."

Assim que Brinkley saiu de trás de sua mesa, Siobhan se aproximou de Les Young e lhe deu um cutucão.

"Sinto muito", Young se desculpou com o bibliotecário, "não há outro lugar para fazermos isso..."

Ele tinha puxado uma cadeira para Brinkley. A posição o colocava na linha de visão das fotos da cena do crime. Siobhan sabia que ele estava mentindo; sabia que a conversa ia ser conduzida ali exatamente por causa daquelas fotos. Por mais que tentasse ignorá-las, os olhos do jovem eram inevitavelmente atraídos para elas. Sua expressão horrorizada teria sido um sinal suficiente de inocência na mente da maioria do júri.

Roy Brinkley tinha vinte e poucos anos. Usava uma camisa jeans aberta na gola, os cabelos castanhos ondulados chegando à altura do colarinho. Havia pulseiras finas e trabalhadas em seus pulsos, mas nenhum relógio. Siobhan diria que a beleza dele era mais feminina do que masculina. Ele poderia passar por alguém de dezessete ou dezoito anos. Ela entendia a atração de Ishbel, mas se perguntou como ele havia lidado com as barulhentas amigas baladeiras dela...

"Você o conhecia?", Young estava perguntando. Os dois detetives não tinham se sentado. Young estava apoiado em uma mesa, os braços cruzados, as pernas cruzadas nos tornozelos. Siobhan ficou mais distante, à esquerda de Brinkley, de modo que ele tivesse consciência da presença dela com o canto do olho.

"Eu não o conhecia, mas sabia muita coisa *sobre* ele."

"Vocês estudaram na mesma escola?"

"Mas em anos diferentes. Ele nunca foi realmente um valentão... era mais o palhaço da classe. Tenho a sensação de que ele nunca encontrou uma maneira de se enquadrar."

Por um momento, Siobhan se lembrou de Alf McAteer fazendo o papel de bobo da corte para Alexis Cater.

"Mas esta é uma cidade pequena, Roy", Young estava protestando. "Você deve ter falado com ele alguma vez."

"Se aconteceu de nos encontrarmos, acho que eu disse apenas 'Oi'."

"Talvez, como sempre, você estivesse grudado em um livro, hein?"

"Eu gosto de livros..."

"E sobre você e Ishbel Jardine? Como começou?"

"A primeira vez que nos encontramos foi em uma boate..."

"Você não a conheceu na escola?"

Brinkley encolheu os ombros. "Ela estava três anos atrás de mim."

"Então vocês se conheceram na boate e começaram a sair?"

"Não de imediato... dançamos um pouco, mas depois dancei com as colegas dela também."

"E quem eram as colegas dela, Roy?", Siobhan perguntou. Brinkley olhou de Young para Siobhan e de novo para o investigador.

"Pensei que isso fosse sobre Donny Cruikshank."

Young fez um gesto evasivo. "Informações, Roy", foi tudo o que ele disse.

Brinkley virou-se para Siobhan. "Havia duas colegas, Janet e Susie."

"A Janet de Whitemire e a Susie do salão?", perguntou Siobhan. O jovem apenas fez que sim com a cabeça. "Em qual boate vocês estavam?"

"Em alguma em Falkirk... Acho que fechou..." Ele franziu a testa em sinal de concentração.

"O Albatross?", sugeriu Siobhan.

"Isso, essa mesmo." Brinkley assentia com entusiasmo.

"Você conhece?", Les Young perguntou a Siobhan.

"Soubemos dela por causa de um caso recente", disse ela.

"Ah, é?"

"Mais tarde", ela advertiu, fazendo um aceno de cabeça na direção de Brinkley, para dizer a Young que aquele não era o momento. Ele entendeu.

"Ishbel e suas amigas eram muito próximas, não eram, Roy?", Siobhan perguntou.

"Com certeza."

"Então por que ela fugiu sem sequer dizer uma palavra a elas?"

Ele deu de ombros. "Já perguntou isso a elas?"

"Estou perguntando para você."

"Eu não tenho uma resposta."

"Bem, e quanto a isto, então: por que vocês se separaram?"

"Só nos separamos, eu acho."

"Mas deve ter havido uma razão", Les Young acrescentou, dando um passo em direção a Brinkley. "Quero dizer, ela deu o fora em você ou foi o contrário?"

"Foi mais uma coisa mútua."

"Por isso vocês ficaram amigos depois...", deduziu Siobhan. "Qual foi o seu primeiro pensamento quando soube que ela tinha fugido?"

Ele se agitou na cadeira, fazendo-a ranger. "A mãe e o pai dela apareceram na minha casa, queriam saber se eu a tinha visto. Para ser sincero..."

"O quê?"

"Pensei que pudesse ser culpa *deles*. Eles nunca superaram realmente o suicídio de Tracy. Sempre falando dela, contando histórias do passado."

"E Ishbel? Você está me dizendo que ela, sim, *conseguiu* superar?"

"Era o que parecia."

"Então por que ela tingiu o cabelo e o deixou tão parecido com o de Tracy?"

"Olha, não estou dizendo que eles sejam pessoas ruins..." Ele apertou as mãos.

"Quem? John e Alice?"

Ele concordou com a cabeça. "É só que Ishbel ficou com uma ideia... com a impressão de que eles realmente queriam Tracy de volta. Quero dizer, Tracy em vez dela."

"E por isso ela tentou se parecer com Tracy?"

Mais uma vez ele assentiu com a cabeça. "Quero dizer, é muita coisa para alguém aguentar, não é? Talvez por isso ela tenha ido embora..." Sua cabeça caiu desconsoladamente. Siobhan olhou para Les Young, cujos lábios estavam projetados dando a ele um ar pensativo. O silêncio perdurou por quase um minuto, até ser quebrado por Siobhan.

"Você sabe onde Ishbel está, Roy?"

"Não."

"Você matou Donny Cruikshank?"

"Uma parte de mim gostaria de ter feito isso."

"Quem você acha que foi? Ocorreu-lhe que pudesse ter sido o pai de Ishbel?"

Brinkley ergueu a cabeça. "Me ocorreu... Sim. Mas só por um momento."

Ela acenou com a cabeça como se entendesse.

Les Young também tinha uma pergunta. "Você viu Cruikshank depois que ele foi solto, Roy?"

"Vi."

"Falou com ele?"

Ele fez que não com a cabeça. "Mas eu o vi com um cara algumas vezes."

"Que cara?"

"Devia ser um colega dele."

"Mas você não o conhece?"

"Não."

"Provavelmente não é daqui, então."

"Poderia ser... Eu não conheço todas as pessoas em Banehall. Como você mesmo disse, muitas vezes estou grudado em um livro."

"Pode descrever esse homem?"

"Você vai saber quem é se o vir", disse Brinkley, metade da boca iniciando um sorriso.

"Como assim?"

"Tatuagem no pescoço todo." Ele tocou a própria garganta para indicar a área. "Uma teia de aranha..."

Como não queriam que Roy Brinkley os ouvisse, foram para o carro de Siobhan.

"Tatuagem de teia de aranha", ela comentou.

"Não é a primeira vez que se referem a ela", Les Young informou. "Um dos clientes do Bane a mencionou. O barman contou que serviu o cara uma vez e que não gostou da aparência dele."

"Nome?"

Young fez que não com a cabeça. "Ainda não, mas vamos descobrir."

"Alguém que ele conheceu na prisão?"

Young não respondeu; ele tinha uma pergunta para ela. "Então, que história é essa do Albatross?"

"Não me diga que você também conhece o lugar."

"Quando eu era adolescente, em Livingston, se você não fosse para Lothian Road se divertir, podia tentar a sorte no Albatross."

"Tinha fama então?"

"Um sistema de som ruim, cerveja aguada e pista de dança pegajosa."

"E mesmo assim as pessoas iam?"

"Por algum tempo foi a única balada da cidade... Algumas

noites, havia mais mulheres do que homens lá — mulheres com idade suficiente para saber que não deveriam estar lá."

"Então era um bordel?"

Ele deu de ombros. "Nunca tive a chance de descobrir."

"Muito ocupado jogando bridge", ela o provocou.

Ele ignorou o comentário. "Mas estou intrigado com o fato de você conhecer o lugar."

"Você leu no jornal sobre os esqueletos?"

Ele sorriu. "Nem precisei: muita fofoca sobre o assunto na delegacia. Não é sempre que o dr. Curt se atrapalha."

"Ele não se atrapalhou." Ela fez uma pausa. "E mesmo que tivesse se enganado, eles também me enganaram."

"Como assim?"

"Eu cobri o bebê com o meu casaco."

"O bebê de plástico?"

"Semiencoberto por terra e cimento..."

Ele ergueu as mãos em sinal de rendição. "Ainda não estou vendo a relação entre uma coisa e outra."

"Não é grande coisa", ela admitiu. "O homem que gerencia o pub já foi dono do Albatross."

"Coincidência?"

"Acho que sim."

"Mas você vai falar com ele novamente, para saber se ele conhece Ishbel?"

"Talvez sim."

Young suspirou. "Só nos restou o homem tatuado, não muito mais."

"É mais do que tínhamos uma hora atrás."

"Acho que sim." Ele olhou para o estacionamento. "Como é que Banehall não tem um lugar para se tomar um café decente?"

"Poderíamos pegar a M8 até Harthill."

"Por quê? O que tem em Harthill?"

"Serviços de autoestrada."

"Eu disse decente, não disse?"

"É só uma sugestão..." Siobhan resolveu ficar olhando pelo para-brisa também.

"Tudo bem então", Young acabou por concordar. "Você dirige e as bebidas são por minha conta."

"Feito", disse ela, ligando o carro.

23.

Rebus estava de volta à George Square, em frente ao escritório da dra. Maybury. Ouviu vozes lá dentro, o que não o impediu de bater.

"Entra!"

Ele abriu a porta e olhou lá dentro. Era uma aula, oito rostos de aparência sonolenta dispostos ao redor da mesa. Ele sorriu para Maybury. "Se importa se eu falar com você um minuto?"

Ela deixou os óculos escorregarem pelo nariz, suspensos por um cordão um pouco acima de seu peito. Levantou-se sem dizer nada, conseguindo se espremer pelos espaços entre cadeiras e paredes. Ela fechou a porta atrás de si e bufou alto.

"Sinto muito mesmo por incomodá-la de novo", Rebus começou a se desculpar.

"Não, não é isso." Ela franziu a parte de cima do nariz.

"Um grupo meio ruim?"

"Nunca vou entender por que nos damos ao trabalho de começar as aulas tão cedo em uma segunda-feira." Ela esticou o pescoço para a esquerda e para a direita. "Desculpe, não é problema seu. Teve sorte na busca pela mulher do Senegal?"

"Bem, é por isso que estou aqui..."

"O que foi?"

"Nossa teoria mais recente é que ela talvez conheça alguns

alunos." Rebus fez uma pausa. "Na verdade, ela até poderia *ser* uma estudante."

"Ah é?"

"Bem, o que eu pensei foi... como faço para descobrir isso com certeza? Sei que esse não é o seu território, mas você poderia me guiar na direção certa..."

Maybury pensou por um momento. "A Seção de Alunos seria sua melhor opção."

"E onde fica?"

"Em Old College."

"Na frente da livraria Thin?"

Ela sorriu. "Faz tempo que não compra livros, inspetor? A Thin faliu; agora ali há uma Blackwell."

"Mas Old College fica ali, não fica?"

Ela assentiu com a cabeça. "Desculpe a minha minuciosidade."

"Você acha que eles vão falar comigo?"

"As únicas pessoas que vão lá são estudantes que perderam o cartão de matrícula. Você vai ser como uma nova espécie exótica para eles. Atravesse a Bristo Square e pegue a passagem subterrânea. Você pode entrar em Old College pela West College Street."

"Acho que eu sabia disso, mas obrigado de qualquer maneira."

"Sabe o que estou fazendo?", ela perguntou, parecendo só então se dar conta. "Estou aqui tagarelando para adiar o inevitável." Olhou para o relógio de pulso. "Ainda restam quarenta minutos pela frente..."

Rebus fingiu ouvir na porta. "De qualquer forma, parece que eles já dormiram. Seria uma pena acordá-los."

"A linguística não espera por ninguém, inspetor", disse Maybury, endireitando a coluna. "De volta à batalha." Ela respirou fundo e abriu a porta.

Desapareceu lá dentro.

Enquanto caminhava, Rebus telefonou para Whitemire e pediu para falar com Traynor.

"Lamento, mas o sr. Traynor não pode atender."

"É você, Janet?" Houve silêncio por um momento.

"Eu mesma", disse Janet Eylot.

"Janet, é o inspetor-detetive Rebus. Olha, desculpe se meus colegas a incomodaram. Se eu puder ajudar em qualquer coisa, é só me dizer."

"Obrigada, inspetor."

"Então, o que há com o seu chefe? Não me diga que ele tirou o dia de folga por causa de estresse."

"Ele só pediu para não ser interrompido nesta manhã."

"Tudo bem, mas você pode tentar falar com ele? Diga-lhe que não aceitarei um não como resposta."

Ela levou um tempo para responder. "Está bem", falou por fim. Momentos depois, Traynor atendeu.

"Olha, eu estou até o pescoço de..."

"Não estamos todos?", disse Rebus, simpático. "Eu só estava me perguntando se você verificou aquilo para mim."

"Aquilo o quê?"

"Curdos e africanos francófonos afiançados de Whitemire."

Traynor suspirou. "Não há nenhum."

"Tem certeza?"

"Positivo. Isso é tudo que você queria?"

"Por enquanto", Rebus disse. O telefonema foi encerrado antes que o som da última palavra desaparecesse. Rebus olhou para o celular e concluiu que não valia a pena se aborrecer. Afinal, tinha conseguido uma resposta.

Só não sabia se acreditava nela.

"Bastante incomum", disse a mulher na Seção de Matrícula de Alunos, não pela primeira vez. Ela levou Rebus a outro conjunto de escritórios de Old College. Rebus pareceu se lembrar que ali tinha sido o local onde antes ficava o corpo docente da faculdade de medicina, lugar para o qual ladrões de sepultura traziam seus produtos para vender aos cirurgiões curiosos. E o assassino em série William Burke não tinha sido dissecado ali depois de seu enforcamento? Rebus cometeu o erro de perguntar isso à sua guia. Ela olhou para ele por sobre os óculos de meia-lua. Se o achava exótico, estava escondendo isso muito bem.

"Não sei nada sobre isso", ela disse com a voz trêmula. Seu andar era rápido, os pés mantidos bem juntos. Rebus achou que ela devia ter mais ou menos a idade dele, mas era difícil imaginar que um dia ela tivesse sido jovem. "Altamente irregular", disse ela agora, como se para si mesma, ampliando seu vocabulário.

"Fico muito agradecido por qualquer ajuda que você puder me dar." Foi a mesma fala usada no início da conversa. Ela ouviu atentamente, em seguida telefonou para alguém mais acima na hierarquia administrativa. A permissão fora concedida, mas com uma ressalva: os dados pessoais eram de natureza confidencial. Seria necessário um pedido por escrito, uma discussão, um bom motivo para a transferência de qualquer informação.

Rebus concordou, acrescentando que tudo isso seria desnecessário caso não houvesse estudantes senegaleses matriculados na universidade.

Portanto, a sra. Scrimgour primeiro iria fazer uma busca no banco de dados.

"Você poderia ter esperado no escritório, sabe?", ela dizia agora. Rebus apenas assentiu com a cabeça enquanto passavam por uma porta aberta. Uma mulher mais jovem trabalhava em um computador. "Vou precisar tirar você daí, Nancy", disse a sra. Scrimgour, fazendo aquilo soar como uma advertência, e não um pedido. Nancy quase derrubou a cadeira na ânsia de obedecer. A sra. Scrimgour acenou para o outro lado da mesa, ou seja, para que Rebus ficasse lá, onde não podia ver a tela. Ele obedeceu até certo ponto, inclinando-se para apoiar os cotovelos na beirada da mesa, os olhos na mesma altura que os da sra. Scrimgour. Ela franziu o cenho diante daquilo, mas Rebus apenas sorriu.

"Alguma coisa?", perguntou.

Ela estava digitando. "A África está dividida em cinco zonas", ela informou.

"O Senegal está a noroeste."

Ela olhou para ele. "Norte ou Oeste?"

"Um ou outro", ele respondeu com um encolher de ombros. Ela deu um suspiro forte e continuou digitando, até parar com a mão no mouse.

"Bem", disse, "temos uma pessoa do Senegal matriculada... Então é isso."

"Mas não estou autorizado a saber o nome e o paradeiro dessa pessoa?"

"Não sem os procedimentos que discutimos."

"O que só acaba tomando mais tempo."

"Procedimentos adequados", ela entoou, "como previsto por *lei*, caso não se lembre."

Rebus assentiu lentamente. Seu rosto tinha se aproximado mais dela. A sra. Scrimgour recuou na cadeira.

"Bem", ela disse, "acho que isso é o máximo que se pode fazer hoje."

"E não há a possibilidade de você, distraidamente, deixar a informação na tela quando for embora...?"

"Acho que nós dois sabemos a resposta a essa pergunta, inspetor." Dizendo isso, ela clicou duas vezes com o mouse. Rebus sabia que a informação havia desaparecido, mas tudo bem. Ele já tinha visto o suficiente refletido nas lentes dos óculos dela. A foto de uma jovem sorridente de cabelo encaracolado. Estava certo de que se chamava Kawake e que o endereço era o das moradias da universidade em Dalkeith Road.

"Você foi muito útil", ele disse à sra. Scrimgour.

Ela tentou não parecer muito desapontada ao ouvir aquilo.

Pollock Halls situava-se ao pé de Arthur's Seat, na orla de Holyrood Park. Um complexo amplo e labiríntico que misturava arquitetura nova com antiga, empenas e torretas com as linhas retas da modernidade. Rebus parou o carro diante do portão, saindo para falar com o guarda uniformizado.

"Oi, John", saudou o homem.

"Você está muito bem, Andy", disse Rebus, apertando a mão estendida.

Andy Edmunds tinha sido policial desde os dezoito anos de idade, ou seja, pudera se aposentar com uma pensão completa e ainda bem antes de seu quinquagésimo aniversário. O trabalho de guarda era em meio período, uma maneira de preencher algumas horas do dia. Os dois tinham sido úteis um ao outro tempos atrás: Andy passava a Rebus informações sobre traficantes que tentavam fazer negócio com os alunos de Pollock e, como resultado, acabava se sentindo ainda parte da corporação.

"O que o traz aqui?", ele perguntou.

"Um pequeno favor. Tenho o nome de uma pessoa — pode ser o primeiro nome dela ou o sobrenome — e sei que este é o seu endereço mais recente."

"O que ela fez?"

Rebus olhou em volta, como se para enfatizar a importância do que estava prestes a dizer. Edmunds mordeu a isca e deu um passo na direção de Rebus.

"O assassinato em Knoxland", Rebus disse baixinho. "Pode haver uma ligação." Colocou o dedo sobre a boca, Edmunds indicando com a cabeça que estava compreendendo.

"O que você me disser morre comigo, John. Você sabe disso."

"Eu sei, Andy. Então... existe alguma maneira de nós a localizarmos?"

O "nós" pareceu estimular Edmunds. Ele retornou à sua guarita de vidro e deu um telefonema. Em seguida voltou para Rebus. "Nós vamos conversar com Maureen", disse. Então deu uma piscadela. "Tem uma coisinha acontecendo entre nós dois, mas ela é casada...". Foi a vez dele de colocar um dedo sobre a boca.

Rebus apenas assentiu com a cabeça. Havia compartilhado uma informação confidencial com Edmunds, então uma confidência precisava ser feita em troca. Juntos, os dois percorreram os cerca de dez metros até o edifício principal da administração. Aquela era a estrutura mais antiga do local, construída em estilo escocês baronial, o interior dominado por uma ampla escadaria de madeira, as paredes revestidas de painéis de madeira com manchas escuras. A sala de Maureen ficava no térreo, ostentando uma lareira de mármore verde e um teto forrado com painéis. Ela não era bem o que Rebus esperava: baixinha e gorducha, quase tímida. Difícil imaginá-la tendo um caso ilícito com um homem de uniforme. Edmunds olhava para Rebus, como se buscasse algum tipo de avaliação. Rebus levantou uma sobrancelha e deu um pequeno aceno de cabeça, que pareceu satisfazer o ex-policial.

Depois de apertar a mão de Maureen, Rebus soletrou o nome para ela. "Posso ter posto alguma letra em lugar errado", advertiu.

"Kawame Mana", Maureen corrigiu-o. "Achei-a aqui." Sua tela mostrava uma informação idêntica à da sra. Scrimgour. "Ela tem um quarto em Fergusson Hall... estuda psicologia."

Rebus abriu seu bloco de anotações. "Data de nascimento?"

Maureen virou a tela para ele e Rebus anotou o que aparecia lá. Kawame era uma estudante do segundo ano, de vinte anos.

"Chama a si mesma de Kate", acrescentou Maureen. "Quarto 210." Rebus virou-se para Andy Edmunds, que já estava fazendo sim com a cabeça. "Eu mostro onde é", disse.

O corredor estreito, cor de creme, estava mais tranquilo do que Rebus esperava.

"Ninguém tocando hip-hop a todo volume?", perguntou. Edmunds bufou.

"Todos têm fones de ouvido hoje em dia, John. Eles se desligam completamente do mundo."

"Então, mesmo que a gente bata, ela não vai ouvir?"

"Hora de descobrir isso." Eles pararam em frente à porta do 210. Ela ostentava adesivos de flores e *emoticons* sorridentes mais o nome *Kate* realçado por minúsculas estrelas prateadas. Rebus deu três batidas secas com a mão fechada. A porta do outro lado do corredor se entreabriu, olhos masculinos espiando-os. A porta voltou a se fechar rapidamente e Edmunds farejou o ar.

"Cem por cento erva", disse. Rebus contraiu a boca.

Quando não houve resposta na segunda tentativa, ele chutou a porta do outro lado do corredor, fazendo-a tremer no batente. No momento em que ela se abriu, Rebus já empunhava seu cartão de identificação. Estendeu a mão e puxou os pequenos fones de ouvido, tirando-os do lugar. Vestido com uma calça verde larga e uma camiseta cinza, o estudante tinha pouco menos de vinte anos. Uma brisa vinha de uma janela recém-aberta.

"Qual o problema?", perguntou o garoto com um sotaque arrastado.

"Ao que parece, você é o problema." Rebus foi até a janela e pôs a cabeça para fora. Um filete de fumaça subia de um arbusto imediatamente abaixo. "Espero que não tenha sobrado muito."

"Muito do quê?" A voz era educada, dos arredores de Londres.

"Do que seja lá como você chama: ganja, fumo, bagulho, erva..." Rebus sorriu. "Mas a última coisa que eu quero fazer é ir lá embaixo pegar o baseado, examinar o DNA da saliva no papel do cigarro e voltar aqui para prender você."

"Você não soube? A erva foi descriminalizada."

Rebus fez que não com a cabeça. "Ela mudou de categoria — há uma diferença. Ainda assim, você vai poder dar um telefonema para seus pais — é uma lei que eles ainda precisam aperfeiçoar." Ele olhou o quarto: cama de solteiro, um edredom amarrotado no chão ao lado dela; prateleiras de livros, um laptop em uma mesa. Cartazes de produções teatrais.

"Você gosta de teatro?", Rebus perguntou.

"Eu já atuei um pouco — produções estudantis."

Rebus assentiu. "Você conhece Kate?"

"Conheço." O estudante foi desconectar o aparelho ligado aos fones de ouvido. Siobhan, Rebus pensou, saberia o que era. Tudo o que *ele* podia dizer é que era pequeno demais para reproduzir CDs.

"Sabe onde podemos encontrá-la?"

"O que ela fez?"

"Ela não fez nada, só precisamos falar com ela."

"Ela não fica muito aqui... Provavelmente está na biblioteca."

"John..." Era Edmunds, que, segurando a porta aberta, permitia uma visão do corredor. Uma jovem de pele escura, o cabelo crespo preso com uma fita, destrancava a porta, olhando por cima do ombro, curiosa sobre a cena no quarto de seu vizinho.

"Kate?", Rebus arriscou.

"Sim. Qual é o problema?" Seu sotaque dava a cada sílaba a mesma ênfase.

"Eu sou policial, Kate." Rebus foi para o corredor. Edmunds deixou a porta do estudante se fechar, sem se importar com ele. "Podemos conversar um pouco?"

"Meu Deus, é a minha família?" Seus olhos já grandes cresceram ainda mais. "Aconteceu alguma coisa com eles?" A mochila escorregou do ombro dela, caindo no chão.

"Não tem nada a ver com a sua família", Rebus assegurou.

"Então o quê...? Eu não entendo."

Rebus pôs a mão no bolso, tirou de lá a caixinha de plástico com a fita cassete. Balançou-a de leve. "Você tem um toca-fitas?", perguntou.

Quando a fita acabou de tocar, ela ergueu os olhos para ele.

"Por que você me fez ouvir isso?", perguntou, a voz trêmula.

Rebus estava de pé apoiado contra o guarda-roupa, com as mãos atrás das costas. Pediu que Andy Edmunds esperasse lá fora, o que não havia agradado ao homem da segurança. Em parte, Rebus não queria que ele ouvisse — aquilo era uma investigação policial, e Edmunds já não era um policial, não importando o que ele gostasse de pensar. Em parte também — e este foi o argumento que Rebus usou com Edmunds — porque simplesmente não havia espaço lá para os três. Rebus não queria tornar as coisas mais desconfortáveis para Kate. O toca-fitas estava em cima da mesa dela. Rebus se inclinou na direção dele, apertou a tecla de parada e depois a de voltar a fita.

"Quer ouvir de novo?"

"Eu não entendo o que é que você quer que eu faça."

"Achamos que ela é do Senegal, a mulher na fita."

"Do Senegal?" Kate apertou os lábios. "Acho possível... Quem lhe disse isso?"

"Alguém do departamento de linguística. Rebus ejetou a fita. "Existem muitos senegaleses em Edimburgo?"

"Eu sou a única que conheço." Kate olhou para a fita. "O que essa mulher fez?"

Rebus fazia de conta que estava olhando os CDs dela. Havia uma estante inteira deles, além de outras pilhas no peitoril da janela. "Você gosta de música, Kate."

"Eu gosto de dançar."

Rebus assentiu. "Dá pra ver isso." Na verdade, o que ele podia ver era o nome das bandas e dos artistas completamente desconhecidos para ele.

Ele se endireitou. "Você não conhece mais ninguém do Senegal?"

"Eu sei que há alguns em Glasgow... O que ela fez?"

"Exatamente o que você ouviu na fita: ligou para o serviço de emergência. Alguém que ela conhecia foi assassinado, e agora precisamos falar com ela."

"Porque acham que ela fez isso?"

"Você é a psicóloga aqui. O que você acha?"

"Se ela tivesse matado, por que ligaria para a polícia?"

Rebus concordou. "É exatamente isso que pensamos. Mesmo assim, ela pode ter informações." Rebus havia tomado nota de tudo, desde as joias de Kate até sua mochila de couro com cheirinho de nova. Olhou em volta procurando fotos dos pais, que provavelmente estavam pagando por tudo aquilo. "Você tem família no Senegal, Kate?"

"Tenho, em Dacar."

"É onde o rali termina, certo?"

"Isso mesmo."

"E a sua família... Você mantém contato com eles?"

"Não."

"Ah, não? Então você é que está se sustentando?" Ela olhou furiosa para ele.

"Desculpe... Bisbilhotice é um risco do trabalho. Está gostando da Escócia?"

"É um lugar muito mais frio que o Senegal."

"Imagino que sim."

"Não estou falando apenas sobre o clima."

Rebus assentiu. "Então você não pode me ajudar, Kate?"

"Desculpe, mas não posso mesmo."

"Não é culpa sua." Ele colocou um cartão de visita sobre a mesa. "Mas se um estranho do seu país de repente cruzar seu caminho..."

"Eu lhe conto, com certeza." Ela se levantou da cama, aparentemente ansiosa para que ele fosse embora.

"Bem, obrigado mais uma vez." Rebus lhe estendeu a mão. A dela estava fria e úmida. E, quando a porta se fechou, Rebus ficou pensando no olhar de Kate, um olhar que tinha muito de alívio.

Edmunds estava sentado no degrau mais alto, os braços em volta dos joelhos. Rebus desculpou-se, dando sua explicação. Edmunds não disse nada até que eles se viram lá fora, a caminho da guarita e do carro de Rebus. Por fim, ele se virou para Rebus.

"É isso mesmo, DNA nos papéis de cigarro?"

"E eu lá sei, Andy? Mas pus um medo danado naquele idiota, e isso é o que interessa."

A pornografia tinha ido para o QG Divisional em Livingston. Havia três policiais femininas na sala de exibição, e Siobhan viu que aquilo tornava a experiência desconfortável para os quase doze homens que ali estavam. A TV disponível tinha uma tela de apenas dezoito polegadas, ou seja, estavam todos aglomerados em volta dela. Os homens permaneceram de boca fechada na maior parte do tempo, ou ficaram mastigando suas canetas, fazendo o mínimo de piadas. Les Young passou a maior parte do tempo andando atrás deles, braços cruzados, olhando para seu sapato, como se quisesse se dissociar de tudo aquilo.

Alguns filmes eram feitos comercialmente, vindos dos Estados Unidos e do continente. Um era em alemão, outro em japonês, este último com uniformes escolares e meninas que pareciam não ter mais do que quinze, dezesseis anos.

"Pornografia infantil", comentou um policial. De vez em quando, ele pedia que a imagem fosse congelada e com uma câmera digital tirava uma foto do rosto que interessava.

Um dos DVDs era mal filmado e editado. Mostrava uma sala suburbana. Um casal em um sofá de couro verde, outro no carpete. Uma mulher, de pele mais escura, topless, agachada perto do aquecedor, parecia se masturbar enquanto olhava os dois casais. A câmera estava em todos os lugares. Em determinado momento, a mão do cinegrafista entrou em cena, apertando o seio de uma das mulheres.

A trilha sonora, que até então tinha sido uma série de murmúrios, grunhidos e respirações fortes, incluiu a pergunta dele.

"Tudo bem aí, grandalhão?"

"Soa local", comentou um dos policiais.

"Câmera digital e um software", alguém acrescentou. "Qualquer um pode dirigir seu próprio filme pornô hoje em dia."

"Felizmente, nem todo mundo iria querer", disse uma das policiais.

"Espere um instante", Siobhan interrompeu. "Volte um pouco, por favor."

O policial que segurava o controle remoto obedeceu, congelando a imagem e retrocedendo quadro a quadro.

"Você está procurando umas dicas, Siobhan?", um dos homens perguntou, o que fez alguns bufarem.

"Chega disso, Rod!", Les Young disse em voz alta.

Um policial próximo a Siobhan inclinou-se para o colega ao lado. "Isso é exatamente o que a mulher no tapete acabou de dizer", ele sussurrou.

O comentário produziu outro bufo, mas a mente de Siobhan estava na tela da TV. "Congele aí", disse ela. "O que é aquilo na mão do câmera?"

"Marca de nascença?", alguém sugeriu, inclinando a cabeça para ver melhor.

"Tatuagem", uma das mulheres sugeriu. Siobhan concordou. Ela deslizou de sua cadeira, ficando ainda mais perto da tela. "Eu diria que, se é alguma coisa, é uma aranha." Ela olhou para Les Young.

"A tatuagem de aranha", ele disse suavemente.

"Talvez com a teia no pescoço?"

"O que significa que o amigo da vítima faz filmes pornográficos."

"Precisamos saber quem ele é."

Les Young olhou em volta. "Quem está encarregado de encontrar nomes de companheiros de Cruikshank?"

A equipe trocou olhares e movimentos de ombros, até que uma das mulheres limpou a garganta com uma tossidinha e ofereceu uma resposta.

"O detetive Maxton, senhor."

"E onde ele está?"

"Acho que ele disse que ia voltar a Barlinnie." O que significava que ele estava verificando se algum preso era próximo de Cruikshank.

"Liguem para ele e contem sobre as tatuagens", Young ordenou. Um detetive se aproximou de uma mesa e pegou o telefone. Enquanto isso, Siobhan falava ao celular. Ela havia se afastado da TV e estava de pé ao lado da janela com cortinas.

"Posso falar com Roy Brinkley, por favor?" Ela despertou a atenção de Young e ele balançou a cabeça em sinal de aprovação, percebendo o que ela fazia. "Roy? É a detetive Clarke... Escute, esse amigo de Donny Cruikshank, aquele com a teia de aranha... Por acaso você não viu se ele tinha outras tatuagens?" Ela ouviu, deu um sorriso. "Nas costas da mão? O.k., obrigada. Vou deixar você voltar para os seus livros."

Ela desligou. "Tatuagem de aranha nas costas da mão."

"Bom trabalho, Siobhan."

Houve alguns olhares ressentidos depois desse elogio. Siobhan os ignorou. "Não nos leva mais longe até sabermos quem ele é."

Young pareceu concordar. O oficial que estava com o controle remoto voltou a passar o filme.

"Talvez a gente tenha sorte", disse ele. "Se esse cara é tão ativo quanto parece, talvez ele passe a câmera para alguém."

Sentaram-se de novo para assistir. Alguma coisa incomodava Siobhan, mas ela não sabia o que era. Em seguida, a câmera saiu do sofá e focalizou a mulher agachada, que não estava mais agachada. Tinha se levantado. Havia música no fundo. Não era uma trilha sonora, apenas estava tocando no ambiente enquanto a filmagem acontecia. A mulher dançava ao som dessa música, parecendo perdida, ignorando as coreografias dos outros em volta dela.

"Eu já vi essa mulher", disse Siobhan com tranquilidade. Pelo canto do olho, notou um dos integrantes da equipe revirando os olhos em sinal de descrença.

Lá vinha ela de novo: a ajudante do Capitão Cueca se exibindo para todos.

Danem-se, ela teve vontade de dizer a eles. Em vez disso, se virou para Young, que parecia também não estar acreditando. "Acho que já a vi dançar."

"Onde?"

Siobhan olhou para a equipe e depois de novo para Young. "Em um lugar chamado Nook."

"O bar de lap dance?", disse um dos homens, provocando risos e cutucões. "Era uma despedida de solteiro...", ele tentou se justificar.

"E aí? Você passou no teste?", outro policial perguntou a Siobhan, o que fez aumentar os risos.

"Vocês estão se comportando como colegiais", Les Young disse rispidamente. "Cresçam ou caiam fora." Ele apontou o polegar na direção da porta. Então, para Siobhan: "Quando foi isso?".

"Alguns dias atrás. Era sobre o desaparecimento de Ishbel Jardine." Ela tinha toda a atenção da sala agora. "Tivemos informações de que ela poderia estar trabalhando lá."

"E?"

Siobhan balançou a cabeça. "Nenhum sinal dela. Mas...", acrescentou, apontando para a TV, "tenho certeza de que *ela* estava lá, dançando do mesmo jeito que está fazendo neste filme." Na tela, um dos homens, completamente nu a não ser pelas meias, se aproximava da dançarina. Pressionou os ombros dela para baixo com as mãos, tentando fazê-la ajoelhar-se, mas ela torceu o corpo para se livrar dele e continuou dançando, de olhos fechados. O homem olhou para a câmera e deu de ombros. Agora a câmera fora virada para baixo e o foco se tornou embaçado. Quando a imagem voltou ao normal, um novo participante tinha entrado no enquadramento.

Cabeça raspada, cicatrizes faciais mais proeminentes no filme do que na vida real.

Donny Cruikshank.

Ele estava vestido, um sorriso se espalhando pelo rosto, lata de cerveja em uma das mãos.

"Me dá a câmera", disse, estendendo a mão livre.

"Você sabe usar?"

"Sai pra lá, Mark. Se você sabe, eu sei."

"Valeu, Donny", disse um dos policiais, rabiscando o nome "Mark" em seu caderno.

A discussão prosseguiu, a câmera acabou mudando de mãos. E agora Donny Cruikshank virou a câmera para capturar a imagem de seu amigo. A mão foi lenta demais para cobrir o rosto e impedir a identificação. Sem que lhe pedissem, o policial que operava o controle remoto retrocedeu o filme e congelou a imagem. Seu colega levantou a câmera digital na altura do olho.

Na tela: uma enorme cabeça raspada, brilhando de suor. Piercings nas orelhas e no nariz, um corte em uma das sobrancelhas pretas e espessas, um dente central faltando na boca que protestava.

E a tatuagem de teia de aranha, é claro, cobrindo todo o pescoço...

24.

De Pollock Halls até Gayfield Square era um trajeto curto. Havia apenas outra pessoa na sala do DIC que pertencia a Phyllida Hawes, cujo rosto começou a corar assim que Rebus entrou.

"Andou dedurando algum bom colega ultimamente, detetive Hawes?"

"Olha, John..."

Rebus riu. "Não se preocupe, Phyl. Você fez o que achou que devia fazer." Rebus sentou-se na beira da mesa. "Quando Storey veio me ver, ele disse que me achava honesto porque conhecia a minha reputação. Imagino que devo te agradecer por isso."

"Mesmo assim, eu devia tê-lo avisado." Ela parecia aliviada, e Rebus percebeu que ela temera esse encontro.

"Não vou jogar isso na sua cara." Rebus se levantou e foi até a chaleira. "Posso fazer um pra você?"

"Por favor... obrigada."

Rebus colocou café nas últimas canecas limpas que haviam sobrado. "Então", perguntou como quem não quer nada, "quem te apresentou para Storey?"

"Veio de cima para baixo: do QG de Fettes para o inspetor-chefe Macrae."

"E Macrae decidiu que você era a mulher para o trabalho?" Rebus balançou a cabeça, como se concordasse com a escolha.

"Não era para eu contar a ninguém", acrescentou Hawes.

Rebus acenou a colher para ela. "Eu não me lembro... você toma com leite e açúcar?"

Ela tentou um leve sorriso. "Não é que você tenha esquecido."

"O que foi então?"

"Esta é a primeira vez que você me oferece."

Rebus ergueu uma sobrancelha. "Você deve estar certa. Tem sempre uma primeira vez para tudo, não é?"

Ela tinha se levantado da cadeira e se aproximado dele. "Só com leite, por falar nisso."

"Devidamente anotado." Rebus cheirou o conteúdo de uma embalagem de meio litro de leite. "Eu ia fazer um também para o jovem Colin, mas imagino que ele esteja em Waverley procurando trombadinhas."

"Na verdade, ele foi chamado para outro lugar." Hawes apontou para a janela. Rebus espiou o estacionamento. Policiais uniformizados estavam entrando nas viaturas disponíveis, quatro ou cinco em cada veículo.

"O que está acontecendo?", perguntou Rebus.

"Reforços necessários em Cramond."

"Cramond?" Os olhos de Rebus se arregalaram. Espremido entre um campo de golfe e o rio Almond, era um dos bairros mais sossegados da cidade, com algumas das residências mais luxuosas. "Os camponeses se revoltaram?"

Hawes se juntou a ele na janela. "Algo a ver com imigrantes ilegais", disse. Rebus olhou para ela.

"O que exatamente?"

Ela deu de ombros. Rebus pegou-a pelo braço e a conduziu de volta à sua mesa, levantou o receptor do telefone e lhe entregou. "Ligue para o seu amigo Felix", disse, fazendo soar como uma ordem.

"Por quê?"

Rebus apenas fez um gesto com a mão, ignorando a pergunta, e a observou teclar os números.

"O celular dele?", ele arriscou. Ela assentiu com a cabeça, e ele pegou o fone da mão dela. A ligação foi atendida no sétimo toque.

"Alô?" Voz impaciente.

"Felix?", disse Rebus, os olhos sobre Phyllida Hawes. "É Rebus."

"Estou um pouco ocupado agora." Ele parecia estar em um carro, dirigindo ou sendo conduzido em alta velocidade.

"Só para saber: como está indo a minha busca?"

"A sua busca...?"

"Senegaleses que moram na Escócia. Não me diga que você esqueceu?", disse Rebus com um falso tom magoado na voz.

"Eu estava com outras coisas na cabeça, John. Eu vou providenciar."

"O que está te mantendo tão ocupado? Você está indo pra Cramond, Felix?"

Houve silêncio na linha, o rosto de Rebus se abrindo em um largo sorriso.

"O.k.", Storey disse devagar. "Pelo que sei, nunca lhe dei este número... o que significa que você provavelmente o pegou com a detetive Hawes, o que, por sua vez, significa que você deve estar ligando de Gayfield Square..."

"E vendo a cavalaria partir enquanto falamos. Então, qual é o grande problema em Cramond, Felix?"

Mais silêncio na linha e, em seguida, as palavras que Rebus estava esperando.

"Talvez seja melhor você vir pra cá e descobrir..."

O estacionamento não era exatamente em Cramond, e sim ao longo da costa. As pessoas paravam lá e pegavam um caminho sinuoso através de grama e urtigas para chegar à praia. Era um lugar estéril, varrido pelo vento, provavelmente nunca tão movimentado como agora. Havia uma dúzia de viaturas da polícia e quatro vans adaptadas, além dos poderosos sedãs preferidos pelo pessoal da Alfândega e da Imigração. Felix Storey gesticulava enquanto dava ordens para as tropas.

"São apenas uns cinquenta metros da costa, mas lembrem-se: assim que eles nos virem, vão começar a correr. O bom é que não há lugar para onde eles possam correr, a menos que planejem ir nadando até Fife." Houve sorrisos, mas Storey levantou uma das mãos. "Estou falando sério. Isso já aconteceu uma vez. Por isso a guarda costeira está de prontidão." Um walkie-talkie começou a emitir ruídos. Ele o segurou junto ao ouvido. "Vá em frente." Rebus ouviu o que lhe pareceu ser uma cachoeira de estática. "Câmbio e desligo." Felix baixou o aparelho novamente. "Eram as duas equipes de apoio, eles já estão em posição. Vão começar a se mover daqui a uns trinta segundos, então vamos indo."

Ele saiu andando, passando por Rebus, que acabava de desistir de sua tentativa de acender um cigarro.

"Outra denúncia anônima?", Rebus sugeriu.

"Mesma fonte." Storey continuou andando, seus homens — inclusive o detetive Colin Tibbet — atrás dele. Rebus começou a andar também, ao lado de Storey.

"Então, o que está acontecendo? Barcos trazendo imigrantes ilegais para terra?"

Storey olhou para ele. "Catadores de mariscos."

"Como é?"

"Recolha de mariscos. As gangues por trás dessa atividade usam imigrantes e requisitantes de asilo, pagam uma ninharia a eles. Os dois Land Rovers lá atrás..." Rebus virou a cabeça, viu os veículos parados em um canto do estacionamento. Ambos tinham pequenos reboques atrelados à parte de trás dos bagageiros. Dois policiais uniformizados montavam guarda ao lado de cada veículo. "É assim que os trazem para cá. Eles vendem os mariscos para restaurantes, uma parte provavelmente vai para o exterior..." Naquele momento, eles passaram por uma tabuleta alertando que quaisquer mariscos encontrados na praia podiam estar contaminados e impróprios para o consumo humano. Storey deu outra olhada para Rebus. "Os restaurantes não sabem o que estão comprando."

"Nunca mais vou olhar para uma *paella* do mesmo jeito." Rebus estava prestes a perguntar sobre os reboques quando começou a ouvir o som alto de pequenos motores, e ao chegarem ao topo viu dois quadriciclos carregados de sacos estufados e, pontilhando toda a costa, figuras encurvadas com pás que brilhavam na areia molhada.

"Agora!", Storey gritou, e saiu correndo. Os outros o seguiram, descendo pelo declive e atravessando a superfície seca. Rebus ficou apenas assistindo. Viu os catadores de mariscos olharem para cima, viu sacos e pás caindo no chão. Alguns ficaram onde estavam, outros começaram a fugir. Policiais uniformizados se aproximavam pelos dois lados. Com os homens de Storey descendo na direção deles, vindo das dunas, a única rota possível de fuga era o estuário do rio Forth. Um ou dois entraram na água e se afastaram um pouco, mas perceberam a bobagem de sua atitude quando a água gelada começou a lhes entorpecer as pernas e a cintura.

Alguns invasores gritavam, outros perderam o equilíbrio e caíram de quatro, sujando-se de areia. Rebus enfim tinha encontrado abrigo suficiente para fazer seu isqueiro funcionar. Tragou profundamente, retendo a fumaça enquanto apreciava o espetáculo. Os quadriciclos andavam em círculos, os dois pilotos gritando um com o outro. Um deles tomou a iniciativa e rumou para o aclive, talvez imaginando que, se conseguisse chegar ao estacionamento, poderia escapar. Mas ele estava indo rápido demais para a carga ainda presa à traseira do veículo. Os pneus da frente voaram para cima, o quadriciclo deu uma cambalhota e jogou seu condutor no chão, onde ele foi agarrado por quatro policiais. O outro piloto não viu razão para seguir o exemplo. Em vez disso, levantou as mãos, o quadriciclo em marcha lenta até a ignição ser desligada por um oficial da

Imigração vestido com um terno. Ele lembrou Rebus de alguma coisa... sim, o final de *Help!*, o filme dos Beatles. Só faltava a atriz Eleanor Bron.

Enquanto caminhava para a praia, viu que alguns trabalhadores eram garotas. Algumas estavam chorando. Todos pareciam chineses, inclusive os dois condutores dos quadriciclos. Um dos homens de Storey parecia saber a língua deles. Tinha as mãos em concha à boca e berrava instruções. Nada do que ele disse pareceu apaziguar as mulheres, que choraram ainda mais.

"O que eles estão dizendo?", Rebus lhe perguntou.

"Não querem ser mandados de volta para casa."

Rebus olhou em volta. "Não pode ser pior que isso, pode?"

A boca do oficial se contraiu. "Sacos de quarenta quilos... eles talvez recebam três libras por saco, e é óbvio que não podem mover uma ação trabalhista, não é?"

"Acho que não."

"Em resumo, isso é escravidão... Transformar seres humanos em algo que se pode comprar e vender. Na região nordeste, a atividade é a limpeza de peixes. Em outros lugares, é a colheita de frutas e legumes. Os chefes dos grupos agenciadores têm uma oferta para cada demanda possível." Ele começou a gritar mais avisos aos trabalhadores, a maioria dos quais parecia exausta e feliz por ter uma desculpa para suspender o trabalho. Os policiais das equipes de apoio tinham chegado, depois da captura de uns poucos foragidos.

"Telefonema!", um dos condutores de quadriciclo gritava. "Posso fazer um telefonema!"

"Quando chegarmos à delegacia", corrigiu um dos policiais. "E *se* estivermos nos sentindo generosos."

Storey tinha parado na frente do condutor. "Para quem você quer telefonar? Tem um celular aí?" O piloto tentou levar as mãos ao bolso da calça, mas não conseguiu por causa das algemas. Storey pegou o telefone para ele, segurou-o na frente de seu rosto. "Me dá o número, eu ligo para você."

O homem olhou para ele, então deu um sorriso e balançou a

cabeça, fazendo Storey saber que ele não ia cair na conversa dele.

"Você quer ficar no país?", Storey insistiu. "É melhor começar a cooperar."

"Eu sou legal... Autorização de trabalho e tudo."

"Sorte sua. Com certeza vamos verificar se seus documentos não são falsos e se não estão com a validade expirada."

O sorriso se dissolveu como um castelo de areia derrubado pela maré.

"Estou sempre aberto a negociações", Storey informou ao homem. "Assim que sentir vontade de falar, me avise." Ele acenou com a cabeça para que o prisioneiro fosse levado junto com os outros. Então percebeu Rebus a seu lado. "A merda", disse, "será se a papelada dele estiver em ordem. Aí ele não vai ter que nos contar absolutamente nada. Não é ilegal recolher mariscos na praia."

"E quanto a eles?" Rebus gesticulou na direção dos retardatários. Eram os trabalhadores mais velhos, que pareciam se mover sempre curvados.

"Se estiverem ilegais, vão ficar presos até podermos enviá-los para casa." Storey endireitou o corpo, enfiando as mãos nos bolsos do casaco de pelo de camelo que lhe chegava aos joelhos. "Há muitos mais como eles para ocupar esse lugar."

Rebus viu que o homem da Imigração observava o interminável e cinzento cortejo. "Canuto e a maré?", sugeriu a título de comparação.*

Storey pegou um enorme lenço branco e assoou o nariz ruidosamente. Em seguida, começou a subir a duna, deixando Rebus terminar seu cigarro.

Quando chegou ao estacionamento, as vans já tinham ido

---

* Referência à lenda do rei Canuto, que acreditou ser sua palavra tão poderosa que poderia deter as marés. Um dia ele se postou em seu trono diante do mar, quase morrendo afogado. (N. T.)

embora. No entanto, uma nova figura algemada entrara em cena. Um dos policiais explicava a Storey o que havia acontecido.

"Ele vinha pela estrada... viu as viaturas e tentou fazer o retorno. Conseguimos impedir..."

"Eu falei pra você", o homem gritou, "não tinha nada a ver com vocês!" Ele parecia irlandês. Barba por fazer, maxilar inferior proeminente, beligerante. Seu carro fora trazido para o estacionamento. Era uma BMW antiga modelo Série 7, pintura vermelha desbotando, saias laterais enferrujadas. Rebus já tinha visto aquele carro antes. Andou em torno do veículo. Havia um caderno no banco do passageiro, aberto em uma lista que parecia ser de nomes chineses. Storey flagrou o olhar de Rebus e assentiu com a cabeça: ele já conhecia aquilo.

"Nome, por favor?", perguntou ao motorista.

"Vamos ver sua identificação primeiro", o homem retrucou. Ele vestia uma jaqueta verde-oliva, talvez o mesmo casaco que estava usando quando Rebus o viu pela primeira vez, na semana anterior. "Tá olhando o quê, porra?", ele perguntou a Rebus, olhando-o de cima a baixo. Rebus apenas sorriu, pegou seu celular e fez um telefonema.

"Shug?", disse quando atenderam. "Aqui é Rebus... Lembra daquela manifestação? Você ia descobrir o nome daquele irlandês..." Rebus ouviu, os olhos no homem à sua frente. "Peter Hill?" Ele assentiu com a cabeça. "Adivinhe: se eu não me engano, ele está bem aqui na minha frente..."

O homem fez uma carranca, mas nenhuma tentativa de negar aquilo.

Por sugestão de Rebus, eles levaram Peter Hill para a delegacia de polícia em Torphichen, onde Shug Davidson já esperava na sala de investigações do assassinato de Stef Yurgii. Rebus apresentou Davidson a Felix Storey e os dois homens apertaram-se as mãos. Alguns detetives não aguentaram e ficaram olhando. Não era a primeira vez que viam um negro, mas era a primeira vez que recebiam um naquele canto da cidade.

Rebus limitou-se a escutar, enquanto Davidson explicava a ligação entre Peter Hill e Knoxland.

"Vocês têm evidências de que ele traficava drogas?", Storey perguntou no final.

"Nada suficiente para condená-lo... mas prendemos quatro amigos dele."

"O que significa que ele ou é um peixe muito pequeno ou..."

"Inteligente demais para ser pego", completou Davidson com um aceno de cabeça.

"E a ligação com os paramilitares?"

"Mais uma vez, difícil de definir, mas as drogas vêm de algum lugar, e a inteligência na Irlanda do Norte apontou para essa fonte. Os terroristas precisam levantar dinheiro da maneira que puderem..."

"Mesmo atuando como empregadores de imigrantes ilegais?"

Davidson deu de ombros. "Há uma primeira vez para tudo", conjecturou.

Storey esfregou o queixo, pensativo. "O carro que ele estava dirigindo..."

"BMW Série 7", disse Rebus.

Storey fez que sim com a cabeça. "A placa não era da Irlanda, era? Na Irlanda do Norte, elas costumam ser de três letras e quatro números."

Rebus olhou para ele. "Você está bem informado."

"Eu trabalhei na Alfândega por algum tempo. Quando seu trabalho é verificar balsas de passageiros, você começa a conhecer as chapas de carros..."

"Não sei se estou entendendo aonde você quer chegar", Shug Davidson viu-se forçado a admitir. Storey se virou para ele.

"Estou me perguntando como ele conseguiu esse carro, só isso. Se não o trouxe para cá, então ou ele comprou aqui ou..."

"Ou o carro pertence a outra pessoa." Davidson concordou lentamente.

"É improvável que ele esteja trabalhando sozinho, não em um esquema desse porte."

"É mais uma coisa que podemos perguntar a ele", disse Davidson. Storey sorriu e se voltou para Rebus, como se buscasse aprovação. Mas os olhos de Rebus tinham se estreitado ligeiramente. Ele ainda refletia sobre o carro...

O irlandês estava na Sala de Interrogatório 2. Ele não tomou conhecimento dos três homens que entraram, rendendo o policial uniformizado que fazia a guarda. Storey e Davidson sentaram-se à mesa na frente dele e Rebus encontrou um pedaço de parede onde apoiar seu peso. Havia lá fora o som de uma britadeira vindo das obras que aconteciam na rua. Ele pontuaria toda a conversa e acabaria nas fitas cassete que Davidson estava tirando da embalagem. Ele colocou as duas no gravador e certificou-se de que o contador estivesse correto. Então fez o mesmo com duas fitas de vídeo virgens. A câmera estava acima da porta, apontada para a mesa. Se algum suspeito quisesse alegar intimidação, as fitas mostrariam que a acusação era mentirosa.

Os três policiais se identificaram, para que constasse nas gravações, e em seguida Davidson pediu ao irlandês que dissesse seu nome completo. Ele parecia contente em deixar o silêncio pairando, tirava fiapos da calça, juntando depois as mãos à sua frente na beira da mesa.

Hill continuava olhando para um trecho de parede entre Davidson e Storey. Por fim, falou.

"Eu gostaria de uma xícara de chá. Leite, três cubos de açúcar." Ele não tinha alguns dentes no fundo da boca, o que dava a seu rosto uma aparência afundada, o crânio sobressaindo sob a pele amarelenta. O cabelo estava cortado rente e era grisalho, olhos azul-claros, pescoço magro. Provavelmente não muito mais que um metro e oitenta, sessenta e poucos quilos.

Todo ele cheio de atitude.

"No devido tempo", Davidson disse.

"E um advogado... um telefonema..."

"A mesma coisa. Enquanto isso..." Davidson abriu uma pasta de documentos e tirou uma fotografia grande em preto e branco. "Este é você, não é?"

Via-se apenas metade do rosto, o capuz do casaco escondia o restante. Ela fora tirada no dia da manifestação em Knoxland, dia em que Howie Slowther tinha partido para cima de Mo Dirwan com uma pedra.

"Acho que não."

"E esta?" Dessa vez o fotógrafo havia conseguido uma imagem frontal. "Tirada alguns meses atrás, também em Knoxland."

"Você está querendo dizer que...?"

"Eu estou querendo dizer que estive esperando um bom tempo para pegar você por *alguma* coisa." Davidson sorriu e virou-se para Felix Storey.

"Sr. Hill", Storey começou, cruzando um joelho sobre o outro, "sou um funcionário da Imigração. Nós vamos examinar as credenciais de todos os trabalhadores para saber quantos estão aqui ilegalmente."

"Não faço ideia do que você está falando. Eu estava passeando pela costa — não é contra a lei, é?"

"Não, mas um júri irá se surpreender diante da coincidência de a lista de nomes no banco do seu carro corresponder ao nome das pessoas que nós detivemos."

"Que lista?" Finalmente, os olhos de Hill encontraram os de seu interlocutor. "Se alguma lista foi encontrada, é porque foi plantada lá."

"Portanto, não encontraremos suas impressões digitais nela, não é?"

"E nenhum dos trabalhadores será capaz de identificá-lo...", Davidson acrescentou, reforçando a pressão.

"Não é contra a lei, é?"

"Na verdade", Storey disse, como se revelasse um segredo, "acho que a escravidão saiu do código civil alguns séculos atrás."

"Foi por isso que deixaram um macaco como você vestir terno?", disse com raiva o irlandês.

Storey deu um sorriso irônico, como se satisfeito pelo fato de as coisas terem chegado àquele nível tão rapidamente. "Eu já ouvi gente se referir aos irlandeses como se referem aos negros da Europa. Será que então isso nos torna irmãos, independentemente da cor da pele?"

"Isso significa que você pode ir tomar no cu."

Storey inclinou a cabeça para trás e deu uma gargalhada. Davidson tinha fechado a pasta, deixando as duas fotografias para fora, diante de Peter Hill. Ele batucava com um dedo na pasta, como se quisesse atrair a atenção de Hill para a espessura dela, para a enorme quantidade de informações que havia lá dentro.

"Então, há quanto tempo você está no comércio de escravos?", Rebus perguntou ao irlandês.

"Eu não vou dizer nada até receber uma caneca de chá." Hill recostou-se e cruzou os braços. "E quero que ela seja trazida pelo meu advogado."

"Você tem um advogado, então? Isso parece sugerir que você achou que iria precisar de um."

Hill olhou para Rebus, mas sua pergunta se dirigia ao outro lado da mesa. "Quanto tempo vocês acham que podem me manter aqui?"

"Depende", disse Davidson. "Veja, essas suas ligações com os paramilitares..." Ele ainda estava batucando na pasta. "Graças à legislação sobre terrorismo, podemos mantê-lo aqui um pouco mais do que você imagina."

"Então, agora eu sou um terrorista?", Hill zombou.

"Você sempre foi um terrorista, Peter. A única coisa que mudou é a forma como você financia as atividades. No mês passado, você era um traficante de drogas; hoje você é um traficante de escravos..."

Ouviu-se uma batida na porta. A cabeça de um detetive apareceu.

"Conseguiu?", perguntou Davidson. A cabeça fez que sim. "Então pode vir aqui fazer companhia ao suspeito." Davidson começou a ficar em pé, recitando para os dispositivos de gravação que o interrogatório estava suspenso e olhando o relógio para fornecer a hora exata. As máquinas foram desligadas. Davidson ofereceu ao detetive sua cadeira e em troca recebeu um pedaço de papel. Lá fora, no corredor, com a porta firmemente fechada, ele desdobrou o papel, leu-o e em seguida entregou-o a Storey, cuja boca se abriu em um sorriso luminoso.

Por fim, o papel foi passado para Rebus. Continha uma descrição da BMW vermelha e os dados da placa. Abaixo, escritos com letras maiúsculas, detalhes do proprietário.

O proprietário era Stuart Bullen.

Storey pegou o bilhete da mão de Rebus e beijou o papel. Em seguida deu alguns passos, arrastando os pés como se estivesse dançando.

Havia um entusiasmo contagiante no ar. Davidson também estava sorrindo. Ele bateu nas costas de Felix Storey. "Não é sempre que a vigilância traz algum resultado", disse, olhando para ver se Rebus concordava.

Mas não tinha sido a vigilância, Rebus não pôde deixar de pensar. Fora outra pista misteriosa.

Isso e a intuição de Storey sobre o possível dono da BMW.

Se é que tudo tinha sido mesmo intuição...

25.

Quando chegaram ao Nook, eles encontraram outras pessoas prontas para entrar — Siobhan e Les Young. Os escritórios estavam se esvaziando no final do expediente, e alguns executivos de terno entravam, passando pelos porteiros. Rebus estava perguntando a Siobhan o que ela fazia lá, quando viu um dos porteiros pôr a mão no bocal de seu equipamento de rádio. O homem tinha virado o rosto para o lado, mas Rebus sabia que haviam sido reconhecidos.

"Ele está avisando a Bullen que estamos aqui!", Rebus gritou aos outros. Eles se apressaram, empurrando os executivos e entrando no lugar deles. A música estava alta, o lugar mais movimentado do que na primeira visita de Rebus. Havia mais dançarinas também: quatro delas no palco. Siobhan ficou para trás, observando os rostos, enquanto Rebus indicava o caminho até o escritório de Bullen. A porta com o teclado estava trancada. Rebus olhou em volta, viu o barman, se lembrou do nome dele: Barney Grant.

"Barney!", gritou. "Vem aqui!"

Barney largou o copo que estava enchendo, saiu de detrás do balcão do bar. Digitou os números. Rebus deu com o ombro na porta e imediatamente sentiu o chão desaparecer debaixo dele. Estava no pequeno corredor que levava ao escritório de

Bullen, só que agora a tampa de um alçapão tinha sido levantada e foi através dessa abertura que ele caiu, aterrissando desajeitadamente nos degraus de madeira que levavam à escuridão.

"O que diabos é isso?", Storey gritou.

"Uma espécie de túnel", explicou o barman.

"Aonde é que leva?"

Ele limitou-se a balançar a cabeça, para dizer que não sabia. Mancando, Rebus desceu os degraus o melhor que pôde. Sua perna direita parecia estar raspada do tornozelo ao joelho, e ele tinha conseguido torcer o tornozelo esquerdo com força. Olhou para os rostos acima dele. "Vão lá fora ver se conseguem descobrir aonde isto vai dar."

"Pode dar em qualquer lugar", Davidson murmurou.

Rebus olhou através do túnel. "Acho que vai dar no Grassmarket." Fechou os olhos, tentando acostumá-los com o escuro, e começou a se mover, apoiando-se com as mãos nas paredes laterais. Depois de alguns instantes, abriu os olhos de novo, piscando algumas vezes. Sentia o chão de terra úmido, as paredes curvas e o teto inclinado. Provavelmente era um túnel construído, que remontava a séculos passados: a Cidade Velha era um labirinto de túneis e catacumbas, a maioria inexplorada. Eles tinham protegido os habitantes de invasões, tornado possíveis encontros amorosos e conspirações. Contrabandistas podem tê-los usado. Em tempos mais recentes, as pessoas haviam tentado cultivar de tudo neles, de cogumelos a maconha. Alguns tinham sido abertos como atrações turísticas, mas a maior parte deles era assim: apertado, abandonado e cheio de um ar rançoso.

O túnel foi virando para a esquerda. Rebus pegou o celular, só que não havia sinal, nenhuma maneira de informar os outros. Ouvia movimento à sua frente, mas nada que fosse visível.

"Stuart?", ele gritou, a voz ecoando. "Isto é uma tremenda estupidez, Stuart!"

E continuou andando, vendo um brilho fraco à distância, um vulto desaparecendo. Então o brilho sumiu. Era outra porta, dessa vez na parede lateral, e Bullen a fechara atrás de si. Rebus pôs as mãos na parede da direita, temendo perder a abertura. Seus dedos bateram em algo duro. Uma maçaneta. Girou-a e puxou, mas a porta se abria para dentro. Tentou novamente, notando que algo pesado tinha sido colocado atrás dela. Rebus gritou por ajuda e empurrou-a com o ombro. Um ruído do outro lado: alguém tentava arrastar uma caixa, tirando-a do caminho.

Então a porta se abriu, revelando um espaço de apenas alguns centímetros. Rebus rastejou para atravessar a abertura. A porta estava no nível do chão. Quando se levantou, viu que uma caixa de livros fora usada como barricada. Um idoso olhava para ele.

"Ele saiu pela porta da frente", disse apenas. Rebus assentiu e foi mancando naquela direção. Uma vez fora, sabia exatamente onde estava: West Port. Emergindo de um sebo a menos de cem metros do Nook. Celular na mão, viu que tinha conseguido sinal de novo. Olhou para trás para os semáforos da Lady Lawson Street, em seguida para a direita, na direção de Grassmarket. Viu o que esperava ver.

Stuart Bullen no meio da rua, vindo a passos forçados em sua direção. Felix Storey atrás dele, com o braço direito de Bullen torcido para cima. As roupas de Bullen estavam rasgadas e sujas. Rebus olhou para as suas. Não pareciam muito melhores. Puxou a perna da calça, feliz por ver que não havia sangue, apenas arranhões. Shug Davidson apareceu correndo, vindo da Lady Lawson Street, o rosto vermelho pelo esforço. Rebus curvou o tronco, as mãos nos joelhos. Queria um cigarro, mas sabia que não teria fôlego para fumar. Endireitou-se de novo e viu-se cara a cara com Bullen.

"Eu quase te peguei", disse. "Sério."

Eles o levaram de volta ao Nook. A notícia já tinha se espalhado, e não havia mais clientes no lugar. Siobhan estava interrogando algumas dançarinas, sentadas lado a lado no bar, Barney Grant servindo-lhes refrigerantes.

Um cliente solitário surgiu por trás da cortina VIP, intrigado com a súbita falta de música e vozes. Ele pareceu entender a situação e apertou o nó da gravata, enquanto começava a sair. O andar claudicante de Rebus fez com que ele batesse de ombro no homem.

"Desculpe", murmurou o homem.

"A culpa foi minha, vereador", disse Rebus, observando-o sair. Em seguida, foi até Siobhan, cumprimentando Les Young com um aceno de cabeça. "E então? O que é tudo isso?"

Foi Young quem respondeu. "Precisamos fazer algumas perguntas a Stuart Bullen."

"Sobre o quê?" Os olhos de Rebus ainda estavam em Siobhan.

"Algo a ver com o assassinato de Donald Cruikshank."

Agora a atenção de Rebus se voltou para Young. "Bem, por mais intrigante que isso possa parecer, você vai ter que esperar na fila. Acho que você vai descobrir que *nós* temos a prioridade."

"*Nós* quem...?"

Rebus apontou para Felix Storey, que finalmente — e com relutância — largava Bullen, agora que ele estava com as mãos algemadas. "Aquele homem é da Imigração. Fazia semanas que vigiava Bullen — tráfico de pessoas, escravidão branca, chame como quiser."

"Vamos precisar de acesso", disse Les Young.

"Então vá fazer sua reivindicação." Rebus esticou o braço na direção de Storey e Shug Davidson. Les Young lançou-lhe um olhar duro, em seguida foi naquela direção. Siobhan encarava Rebus.

"O que foi?", perguntou ele com ar inocente.

"É comigo que você está bravo, lembra? Não desconte em Les."

"Les é crescidinho, sabe cuidar de si mesmo."

"O problema é que, em uma briga, ele joga limpo... ao contrário de alguns."

"Palavras duras, Siobhan."

"Às vezes você precisa ouvir."

Rebus apenas deu de ombros. "Então, que história é essa de Bullen e Cruikshank?"

"Pornô caseiro na residência da vítima. Com pelo menos uma dançarina deste lugar."

"Só isso?"

"Só precisamos falar com ele."

"Eu aposto que tem gente nessa investigação se perguntando por quê. Eles acham que se um estuprador é morto, por que perder tempo com isso?" Fez uma pausa. "Estou certo?"

"Você devia saber melhor do que eu."

Rebus se virou para onde Young e Davidson conversavam. "Talvez você esteja tentando impressionar o jovem Les ali..."

Ela puxou o ombro de Rebus para ter toda a sua atenção novamente. "É um caso de assassinato, John. Você estaria fazendo tudo o que estou fazendo."

Ele abriu um início de sorriso. "Só estou te provocando, Siobhan." Virou-se para a porta aberta, que levava ao escritório de Bullen. "Na primeira vez que estivemos aqui, você notou esse alçapão?"

"Pensei que fosse a entrada do porão." Ela parou. "Você não o viu?"

"Esqueci que estava lá, só isso", ele mentiu, esfregando a perna direita.

"Parece dolorido, companheiro." Barney Grant avaliava a lesão. "Como se você tivesse levado um chute. Eu costumava jogar um pouco de futebol, então sei o que estou falando."

"Você poderia ter nos avisado sobre o alçapão."

O barman brindou-os com um encolher de ombros. Felix Storey empurrava Stuart Bullen em direção ao corredor. Rebus fez menção de ir atrás, Siobhan o seguiu. Storey fechou o alçapão. "Bom lugar para esconder ilegais", disse. Bullen apenas bufou. A porta do escritório estava entreaberta. Storey abriu-a com um pé. Era como Rebus lembrava: apertado e cheio de tranqueiras. Storey torceu o nariz.

"Vai nos tomar algum tempo passar tudo isso para os sacos de evidências."

"Porra", Bullen murmurou como reclamação.

A porta do cofre também estava entreaberta, e Storey usou a ponta lustrosa de seu sapato para abri-la.

"Ora, ora", disse. "Acho melhor trazer logo os sacos de evidências para cá."

"Isso é armação!", Bullen começou a gritar. "Vocês plantaram isso aí, seus desgraçados!" Tentou se livrar das mãos de Storey, mas o homem da Imigração era dez centímetros mais alto e provavelmente uns dez quilos mais pesado. Todos ficaram amontoados na porta, tentando um ângulo de visão melhor. Davidson e Young tinham chegado, e também algumas dançarinas.

Rebus virou-se para Siobhan, que contraiu os lábios. Ela viu o que ele tinha acabado de ver. Dentro do cofre aberto, uma grande quantidade de passaportes presos por um elástico; cartões de débito e de crédito em branco, e vários carimbos de aparência oficial e máquinas de franquear. Além de outros documentos dobrados, talvez certidões de nascimento ou de casamento.

Tudo que era necessário para produzir uma nova identidade.

Ou até mesmo centenas delas.

Eles levaram Stuart Bullen para a Sala de Interrogatório 1 em Torphichen.

"Temos um amigo seu aí ao lado", disse Felix Storey. Ele tirou o paletó e estava soltando as abotoaduras para poder arregaçar as mangas da camisa.

"Quem é?" As algemas de Bullen haviam sido removidas e ele estava esfregando os pulsos avermelhados.

"Acho que o nome dele é Peter Hill."

"Nunca ouvi falar."

"Um irlandês... Fala muito bem de você."

Bullen olhou fixamente para Storey. "Agora eu sei que isso é uma armação."

"Por quê? Porque você está confiante que Hill não vai falar?"

"Já te disse, eu não o conheço."

"Temos fotos dele entrando e saindo da sua boate."

Bullen encarou Storey, como se tentando avaliar a verdade do que ele havia dito. O próprio Rebus não sabia disso. Era possível que a equipe de vigilância tivesse pegado Hill; por outro lado, Storey podia estar blefando. Ele não trouxera nada para aquela reunião: nem arquivos nem pastas. O olhar de Bullen pousou sobre Rebus.

"Tem certeza de que você quer esse aí por aqui?", perguntou a Storey.

"O que você quer dizer?"

"Dizem que ele é homem do Cafferty."

"Quem?"

"Cafferty — ele é quem manda na cidade inteira."

"E por que isso lhe diz respeito, sr. Bullen?"

"Porque Cafferty odeia a minha família." Fez uma pausa de efeito. "E *alguém* plantou essas coisas."

"Você vai ter que fazer melhor que isso", disse Storey, quase com tristeza. "Tente explicar sua ligação com Peter Hill."

"Eu continuo dizendo", os dentes de Bullen estavam cerrados, "não há nenhuma ligação."

"E foi por isso que nós o encontramos no seu carro?"

A sala ficou em silêncio. Shug Davidson andava de um lado para o outro de braços cruzados. Rebus estava em seu lugar favorito na parede. Stuart Bullen examinava as próprias unhas.

"BMW vermelha Série 7", Storey continuou, "registrada em seu nome."

"Eu perdi esse carro meses atrás."

"Você prestou queixa?"

"Não valia a pena o esforço."

"E essa é a história que você vai usar: provas plantadas e uma BMW desaparecida? Espero que tenha um bom advogado, sr. Bullen."

"Talvez eu tente Mo Dirwan... Parece que ele ganha algumas." Bullen desviou o olhar para Rebus. "Fiquei sabendo que vocês dois são bons companheiros."

"Engraçado você mencionar isso", interrompeu Shug Davidson, parando na frente da mesa. "Porque o seu amigo Hill foi a Knoxland. Temos fotos dele na manifestação, no mesmo dia que o sr. Dirwan quase foi atacado."

"Isso é o que vocês fazem todos os dias? Ficar tirando fotos das pessoas sem que elas saibam?" Bullen olhou ao redor da sala. "Alguns homens fazem isso e são chamados de pervertidos."

"Por falar nisso", Rebus disse, "temos outra investigação à espera do seu depoimento."

Bullen abriu os braços. "Eu sou um homem popular."

"E é por isso que vai ficar conosco por algum tempo, sr. Bullen", Storey disse. "Então, fique à vontade..."

Depois de quarenta minutos, eles fizeram um intervalo. Os catadores de mariscos detidos estavam sob custódia em St. Leonard's, o único lugar com celas suficientes para receber todos eles. Storey foi até um telefone, para saber como estavam caminhando os interrogatórios. Rebus e Davidson tinham acabado de pegar um chá quando Siobhan e Young se encontraram com eles.

"Podemos falar com Bullen agora?", Siobhan perguntou.

"Nós vamos voltar lá daqui a pouco", Davidson disse.

"Mas tudo o que ele está fazendo agora é olhar para os próprios pés", argumentou Les Young.

Davidson suspirou, e Rebus sabia o que ele estava pensando:

daria tudo por uma vida tranquila. "De quanto tempo vocês precisam?", perguntou.

"Do quanto puder nos dar."

"Então podem ir..."

Young se virou para sair, mas Rebus tocou seu cotovelo.

"Se importa se eu for junto, apenas por interesse?"

Siobhan lançou um olhar de advertência a Young, mas mesmo assim ele concordou. Siobhan girou sobre os calcanhares e partiu a passos largos em direção à sala de interrogatório, de modo que nenhum deles pudesse ver seu rosto.

Bullen tinha as mãos cruzadas atrás da cabeça. Quando viu o chá na mão de Rebus, perguntou onde estava o dele.

"Na chaleira", respondeu Rebus, enquanto Siobhan e Young começavam a se apresentar.

"Vocês estão se revezando?", Bullen rosnou, baixando as mãos.

"Bom esse chá", Rebus comentou. O olhar que recebeu de Siobhan lhe disse que ela achara o comentário totalmente desnecessário.

"Estamos aqui para lhe perguntar sobre um filme pornográfico caseiro", começou Les Young.

Bullen soltou uma risada. "Do sublime ao ridículo."

"Ele foi encontrado na casa de uma vítima de assassinato", Siobhan acrescentou com frieza. "Você talvez conheça algumas das atrizes."

"Como é que é?" Bullen parecia genuinamente curioso.

"Eu reconheci pelo menos uma delas." Siobhan tinha cruzado os braços. "Ela estava fazendo uma *pole dance* quando visitei seu estabelecimento com o detetive Rebus."

"Isso é novidade pra mim", Bullen disse dando de ombros. "Mas as meninas vêm e vão... Eu não sou a vovozinha delas, elas são livres para fazer o que quiserem." Ele se inclinou sobre a mesa na direção de Siobhan. "Já encontrou a garota desaparecida?"

"Não", ela admitiu.

"Mas o cara foi morto, não foi? O que estuprou a irmã dela?" Como Siobhan não respondeu, ele deu de ombros novamente. "Eu leio jornal como qualquer outra pessoa."

"O filme foi encontrado na casa dele", Les Young acrescentou.

"Ainda não sei como posso ajudar." Bullen virou-se para Rebus, como se pedindo conselho.

"Você conhecia Donny Cruikshank?", Siobhan perguntou.

Bullen se virou para ela. "Nunca tinha ouvido falar dele até ver o assassinato no jornal."

"Ele pode ter ido à sua boate?"

"Claro que sim — há momentos em que não estou por perto... Barney é a pessoa a quem vocês devem perguntar isso..."

"O barman?", perguntou Siobhan.

Bullen assentiu. "Ou você pode sempre perguntar ao pessoal da Imigração... Eles parecem ter vigiado o Nook bem de perto." Ele sorriu sem convicção. "Espero que tenham tido o cuidado de pegar meu ângulo bom."

"E por acaso você tem algum ângulo bom?", disse Siobhan. O sorriso de Bullen desapareceu. Ele olhou para o relógio. Parecia caro: grande e de ouro.

"Acabamos?"

"Nem de longe", Les Young respondeu. Mas a porta estava se abrindo, Felix Storey entrando, seguido por Shug Davidson.

"A turma toda está aqui!", Bullen exclamou. "Se o Nook fosse tão movimentado assim, eu estaria me aposentando na Gran Canaria..."

"Tempo esgotado", Storey disse para Young. "Precisamos dele de novo."

Les Young olhou para Siobhan. Ela estava tirando algumas polaroides do bolso e espalhando-as sobre a mesa na frente de Bullen.

"Você *a* conhece?", perguntou ela, batendo na foto com o indicador. "E as outras?"

"Rostos nem sempre significam muito pra mim", ele falou, olhando-a de cima a baixo. "É dos corpos que eu me lembro."

"Ela é uma de suas dançarinas."

"Sim", ele admitiu por fim. "Ela é. O que é que tem?"

"Eu gostaria de falar com ela."

"Por coincidência, ela vai se apresentar esta noite..." Ele olhou para o relógio outra vez. "Isso se Barney puder abrir a boate."

Storey balançou a cabeça. "Não até que tenhamos revistado o lugar."

Bullen deu um suspiro. "Nesse caso", avisou a Siobhan, "não sei o que dizer."

"Você deve ter o endereço dela... um número de telefone."

"As meninas gostam de ser discretas... Talvez eu tenha o número do celular." Ele indicou Storey com a cabeça. "Peça com educação que ele talvez encontre pra você quando estiver saqueando o lugar."

"Não é necessário", Rebus disse. Ele caminhou até a mesa para analisar as fotos. Pegou a da dançarina. "Eu a conheço", disse. "Também sei onde ela mora." Siobhan o encarou com descrença. "O nome dela é Kate." Olhou para Bullen. "É isso mesmo, não é?"

"Kate, isso", admitiu Bullen a contragosto. "Gosta bastante de dançar, essa Kate."

Ele disse isso em um tom quase melancólico.

"Você lidou bem com ele", disse Rebus. Ele estava no banco do passageiro, Siobhan dirigindo. Les Young precisara voltar a Banehall e fora embora. Rebus olhava as polaroides de novo.

"Como assim?", ela enfim perguntou.

"Alguém como Bullen, você precisa ser direto com eles. Senão eles se fecham como uma concha."

"Ele não nos deu muita coisa."

"Teria dado muito menos ao jovem Leslie."

"Talvez."

"Que droga, Shiv, aceite um elogio pelo menos uma vez na vida!"

"Estou procurando o motivo por trás dele."

"Não vai encontrar."

"Seria a primeira vez..."

Eles estavam indo para Pollock Halls. No caminho para o carro, Rebus contou a ela como soube de Kate.

"Eu deveria tê-la reconhecido", ele disse, balançando a cabeça. "Toda aquela música no quarto dela."

"E você ainda se considera um detetive", Siobhan provocou. Então: "Se ela estivesse só de tanga, poderia ter ajudado".

Eles estavam na Dalkeith Road, a um pulo de St. Leonard's e de suas celas cheias de catadores de mariscos. Ainda não havia surgido nos interrogatórios — ou nada que Felix Storey estivesse disposto a compartilhar. Siobhan sinalizou à esquerda para entrar na Holyrood Park Road e em seguida em Pollock. Andy Edmunds ainda controlava a entrada. Ele se agachou junto à janela aberta.

"Já de volta?", perguntou.

"Mais algumas perguntas para Kate", Rebus explicou.

"Você chegou tarde; eu a vi saindo de bicicleta."

"Há quanto tempo?"

"Não mais que cinco minutos..."

Rebus virou-se para Siobhan. "Ela está indo se apresentar no Nook."

Siobhan assentiu. Não havia como Kate saber que eles tinham detido Stuart Bullen. Rebus acenou para Edmunds enquanto Siobhan dava meia-volta. Ela ignorou um semáforo vermelho na Dalkeith Road, buzinas soando de todos os lados.

"Preciso colocar uma sirene neste carro", ela murmurou. "Você acha que a gente consegue chegar antes dela no Nook?"

"Não, mas isso não significa que não vamos pegá-la; ela vai querer uma explicação."

"Algum homem de Storey ainda está lá?"

"Não faço ideia", Rebus admitiu. Eles já tinham passado St. Leonard's e seguiam para o Cowgate e Grassmarket. Rebus demorou alguns minutos para perceber o que Siobhan já sabia: era o caminho mais rápido.

Mas também sujeito a engarrafamentos. Mais buzinas soaram, faróis censurando-os pelas várias manobras proibidas e incivilizadas.

"Como é que foi naquele túnel?", Siobhan perguntou.

"Horrível."

"Nenhum sinal de imigrantes lá?"

"Não", Rebus reconheceu.

"Veja, se eu estivesse no comando de uma operação de vigilância, seria *neles* que eu ficaria de olho."

Rebus tendeu a concordar. "Mas e se Bullen nunca chega perto deles? Afinal ele não precisa — tem o irlandês como intermediário."

"O mesmo irlandês que você viu em Knoxland?"

Rebus assentiu. Então ele percebeu a que ela estava se referindo. "Lá é onde eles estão, não é? Quer dizer, é o melhor lugar para enfiá-los."

"Pensei que o lugar tinha sido revistado de alto a baixo", Siobhan disse, fazendo o papel de advogado do diabo.

"Mas estávamos procurando um assassino, buscando testemunhas..." Ele parou.

"O que foi?", Siobhan perguntou.

"Mo Dirwan foi espancado quando foi bisbilhotar... Espancado no Stevenson House." Ele pegou o celular, digitou o número de Caro Quinn. "Caro? É John. Tenho uma pergunta para você: onde exatamente você estava quando a ameaçaram em Knoxland?" Seus olhos fixos em Siobhan enquanto escutava. "Tem certeza? Não, nenhuma razão específica... Falo com você depois. Tchau." Ele desligou. "Ela tinha acabado de chegar ao Stevenson House", ele disse a Siobhan.

"Que bela coincidência."

Rebus olhava para seu celular. "Preciso passar essa informação a Storey." Em vez disso, ele ficou girando o celular na mão.

"Você não vai ligar para ele", ela observou.

"Não tenho certeza se confio nele", Rebus admitiu. "Ele recebe várias denúncias anônimas úteis. Foi assim que soube sobre Bullen, sobre o Nook, sobre os catadores de mariscos…"

"E?"

Rebus encolheu os ombros. "E ele teve aquela inspiração repentina sobre a BMW… exatamente o que era necessário para associar o carro a Bullen."

"Outra denúncia anônima?", Siobhan sugeriu.

"Mas quem estará dando esses telefonemas?"

"Só pode ser alguém próximo a Bullen."

"Ou apenas alguém que sabe muito sobre ele. Mas se Storey *está* recebendo todas essas informações… certamente ele tem suas próprias suspeitas."

"Você quer dizer: 'Por que será que estou recebendo todas essas belas informações?'. Talvez ele seja o tipo que não olha os dentes de um cavalo dado."

Rebus ponderou por um momento. "Cavalo de presente ou cavalo de Troia?"

"É ela?", perguntou Siobhan abruptamente. Ela estava apontando para uma ciclista que se aproximava. A bicicleta passou por eles, descendo em direção a Grassmarket.

"Eu não vi", Rebus admitiu. Siobhan mordeu o lábio.

"Aguente aí", disse, pisando forte no freio e executando outra manobra de retorno, dessa vez numa rua de mão dupla. Rebus acenou e deu de ombros pedindo desculpas, mas quando um motorista começou a gritar da janela do carro, ele recorreu a gestos menos conciliadores. Siobhan estava voltando para Grassmarket, o motorista irritado atrás do carro deles, acendendo faróis, buzinando, quase colado nela.

Rebus virou no banco e olhou furioso para o homem, que continuava gritando e agitando um punho.

"Ele tem tesão por nós", disse Siobhan.

Rebus fez um som de impaciência. "Olha o linguajar, por favor." Então, inclinando-se para fora da janela, gritou "Nós somos policiais, porra!" o mais alto que pôde, consciente de que o homem não podia ouvi-lo. Siobhan começou a rir, depois virou o volante bruscamente.

"Ela parou", disse. A ciclista descia da bicicleta, preparando-se para prendê-la a um poste elétrico. Eles estavam no coração da Grassmarket, com seus bistrôs elegantes e pubs turísticos. Siobhan parou em um local de estacionamento proibido e saiu correndo do carro. Daquela distância, Rebus reconheceu Kate. Ela usava uma jaqueta jeans surrada, um short cortado de uma calça jeans, botas pretas longas e um lenço de seda rosa no pescoço. Pareceu confusa quando Siobhan se apresentou. Rebus soltou o cinto de segurança e estava prestes a abrir a porta, quando um braço serpenteou pela janela e agarrou sua cabeça, apertando-a com violência.

"Qual é a sua, amigo?", a voz rugiu. "Está achando que é o dono da porra da rua, é?"

A boca e o nariz de Rebus estavam sufocados pela manga oleosa do casaco acolchoado do homem. Ele procurou a maçaneta da porta e empurrou com toda a força, caindo de joelhos, o que lhe provocou uma nova pontada de dor nas pernas. O homem ainda estava do outro lado da porta do carro e não dava nenhum sinal de que ia libertar sua presa. A porta agia como um escudo, protegendo-o das tentativas de socos de Rebus.

"Está pensando que é um figurão, é? Mostrando o dedo pra mim..."

"Ele *é* um figurão", Rebus ouviu Siobhan dizer. "É da polícia, assim como eu. Agora solte-o."

"Ele é o quê?"

"Eu falei para soltar!" A pressão sobre Rebus diminuiu e ele sentiu a cabeça livre. Levantou-se, sentindo o sangue latejar nos ouvidos, o mundo girando em torno dele. Siobhan tinha torcido o braço livre do homem até o meio das costas e agora o forçava a se ajoelhar, a cabeça inclinada. Rebus pegou sua identificação e segurou-a no nariz do homem.

"Se fizer isso de novo, eu acabo com você", disse ofegante.

Siobhan o soltou e deu um passo para trás. Ela também empunhava sua identificação quando o homem se levantou.

"Como é que eu ia saber?", foi tudo que ele disse. Mas Siobhan já tinha se desinteressado dele e caminhava na direção de Kate, que observava tudo de olhos arregalados. Rebus fingiu que anotava a placa do homem enquanto ele voltava para o carro. Depois se virou e se juntou a Siobhan e Kate.

"Kate estava parando para beber alguma coisa", Siobhan explicou. "Perguntei se podíamos nos juntar a ela."

Rebus não conseguiu pensar em nada melhor.

"Vou me encontrar com alguém daqui a meia hora", Kate avisou.

"Meia hora é tudo de que precisamos", Rebus assegurou.

Eles foram para o local mais próximo, encontraram uma mesa. O jukebox tocava alto, mas Rebus pediu que o barman abaixasse o som. Uma caneca de cerveja para ele, refrigerantes para as duas mulheres.

"Eu estava dizendo a Kate", contou Siobhan, "como ela dança bem." Rebus concordou com a cabeça, sentindo uma pontada de dor no pescoço. "Achei isso na primeira vez que vi você no Nook", Siobhan continuou, fazendo o lugar parecer uma discoteca de luxo. Menina esperta, pensou Rebus: sem ser moralista, sem deixar a testemunha nervosa ou envergonhada... Ele tomou um gole de seu copo.

"É só isso mesmo, sabe... dança." Os olhos de Kate passeavam de Siobhan para Rebus. "Todas essas coisas que estão dizendo sobre o Stuart, que ele é contrabandista de pessoas, eu não sabia nada sobre isso." Fez uma pausa, como se fosse dizer mais alguma coisa, mas apenas tomou mais um gole de refrigerante.

"Você mesma paga seu curso na universidade?", Rebus perguntou. Ela assentiu com a cabeça.

"Eu vi um anúncio no jornal: 'Procuram-se dançarinas'." Ela sorriu. "Eu não sou burra, eu soube na hora que tipo de lugar o Nook era, mas as meninas lá são ótimas... e tudo que eu faço é dançar."

"Ainda que sem roupa." A frase saiu quase sem pensar. Siobhan encarou Rebus, mas era tarde demais.

O rosto de Kate endureceu. "Você não está ouvindo? Eu já disse que não faço nenhuma outra coisa."

"Sabemos disso, Kate", Siobhan disse com toda a calma. "Nós vimos o filme."

Kate olhou para ela. "Que filme?"

"Um em que você está dançando ao lado de uma lareira." Siobhan colocou a polaroide na mesa. Kate pegou-a depressa, não querendo que fosse vista.

"Foi só uma vez", explicou, evitando olhar para eles. "Uma das meninas me disse que era dinheiro fácil. Eu falei que não ia fazer nada..."

"E não fez", Siobhan concordou. "Eu vi o filme, por isso sabemos que é verdade. Você pôs uma música e dançou."

"Foi, e aí eles não me pagaram. Alberta me ofereceu uma parte do dinheiro dela, mas eu não aceitei. Ela havia batalhado por aquele dinheiro." Kate tomou outro gole de refrigerante e Siobhan também. As duas puseram o copo na mesa ao mesmo tempo.

"O cara da câmera", Siobhan disse, "você o conhece?"

"Eu nunca o tinha encontrado até entrar naquela casa."

"E onde ficava a casa?"

Kate deu de ombros. "Em algum lugar fora de Edimburgo. Alberta estava dirigindo... Eu não prestei muita atenção." Ela olhou para Siobhan. "Quem mais viu esse filme?"

"Só eu", Siobhan mentiu. Kate voltou a atenção para Rebus, que fez que não com a cabeça, deixando-a saber que ele não tinha visto.

"Estou investigando um assassinato", Siobhan continuou.

"Eu sei... o imigrante de Knoxland."

"Na verdade, esse caso é do detetive Rebus. O caso em que estou envolvida aconteceu em uma cidade chamada Banehall. O homem por trás da câmera..." Ela se interrompeu. "Por acaso você lembra o nome dele?"

Kate pareceu ficar pensativa. "Mark?", ela disse por fim.

Siobhan assentiu lentamente. "Sobrenome não?"

"Ele tinha uma tatuagem grande no pescoço..."

"Uma teia de aranha", Siobhan ajudou. "A certa altura outro homem entrou, e Mark entregou-lhe a câmera."

Siobhan mostrou outra polaroide, dessa vez uma imagem borrada de Donny Cruikshank. "Você se lembra dele?"

"Para ser sincera, fiquei de olhos fechados a maior parte do tempo. Eu estava tentando me concentrar na música... É como eu faço esse trabalho: penso só na música, em mais nada."

Siobhan assentiu novamente, para mostrar que entendia. "Ele é que foi assassinado, Kate. Há alguma coisa que você possa me dizer sobre ele?"

Ela balançou a cabeça. "Só tenho a sensação de que os dois estavam se divertindo. Como colegiais, sabe? Eles tinham aquele olhar febril."

"Febril?"

"Como se estivessem tremendo. Sozinhos com três mulheres nuas: tenho a sensação de que era algo novo para eles, novo e excitante..."

"Não sentiu medo?"

Ela negou com a cabeça de novo. Rebus percebeu que ela estava pensando na cena, sem boas lembranças. Ele deu uma tossidinha. "Você disse que foi uma dançarina que levou você para a filmagem?"

"Foi."

"Stuart Bullen soube disso?"

"Acho que não."

"Mas não tem certeza?"

Ela encolheu os ombros. "Stuart sempre foi justo com as meninas. Ele sabe que as outras boates estão procurando dançarinas — se não gostamos de onde estamos, podemos sempre ir pra outro lugar."

"Alberta deve conhecer o homem da tatuagem", afirmou Siobhan.

Kate deu de ombros outra vez. "Acho que sim."

"Você sabe como ela o conheceu?"

"Talvez ele tenha ido à boate... É assim que Alberta encontrava os homens." Ela sacudiu o gelo em seu copo.

"Quer mais?", Rebus perguntou.

Ela olhou para o relógio e balançou a cabeça. "Barney vai chegar logo."

"Barney Grant?", Siobhan deduziu. Kate confirmou com a cabeça.

"Ele está tentando falar com todas as meninas. Barney sabe que se ficarmos um dia ou dois sem trabalho, ele vai nos perder."

"Então ele pretende manter o Nook aberto?", Rebus perguntou.

"Só até Stuart voltar." Ela fez uma pausa. "Ele *vai* voltar?"

Em vez de responder, Rebus terminou sua caneca.

"É melhor a gente deixar você em paz", Siobhan disse a Kate. "Obrigada por conversar conosco." Ela começou a se levantar da mesa.

"Desculpem por eu não ter ajudado mais."

"Se você se lembrar de alguma outra coisa sobre esses dois homens..."

Kate assentiu com a cabeça. "Entro em contato com vocês." Ela fez uma pausa. "O filme comigo..."

"O que é que tem?"

"Quantas cópias você acha que existem?"

"Difícil dizer. Sua amiga Alberta... ela ainda dança no Nook?"

Kate balançou a cabeça. "Saiu logo depois."

"Você quer dizer logo depois de feito o filme?"

"Foi."

"E isso faz quanto tempo?"

"Há duas ou três semanas."

Eles agradeceram a Kate mais uma vez e se dirigiram para a porta. Lá fora, se viraram um para o outro. Siobhan falou primeiro. "Donny Cruikshank devia ter acabado de sair da cadeia."

"Não admira que parecesse febril. Você vai tentar encontrar Alberta?"

Siobhan soltou um suspiro. "Não sei... Foi um dia longo..."

"Quer tomar outra bebida em algum lugar?" Ela fez que não com a cabeça. "Você tem um encontro com Les Young?"

"Por quê? Você tem um com Caro Quinn?"

"Foi só uma pergunta." Rebus pegou seus cigarros.

"Quer uma carona?", Siobhan ofereceu.

"Acho que vou andar. Mesmo assim obrigado."

"O.k., então..." Ela hesitou, observou-o acender o cigarro. Depois, como ele não disse mais nada, ela se virou e foi para o carro. Ele a observou ir embora. Concentrou-se em fumar por um momento e em seguida atravessou a rua. Havia um hotel, e ele ficou algum tempo diante da entrada. Tinha acabado o cigarro quando viu Barney Grant descendo a ladeira a pé, na direção do Nook. Tinha as mãos nos bolsos e assobiava: nenhum sinal de preocupação com o trabalho nem com seu patrão. Entrou no pub e por alguma razão Rebus olhou para o relógio, logo tomando nota do horário.

Permaneceu onde estava, em frente ao hotel. Através das janelas, podia ver o restaurante. Parecia branco e estéril, o tipo de lugar em que o tamanho dos pratos é inversamente proporcional à quantidade de comida servida nele. Havia apenas algumas mesas ocupadas, o número de funcionários maior que o de clientes. Um dos garçons lhe dirigiu um olhar de censura, tentando espantá-lo, mas Rebus apenas piscou para ele. Por fim, quando Rebus estava ficando entediado e decidiu ir embora, um carro parou em frente ao pub, o motor rugindo, o motorista brincando com o acelerador. O passageiro falava ao celular. A porta do pub se abriu e Barney Grant surgiu, guardando seu celular no bolso enquanto o passageiro fechava o dele. Grant entrou no banco de trás do carro, que se pôs em movimento novamente, mesmo antes de ele fechar a porta. Rebus observou o carro subir a ladeira e em seguida começou a segui-lo a pé.

Levou alguns minutos para alcançar o Nook, e chegou assim que o carro partia novamente. Olhou para a porta trancada do Nook, em seguida para o outro lado da rua, para a loja fechada. Não havia mais vigilância, nenhum sinal da van estacionada. Tentou abrir a porta do Nook, mas estava bem trancada. Mesmo assim, Barney Grant tinha ido até lá por alguma razão, o carro esperando por ele. Rebus não havia reconhecido o motorista, mas sabia quem era o sujeito no banco do passageiro. Conhecera-o quando gritou com Rebus ao ser jogado no chão por ele, as câmeras dos tabloides registrando o momento para a posteridade.

Howie Slowther — o rapaz de Knoxland, aquele com a tatuagem paramilitar e ódio racial.

Amigo do barman do Nook...

Dele ou do proprietário.

NONO DIA
Terça-feira

26.

Incursões em Knoxland ao amanhecer, a mesma equipe que havia perseguido os catadores de mariscos na praia de Cramond. O Stevenson House — aquele que não tinha pichações. Por que isso? Medo ou respeito. Rebus sabia que devia ter notado isso desde o início. O Stevenson House parecia diferente, e fora tratado de forma diferente também.

As primeiras equipes que fizeram a investigação porta a porta haviam encontrado muitas que não se abriram para eles — quase um andar inteiro. Por acaso tinham voltado e tentado novamente? Não, não tinham. Por quê? Porque o esquadrão que investiga homicídios estava no limite de seus recursos... e talvez porque os policiais não tivessem se esforçado muito; a vítima não passava de uma estatística para eles.

Felix Storey estava sendo mais minucioso. Dessa vez, bateriam com força nas portas, caixas de correio seriam examinadas. Dessa vez, não aceitariam um "não" como resposta. O Serviço de Imigração — assim como o de Alfândega e o de Impostos — dispunha de mais poder do que a polícia. Portas poderiam ser chutadas sem a necessidade de mandados de busca. "Justa causa" era a expressão que Rebus ouvira, e era claro para Storey que, mais do que qualquer outra coisa, eles tinham justa causa em abundância.

Caro Quinn — ameaçada quando tentou tirar fotos do interior do Stevenson House e de sua área externa.

Mo Dirwan — agredido quando seu trabalho porta a porta o levou ao Stevenson House.

Rebus fora acordado às quatro da manhã e ouvira o discurso encorajador de Storey às cinco, rodeado por olhos sonolentos e pelo cheiro de enxaguante bucal e café.

Logo depois, em seu carro, a caminho de Knoxland, deu carona para outros quatro. Eles não falaram muito, as janelas abaixadas para os vidros do Saab não embaçar. Passando por lojas às escuras, depois por casas onde as luzes de alguns quartos começavam a se acender. Um comboio de carros, alguns com identificação. Os taxistas olhando para eles, sabendo que algo estava acontecendo. Os pássaros deveriam estar acordados, mas não havia nenhum som deles quando os carros pararam em Knoxland.

Apenas portas de veículos se abrindo e fechando — calmamente.

Sussurros e gestos, algumas tosses abafadas. Alguém cuspiu no chão. Um cachorro curioso foi enxotado antes que começasse a latir.

Sapatos subindo a escada, fazendo um som como uma lixa.

Mais gestos, sussurros. Tomando posição ao longo do terceiro andar.

O andar onde tão poucas portas tinham se aberto na primeira vez em que a polícia esteve lá.

Eles se posicionaram e esperaram, três em cada porta. Relógios foram verificados: às quinze para as seis, começariam a bater nas portas e a gritar.

Faltavam trinta segundos.

Então a porta da escada se abriu, um garoto estrangeiro parado ali vestindo uma bata longa sobre a calça, sacola de supermercado na mão. A sacola caindo, leite vazando dela. Um dos policiais estava colocando um dedo nos lábios, quando o garoto encheu os pulmões.

Gritou com toda a força.

Portas foram esmurradas, caixas de correio sacudidas. O menino erguido no ar e levado para baixo. O policial que o levou deixando pegadas leitosas.

Portas se abriram, outras foram abertas à força. Revelando:

Cenas domésticas — famílias reunidas em volta da mesa do café.

Salas onde se viam pessoas em sacos de dormir ou sob cobertores. Chegavam a sete ou oito em uma sala, às vezes deitadas no corredor.

Crianças gritando de terror, olhos arregalados. Mães correndo para acudi-las. Jovens se vestindo ou agarrados a seus sacos de dormir, com medo.

Anciãos protestando em uma algazarra de línguas, as mãos ocupadas, como se fazendo mímica. Avós habituados a essa nova humilhação, meio cegos sem seus óculos, mas determinados a reunir o resto de dignidade que a situação permitisse.

Storey indo de sala em sala, de apartamento em apartamento. Ele havia trazido três intérpretes, nem de longe suficientes. Um dos policiais entregou-lhe uma folha de papel rasgado tirada de uma parede. Storey passou-a a Rebus. Parecia uma lista de trabalho — endereços de fábricas de processamento de alimentos. Uma lista com sobrenomes e com os turnos que eles deveriam cumprir. Rebus devolveu-a. Estava interessado em grandes sacos de polietileno em um corredor, repletos de tiaras e varinhas. Ligou uma das tiaras, suas pequenas esferas gêmeas piscando vermelho. Olhou em volta, mas não conseguiu ver o rapaz de Lothian Road, o que vendia o mesmo tipo de coisa. Na cozinha, a pia estava cheia de rosas em decomposição, os botões ainda bem fechados.

Os tradutores seguravam fotos de Bullen e de Hill, pedindo que as pessoas os identificassem. Algumas balançavam a cabeça em uma negativa, mas outras gesticulavam positivamente. Um homem — ele pareceu chinês a Rebus — gritava em um inglês capenga:

"Nós pagar muito dinheiro vem aqui... muito dinheiro! Trabalha duro... manda dinheiro para casa. Trabalho nós queremos! Trabalho nós queremos!"

Um amigo falou rispidamente com ele em sua língua nativa. Os olhos do amigo fixaram-se em Rebus, e Rebus assentiu devagar com a cabeça, entendendo a essência de sua mensagem.

Poupe seu fôlego.
Eles não estão interessados.
Não estão interessados em nós... não pelo que somos.

Esse homem começou a andar na direção de Rebus, mas Rebus balançou a cabeça, indicando Felix Storey com um gesto. O homem parou na frente de Storey. A única maneira que teve de chamar a atenção dele foi dar um puxão na manga de seu paletó, algo que o homem provavelmente não fazia desde criança.

Storey olhou furioso para ele, mas o homem ignorou isso.

"Stuart Bullen", disse. "Peter Hill." Ele sabia que tinha a atenção de Storey agora. "Esses são os homens que você quer."

"Eles já estão sob custódia", o homem da Imigração assegurou.

"Isso é bom", disse o homem em voz baixa. "E vocês encontraram os que eles assassinaram?"

Storey olhou para Rebus e de novo para o homem.

"Você se importaria de repetir isso?", perguntou.

O homem se chamava Min Tan e era de uma aldeia na região central da China. Ele se sentou no banco de trás do carro de Rebus, Storey a seu lado, Rebus no banco do motorista.

Eles estavam estacionados em frente a uma padaria na Gorgie Road. Min Tan tomou goles ruidosos de um grande copo de chá preto com bastante açúcar. Rebus já tinha acabado sua bebida. Foi só quando levou à boca o café cinzento e fraco que se lembrou: esse era o mesmo lugar em que ele havia comprado o café horrível na tarde em que o corpo de Stef Yurgii foi encontrado.

No entanto, a padaria estava indo bem: os usuários regulares do ponto de ônibus ao lado pareciam todos estar segurando copos de lá. Outros comiam sanduíches de ovos mexidos e salsicha.

Storey havia feito uma pausa no interrogatório para falar ao celular com seja lá quem estivesse do outro lado da linha. Ele tinha um problema: as delegacias de Edimburgo não iam conseguir acomodar os imigrantes de Knoxland. Havia muitos deles, e as celas eram insuficientes. Tentou pedir ajuda aos tribunais, mas eles enfrentavam seus próprios problemas de alojamento. Por ora, os imigrantes ficariam detidos em suas casas, no terceiro andar do Stevenson House, cujo acesso fora proibido a visitantes. Mas o problema agora era mão de obra: os policiais comandados por Storey precisavam voltar a seus deveres diários. Não podiam ficar brincando de guardas de honra. Ao mesmo tempo, Storey não tinha dúvidas de que, sem um número adequado de homens, nada impediria que os imigrantes ilegais de Stevenson House passassem por qualquer equipe pequena e corressem para a liberdade.

Ele telefonou para seus superiores em Londres e em outros lugares, pediu ajuda do pessoal da Alfândega e de Impostos.

"Não me diga que não há fiscais de impostos sem fazer nada por aí", Rebus ouviu-o dizer. Ou seja, o homem estava se agarrando a qualquer coisa. Rebus quis perguntar por que eles não deixavam os pobres coitados em paz. Ele tinha visto a exaustão naqueles rostos. Eles vinham trabalhando tão duro que o cansaço havia penetrado até a medula de seus ossos. Storey iria dizer que a maioria — talvez até mesmo todos — entrara no país de forma ilegal, ou que a validade de seus vistos e autorizações estava vencida. Eles eram criminosos, mas estava claro para Rebus também que eram vítimas. Min Tan havia falado da opressiva pobreza da vida que ele tinha deixado na província, de sua "obrigação" de enviar dinheiro para casa.

Obrigação — uma palavra com a qual Rebus não se deparava com muita frequência.

Rebus tinha oferecido ao homem algumas comidas da

padaria, mas ele torceu o nariz; não estava desesperado o suficiente para desfrutar da culinária local. Storey também tinha recusado, deixando Rebus comprar sozinho uma torta de carne reaquecida, cuja maior parte agora estava na sarjeta, ao lado do copo de café.

Storey desligou o celular com um grunhido. Min Tan fingiu estar concentrado em seu chá, mas Rebus não teve tais escrúpulos.

"Você sempre pode admitir a derrota", sugeriu.

Os olhos semicerrados de Storey ocuparam todo o espelho retrovisor. Em seguida, voltou a atenção para o homem a seu lado.

"Então, estamos falando de mais de uma vítima?", perguntou.

Min Tan assentiu e levantou dois dedos.

"Duas?", disse Storey em um tom para incentivar seu interlocutor.

"Pelo menos duas", respondeu Min Tan. Ele parecia estar tremendo, e tomou outro gole de chá. Rebus percebeu que as roupas que o chinês usava não eram suficientes para protegê-lo do frio da manhã. Ligou a ignição e regulou o aquecimento.

"Estamos indo para algum lugar?", Storey perguntou rispidamente.

"Não dá para ficar sentado no carro o dia todo", argumentou Rebus. "Não sem pegarmos um resfriado de matar."

"Duas mortes", Min Tan enfatizou, confundindo-se com as palavras de Rebus.

"Um deles era o curdo?", Rebus perguntou. "Stef Yurgii?"

O chinês fez uma careta. "Quem?"

"O homem que foi esfaqueado. Ele era um dos dois, não era?" Rebus tinha virado em seu assento, mas Min Tan balançava a cabeça.

"Não conheço essa pessoa."

O que fez Rebus tirar conclusões precipitadas. "Peter Hill e Stuart Bullen, eles não mataram Stef Yurgii?"

"Eu digo a você que não conheço esse homem!" O tom da voz de Min Tan tinha se elevado.

"Você os viu matar duas pessoas", Storey interrompeu. Outra negativa com a cabeça. "Mas você acabou de dizer que..."

"Todo mundo sabe disso. Falaram isso para nós."

"Isso o quê?", insistiu Rebus.

"Os dois..." As palavras pareciam faltar a Min Tan. "Dois corpos... você sabe, depois que morrem." Ele beliscou a pele do braço que segurava seu chá. "Tudo vai, não sobra nada."

"Não sobra pele?", Rebus sugeriu. "Corpos sem pele. Quer dizer esqueletos?"

Min Tan sacudiu um dedo, triunfante.

"E as pessoas falam sobre eles?", Rebus continuou.

"Uma vez... homem não quis trabalhar por salário tão baixo. Ele começou falar alto. Disse pras pessoas não trabalhar, para ser livres..."

"E ele foi morto?", Storey interrompeu.

"Não morto!", Min Tan gritou de frustração. "Escuta direito, por favor! Ele foi levado para um lugar, e mostraram corpos sem pele pra ele. Disse a ele que aquilo iria acontecer com ele — com todos — a menos que ele obedecia, fazia bom trabalho."

"Dois esqueletos", disse Rebus baixinho para si mesmo. Mas Min Tan o ouviu.

"Mãe e filho", disse, os olhos arregalados de horror pela lembrança. "Se eles podem matar mãe e filho — não ser preso, não ser descoberto —, eles podem fazer qualquer coisa, matar qualquer um... qualquer um que desobedece!"

Rebus assentiu, para dizer que entendia.

Dois esqueletos.

Mãe e filho.

"Você viu esses esqueletos?"

Min Tan fez que não com a cabeça. "Outros viram. Um bebê embrulhado em jornal. Eles mostraram em Knoxland, mostrou a cabeça e as mãos. Em seguida, enterraram mãe e bebê na..."

Ele procurou as palavras de que precisava. "Lugar subterrâneo..."

"Uma adega?", Rebus sugeriu.

Min Tan assentiu ansiosamente. "Enterrado lá, com um dos nossos vendo. Ele contou a história."

O olhar de Rebus se perdeu no vidro dianteiro do carro. Fazia sentido: usar os esqueletos para aterrorizar os imigrantes, mantê-los com medo. Arrancar os fios e parafusos para torná-los mais autênticos. E, como toque final, despejar concreto sobre eles na frente de uma testemunha, que iria voltar a Knoxland e espalhar a história.

Eles podem fazer qualquer coisa, matar qualquer um... qualquer um que desobedece...

Faltava meia hora para a abertura quando ele bateu na porta do Warlock.

Siobhan estava com Rebus. Ele a chamara de seu carro depois de deixar Storey e Min Tan em Torphichen, o homem da Imigração armado com mais algumas perguntas para Bullen e para o irlandês. Siobhan ainda não tinha acordado direito e Rebus precisou repassar a história mais de uma vez. O ponto central de Rebus: quantos pares de esqueletos haviam aparecido nos últimos meses?

A resposta de Siobhan, por fim: ela só conseguia pensar em um.

"Tenho que falar com Mangold de qualquer maneira", ela disse, enquanto Rebus chutava a porta do Warlock, uma vez que, se ele batesse educadamente, seria ignorado.

"Algum motivo especial?", perguntou ele.

"Você vai descobrir quando eu interrogá-lo."

"Obrigado por compartilhar." Um último pontapé e ele deu um passo para trás. "Ninguém em casa."

Ela olhou para o relógio. "Está quase na hora."

Ele assentiu com a cabeça. Normalmente haveria alguém lá

dentro perto da hora de abrir — apenas para deixar o chope pronto e encher a gaveta da caixa registradora. O pessoal da limpeza poderia já ter vindo e ido embora, mas quem quer que estivesse tomando conta do bar devia estar se preparando.

"O que você fez ontem à noite?", Siobhan perguntou, tentando dar um tom natural à conversa.

"Não muita coisa."

"Você não é de recusar uma carona."

"Eu estava com vontade de andar."

"Foi o que você disse." Ela cruzou os braços. "Parando em todos os bares que havia no caminho?"

"Apesar do que você pensa, posso ficar horas seguidas sem um drinque." Ele se ocupou em acender um cigarro. "E você? Era outro encontro com o Major Cueca?" Ela olhou para ele e Rebus sorriu. "Apelidos circulam rápido."

"Talvez, mas você entendeu errado; é capitão, não major."

Rebus balançou a cabeça. "Originalmente pode ter sido isso, mas posso lhe assegurar que agora é major. Coisas engraçadas, apelidos..." Caminhou rumo ao trecho mais alto do Fleshmarket Close, soprou a fumaça para baixo, e então notou algo. Foi até a porta da adega.

A porta da adega entreaberta.

Abriu-a com o punho e entrou, Siobhan atrás.

Ray Mangold contemplava uma das paredes, as mãos nos bolsos, perdido em pensamentos. Estava sozinho, rodeado pela obra semiacabada. Todo o piso de concreto já fora levantado. O entulho tinha sido tirado, mas ainda havia muito pó no ar.

"Sr. Mangold?", disse Rebus.

Devaneio interrompido, Mangold virou a cabeça. "Ah, é você", constatou, nem um pouco entusiasmado.

"Belos machucados", Rebus comentou.

"Estão sarando", Mangold disse, tocando sua bochecha.

"Como é que eles surgiram?"

"Como eu disse para a sua colega..." Mangold apontou para Siobhan. "Tive um contratempo com um cliente."

"Quem ganhou?"

"Ele nunca mais vai beber no Warlock, isso é certo."

"Desculpe se estamos interrompendo alguma coisa", disse Siobhan.

Mangold balançou a cabeça. "Só estou tentando imaginar qual vai ser a aparência disto quando estiver concluído."

"Os turistas vão adorar", Rebus disse.

Mangold sorriu. "É o que eu espero." Tirou as mãos dos bolsos e bateu uma na outra. "Então, o que posso fazer para ajudá-los hoje?"

"Os esqueletos..." Rebus apontou para a porção de terra onde a descoberta tinha sido feita.

"Não acredito que vocês ainda estão perdendo tempo com..."

"Não estamos", Rebus interrompeu. Ele estava ao lado de um carrinho de mão, supostamente do empreiteiro, Joe Evans. Havia uma caixa de ferramentas aberta dentro dele, um martelo e uma talhadeira à vista. Rebus ergueu a talhadeira, impressionado com o peso. "Você conhece um homem chamado Stuart Bullen?"

Mangold refletiu antes de responder. "Já *ouvi* falar dele. Filho de Rab Bullen."

"Isso mesmo."

"Acho que ele é dono de uma boate de strippers..."

"O Nook."

Mangold assentiu lentamente. "Isso..."

Rebus deixou a talhadeira cair barulhentamente no carrinho de mão. "Ele também tem uma boa atividade paralela ligada à escravidão, sr. Mangold."

"Escravidão?"

"Imigrantes ilegais. Ele os põe para trabalhar e provavelmente fica com uma boa parte do dinheiro. Parece que anda fornecendo a eles identidades novas também."

"Porra." Mangold olhou de Rebus para Siobhan e de novo para ele. "Mas espera aí... O que isso tem a ver comigo?"

"Quando um dos imigrantes começou a se indignar, Bullen decidiu assustá-lo. Mostrou-lhe dois esqueletos sendo enterrados em uma adega."

Os olhos de Mangold se arregalaram. "Aqueles que Evans desenterrou?"

Rebus apenas deu de ombros, os olhos fixos nos de Mangold. "A porta da adega sempre fica trancada, sr. Mangold?"

"Olha, eu lhe disse logo de cara que o concreto foi colocado antes de eu vir para cá."

Rebus deu de ombros novamente. "Quanto a isso só temos a sua palavra, uma vez que o senhor não foi capaz de nos fornecer nenhum documento."

"Talvez eu possa procurar melhor."

"Talvez possa. Mas cuidado: os grandes cérebros do laboratório da polícia têm técnicas excepcionais... eles conseguem apontar a idade de qualquer documento escrito ou digitado. Dá para acreditar em uma coisa dessas?"

Mangold assentiu com a cabeça para mostrar que acreditava. "Eu não estou dizendo que *vou* encontrar alguma coisa..."

"Mas você vai procurar de novo, e nós agradecemos." Rebus ergueu a talhadeira outra vez. "E você não conhece Stuart Bullen... nunca o encontrou?"

Mangold balançou a cabeça vigorosamente. Rebus deixou o silêncio pairar entre eles, em seguida voltou-se para Siobhan, sinalizando que era a vez de ela entrar no ringue.

"Sr. Mangold", ela disse, "posso lhe perguntar sobre Ishbel Jardine?"

Mangold pareceu confuso. "O que tem ela?"

"Isso meio que responde a uma das minhas perguntas. Você a conhece, então?"

"Se a conheço? Não... quero dizer... ela costumava ir à minha boate."

"O Albatross?"

"Isso mesmo."

"E você a conhecia?"

"Na verdade, não."

"Você está me dizendo que sabe o nome de cada cliente que frequentou o Albatross?"

Rebus bufou ao ouvir aquilo, aumentando ainda mais o desconforto de Mangold.

"Conheço de nome", Mangold hesitou, "por causa da irmã dela. É a que se matou. Escutem..." Olhou para o relógio de pulso, de ouro. "Eu já devia estar lá em cima... vamos abrir em um minuto."

"Apenas mais algumas perguntas", Rebus disse em tom resoluto, ainda segurando a talhadeira.

"Eu não sei o que está acontecendo. Primeiro são os esqueletos, depois Ishbel Jardine... O que essas coisas têm a ver comigo?"

"Ishbel desapareceu, sr. Mangold", Siobhan informou. "Ela costumava ir à sua boate e agora desapareceu."

"Centenas de pessoas iam ao Albatross todas as semanas", Mangold reclamou.

"Só que elas não desapareceram, não é?"

"Nós sabemos sobre os esqueletos em sua adega", Rebus acrescentou, deixando a talhadeira cair novamente com um barulho ensurdecedor, "mas e sobre os esqueletos em seu armário? Alguma coisa que queira nos contar, sr. Mangold?"

"Olha, eu não tenho nada para dizer a vocês."

"Stuart Bullen está sob custódia. Ele vai querer um acordo, vai nos contar mais do que precisamos saber. O que acha que ele vai nos dizer sobre os esqueletos?"

Mangold foi na direção da porta aberta, passando entre os dois detetives como se estivesse sem oxigênio.

Ele saiu no Fleshmarket Close e virou-se para encará-los, respirando com dificuldade.

"Eu tenho que abrir", disse, ofegante.

"Estamos ouvindo", Rebus disse.

Mangold olhou para ele. "Estou querendo dizer que tenho que abrir o bar." Rebus e Siobhan saíram à luz do dia, Mangold girando a chave no cadeado depois deles. Eles o observaram caminhar pelo beco e desaparecer ao virar a esquina.

"O que você acha?", Siobhan perguntou.

"Acho que ainda somos uma boa dupla."

Ela concordou com a cabeça. "Ele sabe mais do que está dizendo."

"Assim como todos eles." Rebus sacudiu o maço de cigarros; decidiu guardar o último para mais tarde. "Então, o que fazemos agora?"

"Pode me deixar no meu apartamento? Preciso pegar meu carro."

"Você pode ir a pé até Gayfield Square do seu apartamento."

"Mas eu não vou para Gayfield Square."

"*Aonde* você vai?"

Ela gesticulou como se fechasse um zíper sobre a boca. "Segredo, John... assim como todos eles."

27.

De volta a Torphichen, Rebus viu Felix Storey no meio de um debate acalorado com o inspetor-detetive Shug Davidson sobre sua necessidade urgente de uma sala, mesa e cadeira.

"E uma linha telefônica externa", Storey acrescentou. "Tenho meu próprio laptop."

"Nós não temos *mesas* de sobra, muito menos salas", explicou Davidson.

"Minha mesa em Gayfield Square não está sendo usada", Rebus ofereceu.

"Eu preciso estar *aqui*", Storey insistiu, apontando para o chão.

"Pelo que me diz respeito, você é bem-vindo para ficar *aí*!", Davidson disse, ríspido, afastando-se.

"Uma resposta até que engraçada", comentou Rebus.

"O que aconteceu com a cooperação?", Storey perguntou, parecendo de repente resignado à sua sorte.

"Talvez ele esteja com ciúmes", sugeriu Rebus. "Todos esses bons resultados que você vem conseguindo..." Storey deu a impressão de estar prestes a se envaidecer. "É", Rebus continuou, "todos esses resultados bons e fáceis."

Storey olhou para ele. "O que você quer dizer com isso?"

Rebus deu de ombros. "Nada, apenas que você deve ao seu

colaborador misterioso uma ou duas caixas de uísque, pelo jeito como ele te ajudou nesse caso."

Storey ainda estava olhando para Rebus. "Isso não é da sua conta."

"Não é isso que os bandidos costumam nos dizer quando há algo que eles não querem que a gente saiba?"

"E o que exatamente você acha que eu não quero que você saiba?" A voz de Storey tinha engrossado.

"Talvez eu só venha a saber quando você me contar."

"E por que eu faria uma coisa dessas?"

Rebus abriu um sorriso largo. "Porque eu sou um dos mocinhos?", sugeriu.

"Eu ainda não estou convencido disso, inspetor-detetive."

"Mesmo depois de eu ter saltado naquele túnel sujo e feito Bullen sair do outro lado?"

Storey deu um sorriso frio. "E devo lhe agradecer por isso?"

"Eu evitei que o seu terno bacana e caro ficasse sujo ou se rasgasse..."

"Não é *tão* caro assim."

"E consegui manter silêncio sobre você e Phyllida Hawes..."

Storey fez uma carranca. "A detetive Hawes fazia parte da minha equipe."

"Por isso vocês dois estavam no banco de trás daquela van um domingo de manhã?"

"Se você vai começar a fazer insinuações..."

Mas Rebus sorriu e deu um tapinha no braço de Storey com as costas da mão. "Só estou te provocando, Felix."

Enquanto Storey procurava se acalmar, Rebus contou sobre a visita a Ray Mangold. Storey ficou pensativo.

"Você acha que existe alguma ligação entre eles?"

Rebus deu de ombros novamente. "Não tenho certeza se é importante. Mas há outra coisa a considerar."

"O quê?"

"Os apartamentos no Stevenson House... eles pertencem ao conselho municipal."

"E daí?"

"Que nomes estão nos livros de registro de aluguel?"

Storey olhou para ele com atenção redobrada. "Continue."

"Quanto mais nomes conseguirmos, mais formas teremos de atingir Bullen."

"O que significa nos aproximarmos do conselho."

Rebus assentiu. "E adivinha? Conheço alguém que pode ajudar..."

Os dois homens estavam sentados no escritório da sra. Mackenzie, enquanto ela expunha os emaranhados do império ilícito de Bob Baird, um império que parecia incluir pelo menos três dos apartamentos invadidos naquela manhã.

"E talvez mais", afirmou a sra. Mackenzie. "Encontramos onze pseudônimos até agora. Ele usou nomes de parentes seus, alguns parecem ter sido tirados da lista telefônica e outros eram de pessoas recém-falecidas."

"Você vai levar isso à polícia?", Storey perguntou, maravilhado com a papelada da sra. Mackenzie. Era uma espécie de imensa árvore genealógica que cobria quase toda a mesa dela, com folhas de papel sulfite unidas por fita adesiva. Ao lado de cada nome, havia detalhes de sua origem.

"As coisas já estão em andamento", disse ela. "Só quero ter certeza de que fiz o meu máximo."

Rebus fez um gesto elogioso de cabeça, que ela aceitou com um rubor no rosto.

"Podemos supor", Storey dizia, "que a maioria dos apartamentos do terceiro andar do Stevenson House estava sendo sublocada por Baird?"

"Acho que sim", respondeu Rebus.

"E podemos supor também que ele tinha pleno conhecimento de que seus inquilinos eram fornecidos por Stuart Bullen?"

"Isso pareceria lógico. Eu diria que metade da propriedade

sabia o que estava acontecendo. Por isso os jovens locais nem se atreveram a pichar as paredes."

"Esse Stuart Bullen", observou a sra. Mackenzie, "é um homem que as pessoas devem temer?"

"Não se preocupe, sra. Mackenzie", Storey assegurou-lhe, "Bullen está sob custódia."

"E ele não vai saber o quanto você andou ocupada", Rebus acrescentou, tocando no diagrama.

Storey, que havia se inclinado sobre a mesa, agora endireitou o corpo. "Talvez seja hora de ter uma conversinha com Baird."

Rebus assentiu.

Bob Baird fora até a delegacia de Portobello acompanhado por dois policiais uniformizados. Tinham feito o trajeto a pé, e na maior parte do tempo Baird gritou o quanto estava indignado com aquela situação humilhante.

"O que acabou fazendo as pessoas repararem ainda mais em nós", relatou um dos policiais com certo contentamento.

"Mas isso significa que ele deve estar de mau humor", seu colega alertou.

Rebus e Storey se entreolharam.

"Ótimo", disseram em uníssono.

Baird andava de um lado para o outro no espaço da acanhada sala de interrogatório. Quando os dois homens entraram, ele abriu a boca para proferir uma lista de queixas.

"Cala a boca!", disse Storey, ríspido. "Do jeito que você está encrencado, aconselho que não faça absolutamente nada nesta sala, a não ser responder a todas as perguntas que lhe forem feitas. Entendido?"

Baird olhou para ele e depois bufou. "Vou lhe dar um conselho, meu chapa: vai devagar com o bronzeamento artificial."

Storey retribuiu o sorriso dele sorrindo também. "Devo

entender isso como uma referência à cor da minha pele, sr. Baird? Imagino que seja útil ser racista no seu tipo de jogo."

"E que jogo é esse?"

Storey havia tirado sua identificação de um dos bolsos do paletó. "Eu sou funcionário da Imigração, sr. Baird."

"Vai me processar com base na lei de discriminação racial, é?" Baird bufou novamente, lembrando a Rebus um porco que havia ficado sem refeição. "Tudo porque aluguei apartamentos para seus companheiros de tribo?"

Storey virou-se para Rebus. "Bem que você me falou que ia ser divertido."

Rebus cruzou os braços. "Isso porque ele ainda está achando que isso é sobre enganar o conselho."

Storey virou-se para Baird e deixou que seus olhos se arregalassem um pouco. "É isso que está pensando, sr. Baird? Bem, sinto muito ser o portador de más notícias."

"Isso é um daqueles programas de câmera oculta?", perguntou Baird. "Algum comediante vai aparecer e me dizer que era tudo brincadeira?"

"Não é brincadeira", disse Storey baixinho, balançando a cabeça. "Você deixou Stuart Bullen usar seus apartamentos. Ele escondeu imigrantes ilegais lá, quando não os fazia trabalhar como escravos. Eu ousaria dizer que você se encontrou com um associado dele algumas vezes — um cara bacana chamado Peter Hill. Com boas conexões com os paramilitares de Belfast." Storey levantou dois dedos. "Escravidão e terrorismo: que bela combinação, hein? E isso antes de eu chegar ao tráfico de pessoas — todos aqueles passaportes falsos e cartões do sistema nacional de saúde pública que encontramos com Bullen." Storey levantou um terceiro dedo, perto do rosto de Baird. "Então vamos acusar você de conspiração... Não apenas para enganar a prefeitura e o contribuinte honesto e trabalhador. Você também será acusado de contrabando, escravidão, roubo de identidade... O céu é o limite. Os advogados de Sua Majestade adoram uma boa conspiração, então, se eu fosse você, tentaria guardar um pouco de senso de humor; você vai precisar dele na prisão." Storey deixou cair a mão. "Veja só... dez, doze anos, a piada pode ficar meio desgastada."

A sala ficou em silêncio; ele foi tão intenso que Rebus podia ouvir um relógio funcionando. Concluiu que era o de Storey: provavelmente um modelo bonito, elegante sem ser chamativo. A máquina iria fazer seu trabalho, e o faria com precisão.

Um pouco, Rebus foi forçado a admitir, como seu dono.

A cor desapareceu completamente do rosto de Baird. Ele parecia calmo na superfície, mas Rebus sabia que danos estratégicos tinham sido causados. Sua mandíbula estava rígida, os lábios contraídos... ele refletia. Já havia estado em situações difíceis; sabia que as poucas decisões seguintes que tomasse poderiam ser as mais importantes de sua vida.

Dez, doze anos, Storey dissera. Baird não ficaria preso tanto tempo assim, mesmo com o veredicto de culpado ressoando em seus ouvidos. Mas Storey tinha feito a coisa certa: se tivesse dito de quinze a vinte anos, Baird poderia perceber que ele estava mentindo e também blefaria. Ou poderia muito bem resolver levar a culpa e não lhes contar nada.

Um homem sem nada a perder.

Mas de dez a doze anos... Baird devia estar fazendo contas. Digamos que Storey tivesse exagerado para pressioná-lo, talvez o que realmente quisesse dizer era de sete a nove. Ainda assim Baird ficaria preso por quatro ou cinco anos, talvez até um pouco mais. Os anos se tornavam ainda mais preciosos quando se tinha a idade de Baird. Explicaram isso a Rebus uma vez: a grande cura dos reincidentes era o envelhecimento. Você não ia querer morrer na prisão, ia querer estar perto dos seus filhos e netos, fazendo coisas que sempre quis fazer...

Rebus pensou que podia ver tudo isso no rosto profundamente marcado de Baird.

Então, por fim, o homem piscou algumas vezes, olhou para o teto e suspirou.

"Façam suas perguntas", disse.

Eles fizeram.

"Vamos deixar as coisas bem claras", Rebus disse. "Você permitia que Stuart Bullen usasse alguns apartamentos seus?"
"Correto."
"Você sabia que uso Bullen fazia deles?"
"Eu suspeitava."
"Como é que tudo começou?"
"Ele veio me ver. Já sabia que eu estava sublocando para as minorias carentes." Quando proferiu as duas últimas palavras, Baird olhou para Felix Storey.
"Como ele soube?"
Baird deu de ombros. "Talvez Peter Hill tenha contado a ele. Hill andava por Knoxland, circulando e traficando — principalmente traficando. Ele pode ter começado a ouvir coisas."
"E você estava de prontidão para atendê-lo?"
Baird sorriu com amargura. "Conheci o pai de Stu. Eu já tinha visto Stu algumas vezes — em funerais e sei lá mais onde. Ele não é o tipo de sujeito para quem você quer dizer não." Baird levou a caneca até os lábios, estalando-os depois como se estivesse apreciando o sabor. Rebus tinha feito chá para os três, assaltando a pequena cozinha da delegacia. Havia apenas dois saquinhos de chá na caixa; ele fez com que rendessem o bastante para três canecas.
"Você conhecia bem Rab Bullen?", perguntou Rebus.
"Não muito. Eu era um pouco como Hill naquela época. Achava que Glasgow teria alguma coisa a oferecer... Rab logo me enquadrou. Sua simpatia tinha prazo de validade — como qualquer homem de negócios. Ele apenas explicou como a cidade estava dividida e disse que não havia espaço para ninguém novo." Baird fez uma pausa. "Vocês não deveriam estar gravando isso ou algo assim?"
Storey se inclinou para a frente em sua cadeira, com as mãos juntas. "Esta é uma entrevista preliminar."

"Significa que haverá outras?"

Storey assentiu lentamente. "E essas serão gravadas e filmadas. Por enquanto, pode-se dizer que estamos sondando o caminho."

"Tudo bem."

Rebus tinha aberto um novo maço de cigarros e ofereceu a eles. Storey fez que não com a cabeça, mas Baird aceitou. Havia placas de Proibido Fumar em três das quatro paredes. Baird soprou fumaça contra uma delas.

"Todos nós quebramos algumas regras de vez em quando, hein?"

Rebus ignorou o comentário, fez sua pergunta. "Você sabia que Stuart Bullen participava de uma operação de contrabando de pessoas?"

Baird negou enfaticamente com a cabeça.

"Acho difícil de acreditar nisso", disse Storey.

"Mas é a verdade."

"Então de onde você achava que vinham todos esses imigrantes?"

Baird deu de ombros. "Refugiados... gente atrás de asilo político... não era da minha conta ficar perguntando."

"Você não teve curiosidade?"

"Não foi isso que matou o gato?"

"Mesmo assim..."

Baird apenas deu de ombros novamente, examinando a ponta do cigarro. Rebus quebrou o silêncio com outra pergunta.

"Você sabia que ele usava todas aquelas pessoas como trabalhadores ilegais?"

"Eu não tinha como saber se eles eram ilegais ou não..."

"Eles trabalhavam duro para ele."

"Então por que não foram embora?"

"*Você* mesmo disse que estava com medo dele... O que o faz pensar que eles não estivessem?"

"Nisso você tem razão."

"Temos evidências de intimidação."

"Pode ser que Bullen seja um produto dos genes dele." Baird bateu as cinzas no chão.

"Tal pai, tal filho?", acrescentou Felix Storey.

Rebus se levantou, andou em torno da cadeira de Baird, parou e se inclinou para baixo, deixando o rosto próximo do ombro do outro.

"Você está dizendo que não sabia que ele contrabandeava pessoas?"

"Eu não sabia."

"Bem, agora que já o informamos disso, o que você acha?"

"O que você quer dizer?"

"Está surpreso?"

Baird pensou um momento. "Acho que estou."

"E por quê?"

"Não sei... talvez pelo fato de Stu nunca ter me dado nenhuma indicação de que poderia jogar em um tabuleiro tão grande."

"Ele é, essencialmente, de segunda categoria?", sugeriu Rebus.

Baird pensou um instante e em seguida assentiu. "Tráfico de pessoas... Você está apostando alto, certo?"

"Certo", concordou Felix Storey. "E talvez seja por isso que Bullen entrou nessa — para provar que era tão bom quanto seu velho."

Isso possibilitou uma pausa a Baird, e Rebus viu que ele estava pensando no próprio filho, Gareth: pais e filhos com coisas a provar...

"Vamos esclarecer isso", Rebus disse, movimentando-se em volta da cadeira novamente, para encarar Baird. "Você não sabe nada sobre as identidades falsas e está surpreso de Bullen ser um jogador de peso suficiente para se envolver em algo assim?"

Baird assentiu, mantendo contato visual com Rebus.

Agora Felix Storey se pôs de pé. "Bem, isso é o que ele fazia, quer a gente queira ou não..." Estendeu a mão para que Baird a apertasse, o que fez Baird se levantar.

"Você está me liberando?", Baird perguntou.

"Contanto que prometa não desaparecer. Vamos chamá-lo — talvez em poucos dias. Você fará outro depoimento, gravado desta vez."

Baird apenas assentiu, soltando a mão de Storey. Olhou para Rebus, cujas mãos estavam guardadas em seus bolsos; nenhuma alusão de cumprimento vinha de lá.

"Você sabe chegar até a saída?", Storey perguntou.

Baird assentiu e virou a maçaneta da porta, mal conseguindo acreditar na sua sorte. Rebus esperou a porta ser fechada.

"O que o faz pensar que ele não vai fugir?", perguntou em voz baixa, não querendo que Baird ouvisse.

"Intuição."

"E se estiver errado?"

"Ele não nos deu nada que já não tivéssemos."

"Ele é uma peça do quebra-cabeça."

"Talvez, John, mas se ele é, é só um pedacinho do céu ou da nuvem. Eu consigo ver o quadro de maneira clara sem ele."

"O quadro todo?"

O rosto de Storey endureceu. "Não acha que já estou usando celas demais da polícia de Edimburgo?" Ele ligou o celular, começou a verificar as mensagens.

"Olha", Rebus disse, "você está trabalhando neste caso há um bom tempo, certo?"

"Certo." Storey analisava a tela minúscula de seu telefone.

"E até onde você pode traçar a linha dos fatos? Sobre quem mais você sabe, além de Bullen?"

Storey levantou a cabeça brevemente. "Nós temos alguns nomes: um transportador com base em Essex, uma gangue turca em Rotterdam..."

"E não há dúvida nenhuma de que eles estão ligados a Bullen?"

"Eles estão ligados, sim."

"E tudo isso veio do seu interlocutor anônimo? Não me diga que não faz você pensar..."

Storey ergueu um dedo, pedindo silêncio para que ele pudesse ouvir uma mensagem. Rebus girou nos calcanhares e foi até a parede do fundo, ligando seu telefone. O aparelho começou a tocar quase imediatamente: não era uma mensagem, mas um telefonema.

"Oi, Caro", ele disse, reconhecendo o número dela.

"Acabei de ouvir a notícia."

"Que notícia?"

"Todas aquelas pessoas que eles prenderam em Knoxland... aquelas pobres, pobres pessoas."

"Se serve de consolo, nós também prendemos os bandidos, e vamos mantê-los atrás das grades por muito tempo depois que os outros forem liberados."

"Mas liberados para ir para onde?"

Rebus olhou para Felix Storey; não havia uma maneira fácil de responder àquela pergunta.

"John...?" Uma fração de segundo antes que ela fizesse a próxima pergunta, ele soube qual seria. "Você estava lá? Quando eles chutaram as portas e prenderam todo mundo, você estava assistindo?"

Rebus pensou em mentir, mas ela merecia coisa melhor. "Eu estava lá", respondeu. "É o meu trabalho, Caro." Ele baixou a voz, percebendo que a conversa de Storey estava terminando. "Você me ouviu dizendo que pegamos os responsáveis?"

"Há outros trabalhos lá fora, John."

"Isso é o que eu sou, Caro... É pegar ou largar."

"Você parece tão bravo."

Ele olhou para Storey, que guardava o celular. Percebeu que seu problema era com Storey, não com Caro. "Preciso ir... Podemos conversar depois?"

"Conversar sobre o quê?"

"Sobre o que você quiser."

"Sobre as expressões no rosto deles? Sobre os bebês chorando? Podemos conversar sobre isso?"

Rebus apertou o botão vermelho, desligando o telefone.

"Tudo bem?", Storey perguntou solicitamente.

"Tudo ótimo, Felix."

"Trabalhos como o nosso podem causar estragos... Naquela noite em que fui ao seu apartamento, não percebi a presença de uma sra. Rebus."

"Nós ainda vamos fazer de você um detetive."

Storey sorriu. "Minha mulher... bem, nós só estamos juntos por causa das crianças."

"Mas você não usa aliança."

Storey ergueu a mão esquerda. "É verdade, não uso."

"Será que Phyllida Hawes sabe que você é casado?"

O sorriso desapareceu, os olhos se estreitaram. "Não é da sua conta, John."

"É justo... Vamos falar sobre esse seu 'Garganta Profunda', em vez de você."

"O que tem ele?"

"Ele parece saber de muita coisa."

"E?"

"Você nunca se perguntou qual será a motivação dele?"

"Na verdade, não."

"E não perguntou a ele?"

"Você quer que eu o assuste?" Storey cruzou os braços. "Agora, por que você iria querer isso?"

"Pare de distorcer as coisas."

"Sabe de uma coisa, John? Depois que Stuart Bullen mencionou o tal Cafferty, eu fiz aqui algumas interpretações. Você e Cafferty têm uma longa história."

Foi a vez de Rebus fazer uma carranca. "Do que você está falando?"

Storey ergueu as mãos como se pedindo desculpas. "Pisei na bola. Vamos fazer o seguinte..." Olhou para o relógio. "Acho que merecemos um almoço — por minha conta. Você recomenda algum lugar por aqui?"

Rebus balançou a cabeça lentamente, mantendo os olhos em Storey. "Vamos até Leith, encontraremos algum lugar perto da praia."

"Pena que é você quem vai dirigir", disse Storey. "Vou ter de beber por nós dois."

"Eu diria que posso beber um copo", Rebus assegurou.

Storey segurou a porta aberta, gesticulando para que Rebus fosse na frente dele. Rebus fez isso, olhos parados, pensamentos agitados. Storey havia ficado perturbado e usara Cafferty para virar o jogo contra Rebus. Do que ele tinha medo?

"O seu informante anônimo", Rebus disse como quem não quer nada, "alguma vez você gravou suas conversas com ele?"

"Não."

"Tem ideia de como ele conseguiu seu telefone?"

"Não."

"Você não tem como ligar para ele?"

"Não."

Rebus olhou por cima do ombro para a figura carrancuda do homem da Imigração. "Ele nem parece real, não é, Felix?"

"É real o suficiente", Storey rosnou. "Caso contrário não estaríamos aqui."

Rebus apenas deu de ombros.

"Nós o pegamos", Les Young disse a Siobhan quando ela entrou na biblioteca de Banehall. Roy Brinkley estava na recepção, e ela sorriu para ele quando passou. A sala de investigação estava agitada, e agora ela sabia por quê.

Eles tinham apanhado o Homem-Aranha.

"Conte", ela disse.

"Sabia que mandei Maxton a Barlinnie para perguntar sobre quaisquer amigos que Cruikshank pudesse ter feito? Bem, surgiu o nome de Mark Saunders."

"O da tatuagem da teia de aranha?"

Young assentiu. "Cumpriu três anos de uma sentença de cinco por atentado violento ao pudor. Ele saiu um mês antes de Cruikshank. Voltou para sua cidade natal."

"Não era de Banehall?"

Young fez que não com a cabeça. "Bo'ness. Fica a apenas quinze quilômetros ao norte."

"Foi onde você o encontrou?" Ela observou Young assentir com a cabeça novamente. Ela não pôde deixar de se lembrar daqueles cachorrinhos de mola que costumava ver em cima da tampa interna do porta-malas dos carros. "E ele confessou ter matado Cruikshank?"

Os acenos de cabeça se interromperam abruptamente.

"Acho que seria pedir demais", ela admitiu.

"Porém", Young ressaltou, "a questão é que ele não se manifestou quando ficou sabendo da história toda."

"O que significa que ele tem algo a esconder? Ele pode apenas ter pensado que estávamos tentando encaixá-lo nela..."

Agora Young franziu a testa. "Foi exatamente a desculpa que ele deu."

"Então você falou com ele?"

"Falei."

"Perguntou sobre o filme?"

"O que tem o filme?"

"Por que ele o fez."

Young cruzou os braços. "Ele acha que vai se tornar algum tipo de magnata da indústria pornográfica, vendendo pela internet."

"Ele deve ter pensado em muitas coisas na prisão."

"Foi onde ele estudou informática, web design..."

"É bom saber que oferecemos aos nossos criminosos sexuais a chance de desenvolver habilidades tão úteis."

Os ombros de Young caíram um pouco. "Não acha que foi ele?"

"Me dê um motivo e me pergunte de novo."

"Caras como esse... eles vivem brigando."

"Eu brigo com a minha mãe toda vez que falo com ela pelo telefone; não acho que vou partir pra cima dela com um martelo..."

Young notou o olhar que apareceu de repente no rosto dela. "O que foi?", ele perguntou.

"Nada", ela mentiu. "Onde Saunders se meteu?"

"Em Livingston. Tenho outra reunião com ele daqui a uma hora mais ou menos. Se quiser participar..."

Mas Siobhan estava balançando a cabeça. "Preciso fazer umas coisas."

Young olhou para os próprios sapatos. "Talvez possamos nos encontrar mais tarde, que tal?"

"Talvez", ela consentiu.

Ele começou a se afastar, mas pareceu se lembrar de alguma coisa. "Vamos interrogar os Jardine também."

"Quando?"

"Hoje à tarde." Ele deu de ombros. "Não dá para evitar, Siobhan."

"Eu sei, você está fazendo seu trabalho. Mas vá devagar com eles."

"Não se preocupe, meus dias de mão pesada ficaram para trás." Ele pareceu gostar do sorriso que recebeu. "E aqueles nomes que você nos passou, as amigas de Tracy Jardine — finalmente estamos nos aproximando delas também."

O que significava Susie...

Angie...

Janet Eylot...

Janine Harrison...

"Você acha que elas estão encobrindo alguma coisa?", perguntou Siobhan.

"Digamos apenas que Banehall não tem exatamente colaborado."

"Eles estão nos deixando usar sua biblioteca."

Foi a vez de Les Young sorrir. "Isso é verdade."

"Engraçado", disse Siobhan, "Donny Cruikshank morreu em uma cidade cheia de inimigos, e a única pessoa que conseguimos prender é praticamente o único amigo que ele tinha."

Young encolheu os ombros. "Você mesma já viu isso, Siobhan: quando amigos brigam, pode ser mais feio do que qualquer vingança."

"É verdade", ela disse com brandura, assentindo com a cabeça.

Les Young estava brincando com o relógio. "Preciso ir", disse.

"Eu também, Les. Boa sorte com o Homem-Aranha. Espero que ele fale tudo."

Ele estava em pé na frente dela. "Mas não apostaria nisso?"

Ela sorriu de novo e fez que não com a cabeça. "O que não significa que não vai acontecer."

Apaziguado, ele lhe deu uma piscadela e se encaminhou para a porta. Depois de ouvir um carro partir lá fora, Siobhan dirigiu-se à recepção, onde Roy Brinkley estava sentado diante de seu computador, verificando a disponibilidade de um título para uma usuária da biblioteca. A mulher era pequena e de aparência frágil, mãos apoiadas no andador, a cabeça se movendo em leves espasmos. Ela se virou para Siobhan e abriu um sorriso radiante.

"*Ódio aos tiras*", Brinkley dizia, "é esse o que a senhora quer, sra. Shields. Posso encomendá-lo pelo sistema de empréstimos entre bibliotecas."

A sra. Shields concordou que seria satisfatório. Ela começou a se afastar.

"Eu ligo para a senhora quando chegar", Brinkley gritou para ela. Então, para Siobhan: "Uma das minhas clientes regulares".

"E ela odeia policiais?"

"É um romance do Ed McBain. A sra. Shields gosta de histórias com policiais durões." Ele terminou de digitar o pedido, fazendo um floreio antes de apertar a última tecla. "Você está procurando alguma coisa?", perguntou, levantando-se.

"Notei que vocês recebem jornais", disse Siobhan, apontando para a mesa redonda onde quatro aposentados trocavam cadernos de um tabloide entre si.

"Nós temos a maioria dos jornais diários, além de algumas revistas."

"E o que vocês fazem com eles depois?"

"Jogamos fora." Ele viu a expressão de Siobhan. "As bibliotecas maiores têm espaço para mantê-los."

"Mas vocês não?"

Ele fez que não com a cabeça. "Estava procurando alguma coisa?"

"Um *Evening News* da semana passada."

"Então está com sorte", disse ele, saindo de detrás da mesa. "Venha."

Ele a levou até uma porta trancada. A placa dizia "Só funcionários". Brinkley digitou números no teclado e abriu a porta. Ela levava a uma saleta dos funcionários com uma pia de cozinha, chaleira e micro-ondas. Outra porta dava para um minúsculo banheiro, mas Brinkley foi até a porta ao lado e girou a maçaneta.

"Depósito", disse.

Um lugar aonde os livros velhos iam para morrer — prateleiras deles, alguns sem capa ou com páginas soltas.

"De vez em quando tentamos vendê-los bem barato", explicou. "Quando não dá certo, existem as instituições de caridade. Mas há alguns livros que nem elas querem." Abriu um para mostrar a Siobhan que as últimas páginas tinham sido arrancadas. "Esses nós reciclamos, junto com jornais e revistas velhos." Bateu o pé contra um enorme saco de aniagem. Havia outros ao lado, cheios de papel-jornal. "Como você tem sorte, a reciclagem só vai ser recolhida amanhã."

"Você tem certeza de que 'sorte' é a palavra certa?", perguntou Siobhan com ceticismo. "Imagino que você não tenha nenhuma ideia sobre em qual desses sacos podem estar os jornais da semana passada."

"Você é a detetive." O som fraco de uma campainha soou lá fora: um usuário estava esperando na mesa de Brinkley. "Vou deixá-la resolvendo isso", disse ele com um sorriso.

"Obrigada." Siobhan ficou parada ali, mãos nos quadris, respirando fundo. O ar tinha cheiro de mofo; ela avaliou suas alternativas. Havia algumas, mas em todas ela seria obrigada a voltar de carro para Edimburgo e depois regressar a Banehall.

Decidida, ela se abaixou e puxou um jornal do primeiro saco, verificando a data. Deixou-o de lado e tentou outro, mais no fundo. Pôs esse de lado também e tentou mais um. O mesmo procedimento com o segundo e o terceiro saco. No terceiro, encontrou jornais de uma quinzena atrás, então abriu um espaço e tirou todo o lote, examinando-o com atenção. Ela costumava levar para casa um exemplar do *Evening News*, às vezes folheando-o durante o café da manhã seguinte. Era uma boa maneira de descobrir o que os vereadores e os políticos andavam fazendo. Mas agora as manchetes recentes lhe pareciam velhas. Não conseguiu se lembrar de quando havia lido a maioria delas. Por fim, encontrou o que procurava e arrancou a página inteira, dobrando-a e enfiando-a no bolso. Nem todos os jornais couberam no saco de novo, mas ela fez o melhor que pôde. Em seguida, foi até a pia tomar uma caneca de água gelada. Ao sair, ergueu o polegar para Brinkley e foi para o carro.

Na verdade, dava para ir a pé até o salão de beleza, mas ela estava com pressa. Estacionou em fila dupla, sabendo que não iria demorar. Empurrou a porta para abri-la, porém ela não se moveu. Olhou pelo vidro: não havia ninguém. O horário de funcionamento estava em uma placa atrás da janela. Fechado às quartas-feiras e aos domingos. Mas era terça. Então viu outro aviso em um saco de papel, escrito apressadamente à mão. Ele havia sido preso na janela, mas tinha se soltado e agora estava no chão — "Fechado por circunstâncias". A próxima palavra tinha começado com "imprev", mas como a ortografia se mostrara um problema para quem escreveu o aviso, ela foi riscada e a mensagem ficou inacabada.

Siobhan xingou a si mesma. Les Young não tinha acabado de lhe dizer? Elas estavam sendo interrogadas. Oficialmente interrogadas. O que significava uma viagem até Livingston. Ela voltou ao carro e rumou para aquela direção.

O trânsito estava livre e ela não demorou muito. Logo, se viu estacionando do lado de fora do QG da Divisão F. Siobhan entrou e perguntou ao sargento na recepção sobre os interrogatórios do caso Cruikshank. Ele indicou-lhe a direção certa. Ela bateu na porta da sala de interrogatório e a abriu. Les Young e outro investigador do DIC estavam lá. Atrás da mesa, viu um homem coberto de tatuagens.

"Desculpe", Siobhan disse, xingando-se mais uma vez. Esperou no corredor um instante para ver se Young iria aparecer, perguntando o que tinha acontecido. Ele não fez isso. Ela soltou a respiração que estava prendendo e tentou a porta seguinte. Dois homens de terno olharam para ela, franzindo a testa diante da intrusão.

"Desculpem incomodá-los", disse Siobhan, entrando. Angie olhava para ela. "Só queria saber onde posso encontrar Susie."

"Sala de espera", disse um dos homens.

Siobhan deu um sorriso tranquilizador para Angie e saiu. Na terceira porta ela teria sorte, pensou.

E estava certa. Sentada com uma perna cruzada sobre a outra, Susie lixava as unhas e mascava chiclete.

Ela fazia que sim com a cabeça para alguma coisa que Janet Eylot dizia. As duas estavam sozinhas, nenhum sinal de Janine Harrison. Siobhan entendeu o raciocínio de Les Young: levá-las para lá juntas, fazer com que conversassem, talvez deixá-las nervosas. Ninguém se sentia totalmente à vontade em uma delegacia de polícia. Janet Eylot parecia a mais nervosa. Siobhan se lembrou das garrafas de vinho na geladeira dela. Provavelmente Janet não recusaria uma bebida naquele instante, alguma coisa para relaxar um pouco...

"Olá", disse Siobhan. "Susie, se importa de trocar uma palavrinha comigo?"

O rosto de Eylot ficou ainda mais tenso. Talvez estivesse se perguntando por que estava sendo excluída, por que todas as outras foram falar com a polícia e ela não.

"Não vai demorar nem um minuto", Siobhan assegurou. Susie não demonstrou nenhuma pressa. Primeiro, abriu sua bolsa de pano que imitava pele de onça, tirou de lá sua bolsinha de maquiagem, recolocou a lixa de unha atrás de um elástico que a mantinha de pé. Só então se levantou e acompanhou Siobhan até o corredor.

"Minha vez para a inquisição?", ela perguntou.

"Não é bem isso." Siobhan estava desdobrando a folha de jornal. Ela a segurou na frente de Susie. "Você o conhece?", perguntou.

Era a foto da reportagem de Fleshmarket Close: Ray Mangold de braços cruzados na frente de seu pub, sorrindo jovialmente, Judith Lennox ao lado dele.

"Ele parece..." Susie tinha parado de mascar seu chiclete.

"Sim?"

"Aquele que costumava pegar Ishbel."

"Alguma ideia de quem ele seja?"

Susie fez que não com a cabeça.

"Ele gerenciava a boate Albatross", Siobhan disse.

"Nós fomos lá algumas vezes." Susie examinou a foto mais de perto. "É, agora que você falou..."

"O namorado misterioso de Ishbel?"

Susie assentia com a cabeça. "Talvez seja."

"Só 'talvez'?"

"Eu já lhe disse, nunca dei uma boa olhada nele. Mas nessa foto parece mesmo... pode muito bem ser ele." Ela balançou a cabeça lentamente para si mesma. "E sabe o que é mais engraçado?"

"O quê?"

Susie apontou para a manchete. "Eu vi isso quando saiu,

mas nunca me ocorreu. Quero dizer, é apenas uma foto, né? A gente nunca pensa que…"

"Não, Susie, a gente nunca pensa", disse Siobhan, dobrando a página. "A gente nunca pensa."

"Essa entrevista e tudo mais", Susie dizia, abaixando um pouco a voz. "Você acha que estamos em apuros?"

"Por quê? Vocês não se juntaram para matar Donny Cruikshank, se juntaram?"

Susie fez uma careta em resposta. "Mas aquelas coisas que escrevemos nos banheiros… Foi vandalismo, não foi?"

"Pelo que vi no Bane, Susie, um advogado decente poderia garantir que aquilo é design de interiores." Siobhan esperou, até que Susie sorriu. "Portanto não se preocupe com isso… Nenhuma de vocês. O.k.?"

"O.k."

"E não se esqueça de dizer isso a Janet."

Susie examinou o rosto de Siobhan. "Você percebeu, então?"

"Parece que ela está precisando das amigas agora."

"Sempre precisou", disse Susie, a tristeza aflorando na voz.

"Faça o melhor que puder por ela, hein?", Siobhan tocou Susie no braço, viu-a assentir com a cabeça, em seguida sorriu e se virou para sair.

"Da próxima vez que você precisar de um trato no cabelo, é por conta da casa", Susie disse em voz alta.

"Esse é o tipo de suborno que aceito", respondeu Siobhan também em voz alta, com um leve aceno.

28.

Ela encontrou uma vaga para estacionar na Cockburn Street e caminhou até o Fleshmarket Close, virando à esquerda na High Street e novamente à esquerda para ir ao Warlock. A clientela era mista: trabalhadores desfrutando de uma pausa, executivos debruçados sobre os jornais diários, turistas ocupados com mapas e guias.

"Ele não está aqui", o barman informou. "Espere uns vinte minutos, pode ser que ele volte."

Ela assentiu com a cabeça, pediu um refrigerante. Quis pagar, mas ele fez que não com a cabeça. Ela pagou mesmo assim; preferia não dever favores a algumas pessoas. Ele deu de ombros e depositou as moedas na lata de uma instituição de caridade.

Ela se apoiou em uma das banquetas do bar, tomou um gole da bebida gelada. "Então, onde é que ele está? Você sabe?"

"Em algum lugar."

Siobhan tomou outro gole. "Ele tem carro, certo?" O barman olhou sério para ela. "Não se preocupe, não estou sondando você", ela disse. "É só porque estacionar aqui perto é um pesadelo. Fiquei imaginando como ele vai conseguir."

"Conhece aquele prédio grande na Market Street?"

Ela começou a dizer que não com a cabeça, mas depois fez que sim. "Aquele com as portas em forma de arco na parede?"

"Aquelas portas são de garagens. Ele tem uma. Só Deus sabe quanto custou."

"Então ele guarda o carro lá?"

"Estaciona lá e vem andando até aqui — o único exercício que já o vi fazer..."

Siobhan já estava se encaminhando para a porta.

A Market Street ficava de frente para a principal linha ferroviária ao sul da Waverley Station. Atrás dela, a Jeffrey Street fazia uma curva acentuada em direção a Canongate. As garagens estavam dispostas umas ao lado das outras no nível da calçada, diminuindo de tamanho dependendo da inclinação da Jeffrey Street. Algumas eram pequenas demais para comportar um carro e todas, menos uma, estavam trancadas com cadeado. Siobhan chegou no exato momento em que Ray Mangold fechava a porta de sua garagem.

"Belo carro", ela disse. Levou um instante para ele se lembrar dela, em seguida seus olhos seguiram os de Siobhan para o Jaguar conversível vermelho.

"Eu gosto dele", disse Mangold.

"Eu sempre quis saber como eram estes lugares", Siobhan continuou, estudando o teto em arco da garagem, feito de tijolos. "São ótimas vagas, não?"

Os olhos de Mangold estavam fixos nela. "Quem lhe contou que eu tinha uma?"

Ela sorriu. "Eu sou detetive, sr. Mangold." Ela andava em volta do carro.

"Você não vai encontrar nada", disparou ele.

"O que acha que estou procurando?" Ele tinha razão, claro: ela estava examinando cada centímetro do interior do carro.

"Só Deus sabe... Talvez mais alguns malditos esqueletos."

"Isso não tem nada a ver com esqueletos, sr. Mangold."

"Não?"

Ela balançou a cabeça. "É em Ishbel que estou pensando."

Ela parou na frente dele. "Estou querendo saber o que você fez com ela."

"Não sei o que você quer dizer."

"Como conseguiu esses hematomas?"

"Eu já falei..."

"Alguma testemunha? Pelo que me lembro, quando perguntei ao seu barman, ele disse que não estava envolvido. Talvez uma ou duas horas em uma sala de interrogatório possam ajudá-lo a dizer a verdade."

"Escuta..."

"Escuta você!" Ela endireitou as costas, ficando apenas uns dois centímetros mais baixa que ele. As portas ainda estavam entreabertas, um transeunte parou para assistir à discussão. Siobhan o ignorou. "Você conhecia Ishbel do Albatross", ela disse a Mangold. "Começou a vê-la, foi buscá-la algumas vezes no trabalho. Tenho uma testemunha que viu você. E eu diria que, se eu sair por aí mostrando fotos de você e de seu carro por Banehall, outras lembranças podem ser despertadas. Agora Ishbel está desaparecida e você tem hematomas no rosto."

"Você acha que eu fiz alguma coisa com ela?" Ele estendeu a mão para as portas, prestes a fechá-las. Mas Siobhan não ia aceitar aquilo. Chutou uma delas, que se abriu totalmente. Um ônibus de turismo passava ruidosamente, os passageiros olhando. Siobhan acenou para eles e virou-se para Mangold.

"Muitas testemunhas", ela o alertou.

Os olhos dele se arregalaram ainda mais. "Porra... escuta..."

"Estou escutando."

"Eu não fiz *nada* para Ishbel!"

"Então prove." Siobhan cruzou os braços. "Diga-me o que aconteceu com ela."

"Não aconteceu nada com ela!"

"Você sabe onde ela está?"

Mangold olhou para ela, os lábios bem fechados, a mandíbula se movendo de lado a lado. Quando enfim falou, foi como uma explosão.

"Tudo bem, eu sei onde ela está."

"E onde é?"

"Ela está bem... está viva e bem."

"E não atende o celular."

"Porque seriam apenas sua mãe e seu pai." Agora que ele tinha falado, era como se um peso tivesse sido tirado de cima dele. Mangold se encostou no Jaguar junto à roda da frente. "Eles são a principal razão dela ter ido embora."

"Então prove, me mostre onde ela está."

Ele olhou para o relógio. "Ela deve estar em um trem agora."

"Em um trem?"

"Voltando para Edimburgo. Ela foi fazer compras em Newcastle."

"Newcastle?"

"Parece que as lojas são melhores e há um número maior delas."

"A que horas você está esperando que ela chegue?"

Ele balançou a cabeça. "Em algum momento ao longo da tarde. Não sei que hora os trens chegam."

Siobhan o encarou. "Mas *eu* sei." Ela pegou o telefone e ligou para o DIC em Gayfield. Phyllida Hawes atendeu. "Phyl, é Siobhan. Col está por aí? Chame-o para mim, por favor." Ela aguardou um momento, os olhos ainda em Mangold. Então: "Col? É Siobhan. Escuta, você, que é um sujeito que sabe de tudo... A que horas os trens de Newcastle chegam...?".

Rebus estava no escritório do DIC em Torphichen, olhando mais uma vez para as folhas de papel à sua frente em cima da mesa.

Elas eram resultado de um trabalho minucioso. Os nomes da lista no carro de Peter Hill haviam sido cruzados com o nome dos presos na praia de Cramond, depois com o dos moradores dos apartamentos do terceiro andar do Stevenson House. O escritório estava tranquilo. Com os interrogatórios encerrados, as vans tinham rumado na direção de Whitemire com novos detentos. Pelo que Rebus sabia, Whitemire se aproximava de sua capacidade máxima; ele não conseguia imaginar como iriam lidar com aquele influxo. Como Storey havia dito:

"Eles são uma empresa privada. Se há lucro nisso, vão conseguir dar um jeito."

Felix Storey não havia compilado a lista na mesa de Rebus. Felix Storey não tinha prestado muita atenção nela quando lhe foi apresentada. Ele já falava em retornar para Londres. Outros casos pediam sua atenção. Ele voltaria de vez em quando, claro, para supervisionar o processo contra Stuart Bullen.

Segundo suas próprias palavras, ele iria "continuar fazendo parte da roda".

O comentário de Rebus: "Como um hamster na roda".

Ele olhou para cima ao ver "Bunda de Rato" Reynolds entrar na sala, olhando em volta como se procurasse alguém. Ele carregava um saco de papel marrom e parecia satisfeito consigo mesmo.

"Posso ajudá-lo, Charlie?", Rebus perguntou.

Reynolds sorriu. "Trouxe um presente de despedida para o seu amigo." Ele tirou um cacho de bananas do saco. "Estou tentando descobrir o melhor lugar para deixá-las."

"Porque você não tem coragem de entregar a ele pessoalmente?" Rebus se levantou devagar.

"É só para dar um pouco de risada, John."

"Você, talvez. Algo me diz que Felix Storey não é o tipo que acha graça tão fácil."

"É verdade." Quem tinha falado era o próprio Storey. Quando entrou na sala, ele estava verificando o nó da gravata, alisando-a na frente de sua camisa.

Reynolds pôs as bananas de volta no saco, segurando-o contra o peito.

"São para mim?", Storey perguntou.

"Não", disse Reynolds.

Storey ficou bem de frente para ele. "Eu sou negro, portanto sou um macaco. Essa é a sua lógica, não é?"

"Não."

Storey começou a abrir o saco. "Acontece que eu gosto de banana... mas estas parecem passadas para mim. Um pouco como você, Reynolds: ficando podres." Ele fechou o saco. "Agora vai e tente brincar de detetive para variar. Eis o seu desafio: descobrir do que todos aqui chamam você pelas costas." Storey bateu de leve na bochecha esquerda de Reynolds e em seguida cruzou os braços para indicar que o outro estava dispensado.

Depois que ele foi embora, Storey se virou para Rebus e piscou.

"Vou te contar outra coisa engraçada", Rebus disse.

"Estou sempre pronto para uma boa risada."

"É mais engraçado por ser uma coisa peculiar. Não é tão engraçado de dar gargalhadas."

"O que é?"

Rebus bateu em uma das folhas de papel em sua mesa. "Para alguns destes nomes, não temos as pessoas."

"Talvez elas tenham nos ouvido chegar e fugiram."

"Talvez."

Storey apoiou as costas na beira da mesa. "Pode ser que eles estivessem em seus turnos de trabalho quando demos a batida. Se depois ficaram sabendo, não iriam aparecer em Knoxland, não é?"

"Não", Rebus concordou. "A maioria dos nomes parece ser de chineses... E um africano. Chantal Rendille."

"Rendille? Você acha que parece africano?" Storey franziu a testa, esticou o pescoço para analisar a papelada. "Chantal é um nome francês, não é?"

"Francês é a língua nacional do Senegal", explicou Rebus.

"A sua testemunha desaparecida?"

"É o que estou pensando. Eu poderia mostrar isso a Kate."

"Quem é Kate?"

"Uma estudante do Senegal. Há uma coisa que eu preciso perguntar a ela de qualquer maneira..."

Storey se desencostou da mesa. "Boa sorte, então."

"Espera aí", Rebus disse, "há mais uma coisa."

Storey soltou um suspiro. "O que é?"

Rebus bateu com o dedo indicador em outra folha. "Quem fez isto foi um pouco além."

"Ah, é?"

Rebus assentiu. "Pedimos a cada um que interrogamos um endereço antes de Knoxland." Rebus olhou para cima, mas Storey apenas deu de ombros. "Alguns deram Whitemire."

Agora Storey prestava atenção nele. "O quê?"

"Parece que alguém pagou a fiança deles."

"Quem?"

"Uma variedade de nomes, provavelmente todos falsos. Falsos endereços de contato também."

"Bullen?", sugeriu Storey.

"É o que estou pensando. É perfeito: ele paga a fiança deles e os põe para trabalhar. Se um deles reclamar, Whitemire sempre representará uma ameaça. E se não funcionar, ele sempre tem os esqueletos."

Storey assentia com a cabeça lentamente. "Faz sentido."

"Acho que precisamos falar com alguém em Whitemire."

"Para quê?"

Rebus deu de ombros. "Muito mais fácil investigar algo assim se você tem um amigo... como é mesmo?" Rebus fingiu procurar as palavras. "Na roda?", sugeriu por fim.

Storey encarou Rebus. "Talvez você esteja certo", admitiu. "Então, com quem é que precisamos conversar?"

"Um homem chamado Alan Traynor. Mas antes de começarmos tudo isso..."

"Tem mais?"

"Só um pouquinho." Os olhos de Rebus ainda estavam sobre os papéis. Ele utilizou uma caneta para desenhar linhas que ligavam alguns nomes, nacionalidades e lugares. "As pessoas que encontramos no Stevenson House... E também os da praia..."

"O que têm eles?"

"Alguns vieram de Whitemire. Outros tinham vistos expirados ou do tipo errado..."

"E?"

Rebus deu de ombros outra vez. "Alguns não têm documento... deixaram apenas um pequeno grupo, que parece ter chegado aqui na carroceria de um caminhão. Um pequeno grupo, Felix, sem passaportes falsos e nenhum outro documento de identidade..."

"E daí?"

"Para onde essa enorme operação de contrabando está indo? Bullen é um mestre do crime com um cofre cheio de documentos duvidosos. Como é que nada apareceu fora do escritório dele?"

"Pode ser que ele tivesse acabado de receber uma nova remessa de seus amigos em Londres."

"Londres?" Rebus franziu a testa. "Você não me falou que ele tinha amigos em Londres."

"Eu falei Essex, não falei? Na essência é a mesma coisa."

"Se você está dizendo, eu acredito."

"Então, vamos a Whitemire ou não?"

"Uma última coisa..." Rebus ergueu um dedo. "Só aqui entre nós: há alguma coisa que você não esteja me contando sobre Stuart Bullen?"

"Tipo o quê?"

"Só vou saber se você me contar."

"John... é caso encerrado. Já temos um resultado. O que mais você quer?"

"Talvez eu só queira ter certeza de que estou..."

Storey tinha levantado uma das mãos como se para impedir que ele dissesse, mas foi tarde demais.

"Na roda", Rebus disse.

* * *

De volta a Whitemire: passando por Caro no acostamento da estrada. Ela falava ao celular, mal olhou para eles.

As verificações de segurança habituais, portões desbloqueados e bloqueados novamente atrás deles. O guarda escoltando-os do estacionamento até o edifício principal. Meia dúzia de vans vazias no estacionamento — os refugiados já haviam chegado. Felix Storey parecia interessado em tudo ao redor.

"Calculo que você nunca esteve aqui antes", Rebus comentou. Storey fez que não com a cabeça.

"Mas já estive em Belmarsh algumas vezes. Já ouviu falar?" Foi a vez de Rebus negar com a cabeça. "Fica em Londres. Uma prisão de verdade — de alta segurança. É lá que os requisitantes de asilo são mantidos."

"Que agradável."

"Faz este lugar parecer o Club Med."

À espera deles na entrada principal: Alan Traynor. E nada preocupado em esconder a irritação.

"Olha, seja lá o que for, será que não pode esperar? Estamos tentando organizar a entrada de dezenas de recém-chegados."

"Eu sei", disse Felix Storey. "Fui eu que os mandei para cá."

Traynor pareceu não ouvir, preocupado demais com seus problemas. "Tivemos que requisitar a cantina... Mesmo assim, vai levar horas."

"Nesse caso, quanto mais cedo se livrar de nós, melhor", sugeriu Storey. Traynor deixou escapar um suspiro teatral.

"Muito bem, então. Venham."

No escritório externo, eles passaram por Janet Eylot. Ela levantou os olhos do computador e os fixou nos de Rebus. Chegou a abrir a boca para dizer alguma coisa, porém Rebus falou primeiro.

"Sr. Traynor? Desculpe, mas preciso usar o..." Rebus tinha visto um banheiro no corredor. Ele apontava um dedo em sua direção. "Já alcanço vocês", disse. Os olhos de Storey estavam sobre ele, certos de que tramava algo, mas sem saber o quê. Rebus apenas deu uma piscadela e girou nos calcanhares. Voltou pelo escritório e entrou no corredor.

Esperou até ouvir a porta de Traynor se fechar. Enfiou a cabeça no escritório de novo e deu um pequeno assobio. Janet Eylot deixou sua mesa e foi até ele.

"Vocês!", ela falou entre os dentes. Rebus pôs um dedo na frente dos lábios e ela baixou a voz, que continuou trêmula de raiva. "Não tive um minuto de sossego desde que falei com você. Eu tive a polícia na minha porta... na minha cozinha... e agora estou voltando da sede da polícia em Livingston, e você aqui de novo! E ainda todos esses recém-chegados. Como é que vamos lidar com isso?"

"Calma, Janet, calma." Ela tremia, os olhos avermelhados e lacrimejantes. Havia pequenos espasmos em sua pálpebra esquerda. "Vai acabar logo, não se preocupe com nada."

"Nem mesmo sendo suspeita de um assassinato?"

"Tenho certeza de que você não é suspeita; apenas é algo que precisa ser feito."

"Você não veio aqui para falar com o sr. Traynor sobre mim? Foi muito ruim eu ter que mentir para ele hoje de manhã. Eu disse que era uma emergência de família."

"Por que simplesmente não lhe conta a verdade?"

Ela balançou a cabeça com violência. Rebus colocou a cabeça no vão da porta de novo e olhou para o escritório. A sala de Traynor ainda estava fechada. "Olha, eles vão desconfiar..."

"Eu quero saber por que isso está acontecendo! Por que isso está acontecendo *comigo*?"

Rebus segurou-a pelos ombros. "Apenas aguente firme, Janet. Falta pouco."

"Eu não sei quanto tempo mais eu consigo aguentar..." A voz dela estava ficando fraca, os olhos perdendo o foco.

"Um dia de cada vez, Janet, essa é a melhor maneira", Rebus disse, recolhendo as mãos. Ele a olhou nos olhos por um momento. "Aguente um dia de cada vez", ele repetiu, passando por ela e sem olhar para trás.

Bateu na porta de Traynor, entrou e fechou-a atrás de si.

Os dois homens estavam sentados. Rebus sentou-se também.

"Eu estava contando ao sr. Traynor sobre a rede de Stuart Bullen", disse Storey.

"E eu estou incrédulo", Traynor disse, erguendo as mãos. Rebus ignorou-o, olhou para Felix Storey.

"Você ainda não contou a ele?"

"Estava esperando você voltar."

"Contou o quê?", Traynor perguntou, tentando sorrir. Rebus virou-se para ele.

"Sr. Traynor, um bom número de pessoas que detivemos tinha vindo de Whitemire. Eles tiveram suas fianças pagas por Stuart Bullen."

"Impossível." O sorriso tinha desaparecido. Traynor olhou para os dois homens. "Nós não o teríamos deixado fazer isso."

Storey deu de ombros. "Talvez tenham sido usados pseudônimos, endereços falsos..."

"Mas nós entrevistamos os candidatos."

"Faz isso pessoalmente, sr. Traynor?"

"Não, nem sempre."

"Bullen devia ter pessoas servindo de fachada para ele, pessoas com uma aparência respeitável." Storey tirou uma folha de papel do bolso. "Estou com a lista de Whitemire aqui... é fácil você verificar isso."

Traynor pegou o pedaço de papel e o analisou.

"Algum desses nomes diz alguma coisa a você?", perguntou Rebus.

Traynor fez que não lentamente com a cabeça, pensativo. O telefone tocou e ele atendeu.

"Ah, sim, alô", disse ele. "Não, nós podemos lidar com isso, só que vai levar um pouco de tempo. Pode significar um aumento da carga de trabalho para o pessoal... Sim, com certeza posso fazer uma planilha, mas vai demorar alguns dias..." Ele ouviu, os olhos nos dois visitantes. "Bem, é claro", resignou-se por fim. "E se conseguíssemos novos funcionários ou emprestássemos alguns de instituições irmãs...? Só até acomodarmos o novo fluxo de pessoas, por assim dizer..."

A conversa durou mais um minuto, Traynor anotando algo em um pedaço de papel enquanto punha o fone de volta no gancho.

"Estão vendo como estão as coisas?", ele disse a Rebus e Storey.

"Caos organizado?", comentou Storey.

"Por isso que eu realmente preciso encurtar esta reunião."

"Precisa?", disse Rebus.

"Sim, eu realmente preciso."

"E isso não seria porque você está com medo do que vamos dizer em seguida?"

"Eu não entendi, inspetor."

"Quer que eu te faça uma planilha?" Rebus deu um sorriso frio. "Muito mais fácil fazer isso com alguém de dentro."

"O quê?"

"Dinheiro mudando de mãos, para além do dinheiro da fiança."

"Olha, eu realmente não estou gostando do seu tom."

"Dê uma olhada na lista, sr. Traynor. Há alguns nomes curdos aí — curdos turcos, como os Yurgii."

"E daí?"

"Quando eu lhe perguntei se havia, você me disse que nenhum curdo tinha saído de Whitemire sob pagamento de fiança."

"Então cometi um erro."

"Outro nome na lista: acho que aqui está dizendo que ela é da Costa do Marfim."

Traynor olhou para a folha de papel. "Parece que diz isso mesmo."

"Costa do Marfim, língua oficial: francês. Mas quando lhe

perguntei sobre africanos em Whitemire, você disse a mesma coisa: que nenhum tinha saído sob pagamento de fiança."

"Olha, eu tenho tido muitas coisas pra resolver... Realmente não me lembro de ter dito isso."

"Acho que lembra, sim, e a única razão que encontro para sua mentira é que você está escondendo alguma coisa. Você não queria que eu soubesse sobre essas pessoas, porque então eu poderia ir procurá-las e descobrir quem estava por trás da fiança delas." Foi a vez de Rebus erguer as mãos. "A menos que lhe ocorra outra razão."

Traynor bateu as mãos na mesa e se levantou, o rosto sombrio. "Você não tem o direito de me fazer essas acusações!"

"Convença-me."

"Não acho que eu preciso."

"Pois eu acho que sim, sr. Traynor", disse Felix Storey com toda a calma. "As acusações são graves, e elas vão ter que ser investigadas, o que significa que meus homens vão verificar seus arquivos, examinando todos os dados e fazendo o cruzamento deles. Meus homens vão se espalhar por todo este lugar. E também faremos um levantamento da sua vida pessoal: depósitos bancários, compras recentes... talvez um carro novo ou férias dispendiosas. Tenha a certeza de que seremos bastante minuciosos."

Traynor tinha abaixado a cabeça. Quando o telefone começou a tocar de novo, ele bateu com força no aparelho, arrancando-o da mesa, junto com uma fotografia emoldurada. O vidro quebrou e a fotografia se desprendeu: uma mulher sorridente, o braço em torno da filha. A porta se abriu e a cabeça de Janet Eylot apareceu.

"Saia daqui!", Traynor rugiu.

Eylot deu um gritinho ao recuar.

Silêncio na sala, quebrado enfim por Rebus. "Só mais uma coisa", ele disse com tranquilidade. "Bullen vai cair, não tenha dúvida disso. Acha que ele vai manter a boca fechada sobre as pessoas envolvidas? Ele vai derrubar quem ele puder. Ele até pode ter medo de alguns, mas não de você, Traynor. Assim que começarmos a fazer acordos com ele, eu diria que o seu nome vai ser o primeiro que ele vai mencionar."

"Eu não posso fazer isso... não agora." A voz de Traynor estava profundamente abalada. "Preciso cuidar de todos esses recém-chegados." Olhou para Rebus, e parecia estar piscando para conter as lágrimas. "Essas pessoas precisam de mim."

Rebus apenas deu de ombros. "E depois? Você vai falar com a gente?"

"Vou ter que pensar sobre isso."

"Se você *realmente* falar", revelou Storey, "haverá menos motivo para virmos aqui nos espalhar pelos seus domínios."

Traynor sorriu torto. "Meus 'domínios'? No instante em que vocês tornarem públicas essas declarações, vou perder o meu lugar aqui."

"Talvez você devesse ter pensado nisso antes."

Traynor não disse nada. Saiu de detrás de sua mesa, pegou o telefone no chão, colocando o fone de volta no lugar. O aparelho começou a tocar imediatamente. Traynor ignorou, abaixou-se para pegar a moldura da foto.

"Vocês podem sair agora, por favor? Conversaremos mais tarde."

"Mas não muito mais tarde", avisou Storey.

"Eu preciso ver os recém-chegados."

"Amanhã de manhã?", sugeriu Storey. "Viremos cedinho."

Traynor concordou. "Verifique com Janet se não há nada na minha agenda."

Storey pareceu satisfeito. Levantou-se, abotoou o paletó. "Então, vamos deixá-lo fazer o que tem que fazer. Mas lembre-se, sr. Traynor, essa história não vai desaparecer. Melhor você falar com a gente antes de Bullen." Estendeu a mão para um cumprimento, mas Traynor o ignorou. Storey abriu a porta e saiu, Rebus ficando para trás por um momento antes de se juntar a ele. Janet Eylot folheava uma agenda grande de mesa. Ela encontrou a página em questão.

"Ele tem uma reunião às dez e quinze."

"Cancele", ordenou Storey. "A que horas ele começa a trabalhar?"

"Cerca de oito e meia."

"Marque uma reunião com a gente. Vamos precisar de umas duas horas, no mínimo."

"A reunião seguinte é ao meio-dia. Cancelo essa também?"

Storey confirmou com a cabeça. Rebus estava olhando para a porta fechada. "John", Storey disse, "você vem comigo amanhã, certo?"

"Pensei que você estivesse ansioso para voltar para Londres."

Storey deu de ombros. "Isso amarra tudo em um lindo pacote."

"Então estarei aqui."

O guarda que os tinha conduzido do estacionamento até lá aguardava para acompanhá-los na volta. Rebus tocou o braço de Storey. "Pode me esperar no carro?"

Storey olhou para ele. "O que está acontecendo?"

"Apenas alguém que eu quero ver... não vai levar nem um minuto."

"Você está me deixando fora de alguma coisa", Storey observou.

"Talvez. Mas pode fazer isso mesmo assim?"

Storey levou um tempo para se decidir, depois concordou.

Rebus pediu ao guarda que o levasse à cantina. Foi só quando Storey ficou fora do alcance de sua voz que Rebus reformulou seu pedido.

"Na verdade, quero ir à ala das famílias."

Quando chegou lá, ele viu o que precisava ver: os filhos de Stef Yurgii entretidos com os brinquedos que Rebus havia lhes comprado. Eles não notaram sua presença ali, envolvidos em seus próprios mundos, como qualquer criança. Não havia nenhum sinal da viúva de Yurgii, mas Rebus achou que não tinha necessidade de vê-la. Assim, acenou para o guarda, que o levou de volta ao pátio.

Rebus estava a meio caminho do carro quando ouviu o grito. Vinha do interior do edifício principal e chegava cada vez mais perto. A porta se abriu e uma mulher tropeçou para fora, caindo de joelhos. Era Janet Eylot, e ela ainda gritava.

Rebus correu na direção dela, consciente de que Storey vinha logo atrás.

"Qual o problema, Janet? O que foi?"

"Ele está... ele está..."

Mas, em vez de responder, ela caiu no chão e começou a chorar e a gemer, puxando os joelhos e curvando o corpo para abraçá-los. Depois, deitou-se de lado, os braços fechados em torno do corpo.

"Ah, meu Deus", gritou. "Deus, tenha misericórdia..."

Eles correram para o interior do edifício e seguiram pelo corredor até o escritório externo. A porta da sala de Traynor estava aberta, e funcionários se amontoavam diante dela. Rebus e Storey abriram caminho entre as pessoas paradas ali. Uma guarda uniformizada estava ajoelhada ao lado do corpo no chão. Havia sangue por toda parte, encharcando o carpete e a camisa de Alan Traynor. A guarda pressionava a palma da mão contra um ferimento no pulso esquerdo de Traynor. Outro tentava fazer alguma coisa no pulso direito cortado. Traynor estava consciente, olhos arregalados, o peito subindo e descendo. Havia mais manchas de sangue em seu rosto.

"Chamem um médico..."

"Uma ambulância..."

"Continue pressionando..."

"Toalhas..."

"Ataduras..."

"Continue fazendo pressão!", gritou a guarda para o colega.

É, continuar fazendo pressão, Rebus pensou: não era exatamente o que ele e Storey tinham feito?

Havia cacos de vidro na camisa de Traynor. Cacos do porta-retratos quebrado. Os cacos que ele tinha usado para cortar os pulsos. Rebus notou Storey olhando para ele. Devolveu o olhar.

Você sabia, não é?, o olhar de Storey parecia estar dizendo. *Você sabia que acabaria desse jeito... e mesmo assim não fez nada.*

Nada.

Nada.

E o olhar que Rebus lhe devolveu, ele não dizia absolutamente nada.

No momento em que a ambulância chegou, Rebus estava na área externa de Whitemire, terminando um cigarro. Quando os portões foram abertos, ele saiu em direção à estrada, passando pela guarita e descendo a encosta até onde Caro Quinn estava de pé, observando a ambulância desaparecer no complexo.

"Outro suicídio?", perguntou ela, horrorizada.

"Uma tentativa", Rebus informou. "Mas não foi um dos internos."

"Quem, então?"

"Alan Traynor."

"O quê?" Seu rosto inteiro pareceu contrair-se naquela exclamação.

"Tentou cortar os pulsos."

"Ele está bem?"

"Eu não sei. Mas há uma boa notícia para você."

"O que você quer dizer?"

"Nos próximos dias, Caro, um monte de merda vai começar a voar. Talvez até mesmo o suficiente para fechar este lugar."

"E você chama isso de boa notícia?"

Rebus franziu a testa. "Foi o que você sempre quis."

"Não assim! À custa da vida de outro homem!"

"Não foi isso que eu quis dizer", Rebus se defendeu.

"Acho que foi."

"Então você é paranoica."

Ela recuou meio passo. "É isso que eu sou?"

"Olha, só achei..."

"Você não me conhece, John. Não me conhece *de jeito nenhum*..."

Rebus fez uma pausa, como se estivesse pensando na resposta. "Eu posso viver com isso", ele disse por fim, dando-lhe as costas e voltando para os portões.

Storey esperava por ele no carro. Seu único comentário: "Parece que você conhece um monte de gente por aqui".

Rebus deu um suspiro. Os dois observaram um dos paramédicos voltar correndo para a ambulância a fim de buscar algo que tinha esquecido.

"Acho que devíamos ter chamado *duas* ambulâncias", disse Storey.

"Janet Eylot?", Rebus perguntou.

Storey confirmou com a cabeça. "Os funcionários estão preocupados com ela. Ela está em outro escritório, deitada no chão, enrolada em cobertores, tremendo como uma gelatina."

"Eu falei para ela que tudo ia ficar bem", Rebus disse baixinho, quase para si mesmo.

"Então não quero depender de você quando eu precisar da opinião de um especialista."

"Não", Rebus disse, "você não deve mesmo fazer isso..."

29.

O trem estava quinze minutos atrasado.

Siobhan e Mangold esperavam no final da plataforma, observando enquanto as portas de correr se abriam, os passageiros saindo em grande número. Havia turistas com malas parecendo cansados e confusos. Executivos surgiram de alas da primeira classe e se dirigiram rapidamente ao ponto de táxi. Mães com crianças e carrinhos, casais idosos, homens solteiros andando de modo emproado, meio tontos depois de três ou quatro horas bebendo.

Nenhum sinal de Ishbel.

Era uma plataforma comprida, com muitos pontos de saída. Siobhan esticou o pescoço, para não deixar de avistá-la, consciente dos sons de reprovação e olhares dos recém-chegados à medida que ela e Mangold abriam caminho em meio à multidão.

Então a mão de Mangold pousou em seu braço. "Lá está ela", disse.

Ela estava mais perto deles do que Siobhan tinha imaginado, carregada de sacolas. Ao ver Mangold, ela levantou as compras e abriu bem a boca, animada com a expedição do dia. Ela não havia notado Siobhan. Além do mais, se Mangold não a tivesse avisado, Siobhan a teria deixado passar despercebida.

Ela era a antiga Ishbel outra vez: com outro estilo de cabelo, e de volta à sua cor natural. Não era mais uma cópia da irmã morta.

Ishbel Jardine, em carne e osso, jogou os braços em torno de Mangold e lhe deu um demorado beijo nos lábios. Seus olhos estavam fechados, mas os de Mangold mantiveram-se abertos, olhando para Siobhan por cima do ombro de Ishbel. Por fim, Ishbel deu um passo atrás e Mangold a virou um pouco pelo ombro, para que ficasse de frente para Siobhan.

E a reconhecesse.

"Ah, droga, é você."

"Oi, Ishbel."

"Eu não vou voltar! Você precisa dizer isso a eles!"

"Por que você mesma não diz?"

Mas Ishbel estava balançando a cabeça. "Eles me fariam… iriam me convencer. Você não sabe como eles são. Eu deixei que me controlassem por muito tempo!"

"Tem uma sala de espera ali", Siobhan disse, apontando para o saguão da estação. A multidão tinha se diluído, os táxis enfileirados para pegar a rampa que levava à Waverley Bridge. "Podemos conversar lá."

"Não há nada para conversar."

"Nem sobre Donny Cruikshank?"

"O que tem ele?"

"Você sabe que ele morreu?"

"Já foi tarde!"

Toda a postura dela — a voz, a maneira de agir — era mais dura do que da última vez que Siobhan a vira. Ela agora possuía defesas, endurecera com a experiência. Não temia expor sua raiva.

Provavelmente também era capaz de alguma violência.

Siobhan voltou a atenção para Mangold. Mangold com o rosto machucado.

"Vamos conversar na sala de espera", ela disse, fazendo as palavras soarem como uma ordem.

Como a sala de espera estava fechada, eles atravessaram o saguão e foram ao bar da estação ferroviária.

"A gente estaria melhor no Warlock", disse Mangold, examinando a decoração desinteressante e a clientela mais desinteressante ainda. "De qualquer maneira, eu preciso mesmo voltar."

Siobhan o ignorou, pediu as bebidas. Mangold pegou um rolo de notas, disse que não podia deixá-la pagar. Ela não discutiu. Não havia burburinho, mas era um lugar barulhento o suficiente para encobrir qualquer coisa que os três dissessem: TV sintonizada em um canal de esportes, música ambiente vinda do teto, som do exaustor, um caça-níqueis. Eles pegaram uma mesa de canto, Ishbel espalhando as sacolas ao seu redor.

"Parece que as compras foram boas", comentou Siobhan.

"Só umas coisinhas." Ishbel olhou para Mangold novamente e sorriu.

"Ishbel", disse Siobhan de maneira contida, "seus pais estão preocupados com você, o que significa que a polícia também se preocupou."

"E isso por acaso é culpa minha? Eu não pedi que vocês metessem o nariz na minha vida."

"A sargento-detetive Clarke só está fazendo seu trabalho", disse Mangold, tentando fazer o papel de conciliador.

"E eu estou dizendo que ela não precisava ter se incomodado... e ponto final." Ishbel levou o copo aos lábios.

"Na verdade", Siobhan informou, "não é bem assim. Em um caso de assassinato, precisamos falar com cada suspeito."

Suas palavras tiveram o efeito desejado. Ishbel olhou por cima da borda do copo e em seguida o pôs de volta na mesa.

"Eu sou um dos suspeitos?"

Siobhan encolheu os ombros. "Você consegue pensar em alguém que tivesse mais motivo para matar Donny Cruikshank do que você?"

"Mas ele é o motivo de eu ter ido embora de Banehall! Eu estava com medo dele..."

"Achei que você disse que foi por causa dos seus pais."

"Bem, por causa deles também… Eles estavam tentando me transformar em Tracy."

"Eu sei, eu vi as fotos. Achei que talvez tivesse sido ideia sua, mas o sr. Mangold esclareceu isso para mim."

Ishbel apertou o braço de Mangold. "Ray é o meu melhor amigo de todo este mundo."

"E as suas amigas, Susie, Janet e as outras? Não acha que elas se preocuparam?"

"Eu estava planejando telefonar para elas em algum momento." O tom de voz de Ishbel começava a ficar taciturno, o que fez Siobhan se lembrar que, apesar da armadura externa, ela ainda era uma adolescente. Apenas dezoito anos, talvez a metade da idade de Mangold.

"Enquanto isso você está gastando o dinheiro de Ray?"

"Eu quero que ela gaste", contrapôs Mangold. "Ela teve uma vida difícil… Está na hora de se divertir um pouco."

"Ishbel", Siobhan disse, "você estava com medo de Cruikshank?"

"Isso mesmo."

"Medo de quê, exatamente?"

Ishbel baixou os olhos. "Do que ele via quando olhava para mim."

"Porque você o lembrava de Tracy?"

Ishbel assentiu. "Eu *sei* que era nisso que ele ficava pensando… ficava se lembrando das coisas que tinha feito com ela…" Ela pôs as mãos no rosto, Mangold deslizando um braço ao redor de seus ombros.

"E ainda assim você escreveu para ele na prisão", disse Siobhan. "Você escreveu que ele tinha tirado a sua vida e a de Tracy também."

"Porque mamãe e papai estavam me *transformando* em Tracy." A voz dela falhou.

"Está tudo bem, garota", Mangold disse de um jeito sereno.

Depois, para Siobhan: "Está vendo o que eu quero dizer? Não tem sido fácil para ela".

"Eu não duvido disso. Mas ela ainda precisa falar com o pessoal da investigação."

"Ela precisa é ser deixada em paz."

"Em paz com você, é isso que quer dizer?"

Por trás dos óculos escuros, os olhos de Mangold se estreitaram. "Aonde você quer chegar?"

Siobhan apenas deu de ombros, fingindo estar distraída com seu copo.

"É como eu falei pra você, Ray", Ishbel disse. "Nunca vou me livrar de Banehall." Ela sacudia a cabeça devagar. "Nem o outro lado do mundo seria longe o suficiente." Ela estava agarrada ao braço dele. "Você disse que tudo ia ficar bem, mas não ficou."

"Um descanso é do que você precisa, menina. Coquetéis à beira da piscina... serviço de quarto e uma bela praia com areia macia."

"O que você quis dizer sobre não ficar tudo bem, Ishbel?", Siobhan interrompeu.

"Ela não quis dizer nada", retrucou Mangold, ríspido, movendo o braço para mais perto ainda dos ombros de Ishbel. "Se quiser fazer mais perguntas, torne a coisa oficial, o.k.?" Ele foi se levantando, pegando algumas sacolas. "Vamos, Ishbel."

Ela pegou o resto das compras, deu uma última olhada para ver se não tinha esquecido nada.

"*Vai* se tornar oficial, sr. Mangold", disse Siobhan em tom de advertência. "Esqueletos em uma adega são uma coisa, mas assassinato é outra completamente diferente."

Mangold fazia o possível para ignorá-la. "Vamos, Ishbel. Vamos tomar um táxi para o pub... Não faz sentido andar com tudo isto."

"Ligue para seus pais, Ishbel", disse Siobhan. "Eles me procuraram porque estavam preocupados com *você*... Nada a ver com Tracy."

Ishbel ficou quieta, mas em seguida Siobhan chamou-a mais alto e ela se virou.

"Estou feliz que você esteja bem e em segurança", disse Siobhan com um sorriso. "Realmente estou."

"Então *você* diga isso a eles."

"Eu digo se você quiser."

Ishbel hesitou. Mangold segurava a porta aberta para ela. Ishbel encarou Siobhan e fez um aceno de cabeça quase imperceptível. Em seguida, foi embora.

Da janela, Siobhan observou-os indo para o ponto de táxi. Ela balançou o copo, apreciando o som dos cubos de gelo. Mangold, ela sentia, de fato se importava com Ishbel, porém isso não fazia dele um bom homem. *Você disse que ficaria tudo bem, mas não ficou...* Essas palavras tinham feito Mangold se levantar. Siobhan achou que sabia por quê. O amor pode ser uma emoção ainda mais destrutiva do que o ódio. Ela já vira isso muitas vezes: o ciúme, a desconfiança, a vingança. Refletiu sobre as três possibilidades enquanto balançava o copo novamente. Em algum momento, isso deve ter começado a irritar o barman.

Ele aumentou o volume da tv, e àquela altura ela já havia reduzido as três possibilidades a uma.

Vingança.

Joe Evans não estava em casa. Foi sua mulher quem abriu a porta da casa térrea na Liberton Brae. Não havia jardim na frente, apenas uma área cimentada de estacionamento, ocupada por um trailer vazio.

"O que ele fez agora?", a mulher perguntou depois que Siobhan se identificou.

"Nada", Siobhan garantiu. "Ele lhe contou o que aconteceu no Warlock?"

"Só umas vinte vezes."

"São apenas umas perguntas complementares." Siobhan fez uma pausa. "Ele já teve problemas antes?"

"Eu falei isso?"

"Praticamente." Siobhan sorriu, mostrando à mulher que, de qualquer forma, isso não tinha importância para ela.

"Apenas umas brigas no pub... embriaguez e desordem... mas no ano passado ele esteve uma maravilha."

"É bom saber. Alguma ideia de onde eu poderia encontrá-lo, sra. Evans?"

"Ele deve estar na academia, meu anjo. Não consigo mantê-lo longe daquele lugar." Ela viu o olhar de Siobhan e suspirou. "Estou brincando... Ele está no mesmo lugar de todas as terças-feiras: noite das charadas no pub favorito dele. É só subir a colina, do outro lado da rua." A sra. Evans fez um gesto com o polegar. Siobhan agradeceu e foi embora.

"E se ele não estiver lá", a mulher disse em voz alta, "volte aqui e me conte; então é porque ele está escondido com alguma vadia em algum lugar!"

O riso dela seguiu Siobhan por todo o caminho de volta até a calçada.

O pub tinha um estacionamento minúsculo, já lotado. Siobhan parou o carro na rua e entrou. Todos os clientes pareciam bebedores inveterados sentindo-se confortáveis: sinal de um bom pub local. As equipes achavam-se sentadas em todas as mesas disponíveis, um dos integrantes escrevendo as respostas. Uma pergunta estava sendo repetida quando Siobhan entrou. O dono do jogo parecia ser o proprietário. Ele estava atrás do bar com o microfone em uma das mãos, a folha de perguntas na outra.

"É a pergunta final, equipes, e aqui vai ela novamente: 'Qual estrela de Hollywood liga um ator escocês à música "Yellow"?' Moira vai passar para recolher as respostas. Nós faremos um pequeno intervalo e depois vamos informar qual equipe ganhou. Os sanduíches estão na mesa de bilhar, portanto, vão se servir."

Os jogadores começaram a se levantar das mesas, alguns entregando suas folhas preenchidas para a mulher do proprietário. Houve uma súbita algazarra de conversas enquanto as pessoas perguntavam umas às outras como elas tinham ido no jogo.

"As malditas aritméticas é que me pegam..."

"E você é contador!"

"Nessa última, ele quis dizer 'Yellow Submarine'?"

"Pelo amor de Deus, Peter! Você sabia que depois dos Beatles músicas continuaram sendo feitas?"

"Mas nada chegou perto deles, e eu brigo com quem disser o contrário."

"Então, qual *era* o nome do parceiro de Humphrey Bogart em *Relíquia macabra*?"

Siobhan sabia a resposta. "Miles Archer", ela disse ao homem. Ele olhou para ela.

"Eu te conheço", ele disse. Com uma das mãos, estava segurando o que havia sobrado de uma caneca de cerveja e com a outra apontava para Siobhan.

"Nós nos conhecemos no Warlock", ela lembrou. "Você estava bebendo conhaque naquele dia." Ela indicou o copo dele. "Posso lhe pagar outra?"

"O que é isso?", perguntou ele. Os outros estavam dando espaço para Siobhan e Joe Evans, como se um campo de força invisível de repente tivesse sido ativado. "Não é sobre aqueles malditos esqueletos, é?"

"Na verdade, não... Para ser sincera, preciso de um favor."

"Que tipo de favor?"

"Do tipo que começa com uma pergunta."

Ele pensou por um momento, depois olhou para seu copo vazio. "Melhor me dar um refil, então", disse. Siobhan ficou feliz em atendê-lo. No bar, as perguntas choveram sobre ela; nada a ver com o jogo, mas estavam curiosos a respeito de sua identidade, de como ela conhecia Evans, se ela, quem sabe, era agente da condicional dele ou assistente social. Siobhan mostrou habilidade para lidar com tudo isso, sorrindo diante das risadas e entregando a caneca cheia a Evans. Ele a levou à boca e tomou três ou quatro goles longos, parando, enfim, para respirar.

"Então vá em frente e faça sua pergunta", disse ele.

"Você ainda está trabalhando no Warlock?"

Ele assentiu. "Só isso?", perguntou.

Ela fez que não com a cabeça. "O que estou querendo saber é: você tem a chave do lugar?"

"Do bar?" Ele bufou. "Ray Mangold não seria tão idiota."

Siobhan balançou a cabeça de novo. "Eu quis dizer da adega", disse ela. "Você pode entrar e sair da adega?"

Evans olhou para ela com um ar interrogativo, em seguida tomou mais alguns goles de cerveja, enxugando o lábio superior.

"Talvez você queira uma ajuda da plateia para responder?", Siobhan sugeriu. O rosto dele se contorceu em um sorriso.

"A resposta é sim."

"Sim, você tem a chave?"

"Sim, eu tenho a chave."

Siobhan respirou fundo. "A resposta está... correta!", disse. "Quer tentar o prêmio máximo agora?"

"Eu não preciso." Havia um brilho nos olhos de Evans.

"E por que não?"

"Porque eu sei a pergunta. Você quer que eu te empreste a minha chave."

"E?"

"E eu quero saber o quanto isso vai me deixar na merda com o meu empregador."

"E?"

"Também quero saber por que você quer a chave. Você acha que há mais esqueletos lá embaixo?"

"Por assim dizer", Siobhan admitiu. "As respostas serão fornecidas em uma data futura."

"Se eu lhe der a chave?"

"É isso ou eu conto para a sua mulher que não encontrei você aqui no jogo das charadas."

"É uma oferta difícil de recusar", disse Joe Evans.

Tarde da noite na Arden Street. Rebus abriu a porta do prédio para ela pelo interfone. Ele a aguardava diante da porta no momento em que ela chegou ao andar dele.

"Eu estava passando por aqui", disse ela. "Vi sua luz acesa."

"Sua mentirosa...", disse ele. E depois: "Está com sede?".

Ela ergueu uma sacola de compras. "Mentes brilhantes pensam do mesmo jeito e tudo mais."

Ele fez um gesto para que ela entrasse. A sala não estava mais bagunçada do que costumava estar. A poltrona dele perto da janela, telefone, cinzeiro e copo ao lado dela no chão. Música tocando: Van Morrison, o disco *Hard Nose the Highway*.

"As coisas devem estar ruins", disse ela.

"E quando não estão? Essa é exatamente a mensagem de Van para o mundo." Ele abaixou um pouco o volume. Ela tirou uma garrafa de tinto da sacola.

"Saca-rolhas?"

"Vou buscar." Ele começou a ir para a cozinha. "Você também vai querer um copo, não vai?"

"Desculpe ser exigente."

Ela tirou o casaco, que estava no braço do sofá quando ele voltou. "Noite tranquila em casa, hein?", ela comentou, pegando o saca-rolhas que ele havia trazido. Ele segurou o copo enquanto ela serviu o vinho. "Você quer?"

Ele balançou a cabeça. "Já tomei três doses de uísque, e você sabe o que dizem sobre misturar uva com cereal." Ela pegou o copo da mão dele e se acomodou no sofá.

"Você também está tendo uma noite tranquila?", ele perguntou.

"Pelo contrário; até quarenta minutos atrás, eu estava dando duro."

"Ah, é?"

"Consegui convencer Ray Duff a fazer hora extra esta noite."

Rebus assentiu. Ele sabia que Ray Duff trabalhava no laboratório da polícia técnica em Howdenhall. Àquela altura, eles lhe deviam um mundo de favores.

"Ray acha difícil dizer não", ele concordou. "Alguma coisa que eu deveria saber?"

Ela encolheu os ombros. "Não tenho certeza... Então, como foi o seu dia?"

"Você ficou sabendo sobre Alan Traynor?"

"Não."

Rebus deixou o silêncio pairar por um momento sobre eles, pegou o copo e tomou alguns goles. Levou algum tempo apreciando o aroma, o sabor.

"É gostoso sentar e conversar, não é?", disse por fim.

"Tudo bem, desisto... Você me conta o seu e eu conto o meu."

Rebus sorriu, foi até a mesa onde estava a garrafa de Bowmore. Serviu mais uma dose e voltou para sua poltrona.

Começou a falar.

Depois disso, Siobhan contou-lhe sua história. Van Morrison foi trocado por Hobotalk e Hobotalk por James Yorkston. A meia-noite havia chegado e passado. Fatias de pão com manteiga tinham sido preparadas e consumidas. A garrafa de vinho atingira seu último quarto, a de uísque, seus últimos centímetros. Quando Rebus perguntou se ela ia voltar para casa de carro, Siobhan admitiu que tinha vindo de táxi.

"Ou seja, você supôs que íamos fazer isso", Rebus brincou.

"Acho que sim."

"E se Caro Quinn estivesse aqui?"

Siobhan apenas deu de ombros.

"Não que isso vá acontecer", Rebus acrescentou. Ele olhou para ela. "Acho que posso ter estragado tudo com a Nossa Senhora das Vigílias."

"A o quê?"

Ele balançou a cabeça. "É como Mo Dirwan a chama."

Siobhan fitava seu copo. Pareceu a Rebus que ela tinha uma dúzia de perguntas a lhe fazer, uma dúzia de coisas a lhe dizer. Mas no fim tudo que ela disse foi: "Acho que pra mim chega".

"Da minha companhia?"

Ela balançou a cabeça. "Do vinho. Alguma chance de tomarmos um café?"

"A cozinha está onde sempre esteve."

"Um anfitrião perfeito." Ela se levantou.

"Eu tomo um também, se você estiver oferecendo."

"Não estou."

Mas ela lhe trouxe uma caneca mesmo assim. "O leite da sua geladeira ainda está bom", ela disse.

"E daí?"

"Daí que é a primeira vez que vejo isso, não é?"

"Quanta ingratidão!" Rebus colocou a caneca no chão. Siobhan voltou para o sofá, segurando a sua com as duas mãos. Enquanto ela estivera fora da sala, ele tinha aberto um pouco a janela, para ela não reclamar da fumaça. Ele viu que Siobhan percebeu o que ele fizera; também a viu decidindo não comentar nada.

"Sabe no que estou pensando, Shiv? Quero saber como aqueles esqueletos foram parar nas mãos de Stuart Bullen. Será que era ele o acompanhante de Pippa Greenlaw naquela noite?"

"Duvido. Ela disse que o nome era Barry ou Gary e que ele jogava futebol. Acho que foi assim que os dois se conheceram..." Ela parou quando um sorriso começou a se espalhar pelo rosto de Rebus.

"Lembra quando eu esfolei a perna no Nook? Aquele barman australiano me disse que entendia a minha dor."

Siobhan assentiu. "Lesão típica de futebol..."

"Era Barney o nome dele, não era? Não é bem Barry, mas é bem parecido."

Siobhan continuava fazendo que sim com a cabeça. Ela

enfiou a mão na bolsa, pegou o celular e o caderno de anotações, folheou-o atrás do número.

"É uma da manhã", Rebus lembrou. Ela o ignorou. Apertou os botões e segurou o telefone no ouvido.

Quando atenderam, ela começou a falar. "Pippa? É a detetive Clarke, lembra de mim? Você está na balada ou algo assim?" Seus olhos estavam em Rebus enquanto repassava as respostas para ele. "Esperando um táxi para voltar para casa..." Ela assentiu com a cabeça. "Você foi ao Opal Lounge? Bem, desculpe incomodá-la a essa hora." Rebus foi andando em direção ao sofá, inclinando-se para tentar escutar. Ouviu sons de tráfego, vozes de bêbados por perto. Um grito de "*Táxi!*" seguido de palavrões.

"Perdi um", disse Pippa Greenlaw. Ela parecia sem fôlego, mas não bêbada.

"Pippa", disse Siobhan, "é sobre aquele seu acompanhante... na noite da festa de Lex..."

"Lex está aqui! Quer falar com ele?"

"É com você que eu quero falar."

A voz de Greenlaw ficou abafada, como se ela pusesse a mão na frente da boca para não deixar ninguém em volta ouvir. "Acho que estamos começando alguma coisa."

"Você e Lex? Isso é ótimo, Pippa." Siobhan revirou os olhos, a mentira transparente em seu tom de voz. "Agora, sobre a noite em que os esqueletos desapareceram..."

"Sabia que eu beijei um deles?"

"Você me contou."

"Mesmo agora, isso me dá vontade de vomitar... *Táxi!*"

Siobhan segurou o telefone mais longe da orelha. "Pippa, eu só preciso saber uma coisa... O cara que estava com você naquela noite... poderia ter sido um australiano chamado Barney?"

"O quê?"

"Um australiano, Pippa. O cara que estava com você na festa de Lex."

"Sabe… agora que você falou…"

"E você não achou que valia a pena me contar?"

"Eu não dei muita importância naquela hora. Devo ter esquecido…" Ela falou com Lex Cater, colocando-o a par da conversa. O telefone mudou de mãos.

"É a Pequena Miss Cupido?" A voz de Lex. "Pippa me contou que você nos colocou juntos naquela noite… Era para ser você, mas ela estava lá no seu lugar. Solidariedade feminina e tudo mais, né?"

"Você não me contou que o convidado de Pippa na sua festa era um australiano."

"Era? Nem notei… Aqui está Pippa novamente."

Mas Siobhan tinha desligado. "Nem notei…", ela repetiu. Rebus estava voltando para sua poltrona.

"Pessoas desse tipo raramente notam coisas assim. Acham que o mundo gira em torno *delas*." Rebus ficou pensativo. "Dá para imaginar de quem foi a ideia."

"Do quê?"

"Os esqueletos não foram roubados por encomenda. Assim, a ideia de usá-los para assustar imigrantes rebeldes ou foi de Barney Grant ou…"

"… de Stuart Bullen."

"Mas se foi do nosso amigo Barney, isso significa que ele sabia o que estava acontecendo — e que não é apenas um barman, mas também um auxiliar de Bullen."

"O que pode explicar o que ele estava fazendo com Howie Slowther. Slowther também está trabalhando para Bullen."

"Ou, mais provavelmente, para Peter Hill. Mas você está certa: o resultado no fim é o mesmo."

"Então Barney Grant também deveria estar atrás das grades", afirmou Siobhan. "Caso contrário, o que impede a coisa toda de começar de novo?"

"Alguma prova poderia ser útil agora. Tudo o que temos é Barney Grant em um carro com Slowther…"

"Isso e os esqueletos."

"Dificilmente o bastante para convencer o promotor."

Siobhan assoprou toda a superfície de seu café. O toca-discos estava silencioso; talvez estivesse assim já havia algum tempo.

"Uma coisa para outro dia, hein, Shiv?", Rebus acabou dizendo.

"É uma ordem para eu debandar?"

"Eu sou mais velho que você... preciso do meu sono."

"Pensei que a gente precisasse de menos sono à medida que envelhecesse."

Rebus balançou a cabeça. "A gente não *precisa* de menos sono; apenas dorme menos."

"Por quê?"

Ele deu de ombros. "Proximidade da morte, suponho."

"E você pode dormir o quanto quiser quando estiver morto?"

"Isso mesmo."

"Bem, desculpe tê-lo mantido acordado até tão tarde, velho."

Rebus sorriu. "Não vai demorar muito para que um jovem policial esteja sentado à *sua* frente."

"Um pensamento para terminar a noite..."

"Vou chamar um táxi. A menos que você queira ficar aqui, no quarto de hóspedes."

Ela começou a colocar o casaco. "Não queremos que as más--línguas entrem em ação, não é? Mas vou caminhando até o parque Meadows, devo encontrar um por lá."

"Vai andar sozinha a esta hora da noite?"

Siobhan pegou sua bolsa, pendurou-a no ombro. "Sou uma garota crescida, John. Acho que consigo."

Ele deu de ombros e foi com ela até a porta, em seguida voltou para a janela da sala, observando-a caminhar pela calçada.

Sou uma garota crescida...

Uma garota crescida com medo das más-línguas.

DÉCIMO DIA
Quarta-feira

30.

"Eu tenho aula", disse Kate.

Rebus esperava por ela do lado de fora da residência universitária. Ela deu uma olhada para ele e continuou andando em direção ao estacionamento de bicicletas.

"Eu te dou uma carona", disse ele. Ela não respondeu e abriu a corrente de sua bicicleta. "Nós precisamos conversar", Rebus insistiu.

"Não há nada para falar."

"É verdade..." Ela olhou para ele. "Mas só se deixarmos de lado Barney Grant e Howie Slowther."

"Eu não tenho nada para dizer sobre o Barney."

"Já te avisaram, não é?"

"Eu não tenho nada a dizer."

"Foi o que você disse. E sobre Howie Slowther?"

"Não conheço."

"Não?"

Ela balançou a cabeça desafiadoramente, as mãos segurando o guidão da bicicleta. "Por favor... vou me atrasar."

"Só mais um nome então." Rebus ergueu um dedo indicador. Ele interpretou o suspiro dela como uma permissão. "Chantal Rendille... Devo ter pronunciado errado."

"Nunca ouvi esse nome."

Rebus sorriu. "Você é uma péssima mentirosa, Kate: seus olhos começam a tremular. Eu já tinha notado quando perguntei de Chantal. Claro, eu não tinha o nome naquela ocasião, mas agora tenho. Com Stuart Bullen preso, ela não precisa esconder mais nada."

"Stuart não matou aquele homem."

Rebus apenas deu de ombros. "Mesmo assim eu gostaria de ouvir ela mesma afirmar isso." Ele enfiou as mãos nos bolsos. "Há muitas pessoas assustadas ultimamente, Kate. Já é hora de acabar com isso, não acha?"

"Não cabe a mim decidir", ela respondeu, tranquila.

"Quer dizer que cabe a Chantal? Então converse com ela, diga que não precisa ter medo. Tudo já vai acabar."

"Eu gostaria de ter a sua confiança, inspetor."

"Talvez eu saiba coisas que você não sabe... coisas que Chantal deveria ouvir."

Kate olhou em volta. Seus colegas estavam indo para as aulas, alguns com os olhos vidrados dos recém-acordados, outros curiosos sobre o homem com quem ela conversava e que, sem sombra de dúvida, não era aluno nem amigo.

"Kate?"

"Primeiro eu preciso falar com ela sozinha."

"Tudo bem." Ele fez um gesto com a cabeça. "Precisamos do carro ou a distância é curta?"

"Depende do quanto você gosta de caminhar."

"Fala sério, você acha que eu sou esse tipo de pessoa?"

"Na verdade, não." Ela estava quase sorrindo, mas ainda nervosa.

"Então vamos de carro."

Mesmo tendo sido persuadida a sentar no banco do passageiro, Kate levou um tempo para fechar a porta e mais ainda para prender o cinto de segurança, e Rebus temia que ela desistisse a qualquer momento.

"Para onde?", ele perguntou, tentando soar casual.

"Bedlam", ela respondeu de maneira quase inaudível. Rebus

não teve certeza de ter ouvido direito. "Bedlam Theatre", ela explicou. "É uma igreja abandonada."

"Do outro lado da Greyfriars Kirk?", Rebus indagou. Ela assentiu com a cabeça e ele partiu. No caminho, Kate explicou que Marcus, o aluno que morava do outro lado do corredor, era atuante no grupo de teatro da universidade, e que eles usavam o Bedlam como base. Rebus disse que tinha visto os cartazes nas paredes de Marcus e em seguida perguntou como ela havia conhecido Chantal.

"Esta cidade às vezes parece uma aldeia", ela lhe disse. "Eu estava andando na direção dela pela rua, um dia, e soube assim que a vi."

"Soube o quê?"

"De onde ela tinha vindo, quem ela era... É difícil explicar. Duas mulheres senegalesas em plena Edimburgo." Ela encolheu os ombros. "Nós apenas rimos e começamos a conversar."

"E quando ela foi lhe pedir ajuda?" Kate olhou para Rebus como se não tivesse entendido. "O que você pensou? Ela contou o que tinha acontecido?"

"Um pouco..." Kate olhou pela janela. "Isso quem vai lhe contar é ela, se decidir fazer isso."

"Você percebe que estou do lado dela? E do seu também, se for necessário?"

"Eu sei."

O Bedlam Theatre ficava no entroncamento de duas diagonais — Forrest Road e Bristo Place — e de frente para a área mais ampla da George IV Bridge. Anos atrás, era para Rebus sua parte favorita da cidade, com livrarias estranhas e lojas de discos usados. Agora Subway e Starbucks tinham se mudado para lá, e o mercado de discos era um bar temático. Estacionar também continuava difícil, e Rebus acabou parando em um local proibido e confiando na sorte, certo de que estaria de volta antes de o guincho ser chamado.

As portas principais estavam trancadas, mas Kate o levou até a lateral do prédio e tirou uma chave do bolso.

"Marcus?", ele deduziu. Ela assentiu com a cabeça, abriu a pequena porta lateral e depois se virou para ele. "Quer que eu espere aqui?", ele adivinhou. Mas ela olhou no fundo dos olhos dele e soltou um suspiro.

"Não", disse, decidida. "Pode vir comigo."

Lá dentro, o lugar era sombrio. Eles subiram um lance de escada cujos degraus rangiam e foram dar em um auditório no andar de cima, sobre um palco improvisado. Havia antigos bancos de igreja, a maioria empilhados junto com caixas de papelão vazias, adereços e equipamento de iluminação.

"Chantal?", Kate chamou. "*C'est moi*. Você está aí?"

Um rosto apareceu acima de uma fileira de assentos. Ela estava deitada em um saco de dormir e agora piscava, esfregando o sono dos olhos. Quando viu que havia alguém com Kate, abriu a boca e arregalou os olhos.

"*Calme-toi*, Chantal. *Il est policier.*"

"Por que o trouxe aqui?" A voz de Chantal soou estridente, frenética. Quando se levantou, livrando-se do saco de dormir, Rebus viu que ela já estava vestida.

"Eu sou da polícia, Chantal", Rebus disse lentamente. "Quero falar com você."

"Não! Isso não vai ser!" Ela agitou as mãos na frente do corpo, como se Rebus fosse uma fumaça que ela pudesse espantar para longe. Seus braços eram finos, o cabelo cortado rente. A cabeça parecia fora de proporção com o pescoço fino.

"Você sabe que nós prendemos os homens?", contou Rebus. "Os homens que achamos que mataram Stef. Eles vão para a prisão."

"Eles vão me matar."

Rebus manteve os olhos nela enquanto balançava a cabeça. "Eles vão passar muito tempo na cadeia, Chantal. Eles fizeram um monte de coisas ruins. Mas se vamos puni-los pelo que fizeram a Stef... bem, não tenho certeza de que podemos fazer isso sem a sua ajuda."

"Stef era um homem bom." Seu rosto se contraiu com a dor da lembrança.

"Sim, era mesmo", Rebus concordou. "E quem fez isso precisa pagar." Ele fora se movendo na direção dela aos poucos. Agora estavam a um braço de distância um do outro. "Stef precisa de você, Chantal, uma última vez."

"Não", ela disse. Mas seus olhos lhe passavam uma mensagem diferente.

"Eu preciso ouvir de você, Chantal", ele disse com calma. "Preciso saber o que você viu."

"Não", ela disse novamente, seus olhos implorando a Kate.

"*Oui, Chantal*", Kate reforçou. "Chegou a hora."

Somente Kate tinha tomado café da manhã, o que os levou ao café Elephant House, de carro, apesar da curta distância, e Rebus estacionou em uma vaga na Chambers Street. Chantal quis chocolate quente, e Kate chá de ervas. Rebus pediu uma rodada de croissants e pedaços de bolo com cobertura, além de um café preto grande para si. E também garrafas de água e suco de laranja; se ninguém tomasse, ele o faria. E talvez mais duas aspirinas para se juntar às três que ele tinha engolido antes de sair de seu apartamento.

Eles se sentaram a uma mesa na parte de trás do café, junto de uma janela que lhes propiciava uma vista da área da igreja, onde alguns bêbados começavam o dia dividindo uma lata de cerveja lager extraforte. Não fazia muito tempo, algumas crianças haviam profanado uma tumba e usado um crânio como bola de futebol. "Mad World" estava tocando nos alto-falantes do café, e Rebus foi obrigado a concordar com o título da música: mundo louco.

Rebus esperava o momento certo, e deixou Chantal devorar seu café da manhã. Ela achou os bolos doces demais, mas também comeu dois croissants, acompanhados de uma das garrafas de suco.

"Fruta fresca seria melhor para você", disse Kate, e Rebus, que havia acabado de comer uma torta de damasco, não soube para quem ela tinha dito aquilo. Em seguida, mais café, e Chantal disse que gostaria de outro chocolate quente. Kate serviu-se de mais chá colorido de framboesa. Enquanto Rebus esperava na fila do balcão, observou as duas mulheres. A conversa transcorria normalmente entre elas, nem um pouco exaltada. Chantal parecia bastante calma. Por isso ele havia escolhido o Elephant House: uma delegacia de polícia não teria surtido o mesmo efeito. Quando voltou com as bebidas, ela até sorriu e agradeceu.

"Então", disse ele, levantando sua caneca, "finalmente a conheci, Chantal."

"Você muito persistente."

"Talvez seja minha única qualidade. Você quer me contar o que aconteceu naquele dia? Acho que sei um pouco. Stef era jornalista, sabia identificar uma história quando via uma. Estou supondo que foi você quem lhe contou sobre o Stevenson House."

"Ele já sabia um pouco", Chantal disse, hesitante.

"Como você o conheceu?"

"Em Knoxland. Ele..." Ela virou para Kate e despejou uma saraivada de palavras em francês, que Kate traduziu.

"Ele andou fazendo perguntas a alguns imigrantes que conheceu no centro da cidade. Isso o fez perceber que algo ruim estava acontecendo."

"E Chantal foi preenchendo as lacunas?", Rebus intuiu. "E se tornou sua amiga no decorrer dessa apuração?" Chantal entendeu e assentiu. "E então Stuart Bullen o pegou bisbilhotando..."

"Não foi Bullen", corrigiu ela.

"Peter Hill então." Rebus descreveu o irlandês, e Chantal sentou-se um pouco para trás na cadeira, como se recuando de suas palavras.

"Sim, foi ele. Ele perseguiu... e esfaqueou..." Ela baixou os olhos novamente, pondo as mãos no colo. Kate estendeu a sua e cobriu a mão mais próxima de Chantal.

"Você fugiu", Rebus observou, cauteloso. Chantal voltou a falar, de novo em francês.

"Ela teve que fazer isso", Kate disse a Rebus. "Eles a teriam enterrado na adega junto com todas as outras pessoas."

"Não havia outras pessoas", Rebus contou. "Era apenas um truque."

"Ela ficou apavorada", disse Kate.

"Mas ela voltou uma vez... para depositar flores no local do crime."

Kate traduziu para Chantal, que confirmou com a cabeça.

"Ela viajou por um continente todo para chegar a algum lugar em que se sentisse segura", explicou Kate a Rebus. "Ela está aqui há quase um ano e ainda não entende este lugar."

"Diga-lhe que não é a única. Eu venho tentando entender há mais de meio século." Quando Kate traduziu isso, Chantal deu um sorriso fraco. Rebus estava pensando nela... em seu relacionamento com Stef. Será que ela tinha sido mais que uma fonte de informações para ele ou ele apenas a usara, como muitos jornalistas faziam?

"Mais alguém estava envolvido, Chantal?", Rebus perguntou. "Havia mais alguém lá naquele dia?"

"Um jovem... pele ruim... e este dente..." Ela bateu no centro de seus dentes imaculados. "Não tinha." Rebus deduziu que ela estava se referindo a Howie Slowther, poderia até mesmo reconhecê-lo em uma fila de suspeitos na delegacia.

"Como você acha que eles descobriram sobre Stef, Chantal? Como sabiam que ele estava prestes a ir para os jornais com a história?"

Ela olhou para Rebus. "Porque ele conta pra eles."

Os olhos de Rebus se estreitaram. "Ele *contou* para eles?"

Ela assentiu com a cabeça. "Ele quer sua família trazida para ele. Ele sabe que eles podem fazer isso."

"Você quer dizer pagar a fiança deles em Whitemire?" Nova

confirmação com a cabeça. Rebus inclinou-se sobre a mesa na direção dela. "Ele estava tentando *chantagear* todos eles?"

"Ele não ia dizer o que sabia... mas apenas em troca da família."

Rebus sentou-se de novo e olhou pela janela. Agora aquela lager extraforte lhe parecia bastante atraente. Um mundo louco, louco. Stef Yurgii poderia muito bem ter escrito um bilhete de suicídio. Ele não havia se encontrado com o jornalista do *Scotsman* porque aquilo fora um blefe, apenas para deixar Bullen saber do que ele era capaz. Tudo para sua família... Chantal, apenas uma amiga, se tanto. Um homem desesperado — marido e pai — fazendo uma aposta fatal.

Morto por sua insolência.

Morto por representar uma ameaça. Nenhum esqueleto iria fazer com que *ele* desistisse.

"Você viu quando aconteceu?", Rebus perguntou em voz baixa. "Você viu Stef morrer?"

"Eu não pude fazer nada."

"Você telefonou... fez o que pôde."

"Não foi suficiente... não foi suficiente..." Ela começou a chorar, Kate confortando-a. Duas idosas observavam de uma mesa de canto, os rostos empoados, casacos ainda abotoados até quase o queixo. Senhoras de Edimburgo que provavelmente nunca tinham conhecido outra vida que não aquela: chá com fofocas. Rebus olhou fixo para elas até que desviaram os olhos, voltando a passar manteiga em seus pãezinhos de minuto.

"Kate", disse ele, "ela vai ter que contar a história mais uma vez, torná-la oficial."

"Em uma delegacia de polícia?", Kate questionou. Rebus assentiu.

"Seria bom se você estivesse lá com ela", ele respondeu.

"Sim, claro."

"O homem com quem vocês vão falar será outro inspetor. O nome dele é Shug Davidson. É um cara bom, mais simpático do que eu."

"Você não vai estar lá?"

"Acho que não. Shug é quem está no comando." Rebus tomou um gole de café, saboreou e, em seguida, engoliu. "Eu não deveria estar aqui", disse quase que a si mesmo, olhando pela janela outra vez.

Ele telefonou para Davidson de seu celular, explicou-lhe o que havia acontecido, disse que iria levar as mulheres para Torphichen.

No carro, Chantal ficou em silêncio, olhando para o mundo que passava. Mas Rebus tinha mais algumas perguntas para a amiga dela no banco de trás.

"Como foi a conversa com Barney Grant?"

"Foi tudo bem."

"Você acha que ele vai manter o Nook aberto?"

"Até Stuart voltar, sim. Por que você sorriu?"

"Porque não sei se é isso que Barney quer… ou espera."

"Não sei se entendi."

"Não importa. Aquela descrição que eu dei a Chantal… o homem se chama Peter Hill. É irlandês, provavelmente tem ligações paramilitares. Achamos que ele estava ajudando Bullen por acreditar que Bullen, depois, iria apoiá-lo quando ele fosse traficar drogas em Knoxland."

"O que isso tem a ver comigo?"

"Talvez nada. O mais jovem, aquele com o dente faltando… o nome dele é Howie Slowther."

"Você falou o nome dele hoje de manhã."

"É mesmo, eu falei. Porque depois do seu bate-papo com Barney Grant no pub, Barney entrou em um carro. Howie Slowther estava nesse carro." Pelo espelho retrovisor, os olhos dele se conectaram com os dela. "Barney está metido nisso até o pescoço, Kate… talvez até um pouco mais. Então, se você estava pensando em contar com ele…"

"Você não precisa se preocupar comigo."

"É bom ouvir isso."

Chantal disse algo em francês. Kate respondeu na mesma língua, Rebus entendendo apenas algumas palavras.

"Ela está perguntando sobre ser deportada, não é?", ele deduziu, e em seguida viu Kate, pelo retrovisor, fazer que sim com a cabeça. "Diga que eu vou fazer tudo o que estiver ao meu alcance. Diga que é uma promessa."

Uma mão tocou seu ombro. Ele se virou e viu que era de Chantal.

"Eu acredito em você", foi tudo o que ela disse.

31.

Siobhan e Les Young observaram Ray Mangold sair de seu Jaguar. Eles estavam no carro de Young, estacionado do lado oposto às garagens da Market Street. Mangold destrancou as portas da garagem e começou a abri-las. Ishbel Jardine estava sentada no banco do passageiro, maquiando-se no espelho retrovisor. Depois de levar o batom à boca, ela hesitou uma fração de segundo a mais.

"Ela nos viu", disse Siobhan.

"Tem certeza?"

"Quase."

"Vamos esperar e ver."

Young queria o carro dentro da garagem. Assim, poderia estacionar o seu diante dela, bloqueando qualquer saída. Eles estavam lá havia cerca de quarenta minutos, Young contando detalhes sobre os rudimentos do bridge. O motor estava desligado, mas a mão de Young permanecia na chave de contato, pronta para agir.

Com as portas da garagem abertas, Mangold tinha voltado ao Jaguar, cujo motor estava ligado. Siobhan observou-o entrar, mas não teve certeza se Ishbel dissera alguma coisa a ele. Quando viu os olhos de Mangold encontrar os dela em um dos espelhos laterais, teve sua resposta.

"Precisamos agir", disse a Young. Em seguida, abriu a porta do passageiro; não havia tempo a perder. Mas as luzes de ré do Jaguar estavam acesas. Ele passou por ela em alta velocidade, rumo à New Street, o motor gritando pelo esforço. Siobhan voltou para o banco do passageiro, a porta se fechando sozinha quando o carro de Young avançou. Enquanto isso, o Jaguar tinha alcançado o entroncamento com a New Street e derrapou ao virar à direita em direção a Canongate.

"Pega o rádio!", gritou Young. "Mande uma descrição!"

Siobhan fez a chamada pelo rádio. Havia uma fila de carros parados em direção a Canongate, portanto o Jaguar virou à esquerda para Holyrood.

"O que você acha?", ela perguntou a Young.

"Você conhece a cidade melhor do que eu", admitiu.

"Acho que ele vai para o parque. Se ficar na rua, vai encontrar um congestionamento mais cedo ou mais tarde. No parque, há uma chance de que ele possa enfiar o pé no acelerador, talvez até nos deixar para trás."

"Você está subestimando o meu carro?"

"Pelo que me consta, um Daewoo não tem um motor tão potente quanto o de um Jaguar."

O Jaguar saiu de lado para ultrapassar um ônibus de turismo aberto na parte de cima. Era o trecho mais estreito da rua, e Mangold arrancou o espelho retrovisor de uma van de entrega estacionada, e o motorista saiu de uma loja gritando atrás dele. O tráfego impediu Young de ultrapassar o ônibus, que continuou sua lenta descida.

"Buzine", Siobhan sugeriu. Ele fez isso, mas o ônibus não lhe deu atenção, até fazer uma breve parada na área de Tolbooth. Motoristas que vinham no sentido contrário protestaram quando Young entrou na pista deles para ultrapassar o obstáculo. O carro de Mangold ia muito à frente. Quando chegou à rotatória diante do Palácio de Holyrood, pegou a direita, em direção a Horse Wynd.

"Você estava certa", Young admitiu, enquanto Siobhan passava a nova informação pelo rádio. Holyrood Park era propriedade da Coroa e, como tal, tinha sua própria força policial, mas Siobhan sabia que o protocolo poderia esperar. Por enquanto, o Jaguar se afastava rápido, contornando Salisbury Crags.

"E agora?", Young perguntou.

"Bem, ou ele fica circundando o parque o dia todo, ou então ele sai. Se sair, vai ou para a Dalkeith Road ou para a Duddingston. Aposto na Duddingston. Se ele conseguir chegar ao fim dela, vai pegar a A1, onde pode correr mais — e aí, *definitivamente*, ele vai ficar fora do nosso alcance, até Newcastle se necessário."

No entanto, ainda havia duas rotatórias pela frente. Mangold quase perdeu o controle do carro na segunda, o Jaguar subindo no meio-fio. Ele passou pelos fundos de Pollock Halls com o motor rugindo.

"Duddingston", Siobhan informou novamente pelo rádio. Aquela parte da estrada era cheia de curvas fechadas, e por fim acabaram perdendo Mangold de vista. Então, logo depois de um afloramento de pedra, Siobhan viu uma grande onda de poeira se erguendo.

"Ah, inferno!", exclamou ela. Quando terminaram a curva, eles viram marcas de pneu riscando irregularmente toda a pista. O Jaguar havia batido nas grades de ferro no lado direito da estrada, atravessando-as e rolando pela encosta íngreme em direção ao lago Duddingston. Patos e gansos bateram asas para escapar do perigo, enquanto cisnes deslizavam pela superfície da água, aparentemente despreocupados. O Jaguar fez voar pedras e algumas penas velhas à medida que desceu a encosta aos pulos. As luzes do freio brilharam com força, mas o carro parecia ter outros planos. Por fim, virou de lado e depois mais noventa graus, a metade traseira mergulhando na água e lá parando, as rodas dianteiras suspensas no ar, girando vagarosamente.

Mais à frente havia pessoas na margem do lago: pais e filhos alimentando as aves com cascas de pão. Algumas começaram a correr para o carro. Young tinha parado o Daewoo usando a maior parte da calçada, para não bloquear a via. Siobhan escorregou pela encosta. As portas do Jaguar foram abertas, figuras humanas saíram dos dois lados. E então o carro se movimentou para trás de novo, começando a afundar. Mangold tinha saído, estava com água até o peito, mas Ishbel foi jogada para trás no banco, a pressão empurrando a porta e fechando-a novamente à medida que o interior começava a se encher de água. Ao ver o que estava acontecendo, Mangold alcançou-a lá dentro e começou a puxá-la pelo lado do motorista. Mas Ishbel estava presa em alguma coisa, e agora só o para-brisa e o teto podiam ser vistos. Siobhan entrou na água fétida. Vapor subia do motor submerso e superaquecido.

"Me ajuda aqui!", Mangold gritava. Ele segurava os braços de Ishbel. Siobhan respirou fundo e mergulhou. A água estava escura e borbulhante, mas ela podia ver o problema: o pé de Ishbel preso entre o banco do passageiro e o freio de mão. E quanto mais Mangold puxava, mais ele ficava preso. Ela voltou à superfície.

"Solta!", gritou para ele. "Solta ou ela vai se afogar!" Então ela respirou fundo e mergulhou de novo, ficando cara a cara com Ishbel, cujo rosto tinha assumido uma calma inesperada, cercada pelos destroços e pela sucata do lago. Pequenas bolhas escapavam de suas narinas e das laterais da boca. Siobhan estendeu a mão para soltar o pé dela e sentiu braços envolvendo seu corpo. Ishbel puxava-a para si, como se decidida que as duas deveriam permanecer lá. Siobhan se debateu, tentando se livrar, o tempo todo se esforçando para soltar o pé preso.

Só que ele não estava mais preso.

E Ishbel continuava lá.

E a segurava.

Siobhan tentou agarrar as mãos dela, mas não conseguiu: estavam presas com força em suas costas. O que lhe restava de ar ia deixando seus pulmões. Os movimentos foram se tornando quase impossíveis, com Ishbel tentando puxá-la ainda mais para dentro do carro.

Até que Siobhan deu-lhe uma joelhada no estômago e sentiu o abraço afrouxar. Dessa vez, conseguiu se livrar. Agarrou Ishbel pelo cabelo, arremeteu para cima e mãos a seguraram imediatamente — agora não as de Ishbel, mas as de Mangold. Com o rosto fora da água, Siobhan abriu a boca para respirar, ofegante. Em seguida, cuspiu água, limpou os olhos e o nariz. Tirou o cabelo do rosto.

"Sua vaca estúpida!", gritou, enquanto Ishbel, ofegante e cuspindo, era levada para a margem por Ray Mangold. Então, para um Les Young boquiaberto: "Ela quis me levar com ela!".

Young a ajudou a sair da água. Ishbel estava deitada a poucos metros dali, com um grupo de espectadores reunidos ao seu redor. Um deles tinha uma câmera de vídeo na mão e gravava o evento para a posteridade. Quando ele apontou para Siobhan, ela jogou o aparelho longe com um tapa e se aproximou da figura encharcada e de bruços.

"Por que diabos você fez aquilo?"

Mangold estava se ajoelhando e tentava segurar Ishbel nos braços. "Eu não sei o que aconteceu", ele respondeu.

"Não estou falando de você; estou falando *dela*!" Siobhan cutucou Ishbel com a ponta do pé. Les Young tentava afastá-la, segurando-a pelo braço, dizendo palavras que ela não conseguia ouvir. Havia uma fúria em seus ouvidos, um fogo nos pulmões.

Ishbel finalmente virou a cabeça para olhar sua salvadora. Seu cabelo estava colado ao rosto.

"Tenho certeza de que ela está muito agradecida", Mangold foi dizendo, enquanto Young acrescentou alguma coisa sobre ser um ato reflexo... algo de que ele já tinha ouvido falar.

Ishbel Jardine, no entanto, não disse nada. Abaixou a cabeça e vomitou uma mistura de bile e água que umedeceu a terra coberta de penas caídas.

"Eu estava bem de saco cheio da sua laia, se você quer saber."

"Essa é a sua desculpa, sr. Mangold?", perguntou Les Young. "Essa é toda a sua explicação?"

Eles estavam na Sala de Interrogatório 1 da delegacia de polícia de St. Leonard's — bem perto do Holyrood Park. Alguns policiais uniformizados mostraram-se surpresos com o retorno de Siobhan a seu antigo local de trabalho, seu humor piorado por ter recebido, em seu celular, um telefonema do inspetor-chefe Macrae em Gayfield Square, perguntando onde diabos ela estava. Quando ela lhe contou, ele fez uma demorada explanação sobre atitude e trabalho em equipe e sobre a evidente relutância de ex-policiais de St. Leonard's em demonstrar outra coisa que não desprezo pelos novos locais para onde haviam sido designados.

Enquanto ele falava, Siobhan teve um cobertor colocado em torno de si, uma caneca de sopa instantânea nas mãos, o sapato retirado para secar em um aquecedor...

"Desculpe, senhor, não consegui ouvir tudo", ela foi forçada a admitir assim que Macrae acabou de falar.

"Acha isso engraçado, sargento-detetive Clarke?"

"Não, senhor." Mas era... de certa forma. Ela só não achava que Macrae fosse partilhar aquela sensação de absurdo com ela.

Ela estava sentada, sem sutiã, com uma camiseta emprestada e vestindo uma calça preta da polícia três números maior que o seu. Nos pés: meias masculinas brancas do tipo esportivo, cobertas pelos chinelos de polietileno utilizados em cenas de crime. Nos ombros, um cobertor de lã cinza, do tipo que havia nas celas. Ela não tinha tido a chance de lavar o cabelo. Parecia grosso e úmido, e cheirava ao lago.

Mangold também estava enrolado em um cobertor, as mãos em concha em torno de uma caneca de plástico com chá. Ele tinha perdido os óculos escuros e seus olhos estavam reduzidos a fendas sob a luz das lâmpadas fluorescentes. O cobertor,

Siobhan não pôde deixar de notar, era exatamente da mesma cor do chá. Havia uma mesa entre eles. Les Young sentou-se ao lado de Siobhan, caneta posicionada acima de um bloco de papel A4.

Ishbel estava em uma cela. Ela seria interrogada mais tarde.

Por enquanto, o interesse deles se concentrava em Mangold. Mangold, que não dizia nada havia alguns minutos.

"Então essa é a história que você vai manter", comentou Les Young. Ele começou a rabiscar no bloco. Siobhan se virou para ele.

"Ele pode nos dar qualquer bobagem que quiser; não vai alterar os fatos."

"Que fatos?", Mangold perguntou, fingindo apenas um leve interesse.

"A adega", respondeu Les Young.

"Meu Deus, de novo isso?"

Foi Siobhan quem respondeu. "Apesar do que me contou na última vez, sr. Mangold, acho que você *conhece* Stuart Bullen. Acho que o conhece já há algum tempo. Ele planejou um enterro falso, fingindo enterrar aqueles esqueletos para mostrar aos imigrantes o que aconteceria com eles se não andassem na linha."

Mangold tinha empurrado o corpo para trás de modo que as duas pernas da frente da cadeira não tocavam o chão. Seu rosto estava voltado para o teto, os olhos fechados. Siobhan continuou a falar, com voz mansa e constante.

"Quando jogaram cimento sobre os esqueletos, isso deveria ter sido o fim. Mas não foi. Seu pub fica na Royal Mile, você vê turistas todos os dias. Não há nada de que eles gostem mais do que um toque de suspense; por isso os passeios com a temática fantasmas são tão populares. Você queria um pouco dessa atmosfera para o Warlock também."

"Nenhum segredo", disse Mangold. "Por isso eu estava reformando a adega."

"Claro... mas imagine o impulso que você teria se dois esqueletos fossem descobertos, de repente, debaixo do seu piso.

Publicidade gratuita em abundância, especialmente com uma historiadora local pondo lenha na fogueira..."

"Ainda não entendi aonde você quer chegar."

"A questão, Ray, é que você não estava enxergando o quadro todo. A última coisa que Stuart Bullen queria era que os esqueletos viessem à luz. Isso obrigou as pessoas a começar a fazer perguntas, e essas perguntas poderiam apontar para ele e seu pequeno império de escravos. Foi por isso que ele bateu um pouco em você? Ou talvez tenha pedido ao irlandês para cuidar disso."

"Eu já falei como acabei me machucando."

"Bem, mas estou escolhendo não acreditar em você."

Mangold começou a rir, ainda olhando para o teto. "Fatos, você disse. Ainda não ouvi nada que você possa sequer *começar* a provar."

"O que estou me perguntando é..."

"O quê?"

"Olhe para mim e eu lhe direi."

Lentamente, a cadeira voltou ao chão. Mangold fixou os olhos semicerrados em Siobhan.

"O que eu não consigo definir", ela disse, "é se você agiu por raiva — Bullen tinha batido em você, gritado com você, e você queria descontar em alguém..." Ela fez uma pausa. "Ou se era mais um presente para Ishbel. Dessa vez não embrulhado com fitas, mas ainda assim um presente... alguma coisa para tornar a vida dela um pouco mais fácil."

Mangold virou-se para Les Young. "Me ajuda aqui: *você* faz alguma ideia do que ela está falando?"

"Eu sei exatamente do que ela está falando", Young respondeu.

"Veja", Siobhan acrescentou, mudando um pouco de posição na cadeira, "quando o inspetor-detetive Rebus e eu viemos falar com você da última vez... quando o encontramos na adega..."

"Sim?"

"O detetive Rebus começou a brincar com uma talhadeira. Lembra disso?"

"Pra ser sincero, não."

"Ela estava na caixa de ferramentas de Joe Evans."

"Notícia digna de primeira página."

Siobhan sorriu diante do sarcasmo; sabia que podia se dar ao luxo. "Também havia um martelo lá, Ray."

"Um martelo em uma caixa de ferramentas... o que mais falta inventarem, não?"

"Ontem à noite, eu fui à sua adega e peguei o martelo. Eu disse ao pessoal da polícia técnica que era uma situação de urgência. Eles trabalharam a noite toda. Ainda é um pouco cedo para os resultados de DNA, mas encontraram vestígios de sangue no martelo, Ray. Do mesmo grupo que o de Donny Cruikshank." Ela encolheu os ombros. "Esses são os fatos." Esperou um comentário de Mangold, mas a boca dele estava bem fechada. "Agora", ela continuou, "a questão é a seguinte... Se o martelo foi usado para assassinar Donny Cruikshank, então tenho em mente três possibilidades." Ela foi levantando um dedo de cada vez: "Evans, Ishbel ou você. Tem que ser um de vocês. Acho que, sendo bem realista, podemos deixar Evans de fora". Ela abaixou um dos dedos. "Então, Ray, sobram você e Ishbel. O que vai ser?"

A caneta de Les Young estava a postos sobre o bloco.

"Eu preciso vê-la", disse Ray Mangold, a voz de repente seca e áspera. "Só nós dois... Cinco minutos, isso é tudo de que eu preciso."

"Não vai dar, Ray", Young disse com firmeza.

"Eu não vou falar com vocês até que me deixem conversar com ela."

Mas Les Young balançava a cabeça. O olhar de Mangold deslocou-se para Siobhan.

"O inspetor-detetive Young é quem está no comando", ela disse. "Ele é quem dá as cartas."

Mangold se inclinou para a frente, os cotovelos em cima da

mesa, a cabeça nas mãos. Quando falou, suas palavras foram abafadas pela palma das mãos.

"Nós não entendemos, Ray", disse Young.

"Não? Então vê se entende esta!" Mangold saltou por cima da mesa, agitando um punho. Young recuou com um movimento brusco. Siobhan se pôs de pé, agarrou o braço de Mangold e o torceu. Young largou a caneta, rodeou a mesa e aplicou uma chave de braço em Mangold.

"Desgraçados!", gritou Mangold. "*Todos* vocês são uns desgraçados, o bando todo!"

Então, cerca de um minuto depois, com o reforço chegando e as algemas prontas: "O.k., o.k.... Fui eu. Feliz agora, seu monte de merda? Eu dei com o martelo na cabeça dele. E daí? Fiz ao mundo um enorme favor, isso sim."

"Vai ter que repetir isso", Siobhan sussurrou no ouvido dele.

"O quê?"

"Quando soltarmos você, precisa dizer tudo de novo." Ela largou o braço dele quando os outros policiais entraram.

"Caso contrário", ela explicou, "as pessoas podem pensar que você só confessou porque eu torci seu braço."

Eles acabaram fazendo um intervalo para o café, Siobhan de pé e de olhos fechados, encostada na máquina de bebidas. Les Young tinha escolhido a sopa, apesar das advertências dela. Agora ele cheirava o conteúdo de sua xícara e fazia uma careta.

"O que você acha?", perguntou ele.

Siobhan abriu os olhos. "Que você escolheu mal."

"Eu estava falando de Mangold."

Siobhan deu de ombros. "Ele quer ser preso."

"Sim, mas foi ele?"

"Ou ele ou Ishbel."

"Ele a ama, não é?"

"Tenho essa impressão."

"Então poderia estar acobertando Ishbel?"

Siobhan deu de ombros novamente. "Gostaria de saber se ele vai acabar na mesma ala que Stuart Bullen. Seria uma espécie de justiça, não é?"

"Acho que sim." Young parecia cético.

"Anime-se, Les. Alcançamos um resultado."

Ele fingiu que examinava o painel da máquina de bebidas. "Tem uma coisa que você não sabe, Siobhan..."

"O quê?"

"Esta é a primeira vez que lidero uma equipe de investigação de assassinato. Eu quero fazer a coisa *certa*."

"No mundo real isso nem sempre acontece, Les." Ela deu um tapinha no ombro dele. "Mas pelo menos agora você já pode dizer que mergulhou o dedinho do pé na água."

Ele sorriu. "Enquanto você foi para o fundo."

"Sim...", ela disse, a voz sumindo, "e quase não voltei."

32.

O Royal Infirmary de Edimburgo era um hospital situado fora da cidade, em uma área chamada Little France.

À noite, Rebus achava que o local se assemelhava a Whitemire, o estacionamento iluminado, mas o mundo em torno dele na escuridão. Seu projeto arquitetônico era árido, o complexo parecia encerrado em si mesmo. Quando ele saiu de seu Saab, sentiu que o ar era diferente daquele do centro da cidade: menos venenoso, porém mais frio. Não demorou muito para encontrar o quarto de Alan Traynor. Não fazia muito tempo, Rebus já tinha estado ali como paciente, mas na enfermaria. Ele se perguntou se alguém estaria pagando pela privacidade de Traynor: seus empregadores norte-americanos talvez.

Ou o próprio Serviço de Imigração do Reino Unido.

Felix Storey cochilava sentado ao lado da cama. Ele estivera lendo uma revista feminina. Pelas bordas desgastadas, Rebus deduziu que ela tinha saído de alguma pilha em outra parte do hospital. Storey havia deixado o paletó no encosto da cadeira. Ainda estava de gravata, mas com o primeiro botão da camisa aberto. Para ele, um traje casual. Roncava baixinho quando Rebus entrou. Traynor, por outro lado, estava acordado, mas parecendo entorpecido. Seus pulsos estavam enfaixados, e havia um tubo introduzido em um dos braços. Seus olhos mal focalizaram Rebus quando ele entrou. Mesmo assim Rebus fez um pequeno aceno para ele e chutou uma das pernas da cadeira. Storey ergueu a cabeça grunhindo.

"Acorda, bela adormecida", Rebus disse.

"Que horas são?" Storey passou a mão pelo rosto.

"Nove e quinze. Você é um péssimo guarda."

"Eu só quero estar aqui quando ele acordar."

"Parece que ele já está acordado há algum tempo." Rebus acenou para Traynor. "Ele tomou analgésicos fortes?"

"Uma boa dose, o médico disse. Eles querem que um psiquiatra o examine amanhã."

"Não tirou nada dele hoje?"

Storey fez que não com a cabeça. "Ei", ele disse, "você me deixou na mão."

"Como assim?", Rebus perguntou.

"Você prometeu que iria comigo a Whitemire."

"Eu quebro as minhas promessas o tempo todo", Rebus disse com um encolher de ombros. "Além disso, eu precisava pensar um pouco."

"No quê?"

Rebus olhou para ele atentamente. "É mais fácil eu lhe mostrar."

"Eu não..." Storey olhou para Traynor.

"Ele não está em condições de responder a nenhuma pergunta, Felix. Qualquer coisa que ele disser a você ficaria fora do tribunal..."

"Eu sei, mas será que eu não deveria apenas..."

"Acho que deveria."

"Alguém precisa vigiá-lo."

"Caso ele tente se matar de novo? Olhe para ele, Felix, ele está em outro lugar."

Storey olhou e pareceu concordar com o argumento de Rebus.

"Não vai demorar muito", Rebus assegurou.

"O que você quer que eu veja?"

"Isso seria estragar a surpresa. Você está de carro?" Rebus viu Storey confirmar com a cabeça. "Então pode me seguir."

"Seguir até onde?"

"Você tem um calção de banho aí?"

"Calção de banho?" Storey franziu as sobrancelhas.

"Não faz mal", Rebus disse. "Vamos ter que improvisar..."

Rebus dirigiu com cuidado, mantendo um olho nos faróis em seu retrovisor. Improvisação, ele não podia deixar de pensar, estava no centro de tudo o que ele logo mais iria fazer. No meio do caminho, ligou para o celular de Storey e disse que estavam quase lá.

"É melhor que valha a pena", foi a resposta irritada.

"Prometo que vai valer", Rebus disse. Primeiro, a periferia da cidade: casas térreas voltadas para a via expressa, conjuntos habitacionais ocultos atrás delas. Os visitantes viam apenas as casas, Rebus percebeu, e pensavam que Edimburgo era um lugar simpático e bem-arrumado. A realidade estava esperando em outro lugar, fora do campo de visão deles.

Esperando para atacar.

Não havia muito trânsito: eles estavam contornando a extremidade sul da cidade. O bairro de Morningside era o primeiro indício real de que Edimburgo poderia ter alguma vida noturna: bares e restaurantes que faziam comida para viagem, supermercados, estudantes. Rebus deu sinal para a esquerda, verificando no retrovisor se Storey faria o mesmo. Quando o celular tocou, sabia que era Storey: ainda mais irritado e querendo saber quanto tempo faltava para chegar.

"Chegamos", Rebus murmurou baixinho. Parou junto ao meio-fio e Storey fez o mesmo. O homem da Imigração foi o primeiro a sair do carro.

"Hora de parar com a brincadeira", disse.

"Concordo plenamente", respondeu Rebus, virando-se. Eles estavam em uma rua arborizada de subúrbio, silhuetas de casas grandes contra o céu. Rebus abriu um portão, sabendo que Storey o seguia. Em vez de tocar a campainha, Rebus dirigiu-se com determinação para a entrada da garagem.

A Jacuzzi ainda estava lá, sua cobertura removida mais uma vez, o vapor subindo dela.

Big Ger Cafferty na água, braços estendidos ao longo da borda. Uma ópera no sistema de som.

"Você fica sentado nessa coisa o dia todo?", Rebus perguntou.

"Rebus", Cafferty disse com um tom de voz arrastado. "E trouxe seu namorado: que tocante." Passou a mão no peito cabeludo.

"Ah, esqueci", Rebus disse. "Vocês nunca se encontraram, não é? Felix Storey, esse é Morris Gerald Cafferty."

Rebus observava a reação de Storey. O londrino enfiou as mãos nos bolsos. "O.k.", disse, "o que está acontecendo aqui?"

"Nada." Rebus fez uma pausa. "Apenas achei que você gostaria de associar a voz a um rosto."

"O quê?"

Rebus não se preocupou em responder imediatamente. Estava olhando para o quarto em cima da garagem. "Está sem o Joe esta noite, Cafferty?"

"De vez em quando ele tem uma folga à noite, quando eu acho que não vou precisar dele."

"Com o número de inimigos que você já fez, eu jamais imaginaria que de vez em quando você pudesse se sentir seguro."

"Todos nós precisamos correr algum risco às vezes." Cafferty tinha se ocupado do painel de controle, desligando os jatos de água e a música. Mas as luzes ainda estavam ativadas, mudando de cor a cada dez ou quinze segundos.

"Olha, isso é alguma armação para mim?", Storey perguntou. Rebus o ignorou. Seus olhos estavam em Cafferty.

"Sou obrigado a reconhecer que você é de guardar rancor por muito tempo. Quando foi que se desentendeu com Rab

Bullen? Quinze... vinte anos atrás? Mas esse rancor atravessa gerações, hein, Cafferty?"

"Não tenho nada contra o Stu", rosnou Cafferty.

"Mas também não iria recusar um pedaço dos negócios dele, não é?" Rebus fez uma pausa para acender um cigarro. "Aliás, uma jogada muito boa." Ele soprou a fumaça no céu da noite, onde ela se fundiu com o vapor.

"Eu não quero saber de nada disso", exclamou Felix Storey. Ele fez menção de se virar para ir embora. Rebus não o impediu, apostando que ele não faria isso. Depois de alguns passos, Storey parou e se virou. Em seguida, voltou.

"Diga o que você quer dizer", desafiou.

Rebus examinou a ponta de seu cigarro. "O Cafferty aqui é o seu 'Garganta Profunda', Felix. Cafferty sabia o que estava acontecendo porque ele tinha um homem dentro do esquema: Barney Grant, braço direito de Bullen. Barney alimentava Cafferty com informações, Cafferty as passava para você. Em troca, Grant iria ficar com o império Bullen, que lhe seria entregue de bandeja."

"E daí?", Storey perguntou, franzindo a testa. "Mesmo que fosse o seu amigo Cafferty aí..."

"Ele não é *meu* amigo, Felix — é *seu*. Acontece que Cafferty não estava apenas lhe passando informações... *Ele* providenciou os passaportes... Barney Grant os plantou no cofre, provavelmente enquanto eu perseguia Bullen pelo túnel. Bullen cairia e tudo ficaria bem. A questão é: como Cafferty *conseguiu* os passaportes?" Rebus olhou para os dois e deu de ombros. "É uma coisa bem fácil, se quem estiver contrabandeando imigrantes para o Reino Unido for Cafferty." Seu olhar pousou em Cafferty, cujos olhos pareciam menores, mais negros do que nunca. Seu rosto arredondado brilhava com malícia. Rebus deu de ombros outra vez, de maneira teatral. "Cafferty, e não Bullen. Cafferty entregou Bullen a você, Felix, para que ele pudesse ficar com todos os negócios..."

"E a beleza disso tudo", Cafferty disse com voz arrastada, "é que não há nenhuma prova, absolutamente nada que vocês possam fazer."

"Eu sei", Rebus admitiu.

"Então, aonde você quer chegar me dizendo tudo isso?", rosnou Storey.

"Ouça e você vai ficar sabendo", Rebus disse.

Cafferty sorria. "Com Rebus, sempre há um detalhe a mais", ele admitiu.

Rebus jogou as cinzas do cigarro na banheira, o que pôs um súbito fim ao sorriso de Cafferty. "Cafferty é quem conhece Londres... ele tem contatos lá. Não Stuart Bullen. Lembra daquela sua foto, Cafferty? Você lá com seus 'companheiros' de Londres. Até mesmo o Felix aqui deixou escapar que há uma conexão com Londres em tudo isso. Bullen não tem força — nem qualquer outra coisa — para montar algo que exige tanto cuidado e atenção quanto o tráfico de pessoas. Ele é o laranja, assim as coisas ficam tranquilas por um tempo. E colocar Bullen no esquema torna-se muito mais fácil se alguma outra pessoa também estiver a bordo — alguém como você, Felix. Um funcionário da Imigração que ambiciona resultados fáceis. Se você desvenda o caso, isso significa um incentivo enorme. Bullen é o único que está sendo enganado. No que diz respeito a você, de qualquer maneira ele é a escória. Você não vai se preocupar com quem está por trás da enganação ou que interesse eles têm. Mas veja: toda a glória que você vai obter é igual ao cubo de porra nenhuma, porque o que você fez foi tornar o caminho de Cafferty mais tranquilo. A partir de agora, *ele* será o responsável não só por trazer imigrantes ilegais para o país, mas também por fazê-los trabalhar até a morte." Rebus fez uma pausa. "Então, obrigado por isso."

"Isso é besteira", vociferou Storey.

"Eu não acho", disse Rebus. "Para mim, faz todo o sentido... é a única coisa que faz."

"Mas como você disse", Cafferty interrompeu, "você não tem como provar nada disso."

"É verdade", Rebus admitiu. "Eu só queria que o Felix aqui soubesse para quem ele realmente esteve trabalhando esse tempo todo." Rebus jogou o toco do cigarro no gramado.

Storey investiu contra ele, dentes arreganhados. Rebus se esquivou e o agarrou, dando-lhe uma gravata e forçando sua cabeça para dentro da água. Storey talvez fosse uns dois centímetros mais alto... mais jovem e em forma. Porém não tinha a massa corporal de Rebus. Storey se debatia, sem saber se agarrava-se à borda da banheira ou tentava se desprender do golpe de Rebus.

Cafferty continuava sentado no seu canto da banheira, observando a ação como se assistisse a uma luta na primeira fila, bem em frente ao ringue.

"Você não ganhou", Rebus disse entre os dentes.

"Daqui de onde estou, eu diria que você está enganado."

Rebus percebeu que a resistência de Storey estava diminuindo. Ele o soltou e deu alguns passos para trás, pondo-se fora do alcance do londrino. Storey caiu de joelhos, falando de maneira confusa e cuspindo água. Mas logo se pôs de pé novamente, avançando contra Rebus.

"Chega!", berrou Cafferty. Storey se virou para ele, pronto para canalizar sua raiva para outro lugar. Mas havia uma coisa sobre Cafferty... mesmo com a sua idade, acima do peso e nu em uma banheira...

Seria preciso um homem mais corajoso — ou mais tolo — do que Storey para enfrentá-lo.

Algo que Storey percebeu imediatamente. Tomou, por fim, a decisão certa, os ombros relaxaram, os punhos se abriram, e ele tentou controlar a tosse e os engasgos.

"Bem, rapazes", Cafferty continuou, "acho que já passou da hora de vocês dormirem, não é?"

"Ainda não terminei", Rebus afirmou.

"Eu pensei que sim", Cafferty disse. Isso soou como uma ordem, mas Rebus rejeitou o comentário contraindo a boca.

"O que eu quero está aqui." Sua atenção se voltou para

Storey. "Eu disse que não podia provar nada, mas isso não vai me impedir de tentar; e o cheiro da merda sempre aparece, mesmo quando você não consegue vê-la."

"Eu já te disse que não sabia quem era o 'Garganta Profunda'."

"E você não ficou nem um pouquinho desconfiado quando ele te deu a dica de quem era o dono da BMW vermelha?" Rebus esperou uma resposta, mas não recebeu nenhuma. "Veja, Felix, a maneira como vai parecer para a maioria das pessoas é que ou você é sujo, ou então é incrivelmente burro. Nenhuma das opções parece boa para constar no seu currículo."

"Eu não sabia", insistiu Storey.

"Mas aposto que você tinha uma vaga ideia. Só que você a ignorou e preferiu se concentrar em todos os pontinhos por bom comportamento que iria receber."

"O que você quer?", resmungou Storey.

"Eu quero a família Yurgii — a mãe e as crianças — libertada de Whitemire. Quero que eles sejam alojados em algum lugar que você mesmo vai escolher. Até amanhã."

"E você acha que eu posso fazer isso?"

"Você desmantelou uma operação ilegal envolvendo imigrantes, Felix; a Imigração está em dívida com você."

"E seria só isso?"

Rebus fez que não com a cabeça. "Não seria só isso. Chantal Rendille... Eu não quero que ela seja deportada."

Storey parecia à espera de mais, porém Rebus tinha terminado.

"Tenho certeza de que o sr. Storey vai ver o que pode fazer", disse Cafferty com tranquilidade — como se a voz da razão sempre tivesse sido a dele.

"Se um só dos seus ilegais aparecer em Edimburgo, Cafferty...", alertou Rebus, sabendo que era uma ameaça vazia.

Cafferty também sabia, mas sorriu e curvou a cabeça. Rebus se virou para Storey. "Só para constar: acho que a ganância subiu à sua cabeça. Você viu uma oportunidade de ouro e não quis questioná-la, muito menos rejeitá-la. Mas há uma chance de se redimir." Indicou Cafferty com um dedo. "Apontando suas armas para *ele*."

Storey assentiu lentamente, os dois homens — momentos antes envolvidos em uma briga — olhando agora para a figura na banheira. Cafferty tinha girado metade do corpo, como se já tivesse dispensado os dois de sua mente e de sua vida. Estava às voltas com o painel de controle, de repente jorrando jatos na banheira de novo. "Vão trazer seus calções de banho da próxima vez?", ele gritou, enquanto Rebus começou a voltar para o carro.

"E uma extensão elétrica!", Rebus gritou.

Para o aquecedor. Para ficar assistindo à mudança de cores quando o *aparelho* fosse jogado na água...

Epílogo

Oxford Bar.

Harry serviu uma caneca de IPA a Rebus, depois disse que havia um jornalista na sala dos fundos. "Só estou avisando", disse Harry. Rebus assentiu, pegou a bebida e foi até lá. Era Steve Holly. Folheava o que parecia ser o jornal da manhã seguinte. Fechou-o quando viu Rebus se aproximar.

"Os tambores da floresta estão enlouquecidos", disse.

"Nunca presto atenção neles", Rebus respondeu. "Também nunca leio os tabloides."

"O desmantelamento iminente de Whitemire, vocês com um dono de boate sob custódia... e ainda há uma história de que os paramilitares andaram se intrometendo em Knoxland." Holly ergueu as mãos. "Nem sei por onde começar." Riu e levantou o copo. "Só que na prática isso não é totalmente verdade... Sabe por quê?"

"Por quê?"

Ele limpou a espuma de seu lábio superior. "Porque para todo lugar que olho me deparo com a sua mão."

"É mesmo?"

Holly assentiu lentamente. "Com base nas informações gerais, eu poderia transformá-lo no herói dos acontecimentos. O que iria colocá-lo na via mais rápida para longe de Gayfield Square."

"Meu salvador", disse Rebus, concentrando-se em sua cerveja. "Mas me diga o seguinte... Lembra da história que você escreveu sobre Knoxland? A maneira como distorceu as coisas para que os refugiados parecessem um problema?"

"Eles *são* um problema."

Rebus ignorou a observação dele. "Você escreveu aquilo porque Stuart Bullen lhe disse para fazer daquele jeito." Soou como uma declaração, e quando Rebus olhou nos olhos do repórter percebeu que tinha sido assim mesmo. "O que ele fez? Telefonou para você? Pediu um favor? Vocês dois, um coçando as costas do outro de novo, como na época em que ele costumava lhe dar dicas sobre as celebridades que estavam saindo da boate dele..."

"Não estou entendendo aonde você quer chegar."

Rebus inclinou-se para a frente na cadeira. "Você não se perguntou por que ele lhe pediu aquilo?"

"Ele disse que era uma questão de equilíbrio, para dar voz também aos moradores escoceses."

"Mas *por quê*?"

Holly deu de ombros. "Só achei que ele era racista como um monte de gente. Não fazia a menor ideia de que estivesse tentando esconder alguma coisa."

"Mas agora você sabe, não é? Ele queria que investigássemos o assassinato de Stef Yurgii como um crime racial. Só que o tempo todo tinham sido ele e seus homens... com um sujo como você à disposição deles." Embora estivesse olhando para Holly, Rebus pensava em Cafferty e em Felix Storey, nas muitas e variadas maneiras pelas quais as pessoas podiam ser usadas e abusadas, enganadas e manipuladas. Ele sabia que poderia despejar tudo em Holly e que talvez o repórter até fizesse alguma coisa com aquilo. Mas onde estava a prova? Tudo o que Rebus tinha era uma sensação incômoda lhe revolvendo o estômago. Isso e algumas brasas de raiva.

"Eu apenas relato o que acontece, Rebus", disse o repórter. "Não faço as coisas acontecerem."

Rebus assentiu para si mesmo. "E pessoas como eu tentam limpar depois."

As narinas de Holly se inflaram num breve movimento. "Por falar nisso, você não foi nadar, foi?"

"Eu pareço o tipo que faz isso?"

"Acho que não. Mesmo assim, poderia jurar que estou sentindo cheiro de cloro..."

Siobhan tinha estacionado em frente ao apartamento dele. Quando ela saiu do carro, ele ouviu garrafas batendo umas nas outras na sacola dela.

"Você não está trabalhando duro o suficiente", Rebus lhe disse. "Ouvi dizer que tirou uma folga para ir dar um mergulho em Duddingston Loch." Ela deu um leve sorriso. "Mas você está bem?"

"Vou ficar bem depois de alguns copos... Claro, se você não estiver esperando nenhuma companhia diferente."

"Você quer dizer Caro?" Rebus enfiou as mãos nos bolsos e deu de ombros.

"Foi culpa minha?", Siobhan perguntou, quebrando o silêncio.

"Não... mas não deixe que isso a impeça de assumir a culpa. Como está o Major Cueca?"

"Está bem."

Rebus assentiu com a cabeça lentamente, em seguida tirou a chave do bolso. "Espero que não tenha nenhuma bebida barata nessa sacola."

"Os melhores refugos promocionais da cidade", assegurou ela. Eles subiram os degraus juntos, encontrando conforto no silêncio. Mas no seu andar Rebus parou e soltou um palavrão. Sua porta estava entreaberta, o batente estilhaçado.

"Que droga!", disse Siobhan, entrando atrás dele.

Direto para a sala. "A TV desapareceu", ela disse.

"E o aparelho de som."

"Quer que eu dê queixa?"

"E ser motivo de piada em Gayfield a semana que vem toda?" Ele fez que não com a cabeça.

"Você tem seguro, não tem?"

"Preciso ver se os pagamentos estão em dia..." Rebus parou ao notar algo. Um pedaço de papel em sua poltrona perto da janela. Ele se abaixou para olhar. Nada além de um número com sete algarismos. Ele pegou o telefone e fez a ligação, ficando de cócoras enquanto escutava. Uma secretária eletrônica lhe disse tudo o que ele precisava saber. Rebus desligou e se levantou.

"E?", perguntou Siobhan.

"Uma loja de penhores da Queen Street."

Ela pareceu confusa, e mais ainda quando ele sorriu.

"Maldito Esquadrão Antidrogas", ele disse. "Penhoraram minhas coisas pelo valor daquela maldita lanterna." Mesmo aborrecido, ele riu e beliscou de leve o alto do nariz. "Você pode ir buscar o saca-rolhas, por favor? Está na gaveta da cozinha..."

Rebus pegou o pedaço de papel e desabou em sua poltrona, olhando para ele, o riso diminuindo gradativamente. Em seguida, viu Siobhan na porta, segurando outro bilhete.

"Diga que não levaram o saca-rolhas", ele pediu, abaixando o rosto.

"Levaram o saca-rolhas", ela confirmou.

"Ah, *isso* é muita crueldade. É muito mais do que qualquer humano pode suportar!"

"Você não pode pedir um aos vizinhos?"

"Eu não conheço nenhum deles."

"Então esta é sua chance de se familiarizar com eles. É isso ou ficar sem beber." Siobhan deu de ombros. "A decisão é sua."

"Não é das mais fáceis de tomar", Rebus disse, a voz arrastada. "É melhor você se sentar... Isso pode demorar um pouco."

ESTA OBRA FOI COMPOSTA PELA SPRESS
EM GUARDIAN E IMPRESSA
PELA GEOGRÁFICA EM OFSETE SOBRE
PAPEL PAPERFECT DA SUZANO PAPEL
E CELULOSE PARA A EDITORA SCHWARCZ
EM FEVEREIRO DE 2014